U0884210

阮章竞文存

回忆录卷

阮章竞 著

北 京 出 版 集 团
北京十月文艺出版社

1937年12月25日全国歌咏协会筹备委员会成立纪念留影（武汉）
左起：第三排　冼星海、刘雪庵、盛家伦、沙　梅
　　　第二排　邬析零、樊慎贤、曾昭正、阮章竞、田　冲
　　　第一排　李行夫、赵启海、熊务民、张　曙、夏之秋

作者简介

阮章竞（1914年1月—2000年2月），出生在广东省香山县（现中山市）沙溪区象角乡一户贫苦渔民家里，只上过四年乡村小学。13岁辍学做油漆店学徒，刻苦自学。20岁到上海以画工手艺谋生。后投身抗日救亡歌咏活动，成为人民音乐家冼星海的入室弟子。

1937年12月北上太行山，参加八路军。任八路军总部太行山剧团艺术指导员、团长，太行区文联戏剧部部长，晋冀鲁豫党委文委委员等。以文艺为武器，动员组织民众参加抗日战争。其间他大量收集民歌民谣，加以提炼创新，创作出一系列民歌体的戏剧、叙事诗，确立了在中国现代文学史上的地位。代表作有大型歌剧《赤叶河》、长篇叙事诗《圈套》等；1949年创作的长篇叙事诗《漳河水》，被文学史家称为中国新诗民族化的典范之作。

阮章竞还是一位优秀的儿童文学作家，他的童话诗《金色的海螺》获得第二届中国儿童文学创作一等奖，被译成多国文字。

阮章竞的后半生专注于以小说形式反映中国人民伟大的抗日战争，著有长篇小说《山魂》三部曲：《霜天》《晴岚》《尾声 青春祭》。

阮章竞一生酷爱绘画，在中国水墨画、油画棒画和金石篆刻方面有深厚造诣。出版有《阮章竞绘画篆刻选》。

建国后，先后在中共中央华北局宣传部、中国作家协会党组、包头钢铁公司党委宣传部、河北省省委、北京市人大常委会任职；担任过全国政协委员、北京市文联副主席、北京市作家协会主席、名誉主席。

本回忆录卷录自单行本及作者手稿。

目录

异乡岁月

代 序

在“纪念阮章竞百年诞辰座谈会”上的主旨发言

中国文联、中国作家协会主席 铁 凝

新年伊始之际，我们在中国现代文学馆隆重举行阮章竞百年诞辰纪念座谈会，以此深切怀念这位卓有成就的诗人，向他致以崇高的敬意。

1914年1月31日，阮章竞出生于广东省中山县象角乡，2000年2月11日在北京病逝，享年87岁。“回首当年事，墨砚火熊熊”，追忆阮章竞先生激情澎湃、百折不回的一生，人们都会油然生出感佩和敬仰之情。在中国现当代文学史上，阮章竞是一个熠熠生辉的名字，他的作品长久地留在中国人的记忆之中。和他那个时代的许多作家一样，阮章竞的写作与国家兴亡和民族安危紧密相连，他曾说过：“解放区的诗人，是通过战火的熔炼自我完成为诗人的。”的确，从青年时代起，阮章竞就首先是一位英勇忠诚的革命战士，在炮火硝烟中经受着生死考验。1936年，阮章竞参加了上海职业界革命活动和抗日救亡歌咏运动。1937年全面抗战爆发，中华民族到了最危险的时刻。阮章竞一手执笔，一手持枪，义无反顾地走向抗日救亡的前线。先是在太湖一带进行抗日宣传，1937年底北上太行山抗日根据地。“欲济无舟楫，报国向太行”，从此他在太行山战斗和工作了整整十二个春秋。1938年4月，阮章竞任八路军太行山剧团政治指导员、艺术指导员和团长，并兼任民族革命战争艺术学校和前方鲁迅艺术学校教员，1939年1月1日加入中国共产党。他率领剧团随军转战各地，机警果断，身先士卒。在百团大战著名的黄岩洞战斗中，由于他的准确判断剧团才得以突出重围，化险为夷。他的老部下们至今提起那些往事，仍旧敬佩不已。

在风云激荡、戎马倥偬的战斗中，阮章竞从未失其热烈、执着的诗人本色。对他来说，创作就是战斗，一支永不放下的笔就是一支永不熄灭的火炬，它燃烧着，在暗夜中激励着人们奋勇前行。八年全面抗战，可能是阮章竞的写作生涯中最为勤奋和多产的时期，他创作了大量的叙事诗、话剧、歌剧、活报剧和小说。但是，这些作品大多在战火中散失了，保存下来的只有《未熟的庄稼》《比赛》《糠菜夫妻》三个剧本。这是中国文学令人痛惜的损失。然而，在太行山上，在我们民族最为艰危困苦的时刻，一个诗人和作家曾经用他倚马而就的作品激励着我们民族坚毅无畏的战士们。我想，我们大家都会深切地感觉到，那些已经散佚的作品，它们依然是在的，它们就融汇于争取民族独立与自由的伟大斗争之中。

1940年代后期，阮章竞在毛泽东同志《在延安文艺座谈会上的讲话》精神引领下迎来了创作的高峰期和收获期。结合自身的革命斗争经验和文艺工作领导经验，阮章竞进一步明确了文艺大众化、民族化的方向，为此进行了自觉的探索。1947年2月，他创作了“俚歌故事”的长诗《圈套》，获得晋冀鲁豫边区文学特等奖。1947年秋，他结合在“土改”运动中的切身体验创作了大型歌剧《赤叶河》，采用民间曲调，说唱结合，通过随军文工团的演出被各地群众广为传唱，成为解放区新歌剧运动的重要收获，与《白毛女》并称“一白一红”。1949年3月，阮章竞开始写作长篇叙事诗《漳河水》，以真挚的情感、比兴的手法、通俗晓畅的语言成功地塑造了荷荷、苓苓和紫金英三个从封建礼教下挣脱出来追求解放的个性鲜明的农村女性形象。他将漳河地区的《开花》《割青菜》《漳河小曲》《牧羊小曲》和《四大恨》等民歌小调创造性地融入作品，曲调灵动多变。

漳河水，九十九道湾，
层层树，重重山，
层层绿树重重雾，
重重高山云断路。

清晨天，云霞红红艳，
艳艳红天掉在河里面，
漳水染成桃花片，
唱一道小曲过漳河沿。

时至今日，当我们重读《漳河水》时，这些诗句依然那么亲切优美，它们是“国风”的回响，又是时代的新声，如清冽的河水一般，由口头到心头，滋润着人们的心灵。

一曲《漳河水》，传遍大江南北、备受好评。这是解放区文学史上继

《王贵与李香香》之后又一部影响巨大的叙事诗，也是中国现当代诗歌史上叙事诗写作的一座高峰。阮章竞以具有鲜明的中国作风和中国气派的诗歌，以对中国故事的深情讲述，奠定了他在文学史上的地位。

从1934年冬天在南京《大道日报》发表第一篇小说《割稻的故事》起，阮章竞始终是时代进步的歌者。新中国成立后，他历任中国作协党总支书记、党组成员、《诗刊》副主编，工作十分繁忙。但是，祖国的新生和火热的社会主义建设使诗人激情满怀，他的创作迎来了又一个高峰期。1955年，他写出了优美、纯净的童话诗《金色的海螺》，1956年11月至1959年12月，阮章竞任中共包头钢铁公司党委委员和宣传部长，深入工厂和矿山，先后写出了组诗《新塞外行》、长诗《白云鄂博交响诗》和《勘探者之歌》等一批优秀作品，展现了社会主义工业建设的宏伟图景和建设者们豪迈、高昂的精神风貌。尤其是《白云鄂博交响诗》，将几代人的奋斗串联成一幅多姿多彩、气势磅礴的历史画卷。茅盾先生高度评价这些作品："造句浑脱，想象瑰丽""用字练句，兀突不群""气势刚健""奇特""俊逸"。阮章竞的工业抒情诗吸收了中国古代边塞诗以及五七言歌行的传统，融汇了新诗的句法、技巧和新时代的思想情感、想象方式，为新诗表现崭新的现代工业经验做出了开拓性的贡献。

上世纪60年代初期，阮章竞动笔创作构思已久的长篇小说《山魂》，他把这部小说视为自己必须完成的历史重任，无论在农村参加"四清"，还是在"文革"中历经磨难，总是把厚厚的书稿带在身边。《山魂》的写作如同推石上山，一次次被迫中断，一次次重新开始。写出《山魂》，以告慰牺牲的战友，这成为阮章竞的执着信念。党的十一届三中全会之后，阮章竞担任北京文联副主席、北京作协主席，他以时不我待的急迫感，积极推动首都文学事业的发展，同时投入《山魂》的创作。他在日记中写道："留给我的时间已经不多了，让我把工作做完！"这位病弱的老人，每天凌晨3时就已端坐在书桌前，一字一步地与时间和生命赛跑。如此超负荷的写作状态一直持续到1984年心脏病突发才被迫停止。在生命的最后一年，阮章竞将新时期创作的300余首诗歌初步编成《晚号集》，烈士暮年，壮心不已，时代前进的号音依然在诗人的心中嘹亮回荡。

"土厚根深叶繁茂，纵横老干发新蕾"，这是阮章竞一生的真实写照。他深深地扎根在人民生活的丰厚土壤中，人民在他心中始终占有最高位置。他曾说过："人民大众是爱我们的，但要求我们说真话。""说真话"，说出人民的心声，这是一个人民的诗人毕生践行的艺术信念，体现着一个革命者的高贵情操。在六十多年的创作生涯中，阮章竞取得了多方面的艺术成就，他在音乐、书法、绘画、篆刻上都有很高的造诣，转益多师，博采众长，创造性地吸收古典传统和民间文化的营养，写下了大量为人民大众喜闻乐见的优秀作品，成为我国革命文学传统的重要代表，为后人留下了宝贵的精神遗产。

同志们，朋友们，中国各族人民正在党的十八大和十八届三中全会精神指引下为实现中华民族伟大复兴的中国梦而团结奋进。中国梦是近代以来无数志士仁人为之前仆后继、不懈奋斗的理想，一代又一代中国诗人和作家，把他们的创作深刻地融入中华民族争取独立解放的伟大事业，深刻地融入中国人民对幸福美好生活的执着追求，由此，他们的作品获得了长久的生命。今天，我们在这里纪念和缅怀阮章竞先生，就是为了从先生的业绩和风范中汲取力量，在中国人民创造历史的实践中书写“中国梦”的最新篇章，推动中国文学的创造与发展，回报我们的祖国和人民。

让我们以此共勉！

2014年1月20日

故乡岁月

第一部　童年

第一章　故乡的山山水水

我的家乡，地处珠江三角洲，东面濒临珠江口，西面紧挨西江。过去叫香山县，传说是县内的五桂山繁花似锦、芳馨四溢而得到这个好听的名字。孙中山先生逝世之后，为了缅怀这位伟大的民主革命家，才改称中山县，现在是中山市，城名石岐。石岐城里有座烟墩山，山顶有座叫“文笔”的七层花塔。这塔也的确像一管笔竖在山顶上。每天中午，山顶就放炮报时。我小时候常跑到象山（也叫“牛倌山”）那个人工筑成的圆圆的山顶上，听放炮。天气晴朗，还能看见炮烟上天哩。

从石岐城前流过的江，叫岐江。岐江分出一道水向西南流去，然后汇合西江，从珠江口入海，过去叫象江，现在叫狮江。沿江两岸，长着好多很老的水松树。这种树很高挺、瘦硬，叶子像柏树叶，树根是软的，有浮力，不沉水。疍民（水上居民）用这种水松根做成葫芦，染上红色，拴在婴儿背上，这样孩子即使掉下水去，也不会下沉。在这道岐江的分支狮江边上，有三座因形态似动物而命名的小山：北边的叫象山，当中的叫鹅瘤山，南边的叫狮山。这个地方自古以来叫象角。

这就是我出生的故乡。

象角是个大乡，以阮、彭、陈、林四大姓为主。姓阮的人家最多，可也多穷人，没出过什么书香门第。我小时候见到的读书人，多数是地主、富农、商人或华侨子弟。倒是第二大姓彭氏人家、第三大姓陈氏人家，出过几个书生文士。特别是彭氏家族，出过一两个举人，我小时候看见彭氏大宗祠门外，立着用石板夹着的高高的举人旗杆。陈氏大宗祠，好像也立着这样的举人旗杆。可是阮氏和林氏的大宗祠门外，没有立过这种显示煊赫的标志。但有一年，我见过在阮氏大宗祠门壁上，张贴过一张木版印刷的、填上名字就成了“贵府少爷阮××”，在什么大学毕业的喜报，这就很唬人了。许多人认为这是光宗耀祖，出了个非同小可的人物了。真是山中无老虎，猴子称大王。可见那时的知识分子，少得多么可怜。

在象山山坡上，有一座居住着五六十户人家的街坊，古时叫神坑，现在叫新亨街。人们都称其为神坑星村尾。可是老人们说这个地方古时是大海海边，姓阮的祖先是最早来到这里的。所以住在这坡上的人，除了很少的几户，余下的都姓阮。他们当中有造船工、纤夫、木工、泥瓦工、油漆工、小贩，还有三几户乞丐和一户走江湖卖药、卖武的艺人。许多人家租种祠堂、庙宇和地主的土地，被地租和交不清的税、还不清的高利贷压得喘不过气来。所以，凡是到外国或外地发了财回来的人，都要搬离新亨街，到下底塘、陂下盖新居。在新亨街是这样，在象角也是这样，凡是发了大财、做了官的人就搬到县城居住。新亨街从来就没出过一个正经的读书人，连一个能当小学教员的都没有。只有一个例外，就是我家东邻，出了一个在外面官府衙门当文书、记录之类的小官吏。这就是我的出生地——象角新亨街的文化状况。

这个自古以来叫象角的大乡，自一九五二年重新划分、调整行政村时分成了两个乡，一叫象角乡，一叫圣狮乡。可是不管怎么分，每当有人问我哪一个是我的老家，我都会很自然地说：象角、圣狮，都是我的故乡。我对我的出生地非常眷恋。每当我想起光着脚丫子，在这块土地上学会走路；赤着身子，在狮江（狮窖河）学会游泳；孩子们在狮江打水仗，头顶软泥团，一边游水一边打闹的情形，我是多么快乐啊！我还想起和同龄孩子扎水猛子，潜过狮江闹比赛的欢乐。我喝这道水长大，这道水为我冲走了那么多辛酸眼泪，可为什么要分为两乡？我不懂。我只知道：我是在这三座小山上，这道江水中，这片绿色的山山水水间长大的。

第二章　童年

一九一四年，广东水灾。一九一五年，广东水灾。

一九一四年一月三十一日（农历正月初六），我出生在新亨街上一个三代卖鱼的人家，祖父卖鱼，大伯父卖鱼，二伯父是造船工人。祖父、大伯父、二伯父在我出生前已去世。祖母去世时，给我留下的是像轻烟似的、非常模糊的印象。我父亲阮达彬继承父业，也是卖鱼的。我的母亲是申明亭乡一个看坟人的三女儿。我小时候知道，谁的母亲都没有名，死后的神主牌位和坟墓碑上，只写刻着“×氏孺人”。所以新中国成立前，我只知道母亲姓杨，不知道母亲还有个名。新中国成立后土地改革时，母亲的名终于也获得解放：她叫杨彩信。母亲一共生了九个男孩和两个女孩，第二个、第三个孩子早就夭折，我是第六个孩子，我下面是三个弟弟和两个妹妹，一个妹妹四岁就病死了。在多福多寿多男子的中国里，男孩子多，人都说有福气，可我看到的却是沉重的牛轭，紧紧地套压在多子女的父母脖子上。穷无寸土的贫农家庭，孩子长大了，少数漂洋过海到澳洲、美洲、南洋当种植园工、矿工，开饭馆或开洗衣铺，有的还是“卖猪仔”去的。个别人遇到好运气，赚了些钱，生活较好。这是使人垂涎三尺、羡慕不已的幸福生活，所以都叫他们“金山客”。不少人都想到那个乡下人总称为“金山”的海外去碰运气；没办法的只好降低要求到省城、香港、澳门、上海等地去做买卖和打工；没有能耐的，只好在村里为地主富农耕田、放牛、放鸭、舂米、当杂工；再没有办法的，只好加入游手好闲的队伍里，最后享受“老光棍”这个谁都不想要的称号。关于华侨，现在不少人，认为他们都是“大富翁”，我说富翁是有的，但绝大多数不是。说华侨爱祖国，这是真的，这些海外赤子，都希望祖国繁荣昌盛，那样他们就不受帝国主义分子、种族主义分子的欺凌了。

当我懂事时，每天傍晚看见父亲或大哥，总有一个人挑着两个装鱼箩头，走十来里到县城，天亮前去鱼行买鱼，然后赶快挑回来。而在家的那一个，也是天不亮就得赶到半路去接力，抢早赶到象角街市去卖，迟了就不好卖了。再一个，货源就是几个人合伙，买本村或附近鱼塘主的鱼，下水张网捕捞。冬天下鱼塘捕捞鱼，是很苦的。下水前，父亲、大哥，还有合伙的卖鱼人都先喝几口酒，然后下水。我看见他们捕捞鱼时，冻得嘴唇发青，上岸时一直哆嗦，上牙打下牙，身上冒着汽，而鱼塘主却穿着皮长袍，或是短褂，抽着铜水烟袋，站在岸上看，看过秤收钱。父亲手里的本钱，我看顶多是一二十块，本小利微，常常周转不开，鱼卖不出去就蚀本，又得借债。光靠卖鱼养不活家口，父亲还得租地主或祠堂庙宇的土地来种。

小时候，母亲用广东人背孩子的背带，背着我唱着催眠儿歌，做饭、推磨、舂米、洗衣裳。我离开母亲的背带，就从催眠儿歌过渡到邻居阿婆们膝前，在绩麻篮子旁边，听她们讲故事、唱童谣。

家乡地处南方，临近大海，有山有河，春天温暖，夏天炎热，秋天绮丽，冬天水不结冰。我离家以前，就没见过下雪。夏秋的晚上，凉风习习，就在房屋檐前、大榕树下、芭蕉林边，享受听邻家老阿婆们讲故事的快乐时光。有位八十多岁的缪家老阿婆经常给我们讲故事，什么芭蕉姑娘、海螺姑娘、牛仔王造反、乌猿婆吃小孩、水牛怎么从天上被土地引诱推下人间为人耕地等，她讲得有声有色，加上表情手势，把每一个听故事的孩子，都引入到一个神奇的世界里去。

这些老阿婆，讲观音庙后头狮山的岩石上有一溜脚踪，说那是神仙的脚踪，看着脚踪很大，但你把脚踏上去，就跟你的脚一样大小。我常去狮山玩，的确在石头上寻见一溜脚踪，把脚踏上去，果然是不大不小正合适，为此一直感到奇怪。她们还说大洪王庙，原来是鹅瘤山仙鹅的屁股，每天从岩缝穴里，拉下好多精白好大米。住在下面的一家人，就靠这米做饭。谁知道新娶来的儿媳妇不懂事，淘米做饭时说这些米有股鹅臊气，不好吃。好，这句话得罪了仙鹅，以后就不再屙白米了。后来，人们就在这个地方修了大洪王庙。又说离狮山右边不远的禾田里叫“龙珠”的小圆山，就是“狮子”（狮山）逗玩的绣球。这些不识字的老阿婆，都是优秀的口头文学家、诗人，她们把故乡的庙宇、奇山异石，都附加上一个美丽动人的神奇童话。

我长大了，好奇的童心也跟着长大了，我离开了老阿婆们的绩麻篮边，挤进晒谷场和土地堂，听大人们讲“战书”（描写古代战争的章回小说）。

凡是夏天、秋天的月明夜，辛苦了一天的农民、渔人、工人、小贩们，凡是会说书的，都来献艺。有的讲《水浒传》《隋唐演义》《三国演义》《西游记》，有的讲《封神演义》《七侠五义》《小五义》《方世玉打擂台》，等等。父亲常在睡觉的时候，给我讲《岳飞传》。这些小说，对我影响很大。我从小就崇敬诸葛亮、赵子龙、张飞、岳飞、岳云、哪吒、狄青、薛仁贵、罗成、杨家儿女和方世玉这些书里的大人物和小人物。

我小时候十分爱玩，经常和小孩子们在地上画个三层方格，格的每个角和中间画一条线，用树叶、树枝做游戏，看最后谁挤死谁。有时在地上画个大方格，用单脚拨动碎瓦片，叫“跳棋棋”；还有一种方格像个“凸”字，中间有好多格子，用一大块瓦片当母猪，用许多小瓦片当小猪，如小猪不叫母猪吃掉，反把母猪挤到顶上，就赢了，这叫“赶老母猪上山”。

用碎瓦片、小石子学打仗，好玩是好玩，可是很危险，我就常被伙伴们打得鼻青脸肿。还有个挺好玩的东西，那就是用小竹管做水枪。这种水枪有两种类型，一种是单管的，用一根小的竹管，一头扎上布当塞子；一种是双管的，做管芯的竹管，能射出水。这两种水枪，拿到狮江游泳打水仗，太欢乐了。直到今天我还念念不忘。

当时的象角乡街市旁边，有个叫“团益公会”的地方。它右侧的龙眼、黄皮树林前面空地上，常有走江湖的人，在那儿玩把戏、卖武、卖艺，特别吸引小孩儿们。有玩吐火的，有玩五加皮酒瓶喷火的，有表演马术的。我记得一个姑娘表演马术，翻、竖、跳、立，马快如飞，她忽上忽下，表演得是那样勇敢威武，令人赞佩。

但也有很残忍的。我见过一个卖艺的班子，先叫一个小孩出来跪在地上，双手背后抓着一根木棍的两头，然后是班主出来，用膝盖顶住小孩背部，用力把小孩反抓住的木棍，从后背使劲往上扳，就像现在玩具店的洋娃娃的手那样，随便你怎么扳就怎么扳。木棍越往上扳，小孩就越扑簌扑簌地流眼泪，显得很痛苦，这时班主就向人讨钱，观众给钱少，他就再往上扳，一直扳到直举肩上。真残忍！我虽然好奇，但捂住眼睛不敢看。当时我想：这小孩一定不是他的儿子，父亲无论如何也不会让儿子这样痛苦来给他赚钱啊！

我还见过一件奇事。有次秋夜月明如水，有一些人在打谷场用催眠术请茅山师傅来耍武艺。一个人抱着长木棍，蹲在地上睡觉，另外两个人拿着点着的几炷香，一边绕着睡觉的人，一边反复念："一请仙，二请神，三请茅山师傅下来耍花棍……"不大一会儿，抱棍的人真睡着了，念咒的两人去扶起他，请他耍棍，他果然起来耍了一路棍。我知道这个人不会耍棍，当然更不是神仙下凡，但这事一直在我的童心里是个谜。太奇了！

第三章 风土·乡情

那时的故乡，有好多叫我总是念念不忘的风土乡情，也有我十分憎恨的东西。但是，这些都早已过去了。为怕将来的人不知道，所以选择了一些记得的写在下面。

故乡很多村都有武馆。阮氏大宗祠里面，就有一个武馆。我大哥就在武馆学过武。夏天、秋天的夜晚，这个武馆就在大宗祠前的大场子里，表演武术。有本村人表演，也邀请外村人来表演少林拳、武当拳、佛家拳等各派武术。圈外人山人海，圈内鼓声隆隆，威武壮观。只要有这种表演，我没有不去看的。有一回，我看见外地一位教头，带着徒弟们来象角乡献技。有一个节目是师徒对打，看得叫人惊心动魄，非常惊险，也非常精彩。忽然，徒弟的大圆藤盾没配合好，脚踝被师父的大刀砍伤了，血透出白袜。可是这个徒弟，坚持表演到底，留给我直到现在仍然忘不了的印象：他是条好汉！

我从小喜欢看画，看人画画。我常看见一些外地的民间书画师到村里摆摊子，为人写飞白大字，有请写“福”字、“禄”字的，有请写“寿”字的。这些飞白大字都是用点、划、钩、撇，组成鸟形、兽形，很受农民喜爱。父亲也喜爱。我看他们写得很熟练，不一会儿，就能写成。我还喜欢看捏面人，捏关公、张飞、武松、鲁智深、樊梨花、唐僧、孙悟空、猪八戒和沙和尚等章回小说、戏剧里的人物，捏得很是生动。

家乡大小村庄，差不多都有庙宇、祠堂。

象角乡的祠堂、庙宇也不少，都有壁画、砖刻、石雕。特别是全村最大的那座洪王庙，又叫大王庙。“大洪王”是什么神，谁都不知道。在小时候的记忆里，这座庙宇雄伟壮丽。大门两边的檐廊上，雕刻、描画着栩栩如生的古代人物、神仙、龙、狮子、仙鹿、凤凰、花草。每年春节，庙宇、祠堂都在廊子两边挂出名家手笔的大幅中堂，一边是龙，一边是虎。这些画，年年都吸引着我，一看就是好半天。还有一些有钱人家也都请画工，在房外檐下，房内山墙脚，堂上楼前栏杆板，以及南方叫灯影、北方叫藻井的天花板上，画上许多山水、鱼虫花鸟等图案。还有庙会搭的竹棚，也绘有古代人物画像。这些庙宇、祠堂、棚店，只要知道有画工在画画，我都会去看。

我的家乡，有很多节日，除全国性的新年、元宵、端午、盂兰之外，还有菩萨、神仙的诞日。人们就借这些神的诞日，痛痛快快地红火一番。如四月初八是象角乡独有的、代代相传下来的“浴佛节”，是每年最快乐的日子。象角乡有三个堡，六七道街，每个堡或一道街，都有一个固定的节目：陂下街是一条金龙，新亨街是一条银龙，洪王庙是一只彩凤，凤集堡是一头母狮子和两头幼狮，下底塘是一头雄狮子，巷内堡也是一头狮子。这二龙五狮一凤，各有特色。金龙、银龙的头，五官不会动，可是那彩凤，会展开翅膀，伸缩脖子，做出各种飞翔舞蹈姿态。五头狮子又更是各显神通，会打滚，会登上好多人叠成的老高老高的人叠罗汉上面，朝着四面八方动眼睛，伸舌头，还会回头舔尾巴，还会伸出爪子搔痒痒。每年为过好这个节日，村里派人到石岐、佛山，租赁戏装行头、马匹，把参加游行表演的人，打扮起来：有古代英雄，如诸葛亮、关云长、武松；有神仙水怪，如海蚌姑娘、大海龟公公、取经的唐僧师徒。这些扮演者，有步行的，有骑马的，有坐在人抬的桌子上的。海蚌姑娘的壳子会开合，忽然让看，忽然又藏起来。猪八戒还会扇耳朵。你看吧：四月初七晚上，这金龙、银龙、三头大狮、两头幼狮和一只凤，都先要沿街翻腾飞舞到洪王庙“开光”，用朱砂笔点了眼睛之后，这些动物都算有了神灵之气。到了初八，象角是人山人海，有受亲戚朋友请来的，有不辞辛苦几十里自己赶来的。这天，不管是谁家的人，有什么好衣服，有多少珠宝首饰，不管是金的、银的、铜的、玉的、珍珠镶嵌的，反正不管真的假的，你都可以大体看清楚家家户户的家底。人人都可以说是“舍命陪佛爷”。我们新亨街那条银龙，有几年穷得饿软了，起不来了，盘蜷在神楼上出动不了啦！

五月初五，吊屈原，赛龙舟，更是全县的大节口了。到石岐去看赛龙舟，这是小时候年年向四哥提出的要求。我们跑一二十里，到了县城，只见岐江南北，人像潮水卷上岸，净是熙熙攘攘的人墙。小时候看龙舟，觉得龙舟特别长。只要听到远远人声沸腾，就是龙舟来了：指挥站在船头，手敲铜锣为号；中间是鼓手，擂鼓助威；船尾是艄公，掌握方向。一眼望去，那些龙舟上的人，好像坐在一片老长老长、漂在水面的芦苇叶片上，叫人发怵。可是几十名划桨手，赤着胳膊，穿着短裤，人人雄赳赳，个个气昂昂，像尺子上的刻度，整整齐齐排在尺子上那样。竞赛开始了，每一条龙舟的划桨手，在鼓声隆隆和敲击鼓边砰砰的雄壮节奏中，像几十支金雁翎，奋力破浪迅飞，动作整齐划一。因为船身太长，不能掉头，所以往回划的时候，都龙尾变船首，划桨手忽地一下，就转过身来，动作迅速整齐！在整个比赛过程中，龙舟所到，两岸观众掌声人声，像暴风雨，像雷鸣。

我对童年故乡的节日，梦绕神萦。每过新年，母亲便给我穿戴好看的背心和帽子。帽子是华侨亲友带回国的，是碎布片拼凑做成。帽子的形状如狮子帽，用白兔毛毛绲边，有帽耳，正中间镶着一个大肚铜佛。衣服里面穿着绣花的兜肚，脖子上戴着一条银链，垂到肚脐的一头，有一把小银锁，锁的两面刻着“长命富贵”和“辟邪”的字样，两只脚还戴着银打的脚镯子。小时候，这样的穿着，我感到很是漂亮好看，大了才知道，除了好看之外，还有根深蒂固的迷信思想。当时认为：小孩戴着银链、银锁和脚镯，妖魔鬼怪就抢不走了。还有，去给姑太、姑母拜年时，都送给我用红纸包着的“利市”，穷的包着几个铜板，不怎么穷的包着值两角的“双毫”小银币。我姑母的女儿，嫁给一位老华侨，我每年去她家拜年，她都包两枚双毫“利市”给我。她的儿媳，也给我一两枚双毫“利市”。“利市”是成了家的人才能给的。未结婚的男子就没有给“利市”的权利，而只能给钱，给一摞铜板或一两枚银毫。母亲给我买了小猪扑满，让我把人家给我的“利市”和铜板都塞进小猪扑满里去，说将来读书时用。有一些小孩子，笑我收“利市”，说我用一只手摆摆说“不要”，却又伸出另一只手去接。我才不那样哪，我没有钱，就盼亲戚朋友多给我“利市”，我未曾口里说不要，一只手又去接，不，如果我真不要，扑满里不就没有钱了？扑满管事得很，我小时候穿的第一双帆布靴子，就是母亲用小猪扑满里的钱，托四姨带我去石岐买的。这是我小时候唯一的一双好靴子，我高兴得不得了。我蹬着这双新靴子，穿着碎绸片拼成的衣衫，去跟姑母、姑表姐、四姨拜年的时候，走路老是低着头看，引起一些大小孩取笑我，说：“看，这个‘细蚊仔’（小孩），真‘撒尘’（抖威风）！”我很不好意思，但不知道我有一双新靴子、一件好看的背心，为什么叫他们这样不舒服。母亲托四姨买的这双靴子，准备要穿好几年的，所以我穿的时候，靴尖塞了好大一团破棉絮碎布。我很喜欢这双靴口有松紧片的靴子。我的的确确照母亲的要求，穿了好几年，等到布面都变成灰色，靴头白了的时候。我以为这是黑帆布，买些黑矾染一染，不就黑了？不就又成了新的？我去中药铺买了点黑矾泡水，可怎么也染不黑。眼看这穿了好几年的靴子旧了，又没钱去买新的，我好悲观呵！

小时候，能去一趟石岐，感到是件了不起的事情。因此，什么时候去我都是高兴的，可上学前，只去过三四次，而最高兴的是堂哥带我去的那一次。堂哥阮焕伦，有一次从外地回来，带我去石岐，遇到他的一个朋友，就一块上茶楼饮茶吃点心。我头一次上茶楼，看见窗户都镶着五颜六色的玻璃，觉得好看极了。茶很酽很苦，我不喜欢，但点心很好吃。这是我头一次吃到这样好吃的点心。回来后，我跟母亲说个没完，人都笑我说：“乡下佬上县，回来三年讲不完。”父亲也带我去过一次石岐，我心里一直不好受。

父亲办完该办的事，就带我进一家小吃店，买了两个小芝麻饼，炒了一小碟子绿豆芽。不知是怎么炒的，我觉得非常好吃。父亲见我喜欢吃，就不吃了，让我一人吃完。我以为他还要买点什么吃，谁知道，他看我吃得精光之后，什么都不买了，给了钱就带我走。这我才觉悟到：他都让给我了，自己就没有吃两口。我看着父亲，心里好难受！我不该这样馋，一个人把好吃的东西都吃光了！

故乡节日、神诞放焰火，我到今天，还没有忘怀。隆都的沙溪和象角都有放焰火的传统习惯。焰火都是在竹竿杉杆搭得老高的台上放的。所以夜晚看放焰火，似乎是天上云头上放的。首先是嗖嗖放火箭，然后是各种各样的焰火花，有一团团的，有一条条的，在燃烧快尽时，往往在一团噼噼啪啪的爆炸声和五色缤纷的烟云中，出现令人眼花缭乱的火的奇景：金鱼、仙鹿、狮子、仙女，有时还会有一个长着长长白胡须、光头、拄着拐杖的老寿星，飘舞飞来。在一段短短的时间里，在一阵金星银星的爆炸声中，这些又都一下子全不见了。

正月初二是一年的第一个祃祭日，称“头祃”，家家户户，都买一对小活鲤鱼，供了门神之后就去狮江放生，但不守清规戒律的人就把鱼做熟吃了，我家就是这样。就在初二这天，凡是在这一个年度里生了男孩的人家，都必须向土地堂献一大坛白酒。献了酒，这个男孩才算是社里的人了，能享受一些福利，如死了帮助安葬；不献酒，活到老死了，也不能享受社里人的一切福利。每年初二，便是酒鬼酒徒们最快乐的日子。他们三三五五，买些花生蚕豆，划拳猜枚，大嚷大叫，开怀痛饮。有的喝得烂醉如泥，躺在土地堂里、街上，有的扯开胸脯，沿街东歪西倒撒酒疯：有傻笑，有呆哭，可以说是奇形怪状、千姿百态，既叫孩子们喜欢看，也叫孩子们害怕。过新年，赌徒队伍百倍增长壮大，说是新年无事添热闹，结果赢钱的笑，输钱的哭。这时候是官府警察抓赌大发其财的旺季，搞得家庭打架，借钱赎人，大破产。小时候，我多次亲眼看见官府警察来抓赌徒，用粗绳捆着胳膊，押出村去。但有一种更大的合法的赌博，就是给政府纳了赌捐税，借庙会搭起大棚，白天黑夜，大开赌场。有的人输了钱就做贼，偷东西，抢东西。那时的政府，既禁赌又纵赌，既禁大烟又到处大开大烟馆。最可笑的是大烟馆的招牌，都一律写着“专卖戒烟药膏”，但却是专门大卖鸦片烟毒品的。捉贼又做贼，双发财。

小时候在故乡能看到的戏，有大戏、有木偶戏、有独角戏。大戏是大人演的，有的全是女的，叫女戏班。独角戏是走街串巷演唱的。唱大戏，多借庙会与开赌场连在一起。但多数庙会是唱小戏、木偶戏的。我跟别的孩子一样，从小爱看戏，爱听广东音乐，长大了还常常会学着唱几段。故乡戏台，都是临时请搭棚匠搭成的。看大戏要买票，可我没有钱；不用买票能看的地方，都是大人霸占的天下，小孩挤进去也看不见演员表演。但是，我有爬树爬竿的本领，经常爬到棚顶上，攀缘到一个合适的地方看。我在读二年级的时候，敢跟大人到较远的村看戏了。有一次，上半夜的戏演完了，但我还想看，结果后半夜的戏叫《打雀遇鬼》，台上出现的是个全身穿白，鼻子、眼角、嘴巴全流着血的女鬼。太怕人了，吓得我毛骨悚然！想走，可找不到同来的大人了。夜这样黑，我生怕碰见戏台上那个女鬼。我不敢走了，只好找个地方坐着，捂着眼睛，不敢再看了，等到天亮才回家去。小时候我很胆小，如果哪个地方淹死过人，我就不敢到那个地方去游泳，怕有鬼摸我脚丫子。我从小就有思想倾向，爱看抵抗外族、保卫国家的英雄人物戏。我喜欢武生、二花面（黑头）、丑生，除了那些也能披甲上马、沙场杀敌的女英雄之外，我不喜欢看青衣，更不喜欢小生那种男不男女不女的腔调。这是我小时候的偏爱，其实青衣、小生戏里有很多很好的演员，都是了不起的艺术大师。

家乡的风俗风情，人们都饱含着热爱祖先、热爱家乡、热爱民族、热爱国家的思想感情。那许多远离祖国的华侨，隔个几年，总要想方设法回到家乡，给先人扫墓（当地称“拜山”），如清明做不到，也必须在重九回来；在国内各地的，那就年年清明都要回乡祭扫。如果没有这种怀宗念祖、爱国爱家乡的民族感情，是要遭到批评、鄙视的。我老家隆都方言，同中山县别的地方的方言不一样。我小时候听说隆都人是从南雄、福建等地逃难来的。隆都人的土话，确实有点像闽南话。隆都人到了外地、海外，都十分重义气，讲团结，肯互助，成立同乡会，不肯放弃故乡风俗、生活习惯。我小时候看见很多华侨，在国外去世，不管花多少钱，都要远隔重洋把棺材运回祖国，埋葬在家乡。所以每年清明节那天，在外地能回来的人，同家乡的人，都要半夜就起床，到很远很远的一个什么山上，去给始祖“拜山”。这一天是很热闹的，虽然那时土匪很多，为了“拜山”，有一些人就带上刀、枪，准备自卫。人们抬着烤猪、美酒、茶饭，不辞辛苦，不避艰险，去为祖先扫墓。礼毕后，就在那山上喝酒、吃烤猪肉、炸凤尾鱼，欢声笑语，共进野餐。我从小就听说阮姓的始祖是打鱼的，因躲避风雨，跑进一座山岩洞里，山岩突然塌了，把阮氏始祖埋在那里，故称为“天葬”。据说那里很多山，非常壮丽，父亲、堂哥、大哥、四哥都去过。后来，因为阮氏大宗祠没钱了，从每年一次变为三年一次，最后竟不去了。我便一直未去过，为此感到十分遗憾。每年清明，在阮氏大宗祠祭祖后，就按每个男丁计，分烤猪肉。这种专门用荔枝柴烧烤的肥猪，很香，皮很脆，很好吃。随后，就按支系一代一代地给祖先扫墓，大概有那么个两三代，都层层分吃烤猪肉。这对穷子孙来说，是难得的解馋好机会；对多男孩子的人家来说，更是大捡便宜的好日子；可是对没有男孩子，只有女孩子，又是寡妇的人家来说，就连块烧猪骨头，也没有份，那是欺负人，天大的不公道！可是从来没听说有谁反对过。

第四章　我要读书

鸡公仔，尾婆娑，

三岁孩儿学唱歌；

不用爹娘教知我，

自己知得你奈何？

这是小时候妈妈教的歌。当我长大，自己会去看热闹的时候，当跟着手举大鲤鱼，或手托龙舟的卖艺老人，听他们唱《龙舟歌》《鲤鱼歌》，什么“鲤鱼公，鲤鱼婆，公鸡母鸡喊抱窝……”我五岁的时候，有一天从省城、县城来了好多学生。晚上，他们在村里，举着火把游行，在团益公会前头，站在桌子上演讲，悲愤呼喊着“打倒日本鬼子”“反对二十一条款”“打倒卖国贼”，之后，把小时候妈妈教给我的那首儿歌，改成新词，教小孩们唱：

日本仔，食人魔，
凶残恶过贼佬哥；
一心要灭我中国，
做他牛马做骆驼！

乘欧战，占青岛，
占人土地笑呵呵；
欺我中华是散沙，
知我食亏无奈何……

这些学生，还给老百姓演文明戏，演日本鬼子怎么杀人放火，拿着倭刀一块一块切吃小孩肉。我看了好害怕，也好气愤：怎么小小的日本仔，把中国欺负成这样！学生们还号召老百姓不买东洋货。这些个在我小小的心坎里，烙上了很深很深的印儿，在抗日战争以前，我就不买日本货，只有进步的书籍除外。我现在仿佛还依稀看见这些学生在游行、在演讲、在表演文明戏的情形。现在看来那是一九一九年全国展开的反对日本帝国主义侵略中国，反对北洋军阀丧权辱国所掀起的“五四运动”。

到象角游行演讲的学生，来过好几批，特别是在我上学读书以后，那就更多了。

我看到的学生之所以能知道那么多事情，都是读书得来的。我看到我四哥阮章权，能给我讲故事，也是读书读来的。我六岁时就对父亲母亲说：

“我要读书！”

在我的家乡，提出“要读书”，不是很稀奇的事。因为家乡人多地少，青年的出路只有向外谋生。到外地当工人、当小伙计，都要认识几个字，会打算盘算个账。只要有一点办法的人家，都叫孩子去读两三年书。我父亲对孩子读书是开明的：堂哥阮焕伦，父亲供他读两三年书；大哥阮林伟，也读了三年书；四哥阮章权、五哥阮章成，早我读了三年书。

大洪王庙前有块大空地，庙门前是白石条铺的广场，另一边是草地。在这块空地的左侧，是每年四月初八耍狮子、表演彩凤飞翔的地方；草地右边有一所“作新学校”。这是一所乡立小学，只有初小四个年级。由于是乡立学校，学费不高，每年只收两元小洋，因此，一些中下等人家，都把孩子送到这里读两三年书，能够认几个字，能写封信，会算个账，为将来的谋生，准备一点一般的文化知识。

我父亲就把四哥、五哥送到这所作新学校读书。

开头两年，这所学校还比较正规，学生要制校服，除国文（现在的语文）、算术、自然、修身等课程之外，还有图画、音乐、手工和体操。因此学生不像读私塾那样死板。两个哥哥在学校学的东西，对我是太有吸引力了：学校的学生，每出外活动都吹喇叭、打铜鼓，立正、稍息、学兵操，整齐又精神，真神气！手工，在电光纸上，剪贴出各种好看的图案，在竹筒竹片上，刻出各种花纹和字体，还唱“军歌”（当时管新歌都叫作“军歌”）。这所小学令我向往极了。特别是那位教图画、手工、音乐、体育的刘琨先生，是我没见过面的却是最崇敬的先生了。我把大哥读过的“四书”“五经”上的字，剪贴在木板上，又找出我二伯父——一个造木船的工人——遗留下来的凿子，认认真真地刻起字来。我当时只能刻凹体字，得到大人们的称赞，便更受鼓舞。后来四哥给我钟表发条和洋伞的钢骨，教我做成刻刀。就这样，我开始学刻图章刻字玩了。我也经常到街市（市场）看刻字匠怎样刻字。后来我上学，学校要用的学生名章都是我自己刻的，每个名章省两三角钱，我妈很高兴。替别人刻名章，我感到是一种快乐。

看到四哥读书学到这样多的东西，我羡慕极了，多么想上学呀！乡下按虚岁算年龄，六岁向父母提出要读书，是太小了。怪不得父亲母亲都说我年纪太小。我对母亲说：“我都这样大了，会扫地，会到田里拾田螺了，怎么还说我小呢？”真的，我小时候，觉得自己很不小，因为好多事我都能干，可是怎么也没能说动父母。我只会哇哇地哭，哭得好伤心。

不能去读书，我就找了好几个年岁差不多大的孩子阮日仔、阮金彩等一起玩“上学”。小伙伴们三三两两地排坐在一起，我拿着哥哥的书本站在前边。虽然字认不了几个，但是有画呀！我翻一页画着老年妇女和儿童的画，就讲起“课”来：

“这是‘阿婆’。”

小伙伴们一起读：“——阿婆。”

“这是‘小孩’。”

又响起了整齐的和声：“——小孩。”

“这个孩子见到阿婆，不叫‘阿婆’，没有礼貌。你们说好不好？”

“不好——”大家齐声地回答。

那时的学制叫“春季始业”，都是春季开学。每年农历十二月开始报名，过了正月十五灯节，就该开学了。所以到了年底，看到哥哥和别的孩子去报名，我就哭着让父亲给我报名。可是父亲实在难以同时负担三个孩子上学。七岁那年，父亲母亲看着我哭呀、闹呀，吵得好厉害，就说已经给我报了名。我高兴极了！我做好一切上学的准备。我家没有砚台，只有几个铜板就能买到的“墨碗”。“墨碗”是粗陶烧成的，碗边和碗内四分之一处涂有或绿色或蓝色或赭色的彩釉。我就拿了父亲记账用的“墨碗”和半锭旧墨、一支旧毛笔，还到店里买了两册描红本本。

过了年，我就盼着正月十五。过完灯节，我就盼着开学了。开学那天，我比两个哥哥起床都早。可是奇怪了，怎么父亲母亲都没有跟我说一句去读书的话。我瞪着大眼睛，探询地看父亲，父亲没说话；又乞求地望着母亲，母亲躲开了我的目光。直到哥哥出门去学校的时候，我才知道，父亲母亲又哄了我，便跺着脚哇哇地哭闹了起来：“我要读书！我要读书……”

母亲给我擦着泪说：“阿竞，不要哭，你还小呀！”

“怎么还小？都七岁了！”我当时真想一岁变成三岁，我呜哇哇地哭个不停。

“等明年，一定叫你去读书……”

“又是明年，又是明年。过年前你们不是给我报名了吗？”我抬眼看着母亲。

母亲叹了一口气，没说话。

“爹骗我，妈你也骗我！”“哇”的一声，我哭得更响了。

母亲无可奈何，伤心地告诉我，家里供不起三个孩子都读书，说今年多养几只鸡、几只鸭，攒下钱，明年一定让我读书。我哭了好半天，知道哭是没有用了，便不哭了。这一年，我常去水田里拾田螺给母亲做饲料，喂鸡喂鸭子，卖鸡蛋鸭蛋攒下钱，明年好去读书。

第五章　鼐琨学校

又一个新年快到来了。这回我提前要求读书，提前哭闹，不管父亲怎样说，母亲怎样劝，我硬是不听，偏要读书。我也看见爹和妈在暗暗商量着。我天天盼望父母，做出一个叫我高兴得乱翻筋斗的决定。

终于盼望到这一天了，父亲母亲同意我们兄弟三个都上学了。父亲母亲总结了四哥、五哥在作新学校上学的情况：四哥虽然上完了四年级，但学习成绩好，又喜欢读书，父亲咬咬牙，同意他进一所华侨子弟办的私立学校读书，那所学校的学费挺贵，一学期要六元，一年就得十二元。作新学校学费虽然便宜，但是要做制服，太费钱，对图、工、音、体，他们认为一点用处也没有。他们希望是能记个账，写封信，能打算盘就行。五哥学习不好，但又没有别的事可做，于是，让他和我一起到一所私塾鼐琨学校去读书。虽然上私塾不如上作新学校理想，可那毕竟也是“学校”呀！我高兴了，笑了，我从后门，一口气跑到平平的猪肚山上，连翻了好多个筋斗。

鼒琨学校本来是一家乡间私塾，过去是教“四书”“五经”的，因为新学运动的兴起，这家私塾的校长，也是唯一的教员彭鼒琨改换招牌，把“鼒琨私塾”改为“鼒琨学校”。这家学校，是在象山西坡，离狮江不远的地方。说是学校，其实就是彭鼒琨的家：一座院子里，住着他三户亲族，房屋都是高门砖房，三合土夯实的院子，养着大小盆花，放着金鱼缸，夏天种着荷花，整齐、干净，显出名门望族的书香门第气象。这个处在院子最里面的鼒琨学校，是广东常见的一进两三座的多段落的砖瓦高房。彭鼒琨打通隔扇，前厅后座连成直方形的课堂。先生的讲台兼办公用的八仙桌，就靠在通往后屋门口里。用小孩的眼光看大人，觉得都比较老。我看见的彭鼒琨先生是位老先生：人很瘦，黑头发，黄白脸色，短胡须，穿着旧蓝布长衫，白袜青布鞋，加上是个跛子，走起路来不方便；他能整个半天整个半天，坐在那里动也不动，我就感到这位先生年岁更加大了——怎么看也是位老先生。记忆里，那时他顶多五十岁。不上课就在八仙桌上搓筷箸长的纸捻。搓了一大束，就点着一支，托着铜水烟袋，装好烟丝，吹旺了纸捻，颤抖着大腿，边抽烟，边批阅学生的作业。有时一面搓纸捻，一面批改作业，还哼哼唧唧地念着古文，或把声音拖得老长老长地吟诵起古诗来。他抽水烟的烟瘾，太厉害了，熏得满口都是黄黑色的牙，手指也是黄的。他来教我填写“上、大、人，孔、乙、己”的时候，我老闻到他那呛死人的辣烟味。他特别严肃，我总是看见他拉长着脸，从没有看见他笑过，哪怕很轻很轻的笑。学生们都怕他，我也很怕他，从不敢到他房子后面去看看。他有一根手指粗的藤条，是专门打学生用的，但不常用，可是他勾起手敲学生脑袋，可真狠！别以为他那样瘦，风都能把他吹跑似的。有一次，他要低年级学生念书，我因这些课，上学前早听四哥念过，都会背了，就自己玩起来。我同桌的五哥推我搡我，不叫我玩，我不听，他向先生告了我，说我书背得像酱瓜那样熟，就不好好念书。先生立刻叫我到跟前，拿出一张挖了一个四方小洞的红纸，盖着课本，露出一个“深”字，问我是什么字，我准确回答是个“深”字，可他不管，用勾着的中指节，“咔”的一声，敲得我好疼呀！他又转到另一个字，我还是答得对了，他还是不管，又连着敲了我头两下。我认为，当先生都是讲道理的，可他多不讲理！我泪汪汪地回到座位哭起来，摸着辣痛的脑袋，已经鼓起了三个大“栗子”！

这就是我的第一个老师——彭鼐琨先生。

直方形的课堂，一年级的座位靠近大门口，右边的桌子位置是直线排列的，坐五六个学生，旁边留一个过道。左边的五排桌子，每排三张，我和五哥坐在第三排。后头是二、三、四年级学生。最后的右边，全是高年级学生。屋子里紧紧地排着一二十张大小不一、高低不等、新旧不同的“课桌”，全是学生自己从家搬来的。好多是学生父母结婚时，那种有两个抽屉的、涂了朱漆或猪肝红的桌子，桌子下面是“卐”字形的脚踏板。我和五哥搬去的那张破旧桌子，桌面坑坑洼洼，抽屉都开了好几条口子，可能是爷爷的爷爷留下来的老古董，桌下根本没有脚踏板，是最寒碜的一张了。

在我父亲之前，我家没人念过书，这张桌子是父亲、堂哥、大哥都用过的。

第一天上课，我和同学随着老师高声朗读：

“人、手、刀、尺。”

第二天上课，先背书，然后是“山、水、牛、羊”。

第一堂写字课是填“丶、一、丨、丿、乀、亅……”过了一段时间是填“上、大、人，孔、乙、已”。

学写的时候，我发现旁边、前后的学生用的都是砚台，有正方的、长方的，也有圆形、椭圆形的。有的比较普通，但有几个同学的砚台，很漂亮。有一个姓彭的同学，用的是一方紫色的砚台，颜色像猪肝，水池和砚台之间还雕有一个小核桃，那水池的水，能慢慢地渗入墨池。而我和五哥的桌面，只能各摆着一个小小的粗陶墨碗。对一些同学的雕刻着各种花纹的漂亮砚台，我连见都没见过，确是非常羡慕。鼒琨学校收费贵，年级高多收，一年级收六元。同学交学费都交双毫，我家只能交铜板。当时二十多个铜板才值一角钱，父亲按习惯把五十个铜板叠在一起，用纸卷好，让我交给先生，而且每次都交得迟。人家交的都是双毫银币，五个就是一元钱，不占地方。可我得交好多卷铜板，放在先生的八仙桌上，要占多大的桌面！所以每次交学费，先生都不高兴。那我有什么办法，我家确实没有那么多双毫嘛！

彭鼒琨为了适应教育新潮流，“四书”“五经”不教了，改用了上海中华书局编印的国文课本，而且告诉家长和学生，说他教书能把“之、乎、者、也”语助词讲出字义。其实他是胡诌的，比如有一节课，说有一个卖果子的小孩很诚实，坏的果子减价出售。有人问他为什么这样，小孩回答说，果子快坏了，还要人那么多钱是“不可取也”。他把这句文言文说成是“不好讨人那么多的啊哦”。就是说那个“也”字的字义是“啊哦”。这就是他的重大创造发明。彭鼒琨只会珠算不会笔算，所以没有算术课。也不选其他课本，成天只死背那本《国文》，根本不能满足我的求知欲望。而且这个单一的国文课，在家听四哥背书时早听熟了。有好几课，我现在仍能背出来。其中一课画有个小孩把一块冰吊起来，课文是："水面结冰，儿敲冰，取一片，悬于窗前，能透光，似玻璃……"我现在还记得清清楚楚。

鼒琨学校鼓励学生上学早到。教室入口，悬挂着一块铭牌，谁先到校，挂上自己的铭牌，就被称为勤学生。我每天天不亮就去，我的铭牌，几乎日日都挂在第一的位置上。我们乡下每天都是吃两顿饭，早上下了第一堂课，回家吃早饭，八点钟后再上学。因为功课不重，中午放学我不回家，总是利用这个时间去爬山、上树，特别高兴去狮江，象角乡的人都到称为埗头海的地方游泳。埗头海，有四五十米宽，水量大的时候，涨过码头，有时还淹没码头。岸上有山货栈、陶器店、砖瓦白灰（牡蛎壳烧成的）店、打石店、木匠店。那时没有公路，什么货物都靠水运，所以很热闹。

我虽然五岁就学会游泳，但看埗头海是很大很宽的，所以不敢游过对岸，可我看见别人都敢游过去，十分羡慕。后来五哥和邻居的哥哥，左右保护，鼓励我游了过去。能游过埗头海了，我快乐得像野鸭子，"扑通扑通"在水上玩、水上漂。中午放学我就去游泳。小孩子都喜欢逞能，常是先扎个猛子，潜到对岸的水松树下，要不就一起打水仗。开头，我总被别的孩子打败，因为我怕呛水，一被水呛了，就一定败。但很快我练出一套本事，就是睁开眼睛，张开嘴巴呼吸，不怕呛，下决心要斗败对手。这办法很灵：我先让人戽水打我，我不动，他如果不使劲，我就戽几下逗逗他，这样来回几下，等他累了，我就死劲左右戽水反击，不管对手是几个人，我都不怕，先集中力气打败一个，再击败另一个，这样就把他们通通打败。当然，我也常常被人包围，被打败过。因为喜好游泳，我也倒霉过。我大哥曾送我一只很漂亮的“银鸡”（警察用的白色的铜哨子），好玩极了。我把“银鸡”和钥匙穿在一起，被一个小孩看中了，我脱下衣服放在岸上，他偷了，敲了一二十个铜板，才肯还给我。到了下午四时放学后，我就帮助父母下田拔草，或做些家务劳动。晚上，我从来不用温习功课，还如同过去一样，到土地堂或小杂货铺前、大榕树下听人讲故事，听大人谈山说海，听他们讲从清朝到民国的社会趣闻及各种各样的事情。有的讲得很不错，有的完全是稀奇古怪的无稽之谈，但使我增长了好多知识。

过了暑假，我照样每天早早去上学，争取早到得第一名。有一天，我早早就到学校了，可是没人开门，我想先生家的人都睡懒觉了，就坐在台阶上等着。同学们也接二连三地来到了。可真奇怪，往日里，先生早该在后面天井漱口刷牙了，同学们感到纳闷：总是板着面孔、目光严厉的先生，今天自己也睡懒觉呢？“先生生病啦？”同学们你问我，我问你，怎么也猜不出为什么。好大一会儿，一个脸色黄黄的女人开门出来，她对我们挥着手，轻轻地说：

“你们都回家吧！先生有事，这几天不上课了，上课再通知你们来。”

没有说先生生病，为什么这几天不上课呢？我脚拖着木屐，“咔嗒咔嗒”一边走着，一边猜着，可我又不是神仙，怎么猜得出来呢？

彭鼐琨不见了的消息，一下子就传遍了全村。后来听大人们说，他因为到一个抽大烟的人家里抽大烟，被区公所抓烟的警察捉走了。可是我只见他抽水烟，从来没听说过他抽大烟呀！我很着急，只要大人们说起这件事，我就静静地听着。

有人说：“都说抽大烟能治病，彭鼐琨身体不好，莫非是为了治病？”

有人说：“哪里是抽什么大烟呀，分明是抓烟的人要敲他竹杠！”

“这可是要狠狠敲他一下了！”

“一个穷教书的，哪来那么多的钱给他们敲呀？”

真是这样，因为彭鼐琨家没有钱，所以他被关了好长时间，过了中秋节好久了，才放了回来。我和几个同学跑去看他，他的头发乱蓬蓬的，胡子老长老长，脸色白白地躺在床上，半闭着的眼睛，看了看我们，动了动嘴巴，却不说话。怎么会变成这种样子呢？我见过坐过监放出来的人，都是这个样子的，可把我们吓坏了。重阳节来了，秋高气爽，是上山玩的好日子。就在这个时候，我的第一位先生——彭鼐琨死了，死得不明不白！

要求好几年的读书生活，才读了半年多，又读不成啦，多倒霉呀！

第六章　迷信的母亲

母亲的娘家在象角乡东边，村子的名字叫——申明亭。申明亭是一个读书人多，有钱人也比较多的地方。杨家人的大小祠堂连成一道街，好几座祠堂前立着中过举人、状元、进士、探花之类的旗杆或牌匾。村子不大，但砖雕、石雕的砖瓦高门大宅不少。可母亲的娘家很穷。外祖父是给杨姓家族看坟地的，他死的时候，我还不记事。

母亲有四个姐妹和一个弟弟。但我见到过的只有一个姐姐，两个妹妹和一个弟弟。大姨母的村子叫岭后坑，她家里很穷，有好几个小孩。大姨母和气善良，大姨丈却从来不大说话，好像不高兴我去他家似的。大表哥也不大说话，可是二表哥对我很好，我喜欢他。三表哥比我大两三岁，在舅舅娶妻的时候，为争鞭炮玩，他打过我，我打不过他就拿大竹笠戳他，戳了就跑回家去，不参加舅舅的结婚喜事了。那是在一个晚上，可把母亲急坏了。四姨像本地许多穷人家姑娘一样，嫁给一个姓汤的华侨。她生下一个女儿，丈夫就出洋了，一直没有回来。舅舅是走乡串村卖糖果的，也打短工帮人种田。

大哥阮林伟，不肯在乡下帮助父亲打鱼贩鱼，更不肯种田，一心想出外卖布谋生，闯条新出路。父亲母亲也感到卖鱼的老营生干了好几代，实在没有盼头，在大哥的苦苦要求下，终于同意了。但从哪里搞到好几百元的本钱呢？于是父母分头设法借高利贷。我只听母亲说过利息都高得不得了，好像有的月利三分或三分五。每借一次债出去，不久就蚀本回来。大哥又不甘心，在家没事做，父母总是为孩子操心的，又想方设法去借债，这样的借债不知有多少次，连同卖鱼生意不好，孩子多，生活越来越困难。父亲就以大部分力量租种地主、富农、神庙和祠堂的田，租重税多，又连年水灾，企图靠种田解决一家口粮的希望，不但不能达到，反而欠租欠债更多了。父亲的脾气越来越坏，常半夜不睡骂大哥、骂母亲、骂孩子多。母亲是小脚女人，多亏孙中山先生闹革命，在他的家乡香山县，革命比别的地方革得早的有两桩事：一是男子剪辫子早；二是女人放小脚早。我母亲的小脚解放了。她对我说过，她放了脚可高兴啦！虽然行走还是没有天足利索，但我从小看见母亲操持家务是日夜不停的，脚的解放，对她来说当然感激革命党。母亲本来身体就不好，生孩子多，家务劳动重，加上生活越来越困难，经常生病，可又不敢请医生，只好求菩萨保佑。她很迷信，常请三叔婆去洪王庙、娘娘庙、观音庙，求神拜佛。每次，都叫我跟三叔婆拿着香烛供品去。这样，我也学会了磕头、求神、摇神签、抛杯珓[①]。抛杯珓，如果两片落下都朝下，

① 杯珓，也叫珓杯，是用竹根头劈开成两片，求神卜吉凶用。

是阴杯，运气不好不坏；一阴一阳最吉利；如果两面都朝上，是阳杯，最不好，凶多吉少。摇签卜吉凶，求神药，更荒唐。签上写着是吉或者是凶的字，全是胡说八道；求神药更危险，不管是头疼还是肚子疼，摇出是什么药，就在庙里抓什么药。我替母亲为四哥的病去观音庙求菩萨开药方，签上写着要剪一点女人裤带加在药里。那时，我家只有母亲是女的，她就剪了一寸裤带子和药一起煎给四哥吃。我光笑，她却非常严肃认真，还不许我告诉四哥。这个保证我真做到了。不但不跟四哥说，直到今天，还是第一次透露出来。

遇到什么事母亲都向神棍、巫婆、道士求答案、求安慰。可是每次都被神棍、巫婆、道士的话吓得去借钱求鬼宽恕，求神保佑。母亲可以说是心甘情愿地任神棍、巫婆、道士讹诈受骗的人。我小时候同母亲一样，以为真有菩萨、玉皇、神仙、妖魔鬼怪哩。我虽然喜欢游泳，但我怕水鬼摸我的脚丫儿，特别是曾淹死过人，尤其淹死过小孩的地方，就不敢到那里去游泳。有时贪玩忘了，一游到江心想起，或小伙伴们一说淹死过人，我就害怕，越怕越感到好像真有东西在水里摸我脚丫儿呢。家乡有几个大村，有时请名山和尚，办罗天大醮，乡下人叫“打醮”。象角都是在狮山下的观音庙打醮。我小时候很好奇，一打醮我就去看，看呀看呀，当看到十殿阎王，就害怕了，那里画着、陈列着的人有的被插在刀山上，有的被抛在火海里，有的被割去舌头，有的被锯断了身子，吓得我晚上不敢回家，半夜做噩梦。

母亲迷信得出奇，就是在彭鼐琨被抓去坐监不能上课的日子里，我得了疟疾，南方蚊子多，这是一种常见病。这种病先发冷后发烧，我摸准了，它每天提前一两个小时就发冷。有天我正坐在床边等着发冷，母亲却突然拿着根棍子，从里屋来到我身边，用棍子敲打床板、凳子，喊道：“你赶快走！你到我家做什么？没人留你，你赶快走！走！走！”我吓坏了，母亲对我这样好，为什么这样赶我走呢？我不理解，问：“妈，你怎么赶我走呀？我快发冷了！”她不理我，还是敲击着我的床：“你赶快走！我不要你……”她看见我快要吓哭了，才悄悄地说：“你快跑出门！不要问，快！跑得越快越远越好……”她一边骂着一边敲击着。我只好听她的话，跑出门去了，跑出新亨街，跑上象山，累得我出了一大身汗，嗬，这天真不发疟疾了。她才告诉我：“发冷鬼被我打跑了，你今天才不发冷。刚才我不是赶你，我是赶那个缠着你的发冷鬼！”我觉得好笑，说：“妈，你赶发冷鬼时跟我悄悄说的话，发冷鬼能听不到吗？”母亲不回答，只说：“你今天没有发冷，就是我把发冷鬼打跑了。”唉！母亲哪里把发冷鬼打跑了呀，第二天我又发开冷了。后来还是堂哥阮焕伦去石岐买了一小瓶叫什么“雷公发冷丸”的，吃了才真的治好了。虽然母亲驱逐瘟神的办法不灵，但我总结出用勇敢、顽强的意志，用忘掉病的精神，在发病前两小时去跑步、爬山，的确能治疟疾。我在抗日战争时，开头每年都要“打摆子”，吃药也不灵，我想起母亲驱逐“发冷鬼”、猛跑山上的办法，两次都把疟疾治好了——一次是骑马奔跑了二三十里路，一次是爬山。

自从我的第一位先生彭鼐琨坐牢回来病死了，挂在街口门楼上的“鼐琨学校”招牌也跟着消失了，但“我要读书”这四个字，却时时在心里跳动，一天都不肯停止。我等到冬天就跟父亲母亲提出：我要去作新学校读书。父亲母亲把三个孩子读书的问题，重新做了安排：四哥阮章权成绩好，又未找到出路，仍念书，放学帮父亲种田；五哥阮章成不好好学习，决定帮父亲担鱼卖鱼；作新学校，学费低，同意我进这所学校读书。

第七章　作新学校

进作新学校读书的愿望，在我心里浮来浮去好几年，今天成了真的，我是多么高兴啊！我早就跟同街坊一个油漆匠的儿子阮旭垣约好，我们坐一张课桌。他已经在作新学校读了两年书了。开学的那天，我天不亮就起床。母亲已把堂哥不穿的衣服给我改好，再把堂哥穿过的旧皮鞋前头塞上破布，让我穿上。我去找上阮旭垣，走过新亨街，再过鹅瘤山，向离狮山不远的作新学校奔去。

我眼中的作新学校很高大，校门前有个半月形的小校园，种着竹子、芭蕉和别的花草，但铁门常被校工锁着，不让学生进去。学校大门很高，进去是个长方形天井，种着一些兰花、盆景，还有几只大缸是种莲花用的。左右两边各有一个很大很明亮、墁着大方红砖的房子，既是学生作业陈列室，也是风雨天的室内操场。北面是长方形的一、二年级的大教室，正中挂着孔夫子的全身拓片立轴。大教室外，左右两边就是校长室和教员的办公室。左边门里是三、四年级的教室，这个教室的两头，各有一间空房子。

露天檐廊外头，有一口水井。有一小门，可通校外。学校老校长阮子垣是位白头发、白胡子的老寿星，我看他，再年轻也有八十岁了。还有三位兼课先生：教三、四年级国文和算术的叫阮子韶，教修身、体操的叫陈锡，还有一位先生教了不久就上大学去了，来了位代课的先生叫阮赓扬。我上学前就十分敬佩的刘琨先生，已经离开了这里。不久，老校长病倒了，代课的阮赓扬就担负起整个学校的教务工作。阮赓扬是一名还没有毕业的中学生，虽然资历不深，可是没有先生来上的课，都是他来代课。他教图画、手工、唱歌，很受学生欢迎。他代替老校长，天天都在学校办公。他是位容易接近的先生，所以和同学们的关系比阮子韶、陈锡要密切得多。《芥子园画传》我头一次是从他手里见到的。这部画传山水册中的《独树老夫家》，是我学山水画的头一张。阮赓扬先生的画是岭南派画风，画花卉枝条是用稀白粉色冲点，使枝干枝条的深浅自然形成，别有风味。

我喜欢画画，看阮赓扬先生的画画得好，所以跟他的关系更好。那时候的先生架子都很大，平日很少和学生接触。阮赓扬先生的家在第堂街，离我家后门不太远，来去学校都是一条路，放学后常常走在一起。他看我学习好，爱画画，就借给我一本《植物学》。这是一本很宝贵的书，全是一个字一个字，用毛笔工工整整地抄成的，尽管我还看不懂，可是里边每一种植物，都有画得很好的插图，根、茎、叶、花都画得非常精致可爱，太叫人喜欢了。他把这本书借给了我，我就天天抄呀，画呀，一心想字要写得和书上的一样好，画要画得和书上的一样像。可我无论怎样用功，也写不了那样好，画不了那样美。小孩子看先生，先生都是很有本事的人。我老想，我要有先生那样的本事就好了。我抄这本书，摹着，画着，而且发誓要抄好、画好。

尽管我跳了年级，但每个学期的考试成绩榜上，我都是名列第一。只有一次，因为帮助父亲到田间劳动好多天，考了一个第二名。改选班长时，我被选为班长。班长的桌子上放着一个圆圆的手敲铃铛，上课、下课时我一敲铃，同学们就起立，上课欢迎先生，下课欢送先生。

我很爱玩，爱爬山、爬树。很高很直的松树，我都能攀缘上去。我爱动，好冒险。教室一头的空房里有一把十三级梯子，我经常从最高一级跳下来，为的是练胆子。我从不逃学，从不跟人打架，但不肯受人欺负，如果有人太欺负我，我就会下决心把他打倒。我上学，常要路过陂下的一个石刻的土地座前，有三五个比我大一些的小孩，天天欺负我。他们见我不理他们，就以为我怕他们，就更得意了，笑我，骂我，一哄而起扑向我。有一次，我发怒了，扭住那个最凶的、带头的孩子，使尽全身力气，狠狠地把他打倒在地，一两个小孩上来帮他，我也狠狠地把他们打败。我有个原则：不打就算，要打就狠狠地打，手软、犹豫一定打不过他们。他们一边看我，一边逃跑了，以后看见我也躲着我了。这个办法，是我从打狗学来的。我小时候很怕狗，每天早晚要过圆头墩去街市，从父亲那里要点剩的杂鱼、虾子回家做菜，来回要经过一个牛寮门口。那里有条凶狗，我一走过，就扑出来咬我。我越怕、越跑，它就越追着咬我，我被它狠狠地咬过一两回，裤子、大腿被它咬破，流了好多血。可我还要天天经过那里呀！我下决心，硬要自己不怕它，还拿了几块碎砖头做武器。可这条狗一见我还是追我、咬我，因为害怕，到跟前，我连手里的砖头也不会使用了。我真怕这条狗，愁死我了！于是我再下决心对付它。我手里拿根粗棍，篮里放着碎砖头。真灵啊，狗向我扑来，我就双手抡起木棍狠狠地打它。它退了，汪汪地朝着我吠着，我就用碎砖块朝它打去。以后这狗见我光吠，不咬我了。从此，不管在哪里遇到狗，我不是慌里慌张地跑，而是先看哪里有碎砖石块，一拿到，它就不敢咬。

我有两个要好的同学，就是阮子韶先生的两个儿子：阮军毅和阮军伟。我们天天上学，都要经过鹅瘤山，就常在山上爬大松树、爬山神庙。我们把这当作是“练兵”。

山神庙一大一小，大的有七八尺高，小的有五六尺高。我们每天爬上庙顶往下跳，跳好大工夫才去上学，总想练大胆子，能爬能跳，将来好去当陆军杀敌人。

母亲的迷信病传染给我了，我也很迷信。但上学了，先生教我们要破除迷信。有没有神鬼？我搞不清楚。但我每年正月初二，都为母亲到大洪王庙、观音庙、关帝庙，要一张盖有大铜印的神符回家。我和阮军毅、阮军伟跳山神庙不久，不知是为了什么，母亲又请神婆卜吉凶了。神婆说：你家里一定是哪个孩子得罪了神。母亲就问我是不是得罪了神？我把天天跳山神庙的事告诉了母亲。糟了！母亲却说神婆真灵，烧纸人、纸马、纸钱向山神谢罪求宽恕。神婆怎么会知道我跳山神庙呢？到底有没有鬼神呢？先生说不要迷信，没有鬼神妖怪。到底信谁的呢？我真是纳闷啊！

第八章　为了多赚几个铜板

从小，母亲就培养我劳动的习惯。上学前两三年，母亲就用糯米谷草专门为我做了把扫帚，帮她扫地，清除垃圾。我还帮她劈柴，上山锄草、扫树叶，供她烧火做饭。长大些了，就到村边小河沟和水坑捞浮萍、凤眼莲（当地叫母猪莲，花瓣有块紫蓝色的、像孔雀尾翎似的圆点）做猪食。母亲很辛苦，每天早晨提两只酒坛去汲井水。井很深，看下去黑洞洞的，只有一小块有亮光。记忆里，四哥天天给家里担水，他没工夫或不在家时是五哥和我抬水。别以为我有三个哥哥，家里吃水就有保证了。在我们家里，常出现《三个和尚》动画片那样没有水吃的情景哩。我总觉得自己早就长大了，能担水了，家里就主要靠我一个人为母亲担水了。

上学以后，为了尽可能自己挣点钱，贴补学习的费用，减少父母的负担，我经常有目的地利用课余和星期天，参加多种劳动。

首先是采桑。采桑劳动比较轻，每到春蚕孵化时节，河田的桑树绿成一片，这时，养蚕人家成批成批地临时招雇妇女儿童采桑。这个季节，我跟着邻居妇女，天不亮就离家，从狮山和龙珠之间，渡过观音渡，到沙田采桑。每个人领一个蚕主发的大箩头，采满过秤，按斤领取工钱，每次能赚铜板二十多个，就是一毛钱的样子。采桑时，常遇到我的两位女同学素芳和桂兰，她们年龄比我大，都主动帮助我。最要紧的是抢到装桑叶的箩头，如果抢不到，就是采下桑叶也无法放置。我到现在，还感谢热心帮助过我的素芳姐和桂兰姐。

其次能使我赚几个铜板的是拾田螺。田螺有两种，一种是只要不是冬天，什么时候都能拾到的小钉螺，拾给母亲喂鸭，多了，也卖一些；另一种是大田螺，家乡人很喜欢炒吃这种又便宜又好吃的美味，特别是中秋，家家都要炒一大盘，赏月时吃。

另一个是捉蟛蜞。这种两螯八脚的爬行小动物，可不像田螺那样老实了，它跑得特快，还会钳人，钳得可痛了。小时候我不敢捉，好多次被它钳住。但一斤蟛蜞比田螺能多卖好几个铜板。我家对面的一位叔叔，是专捉蟛蜞的。他告诉我，一是不能怕，二是一看见就一把抓住，就钳不着了。于是，我就准备好一个腹大口小、有倒口须的篾篓，跟着他去捉蟛蜞。星期天天不亮，就从观音渡坐摆渡到沙田，还要走很远很远的路才能走到，要天还不亮就赶到，不然太阳出来后，天气一热，这些水中居民，就都缩到洞里去了。这位邻居叔叔，对哪里有蟛蜞，哪里的蟛蜞大，都一清二楚。平时，看他因不识字，说话、做事不但都粗鲁，而且有些笨头笨脑。可是他在捉蟛蜞时，脚步轻快，动作敏捷，左右开弓，不一会儿，就捉到很多很多，这时我看他像个大将军。

再一个是用罾钓活虾。虾罾，是用一尺多的四方蚊帐麻布，四个角系紧在有弹力的两根篾条上做成，用长竹竿系根小绳吊着，用炒熟的米糠拌成糠泥做诱饵，下放到水底。鲜虾肉质鲜美，能多卖钱，对我很有吸引力。但我花了不少工夫，每次都钓不到多少，甚至有时连一只也钓不到。

这些劳动，都离村子很远。如采桑，去的时候，天还是黑的，路很不好走，看见亮的地方，你千万别踩上去，那是水，摸黑才能回到村里。最怕雨天，沙田的路，表皮烂，里头硬，滑得常摔跟斗，变成条泥鳅，摔得采桑妇女哇哇叫。

还有一个能赚几个铜板的门路，是到果园主那里，买两篮番石榴（一种似石榴的软皮水果），再在本村或到龙头环、龙聚环等附近村子去卖。卖田螺、蟛蜞、番石榴，我卖得快，人人都说我人缘好，其实主要是要价不高，足斤足两。

此外，能赚几个铜板的就是砸石子和担砖了。那时，华侨回来盖房子的比较多，兴修三五层高的碉楼，洋灰浇铸，需要碎石子，我就给他们砸碎石头子，要砖瓦，我就到埗头给他们担挑砖瓦。这些劳动，每次都能赚来二三十个铜板，赚个一两角钱，既可以补充学校费用，又可以用来买颜料、画纸，满足我课余画画的需要。几把刻字刀，是我拿旧三角锉去沙溪圩，请铁匠师傅给我打成的。这种刀，强度好，是四哥告诉我的。

除了自己劳动，赚些零钱补助学习费用外，为母亲捞浮萍回来喂猪，也是我的重要活计。有一次，是在冬天。天气很冷，我和远房哥哥阮日仔，一起到远远的狮山附近的一个大鱼塘，去捞浮萍。因为刮了几天西北风，浮萍被吹到大鱼塘的中心和另一边，那边鱼塘主加了木闸，过不去。那边水面上的浮萍，又密又大，招惹得叫人眼馋，可是捞不着。鱼塘四边是陡直的，我们的竹耙，是无法够得到的。远房哥哥阮日仔，急得没有办法。家乡鱼塘四周的土堤，都种荔枝树。我想出办法了。我选中一根大的枝杈伸向鱼塘中心的荔枝树，三手两脚地就爬了上去。西北风虽然很大，但我晃了晃树枝，觉得挺稳。我高兴地叫日仔哥把竹耙递给了我。

我缘着横枝，向塘心爬去，越爬横枝越向下垂，越爬得远，横枝就越接近水面，眼看浮萍就在我的脚下面了，我多高兴啊！左手攀着另一横枝，右手使劲儿用竹耙把红红绿绿的浮萍，向日仔站着的地方推拨过去。横枝随着我的脚劲儿和耙拨浮萍的动作，一会儿贴近水面，一会儿弹向塘空。西北风，一直很捣蛋，它把我拨向塘边的浮萍一次又一次吹回到塘心，我就得使劲儿扒拨浮萍。小孩子都有个怪劲儿，常常把危险的事当好玩。我和日仔又嚷又笑，当作是在打秋千哩！我正得意忘形，使劲儿从塘空压近水面的时候，横枝咔啦咔啦叫喊起来，说它受不了啦！横枝要折断了，我慌张了，只听“咔嚓”一声“扑通”一响，我和横枝一起，掉进深深的、冰凉冰凉的鱼塘里。家乡虽然冬天不结冰，可是在西北风下的鱼塘水，也一样不肯发慈悲，一样地冷。我倒霉了，刚才忘乎所以的得意劲儿，受到了严重的惩罚！日仔吓得大喊大叫，可是四周都没有人；幸亏我会游泳。我钻出水面，拖着竹耙，游近塘边，日仔拽着我的竹耙，好几次都没把我拉上来，原来是我穿的棉背心湿透了，增加了体重，加上堤陡泥滑，所以拉了好几回，才把我拉上来。日仔看我冻得瑟瑟发抖，赶忙帮我脱下水淋淋的棉背心和上衣，把自己穿的衣服脱了一件让我穿上。我冻得嘴唇发青，浑身直哆嗦。不过，我们还是把浮萍捞满四箩头，才跑回家去。母亲看见我好害怕啊！我却觉得挺好玩的。直到现在回想起来，都觉得挺好玩。

在多大开始下地帮助父亲干活，我已记不清楚了，反正我很小就跟父亲下禾田、上菜园，在水田里捋草，在菜叶上揉死浅粉绿色的白粉虱，在田头刨老鼠洞，看父亲一只一只拽着田鼠尾巴拖出来，回家杀了，做成腊鼠肉，晒干很好吃。人都说广东人吃老鼠，就是这种田鼠而不是家老鼠。我家没有一寸土地，都是租地主的田来种，所以年年种的田都不固定，有近在村外的，也有远得要过几道河的沙田的。水田活非常重，我家没有牛，耕田、耙田都要去租用地主、富农家的水牛，收割季节，还要租船，运谷禾回村打晒。从我能记事起，好多年都发大水灾，稻谷都长了芽儿，这样不得不雇左右街坊来帮忙抢收，既要管饭吃，还得付工钱。每在收割季节，我是一个拾穗者，把掉在田里、杂在禾草里的稻谷穗，一穗一穗拾在篮子里。

夏收季节，雷阵雨特别多，说来就来。收下来的稻子，就要赶紧打场脱粒，赶紧抢晴天晒干。南方打谷场，都用三合土夯打得很结实，打晒谷子是要出租钱的，还得排队。父亲常常在脱粒之后，利用山上三合土夯的坟来晒谷。这种坟，像把没有腿的太师椅，左右和上面是倾斜的，环抱着的中间是平的，里面立着墓碑，前面是扇面形的平地。在坟地晒谷，要早上担去，晚上担回来。父亲和四哥力气大，一担可以挑两大箩谷，每箩五十斤。父亲给我买了两个中箩，每箩二三十斤。这活很重，最怕下雨。就这样，我很小就会担东西，走起路来一溜风。

只要不是水灾大歉收，收割季节，家里都会围起个大囤，装着晒干的稻谷，照理说全家都该高兴了吧？可是我每次看到父亲母亲并不高兴，倒是路过凤集堡、街市的时候，看见米店、米行老板很高兴。因为农民都要卖谷子交租，他们就随意压低谷价，过了这个时候，又抬高米价。

年年这样，父亲把囤里的谷子一箩一箩地挑进了米店、米行。最后剩下的，只够全家吃三个月。过了这三个月，就要去米店买米吃了。

夏收前后，禾田里的草长得特来劲儿，要是不捋掉它，几天就长得好长好密了。四哥要请假去捋草，我也要请假去捋草。禾田是在沙田，地力贫瘠，田租就会低些，但路很远，天不亮就去，天黑了才回到家，所以要在田头做午粥吃。父亲带上一个底像立锥形的铁锅，带上米，看人影快到中午了，就叫我去拾干柴做粥。他教我要常常搅搅，才不会煳。我照父亲的话做粥，熬得很好，父亲夸赞，说我将来一定是个很好的“小火头”。父亲夸我，我很高兴，但心里也悄悄地嘀咕起来，母亲也时常教我怎么做饭，教我怎样淘米，告诉我加水加到没过五个手指头就行，多了，饭就烂了，少了，饭就硬了；还教我剥蒜切葱。这是为我走进社会的准备训练。读书，这个从小就想的奢望，我知道不久就要结束了！我一边喝粥，一边望着满脸皱纹的父亲。

第九章　可怕的更馆

象角乡有三座更馆，分别叫作巷外堡、巷内堡和凤集堡。这三个更馆，供着关大帝像。古代兵器架上插着长矛、大刀、朴刀、三叉；近代兵器，有挂在墙上的步枪和架在门前的小铁炮。

更馆的任务是保护家乡，防匪、捉小偷、制止打架斗殴、抓赌，好像都能管。抓人、关人，问题大了，就押解到区上去或石岐县衙门去。老百姓都叫更夫是“老总”。这些“老总”中间，很多人都是乡村恶势力手下的地痞、流氓，也有少数老实农民。谁当了“老总”，都觉得自己跟别人不一样。我小时候，很怕他们。更馆每天晚上从十九点开始打更，每一个时辰（两个小时）擂鼓一次，一夜共打五次，第一次擂一大阵，然后按几更打几下。同时，打更人还挂着个两边开口的大毛竹筒在肚子前，提着灯笼，绕着这个更馆管辖的街道“笃笃笃笃”敲打竹筒报时，给我总是一种阴森森的感觉。

更馆把到家逮捕、半路捉来的人都先关进竖着粗大木桩、像木笼子一样的房子里，里面都有几块巨石，被捉来的人用铁链锁在巨石上。来往过路的人，都能看见，好像是展览品，让你随便看，以此提高更馆的肃杀威力。被抓来的人，都要经过巡官来审问后，才能做出决定：是罚钱，还是送到区上、县上去。如果被抓到的是外乡人，又被说成是土匪，那更夫们可以随便痛打脚踢。

若是更夫们捉住了小偷，一般都是一阵毒打了事。打人的地方，就在挨近巷内堡、团益公会之间的街市中心的一棵古老的大榕树下。那棵树长在一个石头垒的土台上。大树的树干，有三四个人合抱那样粗，枝叶茂密，遮住好大一片地方。鞭打人时，榕树周围招惹很多很多人来看热闹。我也看过一两回，又想看，又害怕。印象最深的一次是放学时，我一人路过鹅瘤山的山坡下，看见一个衣衫褴褛的人，从荔枝园果园偷了一捆柴回来，被更夫捉住了。我可替他害怕了，他会被吊在那棵大榕树上鞭打的。我看见他当场被五花大绑起来，我跟着，看更夫先把这人押到更馆，用粗铁链，“当啷当啷”锁在巨石头上，很多人趴在木栅外头看。第二天，我去街市父亲那里取鱼，路上听到“当当”的锣声，这是游街示众的警号。我见一大群人，有青年，更多是小孩跟着看。当那个偷柴人被押着游行到大榕树下，几个更夫便用粗大麻索，一边口骂脏话，一边使劲儿把他吊在大榕树伸出来的大横枝上，再把他的裤筒卷到大腿根，再给他勒紧裤带，以免吊打时掉下裤子。这样，这个小偷双脚离地上有两三尺高，成了个阿拉伯数字“7”的形状。我害怕地看着那倾斜的上身，裸露的大腿，想到悲惨的时刻，马上要开始了：三五个更夫已分立旁边，拿着用两条黄藤做成、鞭柄像剪刀把儿那样约四尺长的鞭子。这种藤鞭非常韧，像大人大拇指粗细，抽劈了也不会断，是专门打人用的刑具。我看见先上去一个更夫，挽起袖子，攥起藤鞭，一边骂着最脏的话，一边挥动藤鞭，向小偷的大腿死抽狠抽，随着藤鞭劈着空气的呼呼声，小偷的惨叫声同时响起来，那大腿上登时显出了一道一道白印，马上变成红道道，接着又变成紫青色的道道。一个更夫打累了，再换上另一个更夫，就这样轮番上去，咬着牙，歪着腮，打呀，抽呀，小偷的惨叫好像谁都听不到。我看见一个更夫像发疯一样，他感到两根藤条不解气，就把藤鞭倒过来，使用剪刀把那样的鞭头，狠狠抽那小偷。登时，小偷的腿上不是一道道了，而是一团团了，我看见他推着小偷反过背来，狠狠抽他捆着的双手，小偷叫得好厉害啊，十个手指痛得乱抓。抓呀叫呀几下，小偷耷拉着脑袋，不会动了，好像吊着的是一条死狗而不是人。更夫自己也累得在喘气，可嘴里还骂他装死，好像还没有过完瘾哩。

“他死啦？”我怕得捂住嘴巴。

等几个更夫都筋疲力尽了，才给小偷解开麻绳，任他跌跌撞撞地跑掉了。

不知是怎么搞的，我和几个小孩子都跟在小偷后头看。他跑上山坡菜地，伸手抓了两把韭菜，放进口里三嚼两嚼，然后吐到手上，往大腿上搓。我们在一边看着，我心里想这多痛呀！为什么不学好？为什么要去偷柴呢？他一定很穷，很穷……为什么他不找事做呢？谁知道他为什么不找……关到更馆的都是坏人吗？我不知道，真不知道……反正更夫能捉人、关人、打人，权很大，所以我很害怕更馆更夫。又有次上学，在没人的地方，看见一个小偷撒米偷鸡。我心里想，他要叫更夫抓住，会吊在大榕树上挨打的！我替他害怕，就偷偷地看着他。果然一回头，远远看见一个更夫向这里走来，我急忙拾块小瓦片，向小偷投去。他惊回头，我指着更夫来的地方，低声说："快跑，更夫来了！"他跑了，更夫没有抓住他。

这个小偷我认识，很穷。偷只鸡，值多少钱？卖不了几个钱的，可挨打那么狠，多痛呀！所以，我叫他快跑。

在初秋的一个下午，西边夕阳把鹅瘤山照得好像用柑橘水喷过一样，红中带着黄，黄中带着红，真好看。母亲正挨着门向西张望。她一看见我，离着老远就叫我："阿竞！阿竞！"我看到她那慌张的样子，不由得紧跑了几步。她用急得发颤的声音说：

"阿竞，快，快去巷内堡更馆看看你爹，你爹被更夫捉去了！"

更馆把父亲抓去，我害怕得不得了，哪里来得及问个究竟，把书交给母亲，脱下脚上的木屐，光着脚，扭头奔出新亨街、圆头墩、团益公会，穿过街市买菜买鱼的人群，跑过鞭打小偷的古老榕树，直奔巷内堡更馆。我的脑海里不时闪过木栅房子里的巨石和铁链。

父亲怎么啦？他犯了什么罪？我跑进、穿出林氏大宗祠大院的两座门，走下石级，一眼看见巷内堡外果然围着一些人。我不管三七二十一，从大人的胳肢窝底下挤到前头。啊！父亲果然被关在那个用木柱子拦着、大石头连着铁锁链的小房子里面，但是没有上锁。父亲怎么啦？脸庞那么灰那么瘦，皱纹那么多那么深，好像一下子老多了。

我可怜的父亲！我怕极了，急急地问道："爹，爹，怎么啦？他们为什么捉你、关你啊？"

父亲来不及说怎么回事，只是催我赶快去找远房三叔父。他是个撑船的船夫，很讲义气。请他赶快奔走、求情，疏通营救父亲出更馆。我一步都不敢慢，忙去找三叔父。天黑了，我父亲放回来了，事情搞清楚了：原来下底塘有一个不务正业的地痞子，常硬赊父亲的鱼吃。今天父亲因为五哥赌钱，输光了七八块老本钱，又气又烦，正在这时候，这个地痞子又来赊鱼，父亲就没有再赊鱼给他，而向他索要欠款。可是这家伙耍赖，死不肯给。父亲怒了，两个人就吵起来，推搡起来。父亲刚一推他，他就顺势摔倒了，在石街石级乱滚，擦破了一块皮，就要起死狗不起来，说是父亲行凶，把他打伤了。街市离巷内堡更馆很近，更夫来了，就把父亲关进了更馆。经过三叔父的奔走说情，没有要回赊鱼欠款，反而被这个地痞子趁机敲了竹杠，说伤得厉害，害父亲交了二十多元药费和罚款，才免了上区县吃官司。父亲总算放出来了，可鱼摊上的鱼都臭了，还得借钱赔药费、付罚款，又多了一笔债压在他的脊背上。

第十章　大坏蛋陈锡

禾田里杂草丛生，我一连请假好几天，帮父亲去捋草。这时，作新学校发生了一件大事，连我也被卷了进去，成了替罪羊。

阮子垣老校长病重，校务工作由阮赓扬来主持。他给学校带来一股新鲜的风。他组织学生成立了一个“学生自治会”，选举了一个年龄最大的男生当自治会主席，还拨出在三、四年级教室后头的一间房子，做学生自治会的活动场所。自治会这个新组织，虽然没有什么像样的陈设，但阮赓扬先生发动学生拉上纸花，贴上画片和学生的文章、感想，陈列起一些新旧书报，也蛮像个样子。他还组织学生自由讲演，讨论问题，对于活跃学生的思想，关心社会的时风，是起了一定作用的。因此，学生对阮赓扬先生的印象是很好的。

教国文、算术的阮子韶先生，在教员中是年纪最大、最有名望的，是从事教育工作多年的教员，为人严肃持重，不接近学生，也不管校务，上完课就走，很少见他留在学校。他的两个儿子阮军毅、阮军伟是我最要好的同班同学。他的书房，晚上常常宾客如云，在那里打麻将，常赌到天亮。我去他家找阮军毅、阮军伟去上学，常常见到有的人赌到天亮，横陈直躺，在书房睡觉。当时，打纸牌、推牌九等都算赌博，可是打麻将不算赌博而是娱乐。阮子韶先生让人在书房打麻将，当然不算赌博。但我晓得，阮子韶先生做过好几任隆都区的书记官、巡官，他有决定更馆捉捕的小偷和打架的人，送不送区公所、县政府的大权。因此，他是受人尊敬的知识分子，也是有权势的人，在阮姓人里头也算是头面人物。我未见他做过什么不好的事。在我幼小的心灵里，他是个好人。

另一个教体育、自然、修身的兼课教员叫陈锡。他有一次在上课时，说自己是二十一岁。这个人田字形脸庞，手脚粗壮，白绸衫子黑皮鞋，走起路来很神气，远远就听到皮鞋落地的嗒嗒声。他的头发闪闪发光，走进教室散发着一股花露水味。他是个花花公子，处处好搔首弄姿，卖潇洒。坐着讲课时，常搭起二郎腿，把绸子裤筒故意拉过膝盖，学生都能瞧见他的大粗腿，显得很不严肃。当时听说，他的哥哥在省城军界还是官场，当了个什么官。他跟一两个教书的人，在陂下的陈氏大宗祠办了一个学校。那时候，乡下的女学生上学都很晚，多数比男生年龄大。一、二年级的女生，多是劳动人家的姑娘，穿着都比较朴素。我们三、四年级的教室里，有六七个女同学。她们之中，有一个回国读书的华侨姑娘，有一两个回乡念书的商人女儿，有大土匪头头彭老二的两个姑娘（他的儿子也在二年级读书），还有一个姓彭的姑娘，父亲不是土匪就是不三不四、挺厉害的人物。陈锡的弟弟和这个女生在课堂里眉来眼去，关系挺亲密的。这六七个女生，穿着都比较漂亮，特别是那个姓彭的女生，作风轻佻，爱打扮，走起路来耳坠子闪闪发光。只要这半天陈锡有课，就常跟这几个女生泡在教室里，嘻嘻哈哈笑着闹着。陈锡有时还把他自己办的学校里的女学生，约到作新学校来闹着玩。教员室的窗，就冲着三、四年级教室，她们的说呀、笑呀，叽叽喳喳，吵得我们温不成课，做不了作业。学生们当然不高兴，加上陈锡还叫学生去为他买汽水招待这些大姑娘，学生们更不高兴了。学生自治会主席说了不少怪话。陈锡听到三、四年级两三个女生的密告，就找岔子干涉学生自治会的活动，发了脾气，收走了一些书报。

我请假帮助父亲捋完草，准备上学的头一天晚上，阮军毅、阮军伟、阮旭垣来我家，告诉我学校发生了件大事，劝我不要上学，陈锡要打我。他们说陈锡前两天又带着几个外校的姑娘来，又叫学生去买汽水，又笑又闹，同学们当然更不高兴了，有的同学做出各种稀奇古怪的鬼脸，学校搞得更不像话了。这样学生自治会主席也更不满了，就和一两个年岁大一些的同学嘀咕了一番，背地里写了一张“白帖”（使用白纸写着讽刺别人或揭露别人隐私的顺口溜，都是秘密贴出的），贴在教室里，连损带骂，挖苦陈锡。这张“白帖”虽然没有点名，但谁都能看出，里头提的是外校来的姑娘和三、四年级那两三个女生。全校一下子轰动了，爆炸了，人们交头接耳，作为作新学校的头条新闻，惊天动地的丑事，学生们说着、笑着，挤眉弄眼，做出各种鬼脸，戏弄那两三个女生。她们被羞得无地自容。陈锡一到学校，那个姓彭的风流女生，立刻去报告了陈锡。

陈锡听到学生贴他的“白帖”，登时暴跳起来，咚咚咚冲进三、四年级教室，一脸怒气，唰地撕下“白帖”。那几个被点了名的女生，大声哭着，要求找出写“白帖”的人，赔偿名誉。陈锡感到太丢人了，怒不可遏地用藤鞭敲着讲台，一一追问是谁写的。学生自治会主席就坐在教室里，谁都不肯说是他。陈锡只好回到教员室，用各个击破手法，逐个进行追问。最后把那几个女生叫去。这几个女生出来后，陈锡立刻宣布：“‘白帖’是阮章竞写的！”并扬言要惩罚我！

到我家的同学们说，这是那几个女生告的状，冤枉我。她们为什么不敢说“白帖”是学生自治会主席写的呢？因为学生自治会主席是三、四年级里个头最大且敢说敢做的，他本人又在场，谁敢说是他写的？陈锡急着找人出气，就赖在我这个请假好几天、不在学校的班长身上。陈锡逐个追问学生们之后，学生自治会主席从第二天起再不上学了。

到我家去的同学都劝我不要上学，因为陈锡会狠狠打我来解气。我当时很天真，前三天都请了假，不在学校，我怎能去写“白帖”、贴“白帖”呢？天下有这样不讲道理的先生吗？我对同学们说：“明明‘白帖’不是我写的，他有什么证据来赖我？我不怕！”我没有听阮军毅、阮军伟和阮旭垣三个同学的劝告，决定第二天去上学。

听到平白无故被诬告，我是很生气的。听同学们说是那几个女生从教员室出来后，陈锡才立刻宣布“白帖”是我写的，我肯定是这几个女生诬告我。到底是哪个先说的？不清楚。我决定第二天上学就质问这几个女生。

第二天早上，我一到学校便没有好气，一见到这几个女生就质问她们，是谁诬告我？她们开头支支吾吾，说不知道。我追问她们："为什么你们一出来，陈锡就宣布是我写的，不是你们又是谁？"她们还是不肯说，那个作风最坏的姓彭的女生，叫我去问陈锡。假如不是我干的事而被冤枉，我绝不是个能忍气吞声的人。这个坏女生的话，激得我怒极了！我骂她不诚实，不要脸，是个坏女人！我一直追问她陈锡怎么知道是我写的？她被追问得无法，就说陈锡问她是不是我写的，她只好说是我写的。这个女生平时那么泼，那天被我骂得羞得哇哇哭。正在这时，陈锡到校了，像一头发疯的野猪，气呼呼地冲进教室来。他手里拿着一根大拇指粗的三尺长的藤鞭。这几个女生，见陈锡来了，忽然神气了，指着我告诉陈锡我骂她们。陈锡二话不说，没头没脑地就鞭打我。我当初以为，他起码先要问我两句。可是我想错了！我根本没法躲避他从三面竖劈横打过来的藤鞭。这头发疯的野公猪狠极了，我用右手挡，右手打出了血，用左手挡，左手打破了皮；脸在辣痛，额头在流血！同学们都躲开了，有的吓得捂着脸。我这个从来不随便和人打架的孩子，实在忍不住了，我要反抗！我猛抄起班长专用的铁铃铛，要向这个坏蛋击去。陈锡到底是个大人，他手疾眼快，狠狠一鞭向我右手抽来，只听"当啷"一声，铃铛掉到地上，我手上的血，滴在脚下，沾在陈锡的藤鞭上。我两眼死死地瞪着这个大坏蛋！

陈锡被我死死地盯着时，才停住了手，像一只狼，把一个人咬得遍体鳞伤之后，才气喘喘地走出教室。他需要歇歇，喘喘气，然后再撕扯我，吃我！我捂着脸上的伤，咬着牙，跑回家去。我一路跑一路骂着：陈锡是天下最大最大的大坏蛋！母亲看见我无辜挨了陈锡的毒打，拿手巾给我擦血迹时，心疼得直哭。我的一个同班同学父亲是个中医，知道我受冤枉遭毒打，忙叫这个同学给我送止痛去瘀药散。父亲回来了。他知道我这几天是帮他去捋草的，很生气，可是陈家有势力，他不敢找陈锡理论。母亲是个心地善良、胆小怕事的女人，可这回她不干了，一定要我父亲去找陈锡论论理。

在旧时代，先生毒打学生，享有专利权。什么时候打，怎么个打法，先生都有理。先生打了学生，从来不会影响当先生的吃喝玩乐。

晚饭也吃不成了，父亲带我去陂下询问到陈锡的家。这是一座在当地也属于很讲究的砖瓦高房，里边的摆设富丽堂皇。当父亲带我径直走进书房时，只见陈锡正和一个人躺在床栏雕花的大木床上抽鸦片烟。陈锡喷云吐雾，痛快得很。他冷不防地看见我们闯进去，忙不迭地坐起来，假惺惺脸堆笑容，屁滚尿流地请父亲坐下。可以想见他当时心里是多么恨我们父子，因为我们父子冲散了他的快乐，发现了他在抽鸦片烟！他知道我父亲为什么来，赶忙用好话堵住我父亲说：

“章竞很聪明，是全校的好学生。这回学生自治会的事，全是贵叔侄阮赓扬先生搞的，把学生们带坏了，不守校规，在学校乱写乱贴，章竞也跟着学坏了。”

我生气了，说：“我没有乱写乱贴！”

“写了就是写了，以后再不要这样就是了。学生应该诚实嘛。”

“我那几天请假去捋草，我没有写。谁不诚实？”我生气地反问他。

这个坏蛋皮笑肉不笑地不让我继续说，对我父亲说道：“你看，班里的同学都告了他，他还嘴硬，是学坏了！”

乡下人怕秀才，老百姓说不过读书人。道理都在我这一边，可父亲一句话都吐不出来。那个和陈锡一起抽大烟的坏蛋帮腔说："小孩爱闹，先生打两下，也是为了学生好嘛。陈先生口口声声都说这孩子是个好学生嘛，很称赞他嘛。算了，回家休息休息，明天好好去上学！"

父亲被这两个鸦片烟鬼连哄带劝，就不明不白拉着我要走了。我委屈得很，左右摇动两肩，不肯走。父亲硬拉着我走到街上说：

"人家有势力，我们说不过他们……"他说话时声音都沙哑了。

父亲回到家，什么结果也说不出来。母亲非常气愤，埋怨他胆小怕事。那天夜里，伤痕处处都在跳痛，我一夜都没有合眼。

我受不了这个冤枉气，第二天，不去上学了！

虽然赌气不上学，可心却一直在学校。是呀，除了帮父亲下田里干活，我从来没有误过课呀！我多么想、多么爱读书呀！我把阮赓扬先生借给我的《植物学》当作唯一的课本了，我天天摹画那些好看的花卉草木插图，抄着书上的字。谁也没想到几天后，阮赓扬先生见我不上学了，竟叫阮军伟来我家里，要回了他的《植物学》。我把那卷手抄本给阮军伟的时候，心里难过极了：人，都是这样无情吗？怎么哪个先生都不肯出来为我说句话呢？老校长病重，阮子韶不哼，连最爱我的先生，也不肯把书借给我了！天下的人难道就是这样的吗？我是多想读书的啊！……就这样在家待了一个多月，除了帮父母劳动外，我翻看所有我读过的和四哥读过的书，又到团益公会看报纸。尽管如此，可怎么也填不满我剩下来的时间，我是多么难受啊！我几次不知不觉地走到作新学校，听到同学们的读书声，但却没有进去，因为我不愿看见大坏蛋陈锡！要想看不见陈锡，只好不上学！天呀，怎么这样不公道啊！

许多人都劝我父母忍着，还是叫我去上学。父亲又带我去见早在卧病中的老校长阮子垣。父亲和我上到他家楼上，看到老校长躺在一张躺椅上，白头发、白胡子，脸色很苍白，病情已经很危重了。老校长看着我，说话艰难，气喘喘地、轻轻地对父亲说：

“陈……陈锡的事，我……我都知道。章竞是好学生，聪明，又用功，每次考试都很好，还……还是让他上学去吧！”

老校长又拉着我受伤的手，语重心长地说：“章……章竞啊……听……听我的话，你赌气不上学，怎……怎么行啊？要耽……耽误了自己……的……还是上学……还是上学……”

看着老校长那慈祥的脸，听着他从心底说出来的话，捧着那只颤动的手，我哭了。第二天，我上学了。但是，从此以后，那个天下最大最大的大坏蛋——陈锡，我再也没有叫过他一次“先生”。我认为他怎能为人师表！

我恨极了陈锡，总想要报仇。怎样报仇呢？没有别的法子，我虽然不大相信鬼神，但是，为了出这口气，我是这么蠢，却去求神帮助。我听人说过：把人的生辰八字写在黄纸上，压在菩萨香炉下面，这人就得倒霉。可我不知道陈锡是哪一天、哪个时辰生的，只说他二十一岁。我同军毅、军伟商量，都说不知道他的生辰八字，那就写他多少岁，写不全，顶多是不倒霉，叫他头疼几天也行。于是我就找了一张黄纸，这样写着：

陈锡二十一岁中华民国中山县隆都象角乡陂下人作新学校教员道德败坏 丧尽天良 听信谣言 冤枉好人 毒打学生 人间无公道 只好求山神爷大显神通 严惩这个斯文败类

我看见山神庙内，挂着好多善男信女送的匾，上面写着“心诚感应”之类的字。哦，要心诚就灵。于是我就合掌跪拜磕了三个头。我们三人就天天诅咒陈锡倒霉：脚跌跛了，嘴巴长个疮，诬蔑好人，应该咬破舌头，等等。好几天过去了，陈锡照样油头粉面，皮鞋“嗒嗒”响，连头也没有疼过，照样神气!

山神爷啊！我出于万般无奈才求你的呀，怎么不灵、不大显神通啊？！头疼两天不行，叫他疼一天也好嘛!

虽然怀着强烈的报仇气愤，但我心里知道，哪有神灵鬼魂啊？这是自己蒙受了不白之冤，无法报仇，才干的蠢事啊!

老老实实地说，我到现在还不能原谅这个大坏蛋!

第十一章　我的家，怎么啦？

我在作新学校上学的头两年里，大哥几次借债出外卖布都蚀了本，在家吃闲饭。五哥几次赌钱都输光了极可怜的卖鱼本钱，父亲怒极，把他打走，不让回家。

四哥虽然好学，但父亲要供两个孩子上学是负担不了的。只好叫四哥中途辍学，帮父亲种田。我看四哥非常苦闷，多余的时间，都花在看章回小说上，要是我和他在田间拔草，他就跟我讲这些小说故事。我看这些书，有一部分是受他的影响。我们有时看入迷了，忘了做事，父亲情绪不好，说四哥光看“战书”没把田种好，就撕碎这些书；有时发起无名火，他把我从树上掏回家喂的小鸟也扔了，会飞的放飞了！我的九妹，那时才四岁，很乖，跟我小时候一样，妈妈给她扎了把短扫帚，帮妈妈扫地。她是个很听话的小姑娘，我很爱她。但她病了，没钱请医生治病，她快死的时候，父亲半夜还去药店，叫开小窗口，给妹妹买救急丹。可当我慌着烧开水冲药时，她就死在母亲的怀里了！母亲哭着不肯放开，好长时间才让父亲抱开，放在一块木板上，给她穿好衣服，叫来一个仵作佬，把九妹放在一副很薄的木箱子里，挟在胳肢窝底下走了！我只有这一个妹妹，哭得好伤心！妹妹病时，母亲给她做了一双小花鞋，母亲每天捧着哭，说没叫妹妹穿着走，后来只好叫父亲到外面烧了，说是给妹妹捎去了。

我的家怎么啦？尽是困难，尽是忧愁，尽是不如意的事！

就在这个时候，像是连月不开的阴雨天，忽然露出一丝丝晴天，那是姨母的大儿子阿培来找我母亲。他原来在申明亭和岭后坑交界处的一家小杂货铺里当伙计。不知道什么原因，店主不准备再经营下去了，大表哥阿培雄心勃勃，想接过来。可是一时拿不出那么多钱。他知道我大哥阮林伟没事在家，就来动员我母亲，提出两家顶下这家铺子，合伙经营，两家各安排一个弟弟，也不用请小伙计。

大表哥来得真是时候，母亲正愁大哥闲着无事，四哥又辍学在家。父亲因租重不敢多租种禾田，合股顶下这个小杂货铺，大哥和四哥都有事做了，于是就同意两家合伙经营。父亲母亲到处奔走借钱（我不知道借了多少钱，只知道是要好几百元），终于合伙顶下了杂货铺。大表哥有丰富的买卖经验，由他掌握经营大权，我大哥协助，二表哥、四哥都是小伙计。

这个两家经营的杂货铺离姨母家很近，地处在三个村子的交通要道，像一段鱼尾似的三岔地带，大条石铺的道路，几棵浓密高大的古老榕树，是来往行人商客一个歇脚乘凉的好地方。前面看去是树青水绿的田园，风光极好。这个杂货铺，开头生意很不错。大哥、四哥都有事做。父母希望这个小铺子像开张时贴着的对联那样："财通四海，利达三江"；盼望生意兴隆，买卖旺盛，快点赚钱分红，纳息还债，养家糊口。

哪里想到，时间不长就出了问题。经大表哥手做出来的账目，却是亏了本。生意不错，怎么会亏了本呢？虽然瞒不过我大哥的眼睛，可是杂货铺的大权，掌握在大表哥手里，又碍于是姨表亲戚的情面，有什么办法呢？大表哥是有意过河拆桥，两家顶下这铺子之后，用制造亏本的方法，挤掉我两个哥哥。最后，我大哥与大表哥的合作破裂了，逼着我大哥一气之下，离开这个杂货铺，自己去借债，也逼父母去借债，凑了几百元钱，去广州、花县卖布。留下在那里的四哥，怎么能对付得了心中有数、面无表情的大表哥这个小商人？四哥有时回来跟父母说，账目全在大表哥手里，说赚由他，说亏也由他。

日子过得真快，不久就要过年。一天晚上，一家人正在吃饭，收到大哥从广州寄来的一封信。全家几乎同时站了起来，盼望这封信带来福音——寄钱回家，减轻每年年尾债主都来要债的压力。

父亲虽然能给我讲《岳飞传》，可是认不得几个字。他把信递给了我，我对大哥潦潦草草的毛笔字不能全看懂，只能磕磕巴巴地读了起来：父母亲大人膝下：敬禀者，福无重至，祸不单行……读到"敬禀者"之后的八个字，心都凉了。父母惊呆了，瞪着眼睛要我快念下去：儿去花县卖布，不幸途中遭到土匪……父母一听"遭到土匪"四个字，脸都白了，急急忙忙抢着问道：

"人怎么样？人怎么样？"

父母这时是多么着急，担心大哥的安全。

我接着跳过一个个认不清的字，按照大意读下去。知道是货、款全被土匪抢光，人还平安。

人安全了，但父亲一听货、款两光，像刀扎在心坎上一样，“叭”地把筷箸放在桌上，连声叫喊起来：

“这可怎么办？！这可怎么办啊？！”

饭是吃不下去了。母亲怕我读得不准，劝父亲不要着急，叫我赶快去杂货铺找四哥回来。我知道母亲、父亲，多么希望是我把信念错了呀！我也希望是自己念错！心急腿如飞，我转身出门，用尽全身力气，跑出新亨街刻有“象角乡”三个字的村尾村门，跑上山冈，跑过黄屋坑后的山神庙，跑过埋葬穷人与鳏、寡、孤、独和年小夭折孩子的乱葬岗。为了快，我就抄近路，爬山越岭，从林边塘村穿过申明亭，天已快全黑了，才走到鱼尾形的三岔路口，找到了正在上门板的四哥：

“快，快回家去，去读信，大哥遭土匪抢了！”

四哥二话没说，拉上我就往回家的路跑。路上，我把读懂的话，告诉四哥：

“妈说也许是我看不懂，我也会看不懂的……有几个字是我猜的。”我多么希望我识别草字能力低，真读错了啊！

四哥回到家后，先把信看了一遍，接着又顺畅地读了一遍。天啊！和我读的一模一样！大哥的货、款被土匪劫光了！

父亲又绝望地叫喊起来：“这可怎么办呀！年关——这个要命关，怎么过啊？钱，利息，一层摞一层，叫我怎么去还呀！”随后叫骂个不停。母亲由着我爹叫骂，自己只是在墙角哭泣流泪。我和四哥傻傻地坐在一旁，三个弟弟早吓得一声不吭了。这天的晚上，父母根本没有吃饭！

两天以后，又是吃完晚饭的时候，大哥回来了。他满脸风尘，显得十分疲惫，放下旧藤箱子，就站在门边，向父母讲他遭到土匪抢劫的经过。大哥说：“那天，是去花县农村卖布，几个土匪持手枪拦住我，抢了布，搜光身，什么也不给留下。我说：‘兄弟呀，你拿走了我的布，得留我一条命呀！咱们往日无冤，近日无仇呀！’土匪没有杀我，让我走。我又说：‘兄弟呀！我是外乡人，我的东西你都拿了，一点点都不给我留，我怎么回家，怎么吃饭呀？’土匪什么都不肯留给我，我再三求他们，后来只给了我一元钱……”

父亲先还是低头听着，听完以后暴怒，大声骂起来！母亲和大哥一声不吭，大哥流着泪，母亲啜啜低声哭，三个弟弟瞪着恐惧的眼睛。我看着他们的样子，心酸死了，我自己问着自己：“我的家，怎么啦？怎么会这样啊！”

第十二章　夜半，母亲常哭泣

年关到了，父亲又不敢在家了，母亲说是出去“活动活动”。什么活动？是到处求人借钱。我那几天老看见不断有人来要债，母亲是怎样应付过去的？我不知道。过年不久，小杂货铺结账，蚀了大本。这当然要两家来赔，我家没有钱。大表哥缪阿培表示风格很高，说当初顶下这家铺子是他挑头的，他愿意吃了这亏。这样铺子全归大表哥阿培了。四哥被排挤出了杂货铺，大哥没有事做，父亲的脾气坏极了，天天半夜起来骂人，骂妈、骂孩子多，说他是头老牛，最后得死在刀尖上，拆骨卖肉，为老婆、儿子还债！骂得大哥夜里不敢回家，骂得母亲夜夜在枕头上哭。我呢，没有办法，只好跟哥哥们睡一边是猪圈一边是米锥（用竹篾编物围起来放置稻米的器物）的用破木板铺平的小楼上。这个下面养猪、上面大孩子们睡觉的小楼，是我家最后一间房子，比前头的房子，要低一丈多，有一道很陡、很窄的石级通上下。父亲半夜骂人越来越厉害了，骂得母亲不敢在屋里了。我半夜常常听到她在过道石级顶上，啜啜啼哭。我怕极了！我能从心里掏出安慰母亲的话，可我掏不出治父亲病的药——还债还田租的钱！好多回，我劝母亲去睡觉，她有时肯去，有时不肯去。有一次，她跟我说："反正活不下去了，我想从这石级上滚下去，摔死算了！"母亲想自杀，我心疼得像刀剜！我哭劝母亲不要寻短见，我们兄弟这样多，会有办法的。其实我安慰她的全是空话，还是母亲说得对："你和弟弟都这样小，我寻了短见，你们怎么活呀？！"

"妈，你不要离开我们，我很快就长大了，我会养活你和爹的！"

母亲似乎很相信我，相信我会很快长大，不会不管她和父亲。在当时那种困苦的境遇中，我不仅是她的儿子，也是使她在痛苦中，还能得到一点暂时高兴的解忧草。是的，有时在晚上，我给她舂米，她一边筛糠麸，一边翻着臼里的米，这时，我就把从先生那里，或从小铺、在团益公会看报、自已看书所知道的东西都讲给她听，比如说大海的大浪像座山那样高；说天上的云是水蒸气凝成的；说喜马拉雅山比天还高；说西藏地下都是金子；说红毛鬼抢占我们的香港；说葡萄牙这样一个小国也占了我们的澳门；说日本鬼子占了青岛；说当革命军，特别是陆军多么神气，什么苦都能吃，什么都不怕；等等。她听了是高兴的，问我从哪里听来的？其实，我说的，好多我也不懂，也未见过，但能使母亲高兴。

自从自已问自已："我的家，怎么啦？"这个我回答不了的问题之后，母亲就拼着命地养猪、养鸡、养鸭，父亲在靠近我们村的黄屋坑租田种，收秋之后，叫我自已种一畦菜地，有包心菜、生菜、芥菜。总之，我利用一切课余时间，帮母亲捞浮萍喂猪，捡蟛蜞喂鸡，担粪上地。猪喂大卖了，可赚不了多少钱，因为要买米糠、酒糟做饲料。但因我已经能帮她捞猪食，母亲就说：“养猪就跟你那个猪扑满一样，打捞猪草，慢慢喂大，总能攒几个钱。”我不知道能赚多少钱，也许是赔了，但我知道每次卖猪，都能要回一些猪血做粥、下水做汤，全家美美吃一两顿。鸡蛋、鸭蛋卖几个钱外，有时母亲捆一两只鸡或一两只鸭，叫我去沙溪圩卖。叫我从其中拿点钱买课本、纸、笔墨、颜料、画纸。田头的菜，都长得很好，每年都赚好几块钱交学费。有人夸我有办法，其实，我什么办法都没有，只有一个“勤”字。天天担水担粪，菜一有了浅绿色的面粉虱子，我就用烟梗泡水，用笔抹上去，辣死它，逐片逐片叶子，揉死它。我用心整理的菜地，不长一根杂草。办法就这么多。

四哥怎么也找不到事情做，最后只好到石岐一家造木船的小厂，去当打填料的学徒。“打填”是造木船的最简单技术，就是将木船木接缝钉眼，用油灰拌竹丝，用凿子一下一下把缝填满，以防漏水。那时候的青年都没有出路，求碗饭吃，很不容易，四哥只好去了。从此，我看见这个原来爱学习、对我有影响的哥哥，日日消沉！四哥走后，家里的全部劳动都由我承担了。

我虽然很瘦，可我很有力气，过去由大哥、四哥挑水的两个大木桶，我得挑起来。我每天下课，第一件事就是先挑满两大缸水，尽量让母亲不再提水。接着就下田，或帮母亲洗菜、做饭。

母亲常看见我里里外外累得满头大汗，担心我肚子饿。如果遇上她煮好猪食，就从煮猪食的锅里拣出一两块红薯，给我吃。乡下人哪里管猪食什么食的，只要能吃的都吃，我觉得那时候吃得还挺香哩。

母亲总是疼爱自己的孩子的。大哥卖布拉下的债，尽管压得她喘不上气，可是没有吵一句、骂一声。五哥多次输光了父亲卖鱼的本钱，父亲打他，不准他回家，母亲总是让我半夜开开后门，放五哥进家睡觉。父亲知道了，恼怒地说，不准给他开门。五哥虽然也爱兄弟，重手足情，如果有谁欺负他的弟弟，他是不让人的，可是他不学好，老赌钱不肯改，让父母这样痛苦，我也十分气愤。有一次，我故意不给他开后门，他就在石级外面爬漏水陶管上来，我听到他爬了好几次，都落了下去，心中十分痛苦。他忽然喊起哎哟，很怕人，说是被蛇咬了。家乡毒蛇很多，被咬了没办法救，多怕人！我急忙从楼口跳到石级，趴在墙上，拉他上来。到灯前细看，不是被蛇咬，是手被扎破了。我拉住他的手，光哭。我哭着劝他不要再赌钱了，他答应了，谁知又骗了我，还是去赌钱。

尽管家里很穷，母亲仍然很同情穷人，只要有一点能力，她总是乐于去帮助人。我们的邻居是当纤夫的，常年沿西江拉纤去广西梧州，一去就是一两个月，妻子带着跟我同岁的独子阮金彩，在家度日月，一有台风暴雨，就担惊受怕。她是个小脚女人，除了提水做饭，什么都干不了，不养鸡、养鸭，也不教儿子劳动，如果金彩父亲捎不回钱，只好饿得瞪眼。母亲看见，总是在开饭时，装上一大碗压得实实的米饭，再堆上一层菜，叫我送去给他们母子俩吃。

我家养着一只卷尾巴的黄母狗。自记事起，家里就有这只黄狗。它可听话了，会看门，生过好多胎很好玩的小狗。每次去外婆家，它都跟我去，在山上、坟地到处闻，认路、领路，为我当先锋。我如果由大路改走小路，故意爬山穿蓬草丛，它总会抄近道赶到我前头。它生下的小狗，很像它。四哥每次从家里返回造船厂，都是吃过晚饭黄昏的时候走，它生的那只青黑色的小狗，每次都要跟着我去送四哥，送出村外，还跟四哥走好长一段路，最后四哥赶才跑回来跟我回家。黄母狗就高兴地舔着它的孩子——这只青黑色的小狗。我家这只老黄母狗，资格很老了。母亲非常喜欢和爱护它，即使饭很少，她每餐总是把锅巴留下，泡软喂它吃。我也爱吃锅巴，但母亲怎么也要留给母狗一份。人说广东人馋，爱吃狗肉。是的，特别喜欢吃嫩狗肉。可母亲从来不许父亲、哥哥杀吃家里母狗生的小狗。后来，家里的母狗不知道怎么搞的，生病了，瘦了，毛也稀了，挺可怜的。母亲很替它发愁，用汤匙喂粥给它吃。有一天早上，我看它死在猪圈旁边的禾草里。母亲呆呆地看着，流着泪。她叫我帮她把母狗抬进一个小沙箕里（装沙土的竹编农具），等父亲回来去埋葬，还叫我去买蜡烛和三炷香。晚上，父亲提着装母狗的沙箕，我扛着锄头，去猪肚山坡下埋葬母狗。父亲把土堆成个圆丘，夯得很实，就按母亲的吩咐，在狗坟前点起蜡烛和香，还供上一碗泡软的锅巴。

老母狗死后，母亲很照顾它留下的那只青黑色的小雄狗。我离开家以后，就不知道这小雄狗怎么样了。新中国成立后，我回家住了三天。我看见经过日本侵略军所造成的破坏，新亨街基本上成了废墟，土地堂毁没了，残留下来的房屋没有几家。新亨街人大部分都饿死了。我父亲、四哥、七弟、八弟都饿死或被人打死了，青黑色的小雄狗怎么能活下来呢！

第十三章 动荡的大海

我的大伯父很早就去世了，大伯母抛下女儿和儿子改嫁了。我母亲把这对孤儿当成亲生子女，把姐弟俩拉扯大。堂姐嫁人之后，我家就是她的娘家，堂哥阮焕伦和我们生活在一起，家里兄弟们都叫他“二哥”。同大哥一样，父亲供他读了三年书。他好武术，很讲义气，对我们兄弟都很好，对我母亲像亲娘。正当我读书的时候，他出门了，说去当兵了，我也不知道给谁当兵，只见过他寄过一些外地特产给我父母。

从出世到读书，我的故乡像是片动荡不安的大海。我在这片大海中，很快长大到十岁的时候，一股革命的暴风，把这片大海搅得天翻地覆。

故乡香山县，是反对清封建王朝和帝国主义统治压迫，闹革命、争自由而很有名气的一个地方。在作新学校的村头一片杧果林下、狮山山上和东坡的禾田里，有太平天国革命运动时期留下的好多门大炮。很多老人，特别是我前头说过的八十多岁的缪家老阿婆就跟我讲过，说“这是‘红头军’（太平天国军队），从沙田顺着狮江来攻打清朝的兵丁、团勇退兵时丢下的。那一仗打得可了不得，‘红头军’可厉害，清朝兵和团勇都打不过他们，到大洪王庙日夜烧香磕头求保佑。后来大洪王出阵了，累得满身全是汗。结果没其他方法，又调来了很多清朝兵才把太平军打败了！那一仗呀，两边都死了好多人，杧果林外头的乱葬岗里那几个大坟堆，就是埋这些死人堆成的，这些大炮都是太平军退兵时丢下的”。这桩打仗的故事，在象角人们的口中，说得神乎其神。我常和同学们到村头杧果林、狮山上，爬上这些大炮玩，清楚地看到炮身上铸有“太平天国”的字样。作新学校，有很多这种犹如大碗粗的、很重很重的铁弹丸，我们常常拿它练臂力。

石岐东南不到六十里的翠亨村，是孙中山先生的故乡，我家乡的人对孙中山都很尊敬。尽管少数反动势力、老顽固，管他叫“孙大炮”，可是广大的人民都十分敬仰他，认为香山出了个孙中山，非常光彩。

孙中山在广州建立了大元帅府，这个消息传来不久，我父母收到堂哥阮焕伦寄来的一封信，信封左边印着“孙大元帅大本营卫士队缄”的红色大字。二哥给孙中山大元帅当卫士，我读着真高兴！好像象角只有二哥是孙大元帅的卫士队卫士，多光荣！妈妈的脸上露出了少有的真笑容，全家都很高兴。于是传说就多了，说隆都人重义气，勇敢不怕死，打仗打得越厉害，互相团结得越好，说孙中山最喜欢招隆都人进卫士队。这种说法谁知道多少是真的，多少是假的？

随着“国共合作”“五卅运动”“省港大罢工”这些新消息、新名词的出现，香山县成立了工会、农民协会等组织，群众运动像角海海潮涨上珠江一样，到处翻腾起来。我父亲参加了“鲜鱼工会”，扛着大竹杠子和大家一起进县城里开会。我们小学里，也唱起新的军歌。从我过去唱的“日本仔，食人魔，凶残恶过贼佬哥”，改成唱：

打倒列强，
打倒列强；
除军阀，
除军阀；
国民革命成功，
国民革命成功。
齐奋斗！
齐奋斗！

“省港大罢工”和“沙基惨案”，广东人民的反抗英、法帝国主义，特别是英帝国主义的怒火，像火山喷火一样，火焰直喷到象角乡。家乡人提起“红毛鬼”，没人不恨的，它就在家乡的珠江口，强占了我们的香港。还有“西洋鬼”（葡萄牙人），占了我们香山县的海角——澳门。我小时候和伙伴们做游戏，都做打死“红毛鬼”“西洋鬼”“日本鬼”等的游戏。

挨近新亨街西边的圆头墩，有一个带点西洋式的建筑物，叫“团益公会”。在这个很大的三合十夯成的大院和宽敞的大厅里，经常搞一些社会救济的公益事业，除了有中医之外，还从申明亭乡请来了一位独身主义姑娘，用新法帮助产妇接生；看中医、接生都不收费。团益公会的两边是果园，常有一些卖艺的、耍猴的在这里开场表演赚钱。团益公会订有香山县出版的《国民日报》《仁言日报》《商报》供人们阅读。这里历来是个环境干净、林木荫翳、乡人会集的去处，是广州、石岐学生下乡宣传、传播消息的中心。我看到也听过学生在桌子上站着演讲，演宣传反对帝国主义、反对封建主义的文明戏。在团益公会和旁边的土地公土地婆石座台上下，走南闯北的过路人在这里歇凉，吃碗芝麻糊、凉粉、红豆粥的同时，山南海北、漫无边际地无所不谈。好多消息、传闻，我都是从这里的报纸上看到的，从这里的人口中听到的。传闻，很多都加上传播者的渲染，有真有假。从孙文、国民党、共产党，到革命将领长官，无所不谈。对当时人们常说的无聊政客、失意军人都加油添醋地谈论着：说李福林原是做贼的，是靠拿着煤油灯罩当枪把人吓唬住，抢了东西后来才做的官，所以广东人都叫他“李灯筒”。像程璧光、蒋介石、孙科、李汉魂、张发奎、陈炯明、杨希闵，北洋军阀吴佩孚、孙传芳、张作霖，和后来广东的陈济棠等当时的大人物，我都是在这里听说的。

革命的浪潮越掀越大，从堂哥的来信里，我知道他护卫着孙中山参加过讨伐军阀陈炯明的东征。他在我的心中，形象更加高大了。我真想快点长大，快点练好本领，好当一名革命军人。省港罢工，很多人回到了象角。他们在新亨街土地堂讲香港工人罢了工，连大粪都没有人收拾了，人们用纸包着屎，从楼上窗口扔在马路上，香港成了臭港。英国可害怕了，调来好多红毛鬼兵及“摩罗兵”（印度籍兵）全副武装在街道布防巡逻。我就喜欢这种消息，叫红毛鬼知道我们中国不是好欺负的。也是这个时候，我们学校除了原来的孙文像，又挂上了两张外国人的画像。后来我才知道，这两个人一个是德国人叫马克思，另外一个是俄国人叫列宁。那几年，我虽然不懂得太多的革命道理，但是只要打欺负我们的洋鬼子，打光会刮地皮、杀害老百姓、不办好事的军阀，我都感到痛快。

可是不知道为什么，开头很热闹的革命，慢慢不热闹了，谈革命的人少了。父亲也不扛着竹杠去石岐开会了。不久，堂哥阮焕伦不当孙中山的卫士回了家，说孙中山北上了。后来又听说孙中山大元帅、孙总理去世了。社会越来越乱了。田租重、捐税多，农民活不下去了。省港大罢工回到家乡的人，由于地少人多，无事可做，好多人天天只能在街市、团益公会、土地堂、杂货铺说长道短。隆都的大小乡村，都掀起一股修碉楼热，起码都是三五层高的砖石水泥建筑。这些碉楼，大多数修建在各个村的村口和要道旁边，层层有炮眼，楼顶有垛堞女墙，架着火铳、小铁炮，招募民团驻守。这个时候，土匪猖獗起来，而且越来越多。大的乡村土匪成群结队，招摇过市，你成立什么堂，他成立什么堂。奇怪的是，哪个村的土匪越厉害，哪个村就越太平。都说有些土匪“劫富济贫”，专打老财。我虽然没看过土匪们“济贫”，却知道他们从来不在本村“劫富”。不但不“劫”，反而“保护”本村，不准外地的土匪到本村来抢劫，“打明火”。所以，乡亲们对土匪都不太反感，甚至还有点欢迎哩。

原来在外头活动的陂下大土匪头子彭老二，大大方方地回来了，还在埗头搭了一个棚子，摆着藤椅、桌子，一边打麻将，一边放留声机，人来客往，十分热闹。另一个年轻一些的土匪头子彭爽，也回到家乡了，敞开绸褂子，腰带插着两支左轮，带着两三个土匪，大摇大摆，常在街上来来去去。

当土匪风越刮越凶的时候，阮氏却没蹦出一个出色的土匪，有些人似乎有点失望。忽然，一个我从来没听人说过的大土匪阮海从外地回来了。据说他从小就在外地当土匪，这次回来，就是为的保护姓阮的不受别人欺负。一时间，阮海如英雄一般，不少姓阮的青年都跟着他，说他胆子大，讲义气，爱乡里；又说他的枪法非常准，把他那支绿色枪柄的左轮，吹成像《七侠五义》里绿林好汉手中削铁如泥的宝剑那样神。后来，他果然在隆都当了区长。可是时间不久，阮海就在区公所被人开枪打死了。人们说他那时正在抽大烟，正要抽出那支绿柄左轮时，刺客先开枪了。要不他就死不了。对他的死，好像非常惋惜似的。当时，每一帮土匪都有封建势力做后台，他们勾结官府，互相排挤。阮海就是被另一派封建势力收买土匪把他打死的。他死了以后，人们把他的尸体运回村，出殡那天，送挽联的人可多了。作新学校还叫我们学生打铜鼓、吹喇叭，参加送殡哩。两支喇叭，有一支是我吹的。

阮海被人打死之前，我曾在上学路过团益公会时，看见一个当巡官的人半夜被人开枪打死在那里。这帮打那帮，那帮杀这帮的事，我看见过好几回。

父亲十分疼爱自己一手拉扯大的堂哥。有一天，母亲忧愁满面地说："你二哥今天回过家，对我说：'三叔母，把一些钱放在你这里。'我想：你二哥三十多啦，该懂得攒点钱啦。我就答应了。你二哥掏出一包银圆递给我，对我说当中有个'中金'（金币）。我想，我年纪这么大了，从没见过‘中金’，就接在手里掂了掂，很重。我解开看，是有个比‘双毫’大的金钱。我看着你二哥，想了想，天下大乱，你二哥又没有做工、种田，哪来的钱呢？还有‘中金’！这一想，我生气了，就问你二哥：这钱，这‘中金’，是哪里来的？他不肯说，只是要我替他存起来。我猜出来了，就说：‘我把你从小养大成人，可不愿你去干见不得人的坏事。快拿回去！’你二哥还想说什么。我更生气了，就对他说：‘我看这是不义之财！我不能给你存，你不能去做贼，丢祖宗的脸！’”母亲说得那样生气，那样痛心，又那样忧愁，“唉，我白把他拉扯大了！”

自此，堂哥好长时间没到我家来。可是母亲更惦记他。母亲说：“你二哥不是生妈妈的气，是怕连累了我们家！”我记得，前些日子母亲在做饭、舂米的时候，对我说过好几次，“你二哥这么大了，我还不能给他成个家。你伯父可就这么一个儿子，不给你二哥娶个媳妇，我怎么对得起你大伯父呀！”说着，眼眶都湿了。真的，母亲为给堂哥娶妻，去打银铺买过好几次“白鸽票”（彩票），想碰上个好运气。虽然买得不多，一两角钱，但次次都白白蚀本了。

有一天，二哥突然快步走进家来，一个劲儿叫我大哥：“林伟、林伟！”

“有什么事呀？”大哥从里面出来，奇怪地问他。

二哥严肃地问：“你近来跟人做什么事了？”

大哥林伟不吭声。

二哥说：“当稽查，要伤害多少人的利益？你能去做吗？”

大哥更不敢吭声了。

二哥看了大哥好半天，语气虽然缓和些了，但我听来话很重，二哥说：“你不能学别人，也不能学我！”

原来堂哥听说大哥跟着一些人，给官府当印花税“稽查”，就是常到各个店铺去查看账本是否贴了印花，这是旧时代的一种苛捐杂税。堂哥认为这是当官府的鹰犬，敲诈人民，要受到人们咒骂的。就当着我的面对大哥说：

“林伟，我和你不一样。我没有父母，就一个姐姐也出嫁了，没有后顾之忧，不怕连累别人。你上有父母，下有兄弟，我不许你干这种事！”

大哥被堂哥阮焕伦那炯炯的目光看得低下了头。从此，大哥不干“稽查”了。

第十四章　谁是土匪？

堂哥是真当土匪了。从此以后，我更加注意有关土匪的消息：有土匪抢劫的事，有土匪互相斗殴、火并的事，有土匪为保护本村而打外来土匪的事。

土匪的确越来越多了。一到晚上，他们挎着或插着手枪，斜挂着能装六七节一号电池的长手电筒，出入赌铺、鸦片烟馆。这些人，有时忽然几天不见，然后又忽然回到村里，真是来无踪、去无迹，神出鬼没。香山县各地大地主老财，大的跑到省城，中的跑到石岐去住。可我还是时常听到什么人被“拉参”（绑票）到什么地方，土匪明火执仗地抢劫绑架了大财主等这类消息。香山县的大地主老财，像光屁股被人架在猪脖子上，猪鬃扎得他们坐不住，也下不来。于是，他们向省城广州求援了，请来滇军（云南军队）来香山县“清乡”，消灭土匪。据说来隆都“清乡”的是滇军第三十九团。

那时正是七八月间。这些讲“老兄”话（家乡对讲外省话的人，都叫

“老兄”)、来“清乡”的国民革命军，大人小孩都没见过，都害怕。前些日子，还在村里洋洋洒洒的土匪们，一下子都不见了，真是有点风声鹤唳、草木皆兵的架势。但是，我们小学生还是照样上学。有一天上午，我刚要去上学，忽然听到街上的人奔跑着说：“兵来了！兵来了！”母亲不敢让我上学，关闭着那两扇约有大人高的“门斗门”（家乡在大门框外的矮门），躲在家里等着、听着，心里七上八下。对这些来自云南的国民革命军，到底是好人还是坏人，人们都摸不着底。一会儿，我妈、大哥都听到叮当叮当的声音，这是枪呀、刺刀呀、茶缸之类的碰撞声。全家人一声都不敢吭。我从“门斗门”的门缝，看到穿着灰军装的士兵，从村东头向西走去。

我家右边的邻居是个年轻寡妇，我们叫她“大家嫂”。她丈夫原是在外做过什么书记呀文员呀之类的官府机关小职员。所以，这位年轻大家嫂，有些见识，也大方，又会讲广州话。这些兵走进她家小院，她就用广州话跟他们说起话来，请兵们喝茶抽烟。这支军队里的年轻军官，对她很有礼貌。我看见是革命军，好奇心来了，就走到邻居门口，听他们说话。头一次来“清乡”的军队，很文明，没有打人、骂人、捉人，给我的印象还不错。

几天之后，我刚放学回了家，“清乡”的滇军军队又来了。虽然前几天来的军队给人们留下了好印象，可我母亲还是不敢相信，照样把“门斗门”关着。母亲判断对了，这些大兵都变样子了，踢门进户，骂街、吆喝。我不敢再到邻家的大家嫂那里听大兵说话了。大兵走了，我就开门出去，只见邻家那位年轻的大家嫂，在街门口冲着滇军走的方向生气，骂开人啦。说她家的钱，都叫这些兵抢去了！一下子，街坊邻里，也包括我，都对滇军产生了反感了，害怕了，议论纷纷：国民革命军，就是这个样呀？！

土匪们都跑到沙田去了，因为那里禾田广阔，水道纵横像棋盘，竹林、芭蕉园、荔枝园、桑园一个挨一个，芦苇滩、甘蔗林到处都是。围剿，可不那么容易。那几天，沙田常常起火，我好几次爬到象山顶那个“凸”字形的圆土堆上面看火头。看见远远的沙田，一堆烟接一堆烟，一团火接一团火，在燃烧、在扩大，像火龙一样在伸延。太悲惨了，那里多数是水上居民——疍家人住的茅寨！

兵没有来，平静了两三天。这年，常在校的先生是阮楚材。这天上午，他刚上课，从南边的观音渡、龙珠山方向，由远而近，传来了刺刀、茶缸碰撞的叮当叮当声。先生不上课了，同学们都跑到大门口张望。因为大街在学校的后面，我好奇地离开同学们溜到那里，想看看从杧果林方向来的兵，两个胆子大的同学跟在我后面。大兵很凶，看见我们，摇手叫我们退回去。他们散开奔跑着。我们缩回到学校。阮楚材先生叫老校工把校门关紧，不叫同学们出去。我们静悄悄地听着学校外面的脚步声、叮当叮当声。忽然，听到的不再是走路的叮当声，而是急快的撞击声和咚咚的跑步声、吆喝声、叫喊声交织在一起。紧接着是“叭——嗒”“叭——嗒”的枪声和枪弹的呼啦声。“叭——嗒”“叭——嗒”声越来越紧密，好像学校南面的狮江堤上，有人跟这些兵对阵打仗。有时枪声像放大圆盘鞭炮那样，噼里啪啦响成一团，一阵比一阵密（后来有人说那是“水龙机关枪”声——重机枪声）。阮楚材先生的脸都变白了，让学生们集中到一个教室去，他坐在讲台上看着这近百个学生。他惊呆了。

两方对仗干了好半天之后，枪声停了，又听到叮当叮当的响声，一直不断地向村里前进。忽然，听到一阵接一阵、非常可怕的尖厉惨叫声，一声一声叫起来了！脸色刚刚缓过来的阮楚材先生唰的一下，脸色又白了。

“哎呀……”“哎呀……”的叫痛声，一阵一阵地惨叫成一团。这些惨叫声是从鹅瘤山坡方向传来的，叫喊什么，听不清楚。我从没听过这样吓人的惨叫，比小偷挨打的惨叫要惨一百倍，一千倍，一万倍。这一阵一阵、撕裂人心、临死的尖叫，不知道是用什么鞭子抽，用什么刀子捅，用什么棍子打的。我看过人杀猪，刀子一捅，猪就是这样长长叫喊，然而一刀捅下去，猪就不会再叫了。这次可不是那样，一声连一声，好像是一下一下连着用刀捅，也好像是一块一块连着用刀剐。惨叫声持续了好长好长时间，教室里，谁都不敢出气，同学们都簌簌地发抖。

叫声渐渐少了，叮叮当当的磕碰声渐渐远了。好大一会儿，什么声音都没了，象角乡，好像所有的生物都死光了！

过了好半天，阮楚材先生才叫老校工出去看看。我一直从窗里跟着老校工的背影，只见他伸长脖子，探头探脑地向两边看了又看，才提心吊胆地走出校门。好大一会儿，他才回来，向仍然坐在讲台上的阮楚材先生摇摇手。先生问清楚街上已经没有兵了，心上的大石头才放下，立即宣布放学，并嘱咐同学们不要贪玩，赶快回家。

往日放学，同学们到了街上都是吵呀、跑呀、跳呀，你推我我搡你的，没有一次是不闹的。可这次很特别，谁都没有说话，各自赶快回家。我和几个同学，顺着刚才叫喊得最惨的方向，惊慌地走着、跑着，还细心地在两边寻找什么。当快走到鹅瘤山斜坡处，看见往日榕树浓荫覆盖着的小小将军庙时，同学们和我都快吓死了。这片往日幽幽静静的乘凉好地方，却成了刚刚杀了好多猪，宰了好多牛的屠场。到处抛下的捆成大茶杯粗大的香头，还在冒烟。那里的空气，都是腥的，还有一股一股烧焦皮肉的非常难闻的焦臭味。到处都是一摊一摊的血。我向长着针的棘竹林的路边走去，吓得不敢走了，那里躺着几具光着身子的血糊糊的死人！同学们，特别是女同学，生怕踩着血，踩着死人，吓得呀呀乱叫、乱跑！我回家的路，一条是走鹅瘤山，另一条是顺鹅瘤山北坡走街市。我急忙地想跑上鹅瘤山。谁知刚走上石级，啊！山坡横着直着、仰着趴着光身露体、浑身是血的好几个死人。我不敢走鹅瘤山了，就顺着北坡想绕街市回家。可我一跑上小道，右边沟里又躺着七八个死人。这些人死的样子，真可怕啊！我看见死人的胳肢窝、大腿根、肚子上、喉咙眼，尽是烧过、烫过的红黑色烙印。有的抱着肚子，有的头顶着地面，有的蜷曲着身体，有的手抠进泥里；有仰着的，有趴着的……死人周围的地上淌着鲜血，看来是用大香头烧呀、烙呀，经历种种残酷毒刑以后，再用刺刀捅死的，所以每个死人的形状十分吓人！我不敢再看一眼，扭过头去，却又看见左边、家乡当刺篱笆用的鸡屎茉莉丛下面，又有几个死人，看得出，这是被大兵捅死推滚至岩下去的。两边我都不敢看了，用手挡着眼睛两边，跑离这个好大好大、又腥又臭的屠宰场！

被滇军杀死的有多少人，当时，我不敢数；被杀死的是谁家的人，此后也不敢问。杀的是什么人呀？我看见被杀死的人，很像沙田那边的水上居民——疍家人。从滇军这次滥杀无辜后，我好长好长时间，起码有一个多月，每天上学放学走过那里，都闻到一股恶心的腥臭味儿！每次我都捂住鼻子，快步跑过那里。

这就是我小时候见过的从云南来的“国民革命军”。

好长时间，我一直想着一个解不开的问题，那就是：到底谁是土匪呢？

经过这次“清乡”，乡亲们恨透了滇军三十九团。不过三十九团没有再来我们村，听说“清乡”清到南边的大冲那里去了。人们传说，那里的人和本村的土匪联合在一起，关上村门，和三十九团对着打了一仗，并打败了滇军。这些天，母亲比别人更忧愁。我知道，她是在担心我的堂哥。

八月十五中秋晚上，父亲、母亲，还有三个弟弟，正摆着八仙桌，在大门前拜月。堂哥突然从新亨街西头，走到我家门前。他笑着叫我父亲、母亲一声“三叔、三叔母”。我看见母亲是那么高兴，忙叫他吃月饼、吮田螺，他没有吃。我看见堂哥头戴竹笠，肩挂步枪，敞开上衣，腰带插着左轮手枪。没说几句话，他就向新亨街的村尾走去了。跟他一起走过我家门前大街的起码有十来个人，都戴着竹笠，挎着枪，不但不泄气、不畏缩，而且十分威武。可我一个也没看清楚他们是谁。

好像就在这天的后半夜，从东北方向，远远传来非常激烈的枪炮声。什么事？我们一夜都不敢再睡觉，起来坐着听着。枪炮声一直持续到快天亮。这天一大早，人们纷纷奔走相告，说各路土匪都集中起来，夜里强攻打下了石岐城。人们说得是那样兴奋，那样高兴，土匪简直成了了不起的英雄了。

太阳很高了，我听见街上有人嚷嚷着：石岐城里的县监狱，被土匪打开了，很多囚犯向我们村走来了。我跟着人们向新亨街东头村尾跑去，看到十几个拖着脚镣、脸色苍白的囚犯，当啷当啷、踉踉跄跄地向我们村走来，向村里人拱手请求帮他们打开镣铐！现在回想起来，倒很奇怪，当时没有人不同情他们，我看见有几个街坊立即回家去，拿来斧头、铁锤、凿子、钳子，给犯人砸镣铐。我看见犯人把手铐或脚镣垫在石头或田头、坟头石碑上，让人们用斧头、锤子砸，凿子凿。我看见有的犯人被震痛得喊哎哟。叮叮当当，砸了好大一会儿，才把这些犯人的镣铐都砸开了。犯人十分感激，连忙拱手作揖，连声道“多谢”，还边走边回头，各向一个方向跑了。

我站在路上，直到看不见他们的人影才回家。路上，心里一直想着：他们是些什么人？都是真犯罪，还是有被冤枉的？唉！中国，真像一张网，在这张网里头，有龙、有鱼、有虾、有螃蟹、有毒蛇，也有杂草、松枝、死狗、死猪，说不清楚，反正什么都有。

不几天，广州派大兵杀回来了，从土匪手里夺回石岐城，进行了无情镇压，放手杀人，杀的有土匪，也有不少是安分守己的老百姓。各个乡都重新成立民团。象角乡的民团，就在前些日子滇军三十九团用大捆大捆香头烧人、用刺刀把人捅死的那个小小的将军庙后头，搭起了竹棚营房。营房门前插着大旗，旗是白色的，靠近旗杆的一边是蓝红色的，上头绣着一行黑字：“香山县隆都象角乡”，旗当中绣着“民团”两个大红字。参加民团的，多是原先拖着趿拉鞋，时常出进赌场、大烟馆，无所事事的人，也有从外地招来的。我每天上学，害怕经过滇军杀人的地方，所以就改走下底塘，那就必须经过将军庙后头的民团营地。民团说是捉贼、防匪、保护老百姓，可我常看见他们捉来的人，大多来自沙田，很多像疍家人。捉来后，就将这些人锁在门口的大石头上，在烈日下暴晒，在大雨下浇淋。换岗时，民团毫无理由地用枪托，狠狠砸犯人一顿，或用脚狠狠踢一顿。用枪托砸，用脚踢，随他们的兴，直到累了才停止。好像哪个换班，不这样打“犯人”一顿就一定会头疼，吃饭会咬断舌头似的。那些被砸的犯人，疼得“哎哟”地叫，又没法躲，实在叫人不敢看。可我不知道为什么这样怪：不敢看的，又偏要看，还一边看一边想，他们都真是贼，是土匪吗？要不是贼，这些罳家人的父母，知道他们在这里受罪吗……好长时间，我心里总是这样想着。

如果我上学，看不见这些“犯人”时，就在心里问自己：民团把他们弄到哪里去了呢？

第十五章　小叶子，该漂向何处？

广州调来的军队夺回石岐以后，被通缉的土匪都跑到香港、澳门去了，跑不了的，官府就抓来枪毙，或者派人到村里打死。我看见好几个当过土匪的人，就是这样被枪杀的，尸体留给土匪的家人去收拾。那时候，常听到人们说“农村破产”，我不懂什么叫“破产”，只知道租重税多，谷贱米贵，没事可做的人一天比一天多起来。父亲卖鱼生意不好，租重税多，也不敢多租种禾田了。全家常常是当天买当天的米吃，日子一天不如一天，经常有人来要债。

一天，有一个喂着好几头水牛的、我家远房伯父来要钱。母亲不知说了多少好话，这个伯父怒了，说：“你那么多孩子，为什么不卖一个？！”

父母常说他好的一位伯父，如今要叫我母亲舍骨割肉、卖孩子还债，刺伤了她的心。母亲恨恨地说：“那好吧，把我那个好赌钱的孩子（指我五哥）卖给你吧！”这位远房伯父见我母亲怒了，只好不高兴地走了。

之后，我就问母亲：“妈，我家到底欠了人家多少钱？”

母亲含着眼泪说：“好多……”

好多，到底多少？几十元钱，我都未见过；一百元钱，对我来说，就是天大的数字了。我横了横心，尽量把数字加得很大问我母亲：“有一千那么多？”

母亲都快要哭了：“哪止呀……”

“那一共多少？”

母亲不肯再说了，好像说出来的不是数字，而是好多把往心里扎去的尖刀，生怕说出来就没命了。

到底欠人家多少钱，我一直不知道，总感到那是一座山，把父母的脊梁都压弯了！是呀，光大哥每次卖布都要借二三百元钱，每次都蚀光，那是多少次、多少钱呢？

有一次父亲说：“还不起本，也交不起利息，利息又变成本，就这样滚来滚去，越滚越大……”父亲痛苦地又说，“总之，是个无底洞！我是头老牛，老牛力尽刀尖死，可我刀尖死了，肉也值不了几个钱啊！……”多可怕啊！他这话，我记不得父亲说过多少次了。天啊，你怎么不可怜可怜我的父母呀？！

“清乡”以前，那位东邻家大家嫂，见我大哥没事做，就主动对母亲说她有点钱，愿借给大哥去买布。此事果然成了。大哥买布回家，这位大家嫂常来我家，跟我大哥说说笑笑。我看到他们挺好的。没多久，我母亲朝着东邻家窗户骂人了，我听出是骂给大家嫂听的。我劝母亲不要骂，不好听。母亲说：“小叔同嫂子相好（论辈数，我大哥是小叔），是要装在猪笼（用篾编的捉猪的筒筒）扔到海里一起淹死的！”我也这样听人说过，可我就没见人这样做过，这不是太不讲道理了吗？我不好再跟母亲说什么。这位大家嫂便不再来我家了。就在第二次“清乡”，大兵跑进她家抢钱后不久，大哥和她一起私奔到广州去了。母亲当然怒了，怒也没办法，因为他俩都跑了。我很同情他们俩，便对母亲说：“大哥和大家嫂，两人很好嘛。现在人也跑了，你不要管了！”说真的，大哥和那位大家嫂，不完全是母亲骂跑的，他们不跑也是不行的，我虽然没有看见过装猪笼沉海的野蛮事，但几年以后，我亲眼看见过一个女同学受了一个坏家伙的欺骗，生了个私生子，而受到不应该有的凌辱……这事以后有机会再说吧。

大哥和大家嫂私奔之后，不久听说他们到了省城被人敲了竹杠，敲竹杠的这人不知是谁，那么坏！不久又听说，大哥和大家嫂没办法，又分开了。从此以后，大哥就再也没有回家。

大哥出走了；在船厂当学徒的四哥虽然已出师，但赚不了几个钱；五哥学坏，赌钱不肯改，被父亲赶出去不让回家；三个弟弟还小；这样，能帮助父母的只有我了。我的家乡，气候好，只要是离村不太远的禾田，春、夏、秋、冬都有活可干。如收秋后，就可以种大头菜、菘菜、芥菜、茎蓝、韭菜、生菜、包心菜等。我成了父亲的好帮手。我非常想学画画，有谁来教我？阮赓扬先生不在作新学校任课之后，是新校长彭楧一先生继任（老校长在我被陈锡毒打之后不久死了）。彭校长，是一家米店老板的儿子，四十多岁，能写一手好隶书，会画画。有人说他因为身体不好，抽大烟治病。他的牙齿确实是黑褐色的，可没见到他抽鸦片烟，所以我不相信。但这位校长很严肃，好像生来不会笑，我记不得他对学生笑过几次。他比阮赓扬先生更有学问，但不接近学生。可因他会画画，字写得好，我对他很敬仰。如果说阮赓扬先生、彭樑一校长上课时教过我画画，就再没有别人了。就在那一年，从外村来了一对母子，在街市开了一家“风虎”小洋货店。这个小洋货店的少店主，是位三十岁出头的青年，会画神像、关公像、关平捧印、周仓持刀，很神气，还画钟馗、观音菩萨，可吸引我了。每天放学，我都要在那里看他画一阵神像。看的时候，默记下神像的样子，就学他的程序，凭着自己的记忆，回家画起来。可我总画不了他那样好，便天天都去找差距，但仍然记不准。母亲迷信，看我画神像，她很高兴，告诉我新亨街村尾有位叔母，她家有一幅《玄坛伏虎》——赵公明神像，是请人画的。我就去找那位叔母，这位叔母立刻就同意我去她家临摹下来。我对着神楼把神像临摹下来，回家誊在熟宣纸上，涂上颜色，迷信的母亲高兴极了，还打了糨糊，用椰子皮砸成刷子，把这幅《玄坛伏虎》裱好，挂在正面墙上。我的本意是在学画画，母亲却另有一片苦心，她觉得家境这样不好，一定有邪鬼作祟，有了这幅神像，就可以驱邪逐鬼了。以后，只要谁家有画的神像而不是木版印的神像（印的我不喜欢，因为太死板），我都设法去临摹；谁家藏有“公仔”（家乡称画的、泥捏等人物为“公仔”），我都去借来临摹。后来有的人，也叫我画开神像了，如新亨街石坡下的米店，买来白洋布，叫我画过一幅很大的《关云长夜读〈春秋〉》神像。米店老板夸我画得好，我自己也觉得这幅神像是我画的神像中最好的一幅。米店老板还给了我三元钱！从此，我学画便入了迷。我多么想做个画家。

我跟母亲说："妈，我想去学画画！"

"学画要花钱拜师父，咱家哪里有钱呢？"母亲悲伤地说。

是呀，哪里来的钱？我说："妈，那我只好自己学了。"

母亲说："没有老师教是学不成的。"

我想了一想：没有老师教，学不成，那老师的老师的老师，总有一个是没有老师的，难道什么都得有人教吗？我觉得不一定。我就十分认真地对我母亲说："世界上不管做什么事情，总有一个是第一人，这第一人就是没有老师的。画画也一样，最先的一个是没有老师的。我看不一定不拜老师就学不了。"

母亲想了一会儿，说："是，最早开始的一个哪里去找老师？就是说世上无难事，只怕有心人呗！"

"妈，你说对了！"

我和妈都高兴了。

我既想学画画，也想学唱戏。无论是演大戏，还是木偶戏，我都爱看。我曾好几次到阮氏大宗祠去看那些演英雄人物的演员，想拜他们为师去学戏，但我想到父亲母亲那样愁苦，虽然唱武生、丑生的演员很高兴跟我这个小孩说话，可我不敢开口说跟他们去学唱戏。我还跟一个木偶戏班的打鼓师傅非常要好。每次这个木偶戏班到我们村、黄屋坑等村唱戏，我都去看他。他能表演好几种角色，能在打鼓时，替别人唱好几种人物唱腔。他有的唱段，我都会唱。直到我去当油漆学徒了，只要这个木偶戏班唱戏，我都去看他。木偶戏的舞台，是用木板围着的，一般观众是不许进去的。但是他看见我来，就招呼我进去。我就站在他身边，看他打鼓，看他表演。

我还想去航海。在波涛汹涌、无边无际的大海上，我驾着船，船上装着淡水，可以航行到很远很远的地方。我也听过大海风浪无法无天使船遇难的事，但是我想：那有什么？我会游泳呀！我不是可以一口气潜水游过埗头海（隆都人习惯把附近的河涌称为海）了吗？我也听人说过，村里曾有一两个人，能潜在水里好长时间，用手捂住嘴巴鼻子就能换气，像《七侠五义》里的蒋平那样能干。我也梦想要是我能这样就好了。可这样的人，我一个都没见过，我也照人说的办法学过，但每次都呛得受不了。我想一定是哄人骗人的。

我知道，将来不管是画画、是唱戏，还是航海，眼下我最看重的、最喜欢的是上学，是读书。

作新学校只有四个年级，我十二岁就读完了。虽然我想学这个想学那个，但我父亲母亲早已经积极拜托亲戚朋友、街坊邻居为我找出路了。我跟父母说过，我爱画画，要当学徒就当油漆学徒，油漆行业有画工。父母也同意。由于一时还找不到门路，父母就同意我进了一家私立的“树人学校”。这个学校有五年级，我跟父母说好：找到事做就不读书。父母的苦衷我是知道的，家里无力再供我上学了。这个学校的校长阮海涛，是县立高中毕业的华侨子弟，写得一手很好的北魏字体。他把我看作是个较好的学生。我也常到他家里去。开学很久，我都交不上学费（一年十二元），父亲要我告诉他，家里没有钱，请他去父亲的鱼摊上拿鱼吃。阮海涛校长不肯去，也不催我，直到我离开这个学校，好久他也不去父亲那里催要学费，因为他很了解我家的境遇。

树人学校设立在校长家那一族的祠堂里。开学时，墙上还挂着孙中山、马克思和列宁的像。几位先生崇尚新思想，讲打倒帝国主义，打倒军阀。忽然有一天晚上，我和两个同学正在校长家，那个脸上有红痣的先生来了，跟校长阮海涛说了几句话，就马上带我们到学校，连夜把马克思、列宁像取下来。我和两个同学并不清楚事情的缘起，但却知道是时局不好，都没问什么缘故。紧接着阮海涛校长和那位先生，就在树人学校校牌的旁边，又多挂了一块“国民党中山县党部隆都第二区区分部”的白底黑字招牌。同时，国民党县党部、县教育局，派来一个专讲党义的教员，讲“三民主义”。每次都攻击、污蔑共产主义。他每周来一两次，匆匆讲课，就匆匆走了。那是个很神气的人，像个走村串乡推销生意的，把货卖了就走。阮海涛校长和那个脸上有红痣的先生不欢迎他来，暗中布置几个年纪比我高的学生，向这个党义教员出题请他解答。他不在乎，大概看出是学校布置的，就摆出一副说笑不笑、说哭不哭的样子，对学生们说：“上党义课，由我讲，你们人人都要听。提难题，你们还小哩！我不会回答你们的问题。”

母亲进一步加紧教我做菜做饭，教得很细，比如怎么切菜才不会切着手；大蒜先拍一下，不然脱蒜皮会弄破手指甲缝儿。我知道要当学徒，首先要当“火头”，要学会做饭做菜。我就主动地向当过火头的，会讲《粉妆楼》《五虎平西》等书的街坊叔叔请教怎样当火头。他很详细地把他在广州当火头时买菜做菜的经验传授给我。他告诉我当火头，菜的花样不能老一套，若是老一套，人家不爱吃，不欢迎你，所以要学会想办法。他举了好多例子，我还记得其中的一个，他说：

“我在省城跟一个卖猪肉的搞熟了，成了朋友，我就叫他隔些日子，把猪心顶上的那块带着些白肉的猪心头都切下留给我。这东西便宜，我把它切成薄片，加上配菜，炒给人家吃，人家看见白里带红、红中带白的肉，绿色的配菜，都说漂亮好吃，吃过都问我这是什么肉？我就说：这是‘猪心蒂’，好吃吧？很受他们的欢迎。一个火头，最要紧是要会想花样，要想法子叫人家吃了说感觉又好又便宜……”

就这样，我一边在树人学校拼命用功多读书，一边加紧学习做菜做饭。有一天，活干完了，我在观音渡口等船，只见江底江天的晚霞都消失了。我坐在码头的大木桩上，把脚伸进水里，忽然看见一片小树叶子流到我脚前，我静静地看着它。小树叶好几次被我脚搅起的小波浪推远了，可是又旋呀旋呀旋回来。这是片小小的新叶子，又绿又嫩，不知是叫什么打下落在通往大海的狮江水上。我把它捞起捧在手心里，看呀看呀，舍不得扔掉。摆渡过来了，人们都争着上船，船到观音渡中流，我才把它放到江水上。我看着小树叶顺着江流慢慢地漂呀漂呀，慢慢地旋呀，很快就旋进流得非常快的激流里去了……

我望着它，眼睛寻找着，心里想：“唉！这片小小的嫩叶子，要向哪里漂去呢？”

第二部　少年

第一章　告别童年

一九二七年六月　旧闻新摘

从过年起，广东的局势像波涛汹涌的大海，没有一天平静过。

自从四月十二日，蒋介石在上海对共产党革命工人进行了残酷的大屠杀，国民党广东当局紧接着在四月十五日，也对共产党、工会农协进行了大屠杀的第二天晚上，我帮助阮海涛校长取下马克思、列宁像之后，“打倒列强！打倒列强！”不唱了，“除军阀，除军阀！”也不唱了。

六月十日汪精卫、唐生智、谭延闿、孙科、张发奎等在郑州举行秘密会议，策划反共。

六月十八日钱大钧到南京向蒋介石报告广州镇压革命情况。

六月十九日广州七千多人在东园前召开纪念省港大罢工两周年纪念大会。

会后游行高呼“打倒蒋介石”“打倒新军阀”等口号，沿途受到市民热烈欢迎。

六月二十三日广州群众在东校场举行纪念沙基惨案周年。国民党广州政治分会派军警戒严，逮捕了许多散发传票的工人群众。

六月二十九日国民党广东当局在广州实行第二次大逮捕，搜查了五十多家工会，抓走两万多人。

有一天，放学之后，天色已进入黄昏，神坑土地堂那棵古老大榕树上，麻雀叽叽喳喳，各唱各的回窝之歌。我正在门口劈柴，看见答应为我找吃饭出路的远房大哥阮寂生向我家走来。他是个油漆匠，是一个说话很诙谐的人，平时见到我总要说句笑话的。可是这天，他没说笑话。我让他进家，他笑着对我父母说：

"三叔三叔母，我已经问到一个地方，想收个徒弟。"

我父亲母亲真是喜出望外了，好像饿了好多天的人一下看见热饭菜那样，眼睛都放光了，父母连声谢着寂生大哥。

寂生大哥继续对我父母说："这家油漆店叫'两合油漆店'，在冲头、冲边交界的大石桥边，我跟老板冯阿臬说好了，三叔明天带阿竟去看看吧。"

母亲听到已经为我找到吃饭学手艺的地方，当然高兴。但我要到人家那里当小火头，母亲觉得最最重要的是师父家的为人情况。母亲忙问道："他寂生大哥，这个油漆店老板和老板娘，做人怎样？"

寂生大哥说："我在冯阿臬那里打过工。冯阿臬倒没什么，但好打麻将，老板娘也好赌钱好打麻将，不会管家，对徒弟比较'横'。冯阿臬不让她管钱……”

母亲担心地问：“你见过她打徒弟骂徒弟吧？”

“没见过。只是唠唠叨叨没个完。”

母亲半忧半喜，父亲则认为这是走了好运，遇到一个肯收我去当小徒弟的好人。父亲怕母亲问得太多，就用高兴掩盖住忧虑，当机立断地决定：明天不卖鱼了，带我去冲头看看。

第二天早上，我向树人学校阮海涛校长请了假。在路上，我们父子不怎么说话，各想各的心事。父亲老沉着脸，不知想什么。我一直在心里猜测老板一家是什么样的人，我希望他一家都是好人，善良的人。像我的几个好先生一样，同情我，肯教我学好手艺。我一面走一面在暗中祷告：如果我走到那棵大榕树下是双数，老板一家都是善良的人；如果是单数，就不是善良的人。我走着数着，等我走到那棵榕树时，糟了，是单数！我说服自己：这不算，要走两次才算。记得三叔婆带我去观音庙求菩萨保佑时，杯珓都是抛两三次的，一次不算数。于是我就又选一棵水松杈作目标，再一边走一边数。天啊，怎么又是个单数！不对，可能数得不准，再来一次。我看见一座小板桥，对了，就按我踏上桥板算最后的一步。我默数着一、二、三、四……这次走运了，左脚一踏着桥板，正好是双数！为了保住这个好兆头，我不敢再数了。

农历四月的家乡，已经是名副其实的夏天了。沿路翠绿的杨柳，浓绿的榕树，挺拔的水松，洒着斑斓阳光的曲径，闪闪发光的小河，我都无心看了；树上的鸟声，路上的人声，我也无心听了；我心里老想着那天傍晚在观音渡激流中的那片小嫩叶儿，现在漂到哪里去了呢？到了大海，还是停在什么河汊水塘呢？一定是到了大海了。可是大海风浪反复无常，会不会把它打烂了呢？不会的，它很小，小东西机灵不容易被打烂的，是让风浪卷着走了……卷到什么地方去了呢？唉！我怎能知道啊？

沙溪圩，是个热闹的集镇，每逢农历二、五、八就是圩日。这天天一亮，农民、手艺人，水陆并进，从四面八方担着扛着自己生产的东西，像小鸡雏鸭呀，菜苗薯秧呀，风箱竹笠、锄镰犁耙呀，箩头簸箕、木屐草鞋呀，等等，来这里进行交易。行商走贩，摆摊搭帐，大做买卖；算命先生，千方百计，坐地骗钱；江湖术士，敲锣打鼓，圈地卖艺。胡氏、林氏在宗祠堂外大场的影壁，便是当时军界、政界的气象报告台、宣传阵地。若想要知道当下是谁下野，谁上台，谁拥护谁，谁要打倒谁，谁当了省长、县长，谁当了国民党的广州分会会长，谁当了政治分会主席、军分会主席，都可以从影壁大体查到。像李济深当了政治分会主席的布告就贴在上面。贴在这面墙上的布告、通电，像竹箨那样，一层叠一层，变化无常，天天剥也剥不完，数也数不清。比如前几年，这墙上贴满了号召工人农民紧急动员起来，拥护国共合作，拥护工人重生，拥护国民革命，打倒帝国主义，铲除军阀，参加国民革命军，捐钱捐款，支援东征，支援北伐，支援省港大罢工等的布告、宣传单，看了长志气、长精神，产生新希望，老百姓都喜欢看。

人都说广东是民主革命的策源地。全国各省各地的失意军人、无聊政客，蜂拥而来，“投资入股”来这里碰运气，捞资本，占地盘。于是有枪杆的，入枪杆股；有钱的，入钱股；没有枪，没有兵，也没钱，就入舌头股——靠鼓那三寸如簧之舌，吹牛皮，说大话，溜溜舔舔，拍马屁来入股。像蒋介石当初投奔孙中山，就是靠买空卖空、阴谋诡计，所以他入的是阴谋股；他一无兵，二无枪，三无钱，全靠骗取孙中山的信任，飞黄腾达起来。孙中山先生病逝后，他便以孙中山最忠实的信徒自居，使出浑身解数，一下子就变成国民革命军总司令。一个上海流氓头子黄金荣、杜月笙的门徒，一下子便成为政治、军事的超级暴发户，就是靠当时广东气候制造出来的。

广东的土壤、温度、湿度似乎最适宜培养军阀基因了，这许多名不见经传的劣汉、亡命之徒，只要抓到枪杆子军权，抢到了什么主席、督军之类的官职，便会立刻在这面墙上贴出不准工会罢工、不准农会请愿的告示。五月广州政治分会竟贴出资本家有解雇工人的权利的布告！在那年九月，广州的国民政府便明令解除了对香港的封锁，使香港更加成为大小新军阀的避难所、销金窟、安乐窝。前几年的漫画，吴佩孚、曹锟、段祺瑞、张作霖、孙传芳都是穿着军装的野兽、青面獠牙的魔鬼。现在没有了，新贴上的是污蔑共产党“共产共妻”，骂工会和农民协会是“暴徒土匪”之类的东西了！

对这些变化无穷、诡计多端的军界政界中人，不少老百姓说他们是打着孙中山的旗号在说“国民革命、革国民命”，如果谁要问这些人会做什么，老百姓便会准确无误地说：“刮地皮！”

…………

这样大的国家大事，我不懂，但对这些议论、这些漫画，我历来是有浓厚的兴趣，喜欢听、喜欢看。可是今天，我却一点兴趣都没有了，紧跟父亲走着。

从沙溪圩走出港头，走过一道很长很长的、弯曲的乱葬岗子，就看到了冲头、冲边两乡交界的大石桥了。父亲在大石桥前头，寻见一块直挂招牌，上面写着“两合油漆店”五个字，于是便说：“到了，就是这一家。”父亲是对着我说的。我忐忑不安地跟着走了进去。

很幸运，冯阿枭老板正在店里。开头，他还以为父亲要请他做点什么，比如油顶竹笠呀、油个门口之类的零星活儿，赶忙客气地站起来，让父亲坐下。但当听了父亲求他收我当徒弟之后，立即将目光转到我身上，看了一下，就坐回椅子上，卷起烟，慢慢地说道：

“寂生师傅那天来过，说过要给我介绍个小火头。但是现在兵荒马乱，生意不大好，收徒弟，养活不了呀。寂生却说一定要收个徒弟，没有说定呀！”他一边说还在一边打量我。那目光带着寒气，我觉得很冷。

冯阿枭的个子的确很高，很瘦，留着右边大左边小的分头。他脸黑黑的，胡子密密麻麻。可能觉得自己长得太高了，生怕什么东西碰着头似的，所以总是稍稍驼着背。父亲恳求地说：“冯老板，我这个孩子，不小了，他什么都能做，你还是收下吧！”

冯老板抽了两口烟才慢慢抬起头，从头到脚又把我打量了半天，之后问道：

“多大了？”

“十五……”我低着脑袋按虚岁轻声回答。

“读过几年书？”

“读了四年……”我斜着眼看了看他。他还在上下左右打量我，好像在买小驹、小牛那样，看头，看眼睛，看嘴，看腿，什么都想看看，就差没有过来扳开我的嘴巴看牙齿了。他一定是在暗中盘算收这个小家伙上算不上算，收我做徒弟会不会吃亏哩！我看出来，他对我这头小驹、小牛，不太感兴趣。果然，他转过脸，悲观地对父亲说：

“现在天下大乱，做生意太难了，学油匠手艺有什么出息？我看孩子还小，不要急，过几年出来也不迟嘛。”

冯阿袅的悲观论没能动摇父亲为我寻条吃饭的出路的决心。父亲恳求地说：“冯老板，我这个小孩别看他小，他会画画，什么都能。”

父亲以为说我会画画，就能打动冯阿袅的心，谁料铁石心肠的冯老板仍是岿然不动：“不瞒你老哥说吧，现在时局像走马灯，你下野，他上马，有多少人敢盖房子？金山佬谁敢寄钱回唐山？现在我真没打算收徒弟。这样吧，过几天，商量商量再说吧。”

我听得很明白：冯老板嫌我人小骨瘦如柴，把收徒弟的门一下关死了。

我那胆小怕事、不会说话的父亲，今天倒是十分坚强勇敢。他不厌其烦地说我所具备的天生的聪明才智：“冯老板，我这小孩不但很聪明，还很有力气，担水劈柴，爬高上房，什么都干得了。你这一家里里外外的事，他一定能干得很好，没有问题！”

我父亲悲歌慷慨的陈词，虽然没有完全打动冯阿袅，但起码引起他重新考虑，就在这个重大的历史性时刻，一个女人的声音像一丝风，从小门吹进这个闷热得令人窒息的店面。

“会做饭吗？”

我抬头一看，是一个中高个子、不胖不瘦的中年女人。她脸色很黄，嘴唇很薄，鼻子扁塌而且两孔朝天，眼睛暗淡，眼圈灰黑，好像没有眉毛，额头有个伤疤，两鬓的头发像长势不好的野草。她问了“会做饭吗”之后，还张着嘴唇，左右各有一颗金牙，在那故意咧着好像叫人欣赏似的。她那两只穿着拖鞋的赤脚像马蹄一样，呈八字形一步一步地迈出门来。不知道为什么，她给了我一种害怕和憎恶的感觉。

父亲同我的感受不一样，这个女人的出现让他好像找到了个可以求的人那样，立刻抢着说：

“会做！他天天都帮他妈做饭的。做十几人的饭菜不成问题。”

我听出，父亲的话是高兴的，父亲觉得这女人的话和她的金牙一样，都在发光。

“能挑动多大的水桶？”

“大小都挑得动！”这回，我不等父亲说了，上阵父子兵嘛，还能叫父亲一个人求老板夫妻两个人哪？

“两只这么大的，你能挑？”她张开双手都合不拢的大圈问我。

我知道她是在对我进行测试，这笔买卖能不能成交，就要看我们父子能不能满足她的要求了。为了迅速达成收我这个小牛、小驹的交易，什么条件，我都先答应！我立刻回答说：

“大人挑得起的，我都能挑！”

我的回答取得了光辉灿烂的战果。

老板娘满意极了：“你有这么大的力气，好极了，现在正没有人给我挑水呢！”她转头对老板说，“反正现在没有人挑水做饭，要不就……”

老板对老婆的插嘴连理都不理，很不耐烦了，勉勉强强地对父亲说：“这样吧，都好好地再想一想，你们等我的回话吧。”

冯老板这个“都好好地再想一想”，一直想了二十多天，还没有想好。父亲等急了，只好托寂生哥再去说情。寂生哥回来说，的确是老板嫌我年纪小，个儿太小，不想要我。父亲一个劲儿地求寂生哥再去说说。迷信的人不是常说心诚则灵吗?

经人再一次找冯老板和老板娘，终于达成口头协议，两合油漆店收我当小火头兼小徒弟。

父亲对母亲说：“夜长梦多，还是早日把阿竞送去吧。”

我要走进惨淡的人生，走向混乱的世界，首先得赶快跟树人学校阮海涛校长说，我退学不读书了。

校长听我说已经决定退学，感到很惋惜。他对我说：“章竞，我和几位先生对你的学习都很满意。去跟你父亲说说，就说是我说的，只要家里能想出点办法，我希望还是让你读书好！”

我万分感激校长和先生们的好意，泪珠都快滚出眼眶了。我呢呢喃喃地说：“校长，我也真想读书，可我家实在没有办法了呀！我的学费，我爹说现在还没钱交……我爹叫你去他那里取鱼吃……”

“我说过，学费不急。”阮海涛安慰我说，“回去告诉你父亲不要着急，你也不要着急。”我临出校长家门的时候，向校长深深地鞠了一躬，向学校、向学生时代、向童年永远告别！

“唉，多可惜啊！”我听见校长这样说道。

后来听母亲说，阮海涛校长确是向父亲提出过：只要有一点办法，最好让孩子继续读书。半年的六元钱学费，本来一开学就得交，可父亲因为没有钱就没有交过，我退学之后，校长一次也没有催要过。

这几天，母亲很少说话，忙着为我准备行装：改了两身堂哥和大哥穿过的旧衣服，洗干净了一床我和弟弟们共用的棉被子和一个旧蚊帐，一起包在一个白布做的、有带子的、一头绣着深蓝色云头的旧包袱里，下边又加上一张能折叠的草席。

这就是我走进社会的全部行装。

此外，父亲还给了我三元钱。按当时的习俗，拜师要买三牲（猪肉、鱼肉和一只鸡）做拜师礼品，先给油漆匠祖师神牌烧香、点红蜡烛，参拜叩头，然后再给师父（老板）叩头。但到了我这一代，不用给师父叩头了，但买三牲上供还不能少。父亲说，三元钱买三牲虽然够用，但只能说是一份薄礼，很不隆重，所以再三嘱咐我，要等他离开两合油漆店以后，再把钱交给老板娘，请她帮忙代办，选个日子拜师。临离开家时，母亲还给了我二十个铜板，让我留作零用。

五月初五，父亲送我到两合油漆店的时候，冯老板不在，店里只有镶金牙的老板娘在。我看见她神态冷峻，眼色威严，冷冷地对父亲说，她家会对我很好的，“我从来都帮小火头做饭做菜，把每个徒弟都当成自己的亲儿子那样看待的。我是个软心肠的人，软得像条开水泡过的粉丝。我自己也有小孩，知道做父母的心情，只要听话就行。我绝不会把不该小孩干的活叫阿竞干，你放心好了，回去也叫阿竟妈放心。常言说‘师徒如父子’，以前有个徒弟生了病，一顿不吃饭，就把我急得快急死啦！那时我还年轻，不知怎么好。请人呀，求医呀，不几天就给他治好了，我还劝他回家休息了好长好长日子哩。你请放心吧，回去也请阿竟妈妈放心吧”。她翻来覆去说她如何善良，心肠如何软，把自己说得像观音菩萨似的。

忧心忡忡的父亲，对这位好心肠的老板娘不知说什么好，又因为拜师的钱太少，忐忑不安地嘱咐我要听话，好好干，临走对老板娘说：“那就拜托你多多照顾了！”

老板娘还是冷冷地说：“你放心好了，今天就不让阿竟做什么了，先休息休息……”

父亲走了，我以为老板娘会先告诉我铺盖卷放在什么地方，然后再给我讲讲店里的情况，不是说让我休息一下吗？可我想的同老板娘想的完全不一样，她没叫我休息，也没叫我坐下说说话，而是威严地说：“阿竟，跟我来！”这是头一天老板娘给我下的第一道命令。

我立刻说声“是”，就跟着她去了解环境，接受任务。

她先领我了解两合油漆店门里门外所有的地形地物，指了店门指工具架，指了桌子指椅子，唠唠叨叨地为我制定每时每刻的时间表：

“每天，你要五点钟起床。起床以后，先烧好水，再去买菜。这是大门钥匙，早上出门一定要记得锁门，要是贼进来偷了东西，我要问你的！买菜回来，拆下门板，敞开铺面，扫地抹桌椅，做早饭。吃了早饭担着家什跟师傅们去做工。近的地方，记得十一点回来做午饭。收了工，吃了晚饭，洗刷好锅碗，赶快把担回来的油盆油桶刮洗干净。有时早上，要去杀猪铺取回猪血打成料，一会儿我叫他表哥林焕教你；晚上熬桐油时，师父会告诉你做什么事。如果请来画工，记得晚上要给他端水洗脸、洗脚。可不要叫了才干，不叫不干！记住了吗？”

“记住了。”

“那你重说一遍让我听听！”

我把她给我的任务复述了一遍，她满意了就又带我到厨房，指着四个大水缸，喋喋不休地说明这两对水缸要严格分工、划清职责，不准张冠李戴的理由：“这两个口大矮点的水缸，是装河水的，河水是洗东西用的。这两个高的水缸是装井水的，是煮饭、烧开水，特别是烧开水泡茶用的。井在桥对面的冲边，一会儿叫阿培领你去担水。这两个装井水的大缸一定要干净，千万不能掉进米粒米饭，你晓得不晓得是什么缘故？”

她狠狠地盯着我，要我回答。我茫茫然，不晓得怎么回答，但我很快想起读过的四句古诗来：“锄禾日当午，汗滴禾下土。谁知盘中餐，粒粒皆辛苦。”我向老板娘答道：

“师母，我知道，是不要糟蹋白米。”

我还以为自己回答得很不错，应该打一百分。谁想到她却瞪大眼睛，用非常可怕的口气说出一个非常非常可怕的问题来：“你回答的不对！不对！不对！你知道不知道米粒米饭掉进水缸，会生出什么吗？”

我确实不知道，只好说：“我不知道……”

“我瞧你就不知道！我告诉你吧：米粒掉进水缸，过两天就要长毛。人吃了长毛的米，肚里要生小乌龟！这是个要人命的事，你懂了吗？”

太可怕了！我怎么就没听人说过呢？

“你说给我听听，为什么不能掉米粒？”

“它会长毛。”

“光会长毛？更要命的你忘了？”

“吃了肚子里会长出小乌龟！”

“你要忘了，叫我吃了生小乌龟死了，你拿什么赔？说呀说呀！”

她狠狠地看着我。

我能拿什么赔呢，只好听着就是了。谁晓得她不干，很认真地问道：“赔钱，你家有钱？”

我被问得无可奈何地说：“师母，我家没钱……”

“没钱就不赔啦？！”

“那……我叫我妈……叫我妈把猪……”

“我死了叫你妈赔口猪？”她大惊失色瞪着眼睛，手背贴着张大的嘴。

“师母，不是这个意思，我是说叫我妈把猪卖了，赔你钱……师母，你放心，我不会叫米掉进水缸的，我能担保……你一定会长生不老的，一定会福如东海、寿比南山的。”

嗨，我这一说，她笑了，说：“这是吉利话，不掉米粒就行！”

于是她绕着厨房说着说着，又带我到用木板围着的后院，告诉我这是大粪缸，那是放柴草的。她生怕我记不住，唠唠叨叨，翻来覆去说个没完：“这是老糠（稻子皮），是煮饭用的；这是木柴，是烧水、炒菜用的。你可要小心，千万不要失火把房子烧了！你把房子烧了，把我烧死了，你赔得了吗……”她的眼睛像两把尖刀一样瞄着我，好像已经失火了，“真失火了，把我烧死了……”

有了刚才的教训，我有经验了：她怕死，得用死跟她说。我说：“师母，听别人说，人老说死呀死呀，就会真死的，索命鬼就会总跟着的……”

“真的？”她睁大两只惊恐的眼睛。

“是的。师母，我不会失火的，你会长命百岁的。别再说死呀死呀的。”

“对对，我不说了，我不说了……”老板娘停了一下，情绪比较稳定了，于是又把厨房任务交代一遍、反复警告我可能出现的问题和严重后果之后，带我回到店铺的前府来。我一直跟在她左右，听她说话，看着她那走来走去，翘着下巴颏，挺胸凸肚子，两只手往后一甩一甩，两只八字脚一撇撇地拧巴着的尊容动态，觉得老板娘真像一只老母鸭。她指着正面的小神龛告诉我：这个是油漆匠的祖师爷神牌，左边是老板家的先人神主牌，每天早晚都要记着烧一炷香。

过了一会儿，老板娘为了考考我的记忆，突然问道：“每次烧几炷香？说给我听听！”

我光想着老板娘太烦琐，随随便便地答道：“不是说每次烧一把吗？”

谁料她大惊起来：“烧一把？”

我愕然地不知说多少好。

“你想把我家粜啦不成？给他妈的这些死鬼烧一炷够啦！他们又不干活，享受那么多干吗？每回烧一炷，我对这些死鬼够客气了！”

我什么话都不敢说了，只好默默地站着。老板娘也累了，扶着椅子靠背，喘着气：“你自己好好看看！”

我照着老板娘的命令，细细地看着这家油漆店的铺面阵势：店铺左边是老板的柜台，柜台前面左壁是一个木头架子，堆码着颜料，放着工具，摆着盆盆罐罐，因为要蹭擦油刷子，木架上涂得五颜六色，乱七八糟。三合土夯实的工作地面，放着一些还未油漆好的结婚家具。整间铺房上面是一层楼板，中央是个方形的能上下观望的楼井口，上下的楼梯靠着右墙。楼上随着“人”字形屋顶，分成两截：前截较高，后截很低。

“从今天起，”“师母”冯老板娘指着后截对我说，“这楼的前面是我的大儿子冯金培和我的外甥郑林焕睡觉的地方。请来的师傅睡觉也是在这前面。你就睡在这后面！”

我按照老板娘手指的方向，上楼去看指定给我睡觉的“地盘”。我看见有一半地方，如果不弯下腰，不低下头，就会被檩条碰疼脑袋。这块地方，也是老板家的废物仓库，堆满了乱七八糟的东西，但那里有个向东的窗，可以看书，我满足了。对于一个从小睡惯猪楼的人来说，老板娘给了我这块地盘已很不错了。

老板娘把以上的任务，严肃、认真、仔细地交代得一清二楚之后，已经累瘫了。她扶着椅子、桌子，又走到东窗下酸枝靠床（家乡一种后有靠背，两边有扶手的像床那样的家具）上斜斜地半躺着，蹙着眉头，不胜痛苦地说：“我身体不好，有病，还没跟你说完，心就扑通扑通跳得快要死了……唉，走累了，舌头也说累了。看，我的舌头还在打颤颤哩！”她伸着舌头，

“看我的舌头累得都不想动了！……”

舌头也会累得不会动？我茫茫然地看着老板娘：她手托着腮，斜着歇在靠床角上，揉着胸脯，样子很难受。我心里想：她要真病了，可怎么办呀？阿弥陀佛！

过了一会儿，她好了，立即又向我下达第二道命令，向她儿子说：“阿培，你先带小火头去街市认认路，回来就去担水，先担河水，后担井水！”

第二章　大石桥头

冯老板的大儿子——金培，同我一样，十三岁。

冯金培很瘦，脖颈长，腿长，有些驼背，像只掉毛的小公鸡。真怪，怎么跟他老子一样呢？我看他虽然和我同岁，却很不精神，两边脸上长着像猪肝那样颜色、高低不平、像癣似的块块，看见叫人害怕。老板娘要他带我去认街市时，他突然像被人赶的小公鸡那样，愣头愣脑地望着他母亲问道：“什么事呀？”

“带小火头去认认街市！”

他搔着后脑勺不大愿意地说：“干吗叫我去？”

“你不去，以后不吃菜啦？”

“我去我去，那你得给我几个钱，买点东西吃。”

冯老板的儿子冯金培说了声“小火头，跟我走呀”，我便跟他从西向北走。他不说话，只是愣头愣脑地走在前头。我一边走，一边观察这个新的环境：挨近两合油漆店右边，是一家叫“泗记”的饼铺。泗记饼铺门前，有四根砖砌的柱子，托着瓦顶凉棚，放着两条历尽沧桑、年代很久的长板凳。晴天，行人可以歇歇凉；雨天，可以避避雨。店主真会想办法，这样既方便行人，做了好事，同时也可以招惹行人的食欲，买些糕饼吃，方便、赚钱。过了这家糕饼铺不多远，就是一家缸瓦铺。这家铺子和糕饼铺一样，也有一个骑街瓦顶凉棚。紧挨着是一家箍桶铺。铺子右边是一条小河沟，铺着两三条长石板做桥面。过了石桥，抬头看见左边有块招牌，上面写着“三楚馄饨馆”，里面的馄饨师傅一条腿骑着一根碗粗的大毛竹杠，吱呀吱呀地在碾压馄饨皮。紧挨着，又是一家卖米粉三角的小吃铺。再北就是一家中药店和两家较大的木匠铺。从这里往左边看，就是去江边码头的路了。那路两边，都有牛寮和打谷场。我走了好长好长的石条街道，来到冲头街市。这里的街市各种店铺门外，猪肉鱼肉摊位，紧紧相挨。小小麻雀，五脏俱全，这街市的一般货物也很齐全。冯金培领我回到两合，带我去冲边担井水。我看两合油漆店的两只大水桶够大了，要装满水，每只起码有五十斤。我拿起有铁链带钩的木扁担挑着跟在冯金培后面。这回是往东走进冲边乡。我看见紧挨着两合油漆店左边，是陈兴记铁匠炉和陈棣炎棚厂。对面南边，是萧福记打石场，空地上堆放着许多大大小小的无字墓碑和石料。两边叮当叮当的打铁声和当啷当啷的凿石声，南北夹着大街，有节奏地敲着响着，显得热火又忙乱。挨紧棚厂的就是大石桥。桥下是一道三五丈宽的河，这是冲头、冲边两乡的分界线。河上停泊着两条小船，有病人在呻吟。我问冯金培病人来这里做什么，他说这些都是“疍家佬”（广东水上居民），来找“来生堂”中药店先生看病的。属冲边管辖的桥东街道两边，是谭森木匠店，利生杂货店，生发米店，来生堂中药房，还有棚厂，白铁店，木柴铺，卖牛肚粥、沙河粉等的小吃摊位。横额上刻着“冲边”两个大字的乡门一侧的小角房里，有个招牌上面写着“出卖戒烟药膏”的房子，那是当时政府和军阀榨钱的公开贩毒的鸦片烟馆，对外却如此称呼。冲边虽然没有冲头大，但因为地处要冲：往东南，可以到叠石；向东北，可以通到豪冲，可以说是咽喉之地。

冯金培带我去担水的水井，离两合油漆店有十来分钟的路。井是石头砌成的，水很清澈，是冲边乡最好的一口水井。当我打满水时有几家店铺的伙计也来打水，他们看着我这陌生的小孩，问冯金培说：“他是哪里来的？”

冯金培骄傲地大声说：“我家的小火头——阿竟！”

我听后感到似有一枚火印烙在小牛、小马身上一样：“从今天起我是他家的小火头！”我在冯金培面前已经矮了好几尺了，我感到羞耻和难受！

我担完井水，又去担河水，四个大水缸都担满了，老板娘向我下达第二道命令——做饭。从鱼怎样开肚抠鱼鳃、切肉、切葱，到淘米做饭要放多少水，老板娘都一一交代清楚而且在一边监督。在煎鱼时，她见我放油多了些，大喊一声道：

“你放那么多油，三天就把我家吃穷了！如果是你师父看见，不把你骂死才怪哩！”

我被她这一叫喊，吓出一身冷汗！我原以为老板家有钱，就放油多些，菜好吃些，谁想到换来的是一声大吼叫！我不敢解释，只说：“是，下次少放就是。”

头一天的三道命令，让我领略了老板娘的下马威：这女人，简直把我当陀螺，抽得我团团转，连喘气的工夫都没有。晚饭后，我怎样把父亲留下拜师的三元钱给她呢？她一定会嫌少的。她要嫌少我可怎么办？这个问题，一直在脑子里绕来绕去。

晚饭后，我战战兢兢地把父亲留下的三元拜师钱，递给了老板娘："师母，我家没钱，没有带来拜师的三牲礼品，这是我爹留下的三元钱，请师母多担待，帮助买三牲、香烛，我好拜师。"

嗨，我怎么也想不到老板娘如此宽宏大量。她满脸堆笑地收下了三元钱，说：

"少是少些，不过总是你家的一份好心意。拜师嘛，不在乎一定要有三牲礼品。我收下就是了，你也先不要给人说，我会替你张罗的。"

嗨，她突然那么通情达理，太难得了，真是阿弥陀佛。

我从厨房出来，看见老板冯阿袅与一个用"大碌竹"抽水烟的人说话，那水烟咕嘟咕嘟地响着，冒着烟雾。他们在议论政局。

"不知道是真是假，说南京的蒋介石对武汉国民政府纵容共产党十分恼火，对农民运动恨得吃不下饭了。"

老板冯阿袅说："共产，共吧，我只有一个油漆刷子，我不怕！省城政治分会我看不错，明令资本家解雇工人，不这样，怎么行呢！要罢工就罢工，今天要求这，明天要求那，要求个老婆，你能给他个老婆？这就好了，你共产吧，暴动吧，我解雇你。看你老婆孩子喝西北风！"冯老板说话的时候还在笑，不太认真。不过"共产吧，我只有一个油漆刷子"这句话，以后我是常听到他说的。

冯老板又说："李济深跟蒋介石搞得不错，当了政治分会主席。"

"听说蒋介石怕省城力量不足，特别从上海派了三千人来归李济深调遣，镇压工人共产党哩。"抽"大碌竹"那人说。

冯老板对这位抽"大碌竹"人消息的灵敏，是十分欣赏的，说："哦，你从哪里听到的？"

"海边那个'走水客'刚从省城回来，他亲眼看见军队、警察抓工人、抓共产党哩。"

冯阿袅看见我出来，不跟那人说话了，严肃地对我说："阿竞，你过来！"他看着放油漆的盆盆罐罐对我说，"你听着，从明天起，你要做什么。"

"是，师父。"我静静地看着他，听他说着。

"你每天晚上都要把这些挑回来的油盆、油罐洗干净，刮干净，懂吗？"他那黑黑的眼珠，在浓黑的头发和浓黑的胡子中闪闪发光。

"懂了，师父，往后，每天洗刮油盆家什。"

"这是油刷，这是漆刷，不能混乱，懂吗？"

黑头发、黑胡子中间的眼睛光闪闪地盯着我，我赶忙说："懂了，师父！"

他从柜台抽屉取出一个藤碗说："我每天把买菜钱放在这里，你拿去买菜。不要买贵菜！懂吗？"

黑头发、黑胡子的中间，那两只黑黑的眼珠老盯着我。我脑子里就闪出一个动物，心里说冯师父怎么那么像个刺猬呀？却忘了他在跟我部署任务哩。

“怎么不回答？”

“师父你说什么？”我惊跳了一下。

冯师父加重语气说：“每天的买菜钱，我放这小藤碗里，懂吗？”

“懂了师父！”

“还有，我晚上出去，要关好门，我有钥匙，懂吗？”

“懂了师父！”

“没有猪料（未加盐的猪血），你明天一早就去沙溪圩杀猪店取猪血。往后看见没猪料就照做。”

这头一天的小火头生活，我像个被抽动的陀螺，被老板娘、老板抽得团团转。等我按他们吩咐把事都一一做完之后，已经十一点了，我才点灯上楼，单独地设置从今以后学习休息的小天地：挂好蚊帐，摊开草席，我躺在没有床的铺位上，想想自中午从家来到这里、从父亲把我交给老板娘起，就像落在旋涡中，一天转个没有完。大概以后，从晚上十一点到第二天的五点以前，那才是属于我自已的时间。三年总共一千零九十五天，今天才第一天。大啊，那是多么长的日子啊！我合眼又看见那片落在激流漩涡中的小叶子，随着一个接一个的漩涡，没完没了地转呀、转呀，它要转到哪里去呢……当我被楼下的闹钟吵醒的时候，已经是第二天的五点了。这是老板娘规定的、雷打不动的、不能更改的起床时刻！我紧急起床了。

第三章　我的师父冯阿袅

我的师父取“阿袅”为名，我觉得很怪。为什么要取名“阿袅”呢？我来了两个月之后，慢慢琢磨明白了：“袅”，是本地人形容又细又高又长，包括脆弱、危险的多层含义的形容词。我的师父，个子又高，身子又瘦，脖子又长，又有一点小驼背，所以大家才给他取了个形象的外号：“冯阿袅”。他真名叫什么，我一直没听人说过。在楼梯上面的山墙上，挂有一个“人字架”，上面写着“裕隆”两个红底黑字的“字”。当地人只有结婚时，才能争取到取“字”的权利。如果不幸终身是个光棍，那就像个无期徒刑的犯人终身被剥夺公民权一样，不能享受这个取“字”的权利。所以在我的家乡，没娶过老婆的老光棍都没有“字”。

冯阿袅原是上坑人。十几年前，同溪角乡刘永合伙在这里开了这家两合油漆店。不知为什么，很快刘永就不干了，由冯阿袅独家经营。因为牌子已闯开，所以现在仍叫两合油漆店。冯阿袅颇有创造精神，他把原来一人抓“油瓜”（涂油麻团）、另一人使用油刷的工作方法，改为一人左手抓“油瓜”，右手使刷子的先进方法，就是说把两个人的工作，改为一个人的工作，提高了工作效率。隆都区的油漆店老板，都说阿袅能干，都采用他这个方法。但是石岐城和别的城市的油漆匠，都不肯采用这个方法。冯阿袅青年时期，热心创业也喜好打麻将赌钱，挣得两个钱，也常到石岐的花街柳巷去寻欢作乐。后来浪子回头，娶了永厚环乡一个姓梁人家小老婆生的姑娘为妻。此女便是今天的冯老板娘。老板娘也好推牌九、打麻将，应算是臭味相投、夫唱妇随的一对好夫妻。赌钱，会赢钱更会输钱，当时的女人哪来的钱？只有向冯老板要。可是冯老板是个天生的吝啬鬼，不肯给，于是夫妻就时常吵架了。正在这时，出租铺面的房主有个年轻女儿新守寡，经常住在父母家。冯阿袅对这个小寡妇非常感兴趣，想娶二房。老板娘心中妒火万丈高，夫妻吵闹升了级，文斗变武斗了，打得不可开交。后来冯阿袅见小寡妇对他不感兴趣，而是另有所欢——她看中了老板娘的外甥郑林焕。冯老板知道自己失败了，但老板娘并不肯放过他。冯老板只好另盖了一座新铺店，跳出这旋涡的困扰（郑林焕和小寡妇的事，留在下面谈）。但冯老板从此对老板娘不感兴趣了，各方面卡得更紧了，一切内外财钱全由他一人独揽支配大权。我见过几次老板娘向老板要钱，老板眼睛总是像闪电那样，向她闪击一下，之后就根本不理睬了。我的家乡，当时夫妻之间从不叫名字。如果是合好夫妻，在公开场合就多用小孩的名，加个“妈”或“爹”字，就是“谁妈”“谁爹”来相称；感情不好的，多用“喂”来称呼；对有大男子主义思想的，常被老婆封为“恶佬”。但冯老板娘比较温良，她称冯老板是

“喂”。

“喂，拿点钱来！给阿培看病！”

老板总是不搭理。

“喂，你听见没有？拿点钱来买米！”

每次要钱，多数是十问十不答。老板娘问了几次都不见回答，就提高嗓音：

“你给钱不给钱？！”老板还是用闪电那样的目光狠狠闪击她一下就走开。但是老板娘一发雌威，拦住他不让走，老板害怕老婆大声叫嚷起来，就无可奈何地反问道：“干什么用？”

“我要看病！”据说老板娘有便血症。

“那不是有丸药？”

“那阿培的癣呢，不看了？”

每次，提起他大孩子冯金培的癣，老板口气总是要软些，但多是不肯拿钱。

“你听见人家说阿培得的是什么病吗？”

这一句话，老板听到总是有点害怕，总是无可奈何地掏几个钱，“砰啪”一下放在柜台上就锁好抽屉，悻悻地走了。

我常纳闷，为什么一说冯金培得的是什么病老板就拿出几个钱呢？后来听到人说老板和老板娘年轻时候作风不好，说冯金培生的可能是麻风病。麻风病在家乡是个不治之症。小孩们看见麻风病人，都要远远躲开的。听说冯金培可能是麻风病，我很怕会传染，同时也更为他操心：这将是个什么结果啊？太可怕了！

冯阿袅的悭吝症是很有名的。三年前，大革命像地震一样，震撼了整个广东。各种工会和各地农民协会，像雨后春笋般到处冒出来。油漆工会规定每人的日工资是一元三角，一元二角归工人，一角归工会做会费。自从当年四月十二日，蒋介石在上海对工人大屠杀之后，广东的新军阀向曾经帮助他们取得地位的朋友们开刀了。四月十五日，在广州实行全市戒严，叛变了革命、变为反动军队的国民革命军，分路对共产党机关、革命工会、革命农民协会进行突然袭击，解除了黄埔军校和省港罢工委员的武装，搜查封闭了中华全国总工会广州办事处、省港罢工委员会、广州工人代表会、铁路工会、海员工会及其他革命团体。逮捕共产党人和革命群众五千多人，被秘密枪杀的一百多人，被驱逐的铁路工人两千多人。著名的共产党员萧楚女、熊雄、毕磊、李启汉等被杀害。这就是“四一五”反革命大屠杀。很快在广东各地开始大逮捕、大屠杀。白色恐怖，笼罩广州。中山县的各种工会都解体不存在了。冯阿袅看见工会会费没人收了，就把工人工资中该给工会的一角钱归了自己。工人们很不满意，可是又无可奈何。因为没有工会，工人们如散沙，老板找人做工，你不去，还有别人去。

经过三四个月，我和油漆工师傅、画工师傅都很熟了。他们对我挺好，不让我给他们打洗脚水。那时学徒的理发费，按惯例老板每月都要给一角钱。可冯老板两三个月，一分也不给。工人师傅知道后，就当着冯阿袅的面问我说：

“阿竞，你头发那么长都不理，要留辫子啦？”

我不敢当着老板面说话，只是吞吞吐吐地嘟囔着：“我……没有钱……”

“那为什么不向老板要？”

过了一天，老板就数够一毛钱的铜钱，给我去理发。多亏那时不兴留长头发，如果是现在，冯老板一定会说：“我是叫他留个摩登发型香港头嘛。”

有一天，师傅们都叫他“小榄仔”的黎师傅问我：

“阿竟，听说你拜师的钱给了老板娘？”

“是。”

“交给她多少钱？”

“我爹没钱，只有三元，我都交给她了。说清楚是我爹叫我拜托她的。”

“噢……”

工人师傅们都说老板娘贪污了小徒弟的拜师钱，缺德，罪该万死。他们叽叽喳喳商议了一会儿，决定当面揭一揭老板娘的贪财行为。

吃晚饭的时候，黎师傅故意当着老板、老板娘的面问我：

“阿竟，你跟冯老板学手艺都三四个月了，怎么还不拜师父呀？”

我不敢看老板娘，吞吞吐吐地说：“我已经……”

老板娘有些慌了，忙抢先说：“阿竟的拜师钱，我先用了……”老板娘见老板连头都不抬，就气呼呼地说，“我给阿培看病用了！”

小榄仔说：“不管怎么用，阿竟拜师礼，总得还噢！”

第二天，老板娘掏出七角钱交给我，让我去买鱼和肉，回来拜祖师。按当时的物价，三元钱买一条鱼、一大块猪肉和一只大鸡是足够的，但七角钱，我只能买回来一条肉和一条不大的胖头鱼。老板娘贪了两元三角钱。

小榄仔师傅嘟嘟囔囔地说：“拜师父要有鸡呀！怎么只是一点肉和一条鱼啊？不是阿竞爹留下三元钱吗？”

老板娘虽然羞得脸都红了，但不说话；老板听出有问题，狠狠地又用眼闪击老板娘一下，也不说话。

老板娘却接过题目做起文章来。她满不在乎，大声吼叫起来：“阿培看病要花钱，谁给过我钱？我一个妇道人家，能做贼？能屙出钱呀？”

老板低下头，闭着眼皮，装作耳聋没听见。

第四章　生意兴隆

冯阿袅笑得确有道理。广东局势那么动荡，工商业那样萧条，民国十三年银毫没人用，外汇值钱了。可是地处珠江三角洲最南端的中山县，华侨回国盖房子、修炮楼的积极性高极了。回国的就亲自指挥，不回国的也寄钱，托人指挥。

冯阿袅的两合油漆店，生意越做越兴隆，揽活常常揽到几十里的外村，有时还揽到石岐。他揽活越多，我这个小火头越忙。每天要做十人、十六七人，有时要做十八九人的饭。一吃完早饭，我就得赶快挑着四五十斤重的，装满桐油、生熟漆、颜料、刷子、盆盆罐罐、桶子钵子的两个大箩头去做工，有时还要扛杉杆、跳板和大麻索；到沙溪圩的杀猪铺取猪血，回来打稀加上白蛤灰，做成猪料；每隔两天晚上就得帮助冯老板、师傅们熬制熟桐油。

这两三个月，北伐战争很少听说了，连吴佩孚、张作霖、张宗昌、孙传芳等老军阀的名字，也好像忘了。热闹的是粤军、滇军、桂军等，新军阀头头的争权享利都成了人们茶余饭后聊天的好材料，但是更多的是大骂共产党要实行共产共妻。冯老板每听到这句话最后总要说："共产党成了气候真倒好，共吧！我只有一把油刷子！共吧！"好像这样一说，共产党就什么也闹不成，他什么都放心了。不料到了八九月，说共产党暴动得越来越起劲了：在江西南昌暴动的共产党军队打到广东、福建，要夺取广州。李济深想调钱大钧指挥各路兵马，到南雄截击共产党军队。冯阿袅这回倒认真了，说："噢，共产党真成气候了？那共吧，我只有一把油刷子！"当人说到海陆丰的农民暴动被国民党军打败了，冯阿袅又笑说："我说成不了气候吧！共产怕什么？顶多共了我这把油刷子！"说着高兴得哈哈大笑起来。农民、工人娶不起老婆，但是地主、官宦家娶亲、出嫁劲头特别大，特别热闹、排场。这样，冯阿袅承接的活忙不过，把出嫁娶亲的家具活儿推到下工之后，晚上回来做。我这个刚刚卷进盖房高潮的小火头，忙得喘气都没工夫。除了漆活儿要会掌握冷热、干湿、气候等条件，除了贴金箔的活儿不让我干之外，凡是油漆活儿，我都学得快，干得好，从来不知道累，从来不偷懒。画工刘永师傅常对郑林焕、小榄仔等工人师傅说：

"阿袅这个小徒弟，是个不出钱的好熟练工！"

刘画工有时也对我开玩笑说："阿竞，你福主啊（意是给主家带来好运气）！你来了，阿袅生意特别兴隆。"

师傅们见我忙得不可开交，常常主动帮我做菜。广东人吃菜口轻，盐少放了，菜多吃了，买菜少了就不够吃。冯阿袅看见菜少丢人，就翻来覆去嘱咐我多加盐；发现饭桶里饭少了，就板着脸说饭硬嚼不动，要我多加水。小榄仔师傅虽然三十好几没钱娶老婆，可是嘴巴里怪话不少。在干活时，他对我说："阿竞，我给你讲个故事。"他说有一家老板，嫌人来揩油白吃饭，就暗地吩咐小火头说："阿福（这个小火头的名字），以后你做饭，听到我叫你一声，你就往锅里加一瓢水！记住了，我叫你，你不要出来，也不要回答我，加一瓢水就是了。"从这天起，每见有人来闲坐等吃饭，老板就叫一声"阿福！"有一天，老板要阿福去做件什么事，连叫"阿福"十来声。等开饭了，老板看见晚饭都成稀米粥了，就骂小火头。小火头说我是照你吩咐做的，你每叫声"阿福"就加一瓢水嘛。你看，福福福，福福福，饭都变成粥了！冯阿㠙在一边闷头听着，但不吭气。

只要是到外村干活，冯老板从不安排工人吃午饭，都是买一些饼子或细粉丝煮软加糖当午餐。这对于我来说，省了油盐酱醋一大堆烦恼事；对于工人们来说，这是克扣军粮，罪恶滔天！工人师傅对着我说怪话了："阿竞，买饼干什么？多费事！买炷香点着，不更省事了吗！"冯阿㠙对工人师傅的牢骚话，从来是宽宏大量不计较的，任凭工人怎样说怪话，他总是让人畅所欲言，静静地听。

当时干活工时没有制度，不天黑看不见，冯阿㠙不会喊收工，所以常常是顶着晨露去，披着星光回，等晚上九点钟我们才能回到店里来。

虽然每天工作这样重、这样多、这样烦琐没个完，但我精力好像永远用不完。只要吃了晚饭不熬桐油，家具活儿不急，爱打麻将的老板去中药店打麻将了，爱赌的工人去赌钱了，家近的工人都回家，老工人早睡觉了，这工夫，就是我的天下。我就躲到那块小天地去。我在前面说过，两合油漆店的楼上是两个世界。前部屋顶高、面积大的，平时是郑林焕和冯金培的天下。冯金培从来不读书温课，要没有工人同他胡扯，早早就睡了。郑林焕一有工夫就到养水牛的人家里厮混，打麻将，夜夜都到后半夜才回来睡觉。后部面积小的、低矮的、檩条会碰脑袋的那部分，如果住宿的工人不多，不需要挤到这头来，那就是我一人独占的“地盘”。那时，我耐性特别好。楼下工人掷骰子、推牌九、打麻将的笑声和骂娘声，根本干扰不了我。我全神贯注地读书，聚精会神地学画，夜夜如此，从不间断。当然，小孩时代都有好奇心，我常喜欢到隔壁陈兴记打铁铺、大石桥那边的利生杂货铺，听人山南海北地胡聊天，但我一回到小矮楼，就要读书、画画。

由于生意兴隆，我也顶事，冯阿袅逐渐对我感兴趣和信任了。他每到沙溪圩、石岐那几家交往多年的字号去采购颜料、桐油时，常常带我去。第一，我是个好挑夫；第二，逐渐熟悉了这几家商号，他就放心到各处揽生意，叫我单独去了。冯阿袅从来对我无笑容，不说话，但每当这些老字号老板夸我时，他虽然也不表示赞许，但总算是嘴角深了，长脸缩短了一些。

沙溪圩虽然也有卖章回小说的书店、唱本摊和文具店，可是东西没有石岐多。在石岐不但有两三家书店，马路旁边的骑楼下，还有好多小书摊，书任你翻看随意买。我发现了各种演义、唱本、小说、连环画等书的同时，也发现了许多画谱，如《芥子园画传》《点石斋画报》《十竹斋画谱》等画画的书。我虽没有钱的来源，但可以从三个方面积累：一是每次回家探望父母，母亲总是要塞几个卖鸡蛋、鸭蛋的钱给我；二是每次到外村干活，我把老板给买饼吃的一份午饭钱留下来，工人问，我就说路上已经吃过啦；三是每回去石岐，走一二十里路挑东西，虽说老板是个悭吝人，但也会给我几个路上喝茶的钱，一个一个攒下来，积少成多，就用这钱买书买画谱。这样，我不仅有了书，有了字典，也有了画谱。我虽然没有先生，但不认识的字，可以问字典了。怎么查字典，是四哥教我的，反切我虽然会，但总是切不准。那反切难极了，常常反切不成个字，不知是什么。那时，我把中山石岐城看成是很有文化的大地方。有画西洋画（画在玻璃或马粪纸上）的，有印画神像的，有时还有人开绘画展览会。每次到了县城，我总要抓紧时间去书摊看书，去书店、画店看书，有画展就去看画展。有时看见太阳快落水时，才慌慌忙忙往回赶。

第五章　三个画工

当初选择去当油漆学徒，原因有二：生存是主要方面；想学画画也是一方面，因为这个行业有画工。但当时的画工对自己的技艺是保密的。在中山，那时最有名的画工有三位：

首位是老画工黄联芳。他已经七十岁了，登高作画，令人担心。他的画是中国画，沉静、清冷，画的是古代人物，如仕女、隐士、神仙，着色淡薄、干枯，赶不上当时崇尚洋画的新潮流。因此，雇请他作画的老板逐日渐少，生活便陷入穷困。

第二位画工叫刘永。刘永和冯老板是两合油漆店的开拓者。刘永为了要学得当时名噪中山县的黄联芳的技艺，心生妙计，不惜花钱请黄老画工画了许多人物仕女、翎毛花卉，然后他就慢慢地摹呀临呀下了番苦功夫，终于把老画工的一套学了过来。因此，他的画工、技法和黄联芳一模一样，人们几乎分辨不出来画品出自谁手。刘永作画，虽然不是“磨洋工”，但确实很慢，而画工都是计日工资，因此每家老板都得考虑雇请刘永作画是否合算。

在我当学徒时，突然升起一颗与黄联芳、刘永并争光亮的明星。此人名叫高福，字寿山，四十岁。他的画风，颇能迎合当时的社会风气。他的画都是市面上画在马粪纸、玻璃上的那种所谓的“洋画”，内容是汽车、轮船、火车、洋楼，穿洋服、打洋伞的洋绅士和洋仕女。用色花花哨哨，富丽堂皇，热闹、红火。虽然俗气，但是受人欢迎；豪华妖冶，反而受人赞赏。他还会用小刷子写一手花瓶、宝座形的“福”“禄”“寿”篆字。他，从一个不为人所知的玻璃洋画匠，一跃成了商人、财主，以及做白日梦想发财、得富贵的男人、女人最欢迎的画工。可怜的黄联芳和刘永，眼巴巴地一天一天被甩在后头了！

黄联芳、刘永、高寿山三个画工，你看不起我，我看不起你。他们很少同时在一起作画，即使有难得的机会在一起，最友好也只是笑笑不说话。但我对他们都一样尊敬。老画工黄联芳，是个待人和气的长者。我与他在一起作画的机会虽然没几次，但我俩挺谈得来，他说我好学习，说我的广州话讲得好。其实我知道，老人这是鼓励我。广州，我那时还没去过，只不过是爱唱广东戏，学来一点点中山腔的广州话。只要是黄老画工来作画，我就特别高兴，总是尽量想办法，挤出工夫去看他画画，确实学到了不少东西。我对刘永和高寿山也是这样，每当他们画画时，我就悄悄地站在一边，聚精会神地观看，一笔一色也不漏过。起初，他们以为我是好奇，也不在意，可是时间长了，尽管我自己不敢说，他们也知道我爱画画。当时的画工，都不教外人学画，怕别人学走技艺，夺了自己的饭碗。所以，他们顶多是向我笑笑，既不赶我走，也不问我是否喜欢画画。高寿山仗着自己已经红得很，很骄傲，是个锋芒外露的人，什么都不肯让人，好借一个字一句话挖苦人，连我这样一个小火头也不放过。有一次，我学刻石章，他看见我刻了“野夫”两个篆字，就常嘲笑我是“野仔”。另一方面，他也擅长讨好，如对冯老板、老板娘和他们的孩子。为了讨老板娘高兴，常跟她学两句隆都乡下话，使老板娘笑得前仰后合，直不起腰来。因为刘永还是做油漆工的时候多，我便敢向他请教一些问题。我看见有的泥瓦画工画的鸟都像鸡，就问刘永师傅：

“刘师傅，泥瓦画工的鸟，为什么腿都那么笨？”

“你看画的那像什么鸟腿？像鸡腿！就是因为把什么鸟腿都画得那么粗，所以不像鸟！”

经刘永师傅一指点，我醒悟了：泥瓦画工，画的喜鹊、麻雀都很笨，都是因为把腿画得太肥、太大了。

我记得好像是在《点石斋画报》里，有一幅《太白醉酒》。画的是刚刚喝得醉醺醺的李白，用手搭着小太监和高力士。李白醉眼惺忪，耷拉着头，张开的嘴，正好将那一嘴酒气呵向小太监，小太监只好一只手搀扶他，另一只手捏住自己的鼻子，扭头躲避酒气。我很喜欢这张画，但我多次临摹，都是先画李白，再画小太监，而小太监捏鼻子的手，总画不到和鼻子最合适的部位。一天晚上，我向刘永师傅请教：

“刘师傅，小太监这只捏鼻子的手，为什么我总配不上去呢？”

刘永看了看，笑着说：“凡是要画两个人、两个部位结合的时候，就不要先画眼睛了，也不要先画别的部分，而要先画这个部位——手和另一只手开始……”

他指着小太监捏鼻子的手，说这是小太监的最主要部分，最难画，让我先画鼻子，然后再画眼睛，再就是脸的全部轮廓。我按着他的指点，试着画了，果然顺利地临摹成功了。我很感谢刘永师傅对我的指点。

高寿山也知道我常在夜里学画，但他不肯指点，我也不敢向他请教。一天夜里，我正画一轮明月从河空升起的风景画。他见有一两个师傅在矮楼这边看，也过来了。他把嘴收缩成个“一”形，然后问我：

“这张画，你画成了吗？”

高师傅来看我画画，真是请也请不来，我高兴极了：“画成了。高师傅给我看看，有哪些毛病？”

他左右歪头，看了半天，指着画中的月亮问道：“这是刚刚升起的月亮吗？”

“是的，高师傅。”

他没有说话，就拿起画画的小油刷，在白色的月亮上涂了一点橘黄颜色，然后说：

“你明天晚上，好好去看看初升的月亮是什么颜色的。”

第二天晚上，我按照高寿山的指点，在河边观察了初升的圆月，果然是带点橘黄色的。我从这个小小的指点中，才理解了画谱里画论中“师造化”三个字的意思。按现在的说法，就是要注意对客观事物认真观察。我太感激高师傅的指点了。

起初，我不敢叫画工知道我在学画画，是偷偷练的。从这以后，我就不再掩盖，不回避他们了。

通过看画、学画、练画，我也有了一些进步。大石桥附近的作坊、店铺里的人，不少已经是我的好朋友。他们也买些纸叫我画画。我感到是一种快乐的享受。有人高兴叫我画了，我也高兴，唯独我的老板冯阿袅不高兴。

有一天，冯阿袅老板拉长着脸叫我："阿竟，你来！"

"什么事，师父？"我看见他的眼光是蓝色的，有点害怕。

"你知不知道一桶煤油是多少钱？"

煤油，是洗油刷时用的洗涤剂。我以为这是老板叫我要节省，心情不那么紧张了，就回答说：

"知道，六元钱一桶。"

"你每天夜里十二点都不睡觉，看书、学画画，耗费了我多少煤油？"

他的脸色加上络腮胡子本来就黑，这会儿不仅更黑了，而且腮帮子都在抽动。

我这才清楚，老板原来是嫌我夜夜学画、读书，耗灯油。这的的确确是真的，每夜，拳头大的盛煤油的玻璃灯瓶，总要耗去大半截煤油，有时还不止哩。有时因为画画、读书来劲了，半夜还要下楼去添油哩。有一夜，我实在太困了，我看呀画呀，不知不觉睡着了，　翻转身，碰倒了煤油灯，蚊帐点着了，幸亏我没有睡死，及时发现，急忙拿衣服把火打灭了，蚊帐却烧了个大窟窿，真倒霉，后来只好用麻纸贴补上。要是睡死，就什么都完了！这事幸亏老板不知道，只知道我耗费煤油；要是知道我差点闯出大祸，那可就糟了！真是阿弥陀佛！这回他抓住了我耗灯油不睡觉了，我还能说什么？说以后不了，我做不到，说我还要这样耗下去，老板不打雷也要爆炸了！我只好低着脑袋不说话了。

这天出乎意料，冯老板没有大发雷霆，竟大发慈悲地说：

“以后不准你这样耗费我的煤油，听见了没有？”

“听见了，师父。”我诚诚恳恳地回答，但我知道，尽管态度这么诚恳，事实上我是办不到的。

这天，为这事我整天不高兴，整天发愁，心里老想着：不点他的煤油，可油从哪里来呢？就是自已有，他也不信！我看见放书的那只箱子，愁出个办法了：把煤油灯藏在木箱里，只一面有光。嗨，老板怎么看得见！我高兴了。老板每夜从中药店打麻将回来，我听见他一开门，就把灯吹熄，嗨，成功了：老板确实没发现！于是，我就放胆照样读我的书，照样学我的画。谁知道有一天夜里，老板开门回来，闻见刚刚吹灭煤油的煤气味。

他的鼻子真灵啊，像小狗一样。我听到他连吸了两下，朝楼上问道：

“阿竞，什么味儿？”

我一句都不敢吭，装睡死了，什么都没听到。

第二天，冯老板问我：“阿竞！怎么我每夜回来都闻见煤油味儿？”说话的语气十分不和气。

我只好应付说：

“师父，有时我也闻到，可能是我没有塞紧煤油桶盖子。”

冯阿枭两只眼真尖啊，是福尔摩斯的眼睛，你看它一溜一溜地在转动。

我又是整天发愁了。晚上，我挑水时，坐在河边托着腮想办法。嗨，有了！老板能侦探出使用过煤油灯，有两个地方：一是店铺正门楼上有个窗户，能看见灯光；二是他有钥匙，一开门就能闻到煤油味。如果我把正门楼上的板窗门关严，灯光就漏不出去；如果我把大门插上门闩，让他打门叫门，我去开门，不但用不着吹灭灯，而且还可以大摇大摆地端着灯哩。

我真像学到了什么新魔术，灵得很！我一听见打门，就端着灯下楼去开门。他什么也看不出来！

可是有一天，他好像心血来潮那样，突然问我说：

“阿竟，你天天插死门干吗？从今天起不用插门，我有钥匙，自己开！”

“师父，你没听说港头街市前几天有个小偷撬了锁，把钱偷了？不插好门，小偷进来偷了东西，怎么办？”

他听我这一说，皱着眉头，眼睛转了一转。嗬，真想不到，他第一次轻轻点头，笑了。师父这一点头、这一笑，太难得了！我要是信耶稣，一定会手画十字念“阿门”！

第六章　我的远房姐姐

有一天，我真高兴，老板娘准我请半天假，回家看母亲。一进家，看见远房堂姐姐从远远的丈夫家也回来了，我更高兴了。

记得是在滇军“清乡”之后，一天，在土地堂前，我看见一个讲粤北口音的，像做生意的，手提着个藤箱、带着一把洋伞的外乡人，向人打听什么人。他讲的粤北口音，好几个人都听不懂。后来他把一张条子给我看，知道了，原来是找我一个远房三叔母家。他又写了几个字，自称是我没见过面的远房姐姐的丈夫。我这位三叔母的丈夫，是个盲人，早就去世了。从我记事起，我只见她领着两个孩子，经常出去行乞讨吃。她的脚是缠过的，虽然“解放”了，但裹过的双脚都变形了：弯曲在脚面的脚趾，像两块生姜。我小时候跟她去采桑，看到她在雨天的沙田泥路上行走，实在叫人担心：千万别滑倒！为了两个孩子能活命，虽然走路这样艰难痛苦，但她仍拼着命奔走着。我多次去过她家，和约比我大几岁的两个哥哥一起去拾田螺、捉蟛蜞，可是我从没见过有什么亲戚朋友来过，更没有听说过还有个姐姐。现在我看见是她的女婿来找她，当然很高兴啰，就领他去了。这个人，看样子有五十多岁，说话还要用笔谈。三叔母知道那块早已割下卖掉的肉，现在有了音信、有了家，是多么欢喜啊！我看见她为招待好这个头一次见面的新女婿，来跟我母亲借个碗呀、借床被子呀，弄点什么吃喝的呀，忙个不停。这样我才从我母亲的嘴里，第一次听到有这个命苦的堂姐姐——大妹。三叔母生下第三个孩子，盲人三叔就病死了，除一间破房子，什么都没留下。因为穷，为了养活两个男孩子，三叔母就把才六七岁的大女儿远远卖了，卖去做什么，不知道。十多年了，从无音信。从娘身上割下肉来卖，多痛啊！所以我从没听她提起过有个女儿。我小时候感情很脆弱，听不得这种事，那时一边听母亲讲，一边落泪。她现在的生活是个什么样子呢？身上一定被打得留下好多好多伤疤了！我这样想着。

没几天，堂姐姐的丈夫走了。不走也不成，讨吃要饭的老丈母娘，拿什么招待这个年纪大的新女婿呀？

过了半年之后，有一天我回到家里，看见一个头发盘成髻、光脚的少妇在我家里。她穿着很平常，是家乡妇女常穿的浅蓝条洋布衣服，人长得却很漂亮，可是脸色、手脚都是黄蜡蜡的，一点血色都没有，像是一片被霜打过的小叶子。

“阿竞，这是你三叔母家的大姐姐！”

我害生地叫了声“姐姐”。她看见我很高兴，但立刻又很腼腆，忙问母亲我是老几。

我母亲对她说："老六，叫阿竞。"

堂姐姐这么小就卖到远方，家乡话，不会说了，一说话很害臊，好像很对不起老家的人似的。

按家乡的风俗，新结婚的女子回娘家，总是穿着要好一些的，可我这个堂姐姐却穿着那样平常。我想起凡是被卖去当"妹仔"（婢女）的女孩子，长大了，不是在藤鞭抽打下被男主人强迫收作小老婆，就是再卖一两次给人为妾，一辈子逃不出为奴的命运。就像一件印着花朵的闪光缎子，弄脏弄旧了，又卖给人家当擦脚布那样。我为这个姐姐忧虑。不几天，我常见她和母亲，或跟邻居妇女一起去采桑，没事时就到我家跟母亲干活，说话。她干起活来，勤快、敏捷，母亲很喜欢她。大概回娘家一个多月了，堂姐的丈夫叫人来接她回去了。姐夫还派专人来接她回去，我以为一定对她很好，要不怎么会派人来接呢？我虽然觉得她不应该这样快就回去，但总是不怎么太为这个姐姐忧心了。可是母亲却告诉我：

"大妹命不好，她是叫人又卖了一次，卖去给一家开商店的当三房，她命太苦了……"

太惨了！和我刚刚的想法完全不一样了。除此之外，母亲好像还有一些话没有对我说。

从此，不知为什么，我老想着这个堂姐姐，为她担心，可又不知担心什么。

我到两合油漆店当小火头快一年了，有次回家看母亲，看堂姐姐又回来了，什么都没改变，光着脚，还像被霜打过的小叶子那个样。母亲告诉我，堂姐姐回来好几个月了，大老婆、二老婆都欺负她，特别是大老婆，又打又骂，她受不了，就逃回来了。

“她从六七岁就被卖了，家乡和她一般大小的姐妹，都不认识。左右邻里没有一个知心的人。沦落他乡那么多年，死里逃生，好不容易回到生她的家乡，却还是个陌生人。可不回这个生她的家乡，又能躲到哪里呢？她的母亲和弟弟都是要饭讨食的，怎能又叫她这么大的姑娘也去讨食呢？”母亲说着说着哭了，“这个孩子还好，一回来就说去采桑，只要女人能做的活她都做，可是这样年轻、做过小老婆的姑娘，能让她去做的事有几件啊？多可怜的孩子！她很害怕，怕人来捉她回去。”于是母亲便对她说，不要想那么多，一个人闷在家担惊受怕，没事就来这里吧。

我非常害怕，因为“逃妾”同“逃犯”在当时都是法网难逃、罪不容诛的罪犯。“捉逃犯”同“捉逃妾”是天经地义的，你就是逃到海角天涯，什么时候都能捉拿归案。我急了，问母亲：

“妈，万一真来人捉她，那怎么办呢？”

母亲一句话不说，也说不出来，光流泪。

这次我回家看母亲，很高兴，又偶然见到这个堂姐姐回来，当然更是高兴。没想到她这次是从死里逃回来的。

每次老板娘批准回家的半天假，总是欢乐的时候少，不欢乐的时候多。可这次的不欢乐，一路盘在心头扯不掉。

一个多月之后，我借故又向老板娘请了半天假，其中既有挂念母亲的成分，更多的则是挂念着命苦的堂姐姐。

“妈，姐姐呢？”

“她，叫人捉走了！”

“怎么不找人替她求个情？”

“找谁？人家像捉猪、捉贼一样，连多留一夜都不肯，立刻捉走！”

“妈，姐姐不是贼，她没有罪，姐姐也不是猪，她是人，她是人啊！”

我着急地说着，母亲却光流泪。

打这以后，我就再没有听到堂姐姐的消息，也再没有人提起她。可我直到现在还不断会想起这位堂姐姐：她现在还在人间吗？

第七章　买菜钱哪里去了？

自从远房姐姐被夫家捉走以后，我老是恍恍惚惚情绪不好。可是老板冯阿袅又碰上好运气，在揽了一座新盖的娘娘庙油漆活儿的同时，又揽了油漆一座华侨新楼房的活计，生意十分兴隆。除了常住的郑林焕之外，老板还雇了刘永父子、小榄仔师傅等八九十个工人干活。这些活，都是在冲头村，所以打猪料、熬桐油、刮洗油钵、担水、买菜、早中晚三顿饭，都要我来做，忙得团团转，情绪也好了。特别是那座娘娘庙，请来高手在塑神像。不过，他们干活时用苇席、帐篷围圈得严严实实不叫人看，还说谁要去看，就会被捏神像的师傅把这个人的像捏上去，这个人就会死！

捏神像虽然好玩，却不大看见小孩去那里。我不管这些，每天买菜、中午回去做饭，都要经过那里，我总悄悄走到那里，躲在帐篷接合处，想法扒开个口偷偷看。我看见有三两个老师傅和几个徒弟，在里头捣泥、扎草、甩泥团、立坯，一尊一尊在塑着，有意思极了。过去常听说：“小孩儿，都是送子娘娘、送子观音捏好送来的。”还说为什么小孩儿的肚脐有个坑，屁股腚有道接缝儿？那是捏小孩儿时捏合的地方。可我却看见送子娘娘、送子观音倒是人捏出来的。这些创造神的师傅，在那里创造了好长好长时间，他们常常发现我在偷看，就轰我走，有时还拿根大棒吓唬我。所以在那些日子里，我虽然忙得团团转，可有机会亲眼看人捏菩萨，又有机会看刘永画工作画，工作忙得有意思。

那阵子活多，工人多，又是就近做活儿，三顿饭都要在店里吃，这样每天早晚要买两回菜，老板留菜钱，就多好几毛钱了。冯阿梟是个精细的人，早上的买菜钱是早上的买菜钱，晚饭的买菜钱要等吃午饭后才放在小藤盒子里，像公鸡打鸣一样，从来不会忘记。人们常说：尽管老虎那么厉害，也会打打盹！有一天，我想是冯老板打盹了，吃完午饭，我打开抽屉取买菜钱，小藤盒是空的，一分钱也没有！

太奇怪了，精打善算的冯老板，怎么会忘记了呢？我在两合油漆店当小火头都快一年了，这样的事从来没发生过。但也知道我的师父冯阿梟是个“孤寒鬼”（悭吝鬼），怕是看见午饭的菜没吃完，想省钱，当晚就不买菜了。我有个经验，向冯老板要什么他的脸色都不好看，那天下午，他又得去干活、督工，所以我也没有再问，跟着工人师傅干活去了。

收工了，吃晚饭了。工人师傅看见端上来的只有米饭和剩菜，理所当然不高兴。小榄仔师傅先问我：“阿竟，没有菜了？”

我知道这可糟了，只好说：“嗯。”

“有饭没菜？”

我不敢再说了。师傅们你一句，我一句，说起怪话来了：

“肉吃得太多了，清理清理肚子吧！”

“活可不能少干噢！”

“吃白饭，更卫生！”

“阿竞，你明天给我们烧灶香算了，不用做饭了！”

工人师傅故意当着老板的面甩怪话，甩得黑脸的冯老板满脸通红，他不敢在家里发作，只好闷头吃饭不吭声。

第二天，我正在干活，他来了，满脸怒气地对我说：

“昨天下午买菜的钱哪里去了？”

“不知道呀！”我没有思想准备，愣住了。

“小藤盒里的钱呢？”他把眼睛瞪得很大很大，像两个火团团。

“没有呀！里面没有钱。”

“怎么没有钱！我明明把钱放进了小藤盒，你不去买菜，干了什么？”这话显然是说给不满的工人们听的。

“我没看见有钱！”

他大声吼起来：“你没看见？我吃了午饭，就放进一元两毛钱，你拿去干了什么？！”

太冤枉了，我根本没有看见钱！解释，他又不信，而且越说越不讲理，我心里感到太委屈了，不由得啜啜哭起来。

画工刘永看到这种情况，放下手中的画刷，从跳板上下来，先问我：

“阿竞，你看到那小藤盒有钱吗？”

我委屈地说："吃过中午饭，我收拾好碗筷，去开抽屉，可是小藤盒里什么也没有……"

"没有？那一元两毛钱谁拿啦？"冯老板又吼叫起来。

刘永和工人师傅们都知道我是个诚实的孩子，又都知道老板昨天晚饭没吃好，有气，就向冯老板问道："你为什么不先问问你老婆？"

小榄仔师傅说："是呀，你不应该来这里问阿竞，应该先问自己的老婆！"

冯老板被问哑了，不好意思地沉下脸来。

"一定是你老婆拿了，回去问问吧！"

好几个工人师傅说道："就是！不敢骂老婆，却来骂一个孩子，干什么？"

所有工人师傅都责问老板了，只有郑林焕和阮洪益不敢说话。

冯阿臬以为把没买菜的事，都推在我身上，就能平息工人对没菜吃的不满，但他根本没有想到会激起公愤。刘永师傅跟老板是同辈，敢顶撞他：

"回去问问就明白了，敢去问老婆吗？"

冯老板张口结舌，一句话也说不出来。

当天收工回到店里，画工刘永猜对了：冯老板果然不敢问老婆。但老板娘倒早已经听到了，立在饭桌旁边，两手叉腰，振振有词地说：

"钱是我拿了，阿培有病，他不给钱去看医生，钱从哪里来？"

刘永师傅说："是你拿的，为什么昨天不说？让工人吃白饭，让阿竞受委屈。"

小榄仔师傅等三四个人你一句，我一句，问老板，也问老板娘：

“要敢作敢为嘛，自己拿了就说拿了呗。”

只有郑林焕往嘴里扒着饭，一个字都不说。

郑林焕平常对我也不错，此时却为什么不敢说句公道话呢？这是另有原因的。

我在前面的第三章里提到过冯老板想娶一个小寡妇做偏房，但因小寡妇另有所欢，未能得逞。小寡妇另有的所欢便是郑林焕。小寡妇与郑林焕偷偷地相亲相爱，倒使冯阿臬插不进手，维持了老板和老板娘的夫妻关系，应该说这事就算了。可是老板娘不肯善罢甘休，还给小寡妇取了个外号叫“杀猪凳”。我们家乡杀猪时，都要先把猪架紧摁在杀猪凳上。“杀猪凳”意思就是，谁挨上她就得死——就像猪一样，挨上杀猪凳就没了命。

郑林焕既然为小寡妇和冯老板展开一场争夺战，那他为什么不离开两合油漆店呢？冯老板和郑林焕都在各打各的算盘：郑林焕是老板的外甥，又曾经是徒弟，住在店里，时常可以帮助做些零杂活，又不要付工钱；而郑林焕呢，待在两合油漆店，能时常跟小寡妇接近，大家都方便，都有利。我看见老板和郑林焕只有为工作的事才说几句话，平时是不说话的。我也常常看见郑林焕在门口油漆桌椅家具时，年轻寡妇就故意走过来走过去，两个人眉来眼去送快乐、传感情。后来，郑林焕和小寡妇常常到一个姓张的养水牛的家里厮混、打麻将，要是油漆店没有活儿，我还得每顿饭都要到那个牛寮，叫郑林焕回店里吃饭哩。因为郑林焕与老板为那个年轻寡妇开展过一场秘密战争，所以对买菜钱的事，就不好为我说公道话了，只好快快吃饱饭，快快去牛寮。

第八章　不，我不是装病!

两合油漆店一直是生意兴隆。在当学徒的第二个夏天，我染上了红白痢疾。开头，我不懂这病的厉害，虽然一天一夜不知道要跑多少次厕所，可我还是照样做完饭，担完水，就担着油漆颜料去外乡干活，顶住不言声。我很坚强，当小火头，不坚强能行吗！说我有病，谁还肯理我？这样时好时坏，拖了一两个月，没歇过一天，天气逐渐凉了，我的病更重了。天天夜里都要爬起来上五六次厕所，肚子绞痛，下坠得好难受。我人瘦了，腿软了，脸也黄了，被痢疾拖垮了。

工人师傅都在为我担心，可是悭吝的冯老板从不问问我，更不会让我去看病，他好像根本不知道这回事似的，天天夜里照样去中药店打麻将。工人师傅说话了，老板娘就把她治尿血的小丸药拿来一点点叫我吃。那药是江湖医生给她开的方，特别腥，吃了光想吐。这分明不是治痢疾的，完全是拿来糊弄我这小孩子。冯老板可真是沉得住气，还是一不问二不语。老板娘终于发话了：

“阿枭，不赶快叫阿竞回家治病，出事你可不好担待哩！”

老板终于大发慈悲，答应我回家治病，可是却一文钱也不给。时令已是秋天，西风飒飒，黄叶纷飞，我拖着虚弱的身子一路走，一路拉，一路歇，好不容易走回了家，软瘫无力，倒在板床上。母亲看见，心疼死了！她立刻给我盖上被子，不准我出屋，拿个便桶放在床前，里边撒满谷糠灰，让我随时拉了她随时倒。

“阿竞，你病成这个样，为什么不早点回来啊！”母亲心痛地责备我。

“妈，工作太忙啊……”

“太忙，生病也不能不治呀！”

“我想顶，把病顶过去……怎知道，顶不过它……”

父亲回来看见，转身就出去给我讨药方买药。这病因为拖的时间太久，吃了好多服药，没有好转。我起不来了，母亲为我倒粪便时，不料被风把谷糠灰吹进眼睛，出不来，把眼睛弄坏了，天天用手巾捂住眼睛来照料我。成药、偏方都无效，只好请医生了，这可要花更多的钱。这样折腾了一个多月，把父母累坏了，病才大体上好了，可是又欠了一笔债。我问父亲花了多少药钱，父亲总是不肯说，只说：“不管花了多少钱，总算松了一口气了。”

我一直惦记着两合油漆店活计多，几次想回去。母亲见我力气没恢复，又怕病复发，不肯让我走。父亲几次说：

“工作，工作，谁都做不完，多歇十天半月不要紧。”

回家治病已四十多天了，我实在住不下去了。大哥一去无音信；四哥挣不回钱来；五哥不但没有改掉赌钱的毛病，又学会了抽鸦片烟，父亲把他赶出去不让回家；三个弟弟已经长大了，吃的也多了；母亲去年又生了小妹妹，现在又为我这场病累垮了。家里没有隔日粮了，每天都是打发弟弟去粮店，买一天米，吃一天饭，经常是吃了这顿没了下顿。我多住一天，他们就要少吃一口饭。我不忍心再给爹妈增加劳累，添负担。最后，我果断地离开家，回到两合油漆店。

我害了这场病，老板一文钱没出，一声没问，病刚好就赶回来，老板和老板娘还能说什么？不问身体怎样，总要给个笑脸，表示高兴吧？

可当我两脚踏进门槛，迎面看见老板娘，刚叫了声“师母”，话还没落音，老板娘抬起浮肿的眼皮，劈面就问：

“你在家里干什么来着？为什么这么多日子才回来？”

“我……”我真不知该怎么回答。

“我正要叫人去把你找回来哩！哼，今天才知道回来？”她龇着亮闪闪的金牙，恶狠狠地斜睨着我。

我实在不想再说话了。

“怎么不说话？怎么现在才想着回来？你不知道我快累死了吗？”

“我不是病还没全好，就回来了……”

她厉声厉色地打断我的话：“你害什么病？你害的是懒病！”

我顿时气塞胸膛，心里好像尖刀剜着一样剧痛，感到这个人世间，是这样无情、这样冷酷、这样不讲道理！可我还是强忍着满腔怒气不作声。

老板娘见我不答话，瞥了一下自鸣钟，说：

“四只水缸没有河水，也没有井水，快担水去！”

我仍强忍着满腔怒气，走进厨房，挑起两只比往日更加沉甸甸的大水桶，晃悠悠地走出来，听到老板娘还唠唠叨叨地没个完：

“害病，害什么病？还不是不想回来在装病！”

我那已经强忍了好几次的满腔怒气，一下变成怒火了，爆炸了！我大声说：

“不！我没有装病，你不能太欺负人！”

“你是我家的小火头！”

我“咣当”一下，放下水桶，怒火冲冲地说：

“小火头也是人，不是卖给你的小牛小马！”

我两只眼睛喷火了，直直地喷向老板娘。她从没见到我敢说出这样的话，脸色唰的一下气白了。

正在这时候，老板回来了，见到这个场面，知道再对立下去，对他是不上算的。他瞪了老婆一眼，回头用缓和的口气对我说：

“阿竞，你担水去吧！”

我闷闷不乐地挑着水桶走过打铁铺，铁匠师傅陈兴三兄弟都高兴地喊我：“阿竞，你的病好了吗？”

我没好气地说：“好了……”

我在冲边水井边，又碰到打石场的小火头——小胖子。他放下桶问我：

“是病好回来，还是老板叫人找你回来的？”

“我自己回来的……”

“为什么这样不高兴？”

“老板娘说我装病！”

“她是个‘猪母鬼’，你别理她！”

我担满四大缸水，就去买菜，走过瓷器缸瓦店时，缸瓦店老板娘热情地喊着我：

“阿竞，你回来了？病好了吗？”

“嗯，好了……”

“怎么啦，阿袅老婆说你啦？”

“嗯，说我害懒病，装病。”

“这猪母（母猪，骂女人的土话），早就这样说了！”她非常生气地说，“病刚好，心放宽一点，别放在心上。”

大石桥西边的这道街共有四个老板娘，我最讨厌的两个，一个是我的老板娘，再一个是萧福记石场老板娘；另外两个即棚厂老板娘和这家缸瓦店老板娘，都是好人。

缸瓦店的老板娘是个中年妇女，长得端庄，为人和善。她家开的是夫妻店，老公白天担着盆罐箩头，串乡走村叫卖，老婆就在家里坐店。她同情我，看不惯冯老板娘压迫我，一年来，常常关心我，看我头发长就说：

“阿竞，头发这么长了，怎么还不剃剃呀？”

她知道那回因冯老板娘拿了菜钱，我倒挨了骂，不平地说：“这个女人也真是，偷了菜钱不认账，却让你一个孩子受委屈！”

由于她对我同情，我闲时也去缸瓦店里坐坐。受了气，就向她诉诉苦，发发牢骚。这回，她看我病好回来很高兴，可一听见我受了气，因为同情我，所以骂冯老板娘是“猪母”，不是人。然后又问起了我养病的情况，还问起了我母亲和弟弟、妹妹。我刚刚遭到老板娘的无理斥责，心里难过极了，对这个不公平的人世间，恨极了。可我一出门却受到打铁匠兄弟、小胖子的同情，这会儿又得到缸瓦店老板娘的关心，我顿时又觉得这个人世间，还是有好人，还是有讲人情的人的。

我把一回来老板娘对我说的话，都告诉了这位好心的老板娘。她最后不平地对我说：

“你回家里去治病，你家师母是这样说过。她说，你的病早给你治好了，后来是让你回家休息两天的，谁知你又害了‘懒病’，偷懒，装病不想回来！”

她说的，都是刚才老板娘对我说过的话。我刚才还以为老板娘的不讲理，是因为我回来晚了，没人帮她挑水、干活，见了我一时说的气话，没想到她跟别人说我的病早就给我治好了，还造谣说我回家是害“懒病”！我气极了，回店以后，把自己听到的，受到的委屈，告诉了一些工人师傅。没几天，我的话传到了老板娘耳朵里。她又拿出了泼劲，喊住审问我了：

“阿竞！你说，是谁在背后传我的坏话，跟你数叨我？说！”

我当然不能说是谁，便说：“没人说过。”我不得不装糊涂。

“什么，没人说？没人在你面前说我的坏话，怎么会有那么多人说我在说谎，诬你是害懒病、装病，不是拉痢疾？”

看！明明是那天我一回来，她当着面说我害的是“懒病”，是“装病”，这会儿却逼着问我是听谁说的。她追问得很紧，大有不追个水落石出誓不罢休之势。我只好说：

“我那天回来，只听到师母说我……”

她暴跳如雷地吼起来：“我没有说过，你撒谎！说，快说，要不说就是你自己说出去的，是不是？”

我只能摇摇头。

“不是你，是谁给你说的？莫不是打铁匠？”

我摇摇头。

“小胖子小火头？”

我摇摇头。

“卖缸瓦的老婆？”

糟了！她怎么知道的呢？我有点慌了。可一想，我怎么好“出卖”人家呢！再说她同情我，性格和善，心地好，不会和人吵架斗嘴，我要是说她，那这个刁钻蛮横的冯老板娘，真的打上门去，她哪里招架得住呢？我咬紧牙，摇摇头。

“是谁？是打石匠老婆？！”

更糟了！这是只母老虎，打小胖子可狠了，如果赖到她头上，有十个我也不够她一口吃啊！我还是摇摇头。

老板娘紧紧咬住不松牙；

“那是谁？阿二？”

阿二是棚厂主的二女儿。年纪比我大两三岁，为人泼辣，说话不让人。我想，如果说是阿二说的，那么老板娘大概是不敢去找她吵架追到底的。我正沉思着，老板娘见我没有摇头，就大搞逼供了：

“那准是阿二说的了？”

我仍不摇头也不吭声。我想含含糊糊过去。谁料到这位冯老板娘不肯含糊，厉声厉色吼起来了：

“那就是阿二告诉你的了！”

在万般无奈的情况下，为了求得自己解脱，我咬牙只好也说谎了：

“嗯……”

我这一声“嗯”，便肯定是阿二说的，这是多不应该的撒谎啊！我太对不起阿二了！我感到惭愧，一生的内疚，直到现在！

第九章　棚厂一家

搭棚厂在油漆店左边，紧挨着河边和桥头，是我常去的地方。

棚厂主人大约有五十岁，年轻时候就是一个搭棚厂匠。后来他积攒了些钱，慢慢经营起一个棚厂来。他的孩子很多，有四男四女，平常都是儿子做工，生产多的时候，也雇几个日工。虽然生意还不错，但是不能说富有，而这个家庭太不安静了，常常是父子吵闹，兄弟打架，母亲哭劝，弟妹惊号，搞得家里乱乱哄哄，鸡犬不宁。棚厂主的老婆是个善良的女人，她面对天天争打不休的一家，又要当好妻子，又要当好母亲，又得操持家务，真是左右为难。

棚厂一家争吵的祸根，首先是在大儿子身上。前些年这个棚厂少爷，整天打扮得不土不洋，一副花花公子样儿。本来棚匠干活爬上爬下，都是光脚，想斯文，也只穿轻便布鞋。他可好，每天足蹬一双锃亮的皮鞋，头上抹油，光得连蚂蚁也爬不上去，哪像干活的样子！后来，他独自到象角乡埗头开了一个棚厂，由于只会吃喝玩乐，不善经营，干了不到两年，厂子就关门了。这还不算，他行为不正，又染上了最可怕的麻风病，无处藏身，只好回到家来。父亲和弟弟们讨厌这个浪荡子，他一回家，老二、老三就赶他走，他耍疯卖泼，不肯走，家里常常打得鸡飞狗跳。

再一个给棚厂造成麻烦的是大女儿。那时，流氓、土匪很多，这个棚厂大小姐常常和一些不三不四的人勾勾搭搭，很快就学坏了，很多人暗地称她“自由女”。有一天，她看见油漆店里只有我一个人，就笑着求我帮她写封信，我说：

“你不是上过学嘛，怎么自己不写？”

她说：“我不会，你就帮我写一封吧！”

说罢，就嬉皮笑脸地取笔、研墨、展纸，放在我面前，意思是非写不可了。

替人写封普通信，没有什么不可以，我和她家又这样好，于是就答应了。谁知道她出口不寻常，头几句话是：“亲爱的×哥：自从那天分别后，我茶饭不思，愁眉不展，日日夜夜都在想你……”

我皱着眉头问她：“看你不是挺好、挺高兴嘛，怎么是‘茶饭不思’啊？”

她叫我不要管，要我接着写。然而要我接着写的话更不寻常了：“×哥，你知道我非常非常爱你，我也知道你非常非常爱我……”

我又皱着眉头问道：

“阿大，怎么这样写？这是什么信啊？”

她又嬉皮笑脸地说："这是情书、爱情信。你这会儿还不能全懂，过一两年就都懂了。"

我说："这会儿我是不懂，我不会写了！"

我把毛笔放下，她又把毛笔塞回我手里："你会的会的，人都说你很聪明。哎……下面怎么写呢？"她在想着，我又皱着眉头等着她。可她这个"下面怎么写"更加不寻常了。她说："你这样写：'×哥，我说你是我的心肝，你说我是你的宝贝。心肝，现在你的宝贝没有钱了，心肝赶快给你的宝贝寄钱来吧，千万千万！'"这种话太不寻常了！我说："这样向人家要钱多不好呀！"她说："你不懂，不要问，就这样写！"又把毛笔塞回我手里，又顿脚又噘嘴，又推动我的肩头，催我写："你刚才答应过替我写的，你答应过的……"太腻烦人了，没办法，我说："好，只帮你写这一回！"

除了棚厂主的大儿子以外，棚厂一家人对我都不错。我跟棚厂主的二儿子、三儿子都很好。棚厂主的妻子是一个疼儿女的母亲，她家一吵闹，我十分同情她。晚上没有什么活，我常到棚厂同她的儿女们说说笑笑。她家阿二，虽然泼辣厉害，可却是个很爽快的姑娘，行走起来，像风吹蒲公英，十分敏捷、轻快，但是我有点怕她，与她的妹妹阿四很不同。

阿四小我一两岁，她常双手背着她最小的妹妹去找我，看我做饭，看我漆家具，看我在人家结婚的小圆凳上画牡丹花，问这问那。有回，她悄悄对我说："阿竞哥，人都说你很聪明。"我说："不聪明，倒是真真的蠢笨仔。"她调皮地给我起了个新名字，叫"聪明竞"。我警告她："你别瞎说！"

她马上回道："人都这样说嘛！"

这道河两边，都有一帮小姑娘。不知阿四是怎么串联起来的，我一碰见她们，她们就用"聪明竞"这个外号来逗乐。这些小姑娘像一窝蜂，搞得我好难为情。最难为情的是一次黄昏时候，我光着身子在河里游泳，正是涨潮时，河水很深，我和这些作坊店铺的小火头、大孩子们打水仗，大呼大嚷，叽叽喳喳，喊叫声和嬉笑声吸引了不少小孩子，也有姑娘在桥上观战。我从小在埗头海就总结出一个打水仗的窍门，就是不管有多少人把水戽到自己的脸上，务必不要怕，不躲不藏，瞪大眼睛，让他们戽，等他们戽累了，就来个猛力反击，戽跑一个再戽跑一个，常常是打胜的时候多，打败的时候少。这回有那么多小孩子、小姑娘们观战，我更"英勇"了，照旧采取这样的战术，慢慢游，任他们喊，任他们推水打，任他们用水泼，等他们推累、泼累、游累，我就来个猛烈反击，把包围我的好几个小孩打散了。我好得意，但终归他们人多，有人潜水拖我腿，把我呛得好难受，只好潜进水里到处躲。而桥上的小孩子们也一个劲儿地给我们呐喊助威。

水仗打完了，小伙伴们都上岸了，桥上观战的小孩子、小姑娘们都走了，没想到我正要上岸，阿四抱着一木盆衣服从桥的石级上走下来。这可坏了，我的衣服都在码头了，我怎么上去呀？我心里想着：你快快走吧！谁知她偏不走，还一边洗衣服，一边和我说起话来。她今天的话真多啊，比哪一天都多，我只能在水中游来游去了。谁知一会儿她却大叫起来："阿竞哥，哎哟！我的衣服叫水冲跑了！快，快给我抓住！快给我抓住！"

我快速地游过去，把衣服抓住游着推给她，她还是不走。我只好环绕着桥洞游来游去。

她一会儿又大喊起来："阿竞哥，我的木盆给漂走了，快！快给我抓回来啊！"

我看见木盆随着迅流的水，漂到河心。我快速地游过去，把木盆抓住，推着送还给她。

"阿四，你怎么还没洗完？"

"我才洗了两件，还有好几件没洗呢！"

天啊！她还是那样慢慢吞吞地洗着，一点想快洗完回家的意思都没有。我着急地望着放在码头近处的衣服，可就是上不得、够不着。最后，我灵机一动，望着阿四身后说：

"阿四，上头是谁叫你呢？"

"谁呀？"她信以为真，扭回头去。

我说："你只顾洗只顾说话，没听见，你快上去看看就知道了！"

阿四一边用衣襟擦着手，一边站起身来，踏着石级走上码头去了。我立即跃上码头，一把抓过衣物，也顾不得身上有水，三下两下地把短裤穿上。这时候阿四回来了，生气地问我："你干吗骗人？"

我已经穿好了短裤，边跑边回答说：

"要是不骗你，我怎么能上得来呀！"

她这才恍然大悟，一边说着："阿竞哥，你真坏！"一边提起衣篮，红着脸跑回家去。

以后好多天，她看见我就噘着嘴不理我。这一回我病好回来之后，阿四又背着小妹妹跑来问我：

“阿竞哥，你的病真好了？”

“真好了。”

“听说你爹妈为你治病花了好些钱？”

“是为我花了好些钱。”

阿四睁大眼睛看着我：“那这钱，谁给你还啊？”

第十章　来了个风水先生

清明，冯阿袅的侄子从澳门回乡扫墓，睡在两合油漆店的前楼上。老板的这个侄子，穿着虽然没补丁，但很邋遢，脸皮黄，骨架瘦，一不像做生意的人，二不像劳动者，倒像个无所事事的地痞无赖。冯阿袅不喜欢这个来吃闲饭的侄子，所以很少跟他说话。住的日子长，这个人看到冯老板夫妇都很迷信，尤其是冯老板相信堪舆术，一直想找到块风水宝地，迁葬生身父母，求得子孙发达、兰桂腾芳，他便一个劲儿地把他听说的一个风水先生介绍给老板听。说这个风水先生真是活神仙，他的堪舆术怎么灵，又是怎么难求。冯阿袅迷信是迷信，可也不是随随便便就相信别人的人。这个侄子又看到老板娘对儿子冯金培长的癣十分忧愁，觉得有机可乘、有隙可击了，就天天向这位叔母集中火力，加紧强攻：

“叔母，我来了这么多日子，看见阿叔虽然生意很好，可阿培的脸一定是冒犯了什么地煞山神，那天‘拜山’（扫墓），我看到叔公叔婆的坟地，感到龙脉不好，有一股邪气，是不宜子孙的。”

“阿哥，你知道有邪气，怎么不对你阿叔说说？”

“叔母，我不懂，只是这一两年，常跟我给阿叔说过的那位风水先生出去追寻龙脉，多少学得一点。他说隆都山小，好风水早都被有钱人占光了，所以凶地多。祖先葬在凶山恶地，就是发财了，子孙也会害这个那个病的。阿培那么小，怎么生这种病呢？我看是风水不好，邪气发到子孙头上来了！”

老板娘万分着急，赶紧问道：“阿哥，能请那位风水先生来看看吗？”

“请他是可以，但肯不肯来，我不好说。”

第二天，我看见冯阿袅明显地改变了对他侄子的冷淡态度。吃早饭时，十分热情，问他身体怎么样，睡觉好不好，表示出的深切关怀，跟前些日子完全不一样。饭后，要他侄子把昨天跟老板娘讲过的话重说一通。他们讲得十分热烈，十分投机，我担好水，洗了油钵，打好猪料，他们还说个没完。最后听到他侄子说：

“阿叔心诚，我可以去劝他来一趟，先看看叔公叔婆的坟是不是有凶煞气，再跟他过江去看看他追寻到的龙脉。”

“行，那你哪天回澳门？”

“明天，我怕他把风水给了别人，得赶早回去。”

没几天，冯阿袅的侄子果然陪着风水先生来了。那风水先生，约莫五十七八岁的样子，留着一把山羊胡子，身穿灰长衫，打扮得儒生不像儒生，道士不像道士，阴不阴，阳不阳的。冯老板对他十分虔诚，十分尊敬，招待当然十分殷勤了，杀鸡宰鸭，好酒好肉，热情招待，一连吃了两三天，谈了两三天，然后去观看冯老板先人的山坟。那几天，早餐吃得特别早，晚上点灯了他们才回来。看了两三天之后，早饭吃得更早了，都是后半夜三点多就吃饭。吃了早饭，风水先生拄着手杖，老板侄子背着罗盘，冯阿袅背着路上吃喝的酒菜，然后摸着黑出门。听说是要从大冲渡江，到东乡的深山里去看风水、追龙脉，每天晚上八九点钟才回来。从吃饭和吃饭以后的谈论中，我听得出，他们已经寻到“龙脉”了，于是勘探有没有“土”的战斗开始了。冯老板从老家动员了两位叔伯侄子，荷锄扛锹，天不亮出门，渡江进山挖“土”。这天，老板眉飞色舞地回来了，喝酒吃肉，兴高采烈，好像从此以后就发家、出贵人、出富翁，就福禄寿考，什么福气都全了。冯老板像捡到什么宝一样，拿出个小白口袋，倒出一些“土”叫工人师傅们看。我也挤上去，看见老板万分喜悦地捏着“土”说：

“看，多细啊！像猪油一样。”

工人师傅中信风水的就赞叹，对风水怀疑的就不吭声。我伸手捏了捏，那颜色比油漆用的大红淡一点，这是比土黄红一点的细黏土，差点笑出声来。我心里想：如果这种东西就是“土”，要是有人把大红掺上土黄，磨细后埋在山里，不是也可骗人说是“土”了吗？

冯老板为了寻到好风水，不知花了多少钱，但他很高兴，我从来没看见他那样高兴过。他对招揽的活儿，什么都不亲自管了，忙于迁葬父母的白骨头到这块有“土”的宝地，等待招财进宝的日子早日到来。

第二年，又是个清明时节，冯阿袅准备好香烛、元宝纸钱，煎凤尾鱼、烧猪肉，备上甘蔗、酒、茶等，装在两个食盒里，叫我挑着，跟他去东乡山里“拜山”。我很高兴去，一是东乡有重重叠叠我没去过的大山；二是老板家这块风水宝地我没见过。故乡的清明时节，天比什么时候都蓝，云比什么时候都白。天气不冷也不热，山花争开，野草争绿。我读过杜牧的“清明时节雨纷纷，路上行人欲断魂”的名句，可一点都没有这样的伤情。可以想象，天不亮，我就挑着食盒，同老板一起走出冲边，一直往大冲走去。天气好极了，就像前面说的那样，气朗风清。到了大冲，我看见晚春的江水，悠悠地向南流。江东的山，像用石青、石绿淋过、泼过似的，颜色都像要流下来。我和老板上了摆渡，艄公摇呀摇呀就过了江。我们沿着一道银一样白、玻璃一样透明的溪水走进山去。溪边村庄的人，正在用熬过的豆浆做腐竹，捞起挂在太阳光下的竹竿上，像一条条软软的白玉。走不多远，又看见山村妇女把一匹一匹的麻布，用石头压着布头放在溪水里漂白，多像闪闪发光的银龙在游泳呀。那些摊在溪边草地上的，又像一道道横落地上的云。我跟着老板，往山里爬呀，上呀，左左右右，前前后后，草青树绿，溪明水清，野花斗艳，林鸟斗鸣，花开得真好看，鸟叫得真好听。这里真是个好地方，怪不得那个风水先生，能把日夜板着脸的冯阿枭，也勾引到这重重叠叠的深山来。他的办法，原来是借了山的颜色、水的美。

我跟着老板登上最后一座很高的山的一道斜脉，走到尽头处是一较平缓的岩头。冯老板顿时显得兴奋，笑逐颜开地扶着锄把，擦着汗，观看周围的山势，并告诉我：

“到了，就是这里。”

这就是师父冯阿梟经过千辛万苦寻来的风水宝地。去年迁葬父母遗骨的新坟，立着油漆店对过打石场刻制的墓碑，上面刻着老板父亲的姓和字，以及他母亲的姓。老板稍歇一下，就用锄头把坟周围都整理了一番，并刨了几块圆圆的草片，放在他父母的坟头、坟尾。坟头放的两块，是相反地叠放在坟顶上的，像戴了新的草绿色帽子。那里还压着几块白纸钱，山风吹动，就像帽子的飘带。此时我已把祭奠礼品摆好，香烛也点着了。冯老板虔诚地行了三叩头礼，礼毕之后，坐下叫我吃东西：

“饿了，吃吧！”

看日影已经是中午了，我真饿了。我吃了好几条凤尾鱼、烤猪肉块，还啃了甘蔗。老板喝了两杯酒，兴趣更浓了。

“你看，两山环抱着河溪，多像抱着条银河，气势多好呀！”他一边指着山势一边对我说。我到两合油漆店当学徒都快两年了，还是第一次见到老板对山林有这样的兴趣，这样的快乐，我便乘兴问他：

“师父，‘土’是从哪里挖出来的？”

一提起“土”，冯老板感觉好像提起他独占的一件什么无价宝，眉飞色舞地指着坟说：“在这底下，一丈多深的地方。”

我又问道：“师父，底下全是‘土’吗？”

“不，多了还能说是‘土’？‘土’是很稀罕的，就那么一团。”

我顿时又想起去年见过的老板寻回去的“土”，又想起用大红和土黄磨细埋在山地下做“土”的想法来。我已经十五岁，不再像过去那样迷信了，听着老板这样说，又看着脚下的土色，真想笑，暗想：要是我去年早些来，也在一个地方埋下一些大红、土黄颜料，不也把他骗了吗？

再不走，回到家就要半夜了。上山下山，够辛苦了，可也没有把冯老板的余兴折腾掉。他怀着欢乐、梦想发财、憧憬子孙兴旺的心情，很有劲地走着。在路上，他还买了好几斤腐竹，叫我担回来呢。

第十一章　是我打掉他两颗牙!

油漆活儿有时多，有时少，冯老板揽活儿多时就请几个工人，活儿少时有郑林焕加上他自己，顶多再雇一个半个日工干两天，就可以了。但是因为一般的油漆活儿，我都干，可以就当个熟练工人来使用。活儿少的时候老板可以不雇日工，省了钱，所以他很满意。我不但可以干油漆工人的活儿，还能干一些普通油漆工干不了或干得不如我的活儿。因为我会画画，会写字。当时不管娶亲出嫁，都要做些新家具，故乡都有一些传统风俗规矩。像结婚用的大床，有床柱，有顶棚，床内三面有凸鼓起来的栏板，床正面左右的隔扇都要画花草，讲究的，还镂空雕着花，需要上彩，需要贴金箔。不管讲究不讲究，每套大床，都带有两个小圆凳子，听人说是洞房喝合卺酒时用的，表示姻缘圆满。我想用场还不仅这一点，将来有了小孩，让孩子使用会发挥更大的作用。这两只圆凳的凳面，一定要绘上牡丹花，表示荣华富贵。像这些油漆活儿，以前只有冯老板或郑林焕做得比较好，别的油漆工人就不大行。我可想干这种活儿哩，但又不敢干，想不到头一个抬举我、让我干的是郑林焕。从此慢慢地，不管是在店里还是到外村，这样的活儿多数就叫我做了，老板不去，郑林焕也不去了。说真的，我认为，他们画得都很死板，没有我画得好。另外一种细活儿，就是为店铺写招牌和给新油漆的大门上方写字，有的一面写“神荼”，一面写“郁垒”，有的写“文丞”“武尉”。这些字都是先请书法名家崔育之、杨述之写好的。摹写这些大字，做到不走样，保留笔势、韵味精神，是最讲究的工作，我能做得比较好。要不是由于这些活儿我都能很好地完成，使冯老板省钱放心，我那一次打掉一个小孩的两颗牙，他肯保护我吗？没门！

事情是这样爆发的：那年的初夏时节，我和两个工人师傅在冲边，给一户人家油漆门窗。我站在窗外面一张旧木桌上，正在油漆窗户的时候，从村街一头过来四个小孩子，说脏话，戏弄我。我回头一看，这四个小孩儿里头，有两人是冲边村里一个地痞、二流子的儿子。那个不务正业，脚穿一双趿拉鞋，进出鸦片烟馆，成天东游西逛、惹是生非的人，我是认识的。我一看是他的孩子，就不敢搭理，照旧漆我的窗户。我不搭理，他们可不干，先是这个二流子的大孩子，比我还大呢，说怪话了：

“嘿！你们看呀，这小火头长得好靓（好看）噢！”

我还是干我的活不搭理他。二流子大孩子见我不搭理之后，放肆地说脏话了：

“哎，小火头，借你妈的饼印，给我生个儿子，好不好？”

连这些坏孩子都跟着说起下流话来：

“小火头，回去叫你妈让我借她的饼印，也给我生个儿子吧！”

他们无缘无故侮辱我的母亲，我心里火了，但跟这些坏孩子吵架，没意思，我还是忍住不搭理。

那个地痞二流子的大孩子煽动他的弟弟说：

“上去，抠他屁股！”

一听到他们要耍下流了，我回头怒目瞪着他们。那哥哥正用挑衅的目光瞥着我，嘴巴一翘一翘地指挥他弟弟上来。他弟弟比我稍小些，光膀子，只穿一件坎肩，做出最下流的怪笑脸，看着我，但不敢真上来。我仍然强忍着气，默不作声地工作着。

没想到那个哥哥以为我软弱害怕，可以欺负，越发地放肆起来，说的话更加难听。我仍是装作听不见，也不搭话。可是围观的小孩儿多了起来。那哥哥得意了，推他弟弟，说：

“去，别怕他，去抠抠那小火头的屁股。”

有些坏小孩嚷嚷起来：“去抠抠他屁股！去抠抠他屁股！”

这弟弟仗着哥哥和有人帮腔，我又是一个人，竟然真的跑上前来，抠我屁股！这一抠，可把我给惹恼了。我眼里喷着火，回过头就要打，可是他俩已经大笑大嚷着撒腿跑了。

我哪里还管什么，立刻从桌子上跳下来，箭似的快步追上去。那哥哥跑得快，已经追不上了；他弟弟跑慢了一步，我三脚两步赶上去，一把抓住了他的坎肩后领，用力往后一拉，再用力向前一推。糟了，谁知道这个坏小孩的坎肩没有系扣，由于心急要跑掉，又被我这一拉一送，坎肩被我抓脱在手里，他却“啪嗒”一声，一头栽了个嘴啃石头！

只听他“哎哟”一声尖叫，接着“哇哇”大声哭起来。我看见那哥哥赶快回身去扶他弟弟。我怒不可遏地立在街中心，甩下抓在手上的坎肩，看那哥哥敢不敢上来。我看到他扶起满嘴流着血的弟弟，那弟弟“噗噗”吐出两颗门牙落在地面，哭着看着两颗牙，满嘴脏话哭喊着：“这‘契弟’打掉了我两颗牙……”边喊着，边把牙拾在手心上。

那哥哥指着弟弟手心的两颗门牙，凶狠狠地对我连骂着脏话：

“你这个‘含家产’（全家死光），这两颗大牙是……”

我不等他说完就说：“是我打掉的，你怎么样？”

我不怕他，等他上来。我心想：打他一拳，也是打了他，两拳也是打了他，为什么只打一拳？不！我下决心要打他好多拳好多拳。狠狠地，打他一顿。

“好好，”又连骂了几声脏话，他喊着，“我去告诉我爸爸！我去告诉我爸爸！”

他老子是个流氓，这时我有点害怕了。我想，他会立刻来的，我可怎么对付？……我心里七上八下，一直到收工，可是这个游手好闲的二流子没有来。但是，他总要来的，他一定要趁机敲一下竹杠，我就这样忐忑不安地等待着。

吃完晚饭，我在厨房洗刷碗筷，听到有人来了，偷偷向前店一看，那个地痞二流子没来，来的是专门帮人打官司的冲边的一个讼棍。他带着被我打了的那个孩子和两颗门牙，来找冯老板。冯老板热情地招呼那人坐下抽烟、喝茶之后，叫我出来，指着柜台上的两颗门牙问我：

“这两颗牙真是你……”

“是我打掉他两颗牙！因为他哥和他侮辱我！”

其实冯老板早就听工人说了，知道了白天发生的情况，就叫我回到厨房去。然后，他用很遗憾的口吻对那个讼棍说：

“李先生，太麻烦你了，实在是对不住哟！”老板一个劲儿地反复道歉，主动地把他早已经听到的白天的情况，向那个讼棍说了一通，又听那个讼棍说了一遍。我听见老板说：

“看见的人很多，我请的师傅都在场，是这个小孩和他哥不规矩，动手动脚，把我的徒弟激怒了。”

那天同我一起做工的两个师傅也仗义执言，说：“这个小孩，全是他哥怂恿的，阿竞根本没有理他们，他们纠缠个没完，后来就动手动脚了！小孩嘛，可不就恼了？”

这个讼棍本来就和老板很熟，跟老板低声地说了几句话，我就听见老板说：

“小孩打架，有什么尺寸？我赔个不是就是了。”

我没有听见那个讼棍提出什么苛刻的要求，但不捞点什么，也不好圆场，他说：

“你瞧这两颗大牙，总是你的徒弟打掉的……”

冯老板把早就揣好的几元钱，一把塞进讼棍的手里，一语双关地说：“小孩子的事嘛，代我向他父母赔个不是就是了，请帮帮忙！”

嗨！事情就这样了了。这是我原先不敢想的，因为讼棍是不好对付的，这是一；二是我的师父冯阿㝹肯破财了事，也没有说我骂我，而且肯破财向人家替我赔不是，这又是我原先根本不敢想的。后来工人师傅笑着问我：

“阿竟，这回老板对你怎么这样宽宏大量呀？”

我说：“我不知道。”但我确实很感激冯老板，在这件事上，他可真是个善心人！

第十二章　冯老板和工人师傅

老板是善人吗？我再想一想，又好像不是。老板是坏人吗？我又再想想，也不像，除了那回因买菜钱冤枉过我之外，我还没有挨过他骂，挨过他打呢。在我当学徒小火头的年月里，我只挨过工人阮洪益的巴掌。阮洪益比老板好像还坏一些哩。他那回打我一巴掌，根本没有道理，我从来就没惹他。他叫我帮他用布过滤净一钵油漆。他拧一头，我拧一头，他心不在焉地没有把过滤白布的口叠好，拧的时候，油迸出来了，他突然像让牛虻蜇住那样，大骂一句脏话，打了我一巴掌。我恼了，甩掉过滤布站起来，问他为什么打我？他见我这样怒，口气就软了。我也没有再跟他吵。我心里想：他好赌钱，又怕老婆，可能不是昨天夜里输了钱，就是跟他老婆打了架，所以今天不高兴，找我出气。谁叫你好赌钱？谁叫你跟老婆打架？从那天起，我好长时间不跟他说话。阮洪益做活儿并不出色，师傅们对他的活儿评价不好，可是他倒是老板冯阿臬喜欢用的工人。因为他呀，对冯老板和老板娘，虽然不能说是拍马屁，但是善于说人家中听的话。比如，老板每天扣工人一角钱，工人说怪话，他却在老板夫妻面前说：工会没了，一角钱本来是会费，应该扣除。老板夫妻听到这话多称心，总算找到唯一的一个拥护者。又比如我在上面说到的买菜钱那样大的冤案里，众师傅都为我抱打不平，只有他和郑林焕没有说一句话，老板夫妻当然是高兴的啰，所以常请他来做工。有一次，还特别照顾他哪。那是我害痢疾那年旧历十二月二十九日晚上，除了像小榄仔师傅这样个别无家可归的光棍外，工人师傅们都领了工钱回家过年啦。阮洪益早就打好了铺盖包袱，我以为他也走了。谁知到了九点多钟，他突然回来了，脸色十分难看，像死人那样白，可眼睛却发红。我好心好意地问他："洪益师傅，你还没有走啊？"

他一句话不说，像跟谁打了败架一样，垂头丧气，"嗵嗵嗵嗵"地上楼去了。然后一头靠着包袱，躺在楼板上。我什么话也不敢跟他说了。整整一夜，只听到他唉声叹气，翻过来滚过去，有时还跺脚。我以为他得了什么病，但看他那个劲儿，也不敢问。第二天一早，明白了，原来昨天收工领了四五十元工钱之后，他没有立刻回家，却到赌钱的地方想捞一把横财，没想到运气不好，输了。开头是输了一二十元，后来他输红了眼，一下子把剩下的工钱全押上了，结果是：老天爷不肯保佑，输得一干二净！ 早，他像条挨人打吓怕的狗，夹着尾巴，缩坐在床上。冯老板起床时已八点多了，听到老板娘说他输得精光，连一个铜板都没了，于是便大发善心了，二话不说，慷慨地借给他五元钱！阮洪益两眼含泪，如丧考妣，痛哭涕零地千感谢、万感谢，背起包袱回家过年去了。

这时候，我对阮洪益有点同情了，主要是想到他回家后该怎么对老婆说。老婆孩子一家人，五元钱这个年怎么过？但是这次冯老板可真够义气！

如果说冯老板是个善心人，可我又说不像，到底原因在哪里呢？我想想，还是有证据的。

一次，我随郑林焕和工人林师傅一起，到离冲头比较远的青岗去干活儿。林师傅对油漆活儿是很认真的，为了把二楼的旧窗户漆得好一些，他取出螺丝钉拆下窗门，准备油漆好了再重新安上。郑林焕在林师傅拆窗门时，没有说话。收工前，窗门的油漆都干了，当林师傅重新安装窗门时，却发生了事故。

林师傅将一张八仙桌放在屋外面二楼窗下的墙根前，八仙桌上又立上一把七级木梯，也没有叫我帮助扶一扶，就独自一人上螺丝钉安装窗门，没想到手动梯动桌面滑，梯子一晃动，竟连人带梯子一块儿摔了下来。我闻声赶紧救扶，郑林焕、房主也出来了，按了几下，觉得没有伤到骨头，摔得还不太重。房主人找来药酒，我们给林师傅伤痛的部位搽了搽，就扶着他一瘸一拐地回到了两合油漆店。

冯老板看到摔伤的林师傅，就问这是怎么回事？我向老板说明是安装窗门时，梯子滑下八仙桌跌伤的。不知郑林焕出于何种原因，强调林师傅拆下窗门油漆的做法是不必要的。

“本来嘛，窗门完全没必要拆下。”他说这话时，虽然不是控告，语调也不高，但好像是说：“如果是我，我就不会用拆窗门油漆的做法，既费工又不安全。”

我一边听一边想：对高的窗户，拆窗门油漆的做法，过去曾这样做过。虽然费事，但工作质量好。如果完全不必要，郑林焕为什么当时不说呢？

冯老板听到这就紧接着问道：“那为什么要拆窗门？”

“谁知道！”郑林焕这个回答，等于说：他自己要这样做嘛。

冯老板听完郑林焕的话阴沉着脸，连一句慰问的话也没有说，更没说叫医生看看。林师傅没有怎么吃饭，向冯老板说想回家休息休息。冯老板答应了：

“好，回家休息休息吧。”说罢，就打发我扶送林师傅回家。他的意思似乎是说：“你摔伤，完全是自己找的，是你自己的事情，跟我无关。”

我送林师傅回家的时候，想到郑林焕的话，讲得实在不好。冯阿袅要求工人为他做工，是既要省，也要快，郑林焕那句“完全没必要”的话，等于说那是磨洋工，这不是在冯老板面前告了林师傅一状吗？而冯老板呢，只是同意林师傅回家休息休息，连请个医生看看也不说，医药费一分钱也没给！我心里想：老板的心怎么这么狠？不管怎么样，林师傅摔伤，也是为你冯老板做工摔伤的嘛！

说是叫我送林师傅回家，可我怎么送呢？如果是水路，可以用小船，但冲头到象角是陆路，故乡的陆路从来不用车。我实际上是扶着林师傅，陪伴他回去。林师傅在家休息，请医生看，差不多有二十天才又回到两合油漆店做工。他后来常对我发牢骚，说为冯老板做工摔伤，一个子儿的药费没给，一句好话没有！说到这，就骂街！郑林焕向老板说的话，我一句都不敢学给他听，他听了还不气得爆炸了？

林师傅摔伤冯老板不管的事，让我又琢磨起冯老板到底是不是善心人这个想过多少次的老问题。最后，我感到他不像，他不像个善心人！老板娘呢？更不像个善心人！

第十三章　仵作寮，真可怕！

老板娘当然不是善人。当学徒做小火头有两年多了，我就天天数着还有多少天才能出师。就在我数着还有两百天左右的时候，我又第二回害了痢疾，身体又瘦弱了。可冯老板要我做的活儿一点也不减轻，还是跟前一次害痢疾那样，根本不过问。多亏我父亲母亲及时送来草药，秋后我就好了。我多么希望能休息几天，可是不行，因为老天爷不答应：这年冬天旱得特别厉害。冲边这条河，像害过病似的，瘦得没有多少水。担河水好办些，因为近，我知道什么时候涨潮，就赶快去担水。可是井水不行，越旱水越少，抢水的人就越多，冲边的那口甜水井，干了！没有甜水吃，要了老板娘的命！她下了道死命令：要我到冲头北山坡下的仵作寮去挑甜水。

小时候，在我家乡，只要提起仵作寮，人们都知道，那是收拾死人尸体的仵作住的地方，都是在村外偏僻的树林子里，无论多贪玩的小孩，都不敢去那里掏小鸟。都说仵作寮树林里，有好多鬼，而且有好多屈死鬼！现在老板娘命令去那里担水的仵作寮，是在去沙溪圩路上那个乱葬岗子的北山坡下。从冲边石桥到那里，要走老远老远的路，乱葬岗子，是一道很长很长的、乱埋死人的地方。一般的坟地，埋棺材都有个基本的方向，埋得又都挺深。可是乱葬岗子就不同了。因为凡是乱葬岗子，都是埋葬最穷的死人、小小年纪死了的小孩子和没人收尸的人的坟地。棺材板很薄，有的只用草席裹一裹，埋得又浅，那里又是沙地，又不讲方向，葬得乱七八糟的。常常有一些死人尸体，被野狗叼了出来，可吓人了！再加上乱葬岗子没条正经道路，白天还好认路，黑夜就难办了，说不定会踩着什么呢！到仵作寮担水，首先一关就是穿过乱葬岗子，看你胆子大不大。我那会儿虽说不迷信，可是很胆小，所以头一关就怕得要死！第二关是进仵作寮树林。照家乡的传统习惯，死者的后代，过个三五年，都要请仵作佬将死人的坟重新挖开，打开棺材，把白骨头取出来，在仵作寮的空地晾晒干了，最后再把骷髅头和骨架穿成坐着的样子，装进一个坛子里，用白谷糠灰塞满后，再深埋地下，或存放仵作寮林子里，表示对先人的孝顺。因此，仵作寮所处的山坡林间，到处都是一具一具的白骨头架子，一个一个白骷髅头，一走进去，就给人一种阴森恐怖的感觉。我一听到老板娘要我去仵作寮担水，就怕得要死了！冲边甜水井，干就干了呗，为什么偏偏又在这个仵作寮的树林子里，还有一口甜水井呢？老板娘，像皇娘，我怎敢不去？愁死我了！老板娘见状说：

“阿竞，为什么不去担甜水？”

“师母，我去了，人多，我抢不上啊！”

“不行，明天你后半夜天不亮就去，抢在别人前头！”

这是军令！军令重如山，我愁死了！

“你去打石场约小肥仔，一起去！”

小肥仔，是油漆店斜对过萧福记打石场的小学徒。打石场的萧老板，是嘉庆州人。他的小徒弟——小火头，也是从嘉庆州来的，年龄比我大一岁，是个小胖仔，所以大家叫他“小肥仔”。打石场的萧老板娘是本地叠石人，她小时候家穷，被卖当过婢女。照人情说，她应体谅为婢为奴的痛苦。可她不！她嫁给萧老板，当了老板娘，就如同当了皇娘了。人世间，有那么一种女人，当她从下贱的地位一下得宠了，就反过来，以一百倍、一千倍的残忍来对待她的奴仆。萧老板娘就是这样一个女人。她呀，待人特别凶悍，人又粗壮结实手又大，打小肥仔可不手软，出手一巴掌，脸上就五个青红手指印儿，没五个红手指印儿，她不过瘾。我还常看见她拧小肥仔，小肥仔的脸上身上，常是青一块紫一块的。小肥仔比我苦多了！这个凶女人，也要吃甜水。我就找小肥仔做伴，两人约好：谁起得早，谁就来叫对方。

老板娘怕我起得晚，第二天凌晨三点钟就大声吼醒我了。我和小肥仔，各挑一对空木桶出发了。这天后半夜，天阴风大，路黑，一点星光都没有。我们两人一前一后，走出冲头村，提心吊胆地穿过乱葬岗子。快接近仵作寮树林了，我们虽然白天来过好多次，路不生，但是小道弯曲，一想起那些摆满空地、靠近路边的一具具白骨，一个个龇牙咧嘴的白骷髅头，实在怵得人头皮发麻，浑身鸡皮疙瘩都鼓起来了。我们约定，我在前，小肥仔在后，紧紧地挨在一起，不要离远。就在这黑咕隆咚，什么都看不见的树林子里，我连口粗气都不敢喘，一只手伸在前头，摸着探着，另一只手扳住扁担，脚一步一步探着走着。还算好，我们什么也未踩着，什么也没碰着，就发现前边有一片微微发光的地方。啊，到了，那是井！

我非常轻非常轻地说了声："快！"我们便二话不说，各自哗哗啦啦地打满了两桶水。

"走！"我是用气音说的，就是真有鬼，它也听不到的。我们沿着来的方向，慌里慌张地赶快往回走。

这回是小肥仔打先锋，我殿后，一脚深一脚浅地踉踉跄跄地快步走着。两个人谁都不言语，恨不得一步就跨出这个伸手不见五指的、可怕的、黑黝黝的树林子。我正走着，只听前边小肥仔"咣当"一声响，他大喊起来：

"哎哟，有鬼！"

这声音，又尖又厉，简直像钢刀刮铁那样尖，小肥仔发疯般地跑开。我什么都顾不上了，被吓得魂飞魄散地跟着他狂奔乱跑了。没想到，我的脚也被什么硬硬的东西绊住了，踉跄了一下，更吓得胆都破了！我俩不要命地跑呀，跑呀，等跑出树林子，才发现路跑错了，木桶里的水也洒了一半了！我们喘着气，环看四周围，只见黑黝黝的树林，除了灰蒙蒙的乱葬岗子之外，什么动静都没有了！

我上气不接下气地问他："小肥仔，你看见什么了？"

"不……不……不知道！"他结结巴巴地说不成话。

"你不是说有鬼吗？"

"不，不是……是……不知道是什么，绊住我一脚……我害怕……"他仍然惊魂未定，说不清楚。

“我也害怕，以为你真碰上鬼了……”

“那……那你碰上……没有？”他连个“鬼”字也不敢说了，一定是怕叫鬼听见。

“不知道是什么东西，也绊了我一下……不会是鬼吧？读书时，先生说是没有鬼的，那是迷信……”

“是有东西绊了我一下，不是鬼你说是什么？”他一边说一边害怕地看着周围，一定是怕叫鬼听见。

“会不会是大树根？路上不是有好多好多老树根吗？”

“树根？会不会踩着死人骨头？阿竞，我害怕……”

踩着死人骨头，那是完全可能的，因为我们都乱跑开了。我又害怕起来：“会的，会的……”我想了想又觉得不像，“可踩着的，它不动呀！要是踩着死人骨头，它是会踢动的……”

“那你说是绊着大树根了？”

“多半是绊着树根了。”我虽然这样判断，但看着那黑森森的仵作寮树林子，还是非常非常的害怕。

“水只有半桶，怎么办呢？”小肥仔看着那剩下的两半桶微微闪光的水，又看看黑黝黝的林子，愁死了。

那会儿，天还没亮，再进仵作寮树林打水，我也没有这个胆子了。

“半桶就半桶呗，明天再想办法。”

“我师母会打我的……”小肥仔哭了。

“一定是大树根……”我虽然猜着绊脚的是大树根，但我仍然没有再进树林去打水的胆量！我们两人只好挑起各自的两半桶水，向回去的路走去。

小肥仔的害怕是怕对了。天亮了不久，我突然听到从打石场传来骂声和“啪啪”的打人声。那个凶得像母老虎的打石场老板娘，又在打小肥仔了！谁能跟小肥仔说句话呢？他的家太远了，在嘉庆州，那是个很远的地方，说话人都很少懂得，谁能听出小肥仔的委屈呢？他不像我，冲头到象角不算太远，我是本地人，说话人都懂啊！他每次挨了打，常常哭得很伤心。这回，吃了早饭，我悄悄去看小肥仔，看他坐在靠近打工具火炉的边上，流着泪，哽哽咽咽。

“小肥仔，不要哭！”

“她骂我水为什么少，骂我玩去了……你知道，我哪里玩过？”他伤心极了，真的呜呜哭起来。

“小肥仔，不要哭，今天晚上，我们想出个法子就好办了。”

“你有法子吗？”

“会想出来的，你不要哭！”

小肥仔不哭了：“阿竟，你的命比我好，你得想出个办法啊！”

我的命是比小肥仔好，我没有挨打，但是也很倒霉。天旱水比油贵，我的老板娘，不知哪来的邪劲，说发现水缸里有长毛的饭粒，说我不听她的嘱咐，她吃了肚子会长出小乌龟，问我能不能偿命！她不由分说，拿着大水瓢恶狠狠、气汹汹地一瓢一瓢，把两半缸井水泼个干干净净，还要我把缸刷干净。我看着她一瓢一瓢泼出的井水，简直是从我心里泼出的血！她不知道我是多么艰难担来的啊！这个罪该万死、大大的女坏蛋！

这天，我想起在家时，天黑出去玩的时候，常点着几炷香，摇晃着就能看见路。晚上，我带着几炷香去找小肥仔：

“我想出个法子了！”

“什么法子？”小肥仔充满希望地看着我。

“你看！”我把香亮出来，“我们点着它！”我把几炷香点着，晃动给他看，“能看见地上有什么吗？”

“看见了，看见了！”小肥仔高兴得不得了。

“你我的老板拜菩萨都有香，我们拿几支，点着不就能看见路了吗？”

从第二天起，靠晃动几炷香头微微的光照路，我和小肥仔又去那个恐怖的树林担水。手里的香晃动着，一个圈一个圈的，像金龙在飞舞。虽然这光，非常非常微弱，可是脚下的路，我们看见了，树根看见了。仵作寮树林子虽然很黑，我们既没有碰到过妖怪，也没有碰到过鬼，一个干旱的冬天过去了，我们长进了，胆大了：从怕鬼到不怕鬼，又从不怕鬼到不信有鬼了！对死人的白骨头，也不害怕了，龇牙咧嘴的白骷髅头也不害怕了！说真的，我真正害怕的，还是老板娘！

第十四章　我逃跑回家

死人的白骨头我不害怕了，白骷髅头我也不害怕，也不害怕有鬼了，那还有什么可怕的呢？如果没有，可我为什么老是那样不安、忧愁、苦闷？我发现自己心里有个东西，过去总被一团云雾罩着，看不很清楚，现在这团云雾，在我的挣扎中撕开了：我不愿再在冯老板那里当学徒、当小火头了！再有半年，我就出师，当然我是知道的。我也知道，读书，再没有指望了。可我自己画画，自己读书，还是有进步的。就说画画吧，中药店的二小老板，买来宣纸，叫我给他画了四条人物屏幅，是临摹画谱画的。我知道我画的离画谱差多了，他也当然不好说我画得很糟糕，可他还要去裱起来呢。在谈读书、说画画方面，我有几个谈得来的朋友，如冲边的李炽麟，他向一位画师学会画擦笔肖像，也带我到港头看他那位外地来的画师，看他临摹宋朝米元章父子和元朝四大家的山水画。说我爱听社会新闻吧，我晚上就常到杂货铺去听人谈论国事。虽然人们讲的这些国事、社会新闻，都是道听途说得来的，有真有假，有的加了油、添了醋，有的可能完全是胡诌的，可我还是很想听。说我爱听有趣的笑话吧，讲得精彩的就是打铁匠兄弟的叔父——那个年老的光棍箍桶匠了。他无家无室，当然就无儿无女，真是个赤条条来去无牵挂的流浪老人了。可他从不发愁，每天箍几只桶，挣几角钱，做两顿饭，喝二两酒，就能跟我讲好多笑死人的幽默话。如有一次他吃了两块红烧鱼头鱼尾，喝完酒吃饭时，“咯嘣”一声，让一粒沙子硌痛牙了。他捂住硌痛的臼齿，扭曲了腮帮，痛了好半天。他已经剩下没几颗牙了！我以为把他的牙又硌坏了：

“陈师傅疼吗？牙崩了？”

他从嘴里慢慢磨呀磨呀，抠出绿豆大的一粒大沙子，放在桌子上，却笑着对我说：“阿竟，你看，好大呵，四个人都抬不动啊！”

一粒沙子四个人抬不动，那该有多大？哎哟，他这个形象、伟大的夸张，逗得我快笑死了！又有一次，他从沙溪圩买回来几个肉包子当饭吃。包子皮太厚了，一口还咬不着馅，他不骂人，却仰着他那瘦削的、满是黑白胡楂的脸，笑着对我说：

“阿竞，你瞧，包子皮，有多厚呀——我坐一天火车，还啃不到馅哩！”

这又把我乐坏了！他大概有六十岁了。那么大年纪，还无忧无虑，这样快乐，我真佩服。

这个倔老头，还是一个有意思的人物。他差不多每天晚上都要来利生杂货铺，买一把花生，喝两杯双蒸酒。他因为好喝酒，眼睛布满血丝，鼻子像一头紫蒜。他每吃完花生喝完酒，就爱跟别人抬杠。他的话，谁都不能反对，一反对，他就发火，就骂你。有一次他拿着报纸，蛮像那么回事地看呀看呀，就发起牢骚说：

“嘿！蒋介石带着兵马，要跟蒋中正打仗了！”

众人听了都笑了。有人问道：

“大叔，别说了，蒋介石、蒋中正是一个人，怎么会自己跟自己打仗呢？”

他歪过头，睁着惺忪的醉眼问道：“怎么不对？中华民国你捣灶，我砸锅，乌龟跟王八打架，你能分开这个那个？今天你打他，明天他打你，后天儿子打老子，大后天老子打儿子，你打赢，这个洋鬼子给你赏钱，他打赢，那个洋鬼子给他赏钱，你能分出哪个是王八，哪个是乌龟啊？”他指着报纸说，“你看看，这里还印着宋美龄的按兵不动守中立哩！”

有人说：“大叔，你说错了，宋美龄就是蒋介石蒋中正的老婆，守什么中立？”

这个倔老头火了，拍着报纸说：“白纸黑字，印得一清二楚！你看看，你看看！”

人们一看，他看报纸是报头朝下，底栏朝上，是颠倒着看的。

“哈哈，真新鲜，倒着看报纸！”

有一个人跟他说：“大叔，报纸这一头才是头，那一头是下面，你倒着看啦！”

有人说：“他根本不识字！”

这老头更怒了，吼起来了：“笑什么！报纸就不能倒着看吗？你懂什么？！民国本来就颠三倒四、乱糟糟的。今天你跳上台，明天他又把你赶下台，后天呢，昨天上台又叫今天上台的踢下台，横七竖八、颠三倒四的。你不颠三倒四着看，能看清楚吗？”

嘿，说得蛮有理的，你能说他发酒疯？可是他，还有一种特别守旧的顽固思想，特别反对谈妇女婚姻自由，只要听到“自由”两个字就不分青红皂白都反对。我也挨过他一顿骂。有一次人们在谈婚姻自由，他说：

“如今，到处都讲男女自由，乱套了！怎能让女人自由？！公鸡打鸣，母鸡下蛋，能颠倒过来：母鸡打鸣，公鸡下蛋？桥头棚厂的陈大姑娘成了‘自由女’，父母管不了！好呀，这样自由下去，说不定明天他二姑娘、四姑娘都成了‘自由女’。一家‘自由女’那就热闹了！”

我听他说到阿二，特别是阿四，感到冤枉好人，就说：“大叔，不要因为一个臭鸡蛋，就把一箩筐鸡蛋都打了。”

他怒了，瞪着布满血丝的眼睛，翘着那个紫蒜头似的鼻子，喷着酒气，朝我骂道：“我怎么啦？打着你妈你娘啦？！”说着，伸手差点抓住我。多亏众人拦住，我才躲过一边。他也特别反对青少年们留分头，他给留分头的人创造了个外号叫“刘海儿妹”。我躲着悻悻走开的时候，还听他不断地在骂：“刘海儿妹！刘海儿妹！”

照以上的情况说，我在两合油漆店当学徒小火头，大石桥两边，老人大人，男男女女，我都很熟，并不寂寞。可是有一天晚上，我又听到小肥仔痛苦的、哽哽咽咽的抽泣声。我绕过打石场地的大小石块，跳过已经刻好的墓碑、石柱、石狮子，看见小肥仔不敢哭出声来，站在那里哽咽抽泣。我划亮火柴看到他手臂、脸上和身上青一块紫一块的。我看出，他身上有的是用棍打的，有的是用手拧的。

“老板娘又打你、拧你啦？”

他却更厉害地哽咽抽泣，一句话都说不出来了，两手摸着胳臂上的伤。我知道打石场老板娘根本不像女人，倒是像只公螃蟹，浑身黑黑，那黑壳，还闪着光哩。她用那两只长着长毛的大钳子来钳小肥仔，怎能不一道青一道紫呢？谁能受得了呀！

“不要哭，很痛吗？”我能跟他说什么话呢？

这时，石场门口忽然发出一声吼叫：

“你还不去点火开炉打凿子，我一会儿拿烧红的铁条烙死你！”

吼叫的，就是那只圆厣的母螃蟹！我看见她一只钳子叉着腰，一只钳子朝小肥仔伸来，两条像能伸出眼皮来的黑玻璃棍似的螃蟹眼睛，还冒着火呢！

小肥仔可怕她呢，赶去点火，生着红炉，风箱咚嗒咚嗒地响了，红炉呼噜呼噜地吐出火光，他的眼泪也跟着红了，像是血，也像火！

我的老板娘够坏了，我已经受不了啦，可还没有小肥仔的老板娘那样凶哩！小肥仔的妈妈知道，也是会哭的。小肥仔的妈妈啊，你听到小肥仔哭了吗？小肥仔比老板的儿子大不了多少，我同老板的儿子冯金培同岁。可我们两人一样，都要伺候老板大人小孩一家人。我受委屈，还可找别人说说，小肥仔受委屈连找个人说说都不可能。别人听不懂他的话，他只好哭了！在天天担着油盆颜料去做工的路上，不知怎么搞的，我特别会想事，想呀，想呀，想出好多好多问题来：我当学徒，做小火头，是卖给老板和老板娘的吗？卖，就应该给我父母钱；不是卖，那我被什么绳索捆住，而不能像小鸟那样自由自在，飞来飞去呢？有一次，去青羌干活，我在半道的松树下歇担的时候，脚蹬动了一块石头，我看见被石头压着的地方有几株小草芽，黄嫩嫩的，因有石头压住，长得弯弯曲曲。小草顶不动大石头，它怎能长大长好呢？啊！当小火头的，多像石头压着的小草啊！我越来越不安心了，想家，想妈妈了，只要没有人跟我说话，我常常感到孤独，感到无依无靠！我常常发呆，在只有我一个人干活时出神。我怎么像老板的旧自鸣钟那样，不管发条好不好，老板每天照例上弦，长针短针都得转动。钟有毛病了，老板把它侧到这一边，侧到那一边，总得把它摆弄动了。我也这样，每天担水、做饭、担着油盆颜料去做工。可自鸣钟生病，老板还把它送到修理钟表铺修理，而我呢？生病了，老板不管，照样担水、做饭、担油漆担子去做工，天天这样，没完没了。想到害痢疾，每夜要到外面上四五次、六七次厕所的时候，肚子绞痛，秋风呼呼，多疼多冷呀！我到哪里找人治病、找温暖呢？我什么地方都找不到，只有回家了，回到妈妈的身边去！我决心回家，不干了！

路上，什么东西都没顾上看，我一口气跑回家。妈妈拍着妹妹，哄她睡觉，脸色悲苦忧愁，呆呆地望着我，好像早就知道我是逃回家的。

“妈……”我好像有什么见不得人的事呢，像做了什么大错事那样，忐忑不安地叫了一声。

“阿竞，你回来干什么？”

妈妈都看出来，“我是逃跑回来的”这句话怎能脱口而出呢？我只好说：“没有什么活，闲着，所以……回来看看妈妈……”可我的话，说得是那样无力、慌张，不敢再说下去了，因为我在撒谎！

“阿成叫你爹锁在米锥上……”

我的五哥叫父亲锁在米锥上，我先吃了一惊。我睁大两眼问道：“妈，为什么？”

唉！妈妈先长叹一口气，无可奈何地说：“还不是又把你爹……那几个鱼本输光！”

我差一点都要骂起来了，这个五哥真不是人，为什么偏偏在我逃跑回来的时候，你又输光父亲的鱼本啊？我怎么好把我的事，告诉父母亲啊？

妈妈见我低头不说话，就说：“阿竞，我的眼泪都流干了！……你去！你去看看，跟阿成说说……”

我走到养猪的小楼，看见五哥被好粗的锁链锁在米锥旁边，铁链是穿过米锥横轴的石头窟窿锁死的。我看见他不像是五哥了，而是个贼，是个囚犯！我原想说他一通、骂他一通的，这时，我却扑簌簌地落下泪珠来！

喉头好像塞了个软塞子，好半天，我才哽哽咽咽说出话来：“你该改一改了！”

五哥的认错表现诚恳极了。他求我向父亲求个情：“阿竞，你跟爹说说，放了我，我赌咒：再赌钱，让雷公劈了我！”

父亲回来时，听到我为五哥求情后，脸色更加阴沉，灰白色的胡楂跟着抽动的腮帮、下颌在一齐抽动，一句话都没说。

大的孩子挣不来钱，小的要吃饭，五哥光捣乱，我怎能向父母说“我不干，要回家”呢？我只好摸黑又回到两合油漆店。

我太痛苦了！为父母痛苦，也为自己痛苦！当天夜里，我和小肥仔去件作寮担水；一会儿看见老板娘说河水洗衣衫不白净，把我辛辛苦苦担满的两缸井水，一盆又一盆用来洗衣服；一会儿听见她大骂起来，说缸里的井水有长毛的饭粒，把我刚挑满的两缸井水，泼了个精光；一会儿看见有个什么怪物在扯吃我父母，扯开了父母腹腔，把心肝肠子都拽出来了……我要扑上去打那个怪物时，腿拔不动，我急得大哭大叫……睁眼一看，什么也没有，用手一摸，我还睡在楼板上，原来是在做噩梦！

“天啊！你怎么这样吝啬呀？怎么连一个快乐的梦都不肯赐给我呀？全是噩梦！”

我的生活，仍然像墙上的旧自鸣钟，老板、老板娘天天拧紧发条，我天天是担水、做饭、挑着油盆颜料串乡走村去做工。秋天早就来了，山林树叶，早被西北风吹得光光了。冯老板只知要工人多干活，只知道上工有钟点，从来不知道收工有钟点，所以每天收工都很晚。当我挑着担子，走在弯弯曲曲的山道上，田野山林全是黑灰灰的，我的心也是黑灰灰的。我看见前面的野火，沿着山道蜿蜒焚烧，随风蔓延开去，是那样活跃，那样有生气，我等着什么呢？我的心也像野火一样，在焚烧，在蔓延！不，我要回家去，我要向父母说清楚：我不干了！

当父母知道我是逃跑回家不干的时候，他们额头上的皱纹一下子深了，而且多起来了，脸色像抹了一层青灰，黑了！

父亲问道："你想过了没有，回来能找到什么事可干呢？"

我确实不知道，我没有说话。

"你伟哥没音信；四哥挣不上钱，他原是一个多好的孩子，如今人也变了；弟弟、妹妹都还小哪，你回来有什么可做？吃什么呢？"母亲忧愁极了。

我像点着的一串鞭炮一样，把这两年半所受的气、所受的委屈，一个接一个爆炸开了！最后我总结成一句话，翻来覆去哭叫起来：

"我不是卖给老板、老板娘的，我就是不回去！"

那几天，父亲母亲一句大声的话没有说过，一句埋怨的话没有说过，一点带着责备语气的声音也没有吐露出来。我连一个小时候的朋友都不去看；教过书的先生，也一个没有去看。但我回避不了的是：小弟弟每天拿着三四角钱，去买一家一天吃的糙米！我多待在家一天，父亲、母亲、弟弟、妹妹，就要少吃一口饭！我怎能吃下去，怎能看下去啊？！

第三天，介绍我去冯阿臬油漆店当学徒的远房大哥来了。这个平时一看见我就说笑话的大哥，这天没有说笑话，而是态度温厚，语气诚恳地对我说：

"阿竞，你这两天也看见家里是什么样子了，回来能干什么呢？"

我重复述说了这两年半所受的委屈。我把这位大哥当作是最公道、最高的裁判官，我特向他控诉了那个镶金牙、八字脚的冯老板娘！

"大哥，你知道她多坏，我受不了，让我回家吧！"我想从这位最公道、最高的裁判官嘴里，得到对我的正义支持，听到他说：对，回家，不给她干！但我没想到他不支持我，也不理解我。他只表示同情，慢慢吞吞地说：

“冯阿𫇭和他那个女人，我是知道的。从前，我也曾在他们那里打过工。你在他们那里已经两年半了，还有半年，就可以出师了。我也知道你干活干得很好，可你要知道，学满三年出师，就是正式工人，起码每天能赚一元钱；如果你现在回来，是半途而废，不算满师，只能赚几角钱。阿竞，不上算啊！”

我原想他会主持公道支持我，同意我回来的，等我听他说完后，心凉了一大截。如果我现在脱离两合油漆店，一个很不公道的结果，会好久好久地缠着我：一个没满师的徒工，工钱起码少一半！这是老规矩，谁都改变不了！是，大哥不能脑门一热，就随便支持、同意我不干了。我低着头，说不出一句话来。

“阿竞，你现在好比挖井，已经快看到泉眼了，若不肯再挖几锹，半途而废，不上算呀，阿竞！”

我想起在学校读过的古文：“挖井九仞，而不及泉，犹弃井也。”回去吧！家里卖鱼，生意不好，地也种不好，还欠人家的租……

母亲说：“你大哥说得对啊！阿竞，你要咬咬牙，吃完这个苦，受完这个罪，才能早日出头呀！”

我望着一直在擦泪的母亲，想起那次闹痢疾，她因为给我向便桶倒糠灰，弄坏眼睛，结果害起了眼病，成天泪流不止，尽管如此，还要搞家务，照管弟弟妹妹，我的心里真是难受极了。

远房大哥又说：“在这半年里，你不能离开冯阿臬，冯阿臬现在也不愿你离开他。有你，好多活，他可以不请工人。现在，他是很怕你走的。阿竞，我跟你去找他说说，让他两公婆知道你这回造他们的反。冯阿臬，我知道，他不是傻瓜，他会怕你的。咬咬牙，再熬半年，他会反过来求你的！”

冯阿臬果然不是傻瓜，我这回在家住了四五天，他一句话也没有问我，老板娘也一句没有说我，脸色好看多了，说话也和气多了。不久后，他又收了一个小学徒。这个学徒比我小几个月，名叫彭金波。他进店的那天，冯阿臬十分和气地对我说：

“阿竞，以后担水、做饭这些事，你都不用管了，叫金波来做，你只管做活儿，也帮助我带带金波！”

我第一次听到冯老板叫我“帮助”这两个字。打这时起，我过去的委屈、痛苦，叫人恼怒的沉重生活，都由我的新师弟——彭金波接过去了。

我和新来的师弟关系很好，他很听我话。但对老板，特别是老板娘，彭金波同我一样，特别特别讨厌！

第十五章　可不敢再赌钱了！

在我小时候，建筑行业工人大致分成三种人：第一种，积攒一些钱，开个作坊、铺店，自己兜揽生意，雇工人干活儿，活儿多多雇，活儿少少雇，这种人叫老板（土话叫“事头”）；第二种，自己也揽活儿，也雇工人，自己没有活儿也去打工，像我在前头说过的刘永就是这种人；第三种，完全是靠打工的，一般都很穷，好多人四五十岁了，还没有钱娶妻成家，不少人都沾染了赌博、抽大烟和逛妓院等坏习气，他们文化层次都很低，有些人还不识字，讲话粗鲁，话语低级下流。两合油漆店除了在冲头、冲边、青羌、叠石这一带揽活儿之外，还外出去石岐、澳门揽过活儿。有些工人，一天的活儿干完以后，晚上就去大烟馆抽大烟，在石岐就去逛妓院，或去“番摊馆”（赌场）赌钱。谁要在泥瓦、木匠、油漆店里当学徒，一定要下定决心：做到坏事不学，坏事不做，不这样，就一定会学坏了。我也上过当，他们说带我去逛马路，结果引我去看这些坏地方。有一次，有个工人抽大烟，老板有事，叫我去叫他回来，他非要让我也抽一口尝尝不可：“可香哩，你试试尝一口！”我那时，刚去学徒不久，知道这是坏事，但闻见是有些香，好奇起来了，抱着试试看是什么味儿，就轻轻地吸了一口。哎呀，呛死我了！苦死我了！呛得我咳嗽了好半天，啐了好几口唾沫，还是苦的。我心里想，那么苦的东西，抽它干吗呢？从此再也不想去“试试”了。

工人中最流行的是推牌九、玩纸牌、打麻将，花样很多，最最简单的就是掷骰子。那骰子，是个白白的小正方体，六个正方形面，每一面分别刻着一、二、三、四、五、六个点儿。我从小讨厌五哥赌钱，所以不管玩什么赌具，即使是两合油漆店楼下有人玩，也从来不去看，不问更不学。唉！可惜的是，我这个自己垒得非常坚固的堡垒，被我的老板娘攻破了。

事情是这样：我逃跑了又回到两合油漆店之后，不久就是农历大年，在十二月三十那天晚上，冯老板赏了我三元钱，我原计划过“头牙”（初二）回家给父母拜年时，把这三元钱给妈妈。

大年初一吃了早餐斋之后，老板娘在店里摆开一张八仙桌，跟左邻右舍的街坊妇女、工人掷开了骰子。有人喊“幺”，有人喊“九”、喊“十八”，和着掷骰子撞击瓷钵的当当声，搞得既热闹，又疯狂。我独自个儿在楼上想高兴事：明天我见到妈，就把这三元钱给妈，妈一定很高兴！

这时，忽然听到老板娘叫我：“阿竞，下来玩玩！”

“师母，我不想玩。”

“你不是有三元钱吗？下来玩玩！”

“师母，我不会。”

“掷骰子，一玩就会了，你下来，我教你！”

“我真不会，从来没玩过。”我向老板娘老老实实地说。

“拿一元钱玩玩，头一回赌钱呀，都会碰到好运气的。玩两下，赢几块钱，明天好回家啊！来呀，我教给你，保你一定会走好运气，一元钱会马上变成好多钱的！快来，快来试试啊！”

拿出一元钱，碰上好运气，那不就会成了好几元钱了吗？老板娘的话简直像是魔法，引得我动了心：头一回赌钱，真的都有运气？要不试试看？我不拿一元钱，只拿出两角钱，要是赢了，多掷两次，多赢几角钱；要是输了，只输四角钱，我就不再赌！我定好了一个输赢的最高界限，就下了楼去。

掷骰子的男人女人见我下楼了，有几个人向我表示热烈欢迎：“阿竟，来啊！”

“阿竟来玩玩啊！”

“来碰碰运气啊！我保证，你一定会赢好多钱的！”

有的人拉我，有的人让出个位置，简直把我当成一个大人物。我看见老板娘同赌友们，把骰子掷向钵子的同时，都大声喊着“九！”对方则喊着“幺！”

这时老板娘待我特别友好、亲善，她快乐地说：

“阿竟，你掷，我给你看着！”

我取出两角钱，接过老板娘给我的骰子，一掷进钵里，运气好极了，是三个“六”。

“好！阿竞你赢了！”老板娘为我把输家的钱都收拢到我的面前来，热情地鼓励我说，“再掷！”

我又掷了一次，出现是三个“三”。

“阿竞，好运气！”她又为我把输家的钱，通通收拢到我面前来，“你运气太好了，财帛星君保佑你。再来！”

我真是运气好，不一会儿就赢了三元多。我太高兴了，又掷了几回，有输有赢。我不敢再赌了，拿着赢的三元多，不赌了，老板娘同她的赌友都喊着：

“阿竞，你怎么不敢了？再来两下！”

我真不敢了，因为怕输掉！就急忙爬到楼上，准备回家看望父母，这时，显得十分友好的老板娘在楼下热情洋溢地呼喊我：

“阿竞，下来，再来几下！”

她的赌友也在帮腔：“来吧，你今天运气好，明天财帛星君就不理你啰，快下来！”

我看着手里的钱，也感到太少了。今天运气这样好，再赌两下，如输了，就真不赌了。我暗中发誓：再赌，我就是只小狗！我在她们热情洋溢的叫喊下，又下楼掷开骰子了，我真是运气好，又赢了两三元。在老板娘的鼓劲下，我又掷了两三下，输了！我不敢再赌了，急急退出，爬上楼去，任楼下老板娘和她的赌友怎么叫、怎么讽刺，我都不理了。我看着手上赢来的六元钱，银光闪闪哩！我急下楼告诉老板娘：

“师母，我回家去看我妈我爹去！”

在路上，好像天上多了个太阳，天特别明朗、特别亮。好几年过大年我都没有这样高兴过。我一到家就欢乐地喊道：

“妈，我赢了六元钱！”

“真的？”母亲非常惊讶地问我。

“看，这不是六元钱吗？”我掏出钱给她看。

母亲高兴地说：“我还以为你哄我，逗我高兴哩，果然是真的……”她反复看着、数着这六元钱。

“妈，你收着，我不用。”

她想了半天之后，严肃地说：“嗯，我收着。你长这么大，妈连身新衣服都没钱给你做。你应该有身新衣服。妈给你去做身衣服，就算别人出钱给的吧！”

真好，说到做到，等我在家过完新年，妈就把新做的很粗的毛料衣服叫我穿上。她看了半天，笑了半天，向前为我将衣服拉展、扯平，然后用很沉重、很认真的语气说：

“阿竞，就赌这一回，以后可不要赌钱了！千万不要再赌钱，一定要记住妈的话！”她停了一会儿，脸色更严肃了，“你一定要学好，坏的事一定不能学，不能做！”

我完全理解母亲从高兴到不高兴的原因：高兴的是我没有输钱，不高兴的是我去学赌钱。我低头，不敢看她的眼睛，但坚决地说：“妈，我一定会记住的！”

真的，从母亲说这句话起，直到现在我一次都没有再赌过。所以，我得出了一个道理：一个小孩子，凡是坏事都不学，凡是坏事都不做，这是谁都可以做到的，这不需要任何聪明才智，无关能干不能干，只要从小下定决心，就能做到。

第十六章　铁匠怎么会死呢？

一向生意兴隆的两合油漆店，到了一九二九年，生意不怎么好了。我常听到什么“世界经济危机”“世界经济恐慌”“不景气”“大萧条”之类的新名词。过去被称作到那里是“去金山”，富得不得了的国家，搞起什么“排华活动”，把华侨排逐回来。这些事，有的我听得懂，有的就听不懂，但华侨回来或寄钱回家盖新房子，的确少了。比方说吧，像冲边的李时记营造工程公司，前两年生意非常发达，在他家旁边的大树下常年搭起大工棚，雇几十上百个泥瓦匠、木匠做工，可是到这时候，却冷冷清清了，大工棚也没有了。冲边大石桥两头的棚厂、打石场、木匠店、糕饼店的生意萧条冷淡，原来常请到这些厂、场做工的工人也少了。年轻人没有什么事可做，很多人只好游手好闲，成天在杂货店扎堆聊天。连曾经风流一时的棚厂陈家大姑娘“自由女”也恐慌了：年纪大了，名声不好，减价贱卖，也找不到个婆家。她和一个也是风流一时的棚匠姑娘在她家棚厂，住了好些日子，不知道是在等什么。有一天，简直是神出鬼没似的这两个人忽然都不见了。又过了几个月，这两个“自由女”突然更风流地回来了，金耳坠子叮当当，金戒指光闪闪，招惹得大石桥两边的人们侧目相看。“嗬，风光起来啦！”听说，这两个姑娘是卖到粤北什么地方，当人家的小老婆，马上富贵了，容光焕发，衣锦还乡探娘家，真是神出鬼没！她俩又住了一段日子，忽地一下又神出鬼没地不见了。后来听说有人要抓她们，所以她们赶快溜了。我想，生意萧条的大石桥两边，这两个女子在开谁的玩笑？是她们在捉弄这个世界，还是这个世界在捉弄她们，我没法弄清楚。只觉得一种阴沉、憋气，黑灰灰的雾罩着大石桥，什么都看不清楚！在两合油漆店左边，隔着一条空宅地的、用木杆茅草搭成的陈兴记打铁铺，忽然死了人！太出乎意料了，一个好好的人，怎么刚刚还跟我说着笑着，就会死了呢？吓得我魂飞魄散！

说起这事，还得从打铁铺说起。这家陈兴记打铁铺，是从台山来的三兄弟开的。老大陈兴有四十来岁，老二三十多岁，老三是个二十岁上下的青年。三兄弟中，只有老大的技术好，老二差一些，老三还在学艺阶段。因为就在隔壁，我常到打铁铺磨切菜刀、小刀、刻图章刀。我那把刻石章刻刀是我找了一把废钢锉，老大给我打成的。老大为人厚道，不大说话。老二告诉我，老大和他都曾经下南洋谋生，老二前两年还在缅甸的仰光。可是在南洋群岛、缅甸都没找到发财的路，只得回到广东，在冲头、冲边交界处搭个茅寮打铁。弟兄三人通力合作，炉火通红，叮叮当当，可是打出来的锄头、镰刀、剪子等农家用具，只能说将将就就，生意并不怎么好。兄弟三人的家眷都在老家，所以他们就像三只候鸟，每年十二月就把铺子交给他们的叔叔——那位老箍桶匠来看守。过了大年快开春了，兄弟三人就回来了，继续打制农具。这样每年和亲人团聚只有一个多月，剩下的时间全是在冲头度过。

我和这三兄弟的关系很好，抡锤打铁，我就是跟他们学的。老二跟我更好，每次看见我回家，就笑说："又回去找妈妈吃老嬷嬷了？"我回来时，他又说，"吃了妈妈几口老嬷嬷？吃饱了没有？"

由于像一些消息灵通又有点文化的人所说的"经济危机、恐慌、萧条"，冯老板的生意是一个淡季。活儿清闲，加上我又有了个新师弟，厨房的活儿，不用我做了，所以差不多每天晚上，我都有工夫去串门聊天。有一天晚上，我又来到打铁铺说长道短。老二、老三跟我说个没完，靠在洪炉旁边的老大陈兴，虽然沉默寡言，但听着我们说笑得这样快乐，也跟我说了好多话。老二好说，说他在南洋群岛和缅甸山里的情况。老大这时也说了几句话，我们东拉西扯，说南道北，说了旧军阀仗刚打完，新军阀又打了起来。老二说："有人说孙文曾说过，能损失十万雄兵，不愿失个蒋中正。不知道这句话是真是假。现在可好了，他独霸称王了！"

好抬杠的老三说："听说这家伙，原是上海的一个大流氓、亡命之徒，怎么会让孙文看中了呢？"

老百姓对大人物，都喜欢听人们说他们的私生活。如说哪个军阀，有几个小老婆；哪个大官，有多少个姨太太；哪个大人物的老婆，曾经是哪个大人物的情人；等等。说呀说呀，就说到蒋介石和宋美龄结婚了。这些消息，都是道听途说的，但在当时是很流行的传说、新闻。老二正在津津乐道，老大也不断插话。说着说着，突然“咚”的一声，我们三人同时看见老大摔倒在地上。我吓得不知如何是好，忙问老二、老三：

“大哥怎么啦？”

老二、老三都说不要紧，我却着急地说：

“我们去把他扶到床上吧！”

老二、老三却叫我不用去，说：“我哥有羊角风病，没关系的，待会儿就会好的。”

我认识他们都两年半多了，从来没听说老大有这病。可这是他两个弟弟说的，我就放心了。老二、老三还是照样说笑不止，我哪有心思再聊下去啊！老是时时盯着躺在炉边的老大。羊角风，我见人发作过，手脚都会抖动的，老大倒下后手脚都没有抖动。时间久了，我更怀疑了。我说：

“他怎么一动都不动？还是扶他上床吧！”

老二、老三还是那么沉住气，没有去管。又等了一会儿，我有点急了：

“躺在地上这样长时间了，会舒服吗？我们还是扶他上床吧！”我向炉边走去，老二、老三也因时间长了有些慌了。我和老三走过去扶老大，手一摸，呀，他手是冰凉的！

“哎哟！手都凉了……”

老三赶紧捏他鼻子，没气了，急喊道：

“二哥快来！”

老二急忙过来，手忙脚乱伸手去摸老大的胸脯，心已经不会跳了！

“大哥！大哥！”他们连声叫喊，连连摇动老大……

老大，这个为人厚道、沉默寡言的打铁匠，已经死了老半天了！

刚才还是看着我们说说笑笑的活人，怎么一下就变成个死人了呢？他不是发羊角风，是急性中风，就是现在常说的脑出血！

这一下我们三个都傻眼了。我们三人把尸体抬到床上，赶紧去冲边把他们的叔叔找来。顿时，我看见这间又打铁，又吃饭，又睡觉，晚间说说笑笑的快乐打铁铺一下子变成阴冷凄惨的地方！我跟着老二、老三都哭了！

第二天，来了几位在附近打铁的同乡，帮助老二、老三收殓老大。这位平时寡言少语的打铁匠，被冷冷清清地装进棺材，冷冷清清地抬走了。我总是感到他不应该死，可为什么会死了呢？我搞不清楚。但我每天都要去打铁铺看看老二、老三：风箱不响，炉火熄灭，寂无声息。老二、老三默默地坐在茅屋里，两个人都手托下巴颏儿，用无神的眼光看着我，什么话都不说了。他们天天这样愁眉苦脸，我的心也阵阵冰凉：是呀！老大死了，没有个掌钳的人，这打铁铺怎么维持下去呀？而家乡还有一群妻儿老小指望着这里呢！我憋不住了，说：

“老二，你掌钳好了！”

“阿竞，我没有掌过……”

“谁都有个第一回嘛，你掌掌就会了。”

“唉！”老二不说了。

第二天，我又这样说了：“老二，你自家来吧！头回生，二回熟嘛。”

“唉！”

过了几天，我听到风箱响了，看见洪炉吐出火焰了，叮叮当当的打铁声，有节奏地响起来了！可前些日子那样的热闹欢乐，再也回不来了。我老是想着老大！虽然听到打铁的叮叮当当声，我还是感到冷冷清清，凄凄惨惨……

第十七章　冯阿培也死了！

叮当叮当，打铁铺总算是重新有了点生气，我心里感到舒坦多了。虽然这一片作坊都不景气，我的工作也不那么多，不那么紧张，但我还是盼望花好月圆，山清水秀。人总是把日子想得很美，想得称心如意。可是想得美它偏不美，想得称心如意，它偏不称心如意。比如我的师父冯老板，花了不少钱，请来风水先生，翻山涉水，追龙脉寻风水；又翻山涉水，把自己父母的骨骸，迁葬到有风水的五桂山里，想盼个子孙发达，兰桂腾芳，当财主，做富翁。期望儿子阿培长的癣，会神不知鬼不觉地好起来，说不定还梦想过这个不肯读书的儿子冯金培，将来会考上个什么官做做哩，冯阿袅，日日夜夜这样做着梦。谁料到冯金培的癣，不但越来越厉害，脸上一块高一块低的，净是猪肝色的云头状块块，而且身体也一天一天地衰弱了。一个十六岁的孩子，像一只掉光羽毛的小公鸡，我十分替他担心：他会不会真是麻风病呢？这个疑问不是我想出来的，是好几个知道冯阿袅与他老婆过去的荒唐生活的人，在我到他家干油漆活儿的时候，对我说的。麻风病，传说是一种不能治好的传染病（现在的医学发达，推翻了这种说法，这种病是能治好的）。患这种病的人，脸长得很奇怪，鼻子、眼睛、耳朵、嘴巴都会变了形，手指是勾的，腿也会瘸，走路一拐一拐的。在家乡，要是自己家族里有人生过麻风病，就没人敢攀亲嫁娶，所以男女定亲时，对双方好几代亲属有没有人患过麻风病，是要打破砂锅问到底的。冯老板夫妇最怕人怀疑的，就是这个问题。可是吝啬鬼冯老板，既不肯承认儿子是麻风病，也不肯请医生看看，听之任之。冯阿臬夫妇都说冯家、梁家（老板娘家）祖宗五代都没有人生过这种病。而老板娘有一点不同，那就是不满意冯老板吝啬，但也只不过是寻个少花钱的偏方，用油调些药散涂涂，总不肯花钱找个正经医生来给孩子治病。舍命不舍财的冯阿臬，下定决心不理会，好像说：我儿子的命，我都舍得肯不要，你麻风病，还敢赖着不肯走？在儿子的病上，他采取的态度是像野牛斗野牛，顶着犄角硬对硬，顶到底！

那几天，冯阿臬在冲头揽了一些活，请了两个工人师傅。自从新师弟彭金波来后，老板娘对他很不客气，在冲头干活儿，三顿饭，都要彭金波一人做。她的职责是：吆吆喝喝，指手画脚，把小火头搞得团团转。冯阿培有个很坏的习惯，是半夜从窗口往外撒尿，有时天大亮了，他还从窗口撒尿，曾撒在别人的身上、头上。当人向冯老板提出严重抗议后，冯老板只是轻轻说阿培两句。阿培做出鬼脸回答，并照样向窗口外撒尿。人们不但又提抗议，而且怒骂冯老板夫妇。于是老板娘让他改用便壶，却每天要彭金波替她儿子倒尿。如此更使本来对老板娘很不满意的彭金波气愤极了，常向我发牢骚，我也替他抱不平，叫他不要倒，但彭金波却说：

“不，我要给他倒，但我不会叫他好受！”

我看到彭金波说这话时，好像在准备做什么似的。我问他：

“你要教训教训阿培？”

“你不要管，当作不知道。”

我看彭金波恼得脸都青了，感到他是下了决心了，就说：“教训他一下可以，可不要过分啊！”

“我不会搞死他的，你放心。”

平时，彭金波什么都向我说，这次却不肯告诉我。我想：他要怎么个教训法呢？那天大半夜，忽然听到“砰”的一声响，阿培大惊大叫起来：“哎哟，什么东西咬我啊？”

我被惊醒了：“阿培，什么事？”

彭金波从被子里伸手扯了我一下，意思是叫我别管。

“尿壶里有个什么东西咬我！”

我划着火柴点灯，过去一看，尿壶摔破在楼板上，有一摊尿，还有一小撮松针。我明白了，这松针是我师弟彭金波的“大杰作”，阿培小便时，被扎痛了。我看见冯金培那副哭丧样子，直想笑。我说：

“你撒了尿，叫别人给你倒，放在外边，不知是哪个小孩子跟你捣蛋了！以后你自己倒，倒了自己拿回来，这样小孩们想捉弄你，也捉弄不成了。赶快睡吧，别嚷嚷了，传出去，那些小孩们更得意了！”

我回到睡觉的地方，彭金波蒙着被子在偷笑。

早上，老板娘听到了，就骂彭金波："你这死仔，这样没阴功，想害死我的小孩啊！"

彭金波和她争辩开了："你不要冤枉好人，我不知道松针是谁放的！"

"就是你放的，你成心害人！"

这场戏该闭幕了，争吵下去，对彭金波不利。我向老板娘说：

"师母，我们三个人年岁一样大，论月份，金波最小。阿培又不是不能动，为什么自己不去倒尿壶呢？尿壶放在外边，谁晓得是哪个小孩捉弄人？叫阿培自己倒了马上拿回来，保险不会让小孩有机会放松针进去。"老板娘还想发作说些什么，我马上又说，"放松针，那是小孩子捣蛋，要是钻进一只癞蛤蟆或者别的什么东西，那就更糟了！"

老板娘听我这么一说，瞪大眼睛看着我，她害怕了。

我师弟的伟大战略部署，收到了辉煌战果。从此以后，冯金培不敢叫彭金波倒尿壶了。

冯金培不仅身有怪病，还被老板夫妇惯坏。不肯读书不肯劳动，这些他们都不管，而且对儿子也不教育，让他在楼上睡觉，还同工人经常闹玩，说不好的话。在那个时代的工人中，大多数人是很正派的，但也有少数人是很不正派的，晚上在楼上，什么下流事、什么下流话都跟阿培说。阿培呢，还听得津津有味。日积月累，阿培身心受到严重影响和腐蚀。我发现他常常是头低腰弯，精神萎靡不振。我曾多次劝他读书，他傻笑着说："我……我最不喜欢读……读书，一拿起书，我……我就头疼……"

总之，三年前我看到的冯金培从一个小孩，变成一个孱弱不堪的小老头，可他到底还是个小孩呀！他将来要变成个什么人呢？我真为他可惜、担心！

我现在回头说在冲头干活的那几天，冯金培身体不大好了，在店里走动时，像只掉光毛的小公鸡的状况又升级了，成了一只快死的老公鸡，头低腰弯得更厉害了。这时候，冯老板才真的看到自己的儿子的的确确生病了，但还是找偏方而不请医生看。老板娘当然忧心忡忡了，不叫彭金波跟我们去上工，只叫他在店里听她使唤。是个什么日子，我记不住了，只记得那天收工很晚，两个工人师傅和我一回到两合油漆店，看见店里乌黑黑、影绰绰，一片凄惨悲凉的气氛。老板娘坐在床上流泪，手里还搂着两个小的孩子偎在怀里；冯老板垂头丧气坐在柜台椅子上，一点声音都没有，叫人一看见，就感到窒息得出不来气。彭金波点着油灯之后，轻轻地走近我身边，用气音对我说：

"阿培死了！"

"什么时候？"我大惊地看着他。

"下午，四点多钟……"

"现在在哪里？"

"仵作佬刚刚弄走……"彭金波哽咽地低头说着。他平时对冯金培很不满意，但锋芒主要是对着老板娘的，而不完全是对阿培。现在阿培死了，他表现出来的是惋惜、忏悔混杂在一起的心情。"我……过去……对他不应该那样……"

晚上，两个工人师傅都回家了。我和彭金波上了楼，点着灯，相对无言，悲痛恐怖地看着前半截楼。昨天夜里，冯金培睡过觉的地方，在昏黄灯光惨淡的照映下，我看见，凡是阿培用过的东西都没有了，屋里全空了！

“他的东西呢？”

彭金波说：“被子、席子都被仵作佬拿走了，几件衣服被老板拿去烧了……”

第十八章 冯老板再迁坟

棚厂陈家大姑娘跑了，打铁匠死了，冯金培也死了，打石场凿石声音小了，饼铺的买卖清淡了，缸瓦店生意不好了，白铁店、木匠店、两合油漆店，家家铺面都冷冷清清的。大石桥两边，我当学徒头两年多的那种兴旺发达的光景看不见了，倒像是秋后的荷塘，被秋风冷雨打得蔫不唧唧的！仍然保留着原样的是：棚厂老二、老三和他们患麻风病的哥哥，吵架打架；萧福记老板娘，打骂小肥仔的噼啪声和臭骂声。

从来就板着面孔不大说话的冯老板，面孔板得更硬了。谁能知道，他在想什么。不几天，我看见从他老家后坑来看他、安慰他的两个堂兄弟，和冯老板坐在一起，好像在悄悄议论一件事关天塌的大事。

他的堂哥说："裕隆（冯阿枭的字），你说前年寻到的那块山，恐怕是凶地，不是吉地？"

冯老板有气无力地说："你们看，迁坟才一年多，就出了这样的事……”

他的堂弟说：“我亲眼看见，这块山有‘土’呀！”

老板的堂哥反驳说：“有‘土’那应该是好风水，可一年后就出了大事，我看这块地不发家！”

“不发家”，看来这正是冯老板早在盘算的问题。他也无可奈何地说：“发家？这块山，很可能是败家……”

“要不，再请另一个高明一些的风水先生去看看，怎么样？”

“那又得花多少钱？”冯老板说这句话时，都快掉眼泪了！这时，他眉心攥成一个疙瘩，还连连摇着脑袋。

他们说一会儿话，又闷坐半天，翻来覆去，十分严肃、十分认真地讨论着、比较着。我看出来了：他们在柜台后面，挖空心思地要做出决定冯家子孙盛衰、家业兴败的紧急对策。他们一支一支地卷着黄烟丝，点着、抽着，一团一团地吐着白烟雾。他们既不像唱戏那样迈着方步，手指着太阳穴位打圈圈，想问题；也不像电影中某些人物那样，背着桌子转来转去，而是个个闷着头，板着脸，冥思苦想猛抽烟。

希望是那么大，花掉了那么多钱，好不容易寻到有“土”的、龙脉地气特好的风水坟山，现在又疑心是凶地，立即放弃，这对深信风水的冯阿袅来说真闹心啊！既不能不怀疑，又难于下决心，真是难死冯阿袅了。

要果断地做出决策的三巨头会议，我看见他们连着开了好几次。他们运筹于柜台之中，决策于千里之外，终于定出挽救冯家危亡的重大战略决策：迁回坟山！

这个重大行动，不像一年多前那样兴高采烈、兴师动众、喜气洋洋，而是悄悄地去卜了一卦，卜出一个吉利的日子。那天冯老板和这两个堂兄弟，带着元宝纸钱，冥衣香烛，一早出门，渡过大冲江面，到东乡的深山里，迁回冯阿袅的父母骨骸。

这回，冯老板的迁坟计划采取的是严格的保密措施、迅速的行动。他不想被人知道，可是工人师傅们还是知道了。小榄仔黎师傅对我说："阿袅这个'孤寒鬼'，连儿子病了也舍不得花钱，却上了那个风水先生的当！唉，都说一人治一人，门官治灶神。你说是不是？"

我说："老板真是上当受骗了！"

小榄仔师傅说："上当受骗？说不定将来还会有好戏看呢！"

"将来还会有什么呢？"我惶惑地看着黎师傅。

"你乳臭未干，将来看吧！"

"将来看？"我怎么也不能理解黎师傅的话，将来……还会演出什么戏呢？后来，果然被黎师傅说中了，这些还是放在第三卷再讲吧。

我的师父冯阿袅晚年丧子，我眼见他人比以前更瘦了，腰比以前更弯了，脸色比以前更灰黑了。我看出来，阿培的死，对他的打击太大了。我感到他很可怜！阿培死了，对我来说也是很难受的，我好长时间都一直想着他，要是没有彭金波，光是我一个人待在楼上，我看着阿培睡觉的地方，心里就害怕。

两合油漆店，大宗揽活儿的好时光结束了，但油漆门面、桌椅板凳、结婚家具等一些零星活计，还是满够我和彭金波干的。冯阿袅也不用请工人了，我和彭金波两个人，挑着油漆担子，在这一二十里内的村庄，跑来跑去干活儿。这时郑林焕常在那个养牛人家茅屋里，跟小寡妇和女主人厮混，打麻将，不常回来。这样，两合油漆店的楼上，就成了我和彭金波的天下了。我们这对师兄弟，关系很好，对其他事物也慢慢产生了兴趣。有天晚上，他拿起我刻的几方石章，想了半天，说自己也要取个别名。过了两三天，在楼上灯前他对我说：

“竞哥，我也取了个别名。”

我问他别名叫什么?

他说：“‘一苇’，‘彭一苇’好不好？”

“一苇”“彭一苇”，他取这个别名，有点出乎我的意料。我喃喃地品味着这个别名说：

“‘一苇’‘彭一苇’。好，有仙气。跟我说说取这个名儿，是什么意思？”

他慢慢地说：“我就是河里、江里的一根芦苇呗。”

“达摩一苇渡江，脚跟除了踏着一根芦苇，别的一无所有了。这个名字，好是好，但叫人感到冷、孤单、寂寞，颜色也灰灰的。取这个别名，你一定包含着什么意思。”

“那你为什么石章刻‘野夫’‘小农’呢？那又包含着什么意思呢？”

“我是随便刻的。画家不是常给自己取个什么道人、山人吗？我既不是道人，也不是生在深山的山人，从小捉蟛蜞、拾田螺、采桑，又常跟父亲种田，生在农家，长在田野，是小农人、山野人，就刻了‘小农’‘野夫’。高福画工看见，嘲笑我是烂疮包，要挤脓消肿，叫我‘消脓’，看到这方刻着‘野夫’的石章，又笑我是‘野仔’。你没听见他有时就叫我‘野仔’‘消脓’吗？”

“我还能听不见？这家伙看不起我们小火头。怕你学会画画，夺了他的金饭碗！”

“我学画画，是因为上了瘾。可我不会学成的，不会去夺谁的饭碗。我画画，就像大烟鬼那样，染上个让人看见就讨厌的嗜好，所以他取笑我。”

“竟哥，你说我这个名字冷、灰，你说中了。我是觉得我立脚的境况，只是一根芦苇，周围是滚滚波涛。你说，不是这样吗？”说这话时，他好像含着泪水一样望着我。

“是，我也有过这样的念头。来‘两合’当小火头时，我觉得我是漂在江上的一片小嫩叶儿。当时，我也不知道为什么这样想的。”

“我知道。”

我好奇地问道：“你知道？”

“知道，就是你跟我说过的：我们穷！要不是因为家穷，你能上中学，上大学，一定能学会画画。可是穷，就不能让你做愿意做的事了。比如你好几个好同学，就说阮子韶的儿子吧，功课不比你好，可人家现在是中山大学的学生。你穷，只好到这里当小火头！我心里知道这里有个什么，可嘴里却说不清楚。”

我惊奇地发觉我这个个子不大、脸色黄黄的师弟是个很用脑筋、常在想事情的人。我说：“不公道，是不是？”

“对了，我就是要说，这个世界很不公道！”

他把我说的“不公道”，伸延到“这个世界很不公道”，使我惊呆了，脑子立刻像平静的大海刮起大风那样，波涛滚滚地翻腾起来。这个世界，是不会让穷人子弟，按照他们的愿望去学什么、做什么的，只能反过来，逼着你去学富贵人家子女不想学、不想做的事。我在三年的学徒生活中，看到这些富家子女，绝大多数是花花公子、娇气凌人的小姐。他们上了中学，学了几句洋话，就成天“姑拜、姑拜”“拜拜、拜拜”地摆弄洋派头；在富人家里干活儿，更叫人听不下去的，是那些取名“约翰”“约瑟”“珍尼”等的洋人名字。这些公子小姐的床，一般都摆放在窗下，我去油漆窗门时，分明非常小心，而且还用报纸把床盖好，可是常遭到他们这样的吆喝：“快下来，你怎么敢在我床上踩呀？臭小油漆仔！”我听这样的吼叫，不知多少次了。每次，都使我怒得想用赤脚跳上去，踹那床几下。可是就是这些人，能上中学、能上大学，还能到外国留学镀金。那些当了官的，有几个是真正为中国做点好事的呢？有，我听说有些学生很爱国。说共产党在广州暴动时，很多学生跟着革命军、工人，打官府，占衙门。这叫人听了多开心啊！我十分敬佩那些当“敢死队”的人。可后来又听到什么人调来大兵，把共产党打败了，说在广州，看到许许多多工人、学生一卡车一卡车地被拉出城枪毙了！说特别对女的，枪毙了还被在下身插上小棍棍！多残忍，多野蛮啊！中国，你怎能容忍这些野蛮暴行啊！自从蒋介石在上海大屠杀工人之后，常说是国民革命策源地的广东，听到的是今天这个打倒那个，明天那个打倒这个。一会儿，什么人投降蒋介石；一会儿，蒋介石通缉什么人。总之，广东乱七八糟，中国乱七八糟！中国国民革命，革了那些坏家伙的命吗？当大官的，有干好事的吗？没有。所以我听工人、农人都骂他们只会“刮地皮”！我常到华侨家干活儿，常听到他们说海外有的国家，讲的是民主自由、科学文明。我对这些东西，十分感兴趣。那时的留声机还是个稀罕东西，华侨家很多都有，我会唱一些马师曾、白驹荣等人的广东戏唱段，就是跟这些留声机学会的。我曾问画工刘永：

“怎么，我们就发明不出留声机？”

刘画工感慨地说：“他们那才是能人呢！”

“难道中国就真不能出这样的能人？”

画画得那么好的刘永师傅，此时也回答不出来。

冲边大石桥下面，随着潮汐涨落的冲（河流）也成了死水，好像也不流动了。大石桥两边，有关革命的什么声音都听不到了，冲头、冲边，死气沉沉！

第十九章　灰暗的山林

盛夏的一天，我和彭金波到板尾园油漆一套结婚家具，收工时，太阳还老高的。走到半路，我们按照惯例，在那山道的大古松树下歇凉。彭金波突然问我：“竞哥，你过几天就满师了？”

“是的，马上就满师了。”我是三年前的五月初五到两合油漆店当小火头的。

“你高兴了，可我……”他忧郁地嚼着草叶儿。

“你怎么啦？”

他答非所问地说：“老板阿枭会留你吗？”

“我不知道。”

“我想会留你的。有你，他可以不用时常请师傅。他会叫你‘傍师’的。”

傍师，是当学徒期满之后，再跟师父一定时期，多是半年或一年，表示尊师爱徒的一种习惯。这时师父——老板要给徒工一定的工钱。我对彭金波说："老板没有说，我也没有想，不过……我想有这个可能……"

"老板要是提出叫你傍师，你答应吗？"

我略略迟疑一下，说："你给我出个主意，答应好还是不答应好？"

"你要叫我替你出主意，我就叫你答应……"

"说个理由！"

彭金波说："你走了，光我一个人，我感到……太孤单了……老板虽然是个'孤寒鬼'，会打算盘，可是刚死了儿子，我知道，在这个时候你不会不答应的。我知道你是个硬性子的人，可有时心肠也挺软的。再说，我也不愿你现在就走。"

我想了一想，彭金波的话说得对。是的，这时候冯老板提出傍师，我是会答应的。我说："会答应。我们最讨厌的是老板娘，是不是？"

彭金波恨恨地说："你要是走了，我会狠狠地跟她干一场。干了，我也走！"

"你不干了？"

"是的，她太欺负人，你在我不走，你不傍师我就走。"

我头一回听到，他有想走的念头：怎么那么像呀？两合油漆店的小火头、小学徒收过六个，除了郑林焕，没有一个满师离开的。郑林焕的弟弟就因受不了这个小姨——老板娘的气，不干了，跑到香港去了。还有一个叫阿灿的，干了一年多，也不干了。我是冯老板的第五个徒弟，如果不是家里穷得要死，那回跑了也不会回来的。"阿波，你不要不干，半途而废，起码十年赚不到个全工工钱。我也因为受不了她的气，逃跑过。后来想想不上算，又回来了。”

彭金波吃惊地问我：“竞哥，你想过不干呢？怎么我没听说过？”

“不是想过，是真的，不辞而别，跑回家了。”

“为什么又回来？你手艺好，不是无能的人，还怕找不到饭吃？！”

我用很沉很沉的语气说：“阿波，告诉你，当学徒就得像孙悟空拜唐僧！你看看灿哥，三十多岁了，人也不错吧，就是因为没干够三年，现在谁请他还只一天给一元钱，少给三毛钱。不满师，解不脱头上的紧箍咒啊！”

彭金波恨恨地说：“带头做出这顶紧箍咒的家伙，该他‘家铲’（全家灭绝），断子绝孙！手艺不好没说的，手艺好也这样，竞哥，你说这是为什么？”

“还是那天晚上我们说过的——不公道。这个世界上有很多事都不公道。”

“就没法打掉这个不公道？”

“有没有，我不知道。读书的时候，唱‘打倒列强，打倒列强；除军阀，除军阀；国民革命成功，国民革命成功’，打倒哪个列强？国民革命成功了吗？还不是打倒了旧军阀，又出了新军阀。现在不是工会呀，农会呀，都没有了？现在这个歌连唱都不让唱了！”

太阳已经落在西山后面了，望着灰暗的田野，灰暗的山林，我们该回去了。彭金波失望地说：

“唉，中国，这是怎么搞的啊！”

第二十章　妈妈，我有三十三元钱！

彭金波的猜测，完全中了。有一天，冯老板和声细语地对我说：“阿竞，我跟你说一件事儿。”

三年来，冯老板一直没给过我笑脸，说话也总是非常严肃的。像今天这样对我，用和缓的态度、商量的口气说话，还是头一次。我猜中是彭金波那天说的问题，就放下手里的活儿，抬起头来，静听他要说些什么。

“阿竞，你已经满师了，现在离年底还有七个月，你是不是可以帮帮我的忙，到年底再说？”

我是十三岁那年的五月初五来两合油漆店当学徒的，现在整整三年了。老板的记性真好，一点都没有记错：到年底，正好是七个月零二十五天，他说是“还有七个月”。冯老板还有话要说，我没有马上回答。他继续说：

“你在我这里三年，手艺学得很好，相处得也不错，大家都挺喜欢你。”

冯阿㚒的为人我很了解，他不但什么都吝啬，对我说话，也特别吝啬。像这样慷慨大方夸我，我感到很惊奇。

“阿竞，你也看到，现在生意不好做，你也看到我现在的处境，反正是吃不饱、饿不死就是了。只要生意好，我不会亏待你的。”

我要是跟别人说话，会说很多很多的，就是跟老板，从来说不上几句话。他说这些话，我知道是为了钱，先垫好底，到了年底好说话。他儿子刚死，郑林焕也不常来了，买卖是没有从前好，我倒是对他产生同情了，就说：

“师父，这我都知道，我没什么，师父怎么说，我就怎么做好了。”

冯老板很高兴，说：“我知道你是知道我的，那要不要回去跟你爹妈说说呢？”

我说：“不用了，我爹妈会同意的。”

彭金波知道了，很高兴地对我说：

“竟哥，我都猜中了吧？”

就这样，我耐着性子干到大年三十，就是说，又给老板干了七个月零二十五天。生活和过去一样，工作也和过去一样，一点也不好玩。只是在我答应跟冯老板干到年底这个协议订了不久之后的一天，演了一出小小的折子戏，还算比较好玩。前头说过郑林焕，他跟那个被老板娘叫作“杀猪凳”的小寡妇相好，他们常在一个养水牛的牛主家里吃喝玩乐，不知道是哪个多嘴多舌的人传出一桩笑话，说养牛主的小孩儿是郑林焕的小孩，而且说这个孩子长得特像郑林焕，还添油加醋地说，养牛主自己生不了小孩儿，所以就乐得郑林焕给他送个儿子。后来，牛主家的兄弟们，听到张家长房孩子是“野仔”（广东对不是正式父母生的孩子叫“野仔”）都火了！牛主的侄子恼得三尸暴跳，找到郑林焕，一把揪住他的领口，怒气冲冲，用当时报纸常用的名词，向郑林焕宣布“哀的美敦书”（最后通牒）：

“姓郑的，我现在给你下‘哀的美敦书’，你这个‘家铲’，契弟（侮辱男性的名词）！”

郑林焕被吓得像房顶瓦鸡一样，动都不敢动，只是喃喃地颤着声音说：“我……我什么时候得罪你了？”

牛主的侄子撸出拳，用力弯肘，竖在郑林焕鼻子前头，从咬紧的牙缝挤出一串话：“你听着，你要再敢去我阿叔的家里，我就打断你的腿！听清楚没有？”

郑林焕这人长得很文弱，自己也知道不但理亏，气力也亏，只好战战兢兢地说：“听清楚了……”

“我怎么说的，你学说一遍！”牛主的侄子两眼直向郑林焕喷着火。

郑林焕浑身颤抖，学着说：“再……再去你……你阿叔家里，打……打断我的腿……”

“好，老子今天先饶你 回！”说罢，就把郑林焕一推，郑林焕向后踉跄好几步，差点倒在地上。

打这以后，郑林焕实际上离开了两合油漆店。但这只是一出折子戏，整本戏，好几年以后才唱完呢。

年关越来越近了。有钱人家孩子，都在做新衣服。我什么也不想，只盼着一件事：傍师期满，一拿到工钱，马上回家过个年。

这年的冬天，老板揽了相当多的活儿，只请了一个工人师傅，全靠我和彭金波干。所以，到了腊月初五满七个月了，我当然想知道我能拿到多少钱回家。可是老板冯阿袅真沉得住气，没有一点声息。我想，我把年底以前的活儿都做完了，老板就会给我钱的。可我干到腊月二十，余下的活儿没有多少了，他怎么还是不吭声呢？彭金波问我：

“竞哥，老板还没说给多少钱？”

“没说。”

“你问他呀！”

“我不好意思，再等几天吧。”

到了腊月二十七、二十八，什么活儿都没有了，冯阿袅还是那么沉得住气，一句话不哼。我碍于情面，不好意思去问，心想他总得给我三四十元吧？无奈，只好等着吧！父母不知道怎么样了，这几天是要债如要命的时刻，老板你怎么不给我工钱啊！爹躲到哪里去呢？妈怎么应付债主呢？师弟彭金波每天都向我翘翘下巴颏，意思是问：给了没有？我连连摇了三天脑袋。

“这‘孤寒鬼’不想给了。”

看人家的小孩儿都在放炮仗，我多么想给弟弟和小妹妹买点炮仗啊！我过去不敢想过钱，因为想也想不到手。今年，我是能拿到钱的呀，不管多少，我是应该能拿到的呀！我坐立不安了。等到大年三十清早，我就拿出来这里时妈给我包被子、蚊帐、枕头、衣服和草席的包袱，把东西包好，把我的书、画谱、纸笔、颜料等都收拾好。吃了午饭，冯老板也看见我一直在店里等着，可他还是那样沉得住气，一句给工钱、让我回家过年的话都不提。他家的年货早都办妥了，腊肉、腊鸭早买回来了；神牌、神主牌（祖先牌）上的花翎，早已插好了；春联和“财通四海”“利达三江”的红条，就等着糊上墙了。他给他的二儿子阿堂和小女儿也买好了炮仗，怎么就想不起来我要回家过年呢？难道他真忘了该给我工钱吗？不，他是在心里打算盘该给我多少，因没能下决心，所以磨磨蹭蹭。直到下午太阳偏西的时候再不说就太不像话了，大概也怕我会等不了，向他要，所以这时，他坐在柜台椅子上，才慢慢吞吞地对我说：

“阿竟，你看我忙这忙那，差点把你回家过年的事都忘了，这会儿才想起，我真是老了！”他停了一会儿，接着说，“你帮了我七个月……”

咦，怎么是七个月呢？还有二十五天不算了？对工人师傅，他可不敢这样含糊。但我想，无所谓，现在只要你给我一些钱就行。他又说：

“这么多年，我们相处都很不错。不过你也看见了，我家今年出了多少事，现在的生意又不好。这样吧，这七个月的工钱嘛，我就给你三十块钱吧！”

说着，他把已经准备好的三十块钱的广东双毫放在柜台上，接着又数出三元钱说：

“现在我手头也很紧。古人说，千里送鹅毛，礼轻仁义重。这三元钱，就算我奖给你的吧！”

我看见白花花的三十三元双毫在柜台上闪光。现在的我已经不是三年半以前的我了。那时，我是一个十三岁多一点的小火头，像一片刚刚卷进激流的小嫩叶儿。在这三年半的风卷浪打里头，我虽然对老板特别是对老板娘，从害怕到不害怕，从服服帖帖顺从到不甘心、不愿干，但我总是摘不下头上那顶看不见的金箍花帽子。对人生，我虽然已经开始强烈感到不公平，可我对这个世界是无能为力的。我想到眼前最重要的事情是给家里挣点钱回去，渡过难关！

十六岁了，我从未拿过十元钱，三十三元银双毫，我头一次见到这么多的钱，而且是自己挣来的！我根本顾不上算算这七个月零二十五天，平均每天还不到一角五的工钱！我只想到家里正在等着钱用。于是，什么话也没说，背起包袱，依依不舍地告辞了送我出门口的彭金波，追着隆冬的夕阳，向家乡迅跑。

三年多来，我从来没有跑过这么快。穿过沙岗，走出沙溪圩，我没有歇息。踏着田埂，跨过土坎，上下小桥，赶快跑过那道弯弯曲曲的岚霞基。我太高兴了！我觉得已把三年半的痛苦、悲伤、眼泪、彷徨、绝望，什么都从我的背后甩掉了。我感到自己是带着从没有过的欢乐回家的。什么象山、鹅瘤山和远在西南角的狮山，我都顾不上看了，我是穿过大兴坊的山坡，从小道跑进家的。一进门，我就像得胜回朝的大将军那样，欢乐地大声喊道：

"妈，我回来了！"

妈正在屋里拾掇东西，一听到我的叫喊就回过头来，亲切地喊道：

"阿竞！"

她忙为我接过东西，解下她亲手缝的、送我走进人间世界的那个包袱，带着迎接一个征战凯旋的儿子那种母亲才有的庆幸和欢乐："我的阿竞，怎么这么晚才回来啊？”

我好像立了大功似的说：“妈，我有钱了！看，冯老板给我三十三元工钱！”我把三十三元钱全放在母亲的手心里，“妈，有三元钱，是老板赏给我的！”

母亲捧着三十三元钱，手在颤抖，眼看着我。我看见母亲的嘴巴、下颌都在动，眼泪从眼眶流到她苍白的瘦脸上。

是呀，母亲从来没想过能从自己孩子的手里接过这么多的钱哩！

母亲含着泪说：“好阿竞，你会挣钱了……你会挣钱……”

我看出，母亲的眼泪是看见有个孩子能挣钱而流下的欢乐和激动的眼泪。晚上，父亲躲债回来了，母亲把这三十三元钱交给他：

“看，阿竞能挣钱了！”

父亲高兴得不得了，打开用纸卷成三条的三十元钱，和没有包的三元赏钱，一枚一枚，叮叮当当地在桌子上掼了一遍，挑出十来枚双毫说：

“这两元多钱，都是假双毫仔（假银币）。”停了一下，父亲又满足地说，“假就假吧，总是阿竞挣回来的！”

我第一次能挣钱回家，给父亲母亲带来了多大的欢乐啊！

母亲含泪说：“三年多了，阿竞总算是熬到头了！”

只看着孩子能挣钱而高兴，可父母哪里想到，就是为这三十三元钱，卖掉了我应该有的儿童欢乐、儿童幻想、儿童权利！就是为这三十三元钱，卖掉了我的童年和少年！我不知道，我为什么那样不值钱，那样便宜，那样贱！

第三部　夜茫茫

第一章　春天

依照故乡风俗，凡是生了男孩子的人家，正月初二都要送一坛酒到土地堂。这些男丁酒都早被酒徒们喝光了。元宵节过去了，春耕开始了。用了三年七个月的时间才换回来的春天，我是多么快乐啊！因为我自由了，可以当一个正式的油漆工，挣钱帮助父母了。可是，我到哪里找工做呢？谁头一个来雇我呢？我很发愁。因为那三十三元钱，还债纳息、过年，恐怕早从父母手里花光了。有一天，我正在家里，忽然外边有人喊我："阿竞在家吗？"

是刘永师傅的声音。我赶忙迎出门去："刘师傅，您过年好呀！"

"好。"说着，他被我让进家来，"帮我去做几天工好吗？"

"那太好啦！"我高兴得一口答应了下来。

这些年，刘永师傅是我最佩服、最尊敬的人。在我当学徒的三年多时光里，他对我很好：一、我受委屈时，他常为我说话，为我抱不平，我很感激他；二、他不单是一位手艺好的老油漆工，而且是位自学出来的老画工，更使我敬佩了；三、他儿子也常跟他去两合油漆店做工，跟我很要好，合得来。所以，我对刘师傅的印象十分好。现在，我刚出师，他第一个来叫我去做工，心里实在感激他。

刘永师傅的家，当学徒时，冯老板曾叫我去请他做工、画画。刘师傅门前，有一块好长的空宅地，也许因为他是位画工吧，在这块宅地上，培植了好多花卉。我的家乡，得到老天爷的特别照顾，可以说四季如春。所以这块宅地常年开着花，有兰花、牡丹、玫瑰、月季、荷花、菊花、栀子、茶花、蜡梅……还有榕树、松树、佛肚竹等盆景，真像一座小小的百花园。

刘永的儿子比我年长三四岁，我到他家做工，他也十分高兴，带我去参观了那座小百花园之后，又带我去左屋的后座，那是他一个人独占的“领地”。他爱好的不是绘画，而是修理钟表。我看到好几个马蹄表排列在桌上，奏出“嘀嗒”“嘀嗒”的音乐。有些钟表，他拆散了，零件放在盘子里。

我笑说：“你这里真像个修表店！”

“谁家表坏了，走不准了，我义务修理，不收钱。”

“你为什么不跟刘师傅学画画？”

“我喜欢这个。”他兴致勃勃对我这样说。说罢，又带我出后门，那里是村外山林了。

经过厨房时，我看见刘永的老婆和女儿在忙做饭。

刘师傅的家庭，我在当学徒时就不止一次听刘师傅、郑林焕和小榄仔师傅说过，并不陌生。但见到庐山真面目，还是这一次，特别要说说他的女儿，因为不久之后，她是一场悲剧的牺牲者。

我在刘师傅家厨房见到帮母亲做饭的姑娘，是个十八九岁的纯洁少女。她脸色微黑透红，乌黑而又疏疏朗朗的刘海儿下面，是两道俊秀的修眉和一双黑白分明的眼睛，给人感到她是一只健康的、温顺的黑羔羊儿。但她很有意思，一见到我这个陌生人，总是羞羞怯怯，低头躲在一边或躲着走。

这次，刘永师傅请来做工的，有郑林焕、小榄仔师傅和我，应该都是刘师傅的熟人，但他老婆和女儿从不同我们一起吃饭。所以，我在刘师傅那里做工一个多月，从没有听到这个姑娘说过一句话。因此，说不上有什么深刻印象。如果不是刘师傅包办婚姻把她嫁给郑林焕，她的结果不至于是守活寡。

在刘师傅那里做工已有半个多月了，有一天下午，刘永师傅、郑林焕、小榄仔师傅把雕着花的屏风、隔扇上贴好金漆，准备第二天往上面贴金。上贴金漆，是个技术要求很高的活儿，要根据温度、湿度把生漆和熟桐油的比例调好，完全是靠经验。漆膜干度不够，贴上的金箔暗哑无光；干度过头了，则粘不牢。金箔是纯金锤打成的，很贵，都是老师傅、熟练工的活儿。我当学徒时就多次见过刘永师傅、郑林焕和小榄仔师傅干过这些活儿，他们是很有把握的。谁想到这次的贴金漆闹别扭，第二天上工，他们察觉屏风、隔扇上的漆膜干燥过头了！刘永师傅三人有点手忙脚乱了，立刻紧急动员，要全部兵马包括刘永的儿子和我一齐上阵，抢贴金箔！谁想当时却找不到他的儿子和我。刘永师傅不高兴，郑林焕、小榄仔师傅不说自己贴金漆比例没掌握好，倒赖我迟到。

那天我的的确确是迟到了。为什么会迟到呢？是这天早上，刘永师傅并没派我和他儿子去贴金。我和他儿子一吃了早饭，就挑着油料、颜色工具担子，提前上工了。刘永师傅的儿子觉得时间还早，就拉我同他一起去理发。上工时间去理发，只有老板很重用的师傅才敢这样做，当学徒的从来不能这样做，因为这是做工时间。但刘永师傅儿子硬要拉我陪他去。老板的儿子一定要我陪他，时间还早，我只好忐忑不安地陪他去了。没料到二十分钟后回到工作现场，刘永师傅向他儿子和我怒冲冲喝道：

“你们干什么去啦？”

刘永师傅儿子没说话。郑林焕板着脸问我：“你干什么去啦，这会儿才来？”

我从未见过郑林焕以主人的口气这样质问过我。

我感到万分理亏，用歉意的语气说：“去理了个发。很不应该！”

小榄仔师傅也来劲了，说：“你不看看贴金漆，都干过头了。”

“我不知道。去理发是不应该……要我帮助贴金吗？”我惶恐不安，感到做了一件对不起刘师傅的错事，辜负了他对我的关心，因为我是他头一个叫来做工的。我赶紧主动地拿起小刷和金箔去贴金。

“理发，想做‘靓仔’（小白脸、漂亮少年）去卖屁股啦！”刘永声色俱厉地怒吼起来。

“当契弟”“卖屁股”都是侮辱人的脏话！我听到，真受不了！但我想到自己确实做了错事，刘师傅在气头上，说些气话，我能理解，挨几句骂就挨吧。谁想到郑林焕和小榄仔又在刘永的火头上泼煤油：

“当契弟，卖屁股吧！”

“明知道今天要贴金箔嘛，还要打扮去卖屁股！”

还在盛怒中的刘永，火气更大了，一连串的脏话冲我泼来。

我心里十分委屈：一、理发是你的儿子硬拉我去的呀！二、早饭派活儿派我的是漆窗门，没派我贴金箔呀！三、贴金漆硬了，是你们没配好比例，跟理发有什么关系？四、我只是迟到了一会儿，不管怎样，也不该用这么难听的话骂人呀！

我一方面感到惭愧，一方面也悟出了个道理：在给冯阿梟干活儿的时候，我们都是打工的，他们同我没有任何的利害关系，所以刘永能为我说些公道话；可今天，关系变了，他是我的老板，我做多做少、做好做坏，都跟他有直接的利害关系，有一点差错都是不行的。郑林焕知道，他从来是刘永很看得起的人，刘永在他身上有企图打算的，所以他处处都要取得刘永的欢心。昨天的贴金漆是小榄仔配的，干燥过快，他也巴不得把刘永的懊恼都转到我的头上，那样就可以减轻自己的责任。我深深感到：做人、认识人，真难啊！

我开始意识到，虽然出师了，但还不能说自己已经自由了，在我的面前，仍是一条很不平坦的道路！这时候，我才开始意识到等待我的还是个严酷的寒春。

一个多月后，刘永这项承包的油漆装饰工程完工了，要离开刘永家了，我向他的儿子和妻子告辞。我正要走的时候，看见刘永那个羞怯怯的女儿，这次她还是不说话，我有些为她担心了，背起包袱时向她说：“阿妹，这一个月你为我们做饭，多谢了！”

她抬起头，默默地看着我走出她的家。我为什么会为刘永的女儿担心呢，当时我是说不清楚的。只是看这次刘永对郑林焕的好感超过从前。郑林焕长得不错，能说、能干，但是他的人品，刘永是知道的；他同小寡妇、牛寮主老婆的关系，去妓院，打麻将，这在从前做工时，都是当作茶余饭后的风流韵事讲的，刘永是一清二楚的。有好多话，都不应该让我这样的小孩子听到的。我曾听他们说过：有一家油漆店老板，有个很老实，但年龄大了的姑娘。这个老板常请郑林焕去做工。刘永向郑林焕笑道：“他对你，是想招‘驸马’！”虽然说这个大姑娘不漂亮，长得难看，但郑林焕心里还是喜滋滋的。这次刘永对郑林焕格外信任，两人好像亲密得很，所以我有点替这个羞怯怯、不说话的黑姑娘担心。

果然不久，我就听说刘永自己招了“驸马”，把姑娘嫁给了郑林焕。听后，我大吃一惊！这时，我才察觉为什么替黑姑娘担心，原因就是为这个。

可是，她会幸福吗？

第二章　白兰花开了

我跟刘永做工，挣了三十多元钱，给我是一天一元钱，是按二等工（青工）标准给我的，就是说，我还不能算是个完全工。给我多少算多少，我是不讲价的。我把挣来的钱都交给母亲。

母亲很知足，说："不管多少，有人请你去做工就好。"

这个春天虽然早就来了，但时暖时寒，叫人感到春天还没有来到。一天早上，家住在陂下的陈贵——人都叫他油匠贵，挽着个买菜篮子来家找我。

"阿竞，在家干什么呢？我去买菜听你父亲说，你没事做。没事就到我那里去做几天工，去吧，明天就走。我刚接了几家活儿，很近，就在龙头环。说好了，明天一早到我家去，知道我住哪条巷吗？"

脸上长着酒渣鼻子的油匠贵，我早认识，他的老二是我在作新学校时比我低两个年级的同学。油匠贵说话啰唆，但为人热情厚道。好像我早就答应过他，现在是来通知我明天去做工似的。不等我回话，他就嘟嘟囔囔地要走了："我还要上街市买菜。记住，明天，明天一早到我家吃饭，去龙头环，很近……"他正要迈出门，看见墙上的几张画，"这是你画的？好，好……"他逐幅看了一遍，"好，好……"边说边回头走了。

第二天一早，我就到油匠贵家去。他老婆有四十来岁，正在忙做饭。他的大儿子陈洪国——一个脸色苍白的青年，迎着我笑说：

"来帮我爹做工，欢迎欢迎！"

油匠贵的两个小儿子，开头光盯着我，好像考察考察我算是个什么人，是大人还是小孩儿？能不能跟他们玩？是不是他们的朋友？我看这俩小男孩儿的眼睛老跟着我转，就坐在小院子的板凳上，问他们叫什么名字。他们不回答，那个大一点的就过来摸我的头发、摸我的脸，又捏我的鼻子。他是有意在试探，就像试探一只小狗那样，看看我会不会咬他。最后他又用手指点着我的鼻子，总之，捣蛋得很！不知是怎么搞的，他在指点我鼻子的时候，我突然张开大口，迎上去做出要咬他手指的姿势。他吓得大叫一声，急忙收回手指。我以为这样就能把他们吓跑，跟他们划清了界限：我是大人，不是小孩儿，更不是好玩的小狗！谁想到他们却得出相反的结论：他不是大人，是个小孩儿，像个小狗！一齐上来跟我闹开了：一个攀脖子爬到我背上，一个倒在我的怀里。

油匠贵的老母亲喊道："怎么这样，走开！走开！"她忙过来从我身上拉开两个小孙子，"怎么，竟哥头一回来，你们就这样胡闹！走开，走开！……"

我真感谢老太太，小孩儿不再跟我捣蛋了！谁想到油匠贵却跟他母亲持不同政见说："小孩儿，阿竞也是小孩儿，闹就闹，老太婆，你狗抓老鼠多管闲事干什么啊？"

这个老太婆很壮实，仍拉着两个孙子朝油匠贵说："就是你把小孩儿都惯坏了……"油匠贵瞪了她一眼，说："我就喜欢看他们闹。"

油匠贵的母亲，比儿子还要啰唆，没完没了起来："小孩儿，还能这样没礼貌！没礼貌，将来成个什么东西！喜欢看小孩儿闹……"

我在油匠贵母亲拉走两个小孩儿后，就去帮陈洪国做上工前的准备，谁想油匠贵这两个儿子，在父亲"喜欢看他们闹"的鼓舞下，又挣脱了祖母的手，更放胆地跑过来，扩大了捣蛋规模：两个都争着攀住我脖子，爬到我的背上，闹得我无法干活儿了。多亏陈洪国把两个弟弟吆喝走，从这头一天开始，这两个小孩儿看到我就跟我捣蛋。我后来想出个办法：小孩儿好听故事，于是就把《西游记》里的故事讲给他们听，他们从此就安静些。但有时还是捣蛋，如不讲故事就不行，我就用他们那天跟我捣蛋的经过编成故事。他们开头还以为是故事，听着听着是讲他们，就嚷开了："阿竞哥不好，是讲我们哩！该死！该死！"又抓头发又叫喊，死缠住我。但我从来不生气，不发火，所以油匠贵的妻子说我脾气好。其实我脾气很不好，但对小孩儿只能这样。

当时盖房子，早已没有从前那样多了，在承包油漆活儿竞争十分激烈的情况下，油匠贵还是能包到活儿，一是他要价比较低，二是他不计劳累，勤跑腿，只要有活儿，什么地方他都抢着去，所以，他还能揽到澳门的一些活儿。虽然承包的活儿都不大，十来天就能做完。也不用请很多工人，最多请一两个，靠他的儿子陈洪国，加上后来的我和他的一个徒弟就能完成。油匠贵是个很好的人，我在那里做工，从来没发生不愉快的事，他一揽到活儿也首先叫我去。

在象角，油漆工人较多，他们既跟别人做工，也自己揽活儿。因此，油匠贵那里没有活儿，我也去揽到活儿的人那里做工。可是，刘永跟我定的一天一元工钱，无形中成了一条工资标准，对我是很不利的，好长时间，雇主们都说刘永给你一元钱，我们也给你一元钱。我吃苦，勤快，但每月都比人家少收入九元钱。我是要帮助父母养家的，少九元钱少买好几斗米呢！有次我在跟林金超师傅做工时，同一起跟林金超做工的彭金生师傅说起这件事，利用他两人过去都对冯阿梟每天少给一角钱的不满。再说林师傅对我的劳动速度和质量都知道，特别是那回他安窗门跌伤，冯阿梟什么都不管，晚上是我送他回家的，这些他心中都有底。这次林金超师傅按惯例每天一元三角，发给我工钱了。我总算争取到一个完全工的收入了。我太感谢林师傅了！我从此挣脱了刘永一天一元钱的工钱规定！这样我能多收入几元钱，能给常年有病的妈妈买上海五洲药房出的“人造自来血”补养身体了。我分别订了一份石岐出的《仁言日报》和一份《国民日报》。我有能买书、画册、画谱，以及画肖像的颜料和工具的钱了。我家前屋的一角，当学徒之前就是我画画的地方，门官的神桌和那张仙神位的木架，是我放画具、颜料、碟碗的地方，现在我又把它恢复起来，成了我的画室，猪楼成了我的书房。当时，我不知道哪来的那股劲儿，一天做工那样紧张、那样累，可我的精力非常旺盛，怎么也用不完，不管下工回家多晚，我不是读书学字，就是画画。既画国画，也学油画。我还弄来黏土，给小狗、小猫塑浮雕哩。

我从小喜欢看人画画，只要看过人家画神像，能根据记忆，回家模仿。当学徒时，除了黄联芳、刘永、高寿山三个画工作画之外，我还反复观看过去一些民间壁画家的作品，让我产生兴趣的有早几十年前的余月生的作品，有当时还活着的罗润泉、罗达生父子的作品。这些画，都是画在大庙、祠堂的墙壁上。凡是有他们作品的庙宇祠堂，我路过一定进去看。去有钱人家里做工，会看到好多新旧中国画。在旧国画中有不少是画得很好的，如我在申明亭见过的一组四屏，画的全是蜻蜓，好极了，直到现在，我仍然记得那四组栩栩如生的蜻蜓画。当时的港头，有两个画家。一个叫李仲谦，善画工笔墨莲，画得如真的一般，他的作品很多，时常能看到。一个叫胡绍轩，也是港头人，据说是当过什么海军军官，他画的山水画也很好。此外，还有坎溪姓梁的两位画家，他们是叔侄，善画墨牡丹、螃蟹。我学画画时，他们已经不在了，可我看到过他们好多作品，用墨大胆泼辣，墨色像是泼下去的，玲珑剔透。我曾多次看后，回去靠记忆画过，但水墨洇，我控制不了，浪费了好多宣纸。学了好长时间，才摸索出一些水墨的用法。我常到华侨家里做工，看到一些从国外带回来的油画，大多是风景、静物，用油彩都很深厚，不像黄联芳、刘永用色那样单薄。有的风景画，笔触很重，光暗清楚，对比强烈，山有层次，水有倒影，同当时市面上流行的洋画、玻璃画都不一样。每次看到这些画回来后，晚上我都靠回忆画一张。看得多了，想法也活了，我想：中国画为什么不可以加进西洋画追求真实的方法呢？如水中倒影，建筑物讲求透视（“透视”两字是后来知道的）呢？我的回答是完全可以的。

当时，有个外省画家叫刘驾西，号天台山人，他的中国画画展从石岐开到龙头环、港头等地方，我反复观看过好多次。他有幅《秋树麻雀》，直到现在，我还记得很清楚：几片红叶，一群麻雀，神态各不相同，笔法很洗练，点染十分潇洒。

当时擦笔肖像很流行，到处都有这样的画店、画者，我的朋友李炽伦就是其中的一个。这些肖像画，看了很少叫我满意的，都画得太死板，李炽伦虽然拜过名师，但画出的画也很死板。为什么不能画得柔和一些、韵味好一些？我老想试试。擦笔画纸都是进口的，是水彩画纸，很贵，开始真是买不起，现在我能挣钱了，就买了几张，又买了炭精和颜料试试看，画画玩儿，没想到很快有人叫我画像了。开头，我不要钱，但画纸太贵了，就收纸本钱。可是人家每次都多给我几块钱。这样，叫我画像的人多了，我又增了点收入。

一天，有一个豪吐的读书人经过我家门前，看见我家挂着很多画像，就进家来看，看后对我母亲说：

“画得不错，但你儿子不懂得用纸，他用的全是反面！”母亲嫌这个人傲慢，就没有跟我说。不几天，这人又路过进门来看，着急地说：“怎么还反着画？！”这回母亲对我说了，但不满意地说：“画得像就行了呗，管什么反面不反面！”我立刻检查了我的画，这才知道，我不懂使用水彩画纸。我忙对母亲说：“妈，他说得对，我确实不知道要用有点点的一面，不能用像布纹的那一面。这人是个先生！”从此，我才懂得使用水彩画纸。

油匠贵知道我会画画，他的大儿子陈洪国也喜欢画画，我们关系又很好，有一些要画画的活儿，油匠贵就叫我和陈洪国都来画。油匠贵见我的画，比陈洪国的好一些，就开始让我担负一些画工的绘画活儿，甚至一些大场面也开始让我来画。当然，工钱仍然是油漆工人的日工资一元三角。画画是我的爱好，有人叫我画画，就是乐事，给我多少钱，我不在乎。但我越画越感到知识不足，越来越感到需要拜名师学习才行，可是我找不到愿意教我的老师。

乍暖还寒的春天过去了。我每天上工，都要路过阿的家门，她家院子里的白兰花开花了。阿是我在鼐琨学校读书时的一个同学的妹妹。那时我上学早，她妈妈要我每天去叫阿哥哥上学，因此，我常到她家。彭鼐琨死了，我转到作新学校上学，后来又去当学徒，这样，好多年不到她家去了。有一天，我一早去上工，看见阿开门出来，都差点认不得了，她长大了，已经是个身材颀长、有双大眼睛的美丽姑娘。我惊奇地看着她，她也惊奇地看着我，但却不好意思说句话，她羞怯怯地缩回门里去，闭上门。

“阿这样大了！”我走了不远回头一看，她正悄悄伸出脑袋，在门缝里看着我。

从这天起，我每天上工的时候，都看见阿在半开的街门缝里，都不说话。照例是见到我了，她就缩回门里去，等我走过，她又在半开的门缝里看着我。

这时，正是白兰花香风飘溢的时节。

有一天，我一早上工去，心里多想看见她。果然，准确无误，她又在半开的门缝里。照样，还是谁都不说话。可我一走到，阿却伸出手来，低着头，把四朵白兰花匆匆地递给了我，又匆匆地缩回去关上了街门。我惊呆了，像只木鸡。我太高兴了，从来没有这样高兴过。我走了几步，停下来，回头看着，看着，可是阿这次没有在半开的门缝里再看我。

从这天起，每天早上我都接到阿的白兰花，可她就是不说话。也是从这以后，时时都有白兰花陪伴着我，馥郁芬芳。

第三章　重到大石桥头

有一天，我下工回到家里，天完全黑了。曾在两合油漆店当过学徒的金灿，急忙忙跑到我家，说冯阿袅师父病死了！我很震动。在“两合”当学徒时，即使有许多不痛快，但我对冯阿袅师父，还是很有感情的。我没有说第二句话，拿着手电筒同阿灿赶到冲边大石桥。远远听到道士吹起入殓时的喇叭（唢呐）声。小时候，我最怕听这种喇叭声，这是死人要装进棺材入殓时的哀乐。我们加大步子，跑到两合油漆店。只见师父冯阿袅的尸体，平放在店里地面的门板上，我们立刻在师父尸体前立着，仵作把盖着师父面容的布拿开，让我们做最后告别。我和金灿向师父深深三鞠躬时，我的眼泪已克制不住地往下流了。按故乡的风俗，有人吊唁，家属是要陪着大声哀哭的。我师母这时也号啕大哭起来，哭得可伤心了。我们向师父遗体告别之后，走到师母跟前。“阿竟、阿灿呀。我可怎么办啊？！”

冯师父的二女儿和小女儿也跟着母亲大哭起来。

我能说出个怎么办呢？只能悲伤地哭着流着泪。

我抹掉眼泪，看见左右立着的都是冯师父老家来的叔伯兄弟，没有几个人。使我惊奇的是：怎么不见郑林焕？！不管从亲戚关系、师徒关系和多年常住两合油漆店的人情来说，在冯家最悲哀的时刻，他怎能不来呢？他忙什么呢？他不会离开这里的，因为小寡妇就在隔壁。

勤劳，吝啬，把钱看得比天大，遇着花钱便一毛不拔硬顶着，好赌钱，成天板着脸，不爱说话，迷信，一心想着招财进宝，一心想着子孙富贵，又不教育子女，不管子女身心健康成长的冯阿袅师父，就这样了却一生！

在回家的路上，我对阿灿说：

"灿哥，往后，我们要常来看师父的老婆和子女。"

阿灿黯然地说了两个字："是的。"

"灿哥，郑林焕为什么不来？"

"怎么，你还不知道？"阿灿以不相信的惊讶口吻反问我，"你是真不知道还是假不知道？"

"有什么事？真不知道。"

"过了年到刘永那里做工，你见过刘永的女儿吧？"

我吃惊地说："见过，一个很好的姑娘。怎么啦？出什么事了？"

"你见过，那就好懂下面我讲的事了。"金灿说，就是春天我跟刘永做工之后不久，刘永就把郑林焕招作"驸马"了。郑林焕高兴，郑林焕的母亲更高兴，指望刘家的黄花少女能把郑林焕从姓崔的小寡妇怀抱里夺回家，也断了儿子跑牛寮主家的坏念头。文静、孝顺的刘家姑娘，很得婆婆的欢心，郑林焕的母亲以为从此之后就天下太平了。她没有想到任何人（包括任何动物），对待情爱，从来是实行独霸主义，绝不许与别人同分共享的。如果被别人夺去的哪怕是很小很小的一部分，那也是绝不许可的。特别是女人，什么事情都会干出来的，就像蜂王一样，一定要把所有可能成为情敌的雌蜂，通通干掉。崔小寡妇就是这样。她把过去那么多年用来遮遮盖盖、捂捂藏藏的薄薄黑纱，撕了个七零八碎：

“好啊，你当新郎，我也要当新娘！”

“那……那怎么成呢？”郑林焕哭丧着脸说。

“为什么不成？！”

“她跟……跟我是……明媒正娶的……”

“我不管什么明媒正娶，我早就是你的老婆！”崔小寡妇反手叉着腰立在郑林焕面前。

郑林焕没想到这个相好那么多年，只要自己欢心，什么嘲笑、辱骂都能咽进肚里温存的百依百顺的小菩萨，今天却变成无比高大、杀气腾腾的怒目金刚！

当时社会，还许可有小老婆。郑林焕哀求说：“那……那你当二……二……”

“二什么？说！”

“二……二……二房……”

“哈哈，你这‘白板仔’（小白脸）想得倒好啊！不！我不但不做二房，连洗脚水也不给她喝。从今天起，我不许你再见刘家小妖精！水牛寮那个老妖精也要一刀两断，半步也不准你踏进她家门槛！”小寡妇说着，马上抓出两三把银毫，噼里啪啦拍在桌子上，发出最后的不能更改的紧急死命令，“立刻去租个房子，同我过！”

这位过去娇小的小菩萨，现在的怒目金刚，大获全胜。

我急了，问道：“刘永女儿为什么不告他，提出离婚？”

“听说她死也不肯告，也不肯离婚，愿意侍候婆婆一辈子！”

“完全变成牺牲品了？！”

这个微黑的、眼睛大大的、不敢看人也不敢说话、净洁无瑕、纯玉似的姑娘，牺牲得太惨了！

我听到这条新闻不久之后，有次经过涌头，忽然在新筑成的公路旁边的榕树下，发现有家新开张的油漆店，招牌上写着“郑记油漆店”。我往里一看，郑林焕正在店里漆家具。

“林焕哥，这是你开的店啊？”

他看见是我，不冷不热地招呼我进去，说：“阿竞，到哪里去？坐，请坐！”

我以为是他一个人：“就你……”我还没来得及问是什么时候开张的，里面出来一个打扮得很漂亮的女人。

“阿竞，好久不见你了。”

这就是原来那个姓崔的守寡少妇。我毫无思想准备，手足无措，一时不知道该怎么称呼她：“哦……哦……”

她转身走到八仙桌，经过处散发出“香纸”的清香，斟了一杯茶给我：

“请饮茶！”

这会儿，我发现她并不像灿哥跟我说的那样可怕，还是像从前那样：温柔、善良。虽然还有点弱不禁风，但不再羞羞答答，而是敢于放眼看人了！我心想，她也很可怜，怎能恨她呢？可是刘永女儿，那个恬静的、不敢看人、不敢说话的微黑的姑娘又出现在我面前。我觉得这两个女子都是无辜者，但弄到这个地步，是谁造成的呢？我离开郑记油漆店，一直在路上寻求答案，但是却没有找到。

冯师父死了之后，最末尾的徒弟——彭金波走了，但仍有一些老主顾找两合油漆店包活儿。这些老主顾多数是华侨。有一次，老板娘找人叫我去帮她接洽。我把老板娘母女三人的收益多算进去很多，这样主顾就说要价太贵了。我老老实实地说：

“先生，我算的是贵一些，除了工人师傅的工钱，挣多挣少都不是我的。先生，你想想，我师父留下两个年少的孤儿，一个寡妇。我总得为这三个寡妇孤儿赚点吃饭钱，所以就贵了。先生你多给一点，就算帮帮死去的冯师父的忙吧！”

我这样说，收到了好的效果，顾主对我说：“你是个有良心的徒弟，我的心叫你说动了，就这样吧！”

我把成本、工人工钱（包括我自己的）算清分几份之后，把赚下的钱一五一十摊在柜台上，交给冯师母。她开头收钱时，流着泪说：“阿竞，你师父有那么多徒弟，现在就当数你好了！”

“师母，不要这样说，你有事、有活儿都可以随时找我。我跟谁都是做工、赚一份工钱，你有活儿，我就当跟师父做工就是了。”

可是当冯师母看见我付给工人的工钱，每天是按一元三毛计算，就有点不高兴，问道：

“阿竞，你师父是按一元二毛给的，为什么你按一元三毛给？”

“师母，从前师父给工钱，每天少给一毛钱，这是不对的，工人们都有意见。现在师父不在了，你要靠老师傅们帮忙，应该按一元三毛算，给足工钱，人家才欢心。”

我说完这话，以为师母会明白的。谁知她不愿明白，仍不高兴。过了一段时间，没见师母找我去接谈生意，我惦念她母女生活，就去看她，她已让另一位过去常在两合油漆店做工的梁师傅，在替她去揽活儿。我知道，她不愿我一天按一元三毛给工人工钱，所以不找我了。

新开的郑记油漆店，离两合油漆店不远。很快，许多活儿，都被郑林焕承包了，两合油漆店的生意不好了。这一年，叫我做工的也很多，很长很长时间，没有去看看师母。一天我想起她们母女来了，我该去看看她们。我到了大石桥头一看，门关得紧紧的，敲门半天没人开。我就到打铁店找陈二师傅。他对我说：“阿竞，阿臬老婆跑了，去澳门了！”

“跑了？澳门，我师父只有一个堂侄子，是个好吃懒做的家伙，她找他，能吃上饭吗？”

“你坐下，我慢慢说给你听吧。”

我坐在铲刀刮镰斜坡形长凳上，听他说了一段很长很长的故事：

冯阿臬的侄子，有一次从澳门来，住过一些日子。这一带过去都找“两合”的油漆生意，后来都被郑记油漆店抢走了，所以就没有什么活儿可做，替老板娘揽活儿的梁师傅也不怎么来了。孤苦伶仃的老板娘，太寂寞了，就跟侄子去澳门，玩玩，开开洋荤。回来的时候，曾给冯阿袅寻过风水的那个先生也来了，想在此地挂牌看风水。一个澳门小瘪三，一个江湖老骗子，一个寂寞无聊的中年新寡妇，还能干出什么正经事？过了一些时候，风水先生回澳门，说好半月二十天很快就回来，但是过了两个月，冯老板娘怎么去信都得不到回音。冯老板娘急死了，打发侄子去澳门。侄子回来说风水先生不来了。老板娘一听，火冒三千丈，拍着肚子说：

“老娘肚子里的孩子都四个月了，他不来了，就算了啦？没有那么便宜！”

那个侄子苦着脸说：“叔……叔母，说出去不……不好听啊！想想……想个办法，找个什么方……打掉吧……”他以为这么一劝，这么一吓唬，他的叔母就软了，不敢干出什么事了。

谁知道冯老板娘胆大包天，大声喊道：

“好你个冯家的好侄子！你引来个风水骗子勾引自己的叔母，还要我不能嚷出去，你想得好！”她立刻收拾几件衣服，拉着两个孩子，对侄子说，“走！到澳门，你给老娘找不到他，我就跟你没完！”

就这样，当天就走了，再没有回来过。

我听陈二师傅说完之后，开头吃惊，接着感到奇怪，我说：“她疯了，冯师父受骗，她还不知道？唉，反正这些都是老板迷信造成的。”

陈二师傅说：“对了，谁叫阿袅苦心寻风水，赔上老婆死了仔！”

第四章　道馆门前

油匠贵又接了一桩生意，又请我去帮他做工。吃过早饭，我挑着两箩头桐油颜料、油漆工具，走进龙聚环乡的大街。在一家道馆的门口，猛一下看见一个穿着新嫁衣衫、年轻苗条的女子，在门口扫地。她转了一个身，我惊奇地一看，她是我的表姐——我四姨的女儿。

“表姐！”

表姐吃惊地转过来，惊喜半天，露出雪白的牙齿喊道：“阿竞！”

“你……”

“这是我的家，快进来！”她欢乐极了，两只明亮的大眼睛带着 点羞涩，好像说：我已经嫁到这个家了，你怎么不知道啊？她真像一朵早晨开放的睡莲。

遇见多年没有见到的四姨的独生女，我十分高兴。可我一抬头看见室内供着道君神像，挂着被香火熏黑的经幡，欢乐消失了一半，心里暗道：怎么四姨把表姐嫁到一个拿鬼神欺骗人挣饭吃的道馆家当儿媳妇呢？我心里有点为表姐委屈。晚上，我下工回来问母亲：

“表姐那样好，四姨怎么把她嫁到个骗人的盲人道馆去呢？”

母亲说：“四姨只有这一个姑娘，为找个好婆家，操碎心了！嫁个有钱人家，四姨哪里有钱置嫁妆？嫁个太穷人家，又怕你表姐受罪。东不成西不就，年岁也大了，唉，四姨心慌了，怕把你表姐耽误了，只好嫁给这个道馆的儿子了。你看见你表姐夫了吗？”

“看见了……”

“怎么样？”

“反正配不上表姐……”

过了两天，四姨来了，她倒十分满意这个新姑爷。我听见她对母亲说没钱给表姐置点体面嫁妆，感到非常对不起女儿：

“我能到哪里去弄钱？送她上了花轿，我就趴到八仙桌上哭！她没有银手镯，没有金手镯，哪怕有一对玉镯也好啊！手上什么都没有，她怎么给人端茶啊！”说到这里，她忽然高兴起来，“阿妹（指自己女儿）第二天回来悄悄给我看，手指上戴着一钱半重的金戒指。我问哪里来的？阿妹说是拜天地时，姑爷悄悄地碰了阿妹手一下，偷偷地把一只金戒指塞在她手里。你看，我这个姑爷心多好啊！阿妹给公公、婆婆、客人端茶，手上有金气啦！”

我听了之后，心踏实了：表姐找到一个会体贴她的好丈夫。

表姐汤兆瑜，是四姨的独生女。我母亲同四姨姐妹关系非常好，四姨常来我家，所以小时候，我同表姐常常生活在一起。她来我家或我去她家，因房子小，床也不够，我们常同吃、同玩、同睡。四姨家后面的山上有松林、榛树，山坡上有梅林。每年秋天，我都到她家去跟四姨上山耙松针做柴火，同表姐拣榛子吃。每年初春，梅林绽瓣开花时节，我去她家，同表姐一起去折几枝梅花带回家，养在瓶子里，因为我妈喜欢梅花。

小时候，大人叫表姐“阿妹”。我在作新学校时，表姐也在她们村上学了，有一天，她对我说：

“阿竟，你会刻图章，为我刻一个好吗？”

给表姐刻个图章，我欣然答应：“当然可以，可我刻得不好，你刻图章干什么用？”

“先生叫每个学生都要刻一个，要花好几毛钱，我妈说没有钱，我只好求你了。”

“刻什么？‘汤阿妹’？”

她用大眼睛瞪着我说：“不，我有名。”

我从没听四姨叫过她的名，吃惊地说：“你也有名？”

“有，许你有，我就不能有啊？”

“当然能了，可我没听四姨叫过，不叫‘汤阿妹’，叫什么？”

她非常骄傲地一个字一个字在我的耳边说：“我叫汤、兆、瑜！”

我这才知道美丽的表姐还有个如此美丽的名。我写不了那么小的书写体毛笔字，就找大哥、四哥读过的书寻出“汤”“兆”“瑜”三个字，剪下贴在小梨木块上，但因反贴，字看不清楚，涂上一点油，清楚了，我十分仔细地给她刻成一个图章。我给表姐的时候，她高兴极了，递给我四姨看：

“妈，我有图章了！”

四姨欢喜地说：“这可省了妈两三毛钱啦！”

我的家乡，都称华侨叫“金山客”，妻子叫“金山婆”，一个“金山婆”拿不出两三毛钱，现在恐怕谁都不相信。以为凡是“金山婆”都是腰缠万贯的大富翁，可是事实并不是这样。我四姨嫁给一个姓汤的“金山客”之后，不久四姨父又出洋去了，那时还没生我表姐呢，所以表姐除了在照片上见过坐在椅子上、不会动的父亲样子外，根本没有见过会走路、会抱她的父亲。四姨父出洋后，开头还寄过信、汇过钱回来，以后就断绝了音信。我从未听说四姨有过“接金”（华侨汇金币回家）这样动人的好消息。表姐全靠四姨种些田，辛辛苦苦拉扯大。四姨辛苦极了。她容貌很好看，可是那双赤脚像是两只男人的脚，因为她上禾田到石岐担东西时是光着脚的，所以脚很大。那天，我做工遇上表姐之后，大概是半月二十天，表姐同表姐夫来我家。这是新婚后的一种礼节。这对正在蜜月中的夫妇，看了我画的画和肖像，提出要我为他们画像。

表姐要我画像，我怎能推辞？我看了表姐夫的相貌，觉得把握大一些；表姐的，我感到很难画得像，我有点犹豫。

表姐问道：“不肯给我们画个像？”

我说：“我怎么不肯？就是怕画不像。”

表姐说：“给别人画得很像，怎么给我们就画不像？”

我说：“表姐夫的好画一些。”

“为什么？”

“他有特点，线条较多、较粗，好画，画坏几笔，不易被人一下挑出来；可你，我画不好……”

“为什么？”

“你好看，都没有皱纹，光线不好掌握，不好画。”

“为什么？”她咄咄逼人地盘问着我。

我只好说：“表姐太好看了，长得那么光嫩，不好画！”

她一下两颊绯红，捂着脸，跺着脚说：“阿竟，你该挨打！怎么也来取笑我……”

表姐夫和表姐的感受太不相同了。他好像原以为自己得到的是一块花石头，现在被别人说成是块美玉，高兴极了，说：“那我们立刻去照两张相给你。”

有一天，四姨要我去为她油漆大门、街门，说雨水淋得门框都快烂了。我自去当小火头、学徒之后，好几年没到四姨的村子——格坑去过。但拾榛子、折梅花的童年生活和用来睡觉的厨房的半截阁楼，我还记得很清楚。可是现在表姐出嫁了，只有四姨一个人了。四姨一定感到生活很孤独。我一看到这些林山梅林，心里有点没着没落似的。我走到她家的时候，门关着，我轻轻敲了两下门。

“谁啊？”

声音怎么那样熟啊？我忙回答：“是我。”

门一开，出乎我的意料，不是四姨，是表姐。

“阿竞，是你呀？快进来！”她高兴极了，眼睛像用清水泡着的两颗黑珠子。

“表姐，你什么时候回来的？”

“妈说你来帮漆大门，我就回来了。”

表姐变了：小时候是个活泼的小丫头，上学时是个害羞的少女，出嫁前是忧愁、不大好说话的姑娘，出嫁后变得敢说敢笑了。我看见她今天好像挺高兴的，居高临下地看着我配颜料、调桐油，问这问那，说个不停。四姨看见曾常在自己身边一起玩、一起长大的表姐和我，也快乐得很，眼睛、嘴巴一直都挂着笑。表姐看着我在劳动，笑着对四姨说：

“妈，你说阿竞要是个姑娘，准能得一笔大彩礼！”

我听不太懂表姐的话是什么意思。四姨却说：“像我家一样，他妈哪来的钱置嫁妆？拿什么东西陪嫁？”

“妈，你不信，他真值那么多聘金！”说着，她双手一张，做出个大手势。

“值那么多，就得赔回去那么多。像我，还不是……”

我听懂了，她们是估量我如果是个女的能值多少钱，而且四姨还说了两次“像我”，这是没钱给表姐置嫁妆的内疚话。我觉得不能让她们母女议论下去了。我笑着说：

“四姨，你跟表姐把女孩子都当作猪啦？说吧，就像我这样的一头瘦骨头猪，你出多少钱吧？”

四姨、表姐听我这么一说，“咯咯”笑弯了腰。

我说："我就不同意，定亲、结婚，把女的当件东西，当猪、当狗来做买卖，也不知道买的人是个怎么样的人，是老头还是后生都不知道！男人是人，女人也是人，这样能幸福吗？我要是女的，我就不干！"

刚才是那样欢乐，那样兴高采烈，这会儿唰的一下，表姐脸上的笑消失了。

"阿竞，你说得对……"

第五章　我家的华侨亲戚

表姐出嫁了，还听不到四姨父的任何消息。四姨不知烧了多少香，许了多少愿，还是无音无信。

我做工，主要是靠华侨盖新房子，油漆翻新旧房子。华侨中有许多是很有钱的，在我家的亲戚中，除了四姨家姑表姐家是华侨，姑姥姥家也是华侨。可这三家华侨亲戚都不富足，很凄惨。家乡很多华侨是因生活困难，才漂洋过海出去的，有的还说是“卖猪仔”去的，去山打根、雪梨、美洲好多地方的深山种植园里当苦工，有的去淘金，有的去美国无边无际的荒野山地开铁路、挖隧洞，一条铁路开成，不知要死多少人。不少华侨在国外都是开洗衣店、开饭馆等的，苦极了！有的一去就再没有回来过，家里的老母、妻子，长年累月把脖子伸长，在门口等呀、盼呀！有的把天都快望穿了，还不见人回来。

我从四姨的忧愁，想到我姑母的女儿。她嫁了一个老华侨——“金山客”。从我懂事、会看戏的时候起，豪吐村年年有个庙会唱大戏，表姐每年都叫我去看戏。从那时起，我见过表姐夫回来过一次，是个很老的老头。表姐没有小孩儿，表姐夫就在外国要了一个白种人家的小孩儿，名叫杰尼。这个白种小孩儿长大了，回来娶了媳妇，又跟表姐夫出国了。这个杰尼，我从未见过。他的妻子，很娴雅文静，很孝顺婆婆——表姐，她们婆媳俩，长年各自守空房。那时我表姐很老了，看上去有五十多岁。可这个儿媳妇，还很年轻，找不出个准确称呼，表姐让我叫她小表嫂（隆都风俗，称呼小辈人时，按照孩子的口吻），由她照顾我这个小客人。

表姐的家，有左右两间普通的旧土房。小时候，我每到只有妇女而没有男人、小孩儿的人家里，常常会闻到一股发霉的味道，表姐家就有这种味道。可她们都很爱干净，霉气是从哪里来的，我不知道。小表嫂，和气、温顺，对我像对自己的小弟弟那样，但我总感到她很忧郁，有时明明拉着我的手站着听婆婆同别人说话，眼睛却直怔怔地在出神。当时的广东戏，表演的很多都是书生、小姐的儿女悲欢离合戏，有的叫人看了，肠子都要断了。每看完这种戏回家，小表嫂总是很愁闷，不说话。表姐说小表嫂困了，叫她去睡觉。第二天一大早起来，我看见小表嫂眼睛都红了，好像哭过。我当时想：准是做梦有谁欺负她、骂她、打她。在我的眼里，小表嫂像一根长在瓮里的豆芽，像玉一样白，也像纸灰一样，好像什么东西碰她一下就会折，就会碎！

小表嫂为人那么好，表姐又疼她，可她为什么会偷偷发愁，悄悄哭呢？我当时，只能瞪着眼看着，怎么也理解不了。

后来，我偶然听姑母唉声叹气地对我妈说，表姐有天悄悄地告诉姑母，杰尼在外国早就跟一个白种女人结婚了，表姐和她的丈夫不敢把这消息让小表嫂知道，只说是生意没人照管，所以杰尼回不来。

我听了这个消息，很替小表嫂不平：为什么骗她？你们害人！为什么让她什么都不知道，只知道偷偷哭呢？

我去当学徒之后，姑母死了，家乡的风俗是“姑死就无亲”。从此就不知道这个小表嫂怎么空守下去了。大概这根像白玉一样的豆芽早就枯萎了！

有一天，我跟人家做完工回家，母亲高兴地告诉我，说我姑姥姥的儿子从“金山”回来了，叫我去看姑姥姥和这位表叔。

从我能记事起，我就可怜姑姥姥。姑姥姥是个寡妇，只有一个儿子，从很年轻的时候，就到山打根，四五十年了，一次都没有回来过，音信也很少。姑姥姥等呀想呀，我看见她等得牙都掉光了，表叔还是不回来。所以，从小逢年过节，妈都设法杀只鸡煮熟，剁条鸡腿，叫我去送给她。但每次都告诉我，要是姑姥姥不说，就不要问表叔来信没有，怕引起她伤心。姑姥姥的腰都快弯成半个“《”形的书名号了，还是忙这忙那招呼我，不停地问我家的事。现在，表叔突然回来了，姑姥姥不知道多高兴，当然我更替姑姥姥高兴。我一口气就跑到坎下村去，想象这个好几十年没回过家的“金山客”，肯定像我做工时看见的很精神的老华侨一般。可我一进门，吃了一惊，表叔和我想象的完全不一样，在我眼前的是一个像有八十多岁的很老很老的老头子，我从小看大人，有时看得很老，他实际是七十多岁，因我姑姥姥那时差不多有九十多岁了！头发快秃了，剩下稀稀拉拉的几根细细的头发，皮肤又黑，皱纹多得像学校做花用的皱纸！手指又粗又干瘪，像是大毛竹根，指节大得很。

我一看就知道，这是个饱受异国风雨折磨，在外国老板绞肉机下幸存回来的老华工！

我叫他“表叔”时，他拉着我靠近他，我闻到一股老头子才有的老人味儿。

过了不多久，我从外乡做工回来，妈告诉我：表叔结婚了，要我去看看姑姥姥、表叔，表示祝贺。

姑姥姥、表叔见到我，是高兴的。表婶听见表侄来了，从里间出来，倒了一杯放了糖藕片的茶，请我喝的时候我看见是一个同汤兆瑜表姐年纪差不多的年轻女子，长相不算好看，身着一套新深青色的绸衣，髻上插着金簪，戴着金戒指，脚拖红漆皮拖鞋，走动起来，金耳坠一闪一闪，灵敏潇洒，满脸笑容，虽然和表叔年龄相差那么大，但丝毫看不出有什么不快乐。由于有了新椅子、新八仙桌、新长条几，还有大的玻璃镜、贺喜的喜联喜幛，如什么“之子于归，宜家宜室”“之子于归，如胶似漆”等新婚摆设，给这间古老、陈旧、黑黑的老房子增光不少。在这来之不易的欢庆日子里，我看不出姑姥姥、表叔有什么特别的高兴，也看不出有什么特别的不快乐，一切都是平静的。如果没有这位年轻、绸衫沙沙、拖鞋嗒嗒的新表婶走动，这间屋子的空气，恐怕都要凝固了。我心里突然产生一个奇怪的问题：这样的姻缘，能幸福吗？这样的家庭，能巩固下去吗？当时，家乡像这样的男女婚配，只有在这两种情况下才能凑合：一是父母贪财；二是女方年龄大，或声名不怎么好。嫁个年龄大的有钱佬，凑合几天，男的早死早发财！

不出我的意料，不久，表叔就病死了，这个年轻的表婶带着表叔几十年做牛做马得来的一点积蓄飞了！其实飞是对的，用积木搭的房子一动就倒，凑合的婚姻无胶无漆总是要散的。早倒比晚倒好，早散比晚散好，免得一天到晚不高兴，可以少挨痛苦少受罪。可怜年逾九十、孤独几十年的姑姥姥，她升级了，升到更孤独的日子里去了！

当时，有好多这样的“金山客”。

第六章　珠江东去

很难得的一个机会，油匠贵承接了龙头环“天然”运输船的活儿，我第一次去广州，乘船珠江上。这条往返龙头环——石岐的小轮船废弃好几年了，现在有人投资启用，由石岐去广州的拖轮附带拖着到广州海关检验。本来，要是广州海关检验快，不几天就可以拖回石岐营业。但那时的官府衙门，最突出的表现是官僚主义，办事拖拉，要请他们批个什么，如果贿赂不周到，就绵绵无尽期，不知要拖到何年何月，或干脆不给办。“天然”小客轮，抛锚在珠江白鹅潭。我们吃住在这条小客轮上，没法上岸，只好白天工作，晚上欣赏白鹅潭的水光涟漪、星云月色，珠江的渔火。

我们伙伴几个都是乡下佬。我对陈洪国游说开了：

“洪国，我们来一趟广州太不容易，不看看越秀山、五羊楼、海珠，不是白来啦？”

陈洪国睁着好奇的大眼睛望着我，说：“不敢上岸。我爹说要是海关不捣鬼，快点批下来，我们两三天就该回石岐了。”

“洪国，这是天大的好机会，我盼它慢慢批，越慢越好，我们可以好好看看广州。你不想看广州啦？鸦片战争时抗英的三元里，你不想看啦？‘六二三’惨案的沙基，你不想看啦？”

陈洪国被我游说动了，问道：“想呀！你说怎么上岸？”

“我们大伙儿都跟你爹说，我们租只小艇不就行啦？”

学徒小三是油匠贵的外甥，巴不得由我来挑头。他马上响应说：“对，洪国表哥，你一说准行！你说什么，姨丈都听你的。”

陈洪国发白的脸一下红光灼灼，说：“行，就说是大家的要求。”

在这里，我要给油匠贵留下公道的评价：这位红鼻子、啰唆的老油匠，有一副孩子心肠，特别喜欢玩。他虽然并不富裕，但舍得花钱，家乡有人组织去西江什么庙进香，浏览七星岩，他都带着陈洪国去；每到个什么新地方工作，我们几个小青年提出去什么名胜古迹玩玩，他常常是赞成的。这次一样，果然同意我们租一只小艇，登上广州。我们好几个晚上和一个白天，不知疲惫地逛广州，登上了当时感到高得不得了的十六层惠新大楼的屋顶，观看了夜色朦胧、灯火闪烁的广州城。可是两次看沙基，是痛心的。头一次是晚上沿路询问找到的，在树影灯光掩映下，这一小块中国的土地有英国兵、印度兵、法国兵荷枪实弹，站在桥头上放哨，在马路上巡行。这就是一九二五年六月二十三日，省港工人示威，群众游行到这里，而遭到沙面英国、法国帝国主义的屠杀，发生“六二三”惨案的地点。从那天起，“六二三”这三个字，就像烙印一样永久地烙在我的心里。我就想如果能到广州，我一定要仔细看沙面沙基。第一次，晚上看，看不清楚，于是又在离开广州的那个白天，我同陈洪国、小三，又去看了一回。我们看了之后，都议论着：什么时候才能赶走帝国主义，收回这片土地呢？

从广州回去之后，有一天，港头木工林师傅来家找我，说小榄沙田有一户疍家，修了一座房子需要油漆，工作量不大，但要画画，特意来介绍我去看看。但林师傅叫我向房主要价的时候，要香港钱——港币，同时提出这两个条件：第一，就是要我在估价时多打二十元港币，作为对他的酬劳费；第二，是我去那里，不要多说话。开头，我觉得第一个条件有欺诈味道，但当时这样的酬劳费也是常见的，何况林师傅是大烟鬼。第二个条件，太神秘了。但我已经有好多天没有工做，菊花名镇——小榄我还没有去过，对这样神秘的地方我更是好奇，于是就答应了。第二天我跟他坐小艇溯珠江去小榄，转进一道支流，船行好半天才靠了岸。又走过好多的荔枝园、蕉园、竹林，穿过好多鱼塘水网，过了一道又一道的木桥，最后才走进很幽静、四面种着高大的葵树围起来的广东叫“围”的去处。这个围里面，有碧绿的桑田、橘园，有随风摇曳的竹林，有浓似绿色伞阵的荔枝带，林带当中都是鱼塘、藕塘，像几面长方形大镜，平放在那里，映照蓝天白云，绿树花影，啁啾飞鸟。要我来油漆画画的新修房子不很大，正面隔扇前是四四方方的大厅。房主是一个很粗壮的中年疍家汉子。我跟房主建议：隔扇正面画几幅山水花鸟，天花板画一圈图案，中间绘一灯影，作为客厅这样是很幽雅的。我看房主，说是种田人，种田人都是赤脚的，而他却穿着礼合绒鞋（礼合绒，一种高档面料）；说是商人，商人都是能说会道的精细人，他却粗犷，虎视耽耽，不像买卖人。我猜不透他是干什么的。他很大方，听了我的建议，只说了个“好”字。我看工作量不多，不敢漫天要价，三十多元工本钱准够了，但若把林师傅索取的二十元打进去，就得五十多元。在我吞吞吐吐地说出要五十元港币时，他却一口答应了。他真慷慨。

我在那里做了六七天工，把门窗漆妥之后，在隔扇顶上画了三幅山水、两幅花鸟，在正厅天花板上画了一串展翅飞翔的丹顶鹤，中心画了一个回纹组成的灯影，房主看了十分满意。他还想请我为他楼上的木床前面画几幅画，但抽大烟的林师傅以为这家房主既然那么大方，又要从中索取十元港币酬劳费，谁知房主这次却很不大方，嫌钱多，不画了。

这个疍家房主，经常有一伙人来找他，抽着最好的“555”“海盗”牌卷烟，腰带上都掖着手枪。有一次，我正油漆大门的时候，房主同四五个人在鱼塘边说话，是在谈枪法。一个人指着鱼塘对面的荔枝树说：“打那只白头翁！”我见房主从一个人手里端过一支马枪，一抬手，也不用瞄准，“啪”的一声，白头翁便从约有一百米远、高高的荔枝树冠上落下来，其他的鸟都惊飞四散了。几片羽毛，慢悠悠地在鱼塘上空，飞飘，飞飘。房主的枪法，太让我惊奇了，我情不自禁地赞叹起来：

“枪法真好！”

我放下油刷子，正想走上前去，问问他怎么学得这样好本领的时候，在旁边做活儿的林师傅低声跟我说：

“别去！不要问，他是土匪！忘了我叫你不要多说话吗？”

林师傅这么一说，我这几天心中的疑团全解开了。

刚来的头两天，我发现他有三个老婆：一个大老婆，两个小老婆，她们都有自己生的孩子。所不同的是大老婆什么都不做，只是喝好茶、抽好烟，吃好穿好，逍遥自在，对两个小老婆常是满面怒色，眼冒妒火。那两个小老婆有几个孩子，我没注意，我只注意到她们一吃过饭，就背着孩子，戴上大铜鼓帽下田，在烈日下劳动。到了该做饭的时候，她们就回来做饭，吃了饭，收拾妥锅碗瓢盆，又下田去。很奇怪，我到人家里做工，也看见不少老财有小老婆的，有的是买回来的，有的是把长到十六七的婢女，叫到藤鞭底下，强迫套上二房、三房或四房帽子的，但多数仍是只管洗衣做饭、煎药熬参汤，不叫下大田劳动，干太粗、有损花容月貌的重活儿。然而，我也见过几家大佃户，土地围子好多或大部分是租典来的，他们也叫小老婆下大田干重活儿，使我常常产生莫名其妙的感觉：为什么叫小老婆去干重活儿？大概这样做，可以冲淡大老婆肚子里的酸醋吧？这次，我在这个大土匪家里看到了一个更深的问题：小老婆，实际是这些家伙的奴隶。这些小老婆既要无偿地伺候他，又要无偿地为他生儿育女、繁衍后代，还要为他生产粮食、果品和一切财富。她们像一头头母牛、母马，既要供他骑乘、供他玩弄，又要为他拉犁耕种，还要为他生育小牛、小驹！她们既是他家的人，也是他家的牛马！在特许有小老婆的中国，这些家伙多么会欺负女人啊！想出的方法是多么残酷啊！他们像一条条蚂蟥，趴在女人身上，肆无忌惮地吸她们的血！

从这个大土匪身上，我解开了多年解不开的疑团。

我了解了这个房主的身份，又从一件小事看到了以明火执仗、打家劫舍为营生的强盗，并不像小说、电影中写的绿林好汉那样，都是仗义疏财、见义勇为的。我为这个大土匪油漆好房子，在给我的五十元港币中，除了林师傅索取了二十元外，我拿到的三十元，回到石岐兑双毫时，出现有六七元是假港币，我以为土匪是讲义气的，就返回去请他换，他却仅给我换了七八元广东的双毫。当时，港币比值比双毫高得多。他给我这个小小的油漆工，小小的几十元，他也看得很大，很重，拿钱拿得很心疼。

从别人的痛苦上寻取快乐，已经够狠心了，而那些还在别人正冒着血的心口上撒咸盐取乐的人，就比狼更残忍。

我从小榄沙田做完工回家，经过龙头环的凤岭和象角的牛倌山交界的山下，看见一大群男人，在仵作寮林子岩上狂欢恶笑，像是在观看演技高超无比的猴戏。好多人笑着嚷着直往那里跑，我听有人问下来的人：

“看什么？”

“大姑娘生野孩子。快去看吧！”

“哪里的姑娘？”

“下底塘的！”

“她是谁？”

“阮金奇的姑娘阮素芳！”

我听到大吃一惊，下底塘这个姑娘是我在作新学校时的同学，那时我去沙田采桑，她同另一位女同学常常热情地帮助我。在我的记忆里，她是个腼腆、老实的姑娘。我已经五年没看见过她了，这时她差不多快二十岁了。“怎么会是她呢？”我看见岩上狂欢恶笑的人们，居高临下，看着、嚷着，有的抡臂掷石子。我又听到上坡的人在叫喊，在问：

“她的‘契家佬’（情夫）是谁？”

“米店老板的大少爷阮林生！”

下底塘那家米店的大儿子阮林生，我认识，是个好打扮、游手好闲的花花公子。素芳怎么会跟他搞在一起呢？

恶作剧的笑声，一阵一阵从岩上卷下来。

太可怕了！于是我也跑上岩去，看见一大群人，有好几十或上百人，在仵作寮岩上集中眼力，盯着树木围着、用来晒白骨头的空地上的一块床板。床板用被子蒙着，看不见产妇的脸，只是被子里透出“唔呀唔呀”的婴儿哭声。有的人看着不说话，有的则狂欢恶笑，用最肮脏、最丑恶、最下流的语言，戏弄那个灵魂已经支离破碎的年轻而不幸的母亲。

“那时好受现在不好受了吧？”

“哎，拉开被子叫我们看看！”

在疏疏朗朗的阳光照射下，产妇周围的白骷髅头，龇牙咧嘴似乎也在狞笑，但是它们不作声。岩上的人们，也龇牙咧嘴地笑着，大叫大嚷地向婴儿母亲的被子上掷石子，寻取欢乐，斥责婴儿的母亲丢门败姓、淫荡、下作，是贱骨头、臭货、烂货，古今中外，可以用来凌辱女人的污言秽语，都掷向这个用被子蒙着的女子身上。这些人，好像他们是最干净、最纯洁、最有道性、最懂文明、最高尚、最能维护正义、最可歌可泣的“英雄豪杰”。

何止如此？！连那个什么责任都不应负，什么罪恶都不该承担的小生命，这些人也用最恶毒、最苛刻、最锋利的刀一样的语言刺他，捅他那颗什么都不懂、只会跳动的幼小的心：

“哦！野仔！”

“哦！野狗仔！”

“拉开被子，叫我们看这个野狗仔像谁呵！”

这些“英雄豪杰”，笑得多开心、多得意！他们好像在过五关、斩六将那样威风凛凛！

我实在看不下去，忍不下去了！我劝身边的几个“英雄”说：

“不要这样，她已经很难受了！”

“难受？知道难受会去勾‘契家佬’？”

“你没听到小孩在哭吗？”

“小孩？野仔！”

“私生子也是人啊，起码，他没有罪！”

有几个人都冲我来了：“你帮野仔说话？我看你是……你跟这贱货也有点什么的了！”

实在忍不住了，我说：“你们太……”

“太什么？”

“太残忍，不是人！”

他们哄堂大笑，笑得那样得意，那样肆无忌惮。

我根本不相信这些人都是不想女人的正人君子，我怒冲冲地跑回村去。我一直在想，这个同学怎么会这样呢？生小孩儿家里人怎能忍心把她轰出去，还要在仵作寮生？我打听了好几天，打听到的情况是这样的：

阮素芳年纪逐渐大了，家穷没找到合适的婆家，米店少爷阮林生经常去找她，送她东西。有一天黄昏，在她采桑回来的路上，米店少爷装着说有事跟她说，把她骗到了树林里去。她怀孕了，向米店少爷提出怎么办，米店少爷却以同姓不婚，拒绝了她的结婚要求，只答应悄悄地找医生打胎。可是找了好几个药方，都未能把胎儿打下来。姑娘也感到同一个姓太丢人，早些日子不敢跟母亲说，等到快生产了，母亲慌了手脚才急着请来收生婆。可是她的大嫂子，不许她在家里生私生子，大闹特闹，一定要轰她走，不许再回来。姑娘怎么哭求、下跪，大嫂子都不答应，这样只好把她抬到牛倌山下的件作寮树林里去。这个刚做母亲的女子和刚来到这个世界的婴儿，迎接他们的是成群男人恶毒的臭骂、嘲笑，是在他们母子的伤口撒盐寻欢取乐！

米店少爷阮林生跑了，她的母亲怎么也找不到他了。米店老板出钱，先把她大嫂子收买了，以太丢人为借口，以张扬出去两家都不好看为理由，送了一些钱就算了了。

我还是很惦记着这个同学母子的命运。我、双木、阿璘等人都去打听，后来知道结果是这样：就在生了小孩儿那天晚上，有个人把小孩要走了。双木说："就是生了小孩的那天夜里，素芳被人用一只小船顺着珠江上北江，悄悄载走了，听说是远远卖到广东北部的山区里去了。"

我说："阮林生，这个不负责任的家伙，是个恶鬼里的恶鬼！"

后来阮林生又在村里走来走去了，一点羞愧也没有。不久，他结婚了，场面十分排场，那个热闹劲儿非同小可。

可是那个名叫阮素芳的弱女哪里去了呢？我怎么打听，也打听不出一点消息。珠江，有多少这样命苦的女儿，谁知道啊？

第七章　“九一八”

一九三一年九月十八日，日本帝国主义进攻沈阳，很快占领东三省。全中国人民，没有不愤怒的。我每天上工都听到这句话：

“蒋介石为什么不出兵？！”

我天天看报纸，打听消息，都离不了这句最最愤怒的话。

当时人们对张学良的看法坏极了！骂他花天酒地，骂他葬送了东三省！

我父亲就说过：“养兵千日，用在一时。张学良为什么不打？他带着几十万军队退出沈阳，就该骂！”

在老百姓的眼里，国民党当大官的，没有一个不“刮地皮”，没有一个是好家伙！我现在是写回忆录，如实地回忆当时的民情、民心，回忆当时人民大众的议论，而不是写老百姓无法知道的官方情况。防止老百姓不了解全部情况而乱猜测的最好办法，第一条是民主，把真实情况告诉老百姓，听听他们的意见；第二条是不“刮地皮”，不干坏事。“刮地皮”，不干好事，独裁，不民主，还硬要老百姓说你好，说你正确，根本不可能！那时候，我听到人们做工时议论，走路吃饭时议论，连上厕所拉屎撒尿时都在议论。国民党政府到处贴满“免谈国事”，贴满街头，贴满饭馆，就贴不住、捂不住老百姓的嘴。看，后来听到马占山、李杜等人抗日，没有一个工人农民不赞成拥护的。其实马占山以前是干什么的，谁都不晓得。我当时看见马占山的相片、图片，跟讨厌的军阀没有什么两样，但他打日本，我就赞成、拥护、敬佩。后来，当这些人不打日本，一个一个都马上在人民的心中消失了。那些投降日本的、当了汉奸的，老百姓更气愤，骂得更厉害，骂他们没有骨气，骂他们是汉奸、走狗、卖国贼、贱骨头！

抗日打东洋，抵制东洋货，成了我家谈话的中心话题。我每天下工回家，都要把我听到的战争情况，不管真假，都告诉父母。父亲母亲都很用心听，都恨日本鬼子，都恨不抵抗主义。有一天晚上帮助母亲收拾锅碗时，在厨房我对母亲说：

“妈，我要去当兵，当抗日的兵。”

“当兵？”妈望着我，“那可是会被打死的……”

“是会被打死。可是，谁都怕被打死，那谁去救中国？”

母亲沉吟一会儿说：“……总会有人去的……”

“要是谁都说‘总会有人去’，那还能有人去吗？”

母亲想了半天说：“……都说有人去，自己又不去，是没有人去了……”

“妈，不打日本，全中国人都要当亡国奴啦！”

母亲想通了，沉默半天才说：“是，这样谁都要当亡国奴……”她紧紧盯着我，慢慢地又说，“那……那去哪里当兵？谁真打日本？”

这下轮到我沉默了，想了好大一会儿我才说：“不知道，要当就要当真的抗日兵，不打日本的我不去……”

“中国真有打日本的兵吗？”

“我不知道……”

我真的不知道。大革命、北伐的时候，我是想过当国民革命军的。自从在作新学校上学时，看过那些云南来的“国民革命军”，我讨厌透了！那哪里是革命军？简直是打家劫舍的土匪！我不会当这种兵！我像被笼罩在灰蒙蒙的大雾中。以后的几年中，不断听到日本人继续在闹事，抬出溥仪当“满洲国皇帝”，蒋介石他不管，却叫喊“攘外必先安内”。看着日本人在天津闹事，蒋介石还不管，仍然叫喊“攘外必先安内”。看着日本人又要成立个“华北国”，要强占华北，蒋介石仍然嚷着“攘外必先安内”。日本人如此猖狂侵略中国，有谁来管？我不知道！

憋死人了！过年的时候，有好多人要我写春联。我过去都是给他们写什么“天增岁月人增寿，春满乾坤福满门”，什么“爆竹一声辞旧岁，桃符万象更转春”。国破家何在？哪有“五福临门”“大地回春”？！现在是打日本，救中国！于是我把这一年的春联，都改写成“怀诛倭寇辞旧岁，誓雪国耻更新春”，许多横额都写为“还我河山”“抗日救国”！在象角小小的新亨街，凡请我写春联的人，都按我写的贴出来了。

一九三二年一月二十八日，得寸进尺的日本鬼子进攻上海，十九路军奋起抵抗。我在工地听到这个消息，又蹦又跳。中国终于有支敢抵抗日本的军队了！十九路军是广东军队，这更使我欢呼雀跃。广东军队敢打帝国主义，我是广东人，是多么光彩啊！可是敢打日本的十九路军，孤军无援。“蒋介石为什么不出兵？”这句愤怒的质问，在工地、家庭到处出现。后来听到张治中指挥的三十七师、三十八师参加打日本，人民都很拥护。我不管他是谁的军队，抗日我就拥护。所以这几个在上海抵抗日本的将领名字，我一直记着。十九路军的淞沪抗日，最后还是被蒋介石扼杀了！我在做工中听到，没有一个人不恨死蒋介石！

后来，听到十九路军在福建成立人民政府，反对蒋介石，我又是一个热烈的拥护者。好，总算有人敢站出来反对蒋介石了！不久，又听说蒋介石收买了十九路军的张炎、毛维寿等人，十九路军倒蒋失败了。我恨那些出卖蔡廷锴、蒋光鼐的家伙，他们太下贱了！这支我当时最崇敬的军队，也从心中消失了。

在作新学校上学时，从课本里读到“香港割于英、澳门割于葡”，这两句话对广东人来说，是刻在骨头上、烙在心窝里的仇恨。当时“红毛鬼”（英国佬）、“西洋鬼”（葡萄牙佬），都是仇恨的同义词语。香港是“红毛鬼”用大炮打开中国的大门抢去的。在同学中主张不主张收回香港，是辨别爱国不爱国的分界线。什么时候能把香港收回来呢？这是我小时候经常同别人议论的问题。香港、澳门我都没去过，但都想去看看被外国鬼子抢去的到底是块什么地方。

油匠贵真有办法，他在澳门承包了一家商店的油漆活儿，我得到第一次去澳门的机会。

澳门，是中山县凸出在珠江口的一个半岛。这次到澳门做工，我当然要仔仔细细地看看这块地方，所以每天早晨和晚饭后，我都出去看看海滨，看看市区。这块被“西洋鬼”抢去的半岛，我发现是块很美的地方。我曾顺着海边走去，只见绿色的树林，蓝色的大海，海风推着白色的浪花，一阵一阵飞洒在古铜色的岩石上，金色的朝霞照着白色的渔帆，很美很美。可是，看市区，令人心疼！这里有好多好多赌场，有好多好多大烟馆，有好多好多舞场、夜总会，有好多好多分等级的、形形色色的妓院。在这里，许许多多青年女子被公开杀死了灵魂，只留下一具任人蹂躏的肉体，这些肉体任有钱人、赌棍、流氓、恶棍、无赖欺侮、啮啃、撕裂。这些吃人而无法用文字、语言写出来、说出来的丑恶行径，都是由葡萄牙人批准的。在这里，到处是花柳诊疗所，到处张贴着治白浊、杨梅大疮药品的广告。总之，到处是乌烟瘴气，到处是乱七八糟，到处是腥膻恶臭。在这里，找不到个陈列美术作品的地方，找不到借阅书报的场所，找不到听音乐的园林。在这里做了二十三天工之后，总的感觉，这是被葡萄牙帝国主义践踏的一块最不文明、最不干净的地方。怪不得家乡的人，都不愿让年轻的孩子到澳门谋生。

怎么会让小小的葡萄牙，把这样美丽的渔滨，糟蹋成为魔鬼的天堂，人间的地狱呢？人家告诉我，葡萄牙人就是靠这块地方吃饭，靠这块地方挣钱，靠这块地方喝人血！我禁不住问道：掠夺澳门的帝国主义者，你们拿这样的钱不觉得腥膻吗？吃这样的饭不恶心吗？

祖国，怎能忍受外国人这样的欺负呢？听不到回答，只有风声呜呜，好像在哭泣！

我带着痛苦从澳门回家。不几天忽然听人说，前些日子，有三个画家在石岐开过一个三人绘画展览会。一个是从上海回来的肖剑青，一个是风流照相馆的画师刘公式，还有一个叫余之毅。本来什么画展，我都去看的，可这个画展我却没看到，感到很遗憾。后来，冲边画擦笔肖像的李炽伦，给我看了一把肖剑青在展览会上即席为他画的扇面。画的是一枝桃花。从上海回来的画家，仅这一句话，对我就产生很大的吸引力：上海是中国的大地方，中华书局、商务印书馆、世界书局、良友图书公司，明星电影公司、联华电影公司，都在上海，还有什么暨南大学、复旦大学，等等。那里有很多名人能人，是个人才荟萃的地方。我想：这个从上海回来的肖剑青，一定是个有本事的人。李炽伦说他很年轻，二十来岁，听说曾留学日本，为此我更觉得他了不起。虽然报纸上有人写文章，评论这三位画家的画，可我没有亲眼看过，真是个大遗憾。

有一天，我从报上看见“天涯艺术学院”暑期班招生广告，就去索取一份招生简章，看到上面印着很多项目：国画班、油画班、水彩画班、装饰画班，五花八门，琳琅满目。教师有肖剑青、刘公式、余之毅、邵天叟，阵容强大。我想去学习的愿望非常强烈。但是，这个暑期班已经开学了，学费十二元、膳宿费十二元，我有点踌躇：去了，要花几十元钱，还不能去做工挣钱，家里怎么办？我跟母亲商量。母亲想了想，很快就表示支持：

“去就去吧，四五十天也不长……你从前不就老想去找个有名的画家学画画吗？”

父亲知道后也说：“是呀，你从小就想读书、学画画，我供不起。现在你自己能挣钱，也不算太多，去吧，倒是个好机会。”

舅舅、四姨听到都热烈支持，没有一人投反对票。

我鼓动一个喜欢画画的青年油漆工阮文昭同我一起去。他告诉我，下底塘的阮林吉一开班就去了，他学国画。

我想象的天涯艺术学院，一定是很正规的，先生要按时讲课的，我已晚了好几天，生怕人家已经开学，不再收学生。我怀着忐忑不安的心情，同阮文昭走进天涯艺术学院。肖剑青不在，只见到邵天叟和余之毅。他们都表示欢迎。特别是留着两撇灰髭胡的邵天叟，像买卖人碰到两个好主顾一样，说开学不过十天，没关系，但转而又说：

“这虽然是个暑期班，但是是很正规的呀！入学考试就免了，你们学油画，得先各交一张画看看。”

我感觉要求不高，一回到家，就立刻用马粪纸画了一幅油画，画的是象角观音沙渡口。

第二天，邵天叟和余之毅看了我的画连声说好。广州市美术专科学校肄业的余之毅笑着说：“你画油画有多久？”邵天叟抽着烟斗，脑袋一会儿左边歪，一会儿右边歪，说：“透视正确，色调明丽，层次清楚，好，很好！”

这时，肖剑青从外面进来，听了余之毅和邵天叟的评论，就过来看。他淡淡地笑着说：“不错，过得去，但还很幼稚。”他们表示很愿意收我们学习，但是我们报名是学油画，石岐买不到油画笔，买不到油画颜料，问我怎么办？我说我们自己会做颜料。我和阮文昭都是油漆工人，立刻去油漆颜料店买回来颜料、豆油，石岐买不到油画笔，我们就买长杆羊毛笔代用。肖剑青看了，说完全可以，就给了我们几张明信片大小的、彩色的西洋风景画卡片，叫我们临摹。

这所名字很吓人的天涯艺术学院，只有一厅一里两间旧房屋。正厅一间是这几位画师工作、办公、会客用的，中间有一张大餐桌，做会客、谈话用。左边形式大小都一样的里间（广东称书房），做学生学画的教室。这两间房屋用浅蓝色粉刷过，肖剑青沿墙画了一些云头图案。我走进教室一看，只有三四个学生。后来知道一个就是阮林吉，一个叫余国雄，还有一个姓高的中药店主的小儿子。从这天起，我和阮林吉、阮文昭天天临摹这些油画风景卡片。这些卡片，使我还是打开了眼界，学到设色、远近、季节变化。我原以为这几位先生会讲点什么、教点什么，我特别需要听讲素描、讲人体解剖。然而愿望完全落空了，他们不但从未讲过一次课，连辅导、指点都没有，只是听他们在一旁聊天、开玩笑。

第八章　天涯艺术学院

这所名称吓人、内容很空的天涯艺术学院，在开办的时候确实很热闹。因为肖剑青、邵天叟是从上海回来的，远来的和尚会念经。肖剑青很快得到他的同乡同宗的美国什么大学硕士、当时的县立女中校长肖悔尘抬举，聘为女中的总务主任。又通过肖剑青的推荐，原上海联华电影公司美术师邵天叟和刚从上海暨南大学毕业的胡茑存，都进入女中。邵天叟当英文教员，胡茑存当国文教员。再加上刘公式、余之毅和几个广州的大学生、高中学生，形成以天涯艺术学院为立足点的一个小小的知识分子群。在这个天涯艺术学院出出进进的大大小小的知识分子中，有的很清高、孤傲；有的锋芒毕露，能说善辩；有的真会画画，但好吹牛；有的不怎么会画画，也好吹牛；有的大学真毕业了，取得学士学位文凭；有的则没有毕业；有的真读过好多书，有学问；有的则是一知半解，半桶水。从这些人的说长道短中，我有时听到闻所未闻、很有意义的东西，有时也听到非常庸俗，甚至很下流的语言。这一群人，给我留下好印象的虽然甚少，但在我的人生行程上，起了窥视一个更远更大的新天地舞台的作用。在此，我把几个人物的模样儿简单勾画几笔，留下来，避免忘却而湮没，有必要。

肖剑青，时常吹嘘自己是上海新华艺专的学生，后来留学日本，在东京又如何如何，吹得呼噜呼噜。

后来我慢慢知道，这全是他自己编造的假历史。他还吹嘘自己参加过北伐军，在战场受过伤；又吹嘘在上海做过什么什么，懂得日语、英语，似乎无所不能。慢慢地，我们几个学生发现他说的情况同他的年龄对不起来。后来又从余之毅口里听到，他那些全是吹牛皮。余之毅说：肖剑青在三人绘画展览会上的几幅作品，都是从外国刊物封面或画片上抄袭来的。我们后来在借肖剑青的书籍、资料时发现，他的确是从这些书上抄袭的。可是他画画，倒是真有两下，中国画、油画、钢笔画、水彩画都能画，人物相貌、造型虽然大同小异，但成稿落笔都很快。如有一幅古装弹琵琶仕女，就是当着我的面一气呵成的，画得很不错。此人好打扮，好打扮成一个大艺术家的派头，常引得女中的一两个学生来“天涯”，嘻嘻哈哈。他说：是名士，必风流。说多少大家闺秀、名门淑女爱过他。很会编爱情故事，编得有声有色。后来我听他大人说过：“自己的老公没有女人爱，一定是长得像猪了！”

邵天叟，自吹他是上海联华电影公司的美术设计师，拿出他设计的一两张图案画叫我们看，其实是广告画稿。他是南海人，“一·二八”事变后，带着妻子来到中山——天涯艺术学院，此人还对外兜揽广告设计、广告画。可是邵天叟的画稿，从来不被人采用。他就大骂人家不懂艺术，不懂艺术的价值。他讲的艺术价值，没法听懂，好像艺术是无法用钱来估量的，好像越古怪的艺术其价值越高。他很穷，我几次看见他的夫人来天涯艺术学院找他。说了几句，邵天叟便愁容满面地过来，向我们几个学生说："内子说，巧妇难为无米之炊，我今天断粮了，你们谁有钱，凑几元钱借给我。"每次，我们都凑钱借给他。他虽然穷极潦倒，但有种常人少有的乐观精神，就是善唱京剧（当时叫"平剧"）。每天晚饭后，他一边用牙签剔牙，一边不是"俺李逵做事，太莽撞"，就是"八月十五，桂花香……"，纵情唱起《黑旋风李逵》或《武家坡》。他还边唱边迈起方步，很轻松、很得意，绝不像他夫人来要钱去买米时那副潦倒的嘴脸。

我看到上海出的月份牌古代人物画，画得很细很逼真，琢磨不出这些人物面部是怎样画成的，就请教邵天叟。他说是用很小的笔，一点一点地点画成的。于是我就去买了两支最小的画笔，把人物面部、手部都用铅笔勾好之后，去请教邵天叟。他用细笔，一点一点点出光暗。可他真费功啊！点了好半天，才把人物的鼻子边的很小一块儿点出来。我边看边想，我看见过一些老人古装像，是显出小点点的，但用的是宣纸，不是水彩画纸。邵天叟只给我示范了这一点儿，就结束，不再画了。我看了好半天，与月份牌的仕女古人还是不一样。因为疑团没解开，我又去请教肖剑青。肖剑青说："月份牌上的人物面部、手部光暗，是着好色之后，用擦笔画法擦出来的，不是点成的。"我和阮林吉、阮文昭都认为还是肖剑青说得有道理。

余之毅，是中上人家的子弟，是刘公式的妹夫。他读书没读好，学画没学成，只是在广州市立美术专科学校学过一个时期油画。在这段艺术学院的日子里，我从没见他画过画，只记得他用手指比画着对我说：一些名画家，像胡天根，油彩上得这么厚，用刮刀画，不用笔，这是艺术。余之毅不能画，也不能教学，但容易接近。

刘公式，为人较老实，不吹牛。他那幅参加三人画展的油画，挂在天涯艺术学院的墙壁上。画中是一个战场上的伤兵，身边有好几颗子弹和弹壳。我问起他这幅画。他说：

“你看，报纸批评这幅画人物才这么大，子弹和弹壳都这样大，比例不对了。批评是对的。”

我一看，子弹、弹壳果然画得很大。

有一次，黄屋坑一位老泥瓦工，要我为他八十多岁的父亲画张肖像。我已经画得差不多了，但总觉得画得不柔和。我正发愁，刘公式来了，他是画肖像的能手，瓷像、擦笔像都画得很自然。我问他，我这幅肖像老人的面庞轮廓、胡子都画得太硬太死，怎么办？他看了看，立刻坐在我原来的凳子上，开始修改。他用笔很大胆，边修改轮廓边说：

“你看别人画的像为什么那样死板？就是轮廓太死，要画得松一些。”

我看见他用橡皮和别人都不一样，他是削细用的，一点一点地，很快就把光暗生硬的地方，变得柔和自然了。特别在画长胡子时，不完全依照相片，而是把削细的橡皮条，像水流一样，一道一道往下取光，不一会儿，在我眼前出现的仿佛是会飘动的长胡子。

“画长胡子，照相片那样画就死了，要放手，大胆。”

他给我修改的肖像，立起来看，那位饱经风霜的老泥瓦工两眼炯炯有神，非常生动。

这是我在天涯艺术学院四五十天的学习里，唯一的、收获最大的、直至今日仍忘不了的一堂辅导课。

名义上是负责交际工作的肖泮霖，主要负责招揽广告设计和广告画。这个书香门第的遗少，前几年就高中毕业了，但是他还不晓得，人是要独立生活的。当他已觉悟到人必须要独立生活的时候，除了说话，他什么都不会。肖泮霖太烦恼了，就借肖剑青几个人办天涯艺术学院的机会，到这里好歹做点工作锻炼一下，锻炼职务是交际兼管生活事务。中山县首府——石岐城，虽然是个南方大县城，商业也较繁荣，文化还算发达，但是需要靠广告来大吹大擂的商号也没有几家。很久，我都没看到肖泮霖揽到过几次广告活儿。所以，他很清闲，有足够的时间，来跟我们这几个暑期学生聊天，说长道短。

另一个叫胡茑存的，是个什么世家的遗少，在县女中教国文，住在天涯艺术学院仅有的一间房子里。他母亲是个寡妇，穿着举止都很讲究，处处都保持着富贵身份的大家风度。她常来看望儿子，还常带着一位表情、动作都很造作的大家闺秀。因此，只要她们一来，那种撒娇、装腔作势的笑语喧声，常常突然爆炸出门外，使我们这几个住在过道的暑期学生，感到全身肉麻，受不了。我听胡茑存说，他读过新闻系，想当记者，说记者能做官。但他也害怕，说做新闻的不小心也会掉脑袋。他说因报道触犯军阀虎威，而被枪毙的记者有好几个人。

还有一个不大容易被遗忘的李姓的落拓公子。据说这位“李生”（当时广东上流社会常见的尊称）的严父，是香港、广州一带的大财主，对这个好逸恶劳、风流浪荡的儿子大发脾气，将其逐出了家门，所以这位李生带着漂亮的妻子落难到石岐。这个落难公子，也不完全像他父亲说的那样一文不值，他对广东戏、广东音乐颇有造诣。他能拉二胡，能弹秦琴、扬琴，自弹自唱，很神气，很得意。这位李生找人介绍认识肖剑青，因他是县立女中的总务主任。果然不久，这个落难公子摇身一变，成为女中的英文教员。

由于气味相投，这人就成了天涯艺术学院晚上的常客。他有时自弹自唱，让肖剑青欣赏他的演奏；有时海阔天空，同肖剑青吹牛取乐。肖剑青吹自己在日本留学时，日本姑娘如何喜欢他。李生吹自己在香港，多少女子追求他。吹呀吹呀，很快就吹到靠教学吃饭、为人师表的女中上去。讲哪个女生胸部丰满，说哪个女生语甜声娇，津津乐道而不脸红。有一次，我看到他们为避免我们听，改用英语来说时，我向文昭、林吉笑了一笑。这个女中英语教师，怒冲冲地质问我：

“你笑什么？”

我不想回答。他怒气冲冲地再问，好像我已窥视了他们什么见不得人的隐私似的。我只好说：

“笑你怕我们听到什么呗。”

“你知道我们说什么？”他步步逼近。

“你们说的，不会是好事就是了。”

他火了，咬牙切齿地挖苦道：“你能听懂英语？你没这个资格！”

“会说几句洋鬼话，就是有什么资格啦？我笑的是你们成天说女人！”

“说女人又怎么样？”

“低级，下流。说自己的学生，丧失了为人师表的资格！”我捅了他们一下就走开了，管他们恼羞成怒蹦呀跳呀的。

小时候母亲迷信，我也迷信。但我在象角和当学徒、工人的时候，都遇不上信仰宗教的信徒，相反，我周围的人对宗教都是持嘲笑态度，所以我对常来天涯艺术学院的肖剑青父亲——一个老基督教徒没什么好感，特别是他给儿子们取的宗教洋名字。大儿子叫约瑟，肖剑青叫约翰，老三叫约伯……他穿着的都是旧西服，牧师不像牧师，政客不似政客，我摸不清楚，他在上海是靠什么生活的。他对老二肖剑青不是太欣赏，常常流露出不满意的言语，如捅破肖剑青吹嘘自己当过白崇禧的什么尉官、打仗受过伤，就是他对我们说的：“约翰说自己当过什么尉官、打仗受过伤，其实那是他们一伙人弄枪走火打伤的！什么上尉军官、打伤腰，还不是回上海住医院治好的，花了我不少钱！”

在天涯艺术学院出出进进的艺术家、知识分子，有时也把自己算进上海进步文学艺术家群里去，说自己主张革命，但是谁都害怕讲共产党。如有一个常来的失业的大学生，思想比较“左倾”，向我们说一些左翼文学情况。我就是在他的谈论下，知道陈独秀、王独清、鲁迅、郭沫若、茅盾、蒋光赤等作家的名字和他们的作品。但肖剑青、肖泮霖等都很警惕，告诫我们，说此人有“CP嫌疑”（意思是说不定是共产党），叫我们少接触。可我一点儿也没察觉他讲过共产党的什么道理、什么事。倒是肖剑青父亲，有一天，不知道是为什么，突然当着我的面大骂是国民党、蒋介石无能、贪污腐败，才使中国衰弱到这步田地。他愤怒地说："要是我年轻一二十岁，我就到瑞金去投奔共产党！"

他那么慷慨激昂、直截了当地说"投奔共产党"，使我颇为惊奇。我时常读报，知道江西瑞金，那是当时蒋介石发动好几次"围剿"的中华苏维埃革命的中心。在天涯艺术学院把自己算进文学艺术群的，高谈阔论的，不乏其人，然而敢说出"到瑞金去"这句话的，肖剑青父亲可是第一个人，也是唯一的人。我当时对这位留着两侧灰鬓的老人，真是肃然起敬。

第九章　城里的名流

肖剑青每次到天涯艺术学院，都是匆匆而来匆匆而去，真是个大忙人。有一天，石岐的一家报纸登出一则新闻，标题是：“女中老总，公文不懂”。在这则新闻里头挖苦、嘲弄女中新任总务主任肖某根本不懂公文，在女中贴出的第一个校内普通通知，错误套用了旧政府向老百姓颁发的布告文体。这则新闻为了使草拟“布告”的作者丢尽脸，让其无法见人，摘录了这个“布告”的开头和结尾部分，以作证明。读者诸公请看总务主任的生花之笔吧：

为布告事。照得本校师生工役。凡拖欠膳宿费者，务须于暑假离校前到总务处交清。……等因奉此，一体知照，切切此布。

中山县立女子中学总务主任肖剑青

这则想一棍子打死肖剑青，而用丑闻方式登出的新闻，一下子轰动了石岐城，成了大笑话！在当时，一个县立女中的总务主任官不大，但气势不小，居然连一个普普通通的校内通知，不仅不会写，而且还弄出这样不伦不类的大笑话，的确使得意扬扬的肖剑青抬不起头来。天涯艺术学院的邵天叟、余之毅惊奇之后，都露出似乎是幸灾乐祸的“苦笑”。

余之毅哈哈大笑说：“哈哈，这样一个小小的通知，弄出这么一个大大的笑话，丢透人啊！”

邵天叟叼着烟斗，点燃烟，抹着胡子说：“这一下，可摔疼啦！”

我有点不大相信是肖剑青写的，就问肖泮霖。肖泮霖惋惜地说：“是他写的，是他乱套用了政府布告那样写字……”

我见到肖剑青的时候，他脸色苍白，好像被霜打过一样，蔫不唧唧，往日的那股神气劲儿一下全没有了。在那几天里，我为他惋惜，也责备他的胆大妄为：你本来是个画家，何苦去当个什么总务主任呢？你不会写，为什么不问问别人呢？在这几天里，我多少听到一点微妙的背景：留学美国的教育硕士、县立女中肖悔尘校长，同男一中、男二中是对头，它们是两个相互看不起、互相倾轧的集团。这两所男中早有吞并女中的野心。但肖家在中山县颇有势力，磕碰不得。这次委任肖剑青当总务主任，被挤出女中的原总务主任当然义愤填膺，投靠两个男中结成的集团，伺机找岔子，以便打倒肖剑青的后台肖悔尘报仇雪恨，所以看到肖剑青这个“布告”如获至宝，抓住不放，连写文章，攻击女中校长。于是就有了任人唯亲，重用肖剑青这样什么都不懂的“小鬼”，拉帮结伙，盘踞女中等攻击的材料。“小鬼”立刻成了肖剑青的绰号。女中校长自知用人不当，但她知道，要夺取女中校长这个肥缺，谈何容易？虽然攻击她的文章陆续出现，她却以“任凭风浪起，稳坐钓鱼船”的战略，不予搭理。

这个名称吓人的天涯艺术学院，原来指望从两方面取得生存条件：一是招收学生；二是招揽广告。这几位艺术家，不会丈量土地，他们把中山县估计得太大了，不晓得能招多少人，广告有多少厂家、商号需要。几个月之后的事实回答：学生就是暑期班六个人，广告没做过几笔生意。没有学生，没有广告，这几位艺术家吃饭都成问题了，特别是邵天叟他夫人，经常来找丈夫要钱去买米。邵天叟、余之毅、肖泮霖同吃六个学生的膳食费，吃呀吃呀，没多久，就吃了过头米，有几次都不能给学生开饭了！兼管生活财务的肖泮霖一时间愁容满面。在发生“公文”丑闻之后，在女中任教的邵天叟、胡莺存怕沾包，离开了；余之毅不来了。对学生本来就不管理的天涯艺术学院，除了阮林吉，特别是阮文昭和我，还知道努力学习，此外其他三个学生都不用功。肖泮霖因财政拮据，也常不在“天涯”住宿了。学生们感到没意思，加上那个时常做饭没有米而大发牢骚的年轻师傅晚上无聊，在井边洗澡时，他们就互相用桶泼水大嚷大叫闹着玩。闹得很厉害，冷水一桶一桶地追逐着泼，泼得两间房子大厅都成了水战战场，泼到我和文昭画油画的阁楼上，水像大雨一样流下来，我们的画、颜料、笔哪儿都是水。我劝也劝不住，文昭怒了，也吼叫着加入战斗，弄得床、席子、枕头都是水淋淋、湿漉漉的。在天涯艺术学院学画的我们，真是沦落天涯了！

肖剑青的哥哥肖约瑟，从上海回来，接替肖剑青女中总务处主任的工作之后，天涯艺术学院其余事情由肖剑青一人支撑了。暑期班马上要结束了，肖剑青考虑到：如果暑期班六个学生都走了，那么天涯艺术学院只有新来的一个学生了。肖剑青对我和文昭说：

“你们的成绩很好，但还很幼稚，不要半途而废。我知道你们经济困难，可以不再收你们学费，你们想来就来，想住就住，只交点房租水电钱就行，跟前些时候一样，还是我的学生。”

我和文昭当然万分感谢他。

肖剑青又说：“我已经替你们想到，毕业后没有张文凭，将来不好做事。你们每人出几毛钱，我替你们每人发一张毕业文凭。”

文凭，确实对我很有吸引力，我再三感谢这位肖先生。

敢想敢做的肖剑青很快去文具店，买回六张印着毕业证书字样的文凭，把暑期班学生，改为天涯艺术学院第一届毕业学生，一不考试，二不画毕业作品，就填写上“考试及格，成绩优良”之类的结语。署上院长肖剑青，并郑重其事地盖上图章。在师生的纪念合影上，同样印着“天涯艺术学院第一届师生员工纪念合影”的字样。

我们虽然感激，但心里都知道这张文凭，除了留个纪念之外，一点作用也没有。

就这样，我们算是毕业了，在一个秋高气爽的日子，离开天涯艺术学院，又去过我们的油漆匠生活。

从进入天涯艺术学院暑期班到结束，我在同这些知识分子的接触过程中，听到一些从来不知道的文化运动情况，像“五四运动”和后来的左翼文学运动。还从他们手里借阅到好多过去根本未听说过的书籍。我从这里第一次知道有个欧洲文艺复兴，读到有关文艺复兴三杰：达·芬奇、米开朗琪罗和拉斐尔的介绍，知道有米勒、罗丹等欧洲的艺术大师，看到他们的作品图片，使我一下子从唐宋元明清的中国山水人物、花鸟鱼虫，抬眼看到了欧洲的圣母圣子、天使花神。有一个书店和一位写这些书的作家，让我至今仍然深深敬佩，那就是开明书店和画家丰子恺先生。这里使我从《三国演义》《隋唐演义》《水浒传》《七侠五义》《唐诗三百首》外惊奇地看到《阿Q正传》《神女》《春蚕》等三十年代初期的文学作品；使我从帝王将相、才子佳人的作品，一下看到了要求民族解放、民主自由的新人物和劳动者；使我从作坊、工匠人群外不仅接触到一些有真才实学的名流，还有不学无术、夸夸其谈的辩士和吹牛大王；有脾气各异，个性不同，一些当时的石岐名流。从强烈要求打倒列强除军阀的反帝反封建思想状态，朦朦胧胧地萌发了阶级斗争、工农解放的胚芽。

我从介绍西洋美术的书和画片上产生了许多联想：西洋画中的人物，比中国画中的真实、生动，而米开朗琪罗、罗丹的雕塑，表现了力之美、人体之美。他们的作品讲究明暗，讲究透视，立体感强。我喜爱中国画，但我深深感到许多画中人物比例失调，构造不甚合理、不甚科学，如果把画中的人物衣服去掉，人的身体四肢，大小长短，都是凑不成样的。中国的山水画别有风韵，但水无倒影，总觉得减弱了真实感。中国的花鸟鱼虫，生动多姿，在这方面西洋画不如中国画。天涯艺术学院虽然名不副实，但在家乡，只有这个地方有个小小的窗口，能使我窥探到中山以外的世界，中国以外的更大的世界。

一天，我又去已经是肖剑青住家的天涯艺术学院，当时他只有两个学生，一个是住在那里的，一个是不常住的，但他却悄悄地对我说：

“阿竞，我知道你不是搬弄是非的人。我想请你替我做件事。”

“肖先生，要我做什么就说吧。”

“你知道，用报纸搞我和肖校长的人，现在还不肯松手。”

“哦，”我有些惊奇，问道，“那些人死咬住不放又想干些什么？”

“不顾人格，造谣诽谤！他们无耻，竟用揭个人隐私的手段，写了污蔑肖校长的小说……”

我吃惊地问道：“他们都是有知识的人，这样做想干什么？”

“有知识？全是斯文败类！要敲竹杠！”

“要钱？”

“是的，要钱！你不要名誉，他就登出来；你要名誉，拿高价买了这部稿子。”

“什么稿子？”

肖剑青给我说了以下的情况：

借肖剑青不懂公文这件事打倒女中校长不是件容易的事。于是这个“反肖”集团就采用揭隐私手段，以传记形式，写了一部不太小的小说，将这位女硕士校长曾跟一家报纸主编的一段浪漫史作为丑闻，印成版样，放出风声，要在石岐一家报纸连续登载。女硕士校长感到自己的钓鱼船，有被这阵黑风恶浪打沉的危险。人言可畏！她指示肖剑青千方百计要把这部稿子重金买下。肖剑青千辛万苦总算把这部小说的全部版样买到手了。

用这种手段太卑鄙了！我问肖剑青："要了好多钱？"

"好多。好多也得买啊，谁肯甘心情愿看着被人毁灭啊！分明是没有的事，完全胡编的！"

我想，女中的校长也是个人，为什么不能有爱情浪漫史？我说："那样做太不讲道德了！"

"我知道你同情我们，才敢托你把这部稿子送到肖校长家去。"

我确实同情他们，一口答应了："我保证不会再向另一个人说！"

肖剑青写了一封英文短信连同这位校长的地址交了给我，说："我已写清楚，说你是很诚实的青年，可以相信。要她回个信给我。"

我敲开了女中校长的门，女用人问明来意就去报告。一小会儿，这位我从未见过的女硕士出来了，我把肖剑青写的英文信和那包版样交给了她。她看了信，从眼睛里透出带着谢意的目光，说："请！"用手势请我上楼。"请坐！"然后又倒了一杯茶给我。她再一次看了肖剑青的信，又打开小包翻看了一下那部小说的版样，对我说："请稍等一会儿，我给你的肖先生写封回信。"她拉过英文打字机，噼噼啪啪打起字来。

我从未见过这样有地位的人物，特别又是女的。我看她大概有四十岁，瘦长个子，说话挺文雅的，声音很柔和，给我的感觉是位善良的人。我再看看她的室内摆设，有很多书，很多是外文的，还挂着几幅画，室内淡雅，朴素。除她和用人外，再没有第三人。她还在噼噼啪啪打字。我看见这是一位很忠于自己的事业而甘于孤独的瘦弱妇女。我产生了一连串"为什么"：

为什么要诽谤这样一个女人？为什么她不能有浪漫史？有浪漫史，又有什么罪？连她这样的人都顶不住，做人真难，做女人更难！中国社会太可怕了！

这位孤独的女硕士把信打好交给我说：“肖先生信上说，你是诚实人，不会对别人说的。”

我说：“肖校长放心，我讨厌抓住人家一点小事就胡乱攻击、想置人于死地的人，他们太不讲人格了！”

她露出一丝感谢的笑容：“你说得对，有一些人非常无聊，不讲人格，无事生非，靠诽谤人生活！”

“靠诽谤进行敲诈勒索！”

她说：“你说得很对。记住，不要叫别人知道！”

我看出，她还不敢完全信任我。我说：“肖校长，你放心吧，我说了不会再对别人说，就一定会做到！”

我确实直到今天写这些文字之前，从没把这件事对别人说过。现在，我头一次写出来，不是不遵守承诺，而是想让现在的孩子知道：在旧中国，有一种人虽然有知识，但是只要能勒索敲诈到钱，他什么人格都可以不要。直至今天，还有这种人。若有人问：明天、后天这种人还会有吗？我不敢回答。看！窗外的风儿，吹得树冠老在摇晃，像是在不断摇头。

第十章　拱北关外

谁也不了解天涯艺术学院的根底，暑期结束之后，油匠贵头一个把我当画工来使用。每画一天画，他虽然只给我一元七八角钱，但对于我来说，画画更是乐事，我不会在乎他的工钱。双方都各得其所。

不过，油匠贵只让我画偏房、里间等地方，像大厅、书房等幅面大的、重要的、显眼的地方，他还是请当时独占油漆画坛的高寿山来画。高寿山名声大，如今我也挤上画工位置，他是不舒服的，在我面前当然很骄傲。但是我心里明白，高寿山的拿手活儿是市面上流行的洋画和笔画呆板的篆字，在这方面，我远远不如他。可是，我的山水花鸟画，吸收了西洋画法，这却是他不具备的，但我仍是十分注意学习他的长处，如他画牡丹、玫瑰都是先上朱红，再上白色颜料，花卉显出一种自然美。

要想被人承认你已经是个画工，有两条很重要：一是有人把你吹捧出来；二是你的画要迎合人们的富贵观念、发财思想。我只想将来做一个画家，不想当个迎合主人们趣味的画匠，虽然有个多挣钱吃饭的问题，但我仍然不想迁就世俗要求，不想画太多表示吉利、富贵和花里胡哨的东西。我有一种盲目的艺术追求：画我想画的东西。其实当时，我什么理论都不懂，只是年少气盛。就在油匠贵用我画了一些画之后，他在龙头环承接了一户人家翻新房屋的油漆活儿。这户人家，翻新工程很大，正厅要画画，书房、楼上也要画画。油匠贵请来高寿山唱主角——画正厅的画，我画里屋的画。这户人家的儿子是个爱好艺术的青年，他一直看着高寿山和我作画。他一会儿在正厅看看，一会儿到里屋看看，忽然大发议论起来："高寿山师傅的画俗气，不是艺术！"

我和陈洪国听了他的议论，十分惊讶，也不敢说话。

"不行，楼上、书房我都要你来画。"他跟我说了这句话之后，转身找油匠贵去了，"陈老板，书房、楼上，高师傅都不要画了，我要阮章竞来画！"

油匠贵更是惊讶，因为高寿山是最有名的画工。他瞪着不相信的眼睛，手抹了一下酒渣鼻子，认认真真地说："高师傅是最有名的画工啊！"

"我知道，但我不要花花哨哨、一味只想讨人喜欢而没有艺术感的东西。"

"阮章竞还年轻，楼上还是叫高师傅画好。"

"我不是跟你说着玩，我要阮章竞画！"

听后，我十分忐忑不安，因为高寿山是画画多年的名画工，是前辈，当着大家面不叫他画叫我画，我总是感到难为情。

“就这样定了，陈老板你去告诉高师傅，说是我决定的。”出乎我的意料，这回高寿山师傅非常宽宏大量，看着我笑了笑。

我说：“高师傅，真对不起，这是我完全想不到的……”

他苦笑着说：“这位少爷说，你画得比我好嘛。”

“不……不是这样，可能是……少年好性……偏爱……发傻……”

高寿山没有再说话。我过去虽然感到高师傅很傲慢，自己红了，哪个画工都看不起，但他总是受人欢迎的前辈，我真觉得好像欠了高师傅什么似的，所以一直都不敢看他。我知道，这位青年要我来画，主要是情投意合，为我捧场。因为这几天，我在为他家油漆房屋时，他常来和我说话，我知道他非常喜欢艺术，进过广州的电影学校。在上海联华影片公司摄制的《一剪梅》的电影里，他还当过军阀部队的士兵群众。这个青年就是后来的岭南画派画家黄霞川，当时，人都叫他“大傻”。

黄霞川的捧场，确实起了作用，油匠贵给我加了画画的工钱，虽然不是跟高寿山那样每天两元六角，但也给我两元钱。从此，有人请我去画画了。

有一天，家住西岐、曾在风流照相馆工作的名叫阿远的朋友，领着两个穿着潇洒的人来家找我。他们是兄弟俩，是从澳门来的。听说他兄弟俩和一个亲戚开办了一间广告公司，需要像我这样的人，所以特意专程来跟我做朋友，同时聘请我去他们公司工作。老大，是个瘦高个儿，三十多岁，很文弱。老二，宽脸粗壮，活泼一些。这兄弟俩都很热情，我们有点一见如故的味道。澳门，第七章里说过，进天涯艺术学院之前，我曾去那里做过工，但我对这块被葡萄牙强占，又被搞得乌烟瘴气的国土印象不好。这次，这对兄弟远道来请，我当时也没工做，就欣然答应，并跟他们三人第二天就到了澳门。

这兄弟俩，领我和阿远到了他们的家。我看是个中上等人家，都有妻子，但没有小孩。这两对年轻夫妇，对我和阿远表示欢迎，头几天都住在他们家里。

我看这对兄弟很正派，不打麻将，也没有别的嗜好。第二天，就带我、阿远去游市郊、逛海滨、吃野餐。我就选择一个地方进行油画写生。之后，我和阿远搬到公司住宿，开始工作。但这兄弟俩还是每天上午十时，就拉我们出去看风景。我画画，他们游戏，到了正午，大家野餐。我看这兄弟俩不是创业者，主要由他们的亲戚——一个学唱武生，因为倒了嗓改行的人揽生意，安排工作，一切都由他来张罗。这位三老板——过去的粤剧演员，精明肯干，好说好吹，一身抖擞着伶人特有的江湖气。

这家广告公司从广州聘请来一位美术设计师，还有几位广告画师、木工和油漆工。

那位美术设计师梁先生技术不很高明，设计图样不新鲜，运作也很慢，但对人和气，好像是看破红尘与世无争的样子，遇到什么事情都是“是、是、是”或“好、好、好”。我每次拿画好的草图去请他提意见，他都说“很好很好”。因为我是个油漆工，又会画画，工作精力、求知欲望，都显示出向上的最佳时期，容易显出我的活力。广告工作是美化商品的工作，是为商品、厂商信誉唱赞歌的工作，不管你这个广告设计者是否知道这件商品的好坏，你都得为它说好、美化、喝彩、捧场。所以，厂家、商号看你的设计是，能不能把人们的眼神都吸引到自家的商品上来，能不能把人们带着体温的钱都给了他，以此作为采用设计的唯一标准。靠它作为养家啖饭的广告工作，我得认真对待。我到处留意观看当时的广告，也看书报，特别是外国杂志，用以开阔视野。所以我的设计，被采用的较多。还有一条，我不但能把图样放大在胶合板或铁皮、大幅帆布上面，而且因为我是个油漆工，攀登高梯绘制图样，都能做到、做好。所以我在这家广告公司，是最活跃、最忙的人。

我对工作、学习是不知疲倦的。我从来不会这样想：我做得太多了。所以这三位老板，待我都很好，那兄弟俩还是经常要我同他们到市郊、海滨游玩。我每次都带上油画箱，选一个地方写生作画。

在第一部里我说过，我从小是个戏迷。当一看到电影，立刻又成了电影迷。我特别喜欢看电影。头一次看电影是在小学读书的时候，不知道是从哪里来的，有几个人，在下底塘一座祠堂里放电影挣钱。几个铜板看一回。虽然影片只有几分钟，内容都是赛马、运动比赛，片子也老得连形象都看不怎么清楚了，但给我的印象很深很深。当学徒时，冯老板叫我去石岐担油漆颜料，我宁愿不喝茶水，也得去石岐唯一的中山剧院看一回电影。我买二楼最便宜的门票。最多的是上海明星电影公司出品的，如《啼笑因缘》《火烧红莲寺》《西游记》《荒江女侠》，不管什么内容，我都看。那时放映的影片都是哑片，由一个人按着片中人物、故事情节做解说。中山剧院那个解说员，太有本事了！特别是模仿片中人物说话，使观众听了哈哈大笑，快乐极了。我特喜欢他解说《西游记》里的孙悟空，很多说白我都能记得住，而且还能模仿他的语气说给别人听。有一次，我说给肖剑青听，他也哈哈大笑，说我学得像极了。后来，又出来个联华影片公司，其出品的《一剪梅》《故都春梦》《恋爱与义务》等影片，对我更有吸引力，因为这些影片反映了中国的现代生活，它们跟新文学一样，让我耳目一新。

那时，我还没看到外国故事片。我去澳门做工的时候，才头一次看到外国片。

这回到这家广告公司工作，我看了不少美国好莱坞电影，如《情天血泪》《逆旅奇观》《人猿泰山》等。但我最爱看的还是那些反压迫、争自由的片子，如《逃亡者》《自由万岁》。我第一次看到的苏联电影是《生路》。这部片子，在我脑海里印下了很深很深的印象，使我知道曾被人们抛弃的流浪儿现在有人反映他们的悲惨生活，同时还看到一个新的社会如何耐心地拯救他们。

在那高高的山上，
一只黄莺在歌唱。
流落异乡的孩子呀，
他们没有爹娘……

这首凄惨的流浪儿歌，像火印一样一直烙印在我的心上。中国的孩子们，什么时候也能得到这样的拯救呢？

广告公司的三位老板——尤其是那两兄弟，待我确实很好。他们没有摆雇主的派头，我也没有把自己摆在雇佣地位，我真心实意地为这家公司工作，因为说好大家是朋友嘛。

两个月很快过去了，三个月也满了。父母认为我是在为一个好朋友帮忙，来信一直不说家里困难。可不知道为什么，我忽然慢慢不安起来，我都来了两个月了，我应该……我应该寄点钱给父母了！可这两位朋友，为什么一次都没给过我工钱呢？一次都没有提过每个月的工钱呢？我知道，家里一定等我快寄钱哩！三位朋友，尤其是那兄弟俩到过我家，知道我家很穷的呀！

我的不安变成急躁了。我几次想向他兄弟俩说说，可是又张不开口，因为我们是朋友。我看见设计师、画师、油工、木工每月都领工钱，每次却没有我的份儿。我的急躁，变成暴躁了，我不能再等了！我跟阿远说：

“阿远，都三个月了，三位老板为什么不给我工钱？”

“不知道……”阿远无动于衷地傻笑着说。

“我家里有父母弟妹，在等我寄钱的呀！”

阿远还是摆着那副不痛不痒的嘴脸。

“你跟他们兄弟是老朋友，你跟我向他老大说说嘛！”

“我也不好意思说，都是朋友嘛。要说，你就自己去说吧！”

“他兄弟俩是通过你才认识我的呀。我家很困难，你是晓得的！”

“那你自己去好了。”他干脆拒绝了。

这个什么也干不了，脸形长长的破落财主后代竟甩手不管了！

过了几天，我实在憋不住了，就托广告公司的英文翻译，替我给老大捎个话：怎么三个月了，都不发我工钱?

翻译告诉我说："我为你说了，老板听了脸色很不好看，说，'怎么是不发他工钱呢？是给他保存着，因为是朋友嘛！'说罢，就给我四十五元钱。老板说你的工钱是一月十五元。"

"一月才十五元？设计师梁先生是六十元钱，画师是三十元钱，我才五角钱一天？"我气极了，"是朋友，就要更应该知道朋友的困难！我是有养父母弟妹负担的呀！"

翻译笑了笑，说："你太单纯了，在这个社会上，他们是雇主、老板，你是工人，什么朋友关系？你们的关系，是雇主和工人的关系！你比谁都干得好、干得多，因为说你是朋友，你的工钱就比哪一个都少，你也不好说什么！"

我决定不干了，因为我受骗了。我拍着手上的四十五元钱，沮丧地说："这四十五元钱，扣除了路费，怎能说是三个月的工钱呢？"

"你那天在海边画的风景画，那家船厂的荷兰老板不是要买你不愿卖吗？我给你拿去，卖了它！"

"能卖几个钱？"

"不管怎样，总会比老板给得多。"

我同翻译到了那家造船厂。我在门口等，等了会儿翻译回来泄气地说："他只给了五元钱。不过，一个月老板给你是十五元，你这幅画是一个小时，拿五元钱……"他苦笑地说，"这个外国船厂老板比我们的雇主、你的'朋友'更看得起你！"

因为我拐了弯儿托翻译向老板要工钱，两位老板的脸色变了，看不见前些日子那种微笑的面孔了，也不说话了，三个月前那股热情的朋友劲儿，完全没有了。我看出来了：我虽然为这个广告公司做了三个月工，因为我要工钱，他们以为我太不够朋友了！

我走的时候，老板兄弟俩当然不会送我，阿远也没有送我，怕老板见怪。能送我的，只有那位英文翻译。他说：

“你走了，我也要走。”

“为什么？你不是三老板的亲戚吗？”

他悲观地说：“我也是因为没有事做，才来投靠他们的。你想想，投靠人家能快乐吗？”听了这位翻译先生的话，我想起这三个月里，晚上没事时他曾跟我说过的一些话。他是个厌世主义者、悲观主义者。他说过一些后悔话，说他过去的生活过得很荒唐，落成现在这个样子，没办法才来澳门投靠亲戚三老板。我也发现三老板对他这个亲戚，不但不怎么尊重，而且十分冷淡，有时表现出明显的看不起。可这位先生，从来没有讲过自己过去干过什么，干过什么荒唐事。在这三个多月的生活中，也没有见过他用什么引诱青年去干坏事。我只能猜出：他曾是个浪子，是他帮我揭开工人同老板们是朋友关系还是雇佣关系。朋友阿远不敢帮助，而他却帮助了。这点，我是很感谢他的。我为他忧愁了，问道：

“你也要走，去做什么呢？”

“不知道。阮先生你一定会有好前途，会有好运气的。”

“我不相信，也不知道。”

我不相信运气，也不知道会有什么好运气。但我是想着要走向一个好前程。澳门，不但根本没有这个可能，通过这次遭遇反而使我感到更厌恶了：这是什么社会啊！

我乘长途公共汽车离开澳门。我不知道是怎么想的，对自己说：我是不会再来这个地方了。但是我要做两件事：一是看看拱北关；二是顺路去翠亨看看孙中山先生的家。

拱北关是中华耻辱的刀斧痕。澳门就是从这个地方被剁开的，我原以为是个把守严密、充满杀气的分界线，可呈现在我面前的只是像村镇闸门似的一座拱门。南边站着两个葡萄牙士兵，北边站着两个中国士兵，近得几乎要碰肩膀。东边就是蓝天无际的珠江口海面。少年气盛，当时我想：小小的葡萄牙有什么了不起？中国开一个团过去不就拿回来了吗？我对葡萄牙兵讨厌，对缠头的印度籍警察也讨厌。印度是被英国灭亡的啊，怎么踯躅街头，手拿警棒，狐假虎威，也来欺压中国人民呢？太不应该了！

也许现在有人要笑话我太简单、太幼稚了，这样会闯大祸的！可是你要知道，这不是中国人到葡萄牙去闯的大祸，而是这些海盗无缘无故来中国制造的大祸。这个从小就有的“简单而幼稚”的思想，只要不收回澳门，就没法去掉。

拱北关，葡萄牙剁去澳门的斧痕，就这样一直烙印在我的心上。

来到翠亨，我下车了，很快寻找到翠亨中山实验农场，找到我认识不久的朋友文誉扬（就是木刻家艾炎）。我要求他先领我去参观孙中山的家——总理故居。我原以为这位当时被国民党尊为“国父”、伟大的民主革命先驱的居所，一定是与众不同，十分壮丽的。可在我面前的只是一座赭红色的、外面西式里面中式的二层楼房。院子里面，右边是孙中山手植的酸子树，左边是一口小水井。留在我记忆中的是屋内挂有孙中山先生的父母像和他本人的像，还有同陆皓东讨论革命的卧室和实验炸药地点的文字说明。有一点，是深深印在我心里的：清廉俭朴。在我当时的印象里，国民党的文武大官发迹之后，不在家乡置产业、盖房子，是没有的。而这位当过大总统、大元帅的孙中山，没有这样做，这栋楼房还是在奔走革命之前修建的。

翠亨村，我是抱着很大的希望来的，因为这是个出了伟大人物的地方。可我看见的却是萧萧索索。我看不见国民党对孙中山的革命思想有什么身体力行的表现，我也没感到国民党的当政者对孙中山的家乡有什么重视的表现，相反，我感觉到主宰中国生死、自称孙中山信徒的人们，此时正忙于争权夺利，忘记了还有个翠亨！

我离开刻有“翠亨”二字的孙中山故乡村门时，带走的是沉重和凄凉！

第十一章 无赖的世道

我从澳门回来的时候，仍挂着天涯艺术学院招牌的肖剑青家又招收了两个新学生，一个叫彭啸天，一个叫陈元，都是象角乡人。说来也很奇怪，这个名称很吓人的艺术学院，开办两年时间不到，一共招收了十个学生，却有五个是象角乡人。因为是同乡，我一时也没有工作，就常常同他们一起到石岐去。肖剑青正准备回上海。有一天，天气很热，肖剑青提议去岐江划船，这两个不知道为什么要学画画的学生，特别是彭啸天，兴致勃勃，表示赞成。

肖剑青夫人对彭啸大和陈元说：“你们可得小心，别淹死肖先生。”

彭啸天说：“肖先生说他会游泳。”

陈元问道：“肖先生真的会游泳吗？”

肖剑青用肯定的口吻回答：“我在上海，常到游泳池游泳。”

我说：“划船是在岐江，特别是江心，水很急！”

彭啸天有意地碰了我一下，说："肖先生说了，会游泳。"

我们走到一个设有渡船的去处，租了一条艇仔（小船），要了四支木桨，四人上了船，划向江中心。当时，江水正涨潮，江面显得很宽，大家纵情地唱着歌，划着，叫喊着，十分快乐。快到江中心，水流很急，不用划，小船就被急流推着走。我们四个人，都觉得有意思，更快乐地嚷着、划着。彭啸天忽然提议：

"哎，来个更痛快的，把船翻了！"

陈元响应了："好，来个痛快！"

肖剑青听说翻船非常慌张，惊恐地乞求道："不能翻！不能翻！"

我急想制止他们，可这两个新招的学生一前一后，左右手各抓住船舷，翻转起来。

肖剑青吓坏了，脸都白了："哎哎！不能！不能！"

我急对在前头的彭啸天说："不要开玩笑，这是江心！"

彭啸天挤眉弄眼，对我说："不怕，肖先生会游泳！"然后又对陈元大喊，"哎，用力！一——二——三——翻！"

船真翻了，船底朝天。肖剑青一把抓住我，大叫了一声，连呛了两口水。那只手也死死地抓住我。

他分明不会浮水！我急托着他，向陈元叫喊："快来！快来！"

彭啸天真坏，他看着肖剑青呛水乱抓乱叫却不过来，太危险了！幸亏陈元过来了。

我说："他不会浮水，赶快，一人托一边！"

我和陈元各拉着肖剑青的一条胳膊，急泅向小船。这时彭啸天也看出不能再开玩笑了，把船翻过来。我和陈元急把肖剑青攀在已装满江水的小船舷边上，用手代替木桨，推着向南岸划去。

我对仍在嬉皮笑脸的彭啸天说："玩这样的恶作剧，是很危险的！"

"他说他会浮水，谁知原来不会……"

我们把小船里的水，戽排出来之后，就在南岸休息了好半天，肖剑青也歇过了，又重新上了小船，划向北岸去。快靠岸了，我看见有七八个青年学生，在江边准备下水游泳。他们发现我们，一下都集中在沙滩上，交头接耳起来，不知从我们谁的身上发现了什么稀奇的东西。我一直对彭啸天鼓动沉船，很不满意：差一点就造成无法挽回的祸事！我看见肖剑青已完全平静下来，正想把租来的小船交回船主，然后可以平安回去了。这时，忽然听这七八个学生朝我们先后不齐地连声喊起来：

"老总，公文不懂！"

"老总，公文不懂！"

我发现这七八个学生，是在故意寻衅！开始，肖剑青没有搭理，陈元、彭啸天都跟我走了。谁知这七八个学生，却得意起来，更大声喊道：

"老总，公文不懂！"

"老总，公文不懂！"

这句话，简直像火把投进汽油桶一样，肖剑青大怒地跳起来："妈了个×！"抄起木桨，要冲上去，跟这七八个挑战的学生拼个你死我活。

我急把他拉住："肖先生，值得吗？走！"

肖剑青虽然感到受侮辱，但是要真打架，也知道不好收场。他正随我拉着退回去的时候，彭啸天却大骂一声："×你祖宗，懂不懂公文关你妈个×！"两手叉腰，挺身出阵，同那几个学生对骂起来。公文丑闻，只要踏进过天涯艺术学院门槛的，就没有不知道的。后来的彭啸天、陈元当然知道。陈元出阵助威了：

"×你娘的，你们是啥玩意儿？像个学生吗？"

"嗬，看啊！老总，公文不懂！"

"嗬，看啊！老总，公文不懂！"

"老总公文不懂，是跟你妈睡觉，睡糊涂写错了！"

本来已被我劝下的肖剑青，看见彭啸天、陈元出阵，也来劲儿了，回过头来，跟学生们干起来："老子公文懂不懂，干你妈个×！你敢把老子吃了？"

"嗬，老总公文不懂！"

"老子不懂，你敢把老子吃了？"

我对陈元说："陈元，这有什么意思？不能煽风点火，赶快走！"

陈元听了我的话，就同我一起把肖剑青拉走。彭啸天还孤军独战地骂了一阵，才赶上我们，劲头十足地说：

"为什么怕他们？这样太便宜那些家伙了！"

谁都没有说什么。但是，后头那七八个学生，还在用叫喊追击："啊！女中老总，公文不懂！"

肖剑青感到大受侮辱，又跳起来："他妈的！啸天，走！看看这些乌龟王八蛋，敢不敢咬老子？”

“何苦呢？”我拽回肖剑青，“能吵出个什么结果？”

彭啸天反问道：“怕什么？”

被羞辱得无地自容的肖剑青，恼恨地说：“怕什么？我要叫他们知道，咬老子的头是硬的，咬老子的屁股是臭的！”

是可忍，孰不可忍。这种奇耻大辱，肖剑青受不了！他加快了离开中山回上海的步伐。金风送爽的时刻，天涯艺术学院这块很吓人的招牌，被重新漆了，白色的底色上，换成了“晨光广告社”。“天涯”，寿终正寝了。

我在第一部说过的滇军“清乡”，到处抢劫杀人，土匪占了石岐，又被广州请来的兵打走之后，土匪打家劫舍、断路抢财的事倒是少了些，可是地方豪绅地主、反动势力仍以防匪为名，豢养一帮游手好闲的人，乡乡都成立乡民团。一些地痞无赖像跳蚤似的上蹿下跳，争当什么书记、民团长、队长、特派员之类的官，横行霸道，鱼肉人民。这些人，经常狗咬狗：你咬我，我咬你，互相争吵，互相斗殴，甚至拔枪火并。这些人，像狗一样，常常在夜里被人打黑枪，死在街头。这条被打死，那条又蹿上台，轮流汪汪叫，轮流被打死，轮流蹿上台，又轮流被打死。

新亨街一个名叫阿海、外号“沤臭海”和下底塘一个名叫阿朗、外号“白眼狼”的两个恶棍，都是村中有名的无赖。忽然有一天，他俩挎着左轮，各带一个有驳壳枪的卫兵，威风凛凛地回到村里来，晚上在大洪王庙里的“乡约”大厅召集村民，说是奉上面的命令，要选一个会通缉捉拿盗贼的什么队长。太突然了，奉了上面谁的命令来的，全象角乡谁都没法搞清楚。

因此，谁都不敢说话。新亨街还有一个无赖兼恶棍姓阮名达，因为他赖得出奇，恶得到家，所以人们赠了他个绰号叫“死人达”。这个人也像狗一样，经常在外头溜舔衙门厕所、土匪茅坑，一心想摔打上去，摔出个什么官、什么长做做。可是他运气不好，不但摔打不上去，还摔得滚回象角来，带回个老妓女，在乡里勾结几个坏女人，什么事都干。“死人达”看见“沤臭海”“白眼狼”发迹了，立刻为他们的选举充当吹鼓手，在乡约厅里，呐喊助威。他看到人们都不说话，就大声叫嚷：

“我提议选阿海哥，选阿朗哥！他两人能捉贼！”

起初我就猜到他们要强迫乡亲选他们，于是我就主动参加会，想看看他们要干什么。我拉了双木、阿璘和其他五个年轻人跟我一起去。

“沤臭海”和“白眼狼”敞开衣衫，露出插在皮带上的左轮，来来去去，装作满不在乎，却带着威胁的口气，不断地喊道：“大家说啊，看谁能捉贼，你们就选谁！”

村民们谁都不吭声。

“上级说我们会捉贼，你们说吧，全村有没有比我们更会捉贼的？”

我看到这两个无赖、恶棍，连他们说的那个上级到底是哪一级都没有说清楚，就逼人选他们，实在欺负人。我想即使是中山县政府的命令，也不能选这些家伙！我见“死人达”在人丛中窜来窜去，装出和和气气的样子叫大家选这两个家伙时，我对身边的双木、阿璘几个年轻人说：

“他们是谁派来的，谁都不知道，怎么选？”

“死人达”听到了，气极了，表面却装作不在乎，用平静的，但是充满威胁的口气对我说："你敢煽动大家不选举，小心啊！"

我不理他，仍对青年们说："选举什么？选举出来干什么？"

"死人达"翘着下巴颏说："你没听到？选举出来去'捉贼'嘛！"

我仍是有意当作没听见，对青年们说："去什么地方捉贼？谁能真正分出谁是贼，我会很佩服的。"

"死人达"看见我在跟他们唱对台戏，但我又不是大声宣传，而是随随便便发几句议论，又见跟我在一起的几个青年都是新亨街、第堂街、圆头墩的，都是早上不见晚上见的街坊邻里，狠恶地瞪了我一眼之后，无可奈何地离开了。但是他后来对人说："章竞这小子，敢在太岁头上动土，等着吧，我得好好整整这小子！"

阿海、阿朗这两个恶棍强迫人们选举，搞到后半夜，也没有选举成，就在几个烟鬼赌棍的吵吵嚷嚷下，当上了象角乡什么缉匪队的队长了。从这半夜起，这两个恶棍从大街上走过都卷起一阵风，连他们从外乡带回来的两个卫兵也成了象角的大烟鬼、赌鬼、瘪三、小流氓眼中的"英雄"，乡民凡是看见他们时，都称呼他们是什么"波哥""朗哥"。

两头叫驴，不能拴在一个槽里；两只公鸡，不能同吃一碗米。不多久，"沤臭海"和"白眼狼"因分赃不均，干起仗了。据当时传说，下底塘"白眼狼"不知是用了什么花招，上头批准他当上了正队长，而"沤臭海"屈居第二——副队长。

当正式接到委任文件时，"沤臭海"气极了："怎么，你坐在我头顶上？不行！"

“这是上头批准的！”“白眼狼”毫不含糊地说。

“上头批准也不行，我是老大——正队长，你是老二——副队长！”

“笑话！你能改变这个‘关防’吗？”下底塘的恶棍手指点着委任文件的图章。

新亨街的“沤臭海”拔出左轮，说：“我用这个来改变！”

下底塘的“白眼狼”没料到“沤臭海”来这一手，一下慌得急呼卫兵：“阿波！”

卫兵赶紧掏壳子枪时，“沤臭海”先开火了，打中了卫兵的左胳膊。

双方散开，对射开了。“砰砰啪啪”打了一会儿，“沤臭海”跑了。

第二天上午，上头来了十几个兵到“沤臭海”家里、到“沤臭海”的姘头那里搜索，连附近稻草堆都看过，也没有搜出“沤臭海”。兵们走了好半天，我忽然看见“沤臭海”从一个小巷提着左轮，上衣袖子沾满稻草，边跑边看左右，飞快地往猪肚山那边跑了。好奇心使我很感兴趣，我立刻到他家去看。我堂叔母同“沤臭海”是对面邻里，她指给我说：

“他藏在那堆稻草里，我刚才去抱稻草做饭，稻草捆老是拽不出来，我说这个稻草捆怎么拽不动啊？我这一说，草捆松了，身体往后差点摔倒了。我一看，原来是他！是‘沤臭海’！他从草垛里钻出来，叫我叔母，不要张声，他连沾在身上的稻草叶都不打，就提着‘炮仔’（左轮）从这里跑了！”

我看见牛倌山坡下那个稻草堆，有个洞是像藏过人的。

“大叔母，兵没到这里来？”

“到了，还吆喝：‘出来！出来！不出来就开枪了！’在这里，吆喝了半天才走的。幸亏这些兵，没有拉这个稻草捆，要不早给抓走了！阿竟，你说‘沤臭海’命大不大？”

“他命大，可我们就灾难更大了！”

第十二章　我坐牢了

进入阴历十二月，淫雨霏霏，这是家乡最冷的隆冬季节。树林，老早就已经凋零，但是榕树仍然浓得像墨云似的树冠，立在凄凄寒雨中。这时油匠贵在龙聚环乡，揽了一项新建房屋的油漆活儿。

这幢新房屋紧挨大街，人来人往，是个热闹地方。油匠贵跟房主说好，正厅的三大块板壁，由我来作画，还介绍了我的绘画水平，说在黄霞川等人家里都画过画。房主愉快地同意油匠贵这个安排。

因为是临街作画，自然会引来许多过路行人停步止前，或进到屋里看我画画。我画的是山水、花鸟，不断听到一些赞许声。上午快过去了，一幅一米五宽、一米多高的大幅山水画，画成了。房主也来看了好多回，听到不少观众说“画得好”，很高兴。人，总是喜欢听赞扬的，听到赞扬的话当然是心花怒放了。下午，我信心百倍，爬上跳板，聚精会神，继续绘制两边的大幅花鸟。我跟上午一样，觉得很顺手，这就是说画出来的画面，表现了我的创作意图。这时又不断听到大门口、正厅内观众的抬举声，我很受鼓舞，很得意。当第一幅花鸟画完，正在开始画第二幅时，在“不错”“很生动”的赞许声中，忽然听到一串十分粗暴的噪声：

“好什么呀，这……这画……画的是什么玩意儿？”

我没有听到有人搭腔。我知道，看画跟吃东西一样，有人喜欢甜，有人喜欢辣，说好说坏是完全自由的。当然，我也是个活人，听到有人说不好，像上午、像刚才，那股得意劲儿大大受挫，但我头都不回，照样画我的画。因为没有人搭腔，那声音更粗暴了：“这……这……这像他娘个×！”

我从声音察觉这人正吆喝着挤开人群闯进厅里来。我回头一看，这人我认识，他是龙聚环的一个常年拖着趿拉鞋，姓杨的赌棍无赖。他已经挤出人群，抢到我的跳板下面，摇晃木梯，大声吼起来：

“你……你……快……快下来！你这无名小卒，敢……敢来龙聚环逞能！你……你算，算算老……老几……？你……哪……哪有高——高画工高明？你……你快……快下来！”

这是明目张胆地砸我饭碗！但我听父亲说过：好佬怕烂佬，烂佬怕无赖。我暗中告诫自己：这是个无赖、地痞、流氓，你不能理他！

这个流氓见我不搭理他，摇晃梯子也不下来，而且还继续画画，好像在他脸上抹了灰，没法容忍！他用手比画着，向我吼叫：“嘿嘿……你……你敢……敢不下来？还……还敢画……好，好……”他跑到里面去把房主拉出来，“你……看看，这画的是……是个！你……你怎么让这样的无名小卒画呢？哪……哪……哪有高寿山高画工好？高寿山才是有名的画工，有名的高手……快快叫他停了！多好的新房子，叫这……这样无名小卒来画，把房子糟……糟蹋了！”

房东没有立即表态，这个姓杨的无赖急了：“你自己的房子，自己掏钱，怎么不……不好意思……说说……说呢？那……那……我跟你去找油匠贵……”他一下蹿上楼去，果然把油匠贵找来了，“房主不……不要这……这毛孩子画，要叫高寿山画！”

油匠贵望着房主说：“东家，这是早先说好的啊！”

这个地痞、无赖一直嚷着：“要……要高寿山！一定要高寿山！”

房主没主张了，好半天不说话，但最后终于向油匠贵说：“那……那你还是去请高寿山画吧。”

我停笔不画了，但是，这个恶棍、地痞、流氓、无赖，一直在大厅嚷嚷，引得看热闹的人越来越多。

我确实感到不光彩！他为什么要这样？难道我有什么地方得罪了他？这样蛮横不讲理，我实在受不了！我的心在呼喊：这个无赖未免欺人太甚！我不想跟他吵架，但我无法不恨他！我只好低头走了。

油匠贵本来就没有打算请高寿山，现在去请，高寿山说：

“没工夫了。你不是有阮章竞吗？”

因为快过年，油匠贵说了好多好话，高寿山才答应来。

高寿山来了，我惭愧地对他说：“高师傅，麻烦你了！”

高寿山没说话，只是把嘴角往下一沉，往后一收，嘴巴翘成个“冖”形，在他那副“田”字形的方脸上，嘴巴成了个“皿”字。

过年了，那天是正月初二，正是串亲戚拜年的好日子。晚饭后，我站在家门口，听到一阵阵划拳声。我看见土地堂前几个快乐的酒徒在痛饮男丁酒，有的端着大碗，趔趔趄趄地在比酒量。有两个酒徒把大碗酒放在长凳上，各抬起一只脚踏在长凳的一头，一手叉腰，一手划拳，赛开心，比快乐。正在这时候，我看见阿从西往东走来。我高兴地等她走近。

“竞哥，新年好！”她轻盈地笑着，轻盈地说着，生怕别人看见似的向我轻轻盈盈点了点头。

“多谢！阿，去哪里？”我局促，但十分欢乐地说。

她轻盈地说：“去叔叔婶婶家。”说完就走了。每次从我家走过，她都要看看我在不在家。在家，她也这样轻盈地笑笑，轻盈地走了，从来不进家门。这回，她还是这样轻盈地走过。我目送她向东走去。当她走到小石桥头时，我忽然回头看见一个人从西向东走来。

哦，是他！我每根血管都鼓起来似的，总算见到你了！

这人，一看见我站在门口，先惊愕一下，接着畏缩地回避我那愤怒的目光，低着头走过。刚才看酒徒喝酒，和阿说话的欢乐，一时间不仅全被这个人冲跑，而且还点燃了心头怒火！我紧紧地盯着他。

这时，五哥从家里出来。

“他是谁？”

“就是他，那天破坏我画画的那个家伙……”

五哥还未听我说完，就像豹子一样，一下蹿过沟渠，箭似的追上去，大声喊道：“你站住！你不能走！”然后一手抓住他。

被我哥抓住的就是龙聚环的那个姓杨的无赖。

杨无赖见我兄弟两人，怕吃亏，就嚷嚷说："你们是谁？我……我不认得……你……"

五哥的出动，我害怕了：这是要出事的。我刚才真不该告诉他！我知道五哥性子暴。我怕打起来，急上去拉开五哥，用身子隔开他们，对五哥说："你不能这样鲁莽！"

"不要拉我，我要问问他！"五哥挣开我的手，问这个无赖、流氓说，"你知道不知道，破人买卖，如杀父母之仇？"

这个地痞、流氓、无赖，真是无耻到家，装出根本不认识我似的说："你……你们是谁？我根本不认识……"

"你不认识我，也不认识我兄弟？"五哥见他赖，就又上去一把揪住他的前胸。

"哎哎哎……你干什么？我谁……谁也不认识……"

我越来越清醒了：这事不能让五哥参加！我急忙上去把五哥又扯开，并推着他往后退，发急说："这是个无赖，你不能跟他纠缠！"我非常后悔，千不该、万不该把这个无赖告诉五哥，虽然我对这个家伙非常仇恨，但我不能这样发泄！我哪里料到，这个无赖耍起了赖。他倒在地上，大叫大嚷：

"有人抢劫啊！有人抢劫啊！"

此人这个出乎意料的赖法，把我也气坏了！五哥抢上前去，对着这无赖说："你要耍赖，好，那就让你赖吧！"他像从地上甩包袱似的，把杨无赖甩出去，怒吼着："你说说，我抢了你什么东西了？"

我再次把五哥拉开，并推他往家走时，杨无赖又倒在地上乱翻乱滚，还顺手抄起一块小砖头往额上一蹭，大声喊道：“快来捉贼啊！他们抢我钱！快来捉贼啊！他们抢我钱！”

这边发生的事情，许多街坊邻里都陆续看到了，还有人想上前相劝，可这个无赖只要谁上前劝，他连来劝的人一并抓住，乱叫喊：“你……你抢了我钱，你……你跟他……一起抢了我钱！……”吓得谁都不敢上前去了。

“不行……抢了我钱，我要到更馆去……我要到更馆去……”

我又没有抢他任何东西，街坊都可以证明，我怕什么？我以为更馆是乡里的，会讲道理的，就说：

“你这样嚷，我就怕了？好，我们到更馆去。”

我以为，我们根本没有抢他钱，也没有打他，也没有得罪他，是他砸了我饭碗，额头是他自己蹭破的，我怕什么？我后来才知道，其实我早就得罪了人，有了冤家，有了敌人。在我和杨无赖去巷外堡更馆的时候，“死人达”出来了，对街上看热闹的人说：

“章竞这小子太逞能了，得叫他坐几天牢，好好受受吧！”

“死人达”说后，就找这个流氓无赖的姐姐说：“说抢了钱干什么？为什么不说抢了银子、抢了金子？”

我、五哥和这个无赖到了更馆。更馆把我兄弟俩当作被告扣押起来，等当时的书记官阮子韶来处置。我更放心了，因为阮子韶是我的先生，他两个儿子阮军毅、阮军伟是我很要好的同学，在作新学校上学时，我每天都到他家找他们一起去上学。我心想，阮子韶很了解我，先生会替学生主持公道，今晚就会放我回家的。但我根本没有想到，这位教国语的启蒙先生跟杨无赖的姐姐家是叔伯本家。我更不知道，我曾反对选他当缉匪队长的“白眼狼”，此前已经见过了阮子韶。

阮子韶不来提问，干什么去了？我等得不耐烦了。一更鼓，擂过了，阮子韶没有来。二更鼓，擂过了，他来了。围着看热闹的人很多很多。

阮子韶问我的时候，不大重视我画画时遭到杨无赖破坏的经过，反而问我为什么跟五哥抢人家东西。我申辩说：

“先生，完全没有这回事，全是胡编、捏造、污蔑！”

阮子韶不问我了，转头问那个恶棍、无赖：“他兄弟抢了你什么？”

杨无赖吞吞吐吐，不敢理直气壮地说。

“还抢了什么？”

“金！”有个女人在杨无赖耳边说。

“还抢了……我……我的金戒指……”

抢他钱，杨无赖说过。抢金戒指，从何说来？我一直没想到这个无赖有这样的“创造力”。他要把事闹大，敲我竹杠！我再次要讲在龙聚环画画和刚才在家门口遇见的经过。阮子韶不让讲了，叫人拿信上区公安局去，然后他就回家了。擂三更鼓的时候，来了两个公安局的警察，把我和五哥共戴着一副手铐，押到港头乡的区公安局，送进一个黑乌乌的、用很粗很粗的木头栅栏的、没有任何东西挡风的、臭气难闻的关押人的旮旯里去了。

第十三章 这世界，不公道！

夜，很黑；风，很冷。空气，带着呛鼻、使人窒息的尿臊屎臭味，难闻极了。我和五哥摸到一块穿着铁链的石头，除了它可以坐坐之外，什么东西都没有摸到。大石头的尖锋棱角，虽然已被犯人蹭钝了，但凹凸不平的无情本色根本没变，怎么坐都硌得难受。两人共戴一副手铐，转动不得，指麻、尺骨疼痛，非常难受，腿伸不得，怕踩着屎尿，我和五哥不能随便换位置。

“实在太冷了！我摸摸有干草没有……”五哥伸着那只能活动的手去摸，我就跟着他移动，最后总算摸到一块软东西，“是块烂麻包片。”

实在冷得厉害，冻得浑身发抖，管它什么呢，我们把这烂麻包片盖在大腿上，身靠墙，等天亮。

我一夜未合眼，但心里很平静，好像没有什么可怕的，只怕这个无赖一定会狠狠敲诈，我到哪里去搞钱？天亮了，外面不时传来一阵阵零零星星的爆竹声，但是没有人来提审我们。我感到无聊，就拿起夜里盖腿的烂麻包片，一下把我吓呆，那么多的经纬格格里，全是白芝麻似的虱子和像地图山脉似的虱子卵！我感到一阵恶心，把烂麻包片，远远抛在墙角，同时看见那里全是屎尿。天亮好久了，警察才来，给我们打开手铐，改用铁链，锁着我们的脚，一动“当啷”作响。

第二天，没人来提审。第三天，也没人来提审。但我的好朋友们——双木、阿璘、陈洪国、陈元都轮流来看我，说我父母、油匠贵都在托人说情、疏通，但这几天新年放假，当官的要下星期才上班办公，叫我不要着急。

“我不着急，我没得罪过什么人，又没有抢他什么东西。我不怕，就怕我爹妈，特别是我妈受不了！”

双木听了我的话，告诉我说：“伯父、伯母都很好，你不用操心，因为大家都在想办法。可祸事闯了，就不那么简单了。”

“不简单？顶多说我兄弟俩打了他，还能说出个什么？双木，难道还有人兴风作浪，小题大做不行？”

阿璘说：“乱子已闯下，就不像当初说话那么容易了。”

这些话，使我产生怀疑：“难道真有人要搞我，敲我竹杠？”

“你听说过，有谁吃官司，不破财的吗？”

我怀疑朋友对我隐瞒了一些情况，不肯痛痛快快地告诉我。

双木悄悄地对我说：“别胡猜了，有事我对你会不说吗？唉，那天阿全看见了，她知道，硬说你们抢他东西是不公道的。她可操心了。”

“哦，她全看见啦？‘不公道’？我太多谢她了！回去告诉她，我很感激她！”

今天是初五，一早就听到爆竹声。我想到孩子们的欢乐劲儿还没有过去，这是小孩儿的权利。可我却丧失掉这个权利了。现在有人砸我饭碗，倒是我来坐牢。“不公道”，阿说得多对啊！又是一阵爆竹声，我对五哥说：

“你听，孩子们还是那么高兴。”

五哥章成，只是淡淡地“嗯”了一声，我不知道这几天他在想什么。我一句埋怨他的话都没说过。因为我反复想到这个乱子是我惹下的，我不该把这个流氓指给他，这是我的错！上午，七弟章垣提着竹盒来看我。

“爹、妈怎么样？”

“还好，因为有那么多人为你跑腿。你看，妈还给你做了甜面条哩。”他从竹盒里拿出两碗甜面，先给了我一碗，说：

“六哥，你记得今天是什么日子吗？”

“什么日子？”我想不起来，“什么日子？”

“今天是你的生日，妈给你做了碗甜面——长寿面！”

“哦，看！我连生日都忘了。”我从小看见，每个兄弟的生日，妈都给他做一碗甜面条。我离开家去当学徒，有三年没吃这种甜面条了。学徒满了，在我回到家的三年里，又吃上这种特别特别长、一团面粉只搓成一根的甜面条。我从粗木栅上头接过大碗，看着又是那种特别特别长的面条，我被关押在这里，她还想到我的生日，我太感谢妈了！二十年前的今天，是她把我带到这个世界的。她受了多少罪？她在做这碗面的时候想到什么呢？想到我在牢里过生日，她是多痛苦啊！

“多谢妈！可是吃不下去，妈做这碗面是多痛苦啊！说我在这受罪？妈才受罪呢！我这么大，还闯下这样的大祸……”我声音都哽咽了。

五哥正吃着另一碗面，听了我的话，低下了头。

就这样，我在关押强盗、土匪、小偷、杀人犯的牢房里，度过了二十岁生日。

第四天，还没有人提审我们。我后来才知道，在“白眼狼”“死人达”的怂恿下，那个姓杨的地痞无赖是想借此机会狠狠敲我一下，发一笔横财，同时也达到教训我的目的：以后还敢逞强，多管闲事不？我父母很着急。油匠贵说：

“我去托个人，这人跟我很好，我去请他疏通疏通，劝劝那个姓杨的。”

“他是谁？”父母忙问道。

“佛家拳教头，龙头环的肥周义。那个姓杨的曾拜过肥周义为师，学过拳。”油匠贵说罢就去找肥周义。

肥周义很仗义，就对杨无赖说：“我已答应帮朋友油匠贵，阮章竞我也了解，一个小小油漆工，有什么油水？你不能做得太过分，你想想，这点面子总该留给我吧？”

据说这个姓杨的无赖，当时没有说什么。

油匠贵出面保我，新亨街一些亲眼看见情况的乡亲，都愿意出面做证。这些情况，刚好遇到当时国民党政府官员高唱人到此，将这里标榜为“模范县”中山县，是起了一些作用的。自大革命失败之后，中国一片漆黑，国民党政府为装饰门面、笼络人心，借香山县是孙中山的家乡，就搞了个所谓

“中山模范县”。石岐也办了警官学校、警士学校，招了一批知识分子进行培训，出来后当警官、警士。这些警校学生，新官上任，还较认真，只要不是所谓危害民国要进行紧急治罪的政治犯，还能讲点道理。初七这天，提审我的警官，就是这样。初六下午，通知我第二天提审，我心里真像挂着十五个吊桶打水，七上八下的。我对当时官府的印象坏极了，我又没见过审判，不晓得开堂是个什么样子。我清楚自己是清白的，但是我还是很害怕他们不讲道理，像书记官阮子韶那样，把我当抢劫犯，戴着手铐押送，锁着脚链关押！虽然彭啸天、陈元告诉我，公安局有他们朋友认识的人在当警士，说公安局已经做了一些调查，对我比较有利。但国民党的官府，怎么能相信呢？

提审时间到了。两个警士推开木栅，进来打开了锁，也没有再上手铐，就带我和五哥到一间房子里去。坐在办公桌正面审问我的警官，叫我站在旁边。我看见那个无赖已经进来，还有几个我不认识的人，其余的就是油匠贵、陈洪国和几个朋友。我看不像是开堂，不像我想象的那样杀气腾腾，就不怎么害怕紧张了。

审问我的警官是个四十岁左右的知识分子，是什么官、叫什么我都不知道，但他在审问过程中，是自己用毛笔做记录。他核对了我的身份之后，就说：

“阮章竞，你说说那天的情况。”

“说说那天的情况”，我猜不透是只要我说初二的事，还是连画画的事儿也说。初次见官，又怕人说我啰唆，我只好问道：

“先生，只说初二的事，还是画画的事儿也说？”

“画画的事儿也说。”

我又问道：“先生，事情很长，是详细说还是简单说？”

“为什么要简单说？详细说。”

从这两句对话，我觉得这个警官是有用意的。于是我便从头到尾讲了在龙聚环画画的全部过程。我看见他一一都做了记录。我讲完之后，问道：

“先生，我靠做工吃饭，损害了他什么利益？我画画一个上午，房主几次看了我的画，不但没有提任何意见，还表示满意。这个姓杨的为了达到破坏我画画的目的，越俎代庖，迫使房东换人，使一个公民无法进行正当的工作，请问，谁给他这个权利的呢？如果允许无故破坏工人的正当工作，那工人怎么生活呢？”说到这里，我恼怒地盯着姓杨的无赖。

这个家伙看见警官一直在做记录，不敢插话，现在慌了，抢着说：“先生，不……不能只听他……他的……我……我根本不认识他……”

这个警官对他严厉地说：“我没有问你！”

我说：“先生，请你问问他，敢不敢对这些那天的目击者说一句——”我转身指着油匠贵、陈洪国父子，“那天破坏我工作的不是他！”

杨无赖畏缩地低下头，眼珠拉到上眼窝，一闪一闪地偷偷瞅着我。我接着讲了初二我碰着这个无赖时五哥怎么上去跟他理论，他怎样两次躺倒，怎样拿砖头蹭破额头，污蔑我们兄弟抢他钱的全部经过。之后，我说：“他开头捏造我和我五哥抢他东西，当我五哥问他抢了什么东西，他说是钱。当书记问他抢了什么东西时，他说不出来，他姐姐在旁边说了个‘金’字，他立即把钱变为金戒指！从抢他东西变成抢钱，又从抢钱变成抢金戒指，这简直是在变魔术。金戒指，是戴在手指上的，怎么才能抢下来呢？可见纯粹是无中生有，目的是敲竹杠！”

这个姓杨的恶棍觉得这位警官被我的话说服了，我再如此详细、滔滔不绝地说下去对他很不利，就急抢着说：

“他……就……就是抢了我的……金……戒指……”

那位警官又打断他的话：“我没有问你！”他转身问我，“初二傍晚，你两弟兄是谁先拦住打架的呢？”

我下意识地说：“是我拦着他。”

“你为什么要拦着他？”

“警官先生，我对这个人有仇，有恨！我不想跟他打架，可是在这个社会我找不到惩处这种人的其他办法！那天，我最大的过错是不应该把他告诉我的五哥！造成过错的是我！”

我陈述当时的情况是真实的，道出心中的不平是有道理的，杨无赖一直不敢抬头，只是狗眼一闪一闪地偷偷窥视那位警官和我，在场的证人和挤在门口旁听的人，都静静地听着，对我流露出同情和信任的目光。

这时，警官才向这个恶棍、无赖提问：“杨生保，你把情况说说！”

这个地痞恶棍一下不知怎样说好，他颠三倒四地说：“嗯……嗯，他兄弟抢……抢了我……我的金……”

“从头说！”

“嗯……嗯是，长官……我……初二，给我姐姐拜年，路过他家门口……”

“先说龙聚环画画的事情！”

这个无赖像碰着疼处那样，畏缩地说：“我……我不知道……不认识他。”

“说老实话！这里有调查证明，也有当天的证人。”警官语气平缓，但很有威力地说着。

这个地痞恶棍，根本不敢说龙聚环画画的事。

警官等了半天，又问：“怎么不说呀？”

“我……我不知……道……”

“不能回避！这是本案的案源。”

这个在龙聚环称王称霸的无赖杨生保，警官怎么问，他都不说画画的事情。警官催促几次，他都不回答。

“不回答，那就是默认了？”

杨无赖偷偷朝油匠父子瞥了一下，眼睛好像触到针一样，立刻收回去。

“怎么不回答？你没有说的吗？”

若到此罢休，杨无赖一无所获！忽然他贼眼珠一转，试探着说：

“他……他兄弟俩……抢了我金……金戒指……还打……打破我……的头……”

“抢了金戒指？”

“是的，长官。我有只很重很重的金戒指。”

嗬，一问到金戒指杨无赖精神了！这好像是最后的一道防线，他必须坚守住，决不能动摇，如果一动摇，全部纵深防线都要一一崩溃，就会一无所得。

“我那……那金戒指，是足金的，是只很重很重的金戒指……”

“有多重？”警官停下笔，扭头问他。

“有三钱……多，差不多四钱……”

“到底几钱？”

“三……三钱多，差不多四……四钱……”

“说肯定些，到底几钱？”

“嗯……肯定，肯定是四钱。”

“拿手给我看看。”

杨生保伸出左手：“呃……呃……”

这位官员看了左手，说：“右手！”看完右手又问道，“金戒指你戴在哪个手指？”

“嗯……这……”杨生保指着自己左手的无名指，十分有把握地说着。

“怎么没有戒指印儿？”

杨生保吃惊了，急说：“我说错了，我喜欢戴在右手……”

“给我看，哪个手指？”

杨生保傻了，回答不了啦。

“你哪一个手指都没戴过金戒指！”

杨生保慌了，但仍想死守最后防线不退让：“长官，我确确实实是有金戒指的，是只很重很重的金戒指！”

“你根本没有戴过金戒指！”

这个姓杨的地痞恶棍说不出话，哑巴了。

“头是你自己打破的，不说了，赔你二十元药费！”

“那……那……那不行……太……”

“太什么，拿还是不拿？”警官的话，不太强硬，但很坚决。

不拿就什么都捞不到，这个龙聚环出名的无赖不说话了。

这个警官转身对我五哥说：“阮章成，我是知道你的，你可要注意呵！”

官司就这样结束了。这是我没有想到的。我知道，朋友们为我出了不少气力，但怎么询问，谁都不肯告诉；父母花了多少钱，也是谁都不肯告诉。（这一章里提到油匠托肥周义说情、疏通，是我在写第三部定稿时，仍健在的陈洪国提供的。）在回家的路上，双木和阿璘在我耳边说：

“这几天，阿见到我们就问你怎么样，很着急。到家后你要去看看她。”我听了，很感激她，可是却很痛苦。为什么？我也不知道。

第十四章　海角，天涯

我真应该去看阿，可我又不敢去。

“为什么？”双木问我。

“不知道。”

“你不知道？她经常在门口等人，你说等谁？”

“不知道。”

“等你！你不知道，她只要看见你走过，就一定要走到街门看你。你不知道？”

“别开玩笑好不好？”

“怎么是开玩笑？初二那个晚上，把她快吓死了。‘死人达’要教训你，是她看见听到的。这几天，她见到我，就问你到底怎么样了？”

说实在的，我是多么想马上看见她，可是，我是真的不敢去啊！因为我长大，她也长大了，已经不是小孩。送我三年白兰花，我怎么会忘了呢？可是，她已经是个亭亭玉立的美丽姑娘，我应爱护她，免得被别人说闲话。这就是我真不敢去的原因！

我虽然顾虑这样多，可是每次都让顾虑退让了，每次我都会不由自主地去看阿。路过她门口看不见她，心思感到没着没落的，这大概就是“惆怅感”吧。这回，也是这两个最知己的朋友，也只有这两个真正知道我和阿很好的朋友，要我去看她，晚上我真的去看阿了。她真的在大门口门缝里等着哩，但她不敢这样说，我也不敢这样问。

“阿竞哥，天晚了，还到哪里去？”

“哪也不去，随便走走。”

“官司了啦？”

“了啦。”

“初六那天晚上，把我吓坏了。”

“双木、阿璘都告诉我了。真不应该，叫你受惊了！”

我不知不觉跟着她走到白兰树下。她不时抬起明亮的眼睛望着我，似乎不知要问什么好，好半天才说：

“关你的地方，很脏、很臭……”

“你怎么知道？”

“阿璘哥、双木哥告诉我的。听说是用手铐把你铐着去的……是吗？”

“是……”

“铐着哪只手？”

“这只，右手。”

“疼吗？”

“有点疼，都卡进肉里了……”

“卡着这儿吗？”

我手背上感到很温暖，这时才发觉她捧着我的右手。

我不好意思地抖了一下，她抽回手捂着脸，低下头……

“哎呀……我怎么……”大概她这才发现自己刚才的举止。

我有意避开她惊恐羞怯的目光，当作什么都没发现，继续说：“是卡在这个地方……”

阿慢慢地问道：“很受委屈的啰？”

“很受委屈！”

“你恨那个姓杨的无赖？”

“永远忘记不了！”

“你以后要小心了，别再惹事了！”

“我没有惹事，说抢金戒指，是硬加在我头上的！”

“知道，我不是说这个。我是说你不知道的……”

“我不知道？什么？”

“你在村里已经有敌人了！”

“我有敌人？”

“嗯，你不知道你在洪王庙早已经得罪了人！”

“是谁？”我惊奇地问。

“‘死人达’。”

“啊？”

“我很害怕。”

“怕什么？”

“怕你什么都强出头！这个世界，不好的事多了，什么都出头，那怎么行呢？”

“遇到不公正的事，谁都怕强出头，那这个世界永远改变不了！”

“你在村里能平安无事地待下去吗？”

“我不想待下去了。”

她惊了，望着我半天，用急促的口气问道：“你要到哪去？”

“我不知道，但我是要走的。”

她一下愁苦起来，低着头，不再说话了。

就是在上一章写过的“死人达”怎么怂恿杨无赖把事态升级，加害于我的事，是阿告诉双木的。我又从阿的口里得到了证实。

在新亨街那个下雨流水、晴天走路的大石阶对面的坡上，有一对新婚不久的青年夫妇，忽然在夜里用剃刀自杀，死伤得很惨！这个男青年，在广州当布店店员，女的是外村的一个农家姑娘，婚姻是两家父母做主的。结婚之后，青年又去广州打工，没听说过感情不好。自杀前一天晚上，青年从广州回来。据青年父母说，回来之后，没发现儿子、媳妇有什么异常表现，晚间还听到这对夫妇在房中说话。第二天天亮很久了，父母还不见媳妇、儿子起床，以为新婚久别，贪睡晚起床，就没有叫他们。但一直等到十点钟，房里什么动静都听不到，这才去叫他们，几次都没有人应，怎么打门，也没有反应，父母才产生疑心，撬开门一看，儿子和媳妇光身躺在血泊里，剃刀横在床上。

女的是用剃刀割断喉咙，已经死了；男的只是割去生殖器，经过医生抢救，后来活过来，急抬送医院。

根据现场情况，娘家、婆家，各持各的见解：

女的娘家说，男的有外遇，杀死妻子后，由于害怕而自残，如此就便于以女的不忠为借口，把杀人罪行嫁祸在女的头上；婆家则说，女的在娘家有奸情，不愿与丈夫生活，趁丈夫回来的晚上，采用这种极野蛮的手段，杀了丈夫又因害怕而自杀。

娘家、婆家打官司了。男的在救活之后，不管是家人、官家人死不肯吐露真实情况。

这件神秘的双自杀案，震动了象角和附近乡村。人们根据婆家、娘家的猜测，推断出好几种有声有色的可能情况：有说女的在婚前或婚后有了情人，被丈夫发现而杀死的，将这个婚前或婚后有情人的说法延伸下去，说这个女的是为这个情人死的；有的猜测男的有外遇，或公婆虐待，但很快被推翻，邻居都说男的很老实，公婆很和气善良，儿媳过门之后，从没有听见发生吵嘴；有说被救活的丈夫不肯吐露真情，一定是夫妻商量好的自杀行为。如此这般，各说不一。

朋友双木、阿璘、陈元都偏重惨案的根本原因是由于这桩婚姻根本没有爱情，强为夫妻而结出的苦果。他们同时联想到阿家附近，前两年也发生过刚嫁到外村去的姑娘，不久就上吊身亡的事情，打了几年官司，一直断不清楚。

阿璘问我："这对新婚不久的年轻夫妇，是商量好自杀的吗？"

我说："现在只有活着的丈夫才能说清楚。"

"可他死不肯说啊！"

"那一定有苦衷。"

"什么苦衷？"

"就是你们刚才说的，没有爱情的婚姻结下的苦果！"

一九三四年上半年，我很难找到油漆活儿做，总是做两天停五天，经济来源没有保障，生活更紧张了。幸亏我会画肖像，多少可以挣得几个钱。因为没有什么工可做，就有更多的时间和几个美术爱好青年经常来往，琢磨画事。本村的有文昭、林吉、彭啸天和陈元，外村的有龙头环的黄霞川、冲边的李炽伦、谿角的刘勃。除爱好画画的青年之外，常来往的还有长期没有工作的阿璘和卖猪肉的双木。这群长期想为个人找出路而找不到，对国民党统治失望的青年人，常常随意骂环境不好，大发政治牢骚。骂蒋介石，骂陈济棠，只要是国民党的官僚军阀，没有不议论，没有不骂的。国家被这些人弄成这个样子，应该怎么办？我们始终找不到答案。

家乡无工可做、无地可种的人越来越多。一方面是百业萧条，民不聊生，人们常用什么"经济危机""世界不景气"这些新术语做口头禅来表示生活不好。但是另一方面，也有很热闹的情景。那就是这些一天到晚无所事事的人，这里一堆，那里一撮，说长道短，议天论地；有的拖着趿拉鞋、木屐，出入门口挂着"戒烟药膏"的鸦片烟馆，出入公开赌场、秘密赌场，推牌九、掷骰子、打麻将，在这些嘈嘈杂杂的胡闹声中消磨岁月。我的先生，多年担任书记官的阮子韶家书房，成了官厅不来抓，谁也不敢说怪话的合法赌场。在他书房里，麻将赌友们通宵达旦攻打“四方城”。他们说打麻将是娱乐，是联络感情，而不是赌博。可我亲眼看见，白花花的双毫银币，不是从这个麻将朋友输给那个麻将朋友，就是从那个麻将朋友输给这个麻将朋友。

人们太闲了，像《西厢记》里张生跳墙的事层出不穷。双木的哥哥阿威，跟隔壁那个肥头肥脑的猪肉店主老婆勾搭上了。有一天，店主和他的父母都不在家，阿威去了，没料到店主的母亲突然回家，看见阿威从儿媳妇卧房出来！怎么收拾呢？她只好任丈夫摆布，冷酷无情地把情夫变为盗贼，让巷外堡的更夫把他抓走了！

凤凰花（家乡也叫“映树”）开了，“三月红”荔枝由青变红了。家乡的盛夏来到了，田园山野，郁郁葱葱。景色很好，我又无工可做了。家里的生活又恢复到无隔日米的局面：常常由最小的弟弟和六岁的妹妹，到父亲的鱼摊，取几角钱买一天的米。我感到在家乡实在待不下去了。我想去能报国的地方，能学习的地方，找到活的出路。可哪里能找到呢？我想来想去，只有上海。当时的上海，是我最向往的城市。因为有很多图书馆很多书，我所喜欢看的杂志和书，都是在上海出版的。上海可以满足我的求知欲望和工作出路。但在那里，我没有任何亲戚朋友，唯一认识的只有去年秋天回去的肖剑青。经“一·二八”淞沪抗战后的上海，可能又好起来了，因为肖剑青的来信签名后写着“在五光十色的上海”。“五光十色”，当然是生机勃勃了，这对我有无穷的吸引力。对，到上海去！于是我写了一封信给肖剑青，我要去找他，请求他帮助。肖剑青很快回了信，但对我去上海找他的请求不是欢迎，而是用十分坚定的语气，劝我千万千万不要去！我读了这封信，泄气地对双木、阿璘说：

“看起来，上海不一定都是五光十色的，肖先生恐怕有困难，不能接待我。”

这时，有一位曾在石岐世界书店做过事，那会儿正失业的刘凤雏，也想到这个花花绿绿的上海去碰运气。当初因为肖剑青常到他的书店买书，两人成了好朋友，那时他还经常到天涯艺术学院。他听了我说肖剑青来信说有困难时，说：“有什么困难！在石岐‘天涯’的时候，我对他够朋友。他要什么，我都为他办到。我来写封信给他，说我也要去找他，他对我不敢说不欢迎！”

刘凤雏立即写了一封信。肖剑青同样写了一封回信，说上海很“不景气”，实在没法为刘凤雏和我找到工作，等有机会，他一定不会忘记老朋友。刘凤雏拿着信来找我，问道：“你说说有什么主意？”

“看来上海不是我们想象的那样容易找工作。肖剑青写的可能是真话。”

“出去的事，你打退堂鼓了？”

“不，我都二十岁了，在这里现在很难找到工作做。男儿志在四方，无论如何我不能再困在家里，白了少年头。我想过了，肖剑青有困难就算了。我再想法找别的出路呗。”

刘凤雏不知哪来的这股劲儿，他说："肖剑青说有困难，可不能不帮助我们。不理他，我们自己去，看他是接待还是把我们赶走！"

说这几句话时，他的确讲得慷慨激昂。早就鼓励我先去上海，立定脚跟之后就马上把他们带出去的阿璘、双木，无保留地赞成刘凤雏的主张：

"对了，你们就写封信告诉肖剑青，你们哪天到，他还能拿扫帚把你们赶跑？"

"赶是不会的，但人总要吃饭的。他如果负担不了呢？"我实在忧虑重重。

从来做什么事，很少考虑后果的彭啸天说："他还能自己有饭吃不叫你吃？"

你一言，他一语，我这六个朋友当机立断，做出支持我和刘凤雏去上海的决策。父母见我决心这样大，觉得待在家乡也不会有什么出路，只能是蹉跎岁月，耽误青春。他们觉得刘凤雏年龄大，在外头做过事，同我一起去也有个伴。父母商量了几天，就同意了，并且托亲友向人借了一些钱，凑够我需要的五六十元路费。这当然是不够的。鼓励我去当开路先锋的朋友们都解囊相助，林吉、文昭等人这个拿五元，那个出六块，为我准备了一些简单但是必需的东西，买了一个藤箱，一只柳条之后，按刘凤雏的部署：这些钱，只用于买到香港及从香港到上海的船票。在香港的食宿，都在他侄子的布匹店里解决，不花钱。买好船票，才写信告诉肖剑青说刘凤雏、阮章竞七月×日到上海请接。

就这样我决定离开家乡。那几天，我看见母亲辛苦地为我缝这缝那。我知道，这回出行，前途未卜，哪天回来，根本不曾想，只想此次去后难复返！我对父母、年幼的弟妹都是难舍难分的，特别是对苦难一辈子身体不好的母亲。我做了一个宽一米五的大木框，拆了一个完好的大麻包袋，蒙在上面，钉好，对正在为我缝缝补补的母亲说："妈，我要给你画一张像。"

"什么时候画？"

"现在。"

"就这样对着我画？"

"是的，画一张你为我缝衣服的像。"

母亲戴着父亲用过的、有一边镜腿是用小绳代替的老花镜，坐在木椅上，为我缝衣服。

"妈，你缝你的衣服，不要看我。"

母亲完全按照我的摆布，坐在椅子上缝衣服。我端详她的时候，忽然心里很痛楚！虽然我早就察觉妈妈老了，但没有像这次画像时看见这样使我惊心。她的头发灰多了，眼窝深陷，皱纹那样多，脸色是那样苍白，面容是那样衰老！当我勾画妈妈正在行针的手时，使我更难受的是，她每个手指都像晒干的大毛竹根儿：指节是那么的粗，皮肉是那样干瘪，像是湿麻纸包的十个干指骨头！妈妈怎么这么老啦？其实她当时只是四十五六岁！

我画这幅像的全部过程，实际是母子的长时间话别。

母亲问了好多事情，如肖剑青为人怎么样，能不能为我找到事做，肯不肯照顾我，等等。我不敢向母亲说他的人品问题，只是说："谁知道呢？我只知道这个人有才能，就是有点好吹。但他还是很讲义气的，不会有什么的。我这么大了，妈，你放心好了。”

“上海无亲无故。不放你出去，就这样待在家，我也怕，怕耽误了你。放你出去，我也怕。妈知道你，即使碰到天大的困难，你是不会回头的……”

母亲确实了解我：这回即使碰到天大困难，我也不会回头。我只好同意母亲的看法：“妈，回头，回到哪里去？没路可走啊！”我害怕母亲这类的问话，有意岔开，就笑着问道：“妈，你自己看看，像不像？”我把画架转了过去。

母亲取下老花镜，看了半天，抹掉泪花笑了，说：“嗯……像，像……”

我重新继续加工的时候，母亲忽然用很坚定的口气说：“阿竞，你找到事做，就在那里，找不到事做，我要你回来！听见吗？”

“听见了，妈！”我的眼泪就要涌出眼眶了。

这张为母亲画的肖像是急就章，我完全是用大笔触、粗线条画成的，麻包袋纹理粗糙不平，我使用的油彩都堆得很厚很重的。这张画只用了一两天的时间就画成了。父亲，还有彭啸天、陈元、双木、阿璘等看了都说“像”。在这里，我附带一句，在日本侵略占领了家乡时，父亲、四哥和两个弟弟都饿死了，七弟带着幼妹远远逃难到外乡。整个漫长的战争年代里，新亨街已是一片瓦砾。但母亲仍把这张画像完整地保存下来。母亲在一九七二年去世后，七弟不知出于何种原因，却把这幅画像毁了，这使我很痛心！

过去的年轻朋友之间，都喜欢谈论自己所钟爱的人。不管谁，谈到自己有人爱，总觉得脸上光彩，心里高兴。当阿璘、双木说阿对我有意时，我始终不敢承认。其实，这个像霞光似的姑娘，早就盘踞在我心中，但我知道自己当时的情形，涉足爱情根本不可能。因此，我不敢让她知道我的欢乐和痛苦。但是，当她知道我要远远离开家乡的时候，有一天，就在街门口等着我。我们照例是先碰撞着羞怯的目光，接着很轻很轻地微笑，然后是她摆弄着衣角，或者是轻轻咬着手指甲。

“怎么衣服、手上都是颜色？”

“给我妈画像蹭的。”

“听阿璘他们说你要去上海，是真的吗？”

“真的。”

“怎么我一点都不知道？”

“决定很仓促，这两天在为我妈画像……不过……我也是想走成了，才告诉你……”

“为什么要瞒着我？”

“不……不知道……没想瞒你……”我实在无法解释。

“你为什么要去上海，那么远？”

“在家，我说过实在待不下去了。”

“一定要走吗？”

“是的，一定。”

“就到上海吗？不会到别的什么地方？”

“谁知道？会的……”

“那又到什么地方？”

“说不好，海角天涯呗！”

她痛苦地说：“那太叫人想不出原因了！你舍得离开你妈妈，还有你的朋友……”她低着头，含糊地问我。

“在家，我很痛苦。”

“痛苦？为什么？”

“我也不知道，也说不清楚……”

她摆弄衣角不说话了，我也不知道她在想什么。沉默了好半天，她突然轻轻地说：

“我……我想……想求你留个相片给我……”

“同阿璘、双木合照的？”

“不……只要你的……”

“当然可以。”

我们沉默着，谁都想说话，可是谁都不知道说什么。我们总是时时想相见，可是相见了又不敢处太久。我走，她从未说过“再待一会儿”，只是总跟在后面，从半掩的门缝里用眼睛拽着我。这回，也是一样，我只好说：“好，我回去给你找相片……”我惆怅地想走开时，谁知她却打破惯例说：

“我有话，还没说完哩……”

“什么话？”

好半天她才说：“相片要给我写上字，写着是你送给我的。”

我走了好多步了，但回头，又看见她还在半掩的门缝里，用目光久久地搜着我。

我把近年照的相片都翻出来，找到刘公式为我照的、我最满意的那张相片，写上“送给妹”，然后签上自己的名。当准备送给她的时候，双木、阿璘来了。看见相片之后，他们向我的灵魂发起了最后的一次围攻。

第十五章　妈，我会回来的！

“你就准备留给她一张相片？”

“要是她不向我要，我连这张相片也不打算……”

阿璘说：“那太残酷了！你想过没有？”

“想过。我反复想过……可是你们都知道，只有什么都不留，才能使她早日忘却……”

双木说：“她是最敢跟我说话的，虽然我并没听她说过什么。但我知道她送你白兰花已有三年多！”

双木这句话好像一下扎着我的心，我感到非常的疼！

“我看，她心中早就有你，你心中也有她。你和她能瞒过别人，可瞒不过我双木！你太胆小，你应当大胆地对她说你是喜欢她的。”

“不要说这样的话，我求求你们！那样做就害了她！”我好像不是在说话，而是在恳求。

“叫她忘掉你吗？”

“一定要这样！”

“可你知道这是不可能的，她心中已经烙着一个人的影子！”

我拿起一张木炭描成的白兰花，说：“这是木炭勾成的草稿，时间一长，慢慢就模糊，也可能完全脱落了。如果加上定画液，更糟糕的是：如果我——我持起画笔，哪怕是加上这样淡的墨笔，把这朵纯洁的花再勾出来，它将永远冲洗不掉，模糊不了！如果我走的时候，给她添上几笔淡墨，那就不是爱她，而是害她，是不负责任！”

双木沉吟了一下，说：“我看出，你心里顾虑重重。同姓不婚，现在已不是有个别人冲破了吗？你为什么不敢？这是一个原因，我没有猜错吧？”

“有，但不完全。”

“另一个是你怕她家不同意，因为你是个穷工人。可她家并不是个大‘金山客’、大富翁，这你是知道的。我没有猜错吧？”

“没有，同样是不完全。”

“也不完全，那还有什么？”

“我必须要远走高飞。我要飞到什么地方，飞到什么时候，连我自己都不知道。”

双木说：“你们两个人，都是我的朋友，这样让她太痛苦了！”

“说心里话，我确实很爱她，她是第一个叫我产生爱的念头的人。正因为喜欢她，愿她幸福，所以我就必须这样做，信也不能写。我知道，这样对阿是不公道的，可我必须这样做！”

“你太悲观了，你今后还是会回来的。”

“如果你从此连信都不写，你不痛苦吗？”

“痛苦，会一辈子痛苦，只要想起来……这我知道。有生以来第一次烙在心上爱的印，不管今后再烙上多少，这第一个印恐怕是无法盖住的！”

“有一天，你回来，她已经……”

“请你不要再说了！只要她还活在人间，如果我真能回来，我相信她一定会来看我，我也一定会看她，哪怕只是几分钟！”

双木说：“我跟她哥是同学，以前常到她家。你准备把刚才说的都告诉她？”

“不，不能，除了你们两人知道外，这些话我只能深深地锁在心底、埋在心底！明天，你们能跟我一块儿去看她吗？”

“不行，只能你一个人去！”

我现在模模糊糊地记得，在我就要走的那天下午，我去送相片给阿。她早在门缝里等我。

阿接过相片，看了半天，合在手心对我说：“多谢！别怪我，你走得这样突然、这样快，我的相片不能送给你了！”说这话时，她的情绪、表情是凄楚不安的。

“这怪我，早没有告诉你。”

“在那里，有你认识的人吗？”

“只有个肖剑青。”

“他答应给你找工作吗？”

“没有。”

她深思不说话，慢慢走近白兰花树下。

“你要走多久才回来？”

我确实不知道，只好随便说：“总会回来的。”

“总会回来的……总会回来的，到底在哪一天？要多久？”

我确实不知道，我跟她说哪天好呢？怎么想也想不出来。

好半天，她问道：“晚上走？”

“吃了晚饭。阿，我不能再来了……”

她没说什么，把相片用小手帕包好，放在水裙小兜里，然后伸手摘了几朵白兰花，轻轻塞在我手心里，声音非常轻地说：“带着，会忘了这棵树吗？”

这树的花多香啊，我一接过，沁脾透肺的清香就传遍全身。整整三年多了，除了冬天，我都能闻到这棵白兰树的馥郁花香。在我忧愁的时候，这馥郁的芬芳抚慰我；在我欢乐的时候，这馥郁的芬芳陪伴我。如今，我要远远离开它了，我望着这棵亭亭玉立、正值白兰盛开的芳树，柔肠寸断地说：“多谢你，也多谢这棵白兰树，我永远忘不了你的。”

这时，阿忽然凄惨地说：“可等到你回来的时候，这棵树恐怕已经砍了！”

我的心痛楚起来，忙道：“不要砍！为什么要砍了它呢？为什么要砍呢？”

“我不知道，不知道！你要是晚回来，它就会被人砍了！”说着，她双手把那张美丽的脸全捂了起来，黑油油的刘海儿，疏疏朗朗地遮住半截手。

说什么好呢？站了半天，我真不知说什么好。看天色，要吃晚饭了。

“双木、阿璘在等着送我，我走吧？”

她一句话都不说，还是两手捂着脸。

我生怕别人看见，横着心说：“阿，再见！”

我走了，脚步真沉重啊！这次破例了，不是走几步就回头寻找她，而是退着走，双眼一直望着那个街门口。然而却看不见她了，她没有从门缝里再出来！

“别了，白兰花！祝你万年常青！千万别被人砍掉！”

当我快走到尽头拐弯处暗中道别、暗中祷告的时候，忽然看见阿不是立在门缝里，而是立在门外街上。我怎能再转回去呢？只见她久久立在那儿，向我这边看着，望着……

这天的晚饭，母亲做了几样菜，可是父亲、母亲和我都没有怎么吃，有好多话想说，都没有说。父亲几回想打开局面，几回都只说出“吃呀”。他不时抬头看着我和弟弟、妹妹吃饭，一副心事重重的样子。送我乘晚班车的阿璘、双木等人来了。

“得走了，晚了就赶不上车了。”

我这两天情绪很不好，特别是要走的这天，心中感到十分凄凉。我看见母亲一直在后面跟着我。父亲说：

“阿竞，找不到事，你就回来！”

我“嗯”了一声，望着多病悲哀的母亲，哽咽了。我十分艰难地说出：

“妈，我走了！”想不到这句话一说出，引得她放声哭了：“你……不管……怎样……千万要早日回来……”

我再也忍不住，伏在妈妈瘦弱的肩头上，哽哽咽咽地说：“妈，我会回来的！”

第十六章　“山东号”邮轮上

我跟四哥章权约好，五点钟在去香港的悦来渡（拖船）码头见面。我在那个码头等了一会儿，四哥来了。我曾说过，四哥小时候是家里一个勤谨好学、听话和爱劳动的孩子。在他读书的时候，好多事我都受他影响。可是后来因为找不到生活出路，他十八九岁才去广州一家木船厂当学徒，而且学的又是最简单、工钱最少的打填工（用竹丝、麻丝、藤丝之类的纤维，拌油灰填塞船体接缝、钉眼的粗活）。四哥近年情绪一直不好，对什么都悲观失望。这回，我约他见面话别，主要是想劝他振作起来，面对当时青年人常说的不好环境做顽强的斗争，也想把自己的离情别绪向他倾诉倾诉。谁想到他对我与他的话别，感到好像是非常多余似的。他什么话也没有说。他是铁石心肠，我是柔肠寸断，说话时喉咙都沙哑了：

“四哥，我这次离家，前途不乐观。可是不走，还能等什么呢？”

他“嗯”了一声。

“从今以后，帮助家，我是不大可能了……”

他又“嗯”了一声。

“请你多多照顾一下！”

他还是个“嗯”。

“大家天天都说‘环境不好’，我们生在乱世，又生在穷家，像大家常说的，确是‘四路绝煞’走投无路……”我正说着，忽然看见七八个衣衫褴褛的流浪乞儿，不知道抢谁的什么吃的，或什么东西，被抢的人在大叫大骂，警察也吹响铁哨，过来驱逐。

“你看，这些无家可归的小孩儿，多可怜！”我指着那些孩子逃跑的方向说。

四哥无动于衷，还是“嗯”。我太失望了，四哥好像已经麻木了。我还用前几天远房大叔母到家里借麻索，想要抓她逃跑出去的大儿子的事，震醒我四哥已经麻木的灵魂，唤起他对童年的回忆，我说：

“那天，大叔母怒气冲冲地到家借麻索，有人看见她儿子在石岐什么地方跟乞儿混在一起。她要到石岐，把她儿子捆回去！妈劝大叔母说：‘孩子怕你才跑的，你拿麻索去捉他，他让你捆吗？’大叔母不听，还气呼呼地说：‘他是我的儿子，我是他娘，他敢不认娘，没王法了？’我对妈说现在讲什么王法？要想把流浪孩子教好，就得学苏俄电影《生路》里的做法，才能救这些孩子！可惜，大叔母没看过《生路》，她不懂。”

我白说了，四哥也没有看过《生路》，他根本不知道我在说什么，还是“嗯”。

码头下面的岐江水，一涌一涌地在动荡着，呜呜咽咽，好像在哭泣。这时，警察又在追赶另一伙流浪乞儿，大声嚷着：

“逮住他们，堵住他们！”

四哥虽然看见、听见，可任何反应也没有。我看到他这个样子，真掉泪了！再说什么也无用了，现在四哥是个只会动的死人！谁使一个曾经是好学勤奋、爱劳动的孩子竟变成这个样啊？！谁能回答？岐江水，呜呜咽咽，像在哭。我只好抹掉眼泪，哽哽咽咽地说：

“四哥，还有好几个钟头才开船，你明天还要做工，回去吧！家里的事，我就托给你了！”

这时，他说话了：“嗯，家里的事你不用管了，你就去吧！”

我的家，只有父亲、母亲管，我的兄弟们谁都没管过。现在四哥说“你不用管了”，就是我也不要管了，这话触到了我的伤心处。

四哥转身刚走，刘凤雏从马路那边走来：“阿竟，走，跟我去向一个人辞行！”

“跟谁辞行？”

“一看见你会认识的，走！”

我跟刘凤雏走了好长好长一段路，到了郊外一个村里。

“这不是邵天叟住的地方吗，你来向他辞行？”

“不。我跟他辞行干吗？”

刘凤雏带我走进一户人家。我非常惊奇，出来迎接刘凤雏的是原来在肖剑青家当女佣的那个年轻姑娘。一时间，我手足无措，不知如何称呼她。她穿着一身广东人夏季很喜欢的黑胶绸，脚穿着黑漆皮拖鞋，乌黑的头发在腰部摆动，辫梢系着红头绳，留着疏疏松松的齐眉刘海儿。从头到脚，从上到下闪闪亮亮的黑色里，衬托着容光焕发、白里透红的面庞，玉似的手上戴着只金戒指，闪烁的耳坠子在耳畔晃动，左腰扣子上掖着一块粉色的、随着欢快移动而飘舞的绸手帕。我可以打赌，这位穷家青年女子一定是把自己全部家当、最好的行头都集中在自己身上，想赢得来看她的人的欢心。

这个女子礼貌地对我一笑，就向刘凤雏问道："怎么这会儿才来？"

"我去找阿竞一时没找到，耽误了时间。"

我心里想，说好我在码头等他，到那一下就找到我啦，怎么会耽误时间呢？显然，刘凤雏在哄她！

这个女子在为我们端茶的时候，我看见她那白粉般的脸蒙着一层伤别的哀愁。我明白了，他们是在恋爱。可我前几天到刘凤雏家里，见过他那个瘦弱多病、很好说话的妻子。难道他没有告诉这个女子自己有老婆吗？

女子的父亲出来了，是一位敦厚、热情、憨态可掬的老实劳动者。他在同我说这问那的时候，女子同刘凤雏到里边去。我从来不听人家这种悄悄话，我同女子的父亲说了好长时间话，怕误了上船，不时看桌上那只锈迹斑斑早该退休的马蹄表，最后剩下不到一个钟头了，就向里面说："老刘，快到点了！"

"就走。"

"不要紧，这里到悦来渡码头用不了一个钟头，让他们多倾倾（畅谈的意思）吧！"

我看见这位老实的父亲跟女儿一样是被蒙在鼓里的，他大概以为这是个忠诚的未来好女婿哩！我在心里说：老刘啊老刘，你告诉人家家里有老婆没有？

又过了一会儿，天突然下起小阵雨，阵雨过后，我又催刘凤雏：

“雨停了，再不走……”

在我多次的催促下，他们终于出来了。女子还偷偷擦眼泪。

我看见他们那个难舍难分的缠绵劲儿，就说：

“我在外头等你。”说了这句话，我就走到街上去。

刘凤雏在路上以甜滋滋的口吻对我说：“她很多情，舍不得我离开她，还哭呢……”

“你有老婆，告诉她了吗？”

刘凤雏没有回答我。

“她将来怎么办？难道让她就这样蒙在鼓里？”

刘凤雏还是没有回答我。

“这样，她太可怜了！”

他仍然没有回答我。

我们刚回到船上，那艘负担拖曳重任的轮船就慢慢驶过来，紧贴着悦来渡码头。雨后的夏夜，又潮湿又闷热，我倚着船舷，望着高高的朦朦胧胧的烟墩山，朦朦胧胧的文笋——花塔。这是小时候常快到中午爬上牛倌山，看它冒烟，听它响炮的地方，现在我要离开它了。我尝到了离别故乡的痛苦。零零星星的雨点，像天在落泪；哗啦哗啦的江水，像在船舷下啜泣。

一声沉闷的、老长老长的报告开船的汽笛声，把我从忧郁迷惘中拉了回来，好像在敦促我：

“快说一声：故乡，再会！”

经过一天的拖船颠簸，我第一次踏上那个被英帝国主义者掠去的耻辱海岛——香港。刘凤雏的侄子，把我们接到他工作的匹头店（布店）。这是他侄子的亲戚开的。这样，在香港的几天里，我们吃住都在这里，去上海的船票也由刘凤雏的侄子代我们去买。没有什么事情，他就带我和刘凤雏去看了一些地方，逛了几趟马路。我觉得这个地方很像一个大螺壳，道路都是斜坡形的，像螺壳的旋纹。我没在海水里游过泳，提出这个要求，刘侄子就为我们借了两张什么俱乐部的入门卡片，去海滨游泳，还渡海去九龙看了一下。不知怎么搞的，我没有在香港多住几天的心思。船票很快就买好了，是乘英国太古轮船公司的“山东号”。我和刘凤雏就马上给上海的肖剑青写信，告诉他我们到达上海的日期。

我们买的舱位是三等舱，在船的尾部。舱里面很暗，船体两边各有一个舷窗，照明主要靠这两只昏昏黄黄加了铁网的电灯。因通风不好，人多拥挤，一下舷梯就有一股腥气难闻的恶臭扑面而来，连我这个从小闻惯鱼腥的人也很难适应。铺位很窄，一个挨一个，像打开的一罐头沙丁鱼。如果胖一点，就很难躺进去，幸好，我看坐三等船的都是瘦人。刘凤雏在上铺，这个舱因为是在尾部，正是排水推进器的部位，所以一开船就轰轰隆隆特别响，摇晃震动得很厉害。那些一进舱就哇啦哇啦嚷个不停、好说话的饶舌人，这会儿都忙于呕吐了，有的蔫不唧唧不说话了。我没有坐过海轮，但我听说上船后会有什么船警、稽查之类的人来搜查行李，搜查违禁品。说这种人，专门敲人竹杠，欺负“大乡俚”（乡下人），要特别小心。我虽然没有违禁品，还是在准备这种专门以敲竹杠为职业的家伙到来。然而开船好半天了，却没有看见他们来，又不敢走开。过了好长时间，我想他们大概不来了，于是心中暗暗庆贺自己的幸运！我很快就把会搜查行李的事儿，忘得干干净净了。

舷窗虽然在我们铺位这头，但由于隔着一个铺位，不能看到外面的大海到底是什么样子。我躺在伸不开腿的铺位上，没法看书，只好闭目“想象”上岸后的生活了。我从小善于想象，什么都想，经常想象将来的生活，是万事如意一幅十分美好的图景。当我正闭目“创作”美好的、奇迹般的生活的时候，忽然有人推我：

“起来起来！”

我睁眼看见是一个穿蓝灰制服的人。

“打开箱子！”

我爬起来，打开黄藤箱子。刘凤雏也起来坐在铺上，看这个人翻看我箱子里的东西。我看他胡乱翻了一下，就对刘凤雏说：

“打开你的！”

我心里暗想，这样粗枝大叶地翻，能翻出违禁品吗？谁知他对刘凤雏的搜查却很细致，他不但把所有衣服都翻了，而且很仔细地摸索着皮箱的衬里。

刘凤雏讨好地说：“我没带什么，我没带什么……”

那个人不理他，忽然在皮箱壁的小口袋里掏出一个小纸包。我看见刘凤雏的脸部当即抽搐起来。那个人打开纸包看了看，又包好，好像很轻松似的问刘凤雏：

“没有什么，这是什么？”

我看不清纸包里包着什么，好像是几个米黄色的橡皮气球袋，可是刘凤雏唰的一下，脸都白了。

“这是什么？说呀！”

刘凤雏不敢回答，我真纳闷：这样的小玩意儿，也成了违禁品？大概是抓“大乡俚”敲竹杠了！

“不说？好吧。你想想吧，怎样处理，一会儿再跟我说。”说罢，他把小纸包塞回箱子的小口袋里去，就到别的铺位，搜查其他乘客行李去了。这人从尾舱搜查完后，走了。我问刘凤雏：

“小纸包是什么东西？”

“没什么。”

“那为什么让你看着怎么处理？这是向你要钱，敲竹杠！”

刘凤雏的确显得很害怕。

“要敲竹杠，敲多少钱？哪里有钱！他说一会儿来的啊！”

刘凤雏忽然急中生智，取出小纸包扔出舷窗去，说：

“我让你敲个！”

好大一会儿，那个人来了，问刘凤雏：“想好了吗？怎么处理？”

刘凤雏不回答，那人又打开箱子，乱搜一遍，大怒了：“你把东西藏在哪里？”

刘凤雏不回答，这个人把刘凤雏衣服口袋，前前后后摸了一遍说：“你把东西扔啦？好呀，看看吧，我厉害还是你厉害！”

我很担心，刘凤雏也很担心。但他却说：“你虽然厉害，可你抓不着我了！”

我很佩服刘凤雏这一手，果然那人没有再来。可是如果我们的铺位不靠近舷窗，那可能麻烦了，起码得敲几块大洋。

尾舱实在闷热，实在臭，搜查行李之后，我走到甲板上面去，上身刚钻出舷梯，就感到进入了另一个世界。清凉，带着湿度很大的海风，把我在尾舱里塞满肺叶的闷气、憋气、臭气都换掉了。无边无际的大海，简直像一块无边无际的微微飘动着的蓝绸。犁开大海，两边白浪滚滚的“山东号”后面，留着一道白色的、直直的、宽宽的浪痕，就像一条大路。白云，悠悠飘在蓝天；海鸥，迅猛掠过蓝海。这是我第一次置身在海上，见到的大海和海上的天是那么宽广，那么自由，那么生机勃勃。可我往甲板面一看，许多穿着讲究的人，有洋人，有中国人，有男有女，舒舒服服斜躺在帆布椅上。据说这些帆布躺椅，要付租金才能享受，我当然与这无分了。

白日的人海好看，晚上的大海，更是好看：西面的天，像熔金的火炉；西边的云，像熔炉喷出的火焰。落日真是慷慨，只要什么向着它，它就把金色阳光，披在什么上面，不分是物还是人，不分是穷还是富，太阳是最公平的。大海，太美了，我一直看到天全黑之后才回舱里。

我眷恋着大海，大海的晚景如此动人，那朝霞不知该是如何动人了。于是我下定决心，一大早上甲板看海景，看太阳怎样从海底出来。

第二天，我很早就登上甲板，海和天朦朦胧胧。在那朦朦胧胧的天际，天云从鱼肚般的颜色渐渐变为浅黄，从浅黄又渐渐变成橙黄。一会儿，一抹一抹的、不整齐的云，从黑色变紫了，又从紫色变为镶着金边的、会放光的云。太阳上升了，从一点变成一道弯，弯又变成半圆的了。就在我一眨眼间，太阳突然跳出海浪，光芒四射，腾上远远的东方海空。

哦，太阳跃出海面的情景真是太美了！美得无法用语言描述。我靠着甲板栏杆，看着早晨的大海，看千千万万在海中跳跳闪闪的金色光片。

在甲板上，我独自欣赏着这一美景。不一会儿，乘客三三两两走上甲板，呼吸着清新的空气。有吹口哨的，有哼曲子的，有伸腰做出各种活动姿势的。头顶晴空万里，阳光布满甲板，不管穷富，洒在每个人的身上。忽然，我听到一阵悦耳的口琴声，回头一看，是一个白人青年吹着口琴，逍遥自在，怡然自得，向我这边走来。他越走越近，好像他的前头根本没有人似的向我闯来。我暗暗地说着“这洋人怎么这样无礼！”的时候，他用粗大的、长着疏疏长毛的臂膀把我杠在一边。他用力很猛，我差点被他杠倒。太无理了，我怒了：

“你为什么杠我？”

在他面前，好像我根本不存在似的。他仍吹着口琴一直向前，又杠了我一下。他是有意杠我的，要占我站着的地方。我更怒了：

“你为什么杠我？”

“干什么，滚开！”他说的是广州话。

“你滚开！”我使劲地回敬他一下。

“哦，你敢抵抗！”他收了口琴，用手抓住我。

我反抗了，用另一只手猛地打下他的手，他却用双手扳着我的手臂，扳得我好疼！

“你不滚开？”他把我推到一边。

欺人太甚！我想，他以为中国人都是好欺负的！我火冒三丈，向他扑去！

我同这个洋鬼子在甲板上扭打起来了。很多人围过来，或侧过头来看着热闹。这时，有两个中国人过来，一人用英语劝着那个洋鬼子，一人把我拉开。我气极了，还要冲上去。这人拦着，悄悄对我说：

“在外国人的船上，跟外国人打架，你要吃亏的！”

“他凭什么欺负人？中国人都是好欺负的啊？”

“你懂得这个道理就行，但在这船上，谁都无法替你辩清楚。”

这时刘凤雏来了，问我原委。那人说：“哦，同你一块的？你劝他下去，在这里，没理可讲！”

回到尾舱，我实在怒气难消：“为什么在中国的地方，不管陆地、海上，都要受外国人欺负？”

刘凤雏苦笑了一下，接着又无可奈何地说：“唉，谁叫你我都生在中国！”

“生在中国怎么了？”

“那就免不了要受洋鬼子欺负！”

“我偏要生在中国，偏要不受洋鬼子欺负！”

“可现在，你是孤掌难鸣！”

孤掌难鸣，实在太气人了。在“山东号”轮船上的四五天里，每听到那种口琴声，那种洋调，我就感到受了欺凌，受了侮辱。在汕头停泊和厦门停泊时，上岸看看美丽可爱的沿海风光，才慢慢减弱了我心中的怒火。在后面的航海日子里，我心中一直默念着：中国，中国人，你应该怎么做啊？

大海茫茫，没人回答。

故乡岁月，被“山东号”掀起的波浪推向无边无际的天边。

一九三四年七月十三日早晨，在即将踏上黄浦滩码头的时候，我摸摸口袋，只有一块钱。靠这一块钱，我开始了新的异乡岁月。

1985年6月23日三部全部重写完

异乡岁月

老阮

阿競

第一部　大上海

阮章竞　口述
贾柯夫　整理

我是在口袋里只剩下一块钱的情况下开始走入异乡的。是在一九三四年七月十三日到上海的。为什么这个日期记得准确呢？因为我到上海后的第二天去法租界看“七一四”法国国庆节纪念活动。

我在《故乡岁月》里谈到轮船上要与那个外国人打架，但没打成，只是推推搡搡了几下，就被人们拉开了。

后来到了上海，在准备上码头时，我身上只有一块钱了，这给我的印象极深。我和刘凤雏在去上海前就写信给肖剑青，让他来接我们，因为我们在上海没有任何依靠。在我们到上海时，肖剑青夫妇和他弟弟都去接我们。还好，他还是讲友情的，不过面露难色，使我们知道他有困难。他把我们带回家，招待了我们。他是认真的，但不太热情，因为我们突然而来。他有个弟弟肖约伯，当时在上海念书，好像和我同岁，是同龄人。他当时在找人辅导英语，还要学点日语，准备找职业。

肖剑青当时的情况是，从广东中山天涯艺术学校回到上海后曾无事干，后来到世界书局工作了。当时上海有商务、世界、中华三大书局。他是在世界书局画儿童插图，收入在当时是中等水平，又要留下些钱应急，所以生活还是不富裕的。我们上岸后是要靠他了，只好在他家吃饭，也感到给了他很大的负担。我记得当时天气很热，第二天就是“七一四”法国资产阶级攻占巴士底监狱的纪念日，肖剑青带我们去看上海街道，他夫人、弟弟也陪着一起去了。法租界在霞飞路。我过去只去过广州、澳门，这回我是真感到上海的五光十色了，很热闹。那天法租界人山人海，挤得水泄不通，我们几个人要是不紧跟着都会被挤散了。正是这给我留下了到上海的最初印象，也使我记下了到上海的准确时间。

肖剑青住的是楼房下层，有个小院子，还有厨房，这种住房一般只有中产知识分子才租得起，当时一般作家是住亭子间的。肖剑青为我们在附近租了亭子间，面积很小，只能放个书桌、一个书架、一个床，面积顶多七八平方米，房租是六七块钱，那时这种房子的房租一般都在六元至九元之间。我、刘凤雏加上肖约伯就住在了这个小房间里，我们支上了在香港买的帆布床。

当时，肖约伯正在和一个像是朝鲜人的青年学日语。这个青年的形象似是日本浪人，他叫金元喆，从朝鲜来上海想当电影明星。他日语讲得很好，但中国话讲不好，肖剑青想利用他翻译些东西，再用自己的名义出版，后来因为这个人的中国语文不好，就不用了。我去后不久，这个人由于不大受肖家的欢迎了，也就不怎么去了。

我开始去上海的打算是：一是想找个工作，起码是画画和油漆这种自己有专长的工作，可以解决吃饭问题；二是想读书，利用晚上时间去夜校读书，也想到书摊看书；三是想学英语，不过这只是想法，因为我当时已经二十岁，要学会英语已困难了。当时我精力充沛，想学些东西，还想画画，就是吃苦也不怕。那时我已接触到了新文学，所以我也想学新文学。用一句话说就是想寻找新的出路。从故乡出来到上海的许多人都同我一样是找新路的。

肖剑青还是讲交情的，能帮助我们一下，不过我不太赞成他的人品。刘凤雏原来是个店员，已有了老婆，他来上海是想挣钱。当时我想到，如果让我挣钱照顾家庭和父母不大可能，对这我有思想准备，父母也知道。肖剑青除了在世界书局画儿童插图外，还找了一个懂日文的人翻译一本日本美术方面的书，我记得那本书很厚。那个人是卖稿子的，他翻译了很长时间，但因为肖剑青不给他钱，那人就推说事忙，不来了。

肖剑青青年时代在上海有一群狐朋狗友。他自己学了画画，可他的这些朋友们则是干什么的都有。后来我发现他们一伙的关系搞不清，很乱，夫人也常互相拉拉扯扯。这也是长时期才从玩笑中知道的。

肖剑青比我大八岁到十岁，肖太太是个啰啰唆唆的主妇，小市民的典型人物。她对我较信任，对我也很好，这是因为我诚实，虽然我对他们有批判态度，但我还是尊敬他们的，肖不一定感到这些。肖剑青当时的生活由于有他弟弟肖约伯和我们这两个“食客”住在他家，也不富裕，所以他想找个好一些的工作。

当时上海有四大百货公司，即先施、永安、新新，还有一个大新。这四大公司都是广东人掌握。[1]肖剑青想拱进新新公司美术部去，这他是有门路的，因为肖家在我们沙溪区大冲村势力很大。新新公司总经理叫李泽，是侄子继承了叔父遗产后成为总经理的。副经理姓肖，和肖剑青同村同族。当年的电影明星胡蝶，最早就是嫁给了这个姓肖的副经理。因为当时肖剑青去参加了婚礼，时常把这作为荣耀夸口。

肖剑青就这样挤掉了别人，进新新公司美术部当了部长。美术部下面还有两个职位。一个月薪高些的二十元，另一个月薪十五元。刘凤雏说他有家室，来上海就是为了赚钱，他说，“我去吧”。我想我没结婚，也没负担，就让他去吧。那时肖约伯也没工作，所以十五元一个月的工作就看是我去还是肖约伯去了。肖约伯说他不想在家吃哥嫂的饭了，可是他没技术，刘凤雏也没技术，他们都不会绘画，本来这工作应该是我去的，可我见了这种情形，就退了一步。肖剑青也说，如果我不去，他可以给我找些广告画干。他们都上班了，我就学习，肖剑青就给我出主意，让我编一本儿童剪贴，都用洋光纸搞的，我搞了一个，结果又被书店退了回来，我也无所谓。

我那时已在上海混了两个月了，常到棋盘街去看书。那时的书店不如现在这样衙门气，读者可以在那里随便看书。当然也有人偷书，不过我可没偷过。在书店看书可以一看看两三个钟头。我感到这很好，我就总去，如当时

---

① 这四大百货公司的创办人都是中山籍澳大利亚华侨。先施公司创办人马应彪为沙涌人，永安公司创办人郭乐、郭泉兄弟为仁良都竹秀园人，新新公司创办人李敏周为石岐人，大新公司创办人蔡昌为唐家湾人。

的开明等书店。因为当时大书局都板面孔，我不敢去，只在开明、生活读书。还有上海申报有个图书馆，只要一元钱押金就可以借书看。这使许多青年有机会读了许多书。当时我们的图书证不是一个人用，是许多人合用。那时许多左翼文学都是我们传着看的。就这样混了好几个月，到秋天来了。

肖约伯和刘凤雏到新新公司后，我就搞些零活。先搞过一个街心公园咖啡厅的广告，我把前后墙壁都染成了天蓝色，并画了许多云彩、海鸥，老板很满意，说我很有想象力。当时我很苦闷，还经常去肖家吃饭。开始我不会喝酒，肖也不想让我喝酒，但我不管这些，我就与他斗，用大杯喝了个痛快，结果是烂醉如泥，倒在地上什么也不知道了，找黄包车拉了回去。早上起来后，我和约伯等人把个亭子间吐得臭不可闻。我头疼得受不了，开门打扫时弄得满屋臭味，两个舞女很不满。这反映了当时的苦闷，没有工作，也没有学习机会。

这段时间我每月有一些广告工作，也就能赚十元八元的，够交房租了。因为以前有过君子协定，我如赚不了钱，房租由他们交，这使他们对我有些不满。肖太太的母亲叫我阮生，相当于北京称谓的阮先生。我后来凭着在公司画广告的收入，在旧衣摊又买了些冬装，一件大衣十块钱，皮鞋等也都买了。

我有时不在肖家吃饭，就去吃阳春面或包子，也还过得去，但我每月必须要挣七八元钱，不然就不能生活。后来我买了个洋油炉。米也不贵，六元钱可以买一大口袋，够吃一个月了。再有钱时就买点肉、青菜或花生米，扔到锅里就是饭了。那时上海街头有老虎灶，花一个铜板就可以买一大壶开水，很方便。这段生活主要是这样。

刘凤雏老婆写信给他，让他回去，他就回去过年了。[1]这样，我们就少了个交房租的，于是我与肖约伯一起交房租，有时我没钱了，约伯就说，你不用交了。我对他一直还是怀念的，后来国共抗战我们有了分歧。

肖剑青有些朋友，一个叫葛宜贤，我和他不认识，在报上见过一点他的文字。

在秋天的时候，我见过一个叫金民天的作家一两次，似乎是个编辑。后来就听不到这个名字了。肖剑青干女儿请他辅导国文，我听过他讲课，也没什么特别的。印象最深的是他讲鲁迅的《秋夜》。那时觉得，他理解这作品的程度，也不过和我一样。

当时我很尊重上海的作家，不论大作家还是小作家。王云五也是中山人[2]，我没见过。由于他是自学成才，所以我很佩服他。我喜欢看他们写的奋斗史。还有陶行知，他推广平民教育，我也很佩服。

我这段的生活虽不能算颠沛流离，但也够得上浪迹上海了。我看到了许多怪现象。当时上海的妓女、野鸡在街上公开拉客，还有许多如土耳其浴室之类可以交易的地方。那时有仆人荐行，很多江北来的破产农民流入城市做仆人。如果找到个好主家还好一些，遇上一些不好的主家，还要受骗。这些

---

① 阮章竞笔记：刘凤雏回广是春节前，应是1935年1月。

② 王云五（1888—1979），中山南朗人。1921年9月任商务编译所副所长，旋任所长，1930年2月任商务印书馆总经理，直到1946年4月。在这25年时间里，以平民化的出版视角、商业化的经营手段，带领商务走向出版辉煌。

现象充分表现了二十年代上海的腐败。还有外国人和外国驻军在上海的特权，对我刺激很大。那时外国租界地都在苏州河一带，北四川路也是。特别是虹口公园左侧就是日本海军陆战队，人一走到那里就感到阴森森的，日本军舰泊在黄浦江上，日本兵经常开着摩托车横冲直撞，在北四川路有许多日本侨民，所谓的大日本色彩很重，连学生都不同。不过他们那里是畸形的，也有当女招待的痛苦的日本妇女。

鲁迅当时住在虹口公园右面的司高塔路，我还去看过。内山书店就在那里，鲁迅常去这个书店，我也常去这个书店。我是从不买日本货的，可是书店我去，因为日本图书装潢很好，日本字我不懂，但我还是买了一些日本广告画的参考书。那时日本人骄横跋扈，很不得了。还有印度警察随意抓人。一次我从街头横杆处过街，一名印度警察一把就把我拉了回来，气死我了。他们常抓革命者，这在当时报上经常披露。对于我来说，抵制外国人的思想，比阶级觉悟还要高，因为当时还谈不上劳动革命思想，对左翼的东西也只是朦朦胧胧，这就是我在上海初期的状况。

我住在亭子间时，经常看到妓女，乌七八糟的，或喝醉了酒躺在街上，奇形怪状的。我住的亭子间下面住着二房东，楼上住着一个没有工作的女人，带着两个当舞女的女儿，我们是共用一个厕所的。这两个舞女每天后半夜回来，每天晚上十二点左右争用厕所，弄得很脏，还得我们每天收拾。她们实际上是一种变相的卖淫，所以有时回来睡，有时不回来睡。我一到上海就看到了这么多脏东西。

肖剑青的生活很浪漫，也就是很不检点。当了美术部部长后，有了钱，买了辆旧摩托车，天天带着他干女儿上下班。他会画画，广东人对画画感兴趣，有个同乡在美专读书，叫他叔叔，肖与她经常一起开房间。其实当时那种“为艺术而艺术”“写艺术家心灵”的口号已经有了，肖就说他是“为艺术而艺术的”。

我为什么讲肖剑青这个人呢？因为在人生道路上，我和他走过一段路，所以我不能不谈到他。我一到上海时就看到肖有个干女儿，当时不是读初中就是读高中。她原名叫佘瑞卿，父亲叫佘敦相，家庭是干什么的搞不清。我看他们像帮会，也没有个正当职业。当时，佘敦相已是疾病缠身了。他有三个老婆，大老婆有一个女儿；二老婆就是瑞卿的母亲，瑞卿是她母亲要的；三老婆生了个男孩，我见时已是个十岁左右的少年了。佘瑞卿那时十六七岁，我大她四岁。她大姐不知通过谁的介绍认识了肖，就让这个中产阶级的文人帮她妹妹找出路，提高文化。于是肖就收佘瑞卿做了干女儿。不久后，我就到了肖家。这个女孩子很活泼，爱说爱笑。她问我是不是会画画，说她弟弟想学画，问我能不能教他，我说可以。于是她弟弟下学后，路过这里就来我这儿，我就教他几笔画。瑞卿的身世就是她弟弟告诉我的。

佘瑞卿为了生活到南洋华侨开设的电影公司拍电影，我对她还是同情的。一九三四年秋冬之交，她到苏州去拍电影，肖剑青还不放心。过了二十多天后，她回来了，告诉我她是去拍《十三妹》[①]，告诉我她怎样骑毛驴、怎样走路等。这个姑娘晚上在肖家，经常要我送她回家，怕路上遇到流氓，

① 电影《十三妹》，又名《儿女英雄》，友联影片公司出品，导演文逸民。

肖太太也常让我陪她回去。有时肖要自己陪她，我就不勉强去送她了，因为我是奉命陪她的。我去过她家，她父亲对我很好。家里把对她的希望全寄托在了肖的身上。之后金民天给她讲课时我也去一起听过课，做了笔记，还写过文章给金民天看。金看后对我的文章表示赞扬，姑娘对这很感兴趣。她问我："你的文章怎么就受到赞扬呢？"后来从她弟弟带来的女同学和她开玩笑中，我知道姑娘对我是有兴趣的，而我当时却完全是无心，只是对她的身世有所同情。

以后，肖剑青在新新公司为她找了个售货员的工作。当时她年岁小，长得漂亮，性格活泼，正合百货公司雇用漂亮女孩子做"花瓶"招徕顾客的意图。

记得刘凤雏在回广东以前曾说过："肖剑青对他的干女儿有企图。"我当时也说："可能，这家伙靠不准。"以后肖上下班就用摩托车带她来去。她在当了店员走之前，曾对我说："以后我下班后天天来看你。"我说："有时间你就来吧。"她当时是带着一丝恋情走的。

后来我们在一次谈话中，谈到理想的爱人问题。她问我想过没有。我说没想过，也谈不上。她就问我为什么没想过。我说不知道。她讲她有。于是我就问她。她说："我不能说，因为你是知道的。"我说："我不知道。"走时她亲了我一下，并说："你知道了吧？"从那以后，她每天都来看我。

有一天，我感到姑娘的情绪不对头，肖太太情绪也不对头。一天，肖喝得醉醺醺的，回来就打姑娘的耳光。我不知道原因，估计是调戏了但还没到手，可能进到了某种程度。当时肖太太也劝，而姑娘却不反抗。我感到很纳闷，本想去劝解一下，但一看这种周瑜打黄盖的样子，只讲“不要打了，打出血了”。肖当时借酒讲了些疯话，说：“你不要管，她是个贱货。”我见姑娘对这种侮辱的话也不反抗，就走了。

事后我把这事告诉了肖约伯，他说：“你不要管这事了，我这个哥哥太不像话了。”我说：“他打人不行呀，我开始都看不下去了，都想炸了，但你嫂子在场。”肖约伯让我写个条子给姑娘，我就写了条子问她怎么回事。她回条子写道：“我自立了，过去事全不算数了。”

在到上海的最初一年中，我就是过这样的生活。

有一次我在马路上遇到一个人，是不能不谈到的李思庸，这个人起了好作用。

李思庸是沙溪区涌边——我学徒的涌头那地方邻村的人。我认识他，但不太熟，好像比我大四岁。那天我正在北四川路马路上，一下子碰到了他。他说：“你不是两合油漆店的小学徒吗？”于是我们一同回到亭子间聊了起来。我们是同病相怜，他也是到上海来找出路的。他正在干“跑街”，就是为一个纱厂跑生意。我们谈得很投机，命运使我们一下子就接近了。他来上海已经两年了。我问就这么过，他讲，是。我们还谈了红军，谈了国民党的压迫、贪官腐败等。

我告诉他我读了许多书。当时我住的弄堂里有两个青年，其中一个叫陈启既，我们常打招呼。这个人英语基础很好，是个中学生，想找个好职业，当时铁路、海关、银行是很多人认为理想的好工作。当时还有写字间，现在叫办事处，他还想当办事员。他没有父亲，母亲在沙市，他寄住在叔叔家生活。他堂哥喜欢文学，见我爱看书，就介绍我认识了他的堂哥。堂哥来过我住处两次，是个二十六七岁的大青年，我们谈得很好，但这人不过是要找出路而已，在政治上没见解、没倾向，可他读书很多，自己也有书。那时如果你有一篮子书的话，你就是富翁了。他就把一网篮书全拿给我看，其中有《新青年》，经济、教育方面的杂志，《译文》《世界文学》等，虽然都过期了，但我连每本的标点都看了。我从他堂哥那儿看到的书很多，肖剑青那里只有美术书，而这些书里进步书籍很多。

我和李思庸去参加了一九三五年淞沪“一·二八”抗战英雄纪念会，在会上见到了金焰等有名的人。纪念抗日英雄，当时有几千几万人参加，都是学生、店员、文化界人士。

李思庸听说我爱看书，就向我介绍了些书，还问我喜欢什么，答应给我找。不久他就给我找了茅盾的《子夜》和鲁迅的《华盖集》《自由谈》，还有《新语丝》。后来他还找到了共产党的地下刊物。我感到他很有办法。他告诉我，有一批流浪者朋友给他提供这些书。那些书封面全是女人的色情照片，但里面是革命的内容。艾思奇就在这时给我留下了印象。

李思庸还给我介绍了一个姓徐的朋友，这人名字我忘了，是中山东面的台山县人。他思想进步，是个流浪汉，嫖过日本妓女。他讲他年岁大了，还是单身汉，各种生活都过过了，并说总这样不好，对自己采取了批判的态度。

一九三五年到了春暖花开之时，大约二月份，我对李思庸讲给我找份工作吧。这时他在给另一家广告社“跑街”，就介绍我去这家广告社做工，月薪十五元。我告诉了肖约伯，离开了合住的亭子间。

我搬到新去的广告社所在的小弄堂里住，广告社的老板、老板娘住楼上，我住楼下。

社会生活给我许多怪现象看。老板有个叔伯亲戚，三十来岁，是个设计师，与老板关系很好。他的画不如我，所以我的广告样子常被客户选用，而不用他的。老板娘是个半老徐娘，很能张罗，但就怕设计师闹着要走。我开始不清楚他们是什么关系。后来我知道了一点，老板在外面有相好的，老板娘就与设计师好。记得那时正是阮玲玉自杀[①]之后不久，老板娘还去殡仪馆看了看，回来说阮玲玉打扮得很漂亮，很为她惋惜。老板娘的那种惋惜与别人不同，让人感到她内心有痛苦。也就是在阮玲玉自杀后不几天，那个设计师闹着要走。老板娘很着急，但老板讲不干就不干，反正这里还有阮章竞呢，工资给得少，不但能画还能安装广告。那个设计师只会指手画脚，却不能装，所以老板放他走了。

过了几天，我一去上班，看到整个广告社黯然无声，工人不工作了，老板也愁眉苦脸的。原来，老板娘在一个旅馆自杀了。李思庸告诉我，老板娘的死与那个设计师有关系。我参加了收尸，把老板娘埋到了广东同乡会搞的坟地里，叫什么山庄。肖剑青的父亲也是葬在这里的，我因为尊敬这位老人家，还来送花祭奠过。老板只叫了几个亲朋，就把老板娘的后事办了，那时的中产阶级也只是如此简办丧事，不像现在这样挥霍。葬了老板娘后，老板

① 阮玲玉（1910—1935），中国无声电影时期著名影星，广东中山南蓢左步头村人。

对我说，太太死了，没人张罗了，我不办广告社了，你再去找个事做吧。于是我和李思庸又失业了。

我回到与肖约伯合住的亭子间，对他讲怎么办呀，他说，再说吧。于是我和李思庸两人分工，他去外面找生意，我在家里画。[①]约伯说他不愿再看他哥哥那种浪漫的生活了，于是我们就一起搬到了司高塔路，这里与鲁迅住处很近。我们的房间比亭子间大些，有十平方米左右，但里面有个马桶。我说，就是这个马桶有些讨厌。约伯说，可以买块布挡上。这是个女二房东的房子，没男人，她本人也常常不在家，往往一个月左右才回来几天。她审查我们很严格，并且要有一家担保。约伯就到新新公司找他哥哥签字担保。这个女人还真去调查了一下，然后才让我们住下。

这个家庭中还有两个年轻妇女，一个丫头、一个小女孩。她们都很自由。后来我想，她们中年岁大约三十岁的那个女人可能是个妾，小的不知道是什么身份。小女孩很活泼。每当我一回去，这三个女人总是拦住我，和我开玩笑。因为我回房间必须要经过她们房间前的过道，她们不是用绳子绊我，就是拉我。特别是那个年龄不太大的女人和我闹得厉害。那个丫头倒很好，那年（一九三五年夏）天气很热，我一回去她就给我些冰吃。可我真受不了她们这么闹。

这段时间我们的生活是吃不饱又饿不死。李思庸每天跑街揽活儿，我在家做活儿，如遇上复杂的活儿，我就去找同乡中一个很巧手的木匠来搞，

① 阮章竞笔记：与李思庸画广告画为生是1935年夏。

他可以使画的人物动作起来。这种活动广告是可以多赚些钱的。我们就这样通过做工来凑合着生活，很艰难。我也就利用这时间来实现我的第三个目标——学外语。我在一家私人学校报了名。这个学校就在我住的弄堂中，每天要经过肖家门口。当时学的外语教材是商务印书馆出的中学课本。我是插班学习，感到很困难，而老师每天讲课也不多解释，我学得很吃力。

有一次下了英语课，我路过肖家，见他家门口吵吵闹闹围着好多人。原来是他干女儿佘瑞卿与母亲闹着脱离关系。我虽然去他家少了，但毕竟还是朋友关系，所以就过去看了看。我见到肖和佘瑞卿及她母亲都在那儿闹。我回去告诉了约伯，他讲："早晚要出事。"他问我："你看报了没有？他已找了个法律顾问。"我讲："我看了。"果然姑娘的母亲向法院提告，说肖强奸了她女儿。姑娘讲是她父亲，肖讲佘瑞卿已不是处女了，是她养父强奸了她等。于是打起了官司，肖和姑娘都被拘留了。因为我与肖有过密切的来往，于是我去看望肖太太，她让我去看看他们，我去了。监狱在哪里我已记不起了，只记得见到他们时人都变了样。肖托我帮他照顾他的内眷，我说可以。姑娘出来时什么话也没说。这件事情闹了几乎一年的时间。后来肖被判有罪，解到苏州监狱坐牢。佘瑞卿就与肖太太住在一起，以姐妹相称，搬到了一个房租便宜的地方。肖在坐监狱时还写了许多稿子，让他老婆带回来。后来是怎么放出来的我就搞不清了。之后我也不去他那儿了。过了一年后，大约是一九三六年，我已在搞抗日救亡歌咏活动，乘电车去南京路，路过黄浦滩白渡桥时见到了他们三个人——肖、肖太太与佘瑞卿，她已改名为申晓玉了。在这以前约伯曾告诉我，说肖在为日本人发宣传品，已经堕落了。

见到他们后，我向他们打了招呼，并给他们买了车票。这时也正好有三个人在我们对面，一个男人带着一大一小两个老婆，我还没说话，肖太太就说：“我们就不能这样。”我更不好说了。这是她们两个人在争地位，申晓玉这时羞得脸都发了白。这次以后我就再没见过她。肖我倒见过，他让我去他家玩，我不去，就是因为他在为日本人画侵华宣传画。记得一次他在南京路批评我，我就干脆告诉他：“我讨厌为日本人干事的坏文人。”当时还没讲到“汉奸”一词。

老板娘自杀后，广告社关张了。我与李思庸在外面独自谋生，李思庸跑街，我画，还有个木匠搞活动广告。这木匠人很聪明，通过他我认识了一个曾在国民党政府当文书的小官吏，叫余介平[①]。这人那时已经没有事情做，他内弟到上海找他。上海当时中等知识分子的房间也不富裕，顶多是一厅一房，或加一个亭子间，这是中上等之家，所以他内弟住他家也是负担。那时他看不起我们，我也没与他们打过招呼。

那时我还正在学着英语，英语老师突然对我有了兴趣。我基础很差，他说可以给我补课，并主动让我免费去住进他后面的亭子间，我就去了。我还是天天读书。他看我在读法国巴比士写的《从一个人看世界》，就说：“你怎么敢看这种书呀？”因为我的书是“左联”出的，他怕我是共产党。我说这是公开买的，就支吾了过去。

在英语老师那儿住了一个月后，他说：“学校办不下去了，你能不能帮

① 阮章竞笔记：秋天余介平出300元办生光（广告社）。到冬天，林国平等大学生常到生光。

帮我？”我问怎么帮。他说：“你把书桌偷偷搬出去。”他让我用一个藤箱子每天向外搬，于是我把教室里的十来张桌子腿锯断，放在箱子里，几个晚上帮他偷光了。他说：“我要走了，你也走吧。”他这是逃租，交不起房租就逃走了。他对我还够朋友，告诉我他在某地办英语班，说：“如你想来就来吧！”

后来我就住在生光公司的小阁楼里了，这里是另一个世界。

楼上住着个二房东，一天到晚地打麻将，很闹。我们嫌他们闹经常用棍子敲楼板。不但他们闹，对面是家杂粮农产品商店，一天到晚用留声机放上海评弹。那个街道虽不是主要的马路，但也是个居民生活什么都有的一条街。我们是住在店房的小阁楼上，打上地铺，可以睡四五个人。那时对生活的要求是很低的。余的那些狐朋狗友们总是出出进进，他们一般都是些已没事做了的书记官们。

在这里，除了余介平他们那些失意的小官吏外，经常来的是暨南大学的学生，有几个因为是中山县的，我还记得他们的名字。他们和余介平都有些关系，每周六都在余家过夜，这是我当时接触到的高级知识分子——大学生。

另外，李思庸找到一些地下刊物，还有文誉扬[①]也从世界书局拿来了一些书。我在这里接触到了革命的书、反共的书、谈性的黄书和淫书，也听到他们讲官场事以及嫖妓的事。此外，他们中还有一个华侨，经常谈海外的事

---

① 艾炎（1914—1998），广东宝安人，解放区著名木刻家，曾任鲁艺美术教员。本名文誉扬。

情。还有个庸医，真是三教九流俱全。我也在其中选择，那时我身体还是较好的。

生光公司在一九三五年刚搞时还有事情干，但后来由于李思庸已很“左”了，也就不太热心去揽活儿，事情越来越少了。当时有许多人在这儿吃饭。那个木匠也住到了一对母女家，女儿是他爱人，可他没有钱娶她。后来都年纪大了，木匠要管她们母女，于是就同居了。他也要从公司分些钱去照顾他那已经大肚子的女人。

1986年春

第二部　太行山

阮章竞　口述
方　铭　执笔

第一卷　初到太行山

第一章　第十三军游击司令部

一

一九三七年十二月二十五日，我参加了冼星海在武汉组织的“全国歌咏协会”成立大会。参与这次会议筹备工作的还有张曙、夏之秋等音乐家。会议的宗旨是向全民普及音乐知识，同时宣传抗战。应该说，这次会议是成功的。

全国歌咏协会成立大会开过不久，我们这些从上海退到南京、从南京退到武汉的艺术家们面临着艰难的选择——是留在武汉再次退却呢？还是到基层做点救亡工作，抑或是直接奔赴抗日前线？即使投笔从戎，是投奔国民党正规军呢，还是投奔远在太行山的八路军部队呢？可以说，当时的每一个青年都在十字路口徘徊，希望尽快做出选择。

自九一八事变以来，东北军将领张学良奉蒋介石委员长之命，节节溃退，东北大好河山沦陷。七七卢沟桥事变以后，华北又落入日本人的铁蹄之下。国民党军队有一些著名将领，如蔡廷锴、蒋光鼐等曾奋起还击，还成立了反蒋抗日政府。张学良也是忍无可忍，与杨虎城一起在西安发动了“双十二”事变，逼蒋抗日。蒋介石在全国人民的强烈要求之下，也已宣布抗日，但抵挡不住日本人的进攻，节节败退，使国人大失所望。而居西北闭塞之地的八路军，自改编为国民革命军第十八集团军后，迅速出师华北，取得了平型关战役等胜利，力量虽小，但影响却很大。加之人们对国民党政府的腐败普遍心存怨怼，一些激进青年学生纷纷想投奔八路军，到太行山去。

当时，冼星海先生在国立武汉大学成立了一个大学生歌咏队，他邀我参加这个歌咏队的活动。我考虑再三，还是决定到太行山去找八路军。我把这个意思对冼星海讲了，他很支持，并答应为我找关系。不久，新中国成立后曾任新闻出版署负责人的黄洛峰辗转介绍说，有位名叫桂涛声[1]的文化人要去找八路军，他需要一些懂艺术的人与他同行。冼星海便出面联系，桂同意带我一起走。

---

① 桂涛声（1906—1982），云南沾益县人，回族，1928 年 5 月加入中国共产党，后失去组织关系。1938 年 5 月离开太行山回武汉。

冼星海是广东番禺人，可以说，和我有点乡亲的关系。在上海的时候，冼星海是我的老师。他生于一九〇五年，比我大一些。在他四十年的短暂一生中，对中国的音乐事业做出了重大的贡献。他是无产阶级革命音乐的先驱者。从一九三五年开始，他便一直积极从事抗日救亡音乐运动。一九三八年到延安抗日根据地，一九三九年加入中国共产党。他作有《黄河大合唱》《生产大合唱》等四部适合歌咏的大型合唱曲，还谱写了《救国军歌》《到敌人后方去》《在太行山上》等救亡歌曲和一些交响曲、独奏曲和独唱曲，为中国的民族解放事业做出了不可磨灭的贡献。在上海的时候，冼星海先生便给予我多方提携。后来，在与他共同从事抗日救亡歌咏运动的过程中，他更是常常给我教诲和关怀。当我离开武汉之时，冼先生再三叮嘱桂涛声，要他一定把我送到八路军处，关切之情，溢于言表。由于我对音乐的了解很浅薄，于音乐创作实无过人之处，因此，在以后的岁月里，于音乐事业很少成就，每念及冼星海先生殷切的期望，不免汗颜。

二

桂涛声是位比较懦弱的知识分子。据他说，早在大革命之时就参加了革命，并且当时似乎还是共产党员。大约是因为上述原因，他曾被国民党关进监狱。七七事变后，他作为政治犯被释放，便以文化人的身份在文化界活动，有一定影响。

离开武汉之时，桂涛声还带了两个留学生，其中一位名叫谢叔良[①]，从日本留学归来，通晓日、德文字，当时三十多岁，很有学问，也很激进。另一位留学生在我们刚到太行山不久便离开了，所以已不记得他的名字。

在三十年代的中国，火车的速度很慢。不过，在当时来说，火车已是最现代化的交通工具了。今天，世界上大部分国家的老百姓出行之时已不大乘坐火车了，而是利用更舒服更快捷的交通工具如飞机、汽车。即使乘火车，也已今非昔比。日本人的新干线火车，时速数百公里，平稳、洁净、安全。这无不反映了时代的进步和科技的发展。我当年投奔抗日前线，正是盼望有朝一日，中国能走到世界前列，人民能过上幸福生活，不再忍受我的童年和青年时期所遭受的饥饿、欺凌、侮辱，不再感觉到低人一等，受别人的压迫。半个世纪过去了，我们民族虽已有长足的进步，但在今天看来，还有许多不尽如人意之处，还有许多人受到饥饿、冻馁的威胁，还存在着在旧社会被我们所怨恨的那些贪污、腐化倾向。中国的现代化建设和民主政治建设还是一条漫长而艰巨的道路，任重而道远。

从武汉出发，伴随着火车车轮与铁轨叮叮当当的撞击声，我坐在火车上，凭窗眺望着由南渐北不断变化的风景，眼前又浮现出离开南京时的场面。想到南京纷乱的环境、溃败的军队、逃难的百姓、丧失生活能力的伤兵和挤不上船在江水中漂浮的渡江者，想起被日本人的飞机和大炮炸沉的木

① 谢叔良：生卒不详。离开太行山后，曾靠教书和译作为生，解放后在绍兴一中当历史老师，深得学生尊敬。

船，以及三十万死难的同胞，想到国土被敌人侵占，同胞被枪杀，姐妹被凌辱，顿时心如刀绞，悲愤填膺，几欲潸然泪下。再看同行诸人，无不为逃难的百姓、惶惶不可终日的人民难过。国难当头，而又感到报国无门，其心情之沉重与难堪，是可想而知的。

从武汉出发时是一九三七年十二月二十六日的样子，大约是十二月二十七日，我与桂涛声、谢叔良等人到了郑州。桂涛声把我们带到汤恩伯的十三军游击司令部驻郑州办事处，说八路军还不大好找，一时接不上关系，先在十三军过渡一下，到太行山后再想办法找八路军。

因为冼星海一再叮嘱让桂涛声把我送到八路军的队伍去，或者直接奔延安，因此，我对桂让我在汤恩伯十三军游击司令部过渡一下的建议很不满。

“你不是答应帮我找八路军吗？现在又变卦了，你让我怎么办？”

我当时很生气，所以便质问桂涛声。

“我到太行山后，也要找八路军的。你放心，我一定把你送到八路军的队伍里去。”

桂涛声完全是一副无可奈何的神情，并且信誓旦旦地打包票，我便不想再难为他。当时我想，抗日一家，我无党无派，目的不过是抗日救亡，与其闲居漂泊，还不如干点实实在在的事。于是，我便同桂涛声等人在十三军游击司令部驻郑州办事处住了下来。

三

汤恩伯十三军游击司令部驻郑州办事处远不像今天各办事处那样气派。抗战之时，国难当头，一切都很简陋，更兼十三军游击司令部正处草创阶段，经费、人力俱欠缺，自然就更简陋了。办事处只有几间租典的民宅，办事人员也只有几个。我与桂涛声一行在这里只住了一夜，第二天，我们便匆匆向太行山区的十三军游击司令部进发。

从郑州出发，我们仍乘火车，大约于二十八日的夜晚过黄河。当时从黄河南岸到太行山间，只有一处铁路桥，自然过黄河的人都要在此渡河，过桥的人马就必然格外多。

在黄河岸边，撤退的国民党军队一副兵败如山倒的溃败局面，毫无纪律可言。败兵残将混杂在难民之中，时时传来咒骂和零星的枪声，为争着过桥，兵刃相见。难民队伍里的老弱病残妇孺被人们挤来挤去，时时发出尖厉的哭泣和号叫声。黄河边风声鹤唳，令人毛骨悚然。亡国之痛，漂泊羁旅之苦，更增凄楚悲凉之味。

那天夜里，天很黑，大约已到农历的月末了[1]。坐在火车里，外面的情景一点也看不见，更增添了一份焦虑。火车经过黄河铁桥的时候，我曾试图看看黄河这条伴随着中华民族渡过无数次灾难的不幸的河，却只见眼前

---

① 1937年12月28日是农历丁丑年十一月二十六日。

漆黑一片，我当时脑子里忽然闪现出一个被大家习用的词——“伸手不见五指”。我的心情也如这夜色一样黑沉沉的，似乎北上抗日所具有的那种荆轲意识被深深的忧愁笼罩了。

“风萧萧兮易水寒，壮士一去兮不复还。”数千年前荆轲唱出的声音，似乎还在我的耳边回响，我仿佛端起了送行人递过来的一碗酒，仰脖灌进嘴里，酒顺着嘴角流到脖子里，一丝凉的感觉；而从喉咙进入胃里的酒液，却使我的心燃烧起来！

“要拯救中国，要把日本人赶出去！”

我这样想，忽然感觉到从心底涌出一股强劲的力，拳头也捏紧了，一拳狠狠地砸在座位上的茶几面上，茶几颤颤地回答了一声沉闷的回声——“砰”！坐在我旁边的人都惊异地看着我，露出不知所以的茫然来，我一下又被拉了回来，重新重重地回到了现实中。

“谁能抗日？”我在问自己。

“中国有前途吗？”我仍在问自己。

当然，那时候，我想到的首先是把日本人赶出中国去。只要有人打日本人，即使他原本是十恶不赦的坏蛋，我也会钦佩他。我当时根本不可能想得太远，不会想到即使把日本人赶出去，中国人民仍摆脱不了当牛做马的命运。人民要幸福，只有在一个民主、自由的社会才能实现。打败日本人，只是中国革命的第一步，这正像推翻清朝皇帝，并没有使所有的中国人从根本上摆脱鲁迅先生所说的“做奴隶”或“做奴隶而不得”的命运一样。

四

过了黄河，第二天从新乡到了修武。修武有个兵站，我们便在这个兵站等待汽车上太行山。整整等了一天，才来三辆汽车。我们当天便赶到了清化县。

清化又称博爱，是太行山脚下的一个县。在清化小住一夜，第二天凌晨，便开始攀登太行山。汽车沿陡峭的公路蹒跚而上，扬起一阵阵呛人的黄土。汽车经不住崎岖山路的颠簸，面对渐渐高升的土路，不停地发出艰涩的喘息声。每到一个土坡前，总得酝酿一番冲刺的工夫，有时冲不上坡，只好再来一次。

太行山区是华北比较安全的地方，贫瘠、地形复杂，不利于日本人的机械化部队行进，所以，日本人还没有进驻太行山山间。而抗日的部队为了保存自己，消灭敌人，纷纷深入太行山区，想以层峦叠嶂的太行山为依托，进而攻击华北，退而固守后方。因此，逃难的百姓也纷纷逃向太行山区寻求庇护。一路上，难民逶逶迤迤，拖家带口，徒步向太行山进发。

在公路边，常见低矮的窑洞里，钻出几个光着屁股的小孩了。在寒冷的冬天的早晨，他们拖着长长的鼻涕，睁着粘满眼屎的好奇的眼睛，对着显然对他们来说是极其稀奇的汽车发出痴呆的嬉笑声。胆子大一点的，会跟着慢慢爬坡的汽车奔跑，汽车扬起的尘土几乎要将他们淹没了，只见遥远的土雾中，有几张若隐若现的营养不良的脸在闪动。偶尔车停了下来，他们会立即跑到汽车旁边，伸出冻得红肿的小手，试探性地伸向汽车车身，只一接触，便一哄而散，跑出几步，见汽车并不发怒，便又慢慢靠近汽车，重新把手伸向汽车车身，慢慢摩挲。我低头一看，只见他们都赤着脚，脚又黑又脏，且胖得出奇——脚早已冻肿了。

初到北方，使我这样一个生长在南国的贫民的孩子也感到惊讶。我原以为在象角村长大的我，早已领略了生活的不幸，但看见这光秃秃的太行山所展示的中国未来一代人的命运，也有恍若隔世之感。在为他们的不幸叹息之时，更觉民族灾难的深重。后来，在太行山从事抗日救亡运动之时，这种感受时刻激励着我去接触贫困的太行山人民，并尽可能地为他们做点有益的事情。几十年后，当我听到来自太行山区的消息时，有股说不出的亲切感。而听到太行山区的许多农民仍然挣扎在贫困线上，为温饱煎熬，便有难言的愧疚。太行山人民为抗日做出了伟大的贡献，他们付出的很多，得到的却很少。

到了山腰，正值清晨，旭日东升，回头眺望，只见远处有一条黄色的带子飘浮在苍茫的天际，它便是中华民族的母亲之河——黄河。我曾多少次呼唤，多少次在梦中渴望一谒的黄河，壮丽而凄凉。它似乎早已看惯了中华民族的沧桑变化和浮沉，看惯了它的儿女在它的怀抱中挣扎、呜咽、死亡，已置身事外。今天，面对外族入侵，像过去一样，仍无语东流，这一次，它的命运将如何呢？

五

一九三七年阳历十二月三十一日，我们一行到了晋城。十三军在晋城也设有一个兵站，我们在这里见到了李果谌①，他是“国民政府第十三军游击司令部”的司令。

直到目前为止，我仍不很了解李果谌其人的底细，我后来到根据地和新中国成立以后，多次政治运动都因我参加过十三军游击司令部的工作而受到调查，但我却一直没有搞清楚李果谌是什么人。

刚到晋城，我听人说李果谌曾留学苏联，在红军中担任过参谋长，后被俘。因他与汤恩伯是黄埔军校的同学，汤恩伯保释了他。抗战开始，他便借汤恩伯的招牌，树起了国民政府第十三军游击司令部的招牌。新中国成立以后，我查寻了红军的资料，未见有李果谌之名，不知是被遗漏了，还是李后来改名换姓了。总之，李果谌的身世对我来说，一直是个谜。

李果谌当时约有四十多岁的样子。我当时还是个二十岁出头的小伙子，因此，便觉得他的年龄已不小。二十岁的人视四十岁的人为老人，就像今天

---

① 李果谌：曾在莫斯科中山大学学习，后又到日本士官学校留学，参加过中国共产党组织的广州起义，失败后叛党。历任国民党军统特务处书记长、北京区区长、晋绥察区长、武汉区区长等要职。十三军游击司令部是晋绥察区的掩护，1938 年阎锡山反感国民党中央插手山西，逼汤恩伯撤销了十三军游击司令部。武汉沦陷后，戴笠误信传言，将其刺杀。（材料来源：邓葆光：《军统领导中心局本部各时期的组织及活动情况》，《文史资料选辑》第 86 辑，第 112 页）

八十余岁的老翁视六七十岁的人为年轻同志一样，是一种心理错觉。

李果谌颇有风范，举止稳重，沉着，且极平易近人。刚一接触，他便给我们留下了较好的印象。

一九三八年一月一日，我们和李果谌一起向在陵川县的十三军游击司令部进发。陵川在晋城的东北方向。我、桂涛声、谢叔良等人乘着牛车。牛车的形象很笨重，远不如欧洲中世纪的马车那样轻便。牛车的车轮是木质的，是用许多扇形的木板拼凑成一个圆形，然后用辐条固定在车轴上，车轮外包一层铁皮，车轴上滴上一点植物油，在瘦弱的黄牛的拉扯下不时发出咯吱咯吱的怪叫声。这种牛车不仅用来拉人，同时也做运输之用。山西土地贫瘠，山大沟深，人民生活贫苦，要养马极其不易，而马的用处也极受限制，所以，牛和牛车便显示了特殊的经济效益和实用价值。

牛车很颠簸，在黄土路上颤颤悠悠，坐在牛车上的人便有荡胃回肠、翻江倒海之感。又兼正值严冬酷寒，牛车上没有取暖设备，而我从南方来，也未及搞一双棉鞋来穿，一双脚在静止状态中，很难抵御刺骨寒风的袭击。因此，我便时时下车步行以活动冻僵的双脚。其他人大约与我颇有同样的感受，因此也常舍牛车而徒步行进。李果谌有一匹栗色马，他总是让桂涛声等人骑他的马，自己却与大家一起步行，边走边说笑。

李果谌当时也让我骑他的马。尽管我当时很年轻，但总是文化人，李很热情，一定要让我骑。我从没有骑过马，几次登镫，都骑不稳，李便让马夫亲自给我牵着马，并说："不必怕，骑一骑就会了。"

我的沮丧情绪便烟消云散了。

第二章　在政治部里

一

陵川背倚太行山山脉最高的主峰[①]，属太行山的东南角，为晋东南地区，与河南省交界。李果谌把十三军游击司令部设在陵川县城的一个小四合院中。陵川县城是一个小盆地，李果谌的司令部在这个小盆地里显得很渺小。李的司令部，从外表上看更像一个小商人的住宅。

到陵川后，桂涛声被委任为十三军政治部主任，我们几个与桂涛声从武汉长途跋涉来的文化人便成了十三军政治部的工作人员。我们借一卖杂货商店的后院作为政治部的办公地址，并有一层楼供晚上住宿之用。政治部在简陋的环境中，便正式开张了。

① 即棋子岭，东北麓有淇水，经赤叶河、香磨河流入河南。

刚到陵川，我颇感气候不适，主要是太冷，因此，首先在鞋铺里买了双毡鞋。脚一感觉到温暖，情绪便好了许多。我跟桂涛声到政治部以后，虽然没能马上找见八路军，但并不气馁，干起工作来热情还是很高的。

十三军没有多少士兵，政治部的任务便也不很艰巨，只不过是宣传抗战、教育士兵而已，与我过去搞的抗日救亡活动没有什么两样，倒也得心应手。

李果谌曾找政治部的成员谈过两次话。他说，现在抗战，日本人很强大，我们是全民皆兵。士兵大多来自农民。他希望士兵能在战争中学会一种劳动技能或手工，以便于战后复员从事生产。同时，他还指出，红军的游击战很好，中国搞抗战，应该向红军学习。搞政治工作，也应该向红军学习。可以说，李果谌当时给我们留下了较好的印象。

司令部有三位政客，五十余岁，李果谌都称他们为参议。我不大清楚李是怎样网罗来这些老参议的。

十三军游击司令部没有得到蒋介石的正式批准，李果谌便经常到武汉去找蒋介石，还必须不断地派人去征兵。我刚到陵川时，李果谌还没有士兵。后来，我们发现李招来一些散兵和农民。听说有些人当时在河南等地帮忙招兵，其中有一九七九年恢复文联时出任文联秘书长的王清波同志。

一九三八年一月份，一位叫陈斐夫[①]的北平学生带了二十几个人投奔到

---

① 陈斐夫（1914—1988），又名陈冰之，河南荥阳人。中国大学肄业。1936年加入中国共产党。曾任陵川县牺盟会游击支队政治部主任，中共青城、曲沃、郑县县委书记。新中国成立后，曾任开封市委、地委第一书记，中南局经委副主任，湛江市委第一书记，河南省计委主任，统战部副部长，建委主任。

十三军游击司令部。当时我对陈不大信任，奇怪当时的青年学生都去投奔八路军，而陈为什么选择了十三军游击司令部呢？

二

李果谌见招募到了一部分士兵，便开始了对士兵的训练工作。他把招募来的人分为两个大队，每个大队有五六十人。我被委派去教士兵唱救亡歌曲。但一看，这些人还毫无兵的样子，没有武器，没有军装，穿着破破烂烂的衣服，举手投足，完全是不正规的农民样。

据当时司令部中的人私下传闻，蒋介石不大信任李果谌，因为他当过红军的参谋长。汤恩伯可能为李果谌拨了一点开办费，但这些钱距建设一个军似乎很遥远。到后来，李果谌虽也搞到几支老毛瑟枪和汉阳造步枪，但更多的人一直以刀、矛为武器。

后来，李果谌招来一位与他年龄相仿的人出任参谋长。我对这位参谋长的印象不佳。记得他常把士兵召集在一起，进行吹牛式的训话，声称李司令一旦说动了蒋委员长，正式番号、武器、军费都可以解决。他讲话的时候，常常手舞足蹈，表现出一副极得意的样子。但是，讲话的形象却有点不雅，常常是唾液四溅，令人极其厌恶。

就在这时候，李果谌又派陈斐夫和另一位不明身份的人出任政治部副主任。陈斐夫很愿意接近我们这些政治部的青年人。另一位政治部副主任来的时候还带了一个人，我们估计他们俩是国民党派遣的特务。

我会画画，还曾师从冼星海，指挥过上海的歌咏队，山中无老虎，猴子称大王，一下子便在陵川出了点名气。除了给十三军的士兵教歌外，我还绘制宣传画。后来，在陵川的许多单位都请我去教歌和指挥。人们称呼我为“洪教官”，我还有点不好意思。

当时的陵川地区形势很复杂，各种势力都在这里争地盘，有河北民军、“华干”、牺盟会、公道团、总动委以及阎锡山的政权等，也有共产党的地下组织活动。

河北民军是顽固的反共分子张荫梧[①]的队伍，本属河北地方民团性质。抗战初，为了扩充势力便在山西陵川建立了他的总指挥部。新中国成立后曾出任教育部长的杨秀峰[②]当时任张荫梧的副总指挥。杨秀峰是共产党员，他带了一批北平的学生到陵川。在陵川的时候，我从未见到过杨秀峰。

张荫梧在陵川建立了一个“河北民军军政干部华北训练所”，简称为“华干”。校长由张荫梧兼任，但“华干”基本上掌握在共产党的手里，如

---

① 张荫梧（1891—1949），河北博野人。国民党晋绥军陆军中将加上将军衔。抗战初期组织了号称10万人的河北民军。发明了“曲线救国”这一名词，经1938年11月、1939年8月、1940年1月三次战斗，被八路军彻底击溃。1949年5月死于中共接管后的北平监狱中。

② 杨秀峰（1897—1983），河北迁安县杨团堡村人。全国解放后，任河北省人民政府主席、高教部部长、教育部部长、最高人民法院院长。为中共八届中央委员、五届人大常委、人大常委会法制委员会副主任。

“华干”的主持人刘子超[①]，系广东梅县人氏，共产党员。教官中的陈毅，因与陈毅元帅同名，后改名为陈沂[②]。曾在河北某中学任教的王振华[③]、现河南省政协副主席张柏园[④]，以及现外贸部部长助理杜毓沄[⑤]等后来都是共产党员。“华干”在河北南部和河南北部招了一些学员。我曾去“华干”为他们教过歌曲。“华干”的学员后来都成了八路军的骨干。

李果谌在郑州招了几个男女中学生，有六七人。河北民军和“华干”也

---

① 刘子超（1906—1941），广东兴宁人。1926 年入党。1938 年 4 月，华北军政干校改编为抗日新军太行南区游击司令部，刘子超为司令员。1939 年 2 月，任晋冀豫军区第五军分区副司令；5 月，为山东第一纵队政治部宣传部部长；山东纵队机关合并，任宣传部部长。1941 年冬，在 12 月 11 日随部队进行反“扫荡”中，在沂南县上高湖附近牺牲。

② 陈沂（1912—2002），原名佘立平，贵州遵义人，汉族。1929 年参加革命，1931 年加入中国共产党。曾任八路军晋南军政干部学校校务部主任、冀鲁豫日报社长总编，一一五师宣传部部长、中共中央华东局宣传部部长、东北军区后勤部政治部主任等职。中华人民共和国成立后，任解放军总政治部文化部首任部长。1955 年被授予少将军衔。1958 年被错划右派，下放黑龙江劳动 21 年。1979 年平反，同年 6 月任中共上海市委副书记兼宣传部部长，1996 年被聘为中国文联荣誉委员。

③ 王振华（1899—1971），河南南乐人，1926 年入党，因反对“左”倾被开除，1942 年重新入党。抗战前是大名第七师范校长。当时是“华干”副所长。曾任太行联中校长、平原省教育厅厅长、文化部社文司司长、自然博物馆馆长。

④ 张柏园（1910—1994），天津人，毕业于北京师范大学，1939 年加入中国共产党。曾任太行文化教育出版社社长。河南大学副校长、河南省政府文教厅厅长、河南省科委主任；省委宣传部副部长、文教部部长、河南省副省长，省政协四、五届副主席。

⑤ 杜毓沄（1908—1995），河南省博爱县人。曾任新华日报华北分社副社长、华北新华书店总经理、平原省商业厅厅长。天津市外贸局局长、书记。驻印度大使馆商务参赞、外经贸部部长助理、党组成员、顾问。

有三几名宣传队员组成的宣传队。三方限于人力，都不能单独演出，需要联合才能出一台节目。我便成为联合演出时当然的总指挥。指挥歌咏，排练节目，出海报，都是我的拿手好戏。

后来我听说，在河北民军中的学生宣传人员中，有一两个女青年是共产党派去的地下工作者，她们当时都参加了我指挥的歌咏队。

我还肩负着油印宣传品刻蜡版的任务，宣传的不过是一些最普通的抗日道理。因为当时我对抗日的认识，也仅仅是作为一个爱好自由的青年，从热爱自己的民族，不愿忍受外族凌辱的普通人的朴素感情出发而产生的感想。也许正因为这一点，我不存私心杂念，唯有一腔报国热情，很容易感染别人。

三

自到陵川后，我便多次向桂涛声提及找八路军一事。有一天，当我重提此事时，桂涛声对我说：

“不要太急呀，现在找八路军不容易。我已给一位当八路军的朋友写信联系了，等有了回信，我们一起走。”

桂涛声显出既诚恳又严肃认真的样子，毫无骗我之意，我便又开始等待了。

“桂主任，既然您这样说，那我就再等一阵。你答应过冼星海先生的，我还是希望能早点儿兑现。”

我给桂涛声加一句，只见他无可奈何地摇摇头，似乎是说我已尽力而为了，但还没有结果，只有走着瞧了。

四

我常说十三军靠不住，一切都不正规：没有装备，没有番号，没有人马。因此，军部的心思也根本不在工作上。政治部的工作全依赖大家的觉悟程度。大家为抗日走到一起来了，很能忍受艰苦环境的磨炼。

由于情绪的影响，我常在宣传队员中散布一些批评十三军的话，甚至鼓动大家离开李果谌，去找八路军。后来，宣传队员们真的大多都成了八路军，不知是不是与我的宣传鼓动有关。

陈斐夫是河南人。当时在我的眼里，是个四平八稳的人。而另一位政治部副主任我极讨厌，一副鬼鬼祟祟、阴险狡诈的神情，思想很反动，常常到李果谌处汇报我们政治部的动向。我与其他几个青年人也常与这位副主任对着干，把他气成满脸猪肝色。

不久，在十三军政治部发生了几件事情，我都不同程度地参与了，受到李果谌的批评，使我的自尊心和忍耐性大受影响，实在难以在十三军待下去了。这几件事到今天我仍清楚地记着。

一是我给宣传队员教唱歌曲，先教了一些普通救亡歌曲后，忽然萌发了教授《马赛曲》[1]和《国际歌》的想法。《马赛曲》是法国人民争取民主、

---

① 法国大革命中产生的歌曲。由克洛德·约瑟夫·鲁日·德·李尔于1792年4月25日写成。1795年7月14日法国督政府宣布定此曲为国歌。以后历年通过的三部共和国宪法，皆定《马赛曲》为法国国歌。

自由、人权的大革命运动中吟唱的歌曲，是法国的国歌。《国际歌》是欧仁·鲍狄埃所写的号召一切受压迫受奴役的奴隶起来推翻旧世界的无产阶级革命歌曲，都有鲜明的反抗色彩。当时是国民革命时期，《马赛曲》的精神与中国革命的目标是一致的，只是某些标榜革命，呐喊民主、自由、人权的人在取得统治地位后，便视号召革命的《马赛曲》为洪水猛兽。当时教《马赛曲》有一定危险。我给宣传队员教过之后，没有人提出异议。谢叔良又鼓励我教《国际歌》，《国际歌》被视为共产党人推翻资本主义政体的纲领，因此，在国民政府教唱这样的歌曲，特别是在中国三十年代，有中共与国民党数十年殊死斗争的经历，在国民党的军队教《国际歌》，无疑是十分危险的，必然要受到惩处。陈斐夫听说我要教《国际歌》，急忙劝我千万别教。但我见桂涛声没有明确表示反对意见，就给宣传队员教唱了《国际歌》。

二是陵川有一个八路军办事处，我和几个青年人便去了几次。办事处的负责人叫郑幼虎，后来曾在青年纵队任政委。我们与郑幼虎谈起问题来十分融洽。郑也很热情。但是，一旦我们谈起想去八路军正规部队里干，郑便支支吾吾，不明确表态，顾左右而言他。桂涛声听我们说起八路军办事处的情况后，也心情激动，跟我们去八路军办事处跑了一趟。在当时的陵川，各种势力盘踞，互相之间虽不免明争暗斗，但表面上总是请客送礼吃宴会，就像今天我们国营企业之间，中国与外国企业之间，乃至领导人与群众之间，凡有所求，必到饭店去吃一桌一样，陵川的宴会也是天天不断。不过当时的宴会标准远不如今天铺张而已。在这种情况下，与八路军办事处接触，也不算什么错误。后来，在漳河边，八路军和朱怀冰部①发生摩擦，郑幼虎正好参加了打朱怀冰的战役。我和郑说起陵川之事，两人哈哈大笑。郑说，当时是统一战线，不大好说。

三是到了十三军，虽说仍从事的是文化工作，但毕竟算是投笔从戎了。可是不会骑马，岂不是太煞风景，缺少“匹马戍梁州”②的气派，于是，我伙同几个宣传队员偷偷从李果谌的马夫那里借了李果谌的马骑。虽说李果谌给我的印象是很平易的，但我还是怕被人发现，所以骑马的时候不敢要马鞍。有一次下雪天，马失前蹄，从山坡上滚了下来，所幸马并未摔死，但也让我惊出一身冷汗。

上述事情被李果谌知道后，他召集政治部的成员开会，严厉地批评了一番。李果谌斥责桂涛声管不了政治部的青年人，有人教唱《国际歌》，竟无人出来制止；有人偷偷地跑到八路军办事处，若是交朋友自然可以，但想离开我，投奔八路军，还是直截了当地提出来好；还提到有人到马号里牵马乱跑的事情，但主要还是唱《国际歌》与投奔八路军两件事。应该说，李果谌处理这几件事并不很严厉。后来我想，李可能不能不对《国际歌》和投奔八路军这两件事表明态度，毕竟他要请蒋介石批番号和经费，如果蒋介石知道他的司令部这种情况，一定不会同意他的请求的。

---

① 1940年2月，朱怀冰受蒋介石密令，指挥庞炳勋、张荫梧、侯如墉部，三路围攻太行山区的八路军。

② 出自南宋诗人陆游的《诉衷情》：“当年万里觅封侯，匹马戍梁州。关河梦断何处，尘暗旧貂裘。胡未灭，鬓先秋，泪空流。此生谁料，心在天山，身老沧洲。”

桂涛声在会议上一声不吭，不过可以看得出，桂涛声对李果谌的批评很不满意。回政治部后，我便埋怨桂涛声，说他不该带我到十三军来。我说若找不到八路军我便要回武汉。桂涛声还是没有什么办法。

李果谌主持开政治部会议，向桂涛声发出警告之后，又到武汉去了。临行，他要求政治部派人春节[①]去农村宣传抗日，我便下乡去了。

① 1938年春节是戊寅年，阳历1月31日。

第三章　情况突变

一

到乡下不久，还没有来得及开展多少工作，忽然接到命令，要我们迅速返回陵川县城。我们不知道发生了什么情况，便急忙启程。

回到陵川后，得知蒋介石下令解散十三军游击司令部。司令部一夜之间空空如也，参谋长以及来历不明的政治部副主任都已不知去向，老参议们也都逃走了。一个老参议临走时叮嘱桂涛声说，“洪荒是南方人，多发给他几块遣散费”。

一九三八年年底，听说李果谌被蒋介石枪毙了。不知道他是怎样得罪了蒋介石，在这抗战的艰难时候，被蒋杀了。也许我教《国际歌》，也是他的罪名之一吧？

面对突然发生变化的情况，我茫然无所适从。从武汉到太行山一共还只有一个多月，对这里的情况几乎完全不了解，该怎么办呢？我不知如何措手足。

我原来打算找八路军，如果不成功，便回武汉去。但这个时候八路军驻陵川办事处已撤走，想回武汉，既无路费，又无车马，兵荒马乱的年月，举手投足，都是十分艰难的。

何去何从？

可以说，一听到十三军游击司令部被解散的消息后，这个问题便紧紧地萦绕于我的脑海之中，久久不肯离去。我只有对着西沉的太阳，默默地发呆。

也就在这个傍晚，一位不速之客来到了我的住所，向我提供了一个选择的机会。

二

这位不速之客的到来实出意料之外。他是张荫梧的副官，名叫叶之秋。

叶之秋其人对我来说，并不算是很陌生。因为陵川的地盘不大，且我常指挥河北民军和“华干”的宣传队员唱歌，自然也就知道了叶副官这个人。

张荫梧在一次讲话中说：“蒋委员长抗日我便抗日，蒋委员长投降我便投降。”我虽不认识张荫梧，但对他这一种官僚政客的反动嘴脸是深恶痛绝的。因此，叶副官邀我去他那里一坐，我极不情愿。但叶之秋十分固执，我便只好到他的住所走一趟。

到了他的住处，叶之秋便告诉我，是奉张总指挥之命来请我的。

“我们张总指挥十分器重你。现在十三军游击司令部已被解散，我们总指挥很希望洪先生能加入我们的队伍里来，总指挥是绝不会亏待你的。”

叶副官絮絮叨叨了半天，希望我能去见见张荫梧。

“我与张总指挥素昧平生，从不相识，怎么好去见他呢？我看还是免了吧。我是个文化人，只想从事文化工作，不想在军队里工作，你可以转告张总指挥，十分抱歉，我不能在河北民军中效劳。”

我委婉但坚决地拒绝了叶之秋的邀请。我当时想，即使走投无路，也不在张荫梧的旗杆下讨饭吃。

叶之秋听了我的回答，很不高兴，开始用威胁的语言和我谈话：

“洪先生，你不去不大好吧？你这样做，岂不是对不起我们的张总指挥，总指挥于你可有知遇之恩呀。”

“我不认识张总指挥，不存在知遇不知遇的问题，我只想抗日，找真抗日的人去。”

“张总指挥也是真抗日。”

“我不适宜北方的气候，想回南方去。”

“回南方？”

“对，我打算回武汉去。”

一阵唇枪古剑后，叶之秋说：

“假如你不回武汉，到了别的什么地方，我看你怎么向总指挥说？我看你不是真想回武汉。”

叶之秋很厉害。的确，当时回武汉几乎是不可能的，但我绝不去张荫梧那里。

“我只想抗日，到哪里去都是我的自由。我一向讨厌党派和政治，只愿自由自在，不想让人来约束我。我主意已定，告辞了。”

说完，我便毅然离开了叶副官的宿舍。临出门，叶还说了一句：

“洪先生，你对不起张总指挥。”

我脚步未停，回了句“抗日自由！”便急急赶回了住所。

三

我当时并不了解陵川县地下党的情况。后来得知，十三军解散后，陵川县地下党已做好了桂涛声和陈斐夫的工作，他俩已决定留在陵川，并且把十三军的两个大队拉过去。从叶之秋处回来，碰见桂涛声，他问我怎么办，我说不知道，他便劝我到陵川县去，做地方工作。

说实话，要我留在陵川县，我是从心底里不愿意的。但是，我又没有其他途径找八路军，见谢叔良等人都留了下来，也就只好先等一等再说。

当时，我并不知道陵川县掌握在共产党手里。因为出面接洽的并不是地下党的负责人，而是山西第五专署陵川县县长王耿人[①]和保安团团长李宜宣。他们对我们表示热烈的欢迎。

① 王耿人（1907—1939），山西吉县人。1928 年从阎锡山所举办的辎重教练所毕业后加入晋军，1931 年入党。1938 年任陵川县抗日民主县长、晋西南区党委委员兼区党校副校长，1939 年 11 月于离石县境鸦儿崖与日军遭遇牺牲。

第二卷　第二战区独立游击第一支队

第一章　改编

一

抗日战争爆发后，中国工农红军改编为八路军。一九三七年九月，朱德总司令和彭德怀副总司令所率八路军总部和刘伯承指挥的八路军一二九师，东渡黄河，挺进华北，到了太行山区，开辟敌后抗日根据地，后来形成了晋冀鲁豫革命根据地。事实上，在八路军进驻山西以前，山西已有良好的群众基础。

阎锡山的手下有两个派系：一是牺盟会，属左派；一是公道团，属右派。抗战初期，牺盟会便在山西全境掀起了轰轰烈烈的群众救亡运动。这个运动包括共产党员、青年学生和大批从平津流亡来的进步青年和学者，还有山西的中上层人士以及普通工人。他们结成抗日统一阵线，在阎锡山的旗号下公开活动。阎锡山左右摇摆，牺盟会表面上属于阎锡山的成员，实际上掌握在共产党的手里。牺盟会在太原时曾通过军政训练委员会、国民兵军官教导团、民族革命青年先锋队等组织，训练了一批干部，以特派员、村政协助员、民运工作员的名义派赴各县动员群众，日本军队占领太原后，共产党把地下工作者派到山西各地，秘密进行抗日民主运动和政权建设。

陵川属山西省政府所辖的第五专署领导。我当时不大了解陵川的政权实际掌握在共产党的手中。

一九三七年九月，日本侵略军从河北、绥远两省分路向山西进攻。一九三八年二月十五日前后，日本军队的第十四师团、第十六师团、第二十师团、第一百〇八师团、第一百〇九师团等部队向晋东南、晋西进攻，陵川基本上处于抗日的先锋地段。

太行山位于正太路以南、平汉路（北平至汉口，今称京广线）以西，白晋路（从祁县白圭到晋城。这条铁路现已废弃）以东，黄河以北，南端可俯瞰黄河。太行山峰峦高峻，峡隘地险。太行山的主峰在晋东南的第三专区辽县境内，最高峰为观音垴，海拔近两千二百米。整个太行山易守难攻，如天然堡垒，自古以来都是兵家必争之地。日本人要在华北建立侵华战略基地，向西向南发展，必然要想方设法打通太行山地区。一九三八年四月，日本便对晋东南地区发动了九路围攻。这个时候，华北已基本沦陷，李宗仁指挥的台儿庄大战虽给日本侵略军以沉重打击，但并不能阻止日本军队吞并中国的脚步。

我当时并不知道晋东南地区牺盟会的领导人薄一波①是共产党员。晋东

① 薄一波（1908—2007），山西定襄县蒋村人。1925 年入党，1936 年 10 月任中共山西省公开工作委员会书记。他提出了“戴阎锡山的‘帽子’、说山西话、做中国共产党的抗日救亡工作”三句话方针。接办、改组了山西牺牲救国同盟会，使之成为中国共产党直接领导的群众抗日团体。

南共有第三与第五两个行政区，第三行政区包括榆次、太谷、祁县、辽县、安泽、沁源、襄垣、武乡、黎城、榆社、和顺、昔阳十二县。第五行政区包括长治、长子、屯留、壶关、潞城、平顺、晋城、阳城、高平、陵川、沁水十一县。薄一波任第三行政区主任。

二

我到陵川时，桂涛声和陈斐夫他们告诉我陵川县县长王耿人和保安团团长李宜宣都是牺盟会成员，是阎锡山的左翼。我当时对国民党的右翼比较讨厌，但并不反对与国民党的左翼接触。在陵川待了一个阶段后，我渐渐觉察陵川县掌握在共产党人手里。因为当时的共产党都是秘密的，我并不知道究竟谁是共产党员。

桂涛声和陈斐夫把十三军的两个大队带到陵川地方政府后，便着手进行整编工作。在我的记忆里，十三军所剩的两个大队各仅有五六十人，少数人在十三军游击司令部解散的时候已离开了陵川。

到陵川地方政府后，我们既没有沿用十三军游击司令部的名义，也没有把我们带来的两个大队纳入保安团之中。桂涛声、陈斐夫、王耿人、李宜宣切磋商议的结果是成立一支新的游击队。

在当时的情况下，既然在阎锡山的土地上，组建新部队自然要经过阎锡山政权的批准。我不大清楚当时的申报手续是不是很复杂，但新番号批准得很快。按照我的猜测，新的番号也肯定经过共产党地下特委的批准。

这个新的部队有一个响亮的名字——第二战区独立游击第一支队。

当时因为新的部队属于游击队，因此，士兵们并没有统一的装束，大部分人还保持了农民的样子。阎锡山似乎也没有拨发一批武器或装备、经费，部队是十分不正规的。

部队有了名称，自然不会缺乏领导人。王耿人这时以县长的身份出任独立游击第一支队的司令，李宜宣为副司令。王耿人与李宜宣是老交情，李宜宣是一个很粗鲁的人。

桂涛声以文弱书生之质、懦弱之性，充任政治代表的角色。我不清楚桂涛声当时是不是共产党员——按照共产党的规定，党员被捕以后，便自动脱党。桂涛声虽自称大革命时曾加入共产党，但蹲了那么久的监狱，肯定与共产党脱离了组织关系。假如他不是共产党，那么"政治代表"之职，便纯粹是一个名誉。在十三军过来的人中，桂涛声毕竟是军政治部副主任，算个头面人物。但是，通过我一个阶段的观察，他在独立游击队里是没有什么发言权的。

陈斐夫原是十三军政治部主任，独立游击第一支队成立以后，陈斐夫便出任了政治部主任。谢叔良和我都被划归政治部。谢叔良似乎还担任了一个什么科长。

第二战区独立游击第一支队下辖四个大队，第一大队和第二大队是十三军的原班人马，第一大队的大队长叫王拾遗，第二大队的大队长叫张继周①。

① 张继周（1917—2000），河南洛阳人，1937年8月入党。抗战时期在太行区七分区工作。自1947年起在二野九纵队工作。1958年调到中央广播事业局，后任无线总处副处长。

桂涛声在大革命时的一位难友这时候从武汉也赶到了陵川，于是，他便以新招募的一些农民和旧军人为成员，组成了第三大队。后来，我因为与王耿人、李宜宣发生矛盾，曾在第三大队任指导员。第三大队的大队长是一个很好的人。

保安团是李宜宣的老根子，改编为第四大队。因此，第四大队实际上仍掌握在李宜宣的手里，李宜宣常常亲自跟随第四大队活动。

在这些大队长中，张继周在新中国成立后曾在中央电视台工作。现在仍在世，已离休。

在四个大队之中，只有第四大队的武器装备较好，有一些阎锡山的兵工厂制造的冲锋枪和步枪，这些都是保安团的旧家底。其余三个大队都没有什么像样的武器，不过是些长矛、大刀、手榴弹和老式套筒枪。

独立游击支队的长官们每人配有一个警卫员和驳壳枪，桂涛声也有份儿。但是，政治部的成员是没有枪的，当然，也更不可能配有警卫员。

三

陈斐夫领导的政治部实际上是中共陵川县委，但县委的负责人从没有公开露过面。

与十三军相比，独立游击支队的人员要比过去多得多，而且总应该有点正经的事情做吧！但是，我们的政治部还是没有什么有秩序的工作。大家主要靠抗日热情自觉地工作，积极性还是很高的。人员来自祖国各地，可谓是

“五湖四海”的朋友，大家相处得很好。

有一天，王耿人来到政治部，动员政治部的工作人员们参加牺盟会，绝大多数的青年人都参加了。我对阎锡山不大信任，加之一向对党派之类不感兴趣，所以我拒绝参加，引起大家的奇怪。

独立游击第一支队成立不久，“华干”也派来了几个学员到政治部工作。有位叫鲁林[①]的人，在全国解放后曾出任天津市教育局局长。还有两个学生，一位叫高琳[②]，脸上有点天花瘢痕；另一位的名字现在已经记不清楚了。他们到独立游击支队以后，主要做地方上妇女、儿童的教育工作。

抗日战争开始后，究竟应该怎样进行抗日救亡活动，怎样对待抗战中出现的各种问题，都没有法律或政策的依据，发生了许多本不应该发生的事情。比如在陵川县，我在独立游击支队参与抓汉奸的活动，在这个活动中，根据我的观察，是冤枉了一些无辜的老百姓的。

日本鬼子的情报工作做得十分细致，太行山有座峻峭的高峰叫十字岭，岭上住着一两户人家。抗战开始后，据说他们还不知道清王朝已经被孙中山领导的国民革命所推翻，他们完全过着如陶渊明《桃花源记》中所说的“不知有汉”的与世隔绝的生活。但是，日本人的大炮和飞机并不放过这个地方，日本军队用的地图上清清楚楚标注着这个山岭和住户。加之抗战不久有

① 鲁林（1923—2005），河南济源人。1939年入党，曾任武安、临清县委书记；河北省商业厅副厅长，天津市教育局副局长，天津中医学院党委书记。

② 高琳，河南开封人。

些国人投入日本人的怀抱，在敌后，惩治汉奸便是一件很艰巨又十分必要的任务。

陵川基本上处于抗日前线，离日本鬼子不是太远，常有一些逃难的百姓到晋东南地区来。完全有理由认为在这些难民中，混进了日本人的特务。因此，进行搜查也不算太无道理。问题是当时的独立游击支队负责人抓汉奸，完全是捕风捉影：只要发现难民身上有铜板和镜子，便必遭厄运。其理由是铜板和镜子可以给日本人的飞机打信号。

当时，铜板已失去了货币的职能，但贫困的太行山老百姓一生中可能没有得过几个铜板，对铜板自然格外珍惜。直至今天，许多人家仍保存有铜板，倒不是为了收藏文物古董，而完全是因为不愿意丢弃这些微小的家当。至于镜子，那肯定纯粹是为了梳妆的需要，难民队伍中，有男有女，女孩子天生便倾向于追求美，这种追求的倾向并不会因环境险恶、处境尴尬而改变。

游击支队抓住汉奸，每每要公审一番，为的是以儆效尤。在当时，虽已是一九三八年，但人权的道理远不可能震撼愚昧落后、具有数千年封建传统的中国社会。人们出于义愤，采用了各种令人发指的措施对同类进行侮辱伤害，如坐老虎凳、坐喷气式。审判的时候，把被审者五花大绑。当时的情况是，凡被抓住的人，便是有罪，因为从身上搜出了铜板和镜子——这些可供打信号用。有时候，还要听听被审人的辩解，但这些辩解只被视为狡辩，惊堂木一拍，朱笔在姓名上打一个红红的大叉，便宣布枪毙。这种草菅人命的做法，即使是最糊涂的封建社会酷吏，也无出其右。因为那个时候的死刑犯总要等天子批准后才能行刑。据我亲眼所见，许多面黄肌瘦、衣衫褴褛的难民“汉奸”，从未见过什么世面，智力迟钝。在刀枪林立的审判台上，浑身发抖，连一句话也说不出。有些人还能喊几声冤枉，但在恐吓威胁带逼供的胁迫下，稀里糊涂便承认了。只要一承认，手起刀落，人头便已落地，血淋淋的，极其恐怖。可怜这些难民，有些人可能根本不知道“汉奸”代表什么意思，有些人也许与日本人有血海深仇，跑出来想报仇；有些人在日本鬼子的铁蹄下侥幸逃生，但却被自己的同胞不明不白地送上了断头台。这个悲剧是应该认真检讨的。

第二章　争论

一

独立游击第一支队的领导人有着很严重的军阀作风。我虽然没有多少关于共产党的知识，但作为一个从小出生在平民家庭，接触过进步文化，有着强烈的自由向往，渴望民主的爱国青年，我从心底厌恶粗暴、蛮横、有着浓郁的封建主义色彩的军阀作风。

有一天，曾在卢沟桥事变中奋起抗击日军的宋哲元第二十九军所属的一个连队，在后撤中与团队失去联系。有好几天没有吃过饭，但他们没有骚扰老百姓。路过陵川，连队在黄土丘陵顶上的一座破庙里宿营后，派人与地方政府联系，希望能帮助解决一点给养。

刚组织起来的独立游击支队看中了他们手中的武器，想把这个连的枪夺过来。支队副司令李宜宣知道这个消息后，十分兴奋，立即派第四大队包围了这个山头，并向山头开枪，想把这一连士兵围困住。第四大队根本没有力量与这一连士兵交战，但因为这些士兵已断了粮食，李宜宣估计他们拖不了几天，只要围住，便不愁他们不缴械。只要一缴械，几百条枪便可装备独立游击支队。

抗战初期，对于我们这样一个缺乏工业基础的国家，制造现代化武器的能力很有限，抗战的军队又多。除了军人外，许多地方武装也需要武器，枪便显然供不应求。山西是中国当时最闭塞的地方之一，制造工业更少，阎锡山的工厂在日本人的进攻下，生产受到很大影响。独立游击支队这样的由共产党掌握的武装力量的装备就更加困难。我们唯一的出路就是向敌人要武器。当时的敌人是日本人，像独立游击支队这样的队伍要想对付日本人，犹如以卵击石，是绝无取胜可能的。宋哲元的这个连退到山大沟深的太行山，虽然都是抗日力量，双方是友军，但在独立游击支队的领导人看来，管他是什么人，只要能搞到枪就行。李宜宣可能估计这一连士兵不可能与独立游击支队开战，所以便有点有恃无恐。

抗日战争之时，敌强我弱，正是需要全民互相支持、奋力抗战的时期。李宜宣想从国民党的军队手中夺武器，特别是从参加过卢沟桥保卫战的宋哲元部手中夺武器，是极其错误的。这一连的士兵到陵川后，若凭借他们的力量，是完全可以把陵川搞个天翻地覆，不愁找不到给养，但他们没有这么做。无论是国民党还是共产党，在国难当头时，理应走在一起。谁挑起内讧，甚至把枪口对准自己的同胞，便无疑将成为历史的罪人、人民的公敌。我不知道独立游击支队的领导人当时是怎样想的，也许他们根本没有考虑过这个问题。或者说，他们虽考虑过这个问题，但为了自己的利益，干脆置民族大义于不顾，撕破脸皮，肆意妄为。他们也许会说，宋哲元是正规军，自有人会给他们补充装备，现在缴了他们的枪械，他们赶上部队后，便立即会领到新的武器，而独立游击支队可是过了这个村，就没有第二个店了。

李宜宣将要对宋哲元部的一连士兵采取措施的时候，政治部命我同李书琴、贾宗谊、张震亚[①]去帮忙做政治思想工作。李书琴是原十三军的人，他曾从郑州招了六七个男女中学生，到十三军游击司令部后，组成宣传队。李书琴毕竟是从大城市来的，对戏剧很爱好，对演戏、化装、导演也很内行。后来我到太行山剧团，他仍与我在一起工作，为太行山剧团的建设做过许多工作。张震亚现在还在世，在湖南工作。

李书琴向李宜宣借了一把盒子枪。我们刚到那一连士兵被围的山头，年轻气盛，脾气有点急躁的李书琴便向山头连开数枪，这一连士兵并没有还击。他一边打枪，一边喊话，让对方尽快缴械。过了一会儿，山上出现了两个举白旗的人，向我们走来。我受命上去与这两个人接触。

“我是这个连的连长。”一位穿着军官服的青年说。言语颇为文雅，好像一位书生出身的人。

“我叫洪荒，是第二战区独立游击第一支队政治部的干事。”我说。

“洪先生，这里可能有点误会。我们是抗日部队，从卢沟桥撤退到石家

① 李书琴，江苏江都人；贾宗谊，山东人；张震亚，河南郑州人。三人后来都在太行山剧团工作过。

庄后，被日本人打散了，我们与部队失去了联系，一直退到这里来。我们想到南边去找我们的团部和师部，士兵们有几天没吃饭了，想在你们这里找点粮食，吃了饭好再往前赶路。你们是不是可以帮助一下我们呢？”连长的语气很恳切。

“连长，我是奉命来与你们接触的，我们独立游击支队的副司令要你们缴械，你看怎么办呢？”我问他。

“洪先生，我们是抗日部队，枪还得用来打日本人呢，哪能缴械呢？假若我们要抢劫，我们也能得到给养，但是我们不能那样干。我们是抗日部队，不能伤害自己的同胞。”

这位连长很年轻，看样子比我大不了多少，我很同情他，但又没有办法帮助他解决问题，于是我便打算带他去见李宜宣。

“我们的副司令就在后边，你是不是和我一同去找找他，把情况向他讲一讲，也许他能帮助你。”我对连长说。

“好吧。”连长同意。

于是，我便带着连长去找李宜宣。

李宜宣见我带来了连长，便命令四大队长说：

“不管三七二十一，把他先扣下，等缴了枪再放人。”

四大队长见李宜宣下令，便下了连长的枪，把连长扣了起来。

连长是我带来的，还没有把问题说明，李宜宣便动了手。虽说兵不厌诈，但两军对垒，不斩来使，这是历来的规矩。何况这位连长是友军，而不是敌军，我对李宜宣这种蛮横无理的做法十分反感，觉得他太不光明正大，对抗日战士采用这种极卑鄙的手段，实在不像话，同室操戈，无疑是民族的罪人。

李宜宣不但不听我的劝告，竟然狠狠地瞪了我一眼，破口大骂：

“你懂个屁！”

李宜宣大约奇怪我不是傻子，便是奸细，向着外人说话。骂完之后，便不再理睬我。我看看不可能说动李宜宣，便到禁闭连长的地方去。

“连长，我实在无颜见你。我们的副司令翻脸了，他说不缴械便不放你，我没有能力劝说他。”我极愧疚地对他说。

“唉！真没有想到，禁闭我的不是日本人，而是自己的同胞。我是有感于国家受人侮辱，才慨然从戎，献身抗日事业的。我在战场上没有战死，看来却要被自称抗日的人打死了，可悲呀！”

连长被禁闭后，表情极其黯淡。我不知道他是不是后悔没有用武力抢劫给养，以致落到这种境地。如果他用武力，独立游击支队是根本没有力量制止他们的。

从连长那儿出来，我几乎无地自容，决定马上去找桂涛声和王耿人两个，让他们去劝说，制止李宜宣的错误行动。

当天晚上，我便赶回了陵川县城。一到县里，我便立即去见政治代表桂涛声，备叙详细情况，让桂涛声想办法。桂涛声也认为李宜宣的做法很不好，不能为了扩充自己的势力而置抗日大义于不顾。但桂涛声说他没有权力，做不了主。他说应该找王耿人，由王耿人出面解决，才能有效果。

桂涛声和我找见王耿人，王耿人听我们叙述完经过后，始终没有明确表态。既没有说李宜宣正确，也没有批评李宜宣的意思。是不是他们两人对这件事早已有共识，不得而知。总而言之，我这趟求援，以毫无结果而告终，我很失望。

第二天，听说该连士兵见连长被扣，便决定突围。他们半夜冲下山，向天开了几枪，第四大队的人马便吓得躲开了，双方没有什么伤亡。

李宜宣看见这个连的士兵带着武器突围走了，知道缴械之事已成泡影。竟然恼羞成怒，一意孤行，第二天便召开大会，把那位连长枪毙了。可怜一个抗日战士，就这样不明不白地死了。

这位连长的死，与我有绝大关系。假若我不带他来见李宜宣，绝不会导致这样的结果。我当时是绝没想到李宜宣会这样下流，为图武器便杀害抗日战士。我觉得自己欠了一个战士的债，这个债我一生无法偿还。直到现在，每每想起此事，我便追悔莫及，愧悔难当。更遗憾的是，直到现在，我仍不知道这位连长的身世，不知道他的姓名。

二

抗日初期，人民情绪高涨。对于后方的人来说并不太了解抗日的艰巨性，幻想着几亿中国人很快会把“小日本”解决了。不想进入相持阶段后，大家才普遍意识到我们面对的敌人十分强大，抗战绝非一朝一夕可以奏效。那时候，投降的人和动摇的人便增多了，抗日的热情消退了许多。这种情况大约类似于清初的状况：清朝初入关，各地义军纷起，待清王朝入主中原，抗清者便渐趋沉寂。

陵川地方政府当时并没有什么系统、合理的政策和方针。在抗日运动中出现的问题，完全依赖于领导人的好恶处置，随意性很大，常常激化民族内部矛盾，影响军民关系，对抗日运动造成了很大的损失。例如当时的“没收汉奸财产”一说，便产生过一些问题。

在独立游击支队，由于领导人的缺点，加之他们手里掌握着枪和权力，违反政策和纪律的事常有发生。游击队需要什么，常找个口实，顺手牵羊。最简单、最有效的口实，便是宣布别人是汉奸或有汉奸嫌疑，可以依政府法令，没收财产。因此，游击支队常常通过这种办法筹措一些经费，解决一部分给养。不能说所有没收的财产都不是汉奸的，但我亲自经历的一件事情，显然大有问题。

晋东南是黄土高原，自古不产盐。因此，盐在当地是珍贵的物资。陵川县鲁村镇有个大盐店，第四大队为了掌握这些盐，便宣布盐店店主有汉奸嫌疑，要没收他的财产。老百姓闻讯后，担心盐店被没收了，会没有地方买盐吃，认为与其让盐落入游击队的手里，还不如自己动手抢。这样一来，游击队和当地民众为食盐问题，便产生了尖锐的矛盾。

那天，李宜宣带人去没收盐店，与当地民众发生冲突。李宜宣指挥第四大队公然向当地民众开枪，打死了两个老百姓。老百姓被激怒了，也动起了手。李宜宣可能以为自己有枪，只要打死几个，老百姓便不敢再反对他们没收盐店了。不想一见死了人，老百姓义愤填膺，纷纷上阵。这正如几千年前老子所谓：“民不畏死，奈何以死惧之。”冲突的结果，自然是老百姓和士兵都遭殃。李宜宣是长官，安然无恙。

冲突发生的时候，有位政治部的同事在现场。他是从河南修武来的青年，从十三军政治部转到了独立游击支队。事发之时，他正在第四大队做政治工作。这位青年被愤怒的老百姓打死了。

更为不幸的是，这位青年的老家在沦陷区。逃难之时，只有他和十一岁的小弟跑了出来。他的弟弟便一直跟随着他，也在政治部。哥哥的死讯传来，弟弟大放悲声。我们看见这种情景，也不禁伤心起来。这位青年不是死在抗日前线，而是丧生在自己同胞的包围之下。凶手是谁呢？当然只能是李宜宣，李宜宣是杀害他和其他无辜老百姓的罪魁祸首。

为了表达我们的义愤之情和对李宜宣的强烈不满，政治部的青年人强烈要求为这位死难青年举行追悼大会。追悼会一开始，大家都痛哭失声、涕泗横流，全场一片呜咽，气氛极其低沉。桂涛声一看情况不好，命我指挥大家唱《义勇军进行曲》，试图把大家从悲痛的情绪中拉回来。可我刚一起头，便觉悲从中来，一边指挥，一边悲哭。

起来，
不愿做奴隶的人们，
把我们的血肉
筑成我们新的长城！
中华民族
到了

最危险的时候，

每个人被迫着发出最后的吼声，

起来，

起来，

我们万众一心，

冒着敌人的炮火，

前进、前进，

前进！进！

我们这些当年唱着这支雄壮歌曲加入抗日队伍中来的青年，重唱起这支号召全国人民团结一心的进行曲，来悼念因内讧而死在同胞之手的抗日战士，感到这种现象距我们的抗日热情实在相差得太远，我们怎能不哭泣呢？我们不仅是为这位死难的兄弟，也是为中华民族，为我们自己哭泣。

我比谁哭得都更伤心。

三

我对李宜宣的意见越来越大。

本来到陵川地方上来就不是我之所愿，实在是万不得已，暂时栖身而已。经过这几件事，我更感觉到难以继续待在独立游击支队，和王耿人、李宜宣等人共事。我想尽快离开。

政治部的其他人也对王耿人和李宜宣有意见，并常在政治部里议论纷纷。谢叔良一向比较激进，他对王耿人、李宜宣也很不满。他鼓动我向桂涛声提出建议，要求李宜宣到政治部做检讨。谢叔良好像负责政治部的宣传工作，是宣传科科长。他留过学，懂的马列主义比大家都多，有学问，在独立游击支队有一些影响。因此，独立游击支队的领导人怀疑他是所谓“托派”。“托派”者，托洛茨基派之谓也。托洛茨基是苏联红军之父，生于一八七九年，和列宁一道，领导了苏联的革命。虽然常和列宁发生不同意见，但列宁一直很尊重和信任他。据近年公布的材料，托洛茨基完全是一个知识分子型的领导人，作风民主，具有绅士之风。列宁在世之时，曾希望托洛茨基能与他站在一道，把专制、武断、个人品质有严重缺陷的斯大林赶出苏共中央政治局，但托洛茨基听信斯大林的假忏悔，没有及时清除斯大林，后来，反倒受到斯大林的残酷迫害。列宁去世不久，斯大林凭借自己是政治局会议召集人的身份，捏造罪名，逐步把托洛茨基赶出了苏联领导层。一九二七年，这位对苏联革命做出卓越贡献的共产党人，被斯大林把持的党中央开除出党。一九二九年，进而将这位曾与列宁享有同样威信的革命导师驱逐出境。在流放生涯中，他仍积极从事马克思主义思想的研究，用一个正直的知识分子宽广的心境，撰写了对苏联历史的回忆录，甚至还写了本《斯大林传》，对斯大林进行了较为客观的分析和评价。他还组织了第四国际，力图纠正苏联斯大林式社会主义的错误，推动社会主义事业的正确发展。但是，斯大林像不会放过布哈林等一系列苏联革命元老一样，绝不会放过托洛茨基这位享有崇高威望的革命家，在多次谋杀失败后，派人充当托洛茨基的秘书，最后竟用斧头砍死了托洛茨基，手段极其残忍和恶劣。托洛茨基于一九四〇年遇害，当时只有六十一岁。所幸历史是公正的。苏共中央和苏联人民对斯大林的错误进行了深入的批判，并对一大批冤假错案，如托洛茨基、布哈林等所谓“反党集团”，进行甄别，平反，使许多冤屈的灵魂最终得到安宁。

但是，在三四十年代乃至托洛茨基去世后的几十年中，在中国，情况完全是另外一种样子。我可以抄录一本一九七九年出版的字典对“托派”的解释：

“〔托派〕即托洛茨基派的简称，原是俄国革命运动中以托洛茨基为首的一个反对列宁主义的政治派别。十月革命后，不断进行反党活动。后来，勾结各种反革命分子进行凶杀、破坏等罪恶勾当，疯狂反对无产阶级专政的苏维埃政权。托派的余孽散布在许多国家，是一个国际性的反革命集团。在中国，一九二七年第一次国内革命战争失败后，也出现了少数的托派分子，在一九二九年形成反革命小组织，主张取消中国革命。以后，公开参加国民党特务机关，破坏中国革命。抗日战争时期，与日本特务机关合作，破坏抗日战争。”

了解中国“文化大革命”史的人不难想象等待“托派”分子的命运。有人做过统计，说斯大林屠杀的共产党人比共产党人产生之时起，一直到现在，被敌人杀害的总数还要多，这是一点也不夸张的。在革命战争年代，特别是“左”倾机会主义者占据统治地位的时候，许多所谓的“托派”分子便惨遭自己“同志”的杀害。我们今天回忆起这惨痛的教训，一方面是为悼念无辜的受害者，另一方面，也是为了告诫后人不要重蹈旧辙。

在当时的情况下，谢叔良不大好出面。我一向不信邪，有话憋不住，便去找桂涛声。桂涛声把政治部的意见反映到王耿人那里。王耿人为缓和政治部工作人员的情绪，便同桂涛声、李宜宣、陈斐夫一同到政治部开会，解决政治部的思想问题。

开会之前，人人都很勇敢。会议一开始，大家都不说话了，大约都知道给李宜宣提意见绝没有好下场吧。

我看看左右，大家都没有率先发言的意思，我便决计首先发难。我想，大不了我离开这里，你们还能把我抓起来不成。

“我先提点意见，我想问一下，李副司令为什么要缴二十九军那个连的武器？要知道他们是抗日部队，刚从前线下来。为什么枪毙那个连长？”

我还没有把话说完，李宜宣便拍桌子瞪眼睛，暴跳如雷，对我大骂不止。

“还有，独立游击支队本来就没有几支枪。到前方活动的大队没有武器，而留在县城的部队都拿着枪装样子，摆架子。不拿枪去打日本人，却拿枪吓唬老百姓，向老百姓开枪，是不是太不应该了？我希望把这些事给大家说清楚，有责任的人应该向大家做出检讨。”

在我发言的过程中，李宜宣几次跳起来，丝毫不承认错误，不做解释，只是粗鲁地对我进行谩骂。骂是骂不死人的，我不理睬他的大骂，不管他多凶，我还是坚持把我的意见提完。

我说完后，王耿人也跳了起来。他和李宜宣是老搭档，当然是支持李宜宣。他特别对我提出的把武器留在县城里摆排场、摆架子一事大为恼怒。他训斥我说：

“武器在什么地方？在敌人手里，想要武器，去找敌人拿就是了。”

应该说，王耿人的话从表面上看是对的，因为当时我们不可能依靠上边给我们发武器。但是，有武器的人待在后方，而让没有武器的人到前线去夺。甚至让有武器的人躲在后方，专门等待抗日的军队在危急的时候趁火打劫，这就是大错特错了。问题的关键在于，第四大队是王耿人和李宜宣的根底，是他们的嫡系，而其他大队都是外地人。在他们的眼里，第四大队是他们的私有财产，而其他人是靠不住的。这是宗派主义在作怪，是封建社会帮会组织的思想，与抗日事业和无产阶级革命事业完全是背道而驰的。

在整个会议争议过程中，桂涛声始终一言未发。我相信桂涛声不会同意王耿人和李宜宣的做法。他不发言，只说明他在独立游击支队，只是个装饰品而已。“政治代表”一职，并没有带给他相应的职权。

谢叔良起初还积极地支持我，但李宜宣肆无忌惮地谩骂了一阵后，王耿人出来旗帜鲜明地站在李宜宣一边，谢叔良便也不再作声，默默地坐在那里。

王耿人最后说：“要抗日，就要服从命令听指挥。像你这样不服从命令，不听从指挥，是不是不想抗日了？”

我听王耿人这样说，心里更生气，我回敬他一句：

“日本人我是打定了，但像你们这样的做法，我是坚决反对的。”

四

这次会议解散后，我觉得如果再待下去，工作就太难开展了，我决定去找桂涛声。

“我想离开这里，我实在待不下去了。如果找不到八路军，你给我想想办法，我回武汉去。”

桂涛声听我说完话，抬头看了我一眼，唉声叹气了一番，做出一副无可奈何的样子：

“老洪呀，难啊。我也想离开，但没有办法，你还是再等一个阶段再说吧。先凑合凑合，慢慢再想办法。”

我看桂涛声也没有办法，只好又回到政治部。有两位和我没有谈过什么话的人分别找我谈了一次，他们听了我的意见后，劝我先下到大队去，并表示有机会他们想办法送我到一二九师的正规部队去。我估计他们可能是陵川县委的负责人。

不几天，我便离开了政治部，下到连队去了。就在下连队期间，听说谢叔良带了一位山东籍的耿姓青年和一位从郑州来的金姓青年逃走了。姓金的青年我不认识，但姓耿的青年我是熟悉的。这个青年的性格就如他的姓氏一样，十分耿直。

谢叔良对我来说，一直是个谜。不过，幸亏他逃得及时，据说自他支持我要求李宜宣检讨以后，支队负责人更坚定了谢叔良是托派分子的判断。谢叔良若不早一点逃走，就要麻烦了。

第三章　游击

一

两位可能是陵川县委的人找我谈过话之后，第三大队的大队长欢迎我到他那里去，我便到第三大队任指导员了。

我到第三大队的时候，日本人已打通了白晋公路，占领了晋城。[①]独立游击第一支队没有能力与日本人作战，在前线的连队便在晋城一带活动，目的在于锻炼部队，不和敌人接触。当然，偶尔碰见敌人的散兵游勇，偷偷地收拾他一两个，这便是游与击相结合的游击战争。

我到第三大队后，日军向晋东南地区的刘邓部队发动了六路围攻，不

① 1938年2月26日，农历正月廿七，日军第一次进攻晋城县城。当时，日军由博爱县清化镇（今博爱县城）出发，先派飞机连续轰炸扫射，老百姓纷纷逃难，躲避四乡。1938年4月16日，晋东南军民反九路围攻胜利，日军撤退。

久，又发动了九路围攻，切断了邯郸到长治的邯长大道，我晋东南地区割裂开了。当时日本人并没有过南漳河。虽然这样，陵川的局势还是让人感到紧张。游击队的训练便抓得很紧。我刚到第三大队，便赶上行军。第一次行军，顶着天上不停落下的乒乓作响的冰雹，一股庄严感便油然升起于意识之中。

在前线活动的三个大队，基本上没有懂打仗的指挥员。不过第三大队的大队长是个例外。他是桂涛声的老朋友，曾经参加过北伐战争，而且很讲义气，对我很好。全大队的士兵都没有枪，只是些长矛和大刀。当时动员兵员是较便捷的，这个大队的士兵多数是临时招募来的农民，便把家里的刀和矛拿来聊充战备之用。我虽然是个指导员，但始终没有摸过枪。看见大队长有把驳壳枪，我心里十分羡慕。

虽然对打仗一窍不通，但我学习得很认真，看着战士行军，心里很激动。我白天跟战士上操、爬山，夜晚在篝火旁，在破庙里讲战争形势。红红的篝火映红了战士的脸，我的心里也热烘烘的。我渴望战斗，渴望去打日本鬼子，渴望把战士个个培养成英勇、顽强、善于打仗的抗日英雄。我的工作完全靠自己摸索，没有人给予过指导，大队长很支持我的工作，经常鼓励我接触士兵，我的确也很快和他们打成了一片。当时我们的消息是很闭塞的，不太了解其他地方的情况，讲战争形势，便是把日本和中国进行对比，讲为什么必须打日本人，讲历史上的战争故事和爱国主义事迹。同时，也讲太行山的地物地形，跟战士们画图，让战士们了解一点地理知识。

不久，传来了刘伯承将军在邯长大道东阳关一带打了一个伏击战[①]，消灭了几百敌人，缴获了不少枪炮弹药、军械马匹，大家十分兴奋。在当时，经常听见的是失败的消息，真正成功的战役很少，只有一九三七年九月份林彪指挥的一一五师在平型关打的伏击战歼敌一千多人、一九三八年三月到四月初李宗仁指挥的台儿庄大战等为数很少的几次。

刘伯承在东阳关打的伏击战，阻击了敌人进攻西安，打通了邯长公路，日本军的主力放弃往西发展的意图，除留下一部分士兵建立据点和大批伪军固守据点以外，准备把主力部队撤到华中地区，进攻武汉、广州等地。为了阻止敌人的阴谋，我们大队奉命火速把部队从晋城拉到潞城，破坏公路。

晋城、陵川、潞城基本呈三角形，陵川在晋城与潞城之间，偏东方向。潞城和晋城相距较远。潞城是个古城，春秋时为潞子国，汉初置潞县，魏晋时为上党郡所在地。隋朝文帝开皇十六年（公元五九六年）改置潞城县，唐天祐二年曾改潞城县为潞子县，五代时后唐复称潞子县为潞城县。

我们接到命令后，连夜行军。我们学八路军，遇村庄、店铺一律不进，而是在廊柱或草地上休息。战士一坐下，便呼呼入睡。这天夜里，天下着倾盆大雨，我们倚柱而睡，雨水从我们的脸上流进脖子。走了很长时间，战士们往往在行军途中便闭上眼睛打盹。通过长时间的急行军，到潞城附近停了下来。大队长让我带着通讯员和两个排为一部，他带其余的人为另一部，分头行动。

---

① 1938 年 3 月 31 日，八路军一二九师在响堂铺伏击日军获胜。

我们这次行动的目的是破坏公路。主要方式是切断路面，以阻止敌人的机械化部队通过。

当时已值仲春，庄稼已开始长起，但还不是很高。半夜摆开阵势，便被据点里的敌人发现，一阵枪声过后，士兵们丢掉工具，跑得无影无踪。我没有打过仗，因此，搞不清楚枪声从什么地方打来，心里慌得厉害，一时间举手投足皆无所适从。幸好通讯员是个老兵，曾在国民党的杂牌军里干过。我到三大队后，与他相处得很好。这次破路，大队长特意让他跟着我。正在我不知所措的时候，他帮我集合了士兵。破路结束后，通讯员很佩服我的胆量，说我胆子大，遇事不慌，很镇定。

这次破路毫无所获，只证明我们的游击队还需要很长时间的锻炼。日本大部队退出晋东南后，我们便把部队重新拉回陵川县城，继续训练。

二

刘伯承在邯长大道上打了一场伏击战后，日军主力撤退，余下的敌人便固守据点。这时候，我们的游击队可以经常活动一下，骚扰敌人。三月底四月初，陈斐夫到了独立游击支队的前方指挥部，我便常同他一起活动。先随他经壶关到平顺，亲自去看了三月十六日神头岭胜利的战场。①这场战斗正

① 神头岭伏击战，是八路军一二九师于 1938 年 3 月 16 日，在山西省潞城县至涉县之间，邯（郸）、长（治）公路上进行的一次伏击战，歼敌 1500 余人，击（烧）毁汽车百余辆，钳制了日军向黄河南岸和西岸的进攻。

是在我们游击队破路时进行的。该战缴获了一些洋马，部队送给地方的同志几匹，我很羡慕。每次行军时，最快乐的事情便是骑马。自在十三军偷李果谌的马学会驭马术后，一直没有机会重新骑马奔驰。在壶关、平顺一带，我结识了一些朋友，他们多是青年牺盟会会员，待我很要好。

一九三八年四月份，日本人分九路向晋东南地区发动进攻，我们把游击队开到上党一带活动，常常长途行军。有一天，陈斐夫对我说："我们分头找共产党，你看怎么样？"我说可以，只是不知道谁是共产党。陈斐夫便叮嘱我先找找看。

通过长时间的观察，我固然对王耿人、李宜宣不感兴趣，但对桂涛声也失去信心，他多次许诺帮我找八路军，却总不见结果，对我来说，只有对陈斐夫还略存有好感。

有一天行军途中，陈斐夫见到我，对我说："我已找到了共产党，这里有张表，你去填表。我马上要回陵川，你便是前方指挥部的政治部代理主任。"

陈斐夫说完后，极神秘地给我一张表格，然后匆匆忙忙地离开了。

当时，日本大部队已退出晋城、阳城、高平，不久，又退出了长治、潞城。

我后来推测，陈斐夫可能早已是共产党员，当时有意发展我入党，却不好直截了当地跟我讲，所以先试探我一下。当时我们的游击队虽属共产党掌握，但党员都是秘密的，非党人士是不知道的。

四月中旬，晋东南的天气日渐转热，穿着棉衣就有些热了。我想回陵川换下棉衣，同时向陈斐夫交表，就到了平顺县。平顺县旧名青羊里，原属潞城县。明朝嘉靖年间，始以潞城东部、黎城北部、壶关南部各一部分设置平顺县。清乾隆年间以平顺县为平顺乡，民国年间，复置平顺县。明嘉靖年间，平顺曾爆发过一场农民起义，很活跃了一阵。平顺人民是富于反抗传统的。

且说到了平顺天已黑，牺盟会的人借给我一床被子，我便住了下来。住的地方有盘炕，我一向不习惯于在土炕上睡觉，因为常有跳蚤和臭虫。我决定在桌子上躺一夜，不想半夜仍被咬醒。一看，被子上的虱子很多，把我吓坏了。扔掉被子以后，我还感觉到自己被虱子包围了，浑身刺痒难当。

第二天清晨，我从平顺出发，约走到中午，在路上碰到一个熟人。他告诉我陵川发生了政变①，张荫梧到处乱抓人，独立游击支队的政治部已不存在了，王耿人也逃了，劝我别回去。我当时想，我是要抗日，爱国无罪，抗日是爱国行动，张荫梧能把我怎样。假如张荫梧扣留了我，我可以和他辩解，他不会把我怎样的。现在回想起来，这种想法显然太过天真。

回陵川路上要经过壶关。到壶关后，我想了想，还是先在这里打听一下陵川的情况再说。陵川距平顺较近，平顺对陵川的情况一定了解得更多。在

---

① 1938 年 4 月 29 日，张荫梧将李宜宣骗到平城镇扣押，计划与国民党五十三军万福麟部于次日包围陵川县政府，逮捕王耿人。这一消息被河北民军中的地下党组织获悉，报告了中共太南特委（原晋豫特委改称），特委立即通知王耿人连夜转移至夺火村。30 日，张荫梧带领部队包围了县政府，颠覆了陵川县抗日政权。与此同时，中共陵川县工委也遭到破坏。（根据《晋城在线·中共晋城历史》）

壶关，我认识一位牺盟会的特派员，便去找他。

牺盟会驻壶关的特派员和另外几位牺盟会员向我介绍了陵川的情况。他们分析说，我去陵川危险不大，我既不是当官的，而新的县长也正在拉拢人，桂涛声还没有离开陵川。我若以个人的身份回去，估计不会有什么问题。

到陵川城外，担心士兵搜查，我把入党申请表放在贴身的衣袋里。走了几步，又觉不妥，也不好交给别人，便干脆烧掉。我当时想一到县城找见陈斐夫，可以重新要一张表。到了陵川城门，有士兵站岗，不过他们并没有搜查我。

回到陵川，了解了一些政变内幕，知道政变的缘由是为了赶走王耿人。李宜宣在鲁村没收盐店，打死群众，破坏了当时应该团结的士绅阶级和国民党、阎锡山的利益。阎锡山让张荫梧帮助收拾王耿人。张荫梧便轻而易举地进行了政变。张荫梧先扣留了独立游击第一支队副司令李宜宣，李投降了。王耿人得到消息，便逃跑了。陈斐夫也不知去向。新任陵川县县长是师人凤，第五专署专员是续济川，他们两人都是反共分子。陵川的抗战好形势便这样被断送了。

在县政府见到了桂涛声，他表情十分消沉、落拓。我对桂涛声说希望他帮我做件单衣。桂涛声马上找了一个裁缝，当天便给我做好了一套单衣。换上新装，一身清爽，便去找“华干”的陈沂和张柏园。

找到陈沂，我让他想办法把我送到八路军那里去。他说他们正要去晋城见朱瑞[1]，要我先等几天。几天后，我随陈沂、张柏园、王振华去晋城。桂涛声见我去找朱瑞，便要求与我同行。我们到了晋城，见到了朱瑞，我便算是八路军的一员了。

① 朱瑞（1905—1948），江苏宿迁人。1924年加入中国社会主义青年团。1925年赴苏联，先后在莫斯科中山大学、克拉辛炮兵学校学习。1928年加入苏联共产党，后转为中共党员。1930年春回国，先后任红一军团政治部主任、第一方面军政治部主任。抗战爆发后，任北方局军委书记，八路军驻第一战区联络处处长，北方局组织部部长。1939年5月任八路军第一纵队政治委员，与司令员徐向前赴山东，任山东军政委员会书记、中共中央山东分局书记。1945年夏，提出从事建设炮兵的工作，被任命为延安炮兵学校代理校长。1948年9月，朱瑞指挥炮兵纵队参加攻克锦州战斗。10月1日上午亲临前线，途中不幸触雷牺牲。时年43岁。

第三卷　初学创作

第一章　建立太行山剧团

一

朱瑞是留苏学生，八路军的高级军官。为建设我军炮兵，放弃了八路军副参谋长之职，任炮兵学院院长。解放战争时，曾任第四野战军炮兵司令。后在锦州战役中不幸牺牲。是解放战争中牺牲的最高将领。

我同桂涛声、陈沂、张柏园、王振华到晋城见到朱瑞后，他十分欢迎我们的到来。朱瑞经常跟我谈话，基本上是问我有关政治、学习、生活等问题。朱瑞同志平易近人，态度和蔼，对我的饮食起居、政治思想关怀备至，我是十分感谢的。我从一九三七年年底离开武汉，几经周折，终于找到了八路军的正规部队，心情非常愉快。

到了晋城后，朱瑞对桂涛声很冷淡。朱瑞曾私下对我说他们怀疑桂涛声出卖了王耿人，所以张荫梧才赶走了王耿人。我不大清楚这种怀疑的可信程度，但朱瑞的确不愿意收留桂涛声。有一天，桂涛声找到我，很急切，然而又有点信心不足地对我说：

“老洪，你和朱瑞接触多，他很信任你，你帮我在朱瑞面前美言几句，让我留在八路军正规部队里吧！”

我虽对桂涛声迟迟不能兑现他在武汉对冼星海先生承允的诺言不满，但现在既然已经找到了八路军，过去的不满便随着事情的时过境迁而烟消云散。我感觉自己一向是个不善于记恨别人的人，看见别人有困难，总是想帮助一下。在我看来，作为一个文化人，桂涛声只是太懦弱，人倒不坏。无论怎样说，毕竟是他带我到太行山来的，在一起共过这么长时间的事，我理应帮他的忙。何况从武汉出发之时，他就一直说想找八路军。

“好吧，我试试看。”我对桂涛声说。

桂涛声听见我答应了他，很感激地看着我。的确，当时独立游击第一支队已不复存在，桂涛声在陵川地区，可谓走投无路，能投身八路军正规部队，是一个很好的去处。否则，他只能打道回府，重回武汉了。

我见到朱瑞，把桂涛声的愿望向他讲了，并劝朱瑞留下桂涛声。朱瑞反倒要我去动员桂涛声回武汉去。

桂涛声知道已不可能留在八路军的正规部队里，便只好回武汉继续从事文化工作。桂涛声临走之时，没有路费，幸好独立游击第一支队发给他一支驳壳枪，他便用枪换了几个大洋，回武汉去了。自这次一别，以后再没有听到过桂涛声[①]的消息。

二

“华干”这时候已脱离张荫梧，在陈沂等人的带领下都到了晋城。“华干”的几个宣传队员也到了晋城。独立游击支队政治部也有个宣传队，过去常和“华干”的宣传队联合演出，现在也到了晋城。高琳、鲁林等人组织的小孩子剧团，也在晋城。朱瑞见有这么多剧团和宣传队，很高兴。他把这些宣传队员和剧团团员编到一起，成立了一个剧团，全称叫“国民革命军第十八集团军第八路军晋冀豫边区太行山剧团”。[②]

“华干”原宣传队负责人赵洛方[③]出任团长，他是共产党员。他们希望我能参加这个剧团的工作，朱瑞表示同意，我便兼任该剧团的政治指导员和艺术指导员。我们都换上了八路军军装，算是正规部队的一员。

剧团成立后，我们即向第五专区专署所在地长治进发。朱瑞为我从在晋

① 桂涛声离开太行山后，于1938年8月到国民党第九军四十七帅政治部担任少校干事。1939年秋在军中被捕，获释后1941年2月在洛阳教书。1943年4月到西安大陆图书公司任编辑。1946年2月从西安到上海复兴中学、育才中学教书。1980年任上海市静安区第五届政协委员。1982年12月在上海逝世。终年79岁。

② 太行山剧团在山西晋城成立的时间是1938年5月初。

③ 赵洛方，河南清丰人。离休前任南京军区政治部群工部副部长。

城一带活动的唐天际[①]的部队里借得一匹骡子，朱瑞骑一匹东洋马，我们一起行动。从晋城到长治，要经过高平县，路途还是比较远的。因为有骡子代步，加之心情舒畅，一路与朱瑞谈笑风生，感觉很快就到了目的地。

到长治后，见到当时担任八路军总部民运部部长的黄镇[②]，太行山剧团便由黄镇负责领导。

黄镇大约毕业于上海美专，是个比较有成就的画家，后来在江西瑞金参加红军，参加过长征，懂艺术，平易近人，我是很钦佩他的。新中国成立后，黄镇曾任第一任中国驻美大使、中央委员等职。我们太行山剧团到长治后的建团工作，便是在黄镇的帮助下完成的。

实事求是地讲，我是不大愿意到太行山剧团的，因为我对剧团的工作相当生疏。我既没有导演过戏，也没有干过编剧，甚至也没有演过戏。太行山剧团要演新剧，我过去看过的为数很少的戏剧多是传统旧剧。在三十年代的中国农村，即使如广东一带，像我的故乡那样有着很多“金山客”的村子，文化水平也是很低的，人们不可能喜欢欧阳予倩、洪深等人当时搞的新话

① 唐天际（1904—1989），湖南安仁县人，在抗日战争中，先后任八路军野战政治部民运部副部长、第一战区联络处主任、晋豫边游击支队司令员、太行四分区政委、太岳四分区司令员等职。1955 年被授予中将军衔。

② 黄镇（1909—1989），安徽桐城县人。1925 年考入上海美术专科学校学习绘画，1930 年加入西北军任中尉参谋。参加宁都暴动，加入中国工农红军。1931 年加入中国共产党，任红五军团政治部宣传科科长，创作有《长征画册》。抗战爆发后任八路军一二九师政治部副主任，太行军区副政委兼政治部主任。1948 年任中国人民解放军总政治部研究室副主任。中华人民共和国成立后，任外交部副部长、文化部部长。

剧，也没有演出队愿意演新话剧。我从小便生活在贫困之中，虽常常跑很远的路看一半场旧戏，却从没有机会见识过新话剧。到上海后，倒常去看看电影。那时候，中国的电影业虽不发达，但上海这个世界性的都市却有不少吃电影饭的人。我常常等新电影上演的高潮过后，跑到较低级的小电影院去，倾囊而出买一张最便宜的电影票，美美地见识一下，倒也常常为奇异的电影表现力所陶醉。

到太行山剧团以前，我只看过两次话剧。一次是观看李健吾导演的曹禺的《雷雨》，另一次是看陈白尘的《太平天国》。虽是仅有的两次，却使我大开眼界。每次看过，自己便仿佛成了剧中人，为剧情中的丑恶而愤怒，为不幸而哀叹。当然，愤怒、哀叹过后，摸摸空空如也的口袋，听着饥肠发出的咕咕声，我还得想办法去揾食[①]。对于一个挣扎在生死线上的穷孩子来说，艺术享受与物质需要永远是一对不可调和的矛盾，顾此必然失彼，二者只可得其一，而不可兼得。想起千年以前杜甫老人的悲叹，“安得广厦千万间，大庇天下寒士俱欢颜”，文明古国数千年，却一直没能实现这个微薄的希冀，是值得反思的问题。

抗日战争爆发后，上海文艺界纷纷组织救亡艺术团体。我曾参加过江南太湖流动宣传团，看过别人排演《放下你的鞭子》，以及根据英国独幕话剧《月亮上升》改编的《三江好》，但我没有参加过排练。在十三军游击司令部政治部工作时，我曾试着排演过《三江好》和《放下你的鞭子》两个小

---

① 广东方言，意为“挣饭吃”。

剧，但不很内行，效果也不是很好。

可以说，我充任太行山剧团的艺术指导员一职的所有艺术经验仅限于此。至于政治指导员的差事，那纯粹是勉为其难了。

三

抗日战争时期，八路军需要不断地扩充队伍，扩大影响，需要广泛的宣传工作。正是基于剧团是宣传工具的共识，中央对剧团是很重视的。太行山剧团筹备成立的过程很顺利，受到了各方面的大力支持，这在战争年代很不容易。

建团首先需要的是经费。黄镇部长很内行，他给我们拨了充分的款项以购置装备和布景。我们需要很多的布匹和颜料，以做布景、广告之用。需要各种乐器，当时不可能购置西洋交响乐器，只买了些二胡、笛、笙以及鼓、锣等民间乐器。还购置了化妆品。这些东西购置齐全后，我们便立即着手训练团员。我虽兼政治指导员与艺术指导员二职，但主要是负责艺术训练。政治训练由赵洛方团长负责，许多团员都是刚参加八路军，十分需要了解一些八路军的情况以及革命知识。

对于我来说，使这些半吊子的“艺术青年”改变成为合格的艺术家，任务很艰巨。除了李书琴从郑州带来的几个男女学生略有些戏剧知识外，其他的人甚至连化装都不懂。我便从戏剧知识的ABC教起。主要凭借我对戏剧的观察总结和归纳来教导学生。同时，因为我曾经在上海跟随冼星海先生很长时间，比较擅长乐理和声唱，又画过画，所以，侧重给学员们讲化装以及音乐知识。

我没有上过几天学，学问的基础差，但我有个优点，就是虚心向别人请教，不断地学习，努力提高自己。对艺术工作也是这样。我虽然没有多少经验，但首先严格要求自己，每天早晨起床后，我便督促团员们同我一起做发音训练。在训练过程中，我绝不偷懒，坚持和团员一同练习。我对团员的要求是很严格的，由于有些团员天资不好，努力半天也不见效果，有些团员不认真，照例都受到我的斥责。有时候，感情脆弱的女同志都流下了眼泪。尽管这样，他们仍能诚心支持我的工作，这十分难得。因为我们要求严格，剧团在很短的时间内，在太行山地区便取得了较大的影响。而太行山剧团的团员，无论基础怎么样，都能胜任一定的角色，这是我一直引以为自豪的事情。的确，做到这一点，对于太行山剧团所处的环境和自身的实际状况来说，是十分不容易的事情。

第二章　演出

一

我从武汉到太行山地区，以及以后的一个阶段，是抗日战争最黯淡的日子。中国军队屡战屡败，日本人占领了北平、天津、河北、山西。太原失守后，阎锡山号称三十万的军队彻底覆灭。薄一波组织了牺盟会新军决死队，只有五个纵队。阎锡山的部队和阎锡山一起退到了靠近黄河边的吉县。国民党在华北地区的七八十万军队在经过了由卫立煌指挥的忻口战役之后，也基本后撤。日本人进攻临汾时，杨虎城的部队退到了中条山，高树勋所率东北军则退到了林县和辉县。在所有的抗日战场上笼罩着一片不祥的氛围。而八路军刚深入太行山不久，进步青年对八路军抱有极大希望。

我和所有的太行山剧团的青年人一样，自参加了八路军后，便有一种自豪感和光荣感，想到自己可以对抗日大业有所作为，浑身便有使不完的劲儿。剧团二十多名队员，个个学习刻苦，工作积极主动，很卖力气。我兼指导、导演、编剧于一身，一直忙得不亦乐乎。

太行山剧团成立后，先以歌咏声唱为主，逐渐开展舞蹈和戏剧的演出。对我来说，歌咏声唱是轻车熟路，当然游刃有余了。但舞蹈和戏剧却有点难了。好在通过努力，舞蹈和戏剧都开展了起来。

八路军总部有一个火星剧团，因为当时八路军总部在晋东南地区，所以火星剧团也在长治附近活动。火星剧团的前身是由参加长征的原火星剧社的成员组成。火星剧社的红小鬼们从留苏归来的留学生那里学习些舞蹈，如乌克兰舞、高加索舞，虽粗糙得很，却也别开生面。通过黄镇，我们请了几位火星剧团的红小鬼来当教练，给太行山剧团的演员们教一些舞蹈知识。这些工作由鲁林和高琳负责。当时伴舞的乐器少得可怜，只有两把口琴。但那时听起来，似乎还有点味道。现在回想起来，与交响乐团的伴奏相比，单乐器一项，就让人笑掉大牙了，更何况演奏者本身的水平也较低。总之，太行山地区的艺术水平是比较低的。大家凭借抗日热情，勉为其难而已。

李书琴到十三军游击司令部以前，曾从事过戏剧工作。到长治的时候，他还带着从郑州搞来的几个剧本。太行山剧团建团以后，需要排演剧目。李书琴便用他带来的几个剧本为底本，张罗导演了三四个戏剧。这样一来，太行山剧团也有了戏剧表演。

长治地区是阎锡山山西省的第五专区所在地，还有一些国民党军队的联络处和商人，是晋东南比较繁荣的地区。每场演出前，我都刻意设计制作海报，介绍演出情况。在上海的时候，为了谋生，我曾经从事过画广告的工作。在家乡时，还到澳门一个广告公司干过几个月。现在我施展出我的看家本领，尽量使海报新鲜，有吸引力。山西是闭塞之地，当时又没有其他娱乐活动，我们的演出倒很能招徕人。长治一带的驻军、商人和其他办事人员几乎场场必到，场场爆满。

我当时十分注意服装和布景的真实性。在太行山地区，许多剧团因为缺乏专业人才，几乎不置背景。我们用购买的布匹和没收汉奸的财产中的绸缎等，添置恰当的服装。同时给舞台背景上摆上实物布景，如树林、大海等，有些是我绘制的，有些则是就地取材，从田野采来，如树林，便是用一些小树枝打扮成的。

另外，我刻意把演出的次序搞得紧凑些，注意调动观众的情绪。也许因为我们当时强调的是宣传效果，因此，除了注意剧本、演技外，很留意观众的反应。应该说，我们的艺术观上有着很强的艺术社会学的味道。留心观众的反应，似乎与今天人们讲的接受美学的理论不谋而合。我们当时的目标就是把我们演出的剧本中的是非观和道德准则灌输到观众的脑海中，这是一个艺术消费的问题，对于其他环节，注意得不算太多。当时没有“艺术首先是艺术”的认识，只认为演戏是为抗战服务，是抗战的宣传工具，一切原则服从于宣传的需要。在今天看来，这样做对艺术的自觉发展是不利的，但在抗日战争的具体环境中，可以套用青年作家刘索拉的话：“我们别无选择。”的确，我们只能那样做。

一般情况下，每次演出前，我们都要给观众教唱救亡歌曲。台上演员教，台下观众跟着唱。剧场上下，一片激扬的抗日歌声，常常使我这个青年知识分子感动不已。唱完救亡歌曲，便由剧团的演员独唱或合唱，观众们还沉浸在刚才唱救亡歌曲的热情中，现在台上唱，台下也跃跃欲试，或小声哼哼，或按着节奏打着拍子，陶醉的场面绝不亚于京剧迷听梅兰芳演唱的场面。观众似乎与演员用同一个频率抑扬自己的脉搏。演员歌唱完毕后，便是有异域风采的舞蹈，虽然只有两只口琴伴奏，也足以使长治的观众目瞪口呆。最后的压轴节目是戏剧演出。往往幕布一拉开，便可听见“哇”的一片称赞声：单单是布景便足以使看惯了古装程式化戏剧的中国戏迷们惊诧不已。这时候，常会发生观众集体起立，掌声雷动的动人场面。虽然我们的戏演得不算太好，但对长治人来说，那已是十分了不起的了。

二

抗战时期，太行山根据地以及延安条件艰苦，总体说来，文化人不是很多。为了提高艺术水平，根据地的领导人常派一些同志到汉口等大城市购买一些书回来。有一次，买书的人带回来了陈荒煤的独幕剧《打鬼子去》，这出独幕剧是为宣传抗日而作，有较大影响。果然该剧排演成功以后，演出效果很好。后来，陈荒煤到根据地来，听说我排演过《打鬼了去》一剧，特意来见我，详细询问演员情况以及排练、演出的情景。看得出，他对我们的排演是较为满意的。我作为戏剧导演的生涯，就这样开始了。当然，没有经过系统训练的我，导演水平是很幼稚的。是艰难的环境迫使我不断探索自己本来难以涉足的领域，从而有所发展的。

三

在十三军游击司令部的时候，李书琴曾指导十三军的宣传队员和“华干”的宣传队员联合排演过一部叫作《上前线》的话剧。在陵川演出的时候，效果还是比较好的。到太行山剧团后，李书琴又重新排过这部剧，并在长治地区上演。有一天，太行山剧团到八路军驻军的一个旅部上演这部剧，被中途停演了，引起了剧团的一场风波。

《上前线》也是宣传抗日的剧目，和《打鬼子去》一样都是动员老百姓去抗日打鬼子的主旨。这个剧本的故事梗概是这样的：某家夫妻有一个儿子，这个人家的儿子在部队当兵。日本人打来后，儿子忍受不了战争的恐怖场面，开小差跑回家来了。儿子不想回前线去，他父亲却坚决让他回去，儿子便向父母哭诉前线战斗之激烈残酷，战士伤亡之大。母亲听后，舐犊情深，也不同意儿子回前线去。父亲见这样，便决意自己去上前线。应该说，这个剧本是很好的，反映了抗日战争初期的实际情况。抗战初期，中国军队基本上是打败仗，国民党军队的许多上将、中将都在前线阵亡了，普通士兵当然伤亡更厉害了。

在八路军中，旅级首长职务已是十分高的了。红军原来的三个方面军改编为八路军以后，一直在发展。到一九四〇年前后，规模已达四十多万人，每一个师有十几万人，旅事实上早已具有军的规模了。而旅长们原本便是很高的职务：像一二九师师长刘伯承将军，长征的时候便是红军总参谋长；

一二〇师师长贺龙、政委关向应是二方面军的首脑；一一五师师长林彪、副师长徐向前，长征的时候或是军团长，或是方面军指挥。在我当时的脑海中，旅级负责政治工作的领导，应该具有较高的水平，却不想碰了这样一个钉子。这个旅的领导没有给剧团负责人打招呼便下令停演，事后说，这出戏影响士兵的斗志，士兵们一看这出戏，便伤心地哭了起来。

无论如何说，《上前线》一剧停演，我是想不通的。尽管这个剧不是我排的，但是上演的时候，我是同意的。我为什么会同意呢？因为在我看来，这出戏可以帮助我们认识战争的严酷性，增加对日本鬼子的痛恨。这出戏不是宣传战争恐怖论，而是通过对战争的真实反映，增强人民的斗志。战士们是最了解战争的，战场没有把战士们吓跑，一出戏还能把战士吓跑不成？战士们了解当时败多胜少伤亡重的形势，看到痛心处，一时间会伤心掉泪，但终场父亲上前线的震撼力是很大的。

这次碰钉子，是我第一次接触我军的“首长制”原则。如果说这种情况在战争年代还情有可恕的话，解放以后四十年来的情况就实在太过分了。解放以后，我们的许多领导，包括一些对文艺一窍不通，同时也不负有对文艺的领导责任的同志，凭自己的一知半解，一己之好恶，评判一部作品、一个作家的命运，不仅严重阻碍了文学艺术的繁荣，同时，也给许多作家和艺术家的人生增添了本来可以避免的坎坷和不幸。这个教训十分惨痛。

文艺为什么人的问题，当然是一个重要而严肃的问题。我们的事业是为人民服务的，我们不仅应服从党的利益，更应服从人民的利益。从真正的意义上说，人民的利益就是党的利益。文艺为人民服务，是不可更改的方向。

我们为人民服务，是掩盖事实，掩盖矛盾，报喜不报忧呢？还是实事求是地告诉人民真相呢？我认为只能是后者。我们说，要相信人民，人民是历史发展的动力，就应该让人民做自己的主宰。我们不能因为担心人民惧怕战争的残酷，便禁止描写真实的战争场面。不能因为怕人民对党失去信任，便拒绝揭露党内某些领导人和党在某个时期的错误。不能因为怕别人批评，便把自己的错误当作宝贝。时间已快进入二十世纪的最后十年，世界在发展，中国也在进步，现在的情况已好了许多，这是值得欣慰的事情。

第三章　迈出第一步

一

《上前线》一剧停演风波发生后，对于剧团和我都是一个沉重的打击，我的情绪就如数九寒天刚从运动场跑回来身体热烘烘的，忽然有人迎面泼来一盆凉水，情绪快要跌到最低点了。作为艺术指导员和政治指导员，剧目的失误当然要由我承担。据说不久就有人说："洪荒这个人艺术上还行，政治上不行。"当然，谁讲的这句话，为什么讲这句话，这句话讲过之后有什么反应等，都不是我所能知道的。我不是党员，无权参加共产党员的会议。而这种话，是在党的会议上说的。自这以后，《上前线》一剧再没有上演过。

不久，有位据说是牺盟会会员的女同志到太行山剧团来，频繁地跟剧团的团员们接触，在和团员聊天的时候，询问我的情况。当得知我不是共产党员之后，说："政治指导员竟然不是党员，太不应该。"她的这些话有人告诉了我。后来，她又来找我，向我表示说她一向喜欢艺术，她愿意帮助我。这位女同志的姓名我现在已不记得。我后来思考这件事，估计是有关人士表示我不适合于担任政治指导员一职，准备派新的政治指导员来，这位女同志想到剧团来担任这一职务，便先到剧团了解情况，打点基础，争取能来。不知为什么，后来她就不见了，自然，她没有谋到太行山剧团政治指导员这个职位。

确切地说，我对政治指导员的工作并不感兴趣。政治指导员是“管人”的官，吃喝睡觉，恋爱婚姻，都有人来麻烦你。我太讨厌行政事务了。至于剧团里的青年恋爱，完全是个人的事情，别人不应干涉，我一向都是采取宽容和谅解的态度。也许这样的工作态度和思想认识与上级要求有距离。

第十八集团军野战总政治部宣传部部长王东明曾在部队工作干部会上做过一个报告，题目叫《开展部队文艺工作》，谈了部队文艺工作的意义、重要性、任务、方针等。他说，部队文艺工作是全国新文化运动的一部分，也是新民主主义文化建设的一部分，是对敌斗争的有力武器，是部队政治工作的一个重要组成部分。部队的文艺工作要能提高部队的战斗力，激励将士的战斗情绪。对付敌人的文化政策和反共顽固派的思想倒退，团结广大文化青年与知识分子，培养新的文艺干部。提高部队文化水平，推动和帮助根据地的文化建设，宣传马列主义。要求剧团能适应战斗化的工作和艰苦的生活，要政治化、大众化。反对“班子化”即专业化。要求加紧剧团本身的“政治教育和艺术理论教育”，还提到了“某些宣传队（剧团）中还存在着流氓习气等不良倾向”。

虽然我并不知道王东明的这个讲话（这个讲话要晚一些），但我知道党对剧团的要求远不是我这个非共产党员所能胜任的。所以，一九三八年六月，当上级党委决定派一位在北平做过地下工作的宣传部的女同志来担任政治指导员的时候，我不仅没有失落感，相反，觉得是再好不过的一件事情，心情顿时轻松多了。这位女同志①是个大学生，工作很认真，态度和善，性格温柔。在和我共事的一个阶段，她在生活方面给我许多照顾，后来她虽然调离了，但我们的友情还一直维系着。后来，随着相持阶段的到来，抗战日趋艰苦，我们感觉到需要组成一个家庭共同生活，因此我们便结婚了。婚后我们有了几个孩子，虽然经常过着两地分居的生活，但感情一向很好。

二

太行山剧团原属八路军总部领导，后来根据需要划归晋冀豫边区政府领导。这个事情发生在新的政治指导员赵迪之上任之前。

台儿庄大战并没有阻击住日本人向中国大好河山的进攻，徐州很快失守，接着，日军便向开封进军。为了阻止日军前进，国民党守军炸毁了郑州

① 女政治指导员，即阮章竞夫人赵迪之（1916—1997），河北清苑人。1934 年在北平民国大学读书时入党，1936 年入山西女兵连受训，1937 年到延安抗大和中央党校学习，1938 年 2 月到太行区党委工作，历任武乡、陵川、晋城县委书记，邢台市委委员、宣传部部长，华北合作总社办公室主任，西安仪表厂厂长兼党委书记，一机部设备动力司司长，一机部仪表局副局长。

北边花园口的一段黄河大堤，使河南、安徽、江苏三省四十四个县被河水淹没，八十多万人民死亡，一千二百多万人受灾。同年秋，日本军队进攻武汉，同时，在珠江口登陆，进攻广州，一九三八年十月二十一日，广州失守。日军以广州为依托，开始扫荡整个华南地区。在武汉，国民党守军进行了长时间的保卫战，虽然死伤了十万多日军，但武汉还是失守了。曾受命在北平沦陷后出任天津市市长、后又参加台儿庄大战的张自忠上将，在湖北北部驻马店一带被敌人包围，壮烈殉国。国民政府由武汉再迁到四川重庆，抗日战争进入相持阶段。抗战时间一长，大家的热情似乎有些疲惫。为了能鼓励更普遍的民众投入抗战事业，我们的剧团面临着新的改革。

抗战初期，国民政府认识不到全民抗战的必要性，不愿意发动群众。日军进攻上海，上海虽有几十万军队参加战斗，国民党的官兵也进行了英勇的抗击，守卫宝山县的一个营五百多名士兵，同日军激战两昼夜，全部壮烈牺牲。上海坚守了三个月，仍被敌人攻克。自此后，南京、徐州、广州、武汉纷纷陷落。正面战场溃败后，敌占区完全成了日本人的天下。毛泽东同志分析了当时的形势，于一九三八年五月份发表了著名的《论持久战》一文，指出中国弱小，日本强大，我们不可能迅速战胜日本，但是，日本地小、人少、稀薄、经不起长期战争，我们地大、人多、兵多，能够坚持长期战争。如果坚持持久战，胜利是完全属于我们的。这就需要广泛地动员民众，包括动员敌占区的民众，组织游击战争、由战争防御到战争相持再到进攻。

发动群众不是一个简单的工作。过去一个阶段，根据地出现了许多剧团，但多数是演一些名家的名作，不适合占中国农村绝对多数的农民观看，而我们宣传、发动群众的工作重点却正是这些农民。我们必须把抗日的道理说给这些老百姓听，还必须保证他们能听懂，这就需要用他们的语言、他们的思维方式和价值观去启发他们。可以说，这是一个相当艰巨的工作。在这种情况下，再沿用名家名作，把大城市的节目演给农民看，不会有任何效果。于是，我们考虑由自己来写一些当地农民能接受的、通俗而有教育意义的剧作。就是在这种背景下，我开始了戏剧创作。在这之前，我虽然也进行过文学创作，但从没有涉足戏剧这个园地。

三

一九三八年七月左右，为纪念卢沟桥事变一周年，朱瑞鼓励我写一部纪念卢沟桥事变的戏。陈沂、张柏园也极力鼓励我。后来，我们决定由我、朱瑞以及陈沂和张柏园分头来写，共写出三个剧本来。张柏园、陈沂、王振华等人到根据地以后，一直在办干部学校，算是有影响的教育家。因为他们几个人缺乏舞台经验，写出来的剧本更像散文一点，缺少戏剧性情节和冲突。这样，我们做了比较之后，认为我写的独幕剧《周年》可以看作是矮子里拔出的将军，因而付排了。

《周年》的故事基本是虚构的，但不排除道听途说中收集到的一些资料。《周年》的故事梗概是说卢沟桥战败后，国民党军队后撤，当地老百姓展开了与日本鬼子的斗争，主人公是一个农村妇女及她的兄弟。

《周年》是我写的第一个剧本，负责剧本排演的“管理委员会”认为我的剧有成功之处，但在我看来，并不算好，只是在三个剧本中略合规范一点而已。其他两个剧本中也有一个试排过一次，因为不成戏便作罢了。《周年》演出效果还可以。这个剧本受到肯定，对我投身话剧和其他剧本的创作活动，无疑有很强的鼓舞作用。

一九三一年九月十八日，日本驻东北的关东军炮轰东北军驻地北大营，袭击沈阳，这便是导致东北沦陷的九一八事变。九一八事变是日本发动侵华战争的序幕。每年九月十八日，抗日根据地都要举行隆重的纪念活动，一九三八年九月，为了纪念九一八事变七周年，我写了一部两幕剧，名叫《太阳出来了》。故事取自我在独立游击第一支队时听说过的东北抗日义勇军的故事。主要写东北抗日义勇军在极度艰苦的环境下，在沦陷的东北地区坚持抗战、英勇斗争的事迹。这部话剧上演过很长一个时期，演出的效果是很好的，受到了观众和有关领导人的好评。

这阶段写得较好的一个剧本是三幕剧本《巩固抗日根据地》。这个剧本是为了配合当时反扫荡、巩固刚建立的敌后根据地的形势。抗战到一九三八年十月份，八路军和新四军已建立了晋察冀、晋冀豫、冀鲁豫、晋绥、山东、苏南皖东等抗日根据地，深入敌后，发动群众。根据地的老百姓生活在太平的环境中，“太平观念”牢固得很，对日本人扫荡的残酷性认识不足。《巩固抗日根据地》的主人公是一位姓赵的小店主，太平观念惯了，以为日本人来了就像过去军阀混战一样，只要交钱纳粮，过后就没有问题了。村干部动员他坚壁清野，躲一躲锋芒，但赵老板不同意，他决意要留下。日本兵来了，他的女儿被日本兵发现后遭蹂躏，他也被日本人枪杀。当然，结尾是光明的，八路军打了回来，消灭了日本人。赵掌柜是个很有代表性的人物，是我集中了许多类型的人的特点塑造出来的人物。当时这个戏得到了较高评价，上演了很长时间，因为赵老板这个人的结局很有教育意义，可以警醒对日本人存有侥幸心理的人。

四

从一九三八年六月到十月，我一共写了三个剧本，正好从一幕到三幕，走了最初的三步。我之所以从一幕走向二幕，最后归结为三幕，是因为我认识到一幕太短，容量太小，不足以展开剧情。二幕剧虽有开始和发展，但有头有腹而无尾给人头重脚轻之感，三幕剧有头有腹有尾，正好解决了一幕剧和二幕剧的不足。

这个时期，太行山剧团离开了长治，住在屯留。屯留在太行山西侧，长治的西北方向，属第五行政区。在这个时期，我除了写剧本外，还写过一些诗歌。大部分已不存在，只有一首名为《秋风曲》的诗还幸存了下来。这首诗主要学民歌的调子，用比较通俗的形式表现抗日思想。诗是这样写的：

秋风吹，叶儿黄，
片片吹落纺车旁，
手牵线，线牵肠。
线牵肠，肠牵郎。

天上刮风草结霜，
风来雨去打东洋。

好男儿，打东洋，
冲锋杀敌数俺郎强，
姐妹们都夸俺有个可心郎。

叶飘飘，报天凉，
赶缝棉衣捎前方，
行军打仗冻不着郎。

《秋风曲》一诗写于一九三八年十月。可以看出，这首诗与文人诗截然不同，从语言及手法上看，更像乐府民歌。这首诗之所以能保存下来，主要是它像民歌，被收集民歌的人收入民歌集中，标为无名氏之作。

五

在这里，我还想讲两个问题：一个是工作作风问题，另一个是机遇与天才的问题。

在长治等地，给我的印象是，八路军中无论是高级干部还是普通干部，相处的时候都很亲密。高级干部没有做官的派头，像朱瑞，是中共中央委员，和普通战士在一起，极其平易可亲。朱瑞常到我的住处谈笑，我们有什么话、想做什么事情，都可以提出来，似乎十分自然。像冷楚[1]这个人，曾任边区党校校长，是个老革命，在长治的时候，也常到我的房间去聊天。他知道我的绘画水平还有两下子后，还请我给他画过一幅肖像。尽管当时在根据地也有被大家称为“党老爷”的人，但是极少数。不料进城以后，随着地位的变化，生活条件的优越，良好的革命传统逐渐丢失了，而封建社会遗留下来的当官做老爷的封建糟粕却深入某些干部的骨髓，一时间，社会风气变得令人难以忍受。许多人的官气、媚气常使人感到肉麻和寒心。每每两相比较，我都有很多感慨。像中国这样一个有几千年封建历史的社会，在一个基本由农民或农民子弟领导的中国，在一个鄙视知识，不注重科学，缺乏民主传统的国度里，如果不彻底地清理旧的落后的历史积淀，出现李自成进京后的腐败现象，几乎是不可避免的。我们的许多领导同志曾经意识到了这一点，但却没有采取切实有效的措施，没有抵制这种不良倾向的蔓延，后果令人忧虑。

在革命战争时期，条件艰苦，每一个工作岗位都要求有能充分胜任该项工作的战士。因此，像今天这样的滥竽充数、论资排辈的现象便不易出现。一般说，大部分领导人都能尊重人才，重视人才。我一直在考虑我是不是可以算作一个知识分子呢？我没有学历，没有深厚的功底。但我喜欢学习，对

① 冷楚（1900—1962），河北易县人。1926 年入党，曾任太行区党委宣传部部长、福建省委常委兼组织部部长、中央政法干校第一副校长。

文学和艺术有浓厚的兴趣，因此，在根据地的时候，人们毫不迟疑地把我归入知识分子之列。我一到八路军正规部队，便遇到了朱瑞这样优秀的领导干部，他鼓励我，帮助我，给我提供了施展才能的机会。像我这样一个没有资历的人，在和平的环境里，或者在大城市，很难得到施展才华的机会，但是在偏僻的山西，在抗日的根据地里，我却遇上了得天独厚的机遇。后来人们把我称作“戏剧家”，是我做梦也没有想到的。因为我自己从没有在戏剧方面心存幻想。只有到了太行山剧团以后，环境迫使我走上戏剧创作之路，成才固然需要天才，但机遇也是十分重要的。有时候，机遇甚至是决定性因素。在一个不公平、不民主的社会里，机遇的决定性就更大。中国古代文人常常慨叹怀才不遇，许多人都有杰出的天才，因为没有机会施展，没有得到有权力当“伯乐”的人的赞赏，甚至没有机会一见“伯乐”，便白白地凋谢了。在中国文学史上常常提到的“建安文学”，三曹父子的成名，固然缘于天才，但没有战乱的环境，没有宰相、父君、世子的地位，仍会像许多不逢时世的人一样默默无为。又比如“文化大革命”以来的十数年，中国的改革开放和检讨历史，使“伤痕文学”“知青文学”受到了普遍重视，一些青年作家抓住了敏感的题材，因此便一举成名。而没有“潮流热”素材的作家，也许有更高的水平，却不合时势的胃口，只有虚耗精力了。我便是在抗战的环境中成长起来的。没有抗日战争，就没有今天的我。

第四卷　流动、拥蒋和文化运动

第一章　大流动

一

太行山剧团划归晋冀豫边区，具体由边区党委宣传部部长徐子荣[①]领导。徐子荣在“文化大革命”前曾担任过公安部副部长。宣传部的科员中有现在国务院农村研究中心任主任的杜润生[②]，以及从中山大学来到根据地的大学生陈光华。陈光华是朝鲜族。

一九三八年十月，当我听到家乡广州失守后，十分震惊。广州一带基本

① 徐子荣（1907—1969），河南确山人，1927年入党。曾任太行区党委宣传部部长、组织部部长。新中国成立后任公安部副部长，“文化大革命”中被迫害致死。

② 杜润生（1913—2015），山西太谷人，学生时代积极参加学运，1936年入党。曾任太行区党委宣传科科长，六分区、二分区专员，太行行署副主任，农村工作部秘书长、农村政策研究室和中国农村发展研究中心主任。经济学家，被誉为“中国农村改革之父”。

上是丘陵地区，水塘河流较多，不利于日本的机械化部队推进。在这种地形情况下，都没有阻击住日本军队，往后的环境就更艰难了。广州地区基本上没有打游击战的条件。经过几次大的战役，武汉失守，国民党军队的元气已大伤。日本人以华北为侵华战争的粮食和兵源基地，称为“大东亚圣战基地”。为了彻底摧毁国民党的抵抗，一九三八年年底，日本首相近卫发表声明，提出所谓日中“善邻友好”“共同防共”“经济提携”三原则，意在引诱亲日派势力的投降。在日本的诱降下，一向对中国抗日持悲观态度的亲日派头子汪精卫离开重庆，下飞河内，发表了响应近卫首相声明的电文。蒋介石派军统特务前往河内暗杀不成，汪精卫便从河内直飞日本人的大本营，在南京，以“和平反共建国”的幌子筹建南京伪政府。汪精卫的得力助手是陈公博和周佛海。在这种形势下，一些达官显贵、地痞无赖，见时机不妙，纷纷卷起了抗日大旗，摇身一变，投靠了日本人。这时候，日本人虽不把八路军放在眼里，但八路军也面临巨大的威胁。自刘伯承在邯长大道上打过一次伏击战后，日本人虽然不再有打通陇海线的企图，但八路军面临的保卫根据地的任务却是异常艰巨的。

保卫根据地，需要广泛地发动群众，动员一切爱国力量，扩军备战。在这种形势下，文艺团体的宣传鼓动作用似乎必不可少了。保卫好根据地，八路军便有休养生息的地方；保卫好根据地，可以打击汉奸，清除投降派；保卫好根据地，可以阻止日本人进攻西安，吞并西北西南。

这时候，出于宣传的需要，上级决定筹建一个培养艺术人才的学校，以阎锡山的名义成立，取名为“晋东南民族革命艺术学校”，主要培养太行山地区的宣传人才。边区党委从各地招来一批学员，集中到民革艺校来。太行山剧团为了扩充人员，从地方召集来的人员中挑选了几十个新团员，从而使太行山剧团大有发展，人数激增到八九十人之多。太行山剧团的团员成为民革艺校的第一批学员骨干。我和朱瑞、陈沂、张柏园也都教过课。民革艺校的校长是李伯钊①，她是位老红军，其夫杨尚昆当时担任北方局书记，也在太行山根据地。

我的妻子赵迪之当时被调任这所学校任训育主任，是学校的实际负责人。

二

一九三八年十月份，太行山剧团接到命令，要我们到边区所属各行政公署、地委、军分区搞宣传活动，宣传持久战，动员群众参加八路军，保卫抗日根据地。这次大行动，被称为“大流动”。

太行山剧团从屯留出发，经过长治、潞城、襄垣、武乡、榆社、辽县、和顺，从山西的西南部到了东北部。然后从和顺到临城，从临城转道赞皇、高邑，再到邢台，到了冀西地区。这时候，已从太行山西麓走到了太行山东麓。

---

① 李伯钊（1911—1985），四川重庆人。1925 年被派往苏联莫斯科中山大学学习，曾在莫斯科一所著名舞蹈学校训练，1930 年回国后任高尔基戏剧学校校长和兰杉剧团团长等职。她编写了不少具有时代气息的话剧。是革命舞蹈的传播者和组织者。阮章竞的妻子当时被调任这所学校的训育主任，是学校的实际负责人。

到太行山后，我的活动范围一直限于晋东南地区。这次大流动，虽然一路辛苦，却使我长了不少见识。在大流动开始时，为了便于转移，部队曾拨给我们一些马匹驮运东西，但更多的行李，如汽灯、乐器等，都要我们自己挑。新来的女政治指导员①身先士卒，每次流动，她都率先挑起一副担子，走在前面，剧团的其他负责人也都积极主动，起模范带头作用。

在大流动中，一二九师敌工科科长张香山②带了两个日本人，一个叫杉本，另一个叫小林③，从十月份大流动一开始便跟太行山剧团一起行动。他们跟我们一直到了当时属晋东专署的冀西地区，杉本和小林给战士们讲他们是受了欺骗才跑到中国来的。他们两个人是日本士兵反战同盟的成员，都是工人出身。张香山给他们做翻译工作。他们两个看起来蛮和气、善良的样子，我们对他们很客气。他们一直跟着八路军度过了灾荒。在抗日根据地，我们后来经常遇见他们，他们为中国的抗日做出了贡献。日本人投降以后，

---

① 即阮章竞夫人赵迪之，下同。

② 张香山（1914—2009），浙江宁波人。1933年任天津“左联”书记，1934年赴日本东京高等师范留学。1937年回国参加八路军。1938年入党。历任八路军一二九师政治部敌工部副部长、太行军区敌工部部长、晋冀鲁豫军区敌工部部长、北平军调部中共方面新闻处副处长、新华社负责人。新中国成立后，任对外联络部副部长、中宣部副部长兼中央广播事业局党组书记、局长等职。

③ 1939年1月2日，山西省武乡县王家峪村，在八路军庆祝元旦集会上，3名日军俘虏杉本一夫、小林武夫、冈田义雄走上舞台，当场宣布要参加八路军。朱德走上台，和他们紧紧握手，成了第一批“日本八路”。反战同盟的大部分人在1951—1958年陆续返回日本，作为特殊人员，长期受到日本警察的跟踪，也找不到稳定的工作，大部分人都过着清贫的日子。

我再没有见到过他们俩，不知是回国去了，还是留在中国了。

在家乡广东，没有很高的山，到太行山后，我才第一次见到了可以称为“雄伟”二字的大山。但陵川等地的山还不如和顺的山高。我们在和顺翻山越岭行进的时候，发现云雾在脚下缭绕，站在山顶上，有一种腾云驾雾的神仙般的感觉，心中是很兴奋的，行军的疲劳似乎一下子被赶得无影无踪了。登高远眺，一片苍茫景象，要不是抗日正处于极黯淡的岁月，我宁愿在山上住下来，享受享受这令人心旷神怡的景致。

三

临城、高邑、邢台等县都在铁路边。在很长一段时间，我们都沿着铁路线活动，有时还听得见火车汽笛的嘶鸣声，每当这时候，我们都停下来向东张望，想象着火车正在铁路上铿铿铿铿地行进。但我们不敢靠近铁路线，甚至不敢到任何一个县城去，因为这时候日本人已完全控制了铁路和城镇。我们渴望着早一天把日本人赶出去，同时又明白日本人是很强大的，他们不仅有比较先进的武器装备，而且觊觎中国多年，连他们军装的颜色也是精心选择的，华北的日本兵士黄色的军衣就像十湿的黄土皮一样。日本士兵在武士道精神的熏陶下，像野兽一样野蛮，毫无人道可言，要战胜日本人，不是一朝一夕能实现的，更不是靠我们的嘴巴每天说上几次就能成功的，必须靠全民族的勇敢打击，靠我们这样的普通战士流血流汗，才能换来胜利。

在流动过程中，每到一地，我们都要为战士和群众演戏。由于路途遥远，时间紧张，任务繁重，每每我们刚卸下行李，便收拾道具，布置场景，准备演出。在穷乡僻壤，没有其他的娱乐活动，老百姓看见我们总是十分激动。我们也是尽我们的最大能力为群众演出，观众对我们的演出报以热烈的赞扬和激动人心的掌声。

这次大流动中的演出，也冒着一定的危险。特别是在敌占区演出，更有点枪林弹雨的味道。每当黄昏的时候，我们进入阵地，点起汽灯，搭一个简单的舞台。战士在山头放哨，监视敌人的动静，剧团在山下为激动的人群演唱，战士们在枯燥的前线生活中享受到一点快乐，是十分激动的。

从赞皇到高邑要经过马陵关，相传那里是战国时著名军事家孙膑大败庞涓的地方。孙膑是齐国人，《孙子兵法》的作者，吴国大将孙武的后代，曾与庞涓同学兵法。庞涓任魏将后，忌孙膑之才，骗孙膑到魏国，借故处以膑刑，使他不能直立行走。后齐国使臣帮助他逃离魏国，成为齐威王军师。他巧设机关，避敌精锐，诱敌深入，在马陵关大败魏军，生擒庞涓。马陵关今属河北省大名县。我看着马陵关那十八盘的山路，陡峭险峻的形势，仿佛听见了孙膑与庞涓对垒时的厮杀之声。数千年的中国历史，便是在互相残杀的过程中缓慢地徘徊。中国人的命运是多么不幸啊！

在这次大流动中，我第一次看见了长城。这一段长城属南长城。长城，作为中华民族的象征，正像中国一样，残缺不全，处于风雨飘摇中。长城这座世界奇迹，已丝毫起不到当初的筑造者耗费大量人力物力所要达到的目的，自建之日起，基本上没有起到保卫中国、抵御外辱的效用，相反，造成了不少中国百姓的不幸。孟姜女哭倒长城的故事，已暗示了中国人民对长城的憎恶，长城是中国人民的一部血泪史，是由无数民工的血泪筑成的。长城建成后，外族入侵者仍然骑马南下，骚扰中原。而中国的一部分人则从长城墙上拆砖卸瓦，建置自己的小屋。长城没有效用，便注定要受到破坏。南长城留给我的印象，就像艰难的中国的命运一样，完全是一部凄凉而又悲伤的史诗。人民的富裕、国家的强盛、社会的进步，才是真正的万里长城。而这一切，唯有依赖于实现真正意义上的民主，即人民成为社会的主人、人民的利益高于一切，只有调动了人民的积极性，才是保卫中国的真正的力量。

四

到冀西活动了一个阶段后，我们又沿原路返回，经和顺、辽县、榆社、武乡、襄垣，再回长治、屯留。太行山剧团仍住在屯留，前后约两个月的时间。

我一向好访古，每到一地，都要到古迹名胜去凭吊一番。这一路所经过的县，多有悠久历史。如潞城县，郦道元《水经注》有“故赤翟潞子国也”之谓。平顺县是嘉靖年间为了纪念镇压在青羊山一带活动的陈卿等农民起义的胜利，同时加强对当地的领导而设置的新县，其义取太平与教化顺服之意。又如襄垣县，秦时已置县，《元和郡县志》称“赵襄子所筑，因此为名”。北魏时曾以襄垣为郡，北齐废郡，复称县。又如武乡，《新唐书·地理志》称“武乡，本乡，武后更名武乡，神龙元年复故名，寻又曰武乡”。《水经注》载，武乡县境有武水，“源出武山西南，经武乡县故城西”。武乡县亦曾为北魏置为郡所。

住在屯留、徐村的时候，我得过一次疟疾。相传徐村是唐朝名臣徐茂公的故乡，山上建有徐茂公的祠庙。我们便住在徐茂公的庙里。我被安排在庙的后院，打开门一看，遍地棺材，发出一股潮湿的松柏味，心里不由得一阵恶心。在南方的时候，我经常患疟疾。疟疾是一种由疟原虫引起的传染病，流行于热带亚热带地区。我到北方后还一直不曾发过病。大约是因为大流动拖垮了身体，这时，忽然发作，一阵阵地发冷，身体高热，汗流不止。过去在家的时候，我母亲给我治疟疾的办法可以说是一种精神疗法：通常是我因疟疾痛苦不已的时候，我母亲趁我不注意，忽然用一种恐怖的声音或动作吓出我一身冷汗来，不大一会儿，我就复原如初了。我便想找到一种可以使我紧张出一身汗的办法。最后，借了军分区的一匹马，从徐茂公的破庙里出发，驱马直驶而去。果然大汗淋漓之后，病症便不治而愈了。

在大流动之前，冼星海从武汉寄了一些材料，如《祖国的孩子》《我们歌唱祖国》《在太行山上》等歌曲，都是很振奋人心的节目。特别是《在太行山上》，每一场演出都引起轰动。当时有人问我这首歌曲是不是我创作的，我说不是。我告诉他们是冼星海创作的，大家都十分地佩服。从这件事可以说明全国人民的心情是一样的。《在太行山上》这首歌对鼓舞抗日根据地人民的士气，起了很大作用。我到处教唱这首歌，知道全国人民理解我们，支持我们，便增添了抗日的信心。

第二章　拥蒋大会[1]

一

一九三八年八月，蒋介石任命冯玉祥的旧部、曾逼迫末代皇帝溥仪出京的鹿钟麟将军为河北省政府主席。

抗日战争初期，为了团结更广泛的人民参加抗日，中国共产党改反蒋抗日为联蒋抗日，拥蒋抗日。一九三八年三月，国民政府聘请毛泽东、秦邦宪、吴玉章、陈绍禹、董必武、林祖涵、邓颖超七人为国民党参政会参议员，并在南京、武汉、西安、重庆、太原、长沙、桂林、兰州、迪化等地公

① 1938 年 12 月，国民党副总裁汪精卫公开卖国投敌。投降妥协成为当时主要危机。1939 年 1 月 1 日—6 日，晋东南和晋西各界代表四百人在山西长治沁县县城举行代表大会。其间，于 1 月 3 日在沁县城南漳河滩召开万人群众大会，提出“拥护蒋介石委员长坚持抗战到底”“反对投降妥协”的口号。八路军朱德总司令亲临参加并发表重要讲话。

开设立八路军办事处，在广州等地设八路军通讯处，创办《新华日报》《群众》等报纸和杂志。一些共产党员在各国民党政府或军队兼职。抗日战争时期压倒一切的任务是抗日，和国民党及国民党政府保持良好的关系是十分必要的。因此，鹿钟麟抵达河北的时候，八路军为鹿钟麟举行了隆重的欢迎仪式。在欢迎会上，太行山剧团表演了一些节目。鹿钟麟在演出结束后，给每个演员发了几块大洋以资奖励。

国民党承认共产党和八路军的合法地位本来便是不得已的。上海、太原沦陷后，德国大使陶德曼会见蒋介石之时，曾转达了日本外相广田提出的内蒙自治，华北、上海为非武装区，停止排日，共同防共，降低日货关税等谈判条件。蒋介石曾认为这些条件尚不为太过，意图通过斡旋取得妥协。后因日本人的条件太过苛刻，妥协未成。国民党右派制造“共产党暴动”“八路军退却”等谣言，并用升官发财酒色逸乐拉拢、腐蚀一部分共产党员干部下水。日本人也通过空降淫秽书刊侵蚀我党我军的抗战意识。一些中间集团是抗战的积极分子，他们要求共产党“少号召、多建议”“多信任一些政府”。共产党内也有一些人提出“一切经过统一战线，一切服从统一战线”，某些红军干部在整编后，以国民党的委任为荣，不听调遣。在这种情况下，中共中央一方面反对右倾机会主义倾向，一方面仍顾全大局，积极拥蒋抗日。特别是汪精卫叛变后，为了防止抗日统一战线的分裂，拥蒋就显得更重要，拥蒋就等于拥护抗日。

在南京、武汉、广州相继失守后，蒋介石已不可能再与日本人妥协。而汪精卫在国民政府的影响十分大，他逃离重庆后，便有许多国民政府的重要官员尾随其后。汪精卫一九〇四年便去日本留学，翌年追随孙中山加入同盟会。一九〇六年毕业于东京法政大学，回国后，于一九一〇年暗杀清摄政王载沣而入狱。辛亥革命后出狱，成为名噪一时的英雄。孙中山逝世后，汪出任国民政府常务委员会主席兼军事委员会主席；一九三二年任南京国民政府的行政院院长；抗战爆发后，任国民党副总裁，国防最高会议副主席，国民参政会议长。汪精卫到南京后，曾发表了所谓“还都声明”。在当时的情况下，不拥蒋，投降势力将有进一步扩张的趋势。一九三八年十二月十八日汪精卫经昆明逃到河内后，为防止妥协投降，八路军邀请河北、山西的国民党，在沁州召开了一个“拥蒋大会”。

二

八路军总部决定召开“拥蒋大会”的时候，命令太行山地区各剧团搞一些文艺节目在大会上表演。由于距元旦的会期很近，太行山剧团来不及排练大型节目，便仓促编成一台以拥护蒋委员长为题的舞蹈。

沁州即沁县，属晋东南地区，在太行山西部、屯留的北面。我们步行去开会。在途中，我和女政治指导员与剧团失散，便单独行动。走了一天，身体特别疲惫，正好来到一个村庄，我们便打算在村子里过夜。

“老乡，我们是八路军，与部队失散了，想在这里借宿一夜。”

我们见到老百姓，是极热情的。老百姓也很乐意为我们提供方便。我们提出借宿的请求后，这位老乡立即准备住处。他发现我们是一男一女，便为我们收拾了两孔窑洞。老百姓太穷，又正值冬天，无铺无盖，实在太冷。当时我们尚有国民政府拨发的棉大衣。我和女政治指导员一商量，便搬到一个炕上住。我们和衣而睡，拥抱在一起，互相取暖。我们部队行军时，常在野外露宿，经常有男女相拥而眠的事情，男女同志毫无封建礼教之腐朽观念，男女同志互相关心，互相照顾，在残损的破庙，在寒风刺骨的郊外，相依为命，共御漫漫的长夜。这次虽然只有我们两个人，但我们丝毫没有不自然的感觉。

实事求是地讲，在这个时候，我还没有产生与指导员恋爱的想法。在故乡的时候，有位给我赠过三年白兰花的漂亮女孩，给我留下深刻印象。后来因为我不能再继续待在广东，便分手了。到上海后，我也遇到了一位好姑娘，并和她恋爱了，到根据地以后，我一直没有忘记她，我总觉得她似乎就在我身边，跟我在一起。在大流动中，女政治指导员处处照顾我，帮我缝衣做饭，我十分感谢她。有时候和女政治指导员在一起，我便仿佛是在与上海的女友一起月下散步。尽管这样，当我与女政治指导员相拥而眠之时，我还是很清楚地知道女政治指导员不是我上海的女友。我对上海的女友诚挚而热烈的感情，使我丝毫没有产生任何非分之想。我们很快便睡着了。

在会议报到处，我与女政治指导员碰见了阎锡山牺盟会的负责人薄一波。薄一波知道我们是太行山剧团的负责人后，对我们说："你们到我这里，可别宣传共产主义啊。"当时我不知道薄一波是共产党员，所以并不以为是玩笑话。后来，"文化大革命"结束后，薄一波闲居，有一次遇见，我们提起这件事，都引为笑谈。

在“拥蒋大会”上，朱德以第十八集团军总司令的身份发表了讲话，大意是表示拥护蒋介石领导军民一力抗战，同时谴责投降卖国派的活动。对于朱总司令的讲话，据说历来有不同意见，不过，就我看来，为了抗战，就应抛弃一切属于次要的矛盾，求同存异，才是唯一正确的方针。如果把两党之间的矛盾置于民族大义之上，那无疑是“左”倾机会主义的错误，是不可饶恕的犯罪。在当时的情况下，蒋介石作为中央政府，他所领导的国民党军队中的许多爱国将领，为抗日做出了巨大贡献，直到牺牲生命。如果反对蒋介石，不仅会给投降派制造反共的口实，同时会失掉抗日同盟军。

第三章　太行山的文化事业

一

太行山剧团的驻地距八路军总部极近，因此，我们常能见到八路军总部的领导人，他们给予太行山剧团和其他艺术团体很多关怀和指导。同时，八路军总部和边区政府也在经济上给予剧团大力扶助。

在我的印象里，朱总司令中等个儿，很壮实，肤色稍深，我们常见他和战士一起打篮球，五十多岁的人了，仍然像青年人一样有活力。太行山剧团在长治演出，朱总司令经常来观看，并且每次都到后台看望我们。朱总司令很平易，说起话来，就像一位温厚的长者，服装整齐，极有军人风范。因为我妻子在抗大时与康克清有同学之谊，在我们结婚以后，我们还去拜访过朱总司令。可惜那一天朱总司令不在家，只有康克清同志一个人。康克清招待我们两个吃了一顿四川泡菜，很有点风味。

抗战开始，朱总司令和彭总都在太行山八路军总部，后来朱总司令回延安后，前线便由彭德怀副司令员负责指挥。彭德怀同志比较严肃，不徇私情，十分耿直，对自己要求很严格。也许正因为有这种品质，一九五九年他才能冒被迫害的危险，上书毛泽东，要求不要做伤害人民的事。可惜，在庐山会议上，那么多的领导同志不敢像彭总一样出来直言进谏。这是我参加革命以后便常觉察到的党内缺乏民主传统的必然结果。当时彭总有胃病，中央批准彭总单独起伙，但彭总坚决不肯，坚持和大家一起进餐。

当时在八路军总部工作的还有左权、傅钟、陆定一等。国民革命军第十八集团军成立之初，朱德任总指挥，彭德怀任副总指挥，叶剑英任参谋长，左权任副参谋长，任弼时任政治部主任，邓小平为副主任。一九三八年一月，邓小平出任一二九师的政训主任，接替原张浩同志之职，政训主任后改为政治委员。任弼时属中共中央负责人之一，不能到前线，后改由傅钟同志任政治部主任。陆定一任八路军总部政治部宣传部部长。左权是位知识分子，热情和蔼，每次碰见，总愿意和我们闲聊几句。左权毕业于黄埔军校一期，后又进入莫斯科军事大学学习，一九三一年回国后，曾任红十五军团政治委员、军长，红一军团参谋长，代理军团长等职，一九四二年六月在山西辽县八路军总部所在地麻田的敌人扫荡中不幸遇难。太行山边区遂改辽县为左权县，以纪念这位军事家。

在八路军总部，朱总和彭总的马是很引人注目的。朱总骑一匹四川小马，毛色油光发亮，善爬山。彭总则骑一匹日本雪花马，灰色带斑点，很高大，是极名贵的马种。有时，我还专门跑到马厩去看朱总和彭总的马。

二

从拥蒋大会演出归来，已是一九三九年年初。这时候，“民革艺校”才正式建校。这时候，戎子和[①]任山西第五专区专员，长治属第五专区，戎子和的主任秘书是杨献珍。杨献珍是受薄一波指派到第五专区协助戎子和工作的。据杨献珍发表于《新文学史料》一九八二年第三期《从太行山文化人座谈会到赵树理的〈小二黑结婚〉出版》一文推测，戎子和也是共产党员。民革艺校正是通过戎子和向阎锡山申请经费的。

李伯钊在江西瑞金时搞过一个阶段戏剧工作，对戏剧工作十分热心。她到民革艺校不久，便调太行山剧团女政治指导员出任民革艺校训育主任。太行山剧团的学员也去学习了三个月，我主要讲艺术课。民革艺校的学员很多，基本上是三个月一期，各地来报名学习的青年很不少。他们毕业后都成为太行山地区的文艺骨干，像马烽、西戎，当时都是从吕梁山根据地来的不到二十岁的青年。

李伯钊在建校初期，搞了一次戏剧会演，把所有晋东南地区的剧团都集中到了长治。这次会演影响较大，像“抗敌文化协会”这类文化团体闻讯也到长治访问。李伯钊曾在延安和向偶合搞了个歌剧叫《农村曲》，曾在延安

---

① 戎子和（1906—1999），山西平鲁县人，1936 年入党。曾任牺盟中心区党团书记，决死三纵队司令员。晋冀鲁豫边区政府副主席，财政部代部长，中央财政金融学院院长、党委书记。

演出。延安有一些从大城市来的文艺演员，演出水平较高。到太行山后找不到著名的演员，李伯钊对普通演员不大放心，便自己亲自登台演出。她不大能讲普通话，吐词不清，观众听不懂，效果不太好。《农村曲》的男主角是朱建民同志，他曾给我的作品谱过曲。我和其他几个人给这个戏配器。朱建民后来不幸牺牲。

在戏剧会演这一个阶段，是长治这个城镇最热闹的时间。

三

在太行山地区，群众文艺运动很繁荣。当时在太行山地区云聚了不少剧团，有一些大的剧团，如太行山剧团，先隶属八路军总部，后改为边区政府领导，再后来，因与辖区政府的某些负责人的意见不合，划归太行山文联领导。抗战胜利后，又归八路军主管。“火星剧团”一直是八路军总部所属剧团。民革艺校也有一个“文艺工作团”。一二九师的“先锋剧团”、抗大的“文艺工作团”也很著名。这些剧团有能力举行大型文艺晚会，能演一些比较大的文艺节目。同时，还指导群众文化运动工作，并从民间吸取养分。更大一部分则是农村职业剧团，他们多半是生长在农村的旧剧团和旧艺术，还有一些基层组织的群众剧团，如一九三八年夏中共襄垣县委吸收流散艺人成立的“襄垣四区抗日农村剧团”，编演过《换脑筋》《打蟠龙》《三更放哨》《天灾人祸》《糠菜夫妻》[①]《小二黑结婚》《李有才板话》等剧，这其中也包括我写的剧本。

抗日决死队也有三个剧团，分别是前哨剧团、新中国剧团、大众剧团。抗日决死队大多是从平津流亡到山西的青年学生，演出水平还是比较好的。太行军区也有一个文艺工作团，晋东南文联有太行文工团。这些剧团影响较小。

戏剧事业可以说是太行山文化事业的主旋律。这是由当时的娱乐环境、群众基础所决定的。除戏剧外，其他文化事业也有很大发展。一九三八年八月，在长治成立了太行文化教育出版社，主要负责翻印和编写小学教科书。一九三八年十月，王书良、陈大东、周化南[②]、郑笃[③]、郝汀[④]以及从太原回

---

① 《糠菜夫妻》（话剧），阮章竞著，1943年太行新华书店出版，为作者在太行时期仅存下来的三个剧本之一。另外两个剧本是：《转变》（话剧），1941年太行韬奋书店出版；《未熟的庄稼》（话剧），1943年太行新华书店出版。

② 周化南（1913—2007），吉林永吉人，祖籍山东文登。1931年入党。日本投降后，到东北地区工作，任吉林省蛟河县县长、吉林省财政厅厅长。

③ 郑笃（1914—1996），山西洪洞人。1937年参加牺盟会，次年入党。新中国成立后，曾任山西省文联代主席、《山西文艺》主编，山西人民出版社第一任社长、总编辑，山西省文联常务副主席。

④ 郝汀（1915—1996），山西榆次人。边区政府印刷厂厂长，华北新华书店副经理，太原接管工业总支书记、行政组组长，中共市委公营企业党委组织部部长，山西省文联副主席，中国民间文学研究会山西分会主席，山西省文物局副局长。

到晋东南的革命文艺工作者高沐鸿[①]、王玉堂[②]，以及“华干”教师王振华等发起创办了油印本刊物《文化哨》。一九三九年年初，《新华日报》华北版创刊，结束了过去报纸靠翻印的局面。

在群众文化方面也做了大量工作。太行山剧团每到一地演出，都积极做群众工作。后来，还分散开展群众戏剧运动。群众文化工作主要是帮助文盲识字，破除封建迷信，妇女解放，以及肃清其他一些反动思想和落后意识。

四

一九三九年一月至四月，我与妻子，以及太行山剧团的其他成员都在民革艺校里或学习或教授。这个时间长治极其热闹。李伯钊搞的戏剧会演正在进行。日本人发现了这种情况，对长治的轰炸也进入高潮，每次派三几架飞机，经常到长治来转几圈，扔下几颗炸弹。我们当时没有一点防空能力，所以只能是躲。许多人是第一次遇见飞机轰炸，发慌得不行，到处乱跑。我当时已结婚，妻子和我常在一起，她也很紧张，我便安慰她别害怕。我从上海

① 高沐鸿（1900—1980），山西武乡人。1935 年入党。1937 年起曾任晋东南文艺界救国委员会领导人，黄河日报社社长，太行区文联主任。1949 年后历任山西省文联主席，省委宣传部副部长，省政协副主席。

② 王玉堂（1907—1998），山西武乡人。笔名冈夫。1933 年入党。曾任武乡县临时工委书记，太行区文联副主任，1949 年后历任山西省文协主任，华北文联筹委，中国文联联络部、学习部部长，山西省文联、省作协副主席等职。

跑到南京，又从南京到武汉，多次经受过飞机轰炸的考验，有一点防空的经验。每次飞机轰炸，我便从房子里跑出来，手拿一本书，躺在地上，十分镇静。我不相信运气会那样不好，炸弹和机枪会正好扫在我的身上。的确，我们都安全地从轰炸中活了下来。

有时日本飞机飞过后，空中会如雨花般飘下一些传单，摇摇曳曳的，降落得非常缓慢。这些传单一方面骂共产党，说日本人对中国没有领土要求；另一方面宣扬一些黄色的东西，有些传单和图片很下流。这些东西极易瓦解军民的斗志。在文化界抗敌协会上，朱总司令曾专门讲过这个问题，要求要引起根据地人民，特别是文艺宣传工作者的重视，有针对性地做好宣传工作。

李伯钊在太行山地区也经常写几个剧本，其中有《老山》等剧还是很不错的。在太行山根据地，太行山剧团的演员阵容还过得去，有几个好演员，一般团员的基本功还算可以。民革艺校虽有一个文艺工作团，但在建校初期，还不具备演出的能力。八路军总部的火星剧团演技单薄，李伯钊创作的剧本大部分是在我们太行山剧团演出。

一九三九年二月份前后我妻子调走以后，陕北公学的一位学生被调来担任太行山剧团的政治指导员。到九月份，这位政治指导员又被调走，因我已于一九三九年元月加入共产党，我便又重新兼任了政治指导员之职。这时候，还调来了一位副团长，名叫赵子岳[①]，他是我的老战友。赵子岳同志毕

① 赵子岳（1909—1997），山西古县人。1936 年入党。曾任太行区党委宣传部干事等职。新中国成立后，任山西省剧协副主任，北京电影制片厂演员剧团团长。

业于杭州艺专，美术方面虽没有大成就，但对表演却一往情深，是艺术表演方面的多面手。他的到来，对太行山剧团的工作起到了新的促进作用。赵子岳后来一直待在太行山剧团，我担任剧团团长之时，他是副团长，新中国成立后，他走上了银幕，当起了电影表演艺术家。

一九三九年二月，中华戏剧协会太行山分会在戏剧会演活动中成立，到会代表六十余人，大会举行了“剧团工作”“化装表演”“创作”“舞台装置”“音乐”等座谈会，有十三个单位被选为中华戏剧界抗敌协会太行山区分会的执行委员，太行山剧团是其中之一。会议从二月二十八日开始，到三月初结束，共进行了三天时间。此后，这个分会便成为领导太行山戏剧运动的核心力量。而太行山的剧团也如雨后春笋般冒了出来。据统计，仅武乡一县便有各种农村剧团一百六十多个，数以百计的农村剧团在广大的游击区和根据地活动。当然，这些剧团的水平参差不齐，有些剧团的艺术水平很低，有些剧团基本上不能演出。

第四章　民族形式问题

一

长治是潞安府址，是《岳飞传》中所讲的陆登守备的地方。童年的时候常听父亲讲《岳飞传》，我对岳飞一向心存钦慕。一九三九年春季在长治活动，我便细心地寻找陆登守备的故迹。后来，我在帅府的房子里发现了一些头盔碎片，也不知是什么朝代的作品，但心里也很是美滋滋了一阵。毕竟通过这些碎头盔片，算是和古人衔接上了。

一九三八年十月，中央召开了六届六中全会，在这次会议上，据说毛泽东同志做了《中国共产党在民族战争中的地位》的报告。同年十一月底，该文以《论新阶段》为题，全文发表在《解放》周刊第五十七期上。其中关于《学习》一节，毛泽东提出要“把国际主义的内容和民族形式”“紧密地结合起来”，创造“新鲜活泼的、为中国老百姓所喜闻乐见的中国作风和中国气派”的问题。当然这个文章不是像我这样的普通党员可以看到的。但是，该报告的某些意思传了出来。如当时所说的“中国作风、中国气派、中国老百姓所喜闻乐见的方式”这个意思，到一九三九年年初，已在太行山文化界传开了，并且强调说：这是文艺工作者的方向。

应该说，民族形式问题完全是个老话题，它伴随着新文化运动的诞生而出现，并一直存在于文艺界的斗争中。究竟怎样才算民族形式，这是一个复杂而模糊的问题。“左联”时期掀起的文学大众化运动强调劳苦大众的文学，也是讲民族形式问题。抗日战争初期，如何解决新文学与本民族的特点，即如何使新文学为早已习惯了章回小说、评话、戏剧等形式的中国老百姓所接受。当时有人提出了“文章下乡、文章入伍”的口号，文艺大众化问题和利用传统形式问题受到了广泛重视。作家为了适应抗日的需要，为了能使宣传抗日的作品为普通老百姓喜闻乐见，从内容到形式都做了新的尝试，涌现出一大批形式短小、内容通俗的抗日作品，如短篇小说、报告、活报剧、街头剧、报告剧、墙头诗、街头诗等。我曾经指导排演过的《放下你的鞭子》便是当时比较著名的活报剧，这种剧一般在街头演出，不要布景，不要很多的伴奏，也不用刻意化装。《放下你的鞭子》是抗战初期这种短小的文学形式最著名的代表作，影响最为广泛，演出也十分普遍。这个剧本最初由谁创作[①]我已不记得，但它在演出过程中，又不断地被演职人员修改，像过去的民歌民谣一样，可以说成了集体智慧的结晶。这个剧本描写了父女两

① 《放下你的鞭子》，1931年由集体创作，剧作家陈鲤庭执笔写成抗战街头剧。

人由于日本侵略者占领了东北家乡，“中国兵说是受了什么不准抵抗的命令，都撤退了”，他们被迫过着颠沛流离的生活，靠卖艺为生。剧作对日本帝国主义者的侵略造成的人民家破人亡、流离失所的悲惨情况，对国民党政府的不抵抗政策发出了强烈的控诉。剧中父女两人的遭遇，在战争初期具有广泛的概括意义，容易激起观众的情感共鸣和民族义愤，曾经起到了很大的宣传教育作用。在表演的时候，演员混杂在群众中间，戏剧效果很逼真。又如《三江好》《最后一计》，与《放下你的鞭子》合称为“好一计鞭子”，都很流行。这些短剧一般以正面表现抗日战争为题材，描写军民的英勇抗战，暴露敌人的残杀行为，揭穿汉奸的阴谋诡计和倾诉人民离家流浪的痛苦。这些文学剧本形式很短小，故事情节很单纯，人物塑造得不深刻，公式化的倾向很流行。应该说，这些剧本是十分幼稚的，几乎不可以归入艺术一类。起初，朱瑞也让我写几个活报剧，可我总觉得要创作这样的剧本缺乏灵感，所以一直没有做过。

抗战初期，老舍的“旧瓶装新酒”曾时髦了一阵，太行抗日根据地的赵树理同志也做过尝试，但都不成功。赵树理同志当时主持《黄河日报》太南版副刊《山地》等刊物的编辑出版工作。在利用旧形式的过程中，有不少问题往往是生搬硬套，甚至无批判地接受其中落后和庸俗的东西，或者将旧形式和新内容极不调和地结合在一起，抗日将士迈着方步，妇救干部合手道万福，是很滑稽的。一些通俗读物编刊社致力于通俗文艺的提倡，做出了一定的成绩，但也存有很大偏差。抗日战争已不是当年抗辽抗金的斗争，我们是站在民主革命的基础上从事反侵略斗争的。对于利用旧形式的错误，《新华日报》上曾有人著文批评，认为“盲目地采用旧形式”，结果反而会被“旧形式所利用”，出现“开倒车”的现象。

二

一九三九年四月份，太行山剧团的团员们从民革艺校毕业。这时，上级命令太行山剧团开到辽县。辽县是太行山边区党委搞的试验县，我们的任务主要是做群众工作，开展宣传活动，发动群众戏剧运动。

辽县位于长治的正北稍偏东方向，相距三百多里，是比较远的。辽县位于漳河边。漳河分清漳河与浊漳河两部分，清漳河发源于和顺、辽县一带，浊漳河发源于沁县、襄垣一带。两条河在曹操操练水军的邺县境内汇合。邺县现今还存有孔雀台遗址。清漳河水是清澈的，而浊漳河的水却是混浊的。浊漳河一带植被较少，水土流失严重，清漳河所经地区，山林繁茂，风光旖旎，有点江南水乡山清水秀的味道。我们到了辽县，也就是在清漳河的流域里，空气清新，气候宜人，风景秀丽，心情感到无比舒畅，因为这样的地方在太行山地区并不多见。辽县一带的山峰极高，形势险峻，有北方高山的雄伟，又有南方山陵的诡巧。我们在这鸟语花香的地方，开展了一场轰轰烈烈的群众戏剧运动，组织农民自己演戏。

太行山剧团虽是艺术团体，在当时反对班子化的风气影响下，太行山剧团只不过是一个宣传队，谈不上有什么艺术上的追求，我们的任务便是不断地紧跟形势、配合中央政府的需要，做一些群众工作。在辽县开展群众戏剧运动时，我们把团员分散到不同的村子中去，帮助建立宣传队和剧团，指导他们排演节目。同时，我们还从农村剧团和农民那里搜集一些民歌小调、小花戏等①。搜集的这些东西鱼龙混杂，有很多低级趣味、诲淫诲盗的东西，但启发也很大。

我当时一直在思考如何改变创作作风的问题。当时有人认为走旧形式装新内容的道路似乎是唯一一条把抗日宣传与群众结合的道路。有位叫向林冰的人，当时编通俗读物，他认为应该“将新的内容尽可能装进或增入旧形式中”，认为“如果不于旧形式运用中而于旧形式之外，企图孤立地创造一种新形式，这当然是空想主义的表现”，并先后发表了与“旧瓶装新酒”的反对者论争的文章，主张“应该在民间形式中发现民族形式的中心源”，认为“民间形式的批判地运用，是创造民族形式的起点，而民族形式的完成，则是民间形式的归宿”，“所以民间形式成为创造民族形式的‘主流’”；认为五四新文化“是对中国固有文化遗产的一笔抹杀的笼统反对”，是“以欧化东洋化的移植性形式代替中国作风与中国气派的畸形发展形式”，是“畸形发展的都市的产物”，是“大学教授、银行经理、舞女、政客以及其他小‘布尔’的适切的形式”，因此只能“分别地采入于民间形式中，以丰富民间形式自身”，如果新文艺“要想彻底克服自己的缺点”，就不得不“以民间文艺形式为中心源泉”。向林冰所说的民间形式，主要是旧的传统形

① 本书文集（下）《风雨太行山》：“在开展农村戏剧运动，调查搜集民歌民谣活动中，许多男同志无法搜集到的材料，都是妇女坐在炕头上，悄悄地低声甚至流着泪唱给我们的女演员听的。”

式。从艺术发展和理论上讲，向林冰的主张是极其有害的。五四新文化运动是中国民主革命的先导，其意义是十分巨大的。在中国历史上，如汉魏晋六朝唐，都是吸收了外国的艺术形式发展了本民族的文化。文化无国界，是属于世界的。就是章回体小说和戏剧，也有受佛经故事启示的痕迹。从实践上看，向林冰的旧瓶装新酒，往往是大量采用土语、俗语，运用一些非常过时的、根本不适于表现新内容的形式，不能达到内容与形式的和谐统一。这种主张和实践都是偏颇的。

我没有去学习旧剧，而是在新话剧的形式上，适当吸收一些民歌、小调、民谣。我的诗歌创作受民歌小调民谣影响较大。赵子岳当时致力于搞旧剧，还成立了一个旧剧演出队。可以说，我走的是向民歌学习的道路，我是极想把民歌和新文化运动的成果结合起来的。从我的经历看，我受中国作风、中国气派、中国的老百姓所喜闻乐见的形式这个讲话精神的影响很大。这个讲话与1942年《在延安文艺座谈会上的讲话》对知识分子与工农群众相结合，与战争相结合有积极的促进作用。但是这种精神是特定环境的产物，局限性是很明显的。其消极影响一直贯彻到解放后的三四十年中，在某些地方，甚至是反艺术的，是阻碍艺术发展的。因为它强调的是知识分子向文盲靠拢，而不是提高文盲的文化水平，使文盲向知识分子学习。这与历来对知识分子的怀疑态度是相联系的。

第五卷　反对投降派

第一章　反对投降“反共”活动

一

抗日战争初期，中国得到了许多援助，如英、美、苏除了派空军支援中国外，还提供一些武器、药品，还有一些国际性的反法西斯组织派遣人员来华支援中国的抗日战争。八路军和新四军也从国民政府领到军饷、装备和衣服，我们太行山剧团的团员们夏天有单衣，冬天有棉衣和大衣，根据地的日子还是比较好过的。但到一九三九年以后，国民党不满意八路军、新四军的发展壮大，不满意于共产党在晋察冀、晋冀鲁豫等抗日根据地成立抗日政府，遂对共产党实行限制，对八路军的四十多万人和新四军的八九万人仍然以一个军的编制配发武器。当时苏联给中国一批转盘机枪，是很先进的武器，八路军只得到四挺。八路军和新四军若不发展抗日力量，就可能把根据地丧失掉。在这种情况下，共产党和八路军面临着极大的财政困难。苏联当时和国民党有外交关系，斯大林不信任中国共产党，所以把武器都交给了国民党。后来到解放战争时期，国民党从南京迁都广州，苏联大使馆是唯一跟随国民党政府迁到广州的外交使团。当然，我们也不否认苏联对共产党的帮助，比如苏联红军占领东北后，把缴获日军的武器放在某个秘密地方，然后让八路军去取。苏联还帮助中国共产党培养了一批军事指挥员和政治工作者。共产党的许多高级领导都曾在战争年代到苏联治病。

蒋介石断发军费后，晋冀鲁豫边区发行了冀南票[①]，废除了阎锡山的纸币。冀南票一直用到人民币出台[②]。

废除阎锡山的纸币，引起了一阵混乱，许多老百姓手头都有阎的纸币，吃了亏。一些钱庄有阎锡山的纸币，影响当然就更大了。当然，在当时情况下，没有牺牲是不行的。许多在战争中牺牲的革命烈士，姓名被遗忘，不知道他们的家属在哪里，成了无名英雄。现如今看见一些在抗战中活下来的人当了官，奢侈腐化，我是很气愤的。听见有人说抗日不好，听见日本人否认侵华罪行，我都是很气愤的。

废除阎锡山的纸币后，我们每月发一元钱的津贴，可以买点油盐，还可以买只鸡。但因供应紧张，这种新钞票对老百姓的用处不是很大。

---

① 1939年年初，为了冲破日寇的经济封锁，中共中央北方局和晋冀边区政府决定组建自己的金融机构——冀南银行，发行根据地本位币冀钞（冀南票），以统一全区货币。“冀南票”不与任何货币挂钩，避免了冀钞因为被敌人利用来套取外汇而被迫贬值。

② 1947年11月石家庄解放，晋冀鲁豫边区与晋察冀边区连成一片，成立了华北人民政府，晋察冀银行币停止发行，冀南币在全华北流通，成为华北地区的法定本位币。

二

当时的国际形势是德国加紧侵略欧洲，德国与英、法、美诸国的矛盾进一步加剧。

一九三八年三月，德国入侵奥地利，掌握了进攻东欧和巴尔干的战略基地。同年九月，德、意、英、法签订慕尼黑协定，把捷克的苏德台地区割让给德国，其余捷克领土保证不受侵犯，捷克接受了这个条件。但一九三九年三月十五日，德国又出兵侵占了捷克的全部领土，并于九月一日进攻波兰。英、法同时向德宣战，第二次世界大战爆发。

第二年，德、意、日又结成轴心国，日本侵华战争也就成了世界大战的一部分。当时斯大林领导的苏联与希特勒签订了和平协定，苏联没有卷进与德国作战的圈子。据近年披露的消息，斯大林当时想同德国希特勒瓜分波兰，丝毫没有想到希特勒会进攻苏联。结果德国军队一发动对苏战争，苏联红军便全线溃退，一发不可收拾，直到莫斯科保卫战，因气候原因对德军造成极大威胁，使苏军获得喘息，逐步掌握了主动。

日本人占领广州后，迅速扩展到了南洋地区，英、美虽派了一部分远征军连同中国部队到缅甸一带作战，同时继续给中国提供军事援助外，一时不能投入更大的力量对付日本人。而中国自抗战开始以来，抵挡不住日本人进攻的锋芒，屡战屡败，屡败屡战。英、美便想劝说中国与日本暂时讲和。日本人这时候开始筹划进攻美国和亚洲其他国家的计划，在中国则主要是巩固已占领地区，对西南和西北的进攻暂时停滞了。日本对国民党的政策发生很大变化，由原来的“剿共灭党”，即完全消灭国民党，对国民党“以军事打击为主，政治诱降为辅”改为“以政治诱降为主，军事打击为辅”的策略。一九三八年十一月三日，日本政府近卫首相发表第二次声明，宣布放弃他一月份发表的“不以国民政府为对手”的声明，表示只要国民党放弃抗日，便欢迎它参加建设“东亚新秩序”的活动。十二月二十二日，近卫又发表了调整日中关系的声明，提出中日满“善邻友好”“共同防共”“经济提携”三原则。日本政府还表示只要国民党投降，日本军队可以撤出华中、华南，华北也可以在名义上属于中国，并以合办实业为名，允诺中国资本家在华北投资49%，在华中华南投资51%。以此为诱饵，挑拨国共两党的合作关系。同时，积极扶植汉奸伪政权，“以华制华”，“以战养战”。

早在一九三七年十一月成立的“蒙疆联合委员会”统管察南、晋北、绥远敌占区；十二月成立的以王克敏[①]为行政委员长的“中华民国临时政府”统管平津和华北敌占区；一九三八年三月成立以梁鸿志[②]为首的“中华民国维新政府”，统管上海和华中敌占区。一九三八年九月，合并南北傀儡政权，成立以王克敏为首的“联合委员会”。一九三八年十二月汪精卫逃离重

① 王克敏（1876—1945），浙江杭州人。曾经中过举人，担任过清政府外交职务和段祺瑞执政期间的财政部部长；抗战时期是对日妥协派的一员。抗战胜利后以汉奸罪逮捕，死于狱中。

② 梁鸿志（1882—1946），福建长乐人。幼年曾在日本生活过两年，曾经中过举人，是皖系军阀人物。抗战胜利后被江苏高等法院以汉奸罪判处死刑。

庆后到了河内。近卫首相遂发表了诱和声明，汪精卫通电响应。一九三九年三月，汪精卫发表《举一个例》一文，披露国民党国防最高会议第五十四次常委会的记录，证明蒋介石也是一贯主和的。四月，汪精卫与日本新任首相平沼骐一郎签订的《汪平沼协定》被《大公报》揭露。一九四〇年三月三十日在南京成立了南北统一的“国民政府”，汪精卫自任主席。

在这种情况下，共产党于一九三九年一月五日发表《关于汪精卫出走后时局的指示》，指出我们的任务是坚决打击卖国的汉奸汪精卫和一切投降反共活动。太行山剧团在辽县开展戏剧运动的时候，就把反对投降活动当作一个基本的方针。

三

随着日本停止了对中国战场的战略进攻，以及世界大战的爆发，国民党政府已明白英美盟国迟早会向日宣战，日本军队已不是威胁国民党统治的头号敌人，倒是与他们打了几十年仗，一直要推翻国民党统治的共产党才是最危险的力量，共产党在抗日战争中不断扩大根据地，扩充军事实力，是不能再忍受的了。国民政府除了给河北省派遣领导人外，还在华北敌后建立了两个战区司令部，即苏鲁、冀察战区司令部。一方面对付日本人，另一方面阻止共产党的进一步发展，在全国宣扬共产党“宣传赤化，图谋不轨，谣言后方”。八路军、新四军“破坏军令政令”，要向八路军“收复失地”。一些人士不明真相，要共产党取消边区政府，“将马克思主义暂搁一边”，说“陕甘宁边区是封建割据”“八路军、新四军游而不击”“马克思主义”是“西方化”的，马克思主义“不合中国国情”。一九三九年一月，国民党召开五届五中全会，由积极抗日变为消极抗日，一方面声称“抗战到底”；另一方面又发表《唤醒党魂、发扬党德与巩固党基》的报告，决定了“防共”“限共”“溶共”的方针，并设立“防共委员会”，陆续秘密颁布《限制异党活动办法》《沦陷区防范共党活动办法草案》《共党问题处置办法》等反动文件，推行保甲制度，要在政治、军事、经济、民主、宣传诸方面对共产党及其领导下的边区政府和军事力量进行限制。一九三九年三月，国民党又策划了一个“国民精神总动员运动”，宣扬“军事第一”，妄图以抗日运动为借口阻止民主运动和政治改革。并在国统区秘密屠杀共产党员、爱国人士和进步青年，并派遣特务进入陕甘宁边区和抗日根据地。在“收复失地”的叫嚣中，一九三九年四月，山东的国民党秦启荣部在博山袭击八路军山东纵队；六月，河北张荫梧袭击冀中深县八路军后方；同时，湖南平江杨森部向新四军后方袭击，包围了平江新四军通讯处；九月，程汝怀部在湖北东部围攻新四军后方机关；十一月，河南国民党特务围攻确山竹沟镇新四军留守处。惨杀抗日群众和八路军、新四军官兵多人。

在太行山地区，一九三九年三月底，阎锡山在宜州秋林开了一个“秋林会议”，正式提出反共口号。阎锡山首先向薄一波等牺盟会组织的新军抗日决死队开刀，清洗共产党员，并对抗日根据地实行封锁政策。鹿钟麟、张荫梧等人则积极开展暗杀活动。

四

中国共产党早就觉察到了蒋介石和阎锡山有投降的可能性，所以一直强调在抗日战争中坚持独立自主的方针，号召全党全军要警惕国民党，要与国民党开展有理、有利、有节的斗争。在一九三九年年初出现的新的“反共”趋向以后，中共中央及时采取了措施。一九三九年六月，毛泽东发表了《反对投降活动》一文，指出“反共”实际上是投降，全党、全军必须积极行动起来，制止国民党的投降活动。同时对国民党反动派以有力还击。我们对混进根据地的国民党特务和一些积极的“反共分子”进行坚决的镇压。同时，又积极地做好统一战线工作，对根据地的地主士绅采取统战政策，实行阎锡山所谓“合理负担”的政策，有钱出钱，有人出人。搞减租减息，实行三三制政权，一般让中农担任村长。总体来说，大部分士绅地主还是能与共产党合作的。也有个别反动分子对触及他们的利益心怀不满。

记得就在一九三九年春季，以太行军区名义召开过一次开明士绅坚持抗战的座谈会，会议由徐子荣主持。我参加了这次座谈会，有五六十人参加会议，来的人不算多。在会议上我遇见拐儿镇的一位财主，我与他还谈过话。在谈话中，他的态度很好。我当时很受感动，就此次会议写过一篇报道，登在刚创刊不久的《新华日报》华北版上。但我后来听说在阎锡山发动“反共”高潮的时候，他成了特务，与反动势力有勾搭。后被逮捕，公审枪决。在当时，对特务和窝藏特务的处理是很严厉的。有一个老太太因窝藏国民党特务也被枪毙。

在对付“反共势力”的时候，毛泽东提出针锋相对的方针，当时有句话叫作“阎锡山说要下雨，我们便要准备好雨伞”。

抗日根据地的财主们对共产党是不满的，他们尽管也反对日本人，许多士绅还是极为爱国的，他们从心理感情上来说更支持国民党，因为国民党是他们的保护者，共产党则迟早要触及他们的利益。他们虽然表面可以和共产党合作一阵，但并不是真心诚意的，一旦矛盾变化，抗日成为次要的事情，他们便会站在国民党顽固派的立场上，向共产党开战。

太行山剧团在辽县的时候，正是“反共”的酝酿阶段，我们太行山剧团积极教育人民认清阎锡山等“反共分子”的真面目，并积极做好群众工作，放手发动群众，建立抗日政权，办抗日学校。新中国成立后曾名噪一时的纪登奎，这时候便是在我们办的抗日小学接受启蒙教育的。

阎锡山说，老百姓不发动是个孔子，一发动便是个乱子。老百姓发动起来，便自觉地维护抗日事业，揭露检举国民党特务，狠狠地打击了“反共分子”。

五

中共中央计划于一九三九年夏天召开第七次全党代表大会。为了给全国性的七大做准备，太行山地区的边区政府也相应地召开了一次代表大会。开会之前，正值七一前夕，为了纪念共产党的生日，在清漳河边我写了一个纪念性歌曲，名叫《在红星旗下》，然后自己谱了一个曲，歌颂共产党和共产党领导边区人民进行的抗日斗争。

为了准备在太行山边区党代会议上的文艺演出，我还创作了其他文学作品，其中包括一个独幕剧，名字叫作《最后一个》，写的是剧烈的战斗场面，演出效果很不错。还作了一些宣传画，是宣传抗日、反对投降的内容。

紧接着，我又写了话剧《红巾》。《红巾》是表现共产党员和国民党反动派的斗争的事迹。《红巾》中有我自谱的歌曲《囚徒曲》。《红巾》是一部三幕剧。演出之时，效果不错，观众们为坚持地下斗争，在监狱中宁死不屈的英雄主义精神所感动，激动不已，据说有人看过这个戏之后，流出了激动的眼泪。这个戏对于配合当时的反对投降逆流有积极作用。

抗日战争时期，有许多从城市到农村来的女同志受习惯的影响，很娇气，如不愿吃苦，有点病痛便哼哼唧唧。有些女同志结婚后怀孕了，不肯吃苦，贪图享乐。在这种情况下，我决定写个反对娇气的剧本。不想不写则已，一写便写了两个。这两个剧本都在太行山剧团上演了。

在中国革命过程中，由于共产党的许多领导干部都是农村小知识分子和农民，封建思想深深地烙在了他们的脑海之中，表现出十分顽固的落后和愚昧倾向。有些领导人没有读过什么马列的书，对马列主义的理解限于他自己想当然的认识，便会产生许多不伦不类的思想，而这些思想因为产生在领导者的意识中，便似乎有了一层“马列主义”的外衣，事实上，只是一种挂羊头卖狗肉的东西。比如男女关系问题，按照马克思的说法，是一种极其自然的关系，是完全应该由当事人自己决定的。但是，在军队和党组织内部，经常发生干涉婚姻自主的倾向，搞所谓“组织同意”“组织决定”，实际上是拉郎配，违背当事人的意愿。而一些妇女同志也不愿反对这种做法，以为这就是听从党的召唤，听从党的安排，这样的悲剧不少。一些基层领导，借领导的权力，调戏、奸淫妇女，在整风运动中揭露出不少这样的事情。但在表面上，这些人都俨然一个道学先生，听见爱情二字，或者是看见男女恋爱，即视为大逆不道。有些领导自己的老婆一个接一个地生孩子，或者离婚又结婚，但对别人讲月经、怀孕之类的词语大发雷霆。这种现象实在是中国这样一个有着数千年封建专制传统的社会所特有的现象。这种情况在今天仍然没见有很大的改变。在三四十年代的抗日根据地，普通老百姓大部分都是清朝遗老遗少，封建社会观念根深蒂固，对在经济上革地主阶级、封建豪绅的命很兴奋，但从政治上、思想上革命，首先是革除自己思想中的封建余毒就不是那样痛快了，因为他们的价值观念、为人准则早已根深蒂固。列宁说过，每一个时期，统治阶级的思想也必然影响到被统治阶级，被统治阶级是自觉或不自觉地接受统治阶级的思想。对于这一点，我们党，特别是我们党内负有领导责任的干部认识得不很清楚。

就在上演我所写的两个反娇气的剧本的时候，发生了一件事。我的剧本被中途停演，因为台词中有一句话提到月经和怀孕。台下有权力的道学先生大怒，宣传部长立即命令停止演出。这个剧本中的原意是说“日本人可不管你是来了月经还是怀孕了”，是为了提醒有些患有娇气症状的妇女自觉地克服掉自己的毛病，要认识到和日本人的斗争是残酷的，敌人是不会怜悯你的痛苦的。这个停演事件发生后，我很气愤。这个剧本在上演之前，曾经过李伯钊阅读，排演好后，李伯钊也看过演出，她没有对这个剧提出反对意见。我本以为是不会有什么问题的，没有想到就因为几个字而前功尽弃。

应该说，到抗日根据地后，我发挥才能的机会很多，基本上是愉快的。但我也渐渐认识到某些领导干部不懂得艺术，却对艺术指手画脚，以人为法，以个人好恶取舍文艺作品，作家的创作受到了很大压抑，严重限制了作家和艺术家的天才，限制了文学的发展、繁荣和多样化。这实际上是不尊重艺术，把艺术当作政治附庸的庸俗、错误的文艺观在作怪。

这个阶段，我还作了一首歌，自谱曲，叫《打到鸭绿江去》，意即把日本人赶出中国的领土。

第二章　打退朱怀冰

一

有一个阶段，太行山地区的“反共”活动十分猖獗，时时传来地方政府的负责人和八路军战士被暗杀的消息。

一九三九年五月，陕甘宁边区被封锁。同年十二月，胡宗南进攻陕甘宁边区，先后占领淳化、栒邑、正宁、宁县、镇原五座县城。国民党绥德专员何绍南也组织保卫队，防止八路军的活动。同时，阎锡山调动六、七、八三个集团军的兵力，在山西地区进攻抗日决死队。在晋冀鲁豫地区，国民党朱怀冰部也频繁与八路军搞摩擦。

为了应付突发事件，我党指出，“对非理性进攻，必须反击，绝不能轻言让步”。一九三九年七月七日卢沟桥事变两周年之际，党中央提出了新的宣言：“坚持抗战，反对投降；坚持团结，反对分裂；坚持进步，反对倒退。”一九三九年八月七日，中央军委致电八路军总部和一二〇师，要八路军重新布置，以保卫陕甘宁边区。王震为旅长的一二〇师第三五九旅主力由恒山地区开赴绥德，一二〇师的主力向晋西北移动。九月十六日，中央军委主席毛泽东在《和中央社、扫荡报、新民报三记者的谈话》中，宣布了“人不犯我，我不犯人；人若犯我，我必犯人”的立场。十二月二十五日，朱总司令和彭总通电全国，反对枪口对内，反对国民党顽固派进攻边区政府。不久，三五九旅协同延安留守部队打退了胡宗南的进攻，又在绥德警备区赶走了反共的何绍南部，使绥德一带五十万人民成为了陕甘宁边区的人民，并使陕甘宁边区与晋绥边区连成一片，扩大了八路军的力量和抗日根据地的面积。抗日决死队也在八路军的支援下，给阎锡山以沉重打击，转移到晋西北和太岳地区，正式编入了八路军。

正在这时候，“民革艺校”改名为“前方鲁迅艺术学院”，又称前方鲁艺。

二

一九三九年七月三日，日本侵略军梅津的二十师团、一〇九师团、十师团、三十五师团、一〇八师团，以及独立第四、第九两个混成旅团约五万余人发动了对太行山地区的扫荡。八路军和游击队及边区政府迅速转移。

在前方来狼的时候，后方又来了虎。先是阎锡山的“十二月政变”对付新军和边区政府的干部；鹿钟麟、张荫梧、侯如墉也积极行动，配合阎锡山的“反共”活动。一九四〇年年初，国民党第三十七军军长朱怀冰带领所属部队侵入邢台、内丘以西地区。在这之前，朱德、彭德怀同志曾与朱怀冰约定，以漳河为界，漳河以北属八路军的防区，漳河以南属国民党的防区。但到这个时候，朱怀冰不遵守协议，侵入抗日根据地。

鉴于这种情况，彭德怀副总司令在回延安时路过洛阳，会见了国民党上将卫立煌，就此事进行了谈判，但谈判不成功。彭德怀副总司令回到太行山后，便决定对晋冀鲁豫的国民党顽固派给予沉重打击。因为这个地区只有朱怀冰部是正规部队，摩擦最积极，所以决定打朱怀冰。

一九四〇年二月，太行山剧团接到命令，与八路军部队一同开赴冀西。经涉县、武安，到河北的磁县。部队行军到中条山的时候，彭总发布了进攻朱怀冰部队的命令。

我当时跟着总部行动，心情是十分激动的。因为我到太行山抗日根据地后，基本上没有见过大的战争。特别是属于进攻性的战争，那是根本没有参加过的。有的只是日本人扫荡来了，我们便背起行李逃跑，因为我们不能和日本人硬拼，打阵地战消耗太大。游击战的特点是能打过就打，打不过就跑，跑不过就躲。所以八路军的抗日根据地都挖一些地道之类的东西，以防止日本人的残酷“扫荡”。我听到彭总下令进攻朱怀冰的消息后，觉得这一回终于可以亲眼目睹战争场面，并且可以参加战斗了，便忽然来了灵感，写了一首诗，叫《彭总在中条山下命令》，朗诵起来，颇有点鼓动性。

打击朱怀冰部队的主力是一二九师刘伯承的部队。考虑到朱怀冰是正规军，估计比较难打，一一五师副师长聂荣臻从他指挥的晋察冀军区抽调了一个纵队（相当于军级）帮助刘伯承部队。

这次战役叫“磁武战役”，八路军一打朱怀冰，朱便溃退了，八路军便乘胜追击，把敌人赶过了漳河南岸。

太行山剧团在这场战役中的主要任务是安抚老百姓，同时为八路军筹措军粮。这一带老百姓本来就穷，国民党军队来以后，又征了不少粮食，老百姓家里基本上已空空荡荡了。我们筹不到比较好的粮食，便只好让战士们吃菜豆、黑豆。当时我们不懂科学，并不知道豆子的营养丰富。在过去黑豆常常被用来作为牲畜的饲料使用。

打败朱怀冰，部队追击到漳河边，便停止了前进。当时我同太行山剧团随追击部队到了漳河边，听到不让渡河的命令，心里很不高兴。现在想来，当时的想法很幼稚。如果贸然渡河，必然会造成与国民党军队大的内讧。如果大打起来，只能是日本鬼子得利，严重破坏抗日事业。日本人正是千方百计地希望中国发生内战，它可得渔翁之利的。

磁武战役以后，国民党顽固派发动的第一次“反共”高潮便自动瓦解，根据地安定下来了。

自一九三八年十月大流动以来，我一直配有一匹马。在磁武战役中，我也是骑马行军的。因为我有马，所以每次行军我都比剧团迟一点行动。剧团开拔后，我用一两个小时的时间写上几笔，打到漳河边的时候，竟然也写成了一部四幕剧。现在我已记不得这个四幕剧的内容了，连名字也想不起来。这个剧本在行军中遗失，没能排演出来。

第六卷　百团大战前后

第一章　教书、学习、写作

一

一九三九年十一月二十八日，中华全国文艺界抗敌协会晋东南分会在武乡县下北漳村召开了成立大会。参加这次大会的代表有从延安来的全国文艺界抗敌协会代表叶以群[①]以及从延安鲁艺来的陈荒煤、刘白羽等人。我也参加了这次会议。

在这次成立大会上，朱德总司令亲临讲话，他希望广大文艺工作者以笔杆抗战，打击妥协投降，揭露日本鬼子及汉奸的阴谋，批判日本鬼子妄图分

① 叶以群（1911—1966），安徽歙县人。曾留学日本，1931年回国，参加中国左翼作家联盟，任组织部部长，1932年入党。新中国成立后，任文化部对外文化联络局副局长，上海电影制片厂副厂长，上海市文联副主席，《上海文学》和《收获》副主编等职。因受“潘汉年案件”株连，被长时间审查。“文化大革命”初期被迫害自杀身亡。

化瓦解我军将士的活动，发挥抗战真理，为保卫中国文化而战。大会主席孙泱[①]说明文协分会成立对领导太行山地区文化事业的意义；叶以群代表全国文艺界抗敌协会向大会致辞；李伯钊报告了晋东南文艺现状及今后的工作方向。大会最后选举了理事会和常务理事，记得张香山、陈荒煤、刘白羽都被选为理事，我也被选为理事和常务理事。常务理事还有负责组织工作的李伯钊，负责出版的蒋弼[②]，负责研究工作的孙泱，负责总务的王玉堂，我则是一个“不管常务理事”。会议决定分别在太行山、太岳、太北、冀西等地区开展文艺通讯员运动及出版文艺刊物，如蒋弼、柳思林、石蕾等编辑油印的“敌后抗日小丛书”十余种，陈默君[③]、蒋弼、王博习等人编辑的《文化动员》杂志，便是晋东南文艺界抗敌协会分会所编的出版物。

---

① 孙泱（1915—1967），四川南溪人。朱德挚友孙炳文烈士的儿子。1938 年入党。曾任八路军野战政治部宣传部宣传科科长、中共嫩江省委宣传部副部长、东北军区政治部宣传部部长兼文化部部长。新中国成立后，历任国家计委军工局局长，西南师范学院党委书记、副院长，成都电讯工程学院党委书记，中国人民大学党委副书记、副校长。“文化大革命”中被“四人帮”迫害致死。

② 蒋弼（1911—1942），湖南宁乡人。1931 年参加左联，1935 年参加“一二·九”运动。1938 年参加西北军学生队，1940 年到太行山，曾任《新华日报》文艺版主编。1942 年“五月大扫荡”中被俘，英勇不屈，被日本人用狼狗啃死。

③ 陈默君（1912—1942），安徽含山人。1930 年入党。1937 年到延安，任陕北公学四大队党支部书记。1939 年到北方局工作。“五月大扫荡”中于辽县（今山西省左权县）麻田壮烈殉国，年仅三十岁。

二

打败朱怀冰后，中共北方局在黎城召开了一次高级干部会议。我从漳河边经涉县、东阳关到黎城附近的东黄须村。为了庆祝这次高级干部会议，写了一个独幕剧。这个剧本中的一句玩笑话引起薄一波同志的不满，提出了意见，不过这个剧本倒没有停演，只是做了修改而已。

事情的起因是这样的：

在打朱怀冰的途中，常听见战士之间开玩笑，说山西人胆子小。我便在剧本中让两个战士开玩笑时引用了这句话。文艺要反映生活，我从生活中得来的文学，是不应该算作错误的。不料薄一波看后，说：

"山西人胆小，谁不胆小呀？"

薄一波同志是山西籍人，不满意有人说山西人不好听的话，也是可以理解的。

三

一九四〇年五月，我自觉对马克思主义理论了解不多，因此常遭到批评。彭涛[①]当时任晋冀鲁豫根据地政府的宣传部部长，和我一向比较熟悉，

---

① 彭涛（1913—1961），江西鄱阳人。1927年加入中国共产主义青年团。1932年转入中国共产党。参加领导"一二·九"运动。1937年后任中共太行区冀西地委书记、太行区委宣传部部长、第二野战军纵队政委、国家计委副主任、化学工业部部长。是中共第八届中央候补委员。

我便去找他，希望他给予我一个进修和学习的机会。

“你在太行山剧团不是干得很好吗，怎么想起去学习呢？”彭涛有些惊讶。

“到根据地后，我一直忙于工作，没有机会系统地学习一点儿马列理论，感觉到工作上很不方便。去学习一阵子，对我来说会有好处。理论水平提高了，可以更好地为党工作，为抗日做贡献。”

“你走了以后，太行山剧团由谁来负责？”彭涛还是不大同意。

“太行山剧团有团长、副团长，他们能做好工作的。另外，可以给太行山剧团调一位指导员去。”

彭涛思考了一会儿，点头表示同意。

“晋冀鲁豫边区政府要派人去考察晋察冀模范根据地，考察农会、妇女会的工作。不过他们已经出发了，你去追吧！如果追上了，就去学习，跟他们一块儿行动。如果追不上，就仍然回到剧团里去。”

我得到彭涛同意后，便拿了介绍信，马不停蹄地追赶。

走到北方局所在地王家峪的时候，见到了任北方局书记的杨尚昆。我向他打听去晋察冀考察的人到什么地方了，杨尚昆说走了不远，假若现在继续追，估计还是可以追上的。我便休息了一下，准备立即上路。

正在这时，李伯钊来了。

“你干什么去？”李伯钊看见我行色匆匆，一副出远门的装束，便问我。

“我要到晋察冀模范根据地去学习。”我告诉了李伯钊我的意图。

“不行，你不能去，你得留到这里给我教课！”

李伯钊一听我要去学习，便很不高兴，一定要让我在前方鲁艺教书。

我不想在前方鲁艺教书，还是想去学习，便与李伯钊据理力争。李伯钊死活不同意。

我见李伯钊丝毫无意改变她的意见，杨尚昆也不作声，便知此次学习只能成泡影了。于是，我便采取了一种妥协的方案：留在前方鲁艺教书，同时到北方局党校听杨献珍[①]讲联共党史。

四

到前方鲁艺重操教鞭，是一九四〇年五月的事情。前方鲁艺在下北漳，北方局党校在上北漳。我在下北漳讲戏剧，在上北漳听联共党史，教与学结合，教学相长，也还算不很违背初衷，倒也还算过得去。这时，我妻子已离开鲁艺训育主任的位置，到区委党校去学习了。

据杨献珍说，他离开第五专署后，便到北方局担任秘书长。北方局党校

---

① 杨献珍（1896—1992），湖北郧县人。1925 年加入中国国民党，次年加入中国共产党。曾在开封从事中共地下活动。1931 年在北平被捕，关押在草岚子监狱。1936 年出狱后赴太原，曾任中共山西省公开工作委员会委员。1944 年前往延安，任中央党校教务处第一副主任。1948 年起任职于中共中央政策研究室，中共中央党校校长。新中国成立后，由于批评“大跃进”而受到公开批判并被降职处分。1964 年又因提出“合二为一”的哲学观点再次受到批判。“文化大革命”期间被逮捕入狱。“文化大革命”结束后于 1978 年平反，出任中央党校顾问。

开有《联共（布）党史》课，原由八路军总部宣传部部长陆定一主讲。杨献珍到北方局工作后，陆定一便让他讲这门课。杨献珍有一本《联共（布）党史》，但从没有学过，让他讲这门课，他自己还要从头学起。当时在北方局党校学习的干部主要是军队团级军政干部，地方的县委书记、县长级干部，也有少数地委书记和专员级干部，每期三个月。杨献珍从一九四〇年一直讲到一九四一年年底。除了这次听杨献珍的课，后来到党校学习，还听过杨献珍的课。

五

在前方鲁艺，我和李伯钊在一个党小组。我对鲁艺的一些工作不满意，常在党小组上提出意见，曾引起李伯钊的不满，受到了她的呵斥。

鲁艺在农村，和当地老百姓接触较多。有些学员借了老百姓的东西不归还，影响很不好。在一次党小组会议上，我建议多做些群众工作，同时教育学员遵守群众纪律，和群众搞好关系。李伯钊还没有听完我的发言，便打断我的话。

“你不要把你在太行山剧团搞的那一套拿到鲁艺来，我这里不是你的太行山剧团。”

李伯钊还对我去上北漳北方局党校听课表示不满：

“我让你来鲁艺教课，你竟然不想来，还提出要到上北漳去听课，和我讨价还价。”

到北方局听课，是李伯钊同意的，现在竟然又提起来，似乎我去学习也成了一大罪名。我觉得不能继续在这里待下去了，便向她提出要回太行山剧团去，李伯钊不同意，我只好作罢。

这时候，碰上敌人扫荡，我们便立即撤退了。为了节约民夫，我们脱了裤子，把裤腿扎紧，装上粮食，再扎住裤腰，扛在肩膀上。有人不大愿意背粮食，后来大家都这样做，也就照做了。

我当时曾写信给太行山剧团团长，要他给李伯钊写信让我回去。有人给我出了一个主意，说要回太行山剧团去，让太行山剧团写信要你是不起作用的，最好找李雪峰。我听了别人这个建议后，便又给团长写了封信，团长便写信向李雪峰求救。李雪峰当时任晋冀鲁豫边区党委书记。

有一天，李伯钊见了我，笑着说："这一回你可以走了。李雪峰说了，我不能再留你了。"

离开前方鲁艺的时候，我妻子正好也从党校提前毕业。我的坐骑便担负起沉重的负重任务，帮我妻子和她的几个女同学驮运行李。那时我的马已弱不禁风，瘦骨嶙峋。勉强回到太行山，我便把马交给了区政府。这匹马跟了我已有几年了，和我很有感情，不久，我听说这匹马死了，心里很感惋惜。

六

我离开太行山剧团后，剧团又来了位姓金的女同志，她喜欢演戏、唱歌，还演过一次女主角。赵子岳对我说，这位女同志夫妻关系不好，她的丈夫是位县委书记。我见到金指导员的时候，发现她的表情忧郁。我走后，赵子岳接替了艺术指导员的工作。因而这次回到太行山剧团，我没有任何职务，基本上无所事事。

一九四〇年八月，北方局领导决定在成立晋冀豫边区政府之前，先设立了一个叫作太行、太岳、冀南行政联合办事处的筹备组织。大概是由杨尚昆、薄一波、戎子和负责。当时三三制的原则已开始实行了。

太行山剧团这一个阶段的任务主要是为晋冀豫边区政府的成立做准备。我们当时住在一个叫桃城村的地方。我和妻子住在一位八十多岁的老太太家里，老太太听说我们是一对夫妇，待我们十分友好，把我们当作她的亲生儿女，我们极受感动。但等到我们打完百团大战回来后，这位老人已被日本人打死了。

李伯钊也派了几个教员下乡到桃城村，帮助基层工作。桃城村属涉县，是漳河最秀丽的地方。

七

一九四〇年春季，为纪念高尔基逝世四周年，我在前方鲁艺写过一个剧本，由前方鲁艺的文艺工作团演出，演出之时，我亲自为演员化装，演员很有点高尔基的模样。此后，有不短的时间我没有写过剧本。

到桃城村后，为庆祝晋冀豫边区政府的成立做准备，我写了一个大型剧本《和尚岭》，是个四幕剧，以地名为名。

《和尚岭》后来遗失，剧情已记不清。大致是写地主对佃农和雇工的剥削与压迫。故事中的主人公是一个牧羊儿，他的哥哥是八路军，他租种了一块地主的地叫和尚岭。地主由赵子岳扮演，演得惟妙惟肖，把地主的奸诈、贪婪表演得淋漓尽致。

这个剧上演的时候，徐子荣命令停演，因为这个剧不符合三三制原则。后来，我对该剧增添了一位主张抗战的开明士绅作对立面。这位开明士绅是同意减租减息、合理负担，拥护根据地政策的。

《和尚岭》中有一个插曲《牧羊儿》，是由前方鲁艺的老师常苏民[①]谱的曲。前方鲁艺当时有两个人搞音乐，除了常苏民外，还有李季达。《牧羊儿》后来被老百姓记了下来，收在民歌之中，所以能幸存至今。从《牧羊儿》中可以窥见我的诗歌创作的民歌道路，也可以发现我的戏剧创作向民间学习语言，学习民歌、民词、民谣的痕迹。这个曲子的词是这样写的：

放羊儿过山坡，
青草儿，多又多。
羊儿长膘快，
掌柜笑，笑呵呵！

① 常苏民（1910—1993），山西长治人。1929年毕业于山西国民师范艺术科。1940年入党。曾在太原任中学音乐教员。1937年后任山西新军怒吼剧团团长、前方鲁艺音乐系主任。新中国成立后，历任四川文联副主席，中国音协四川分会主席，四川音乐学院教授、院长。

放羊儿出山壑，
饮羊儿，下漳河。
羊儿不吃草，
放羊儿，受折磨！

放羊儿过山坡，
青草儿，多又多。
掌柜的吃烙饼，
给我啃糠窝窝。
日头凶，风雨恶，
肚子饥，脚磨破；
八路军，过来了，
参军去，找哥哥。

毫无疑问，把《牧羊儿》当作诗歌来看，是很粗糙的，修辞手法也极单一，基本是铺陈其事而直言之。但正是这种单一，才反映了根据地老百姓的文化层次。这也是自毛泽东提倡中国的百姓喜闻乐见的方式以后产生的文学创作风格。

为庆祝联合办事处的成立，我还作了首词，由赵子岳谱曲。词我现在已记不得了。前一阶段见到李季达，他说现在还认为赵子岳谱的那个曲子不错。我和几个朋友回忆了好长时间，似乎记得这首词有如下的句子：

咱们的好政府，

冀南太行太岳行政联合办事处，

平原山地是一家，

国事大家来做主。

这是其中的一段，一共大约有三段。

在前方鲁艺的时候，李伯钊还让我写了篇谈农村戏剧运动的文章，这篇文章登在一九四〇年创刊的《鲁艺校刊》[①]上。该刊有朱德、彭德怀的题字，由李伯钊、陈默君等人编辑。

① 鲁艺校刊未见存世。阮章竟有一篇《当前戏剧界的几个问题》，以啸秋为名发表在《华北文化》1943 年 7 月 10 日《革新》一卷四期（国家图书馆古籍善本部藏）。

第二章　百团大战

一

抗战开始阶段，日本人几乎不用大部队对付共产党，最多是用少量日本人和一些投降日本的伪军在收获季节进行一次“扫荡”，抢掠军需给养，而把主力部队投入对国民党正规军的进攻上。

自从八路军开赴抗日前线建立敌后根据地以来，到一九四〇年年底，已开辟了晋察冀、晋冀鲁豫、晋绥和山东等四大战略区。晋察冀根据地包括晋、察、冀、热、辽五省的一部分，面积约八十万平方公里，人口两千五百万。晋冀鲁豫总面积达六十六点九万平方公里，人口约两千五百余万。晋绥根据地包括西北和绥东南的广大地区，全区面积约三十三点一万平方公里，人口三百二十余万。山东根据地除包括津浦路以东的山东省大部分地区以及河北、江苏两省各一部分地区，总面积六十万平方公里，人口两千九百余万。新四军也解放了江、淮、河、汉流域的广大地区，包括安徽、湖北的大部分，江苏的绝大部分，河南、浙江一部分及湖南一小部分的广大国土和人民，建立了淮南、苏南、苏北、苏中、皖中、鄂豫皖、浙东等抗日政权，总面积达一百二十余万平方公里，人口有六千万之众。在华南和东北地区也有一部分共产党领导的抗日力量。八路军和新四军在近三年的抗战中，由四万多人发展到五十万人，并拥有二百多万人的游击队和民兵，党员达八十余万。抗日根据地的人口已近一亿之多。毫无疑问，共产党领导的军队已发展壮大了，完全有能力与华北的日本军队及其帮凶协约汉奸部队作战。

就当时国内的抗日形势看，日本人把大部分军队放在重点战场上，重点对付国民党正规军。经过几次大战役后，国民党的军队已基本上丧失了继续抵抗的能力，而国内的“反共”势力及“反共”谣言并未绝迹。虽然华北地区朱怀冰部已被击溃，但在华南地区，新四军与国民党顽固派的摩擦并没有减少。一些不明真相的人和别有用心的人到处宣扬八路军、新四军游而不击，不打日本人，一味发展自己的谣言。为了缓解国民党正面战场上的压力，挽救抗日局势，同时，为挽回八路军的声誉，打击一些别有用心的人对八路军的诬蔑，彭德怀副总司令决定举行一次大规模的打击日军、伪军的战斗。这个便是著名的“百团大战”。

大约在一九四〇年七月二十二日，八路军总部下达了破击正太线的命令。但这不是战争的开始，而只是序幕。真正的战争从八月底开始，历时三个半月时间。

就在一九四〇年八月份，中华全国文艺界抗敌协会晋东南分会在辽县麻田召开了第二次会议，有五十多人参加了会议。我参加了这次会议。会议进行到第四天的时候，因“百团大战”全面展开而提前结束。

二

在“百团大战”中，太行山剧团不负有宣传任务。我们只是跟着主力部队行动而已。

百团大战共分为三个阶段。彭德怀副总司令于八月十六日发布了战斗的基本命令，即宣布了动员令，八月二十日开始战争。战争一开始，便出动了一百〇八个团的八路军正规部队，主力是刘伯承的部队，聂荣臻、贺龙也各出一部人马。还有大量民兵和游击队参加后勤和外围的战斗任务。

战斗在八月二十日晚八时从不同地方同时打响。聂荣臻部先攻克娘子关，炸毁了井陉煤矿和正太东段的铁路。刘伯承的部队则摧毁了从平定到榆次间二百里正太路上所有桥梁、隧道、水塔和车站，并焚毁了三架敌机，攻占了阳泉附近狮垴山的敌人据点。贺龙部破袭了同蒲路大同阳曲段铁路，攻克了康家会据点。仅二十多天，便使华北交通瘫痪，达到了预期的目的。

第二阶段的战斗从九月二十日开始到十月初止，主要是消灭交通线两侧和深入我根据地的敌伪据点。在半个多月的战斗中，陈赓部队曾攻占了榆社城，晋察冀军队攻克敌人二十九个据点。一二〇师在晋西北继续进行交通破击战，一度控制了朔县到原平间的铁路。

第三阶段的战斗从十月六日开始，到十二月五日结束。中心任务是反扫荡。

在“百团大战”中，日本军队并不多，参加这次战役的主要是华北的协约部队。“百团大战”共进行了一千八百多场战斗，毙伤俘敌军两万五千八百多人，其中有近两千日本人。攻克据点两千九百多个，破坏了大量铁路、公路、桥梁、隧道，缴获步枪五千四百多支，机枪二百多挺，各种炮五十三门，并炸毁了敌人的六架飞机。取得了抗日战争以来最大的一次胜利。这次战役也成了太行山根据地抗战中的最大一次战役。

打“百团大战”，虽然是彭德怀指挥的，但毛泽东是知道并同意打的。在战前，八路军总部与延安有很多电信联系。更何况，中央军委不同意，彭德怀是调不动部队的。

按照共产党中央的规定，调动军队必须经过中央军委的批准。“百团大战”胜利后，延安举行了盛大的庆祝会，毛泽东也向八路军总部发来了贺电，贺电称：

“这样的仗多打几个可以振奋人心。”

“百团大战”沉重地打击了日本侵略者，更重要的是极大地振奋了抗日根据地和全国军民的抗战情绪，提高了共产党和八路军在抗日战争中的声威，有力回击了当时甚嚣尘上的关于八路军“游而不击”“破坏抗战”的谎言。同时，也缓解了国民党军队的压力，使蒋介石为代表的国民党抗战派坚定了抗日的信心。这次战役对扭转不利的时局有十分重大的意义。

三

“百团大战”我军有一万七千多人伤亡，战争结束后，根据地举行了隆重的悼念活动。

为了表达对在“百团大战”中牺牲的八路军英雄的哀悼之情，冈夫（王玉堂）写了一个悼词，并谱了曲，记得有下面几句：

八路军、决死队、老百姓，
原本就是一家人，
生同心，死同坟，
为了打走小日本，
生活在一起，
劳动在一起，
打仗在一起，
流血在一起，
公葬在一起。

“决死队”即新军，名义上原属阎锡山，实际上掌握在共产党手中。阎锡山发动“十二月政变”后，决死队已改编为八路军，这次也参加了“百团大战”。这个悼词很流行了一阵，既表现了活着的人对死了的人的悼念，同时又表现出很强的感染力和号召力，有一种视死如归、大义凛然的意味，是促人向上的，绝不是让人哀伤的。

第三章　在扫荡中

一

“百团大战”后，日本人发现原本微不足道的八路军在华北已不可忽视，便抽调数十万主力部队回师华北地区，开始对根据地进行大规模的扫荡。日本人扫荡刘伯承部队的时间约在一九四〇年的十月份。刘伯承部一向担负着保卫总部的任务，日本人实际上是冲着八路军总部来的。所以，敌人进攻的时候，采用的是铁壁合围的战术，对我们威胁十分大。

这时候，也是世界反法西斯战争最艰苦的阶段。德国、意大利军队在欧洲大陆和非洲连连得势，并在以后的时间内迅速地进攻苏联，很快用“闪电战”占领了大片的苏联领土。日本军队为了配合德、意的西方战场，也积极在亚洲扩充实力。在一九四一年年底，发动了太平洋战争，偷袭美国在太平洋的海军基地珍珠港，袭击了英国在太平洋的战略基地新加坡。同时，第二次世界大战的同盟国基本形成，斯大林也不再幻想从《苏德互不侵犯协定》中捞到好处，已必不能免地卷入欧洲战场，并站到同盟国的一边。英、美也被迫向日宣战，打败日本侵略者已不是中国或亚洲受日本铁蹄践踏的国家的呼声，而是同盟国的共同目标。所以说，在这种情况下，一方面虽反映了法西斯的猖狂，同时也应看到反对法西斯的力量已大大增强。中国人民已不是孤军奋战了。

日本人这次回师华北非常迅速。我们太行山剧团得到消息时，我正好得了场疟疾。这时我已没有马骑了，便让妻子陪着我爬山，爬得大汗淋漓，气喘吁吁，疟疾便好了。不想刚过了几天，又犯了一次，我便找机会休息了几天，养了养身体。等身体差不多的时候，我和太行山剧团便开始转移了。

二

敌人扫荡来的时候，剧团还驻扎在漳河边上的辽县。敌人一来，我们便不能再住在这风景秀丽的地方了。

太行山剧团是非战斗部队，既不装备武器，又缺乏与首脑机关的直接联系，信息不通。我们打听了一番敌人进攻的情况后，认为武乡县南尚有空虚地，便决定向武乡南前进。

我们跳出清漳河一带，准备连夜翻过麻田附近的摩天岭。要翻越摩天岭，有一条叫作黄崖洞的陡峭山路可走。我们到了黄崖洞，发现要想把牲口拉上山是太困难了。

经过努力，我们沿着石阶爬上了摩天岭。上山后，打听到山上有个兵工厂。当时的兵工厂很简陋，一般用手工锻炼。根据地没有铁，就用破坏铁路后搞到的铁轨作为原料，制造朱德式步枪。朱德式步枪不像日本人的枪那样长，刺刀也不是扁的，而是棱形，较适合于中国人使用。

在黄崖洞这个小路的半途，有个碉堡，驻扎有保卫山上的兵工厂的士兵。兵工厂当时是敌人袭击的重点。黄崖洞的正上方有一个小瀑布，景致还很优雅。在瀑布的两边也驻有军队，也是保卫兵工厂的。

我们看了摩天岭的地形后，认为这里很安全，敌人很难进攻，便决定先找一个地方住下来。我们选择了与兵工厂不同方向的桃花寨，并与八路军的一个连取得联系。这个连属朱德警卫团，信息比较灵通。

我们刚在桃花寨住了一夜，第二天上午便发现穿着土黄色服装、扛着太阳旗的人直奔摩天岭而来，他们的目标显然是这里的兵工厂。看来，日本人早已得知这个兵工厂的确切位置了。

日本人一进入黄崖洞，便用迫击炮轰击山口的碉堡。兵工厂的保卫部队和朱德警卫团的连队居高临下用机关枪还击。桃花寨在左翼，我们知道日本人的枪炮很难打到山上来，便去朱德警卫团的连队看战斗场面，一些女同志也去看了。

黄崖洞的战斗一直持续了三天。新中国成立后我到黄崖洞兵工厂调研的时候，曾和这个工厂的工人谈起这场战斗。他们是亲眼目睹者，这场战斗打得十分激烈。

到了第三天傍晚，日本人还没有撤退的意思。这时候，警卫团的连长来了。

“山口碉堡已被敌人摧毁，情况很危险，你们必须立即撤走。”

听了连长的话，我们决定撤。太行山剧团有很多妇女和儿童，行动起来极不方便。撤到摩天岭口的时候，天已黄昏。我派几个带枪的男同志在前面探路，不想很快被日本人发现，我便命令大家立即爬山。妇女儿童都很坚强，知道进一步是生、退一步是死的危险情况，都拼死往上爬。

我们又上到了山顶。这时天已经极黑，伸手不见五指，而风呼啸着，吹得人心烦意乱。我命令团员们分散开，向一边靠拢。日本人并不追击，而是在山下围起来，把山下的村子烧着了，峭壁被映得红通通的。敌人在东，我们在西，天快亮时，敌人已把村子烧得差不多了。我们经一天一夜的煎熬，又饥又渴又累，便在山上寻找零零散散的玉米充饥。

清晨，一二九师旅文工团团长管平[①]带着剧团几个人路过这里，我看见他们，提到嗓子眼的心一下放下了许多，心想原来还有人在这里，看来问题不大。

“赶快走！”

管平看见我们，扔下这一句话，便已无影无踪。我一看这种情况才感到危险得很，便立即命令大家跑步撤退。

我妻子从北方局党校毕业后便到地方政府工作。这时间正好在武乡县委

① 管平（1916—2005），湖南常德人，曾就读湖南第一师范。1938年到延安抗大，新中国成立后任华北军区战友文工团政委，1965年转业到对外文委亚非拉所。“文化大革命”后任文化部艺术局副局长。

任职。武乡县在黄崖洞的正西方向，我们便直奔武乡县城方向去。[①]

到了武乡，先见到了一二九师先锋剧团的人：

“我们以为你们已经被日本人消灭了，没有想到你们还活着。”

听见他们开玩笑，我们也不禁相视莞尔，一场劫难总算过去了。

一二九师的师部也住在武乡，我们正在闲话，邓小平看见了我们。

“我还以为只有警卫团在里面，没有想到还有一个团在里面。”

听了邓小平的玩笑话，我们不禁捧腹大笑。我们这个团，可是没有战斗能力的。

三

我们在武乡休息了一天。又到老百姓家里买了几只鸡。鸡还没有煮熟，忽然听说有情况，大家又紧张起来了。我一打听，原来日本军的岗崎大队一直从辽县逼来了，现在已到了关家垴，正在那里休息。关家垴在武乡和黄崖洞的中间，距我们只有二三十里。这股敌人追不到我们后，便打算去长治。

据我查证有关资料记载，关家垴战役是彭总亲自到前线指挥的。时间是十月三十日。日本人打黄崖洞是十月二十五日。

关家垴的敌人只是相当于营级的一个大队，数百人，不算很多。在平常情况下，敌人的一个小队也能把我们逼得天翻地覆，但这一次八路军的大部

① 据夏洪飞回忆，剧团到了武乡县的广志村。

队都在这一带，我们有把握消灭这股日本人。

决定打岗崎大队的命令下达后，师部让我们太行山剧团做好宣传鼓动工作。部队便向关家垴包抄而去。

我被分配到十旅，见到了旅长范子侠[①]。范子侠一向以勇敢著称，原是东北军的将领，抗战时率部参加八路军。范子侠是位真正的英雄，很有名将的风范，我一直很钦佩他。范子侠见到我，要我跟他一起行动。

部队到了关家垴，日本人正在山上宿营，但已挖好了工事。清晨我军发起了进攻，我看见了五旅、十旅的部队在下面攻击，枪弹很密集。范子侠毫不在乎，挺着腰板往上冲，我也学他的样，他却让我弯下腰。低头一听，子弹在我的耳边和头顶嗖嗖地飞了过去。

我上到阵地后，便开始了宣传鼓动工作，鼓舞士兵们勇敢地战斗，消灭这一队日本鬼子。到了阵地前，我感觉到很激动。

战斗打响后，日本人从长治调来三架飞机轮番轰炸，把进攻的八路军战士打得抬不起头来。一直到黄昏，飞机飞回去加油，才停止了轰炸。八路军也停止了进攻。

这时候，我发现范子侠已不在阵地上，我便沿着送弹药的小路到了后

---

① 范子侠（1908—1942），江苏丰县人。高等小学毕业后入中学半工半读。后入东北军当兵，被选入东北军随营学校学习，毕业后历任国民党军参谋、排长、连长、营长、团长等职。抗战中率部转战晋东南、豫北、冀西一带，断然拒绝国民党的拉拢诱惑，与八路军合作抗日。1939 年 11 月接受共产党领导，将所部改编为八路军。同年加入中国共产党。1942 年 2 月 12 日在沙河县柴关一带反“扫荡”作战时牺牲，时年三十四岁。

边，吃了点馒头。这时候，我看见担架纷纷靠近前沿阵地，把伤员运了下来。部队伤亡很大。

八路军打仗，一般是旅部在后，团部居中，营部在前。营部是直接冲锋的，受到前方枪弹的扫射，而旅部却正好是敌人炮弹的射程。八路军的旅当时是基本的活动建制。范子侠把旅部安排在距敌仅四十米的地方。

曾随同我们一起搞大流动的张香山和他带领的两位日本士兵（反战同盟的日本人小林、杉本），这时候也到了前线，张香山是一二九师的敌工科科长。小林和杉本向日本人喊话，大致是说日本士兵是受了日本政府的欺骗，应该放下武器，别再打了。我们也向日本人喊话，说他们已被包围了，跑不出去了，缴枪不杀，赶快投降吧等。当然，日本人是不大吃这一套的，武士道武装起来的日本人是十分顽固的。

到了夜晚，八路军开始进攻。

十旅的进攻由副旅长赵辉楼①指挥，赵在当时的将军之中属于年龄很大的了。我记得他穿着单衣，还没有换上棉衣。他的身体很虚弱，警卫员给他披上一件毛毯，他仍咳嗽不止。

十旅一连进攻了两次，都没有成功。赵辉楼便派了一个连长到前面侦察。这个连长回来报告说，有四十多米的开阔地不宜突破。部队伤亡很大，

① 赵辉楼（1894—1960），河北宁晋人。曾任国民革命军第三十二军副团长。1937年在家乡组建民众抗日自卫军。次年被改编为八路军冀豫支队，任队长。1939年加入中国共产党。后任八路军一二九师十旅副旅长，太行军区副司令员、司令员。新中国成立后，历任山西省军区副司令员，河北省民政厅厅长，河北省第一、二届政协副主席。

一个连只剩下五六十个人的样子。赵辉楼命令大家做好准备，让四十个人做攻击先锋，其他人把子弹、手榴弹交给他们。攻击队员打好绑腿，战士们之间的友情很深厚，一些后备队员用新鞋换下了突击队员的破鞋。赵辉楼命令大家在前三十米匍匐前进，不要暴露，突到距敌人十米的地方，再用手榴弹解决敌人。战士们临上阵前，毫无畏惧，一副大义凛然、视死如归的神色。

这次进攻奏效了，日本人的阵地被攻克，八路军便突了进去。一听说胜利了，我便感到满身疲劳，回到十旅旅部倒头便睡。

当时我听说，八路军突进去后，有一队日本人冲开了个口子，逃了出去。后来我又查阅有关历史书籍，均说全歼岗崎大队。

第七卷　艰苦岁月

第一章　困难的时代

一

关家垴歼灭战结束的第二天上午，我回到了一二九师师部。从关家垴走到武乡，一路累得够呛，到了师部以后，便不行了。

这时，一二九师的政治部宣传部部长朱光听说我在关家垴打歼灭战的时候很勇敢，便要调我到先锋剧团去，说反正我现在在太行山剧团也没有什么职务。当时的政策是地方必须保证部队的需要。

朱光也是个文化人，在长治的时候曾有过接触，他也常来观看太行山剧团的演出，我却和他没有什么交情。在我的印象里，朱光是一个老戏剧工作者，参加过长征，在太行山地区还担任着一系列的领导职务，如他是一九三九年五月在沁县成立的晋东南文教总会的理事，但我听说他这个人像李伯钊一样，工作作风专横，我便放弃了去先锋剧团的机会。当边区党委宣传部部长彭涛找我征求意见的时候，我拒绝了。倒是剧团中别的几个年轻人去了，现在他们都已是兵团级的干部了。

二

一九四〇年的秋天，我和太行山剧团又回到辽县继续搞农村戏剧运动。

从武乡到辽县，途中要过一条河，河水很深，水没过膝盖，快到大腿根了。女同志和小孩很难过去。我们便准备背他们过河。这时，传来了马蹄声，我们望去，是一二九师的领导，有师长刘伯承、政委邓小平、政治部主任蔡树藩等人。蔡当时只有一只胳膊，另一只胳膊在打仗时被打断了。刘伯承看见了我们的窘状，让我们等一下。他们一行六七人骑马过了河后，又让警卫员把马牵过来，驮女同志过河。如此几次往返，女同志和小孩都渡了过去，男同志便蹚水过河。当时已是深秋，风很大，水有些寒意。我们过了河后，刘伯承说：

"我们还有急事，不能远送了，你们自己走吧。"

我们对刘伯承和其他同志表示感谢，看着他们拍马绝尘而去，后来得知他们是去辽县参加一个重要的会议。

现在我每当听见某某人物坐在小汽车上，看见老百姓有病有灾求救，他们竟然熟视无睹，把人民的血汗钱赚来的汽车当作自己的私有财产，我便异常气愤。

在辽县，我找到了一张彭德怀同志指挥"百团大战"的照片，刻了一个两三寸大小的木刻。木刻当时在根据地还是很盛行的。一九三八年冬，延安鲁艺的美术系师生到太行山根据地介绍木刻艺术，在太行山一度形成木刻作品高潮。木刻也是为抗战服务，彭总曾有一信致木刻工作团，表扬木刻工作者的成绩。

因为我亲自参加了关家垴歼灭战，到辽县后，便把关家垴战斗的全过程写了一个报道，登在油印的《民革通讯》上。《民革通讯》是阎锡山的刊物，主编是张鱼[①]。

在这一段时间里，我还写了两个话剧，其中一个话剧叫《关大爷的路子》，主题是批评麻痹思想，唤醒大家对艰苦环境的认识。另一个剧本的名字已忘记了。

一九四〇年以后，根据地的日子更加难过了。日本人收拾了国民党的主力后，发现华北还躲着一个需要重新认识的共产党，便加紧了对根据地的扫荡。实行所谓“以战养战”的“总力战”，军事、政治、经济、文化和特务相结合，在华北推行“治安强化运动”，将华北分为“治安区”“准治安区”“非治安区”，以区别敌占区、游击区和根据地，各种不同的治安区采用不同的政策。对“治安区”，以“清乡”为主，加速殖民化过程和经济掠夺。对“准治安区”，以“蚕食”为主，修筑封锁沟墙，平毁村庄，制造无人区，防止我区深入活动。对“非治安区”，以“扫荡”为主，实行三光政策。在华北根据地周围，挖封锁沟，筑封锁墙，修据点和碉堡。在华中，则搞军事、政治、文化、特务一体化的清乡，妄图一举歼灭新四军。根据地的

① 张鱼，抗战前期曾任民族革命通讯社上党分社社长。

经济、军事面临严重困难，军队开始减员，根据地的面积萎缩，人口锐减。根据地几乎到了没有衣穿、没有油吃、没有纸、没有菜、没有鞋袜、没有被盖的境地。我们太行山剧团也面临这种困境，到了冬天换不上棉衣，到了夏天穿不上单衣，行军转移没有马匹，剧团的道具全靠人力肩背担挑。入冬以后，我还穿着单衣，冷得不行，我妻子给我寄来一件毛衣，我很感动，但发现毛衣上有太多的虱子，便放在热水中煮了一下，水上便漂了厚厚的一层虱子，恶心得连饭也不想吃了。

三

一九四一年年初，边区政府又任命我担任太行山剧团的艺术指导。因赵洛方同志调走学习，我担任了太行山剧团的团长。

一九四〇年七月，国民党拟定了中央提示案，对八路军、新四军进行诬蔑，并要求缩编八路军和新四军，并限制他们的防地。十月，山东省主席韩德勤纠集一万五千多人进攻新四军驻泰新县黄桥的部队，陈毅指挥驻黄桥的部队七千人及黄克诚所率八路军第五纵队用运动战战术，三日歼敌一万一千余人，韩德勤率余部三千人溃退。此后，新四军东进部队与八路军第五纵队会师于白驹镇[①]，华北、华中根据地连成了一片。

① 白驹镇位于江苏中部沿海，是元末明初农民起义军领袖张士诚首义之所；著名文学巨匠《水浒传》作者施耐庵挥毫之处，黄桥战役后，新四军、八路军会师之地。

一九四〇年十月十九日，国民党何应钦参谋总长、白崇禧副参谋总长发出“皓电”，称八路军、新四军破坏抗战和团结，令八路军新四军一月之内撤至黄河北，并由五十万人缩编为十万人。朱德、彭德怀、叶挺、项英通电驳斥，同时表示愿把新四军撤至江北。当时项英是新四军副军长，项英坚持南进计划，要到国民党的后方去打游击。鉴于这种情况，中央成立了华中指挥部，叶挺任总指挥、陈毅任副总指挥，统一指挥陇海路、长江以北的新四军和八路军，并电令项英迅速北撤。项英迟迟不执行命令，拖延到一九四一年一月四日才率新四军军部及其所属部队九千人开始行动。六日，至皖南泾县茂林地区时，遭到国民党第三战区司令顾祝同、上官云相所部七个师八万人的袭击。血战七昼夜，终因敌众我寡、弹尽粮绝，除傅秋涛①率两千人突围外，大部壮烈牺牲。军长叶挺在与国民党谈判之时被扣，项英与政治部主任袁国平遇难。一九四一年一月十七日，蒋介石以新四军为“叛军”的罪名，宣布取消新四军番号，并声称要将叶挺交军事法庭审判处理。

皖南事变发生后，中央曾准备采取还击的措施，后来考虑到这样做不利于抗日，便改为政治反击。

皖南事变进一步孤立了国民党，同时，在国民党地区建设党的组织，“长期埋伏，积蓄力量，等待时机”，广泛结交各界朋友，为中国革命的胜利做好准备。

---

① 傅秋涛（1907—1981），湖南平江人。湘鄂赣革命根据地的主要领导者之一，在皖南事变中，他与右倾路线做了坚决斗争，率部与敌浴血奋战，在弹尽粮绝的情况下，组织部队分散突出重围，保存了新四军的骨干力量。1955 年被授予上将军衔。

近年材料证明采用政治还击的建议是当时中原局书记刘少奇提出的。新四军军部很快恢复，原华中总指挥部副总指挥、中央军委会新四军分委会副书记陈毅担任新四军代理军长，刘少奇出任政委，新四军参谋长张云逸任副军长。并把新四军扩编为七个师，一个独立旅。八路军进入戒备状态，随时准备支援新四军。周恩来和南方局的其他领导及民主党派纷纷谴责蒋介石。蒋介石约见周恩来，表示释放皖南事变中被捕人员许多具体问题可以提前解决，并在国民党参政会上表示“保证以后绝无剿共的军事”。

皖南事变的消息很快便传到了太行山根据地，群情激愤。我立即写了一个大型活报剧，命名为《茂林事件》①，用诗体写成。剧中人物很多。在这个剧中，我已很注意运用民歌形式，诗体注意押韵。我来不及谱曲，便加上打击乐器，节奏鲜明，很能表现悲壮激昂的气氛。这个剧类似于时事报道，我把蒋介石、何应钦、韩德勤、李品仙、顾祝同、上官云相等人都搬上了舞台，类似于今天流行的报告文学。演出效果很好。

四

为了应付根据地困难局面，中央实行三三制政权，减租减息，精兵简政，开展拥军爱民、拥军优抗的群众运动。同时加强党的领导开展生产运动。陕甘宁边区成立边区参议会，高岗被选为议长，林伯渠任边区政府主

① 太行山剧团团史中记为《反对皖南事变》。

席。当时的副议长和副主席安文钦、李鼎铭都是开明士绅和非党人士。其他根据地也仿效此例。

一九四一年三月，由于日本人的破坏，根据地的粮食布匹很紧张，总部命我们去宣传春耕。我又过黄崖洞，到武乡进行宣传。彭涛专门到我们剧团来讲了一次毛泽东的《新民主主义论》。彭涛是“一二·九”学生运动的领袖之一，严于律己。管理行政事务的副团长王炳炎[1]给彭涛做了顿鸡蛋面条，我作为团长，也与彭一同吃，其他人吃“合子饭”——一种由玉米等杂粮做的便饭。彭涛很生气，把饭倒进大锅里一搅，我也如法炮制。彭涛很年轻，我们叫他“小彭”，新中国成立后曾任化工部部长，六十年代初患癌症去世。

《新民主主义论》是毛泽东同志于一九四〇年一月发表的分析中国革命道路的著作。毛泽东同志指出中国革命必须分两步走，从新民主主义阶段进入社会主义阶段，指出当时的革命属于新民主主义革命。同时对新民主主义革命的策略、纲领也有论述，指出新民主主义革命是无产阶级领导的人民大众反帝反封建的斗争。新民主主义革命的文化纲领是发展共产主义思想指导的人民大众反帝反封建的文化，即民族的、科学的、大众的文化。这个文化纲领也就是我们太行山剧团和一切抗日根据地的文艺工作者所必须坚持的。当然，毛泽东同志也提到新民主主义的经济纲领，如没收大资本，允许小资本存在，同时，实行耕者有其田的政策。这是我们实行农运的政策。

---

① 王炳炎，河南乐县人。离休前任解放军 5701 工厂副厂长、技校政委。

晋东南地区的文化界抗战协会分会在当时很活跃。我在辽县开展农村戏剧运动的时候，和该协会的其他作家，如蒋弼、高咏、陈默君、朱穆之①、王博习、高沐鸿、冈夫等人常在一起谈论些问题，并准备办一个刊物，彭德怀也很支持。我们便出了本《华北文艺》，我是编委之一，五月份出，七月份便停刊了。蒋弼要我在第一期上写一篇东西，我写了一篇小说叫《大地》，后来，又写了一部话剧叫《登记》，主题大致相同，都是有关土地问题的，"鲁艺"剧团演过这个剧，效果很不错。

抗战时，根据地的生产方式极其落后，还是几千年一贯使用的二牛抬拉和男耕女织方式，所以农村的劳力很紧缺。八路军要不断扩军备战，遇到了很大阻力。为了鼓动农民参军，我写了一部剧叫《民族的光荣》，希望通过运用群众喜闻乐见的歌舞形式鼓舞他们，其中有这样的歌词：

进进进！
好男要参军，
为家乡，
为祖国，
勇敢向前进！

① 朱穆之（1916—2015），江苏江阴人。1938年4月入党。曾任第一二九师政治部宣传部副部长，北方局宣传部秘书，新华社蒋管区组组长，新华通讯社副总编辑、社长、党组书记，中宣部副部长，文化部部长等职。

《民族的光荣》是个歌舞剧，是在桐峪召开的欢送新兵大会上表演的，舞蹈当然很简单了。同时还演了独幕剧《登记》。桐峪当时是八路军总部所在地，前方鲁艺驻在隘峪口，都在黄崖洞的北面，相距很近，属麻田县境内。

太行山剧团在这个时候调走了一大部分人，部分同志得到了提升，许多团员也由小孩子变成大人了，不安心在剧团干。虽说当时的政策是在生活上照顾文化干部，但文化干部在根据地的地位并不高，大家纷纷要走。我留在剧团，对剧团的人心有凝聚力。正是出于这种考虑，在赵洛方调去学习，金刚指导员调走之后，我接任团长兼指导员。

一九四一年三月初，原为晋东南文艺界抗敌协会分会的组织分为“文联”与教育界联合会后，举行了一次座谈会。会议有文联、文协、民荣社、抗战学院、太行山剧团、华北书店及《新华日报》（华北版）等代表二十余人参加，北方局宣传部部长张友清①、第十八集团军野战政治部宣传部部长王东明等参加了会议。就是在这次会议上讨论决定出版《华北文艺》的。《华北文艺》的编委除我以外，还有蒋弼、林火②、陈默君、张秀

① 张友清（1904—1942），陕西神木人。1925 年入党。曾在杨虎城部任政治部民运部部长。抗战前任北平市委书记、天津市委书记，多次被捕入狱。1939 年任北方局宣传部部长、秘书长，八路军前方总部秘书长。1942 年 5 月与日军战斗中被俘，牺牲于太原。

② 林火（1913—2004），辽宁义县人，原名韩冰野。1936 年入党，1938 年 11 月到太行山。曾任《新华日报》（华北版）副总编、华北新华书店总编辑。离休前任大连市委宣传部副部长，文联主席。

中[1]、李庄[2]、王玉堂、乔秋远、袁勃等人。会议举行了两天，太行山剧团组织了一场文艺晚会，气氛很活泼[3]。这个时候“皖南事变”已经发生了。

一九四一年三月，晋东南还成立了戏剧协会、音乐协会、美术协会。太行山剧团带了好几个农村剧团参加了戏剧协会。

一九四一年初春，太行山剧团驻在悬钟村，当时的上级领导是太行区教育厅的罗青和杜润生。罗青是教育厅厅长，杜润生是秘书主任。

从一九三八年太行山剧团成立，到一九四一年春，已经过了四个年头，为纪念太行山剧团成立三周年，我在悬钟这个地方写了一个纪念性的歌曲，由周沛然同志谱曲。我现在还记得其中的几句：

一九三八年五月

一支艺术新兵，

---

① 张秀中（1905—1944），河北定兴人。左联作家。在北平沙滩开办过海音书局，编辑出版文学译著。1930 年入党。1933 年任北平市委宣传部部长。次年被捕，抗日战争爆发后获释。1940 年后，任太行区文联秘书、常委，《华北文艺》编委，《华北文化》主编。1943 年秋深入生活，曾任涉县第六区区长。次年病逝。

② 李庄（1918—2006），河北徐水人。抗战初期在太行山参加革命，《人民日报》的创始人之一。先后在《民族革命》半月刊、《胜利报》、《晋冀豫日报》、《新华日报》（华北版、太行版）、晋冀鲁豫《人民日报》、华北《人民日报》当记者、编辑、编委。1948 年，党中央决定将华北《人民日报》改组为中央机关报，李庄由华北《人民日报》编委进入组建班子，历任《人民日报》记者、总编室主任、副总编辑、总编辑。

③ 《新华日报华北版》1941 年 3 月 29 日第一版报道了这个会议。

诞生在太行山上。
三年来，他们
用血写的歌，
用血写的戏，
告诉老百姓，
不能当亡国奴。

无疑，我对太行山剧团的历史是充满自豪感的。太行山剧团一直伴随着我的三年抗战的大部分时间。

五

一九四一年五月，我向彭涛要求到北方局党校学习，彭涛同意，我便离开了剧团，到了党校学习。

和上次到党校学习一样，这次还是听杨献珍讲联共党史。我去的时候正在讲第四章关于辩证法的问题。据说这是斯大林写的，在当时是极有权威性的，我们都认真地学习，我还做了不少记录。

除了学习外，我还肩负为党校学员教歌的任务。当时在党校学习的除了旅、团级干部外，还有地方地县级干部以及一些像我一样的文化人。谢富治当时也在党校学习。

一九四一年七月一日是共产党成立二十周年纪念日，党校要纪念。卢仁灿[①]要我编一个剧《过草地》，我把雪山、草地用皮影戏的形式打在布景上，类似于幻灯片，效果很好。卢仁灿是位老红军，新中国成立后曾出任第一任海军政治委员之职。

在党校的时候，我认识了各方面的党员干部，从他们那里了解了一些历史和党的政治方针知识。在排演《过草地》的戏时，一些老红军战士也登台演出，我的任务是导演，接触就更多了。

在延安以《王贵与李香香》成名的李季，这时候也在北方局党校工作，他在图书馆管理图书。有一天去借书，正值他值班，当时他还是一位不到二十岁的青年。李季曾于一九三八年进抗日军政大学学习，结业后一直在太行山区工作。他说他看过我的剧本和诗歌，很喜欢。我们闲聊了一会儿。一九四二年大扫荡后，他回了延安。一九四六年《王贵与李香香》在《解放日报》上发表，我还不知道李季就是他，一直到一九四九年第一次文代会召开，在会上巧遇，才在畅叙契阔中恍然大悟，后来我们两人竟成诗友，过从甚密。

---

① 卢仁灿（1915—2007），福建省永定县坎市镇人。抗日战争时期任一二九师第三八六旅第七七二团政委、第三八六旅政治部主任、太行第三军分区政委兼地委书记。1955 年被授予海军少将军衔。

第二章　与剧团小别

一

从一九四一年七月七日开始，在延安和前方都掀起了一个演大戏的热潮。前方鲁艺演《钦差大臣》，先锋剧团抽调各旅的文工团，共同演了《日出》和《北京人》。朱光、李伯钊都对演大戏倾注了充分的热情。

我去党校的时候，曾建议太行山剧团演点苏俄名著。正好洪流[①]从延安鲁艺到了太行山剧团当导演，从上海来的周沛然主持音乐，太行山剧团也算人才济济了。在前方鲁艺拥有从大地方来的教师，先锋剧团有大量的旅级文工团成员的情况下，太行山剧团调来五个分区的太行山剧团分团来到总团，

---

① 洪流1913年生，浙江杭州人。1938年入延安鲁艺学习。历任延安《解放日报》、山东《大众日报》记者，《渤海日报》特派记者，《浙江日报》采访部副主任，新华社铁道部分社主任兼新闻秘书，铁道部第一工程局政治部宣传部部长，中国铁路文协副主席。

在桐峪演陈白尘所著的《魔窟》。洪流导演风格拖沓，加之团员不大熟悉剧中的生活，演出以后效果很不好，便有人写信向我诉苦。

彭德怀同志看了在桐峪上演的各剧团大戏后，很不高兴，说大戏是“吊膀子”戏，是城里人看的戏。剧团排大戏，战士便遭殃，战士看不到戏了。因此排演大戏受了批评。

对于排大戏这件事，我有责任。尽管当时我不在剧团，但排大戏的方针是我提出来的。排大戏可以提高剧团的演戏水平，但根据地的观众文化水平普遍偏低，在根据地最主要的任务是宣传，为了艺术，便忽视了宣传。这在当时文盲居多的背景下，是一个无法解决的困境。

一九四一年四月二十日，在第十八集团军野战总政治部召开的旅级以上文化干部会议上，罗荣桓主任曾讲话认为加强部队的文艺工作便是加强部队的战斗力。宣传部部长王东明做了《开展部队文艺工作》的报告，对文艺工作者的任务、待遇等做了一系列指示，其宗旨便是要求文艺工作大众化、民族化、抗日化问题。这个会议我没有参加。

一九四一年五月四日，太行山文联、鲁艺等联合举办纪念“五四”的会议。彭总在纪念会上发表讲话，指出当前敌后抗日根据地新文化运动的基本方针是提倡民主的、大众化的、科学的，拥护真理的、民族独立与解放信心的文化。

一九四一年六月，“太行山诗歌社”成立，太行山剧团也建立了诗歌小组，并组织了朗诵。一九四一年七月十八日太行山地区成立晋冀豫边区临时参议会成立大会，冈夫、高鲁、叶枫、高咏及太行山剧团都参加了诗歌朗诵活动。

一九四一年七月三日，中华全国戏剧界抗敌协会晋冀鲁豫分会成立。

一九四一年八月四日，边区政府主席杨秀峰，临时参议会议长申伯纯[①]、宋维周、邢肇堂[②]以及秘书长王乃堂[③]等会见并招待参加庆祝临参会成立演出的各剧团负责人和文化教育团体及新闻界人士。

一九四一年九月五日，全国文艺界抗敌协会晋东南分会举行第二届全体会员大会。

以上活动，均因我在党校学习，因此没有参加。

二

在党校学习的时候，我被推荐为党小组组长。我在党校的学习还不错，但做党小组组长却有不少困难。我所负责的小组基本上都是些老红军，当领

---

① 申伯纯（1898—1979），河北宛平人。1925 年毕业于北京大学经济系，西安事变时是张学良、杨虎城的新闻发言人。1937 年入党。抗战后，任八路军前方总部高级参议，1941 年 7 月当选为晋冀鲁豫边区参议会议长。1943 年任八路军前总情报处副处长，参与领导了策动高树勋起义。新中国成立后，曾任政务院秘书厅主任、政务院机关事务管理局副局长、政协常委等职。

② 宋维周、邢肇堂两人是国民党参议员。

③ 王乃堂（1898—1967），河北迁西人。1937 年入党。曾任和顺县牺盟会特派员、冀南区参议会议长、晋冀鲁豫边区临时参议会秘书长、华北人民政府司法部处长。新中国成立后，历任司法部司长，河北省第一至三届政协副主席。

导干部时间长了，没有听过比自己地位低的人的批评，不大好对付。有些老红军有个缺点，就是不喜欢别人提意见，大约是虚荣心太强，又觉得有老资格可摆的原因吧。

有一天，支部让我向一位旅政治部主任提缺点，我这样做了，不想一向关系不错，这一下子他便翻脸了。

杨献珍霸气得很，家长思想浓，不允许别人有与他不同的意见，在一次文艺座谈会上，对别人挖苦得厉害。他后来著文对太行山区文联负责人徐懋庸[①]同志大加指责，徐当时已于反右中被划为右派。

一九四一年八月五日晋东南文艺界抗敌协会分会第二次开会，会议在麻田举行。在我的印象里，杨献珍很喜欢参加一些会议，并在会上以教训的口气讲话。我问他为什么不在这次会议上做报告，他十分光火，说：

“为什么要我去做报告？”说罢，拂袖而去。

三

十月份秋收，日本人照例要到根据地抢粮之前，我们便做好了备战准备。但几次情况紧急，却也没有见日本人的影了，我们都有点放心了。

不几天，党校便结业了。为庆祝结业典礼，党校杀了几头猪。夜里把肉

① 徐懋庸（1911—1977），浙江上虞人。1933年加入左联，1938年入党。历任抗大政教科科长、晋冀豫边区文联主任、四野南下工作团第三分团政委。1949年之后历任中南军政委员会委员，武汉大学党委书记。1957年之后任中国科学院哲学研究所研究员。

刚煮熟，准备会餐之用，突然接到立即转移的命令。学校放弃了会餐的打算，让各小组自己动手去肉锅里捞肉。我所在的小组从锅里捞出两个热气腾腾的猪头，便匆匆转移了。

我们整整走了一天，可以说是饥饿不堪，宿营以后，用小勺刮吃猪头肉，仅撒一点儿盐巴，便觉得美味无穷。这大约是我吃过的最美味的一次猪头肉了。

日本人这次是从东边扫荡过来的，李雪峰让党校的学员分散去找自己的单位。我向他打听太行山剧团的位置，他让我先到六军分区去找。我背着行李徒步走到第六军分区。第六军分区包括邢东、邢西、武北、沙河四个县，位于太行山的东麓，邢台附近。朱穆之当时任六军分区的地委书记。他说太行山剧团有可能在一分区，便让通讯员带着马匹把我送到一分区。一分区包括内丘、临城、赞皇、获鹿、高邑、元氏、井陉、尹东、昔东、和东十县，在太行山的北部，我和通讯员走了三天才找到一分区。一分区的司令员是秦基伟，他很欢迎我，但又说没有见到太行山剧团。他让我暂时留在一分区。

四

我住进一分区的招待所，碰见了高咏和王振华。这两人我都比较熟悉。高咏和王振华都有马匹，高咏还带有一个通讯员。

高咏是湖北人，一九三八年在武汉参加了青年记者协会，任总会学术部干事，从事新闻工作，活动于重庆、桂林一带，尽力于报道敌后抗日斗争。

曾经多次赴前线采访，很勇敢。抗战初期，曾发表了《随粮代征》《春天》两部长篇小说，是他计划要创作的《四十年代》第一和第二部。高咏到太行山后，担任许多文化职务，如晋东南抗敌协会分会理事等，并著有多篇文章。高咏很孤傲，对他带的小通讯员很严厉。我和王振华都很不以为然，因为通讯员年龄很小，又是贫苦出身，理应爱护。在当时，人们认为高咏有小资产阶级情调。一九四一年秋，高咏已开始创作长篇叙事诗《漳河牧歌》，我没有拜读过。该长诗达万余行。一九四二年五月完成后，在反扫荡中背着书稿投入战斗。不幸在漳河一带身陷重围。他是于一九四一年以国际新闻社特派员的资格到晋东南根据地的，日本人见他胸前有国际新闻社的标记，要他跟他们一起行动，高咏严词拒绝，并大骂日本人和汉奸。敌人以刺刀直逼胸前，他愤怒地与日本人肉搏，壮烈牺牲，表现出了一个正直爱国的知识分子威武不屈的民族气节。

在招待所，高咏把他的《随粮代征》拿给我看，我读了一遍，虽不是很生动，却也读得下去。高咏又向我大谈一个作家所需要的条件，说得神乎其神。

王振华是个教育家，原来在“华干”，和我一同到根据地。他到太行山后主要从事文化教育工作。办过《文化哨》，是晋东南文化教育界学会的常务理事。在招待所住的时候，他拿了本巴金的《家》阅读，有一天，他突然自言自语地说：

“咯血，怎么是甜的呢？”

我听后，便让他把《家》借给我看看。这也是我第一次接触巴金的作品。

有一天，招待所来了几个朝鲜人，他们是朝鲜义勇军的战士，扛着机枪，路过一分区。我们和他们谈了一阵话，但他们离开不久，就有消息说，他们碰上了日本人，发生了枪击，有几个人死了，我们都很惋惜。朝鲜是个小国，日本人打来后，他们便退到中国来继续抗战。亡了国，身在异国他乡，忽然与敌遭遇殉难，太不幸了。

在一分区住了几天，传情况已缓和，高咏约我一同回文联所在地麻田。高咏一路健谈，大致是谈文艺理论问题。在总部，我们碰见陈默君，他邀我和我的妻子、高咏、陈赓夫人刘稚灵、陆耕吃肉。大家都互相开玩笑，争抢着肉吃，高咏落落寡欢，没有参与我们的玩笑举动。这次吃肉的几个人在一九四二年扫荡中有一半牺牲。除高咏外，陈默君和刘稚灵也于五月份遇难。陈默君是江苏人，是晋冀鲁豫边区临参会议员，死时三十六岁。刘稚灵同志只有二十六岁，牺牲时正在党校学习。她是前方总政治部的干部。陈默君不大言谈，刘稚灵却生性洒脱、活泼。

我在党校学习时，太行山剧团的团员们意见很多，爱情问题、入党问题，还有《魔窟》的失利，团员情绪低落。我一回剧团，便着手整顿。我一直认为艺术家应该追求的是艺术的进步，而不是加官晋爵。我和彭涛谈，彭涛也同意我这个意见。我对一些想离开的团员做了工作。现在回想起来，回到剧团后，我是不大冷静的，因此伤了不少同志的心。这是我深感抱歉的。

为了使艺术群众化，太行山剧团做了些尝试工作。赵子岳成立了一个十几个人的小队，专门搞旧剧。当然，效果不大好，旧瓶子装新酒，旧瓶子的污垢洗不干净，总不如新瓶子赏心悦目。

在话剧创作方面，我也力求能向大众化迈进一步。话剧一般用普通话，老百姓接受不了，我便准备着写些歌剧和诗剧，向民间花鼓戏靠拢。我曾把我这个想法在行军途中跟剧团的演员康方印谈起，他说很好。康方印后来离开剧团，当了军官。我把我的想法付诸实施，学元曲那样，以山歌小调填词再加上对白，老百姓易听易记。《柳亭郊》便是当时的实验之作，写的是减租减息的事情。写到一半的时候，还没有找到作曲的人，我便放弃了这个剧本的写作。

第三章　《未熟的庄稼》及其他

一

我回到剧团的时候，剧团住在悬钟。悬钟据传是许由洗耳[①]的地方。边区教育厅也在该地居住。

一九四二年一月十六日，一二九师政治部、太行区党委联合召开了太行山区文化人座谈会。有四百人参加了这次座谈会，我也是参加会议的文化人之一。会议在涉县赤岸附近的村庄召开。这个会议主要是为了批评文化工作中的“脱离实际、脱离群众”的缺点。据杨献珍说，召集人不便对客人进行批评，便由他捉刀，以文化人的身份在大会上发表演讲。八路军总部也有人参加。

① 许由，上古贤人。相传尧让天下给许由，他跑到箕山隐居起来。尧派人去劝他。他听后说：“匹夫结志，固如磐石。采山饮河，所以养性，非以求禄位也。”还跑到河边去洗耳朵。写有乐曲《遁世操》明志。

会议先由邓小平发言，认为太行山区的文艺工作与政治任务联系不密切；文化工作的颂扬多于批判，应发扬批判性；团结一切文化人，不要搞关门主义；要为群众服务。应该说，邓小平同志的讲话对当时文化界的工作有重要的指导作用。

太行区党委书记李雪峰也发表了讲话，主要讲民众生活和太行区的帮会组织和迷信问题。野战总政治部宣传部部长王东明及太行文联的负责人徐懋庸也讲了话。既然是座谈会，十八日举行了座谈。会议争论比较激烈。赵树理也在会议上讲了文化普及的问题。过后，便比较沉默，会议结束后，他常找人谈话，当时他的情绪不大高。赵大我十岁左右，搞旧瓶装新酒不大成功，缺乏艺术性。《小二黑结婚》写成后，没有人愿意发，一直到彭德怀同志题了字之后，才得以面世。

由王东明、朱光、彭涛和杨献珍商量后，杨献珍做了《数一数我们的家当》的发言，大肆批评文化人，认为文化工作者大部分都脱离现实、脱离群众、不虚心、好高骛远、个人主义、不注意研究社会问题等。他的讲话与邓小平、李雪峰、王东明等人讲话的思想是一致的。

现在回想起来，这次会议的个别领导的发言或讲话，存在着片面性和违背艺术规律的倾向，对新诗，对有较高艺术性的文学作品不够宽容。记得杨献珍说，一些自认为“新派”的文化人，住在农村，身在农民中，却认为农民落后，看不起通俗文艺；写的文章农民看不懂。又尖刻地批评说，有些诗人写什么“一个热烈的伟大呀”“一个凄凉的荒芜呀”，特别举了叶枫的一首诗：

我想吃
那
那
那个红柿子。

杨献珍说，这不是诗，是“一个梦呓者的呓语”。

对于杨献珍的发言，高咏在大会上表示不同意。徐懋庸也批评赵树理有些庸俗化倾向。后来，据说李雪峰又把高咏、徐懋庸等有意见的人找去进行批评教育。

杨献珍同志后来专门回忆了这一段经历，对高咏，特别是徐懋庸表现了极狭隘的讽刺态度，说徐懋庸在这次会议上“施放谰言，淆乱听闻”，无论是对烈士还是同志，这种做法都是极不应该的。杨献珍同志自己倒有着很浓的个人主义色彩，一向以大领导和理论家自居，是从不愿接受别人的批评的。

二

一九四一年至一九四二年，我曾写过一首诗，名叫《民兵队歌》①，这首诗现在已记不清作于何地，具体时间也记不清了。这也是我从民歌之中找

① 此诗曾发表在《华北文化》1943年7月10日《革新》一卷四期封二（国家图书馆古籍善本部藏）。

到的。全诗是这样写的：

布下地雷阵，
扛上炮和枪，
民兵是抗日人民的子女，
民兵是保卫家乡的武装。

炼成铁一般硬，
锻成钢一般强，
反蚕食，飞散丛林开展麻雀战，
反扫荡，撒开天罗地网捉豺狼。
杀死那日本鬼子兵，决不让他抢走一颗粮！

布下地雷阵，
扛上炮和枪，
我们生在此山长在此地，
怎能呆看着敌人搞“三光”？

扛锄驾牲口，
生产巧把手，
我们是抗日人民的子女，

我们能保卫家乡能扶耧。

杀敌是战斗队，
生产是突击手。
搞互助，我帮忙你你帮忙我，
闹竞赛，你逼我赶看谁英豪？
栽罢南瓜挖个陷阱，
歇荫树林，等抓敌寇！

布下地雷阵，
瞭望在山头。
等反攻来临追到东海，
看咱们，狠狠痛打落水狗。

可以看出，我在一九四一年至一九四二年，诗歌创作的风格没有什么变化。在根据地学习的机会少，我没有受过什么正规教育，对文学理论之类的东西基本上一窍不通，只求能达到大众化和通俗性，在艺术上谈不上有所追求。在抗战中，我是个十分多产的作家，由于环境险恶，一九四二年以前的大量作品都没有能够保存下来。像《民兵队歌》《牧羊儿》《秋风曲》这样的作品，因为几乎是民歌，所以被收集民歌的人保存了下来。单单是这个现象本身就可以说明这些作品的特点。可以说它是时代的号角。但除此之外，在今天看来，连我自己也感到是太粗糙了。如果这些作品都能保存下来，或者大部分能保存下来，将会对我自己和一切对抗日根据地的文学感兴趣的人总结经验有所帮助。

三

《柳亭郊》下马后，我便着手写《未熟的庄稼》。这部作品由新华书店出版，印了三百册，成为我写的最早保存下来的剧本。初稿完成于一九四二年十月初。

《未熟的庄稼》是个悲剧，正如“写在幕前”所说，这个剧本是在“面向敌占区”这一政治方向下写出来的。彭总讲应该重视敌占区的知识分子，我便写了一个小学教师董其昌的形象。董其昌了解敌人的阴谋，帮助和启发群众团结起来。这个剧中的人物有十几个，马元山是个农民，还有他的妻子、儿子、岳母、村长、汉奸、马元山的妻弟褚天根等。故事的背景是一九四一年夏天收割的季节，地点是山西中东部。日本人为了在敌占区推行“以华治华”的政策，强化“治安区”，纷纷组织所谓的“自卫团”，并禁止两个人以上在一起说话、禁止两个村子之间来往。马元山是马家庄的村民，他的妻子的娘家属褚家村。日本人为了抢收夏粮，便挑动两个村子间的老百姓互相抢粮，你割我的，我砍你的。这两个村子在历史上也有些矛盾。在这种情况下，两个村子间发生了械斗，马元山被打死，而凶手竟是他的妻弟褚天根。马元山妻子得知其夫遭横祸，又亲眼目睹被抓住的凶手褚天根，如晴天霹雳一般，“倒地半晌”“恸哭不成声”。这时，董其昌给村民们晓之大义，要村民们“当个自由的中国人”。客观地说，这个剧本中的村长、马元山之妻等都比较有个性，村长既要应付汉奸，又要保护自己，同时还尽力要为老百姓说几句好话。马妻的一边是丈夫，一边是兄弟，她作为两个对立人物的连接点，矛盾是很尖锐的。当然，对汉奸等人物的处理还是有概念化的倾向。

高沐鸿在一九四三年七月出版的时候曾说，这个剧本在“语言技巧上，就未能做到雅俗共赏”，并说“同一时期，作者的其他剧作里也显然表现了这个缺点”。

就我自己主观上来说，我已从题材到语言方面努力追求一种大众化的要求，我选择的是农村农民的题材，写的是农民的生活，表现的是抗日的主题。在语言方面，也尽量运用一些方言。但是，戏不仅仅是给山西人看的，抗日是全国人民的事情，我不能因为照顾山西而忘了全国。因此，对方言我有所取舍，即运用比较通俗的方言，因为一地方言到另一地，比普通话更难理解。下面我引一段戏文：

黑：我饿哩！你听见没有？

妻：饿？家里剩下来的一点点粮食，都给日本人搜去了。在日本人脚下过活的老百姓，真是连西北风也喝不上了！

黑：你把那个树皮面馍馍头给我吃吧！

妻：你昨天吃了树皮馍头，不是拉屎拉不出来吗？给你吃了，又会跟昨天一样，害死我了！

黑：（坐在桌旁的凳上）肚子饿，肚子饿得咕噜噜地响……

“黑”是马元山的儿子黑小，“妻”是马元山的妻子。可以看出，我已尽了很大的努力，用了一些可以说不大“文雅”的俗语。至于技巧方面的大众化和通俗性问题，我不知道是指戏剧本身的技巧，还是非戏剧的技巧，抑或是话剧本身便是不通俗的技巧。

该剧中教师董其昌的角色由赵子岳扮演，演出效果很好。

四

一九四二年二月，日本人发动了年关大扫荡，太行山剧团转移到长治东侧的平顺县，境内有浊漳河流过。

为了避开日本人的锋芒，我们必须穿过形势险要的狼梯。狼梯分大狼梯和小狼梯，顾名思义，是狼才能通过的石梯。大狼梯稍宽，小狼梯勉强可容人身通过。狼梯的下面便是浊漳河。当时浊漳河已结冰，但冰在河的两岸稍厚，可容人踩踏，中间仍是很急的水流。河上原有木桥，为防止日本人过桥，先头过河的部队已将桥破坏了。我们必须先过河、再登狼梯，才能到安全地带。

我们找到一个当地的老百姓，打听蹚水过河的可能性。他告诉我们必须喝些烧酒，让身体发热以后才可以尝试。我们考虑团里有不少妇女儿童，这个方法对我们来说并不合适。后来，由老百姓带路，在比较狭窄的河段，给岸两边结冰的石块上撒上土，再放置一根木椽，大家攀缘而过。在过独木桥的时候，望着木椽下冰冷刺骨的河水，仿佛木椽在河水上漂浮，而水却是静止的，有点头晕目眩的感觉。

过了河以后，我们已筋疲力尽，同当地一个部队和军用被服厂取得联系，找了一个小庙住了下来。庙前有两棵松树。我乱中偷闲，在这里写了《未熟的庄稼》，用了四五天的时间。

从住在树岩的部队工厂来的消息证明，情况越来越紧急，小庙清静的环境受到了越来越糟的形势的威胁。我和副团长赵子岳、王炳炎商量了一下，决定根据日本人来的方向制订撤离方案。若敌人从南打来，我们便重过浊漳河；若敌人从北边来，我们便爬狼梯。

狼梯不远处有个名叫虹霓关的地方。虹霓关往东是十字岭。十字岭山形陡峭，山上住有两户居民，基本不与外界来往，到抗战的时候，他们还不知道清政府已被推翻。不过日本人的地图上有这个山。敌人若从北面来，我们爬上这座山是比较安全的。

有天夜里，后勤工厂通知我们有情况，需要立即撤走。几天前我们已是和衣而卧，大家都很紧张。不过我似乎没有什么慌张，一边写剧、一边聊天，大家都说我很镇静。事实上我在心里也很着急。后勤工厂一通知我们，我便立即赶到工厂去，见他们正是一片忙于备战的情势，知道不妙。打听敌人从北边来，我们按计划登狼梯，牲口走大狼梯，徒步者上小狼梯，这样可以节约时间。

这天夜里黑漆漆的。在我的记忆里，每当困难的时候，总会碰见一个伸手不见五指的夜晚。路上到处是鹅卵石，不但叽里哐啷响，而且稍不留意，便有跌倒的可能性。冬天跌倒在冻得硬邦邦而又有石子的路上，滋味很不好受。多亏有向导的帮助，我们才顺利地通过狼梯，过了十字岭。

在虹霓关向山民打听，得知没有敌情，我们便下到较平安的林县的山沟。这个山沟也是夹在两座陡峭的山峰中间，行走不便。当时我们有六位带枪的男同志，我让他们之中的两人到前面探路，其余的人在一个破庙里休息。大家都聚在我的周围。有位女同志胆子小，她躺在我身边，和我合盖一件大衣。她紧紧地抓住我的皮裤带，似乎一松开她就会被扔下没有人管似的。

天亮的时候，从林县、长治方向上来的老百姓说长治方向没有敌人，我们决定先到长治去看看。

长治有个八路军总部的特殊单位，负责人叫王柏平，是做情报工作的。他当时以什么理由住在长治，我不大清楚。王柏平的爱人爱好音乐，是鲁艺学生，与我们剧团的演员田静同志是同学（田静同志曾任海政文工团政委）。我也曾在党校教过王柏平唱歌。到长治后，我们剧团便去找王柏平。

据说在抗战时期，太行山地区有两个人生活最好，一个是张克威，一个便是王柏平。张克威是留美学生，研究农业的专家，在根据地搞了个试验农场，靠自己种地吃饭。王柏平在长治搞情报工作，有些活动经费，经常要和各界人士联络。大家经过长治，一般都要到王柏平那儿混一顿饭吃。我见到王柏平，便说得吃点好吃的东西。王柏平很欢迎我们去，同时又警告我们，吃饭的时候，见到什么人我们都不要问，也不要说话，那些人都是汉奸。果然，有些不三不四的人在和我们一起吃饭。

在长治，我们碰见一二九师的抗日先锋剧团。过去我们经常在一起合作演出。这次在长治重逢，我们便一起活动。长治在安阳西侧，林县的东北方向。

在长治的时候，我听说十旅旅长范子侠将军在一次战斗中遇难，心中深感悲痛。范子侠是真正的英雄，是个顶天立地的男子汉。据说有一天打仗后，他正在洗澡，日本人偷袭，直接冲击司令部他的住处，范子侠没有来得及还击便牺牲了。

五

在长治小住，我们便沿清漳河回到了住地悬钟。在回去的路上，我们剧团的女高音刘桂英在行军途中捡了一把医生用的小剪刀，大家都很羡慕。她第一次得了利，便见到地下有东西都要仔细瞧一瞧。有一天她又碰见一堆东西，看不大清楚，便去摸。摸了一把是软的，拿到鼻子下一闻有臭味，原来是一堆粪便，一时传为笑谈。刘桂英当时才十七岁，高音唱得很好，却也完全是一个天真幼稚的小姑娘。

早春三月（农历），清漳河变得十分美丽。花开似锦，瀑布溅起，便如圣诞老人的胡须，挂在岩上。河水清澈见底。到了这里，仿佛又回到了四季常青的家乡。我脱掉棉军衣，跳下水游了起来。北方人不会游泳，看见我在水里自由自在，也跃跃欲试，我便鼓励他们：

“谁敢游泳就下来，舒服极了。”

当时的天已很热，大家穿着棉衣，又一路走路，早已热得不行了，因此便有几个人跳到水里游了起来。

我的身体不是很好，从水里上来，便发高烧。医生让我用两桶热水洗个澡。这个医生可能医术有点平庸，我遵嘱洗澡后，高烧变成了伤寒，不断地说胡话，不能自已。我便住院了。住院部实际上就是农房。剧团派了两个人陪我。陪了一阵子，他们便想走。我有些伤心，想哭，请他们别走。事后他们都说没有想到我也会哭鼻子。我在大家眼里一向是个很坚强勇敢的人。

我大约从阴历三月份住院，一直到四月份，将近一个月的时间。

第四章　五月大扫荡

一

在我住院的时候，情况一直较安定。到了五月，便急转直下，发生了太行山区灾难性的“五月大扫荡”。

这次扫荡，日本人的目标主要是驻在麻田的八路军总部。在这之前，朝鲜义勇军的一个参观团曾到八路军总部来过，这个参观团混入了日本人的奸细。总部领导彭德怀、左权还曾与这个参观团合影。所以扫荡一开始，日本人便派由会汉语的日本人和汉奸组成的先锋队，直奔八路军总部。这个先锋队一路自称八路军，民兵打枪，他们也不理，直往前冲，一直走到桐峪、麻田、汪堡、赤岸一带。当时一二九师的师部驻在赤岸，距总部所在地麻田约有几十华里地。据说刘伯承到总部请彭德怀转移，彭德怀不走，急得刘伯承直跺脚。总部不撤，师部也不敢撤。

刘伯承一向善于从敌人的指缝里钻出去。这次在紧急关头，总部向东北方向的青城移动，敌人从南边紧紧追赶。医院、鲁艺、文联、出版社等机构庞大。刘伯承命令三八五旅保卫总部。该旅旅长是陈锡联。据田静回忆，她当时在鲁艺，行军的时候，有几次和敌人擦肩而过。敌人拍着他们的肩膀，询问到什么地方去，大家一看，马上开溜。

敌人来的时候，我还没有离开医院。我住院的时候，常大便不下，因此靠吃麻油导泻，身体很弱。这时，太行山剧团还有康方印、郗亮银住在医院，我们三人便编成一个小组，一起行动。当时我们住在边区政府医院里。我临走的时候，还带了几天的药。

我们三人从石门沟翻山往青城方向走，在天亮的时候到了石门沟口，见到陈锡联以及和我在党校同学的卢仁灿，他们骑马走进沟口，正在马上打瞌睡。我们原来打算到山后躲起来再说，一见陈锡联和卢仁灿，便有了安全感。根据过去的经验，有八路军正规军的大部队，一般不会有危险。

八路军总部当时已翻山走了，但日本人追得仍很厉害，到了山上，敌人便追了上来。总部只有一个朱德警卫团，陈锡联可能也只带了一个团的兵力。敌人还派了飞机来，石门沟的西山上已打了起来。我们三人见石门沟的东壁还没有战情，便躲到一个山窝铺里，采了点香椿嫩叶，用水焯过，便往肚子里填。我们考虑吃饱肚子后，好应付眼前的困难局面。当时西边山上炮火连天，浓烟滚滚，战士们在山梁、岩石间、梯田、草丛中跳跃前进，天上的敌机在轮番轰炸。有总部在，打不过敌人又不能溜，所以枪声一直很激烈，一直打到了黄昏。我们三人隔岸观火，望着硝烟和炮火，不知道战斗会怎么样结束。我们没有武器，赤手空拳，只能坐山观虎斗。

到了傍晚，情况好一点了。日本人的机场在长治和石家庄，晚上必须回去加油，轰炸也就停止了，阵地沉寂了。这一晚有下弦月，天并不黑，我估计总部会突围，但又不知他们会突向何方。我们三人和外界没有一点联系，十分着急。我们当时并不确切地知道被围的是八路军总部，但见有陈锡联，估计差不多。我们担心第二天搜山，到了半夜，我们便向东南走去。

正在走的时候，我们还能听到西山上的枪声，距我们较远。不久，忽然听见很近的地方响起了枪声，我们以为是敌人开始了搜山，一想不好，赶紧逃跑。他们两人不顾一切便向岩下跳下。我身体很弱，一紧张，却也有一股勇气生出，也滑了下去。所幸下面是块泥地，我并没有受伤。

天亮后，我们碰上了太行山武委会的四五个人。他们手里有手枪，但也不大了解情况。我们商量了一下，决定一起走，向西南方向转移，想法跳出包围圈。我们走在一大片核桃树林里，边走边侦察，大家都提心吊胆。横枝掩映，我把前面的黄土岩，看成是日本人，急急忙忙招呼大家：

“看，那边是什么？”

这一声把大家吓得喘不过气来。因为日本人的服装是土黄色的。

我谎报了军情，等看清楚，首先是武委会的头头怒了：

“没有看清就乱说，太不像话了。”

郗亮银也发怒了，说我太胆小。其实大家都很紧张，如惊弓之鸟，一听见敌情恐惧得不得了，所以我一说有情况，他们便魂飞魄散。没有了情况，原是一场虚惊，便暴跳如雷了。

这场虚惊后，武委会的头头觉得在一起行动人多不方便，我们便和他们分手，向东南方向走。

二

我们向东南方向走的时候，碰见几个老百姓，得知前面没有敌人，我们便直抵清漳河，渡河后，到了林县附近。打听到边区政府跟一二九师师部转移到这里了。

我们找到边区政府驻地，见到边区政府主席杨秀峰的妻子，她是边区政府的秘书长。她正患病，看见我们，说起这次扫荡，十分恼火。记得她当时对我们说：

“现在病都病不起了。”

她让我们先在边区政府所在的沟里住一宿，第二天再去找剧团。

我们从医院出来，再到边区政府这里，已有四天时间了。这几天都没有吃饭。好在情况虽紧张，我倒也未曾发病。但现在一住下，夜里便又痛苦不堪，伤寒再发。我渴得要命，想让郗亮银给我弄点水来，他无动于衷，我又请康方印帮忙。康先是不理睬，经不住我一再恳求，他才找老百姓给我烧点水。

到了第二天，我和康方印、郗亮银还是坚持找到了剧团。在剧团附近见到了一二九师的参谋长训练班，专门训练团一级的参谋长。我们便决定跟他们一起行动。参谋长们都是身经百战的人，我可以高枕无忧了。

当天半夜，下起了雨，我们又开始行动。冒雨行军一天。敌人这时从青城的南面、长治的东面向我们这里推进，情况很紧急。参训班大约一百人的样子，到了夜里，他们找见我和两位副团长，共同研究情况。

“再往下走就到玉霞关了。从玉霞关有条沟通到平顺。”参训班的指挥员是梁军[①]，他打开地图，对我们说。

我们研究了一下，能爬山的人顺着山岭走，其他的人顺着沟走。

参训班在前面派了三个尖兵，后面紧跟着一个排的参训班学员，太行山剧团居中。到了天亮，我们碰见了国民党庞炳勋、石友三、孙殿英的部队，他们在东面驻防。在山下小店，有几个国民党部队的便衣在休息。当时国共两党的摩擦已结束，毕竟都是中国人，他们见我们要继续前进，便叮嘱我们多加小心。

离开小店不远，前面传令休息。我们休息的地方叫井底，两边山势陡峭，悬崖峭壁。我往峭壁上一看，忽然想到若被敌人包围，那就太糟糕了。就在这个时候，听见前面有枪声。当时我们正在一个戏台上休息，一时间还没有在意。等意识到可能被敌人包围了的时候，敌人已冲了进来。

我们受到敌人的攻击，敌人从西面打来的枪压得我们不敢动，我们只能待在沟底，无路可走。有位女医生是跟参训班一起行动的，很年轻，长得很漂亮。她在进沟后，与剧团走在一起，大约前我一两步，被敌人的子弹打

① 梁军（1918—1977）杭州人。1937年参加八路军，1938年入党。129师师部侦察科科长。太行军司令部情报处处长。1961年晋升少将。国防科委秘书长。

中，遇难了。我一看情况不妙，便向西面走。就在这时候，一颗迫击炮弹在我身后爆炸，右肩和臀部受伤。我只听见后面有人对我说：

“洪荒同志，你挂彩了！”

我来不及细想，感觉到还能行动，骨头上没受伤，就说：

“快跑，别管我！”

我说完，也捂着伤口跑了起来。跑到一个瀑布前，大家在瀑布前停了下来。我往下一看，不是太高。

“往下跳！”

我命令大家。有个被我们称为“小毛”的小孩跳了下去，脚受了点伤。其他人还不行动，一些女同志更是畏惧。

就在大家犹豫的时候，我身旁的两个炊事员被打死了。一看这种情况，我、常振华、康方印也跳了下去。其他几位女同志不敢跳，都牺牲了。

我受伤后，一直跑个不停。现在一停下，感觉到渴得要命。这时候，参训班的后队赶到前面，和敌人打了起来。我们重又回到山口，又看见原来碰见的国民党便衣。他们让我们从沟里爬上山。我让常振华、康方印往山上爬，能走就走，不能走就用藤把自己围住。这时，山下面的敌人喊了起来：

“我们看见了你们，你们快点下来吧。”

我知道敌人是咋呼，便叮嘱大家不要理睬。敌人发现了谁，谁就抱着敌人滚下去，其他人不要出声。

我们一直在藤里躲到天黑，沟里一点光线也没有。这时，常振华和康方印也都负了伤，康方印的腿部肌肉被打伤，常振华的脚受了伤。

不一会儿，敌人开始在山下烧村子，我们便往山顶爬。到了山顶，听见人声。声音很熟悉，一问，是副团长王炳炎。我询问人员情况，王炳炎告诉我说有几个女同志牺牲了，有位女同志被俘。受伤的小毛还在。

我们商量了一下，觉得如果住到附近的老百姓家很不方便。王炳炎找来一位通讯员，我让他去找部队联系一下。

我们想爬上山岩，但没有办法爬，敌人烧村的火光把峭壁照得通红，往上爬必然会暴露。我和常振华的伤口都已化脓，我们撕破衣服给常振华和康方印裹好伤口。我的伤口面积太大，没有办法包扎，便索性不管。伤口疼痛，苍蝇又在身边乱飞，我却不能动弹。

我们躲了一天，到下午才想方设法往上爬了一程，在两个山峰之间找到一个夹缝，看见夹缝有老百姓存的农具。略停留了一下，碰上一位牧羊人，他把我们带到一所石房子前。我们在这个石房子里发现了土豆，当时实在太饿，便用火烧了几个吃了，然后留了张纸条，向主人表示歉意，还留了几块钱。

吃土豆的时候，我用手摸了摸口袋，发现刚写好不久的《未熟的庄稼》的手稿还在。手稿是用紫颜色的颜料所写，我担心把手稿弄坏，还拿出来看了看。

夜里，我们又回到两山之间的山缝中过夜。夜很宁静。

三

第二天，通讯员带了几副担架来，把我们两个抬着走。康方印没有坐担架，拄着拐杖跟着走。

到了山上，我发现手稿湿了，粘到一块儿去了，便拿了出来，放到太阳底下晒了晒。我还对《未熟的庄稼》做了些修改。

我们走了二十多天的路，常振华的脚上长满了蛆。一松开包扎带，白白如豆芽般的蛆虫满满的一片，看得人毛骨悚然。

我们联系了一个军分区的医院。因我的肩和臀部有弹片，不能治疗，我便转回边区政府的医院里。院长姓徐，听说是医学院毕业，他负责给我动手术。

“我这儿麻药不多了，大约只够用二十分钟的时间。你的伤口里的弹片不大好取。假若取，麻药不够，你要受疼，假若不取，以后慢慢会跟脓一起流出来的。”

徐院长对我说，大约是想征求我的意见，我想了想，觉得身体里有几块弹片，大约不会很舒服，流脓流不出来，将会成为终身隐患，还是早点儿解决好。

“你帮我取出来吧。”我说。

“没有麻药，你能挺得住吗？”

“能！”

徐院长见我态度坚决，便动了手。

前二十分钟，我只听见割肉的声音。刀子很锋利，肉也不难割，声音便如《庄子·养生主》所描写的庖丁解牛的情形一样，然有声，迎刃而解。徐院长大约已练得出神入化，游刃有余。后来麻药已过，割肉的声音停止了，徐院长伸手用手指掏弹片，大约找不见，所以便乱掏一气。

“疼吗？”

徐院长见我有点动静，便问。

“有点。”

我把疼痛压缩了一点，说：

“不过你还是尽情地掏吧。”

伤总要治的，我想。

当然，掏了半天徐院长也没有找见弹片，没有见弹片伤口便不敢完全缝合，好在不久伤口便愈合了，我想弹片可能随脓一起流走了。从这个意义上说，脓并不是太让人恶心的东西，它能办到医生办不到的事情。

开刀这一天，天太热，我在医院所住的破庙里待不下去，便躺在院子里。没有料到地上有蝎子，它狠狠地咬我一口，我的手被蜇得红肿，伤口疼，手更疼，我干脆把手插到消毒药水里，才勉强解了蝎毒。从这以后，我看见蝎子，便有一股强烈的愤恨，必置之于死地而后快。好在以后碰见蝎子的机会并不多，所以没有领受第二次灾难。

四

我妻子不知道我负伤。她到武乡开会，听说我被机枪打伤了胳膊和腿。她想机枪子弹大，我肯定四肢不全了，便匆匆赶来看望。事实上当时我的伤已好了许多。她算是虚惊了一场，知道我的胳膊和腿并未受严重损伤，倒有点高兴的味道。

我的伤口还没有完全愈合，日本人又来扫荡了。我转移不便，妻子便要求把我接到她所工作的武乡县去。教育厅厅长罗青认为我妻子的建议极合适，我便离开了医院。

我妻子来看我的时候骑了匹骡子。我去武乡，便以骡子代步。到了武乡县境，在摩天岭山的中腰敲开了一家老百姓的门，在老百姓家的门洞里架了两块门板，与通讯员三人住了一夜。

武乡距敌人据点较近，消息灵通，敌人扫荡的时候，武乡没有发生战斗，相对是较安全的。

武乡县委决定县委的领导分散到各个区去开展工作，我妻子带我到六分区去，六分区在敌人据点段村附近。

在武乡两三个月时间都没有发生意外情况，在这一阶段，我由妻子护理换药，伤口愈合得很好。

在这一段时间里，我把《未熟的庄稼》定了稿，另外还作了些宣传画。苏德战争爆发，苏联加入盟军，反对法西斯的力量发生很大变化。日军偷袭珍珠港后，要抽出精锐部队对付英美军队，中国战场的压力便不是很可怕了。在当时的形势下，我们已经知道日本人支撑不了多长时间。我作了些歌词及曲，宣传抗日必胜的道理。

据海政文工团政委田静回忆，一九四二年六月左右，她曾在《天堂地狱》一剧中扮演一个被卖到宣化的少女角色，她说这个剧是我写的。太行山剧团上演的剧本一向是我所创作，这个剧本的名字见于一九四二年六月五日《华北文化》的报道。《华北文化》是一个综合性刊物，由张秀中编辑，一九四二年一月份创刊。

这个时候，高咏、陈默君、刘稚灵已牺牲，另外，蒋弼在晋东南反扫荡中被俘，于六月份被日军在太原惨杀。蒋弼是湖南人，和我比较熟悉，他是左联成员，参与新文化运动，以短篇小说和杂文闻名于世。抗战后曾到徐州、南阳等战区从事抗日活动，一九三八年回武汉主编文艺刊物《抗战半月》，一九四〇年到晋东南，开展文化运动工作，主编《华北文艺》等杂志，并担任晋东南文艺界抗敌协会常务理事等领导职务，是前方鲁艺文学研究班主任。在晋东南创作了大量抗日作品。

在相对好转的形势下，太行山剧团派人来接我回去。我和来人夜里爬过摩天岭，路遇一运夫，说邯郸敌人转移，有可能来这里，太行区机关也已转移，劝我最好先避一避。我又走回二十多里，重又回到六分区。武乡是黄土地，产粮，敌人秋天来抢粮，我妻子正要带民兵分散行动，我回去了。

黎明的时候，我妻子带的民兵和敌人遭遇，相隔一个田头，我们马上撤开。

民兵们在整个区里活动，民兵们没有打过大仗，胆子小，有点怕。他们手里也没有什么像样的武器，多是些大刀、长矛和一些老旧的步枪。我们待在地道之中，敌人在上面活动，没有人敢出去。

“这样害怕，怎么得了？”

我见大家害怕，心里着急，便说了这么一句话。这句话是我跟参训班的指挥员梁军学的，他的口头禅便是“这样做，怎么得了”“这样吃，怎么得了”。

我妻子听了我的话，瞪了我一眼：

“你是不是有点怕？”

我妻子一副威严而勇敢的样子，声色俱厉，倒吓了我一跳。我自觉失言，很感惭愧。

“不，我不怕。”

我想我说这句话的时候，声音是坚定的。妻子再没有说话。

五

民兵们情绪不高，虽然没有和日本人打起来，但都很疲劳。我妻子在不断地鼓动，效果似乎不是很大。

到了晚上，我们拉到一个山庄。山庄有几户人家，有羊圈、窑洞。我们便待在羊圈和窑洞里。

这天夜里前半夜没有月光，情况仍很紧急，我们躲在院子里休息，派出侦察员去侦察情况，侦察员不断地回来报告战斗的情况。我当时还不能正常行走，拄着拐杖。到了深秋，我们还没有换上棉衣，有点冷。我与妻子，还有一些民兵拥在窑洞里，静静地等待。

在黑暗中待了一会儿，我妻子要去查哨。临走，她紧紧地抱了我一下，然后又给我一个吻。民兵们挤在一块儿，天黑，没有人看见。不过，她这样做，我的心情是很沉重的，我知道她这是向我告别。当时她的意识中，也许预感到我们很难活到天明。所幸，一直到天亮，我们都很安全，敌人并没有发现我们。

到了早晨八九点钟，太阳刚出来，阳光红灿灿地洒在了东边的山峁上。我们当时正走在一道山梁上，发现另一个山峰上有支部队在行军。民兵侦察发现是三军分区陈锡联指挥的部队，我们很高兴。

陈锡联带了一个旅的士兵，敌人的炮火不停地向他们飞去。据说陈锡联一边指挥打仗，一边还和士兵开玩笑，既勇敢，又镇定，很快便从敌人的火力下撤离了。

陈锡联的旅部有电台，信息比较灵通，我们随着陈锡联的部队和敌人周旋。不久，到了浊漳河的西北方向。日本人就在浊漳河的河滩，距离我们有十五里的样子。白天我们不敢行动，便原地休息。一直到子夜，我们开始向一个山塪转移。到了山塪，我们倒头便睡，已三天没有睡觉了。

我休息了一会儿，有点担心，距敌人太近，敌人来了我们躲避不及。我先后两次让妻子去查哨，妻子去了又回来，说民兵放哨很认真。我看着妻子和其他人呼呼有声地睡，总是放心不下，约三点钟，我起身想出去看看情况怎么样了。

“你干什么去？”

我一动，妻子醒了。

“我去趟厕所，马上就回来。”

我让妻子放心，她便又呼呼地睡着了。

我到了哨兵值勤的地方，发现邻近的士兵很清醒，并没有睡觉。我又往前面走，又碰见几个哨兵，看来情况还好，我便打算小便去。

“什么人？”

忽然，民兵向路下面喊了一声。我一听，下面脚步杂沓，有很多人路过，肯定是部队经过。

“你们是什么人？”

下面听见民兵喊，也回了一声。

“你们上来！”

民兵向下面喊。

“你们下来！”

下面回答。

“你们上来！”

民兵又喊。如此往复，几个回合以后，下面开枪了。一听见枪响，民兵们呼啦一下子撤了。苦了拄着拐杖的我，不能快跑，便顺着山梁逃走。

逃了一阵，不熟悉路径，爬不过山梁，我便顺梁直走。走了一会儿，碰见了陈锡联的部队，彭涛也在里面。

“你怎么在这里走？”

彭涛看见我一副狼狈相，奇怪地问我。我向他备述详细，他说：

“跟我走，我要去涉县。”

“那我妻子这边怎么办，说不定她正在找我呢？”我有点犹豫。

“没有关系，让部队转告一声。”

我在彭涛这里吃了一顿南瓜小米饭，味道很好。然后托陈锡联的部队给我妻子说一声，我便出发了。

我的病还没有好利索，不耐深秋之寒，我妻子帮我向老乡借了件棉袄，穿在身上，既暖和，又可以掩人耳目，人们见了我，不会想到我是八路军，还有化装的作用。现在跟彭涛去涉县，便没有来得及换衣服，穿着棉袄便上路了。

第八卷　迎接胜利

第一章　剧团琐事

一

我随彭涛从武乡到了麻田西北方向的隘峪口，不知道东边的情况怎么样，正在焦急的时候，碰见了八路军部队的一个后勤部门。我向他们打听情况。

“太行区委宣传部部长彭涛让我问一下，东边的情况怎么样？”

“不知道，我们也没有得到确切消息。”

我本想打着彭涛的名义可能能多得到一点消息，不想也没有结果。

“不过，辽县方向没有敌情。”

他们总算给我提供了点消息。辽县在隘峪口的北边。彭涛赶到以后，我们便顺清漳河方向走。

当天夜里，我们进入了一片方圆有几十里的树林。在黑漆漆的树林里行进，一路上没有碰见几个人。终于见到一个村子。我们找了家农户住了下来。睡觉之前，我脱下妻子帮我借来的棉衣，在灯下捉虱子。

“睡吧，别捉了。”

彭涛见我捉虱子，便劝我。

“我太怕虱子了，不把虱子消灭干净，我睡不着觉。”

“战争不免有虱子！”

彭涛虽然这样说，我还是坚持消除我身上的寄生虫。

第二天清晨，彭涛的警卫员买了只鸡，清水煮熟，我们饱餐了一顿，打听到剧团在武安，武安县在隘峪口的东面。出发后不久，走到一个岔路口，彭涛对我说：

“既然剧团在武安，你还是去剧团吧。我要回区党委了，咱们再见。”

我和彭涛握握手，便向东北方向翻山而去。到了下午，打听到剧团在武安县的西井附近，我便直奔西井。

不久，我便回到了太行山剧团。大家看我穿着当地农民穿的旧棉袄，都觉得很滑稽。他们纷纷帮我找衣服，凑成一套军服，我便把棉袄脱掉了。一个女同志给了件内衣，我换了脏衣。

我从患伤寒到负伤，养病时间前后约半年，与剧团没有什么联系。这时，杜润生已调走，边区教育厅厅长罗青直接负责剧团的工作。从抗大文工团来的于一同志任剧团政治指导员。

二

罗青同志和于一同志的个人关系很好。但于一到剧团后，和副团长赵子岳的关系不好，一些剧团团员也有意见。我一回到剧团，赵子岳和其他人不断地找我，反映于一的情况，对于一表示不满。当时于一的妻子也在剧团。

我见有这么多人诉苦，于一的工作作风的确存在问题，我把这些情况写了一个报告送给罗青。

就在回去后的不几天，我妻子写信要回那件向老百姓借的衣服。太行山的老百姓很贫穷，做件棉衣很不容易。我想让别人捎去不大好，丢了就麻烦了；而我也想到武乡看看我的孩子。孩子已有两三岁，生下来后便寄养在老百姓家。我妻子是武乡县的领导人，敌人通缉她，打听出她有个孩子寄养在下广志村，有一次搜了出来，但日本人发现搜到的小孩像太行山农民的孩子一样脏，便以为是搞错了，我的孩子才逃了条活命。

我从黄崖洞上去，到了一个村庄，敲开了一个老太太的门，要点水喝。老太太端来的是一大碗酸菜面汤，我一气喝干，便冒着倾盆大雨继续上路。好在黄崖洞一带，到这时候我已是极熟悉了。

半夜到了妻子的住处，吓了妻子一跳。第二天我便把孩子接了回来，孩子已认不得我，不叫我“爸爸”，像看陌生人一样呆呆地瞪着我，我一阵心酸。

三

太行山剧团这时面临着严重威胁，剧团经费紧张。在精兵简政的时候，太行山剧团原准备撤销，后来因为种种原因又保存了下来。剧团团员平素都想去当干部，但真见剧团要被撤销，又不愿意。

赵子岳曾在石家庄当过小学教师。在过去，当教师人称先生是受尊敬的职业，比其他职业体面。赵子岳到根据地后，人都尊称“赵老师”。赵子岳好古戏，建了一个旧剧队。在剧团的旧剧队里，有位叫李佩琳的女青年唱山西梆子很出名。李佩琳是山西人，家中殷实，原在根据地的一所中学教书，赵子岳想方设法把她挖了过来。打朱怀冰的时候，我们俘虏了一位团长的姨太太，名叫宋光。宋光能唱京剧，长得漂亮，原来的艺名叫“小白菜”，被朱怀冰的一个团长看上，便收作填房。宋光被俘后，便在太行山剧团当演员，成为旧剧队里唱京剧的演员。于一也喜欢唱几句京剧。赵子岳从山西本地还会集了几个老艺人。这样一来，赵子岳的旧剧队倒也颇具规模。在当时，号召搞生产自救，其情形类似今天的“创收”，话剧没人看，就是旧剧还能招徕几个老百姓，换几个钱回来。旧剧队垮台，无疑会断了太行山剧团的财路。不想好景不长，狼烟四起，这个旧剧队很快便被瓦解了。

李佩琳原本结过婚，她到了根据地，她丈夫却仍留在家乡。按照当时的惯例，女同志参加革命，若她丈夫没有参加，便意味着过去的婚姻关系解除了，再结婚是没有关系的，没有人追究刑事责任。事实上，许多干部家中有妻子，或妻子参加革命，一时间失了消息，也有人再娶妻的。李佩琳到剧团后，与抗大分校的一个干部谈恋爱。这时，她的男朋友要调到部队去，要带李佩琳走。李佩琳也坚决要走。我当时正在排演《人间地狱》，没有用旧剧队中的演员，但李佩琳一走，对赵子岳的旧剧演出形成了威胁。李佩琳的调动没有正式调令，只有一张介绍信，不符合组织原则。太行山剧团属晋冀鲁豫边区政府，而李佩琳的男朋友属军队编制。李佩琳的男朋友不讲道理，认为地方应服从军队的需要，他要让李佩琳走，我们就得放。赵子岳给李佩琳和她的男朋友做了半天工作，毫无效果，赵子岳便来找我，要我去做点工作，劝劝他们。

说实话，从恋爱关系上我同情他们。但从工作的需要和组织关系上说，我不能放李佩琳走，我劝说李佩琳和她男朋友。她男朋友不但不听，态度还极其蛮横。

“你同意也罢，不同意也罢，我一定要带她走！”

李佩琳的男朋友发怒了。

“那好，你试试看，你若敢再说带李佩琳走，我立即把你捆起来。”

我的脾气向来暴躁，容易激动，现在也发火了。我一发火，李佩琳的男朋友也不再作声，李佩琳便仍然留在了剧团。

可是好景不长，又有了新情况。

罗瑞卿当时担任八路军政治部主任，喜欢看旧剧。他看过李佩琳和宋光的演出，便下令调李佩琳与宋光。赵子岳不愿意放弃这两位台柱子，他要我和罗瑞卿斗一斗。

“李佩琳和宋光可千万不能调走，一调走我们可就没戏唱了，你一定要和他争一下，让他收回命令。”

“我可斗不过他。”

赵子岳见我这样说，急得要命。不一会儿，他又生一计，说：

“你和彭涛关系好，找彭涛去，让彭涛去找他。”

我觉得有理，便去找彭涛。彭涛答应帮助我们。

有一天，太行区召开了一次高级干部会议，那位领导也参加了。会议开完后，彭涛带我和赵子岳去见那位领导。见到那位领导，彭涛让我把困难谈一谈，我让赵子岳谈，赵不敢谈，我便详细地介绍了李佩琳、宋光对太行山剧团的作用和调走后的结果：

“李佩琳和宋光一被调走，我们便不能继续开展活动了。”

我原以为作为一个领导干部，会从整体利益出发，听一听我们的意见，不想他极其不耐烦，对我们大加呵斥：

“不能活动就别活动了！”

彭涛一看形势不妙，便拉我们出来：

“看来没有办法了，就让她们调走吧。”

彭涛属于那位领导的下属，也不敢得罪他，当时在共产党的领导干部中，等级隶属观念是很强的。许多领导干部是从不愿意改变他的意见的，除非有比他更高一级的领导做了指示。这也许是几十年失误和家长制封建作风兴盛的原因。

后来听说，李佩琳、宋光被调走后，专门为领导干部演出。演出的多是一些黄色剧，如《乌龙宴》之类。一些领导干部教育部下不要看黄色剧，而他们却是越黄越看。听说宋光演一出戏，某高级干部让她在戏台上系裤子——而这个情节原本是没有的。这位高级干部要这个情节，主要是为了让观众明白宋光刚在后台与她的情人“张三郎”睡了觉。我听到这件事后，极其悲哀。如果一个政党的高级干部不能严格地要求自己，把革命的精神贯彻到自己的行动之中，那是很不幸的事情。当然，这些干部在打仗的时候是很勇敢的。

四

罗青接到我写的关于于一的情况报告，很不高兴。于一与赵子岳的关系也越来越不好。于一说赵子岳找到了我做靠山。不久，罗青找我谈话，说我是宗派主义，想抓权。于一去了，把我的权力分散了，我心中不高兴，便让剧团和赵子岳搞于一，找于一的麻烦。我听后十分生气，和罗青干了起来。

“我可以告诉你，我绝没有想把自己由剧团的团长升为剧旅的旅长，再由剧旅的旅长升为剧师的师长的意思。”

我和罗青不欢而散。边区党委鉴于我与罗青的矛盾，调走了于一，把我们划归太行山文联。文联属民间团体，负责人是徐懋庸。

我们剧团划归文联后，文联的领导十分重视，他们要给我出几个剧本，《未熟的庄稼》便是这时候拿去出版的。后来，又有几个剧本也是文联帮我出版的。

五

于一走之前，曾在太行山剧团搞了件轰天动地的事情。

当时根据地的生活比较艰苦。有位山西大学的学生，带着他那家庭妇女出身的老婆到了根据地，任太行山剧团的总务科科长，这个人姓曹，叫曹养观，他大约有点贪污，不过数目不大。主要是跟了我们几年的李庭才大师傅有点问题。李庭才出外很多年，不耐寂寞，与当地的一个老百姓的妇女通奸，并可能因此而发生了点贪污的事情。此事被于一发现了，牵连到总务科科长和负责采购的管理员潘昌。于一抓起了李庭才，潘昌是晋南人，年龄不大，听到消息后，跑回了晋南。于一召开了群众大会，宣布李庭才有点经济问题，数额当然是很小的，比起今天的贪污受贿来，根本不值一提。于一还把李庭才的相好也抓来参加大会。并宣布判处李庭才死刑。

说心里话，判李庭才死刑是太重了，但我没有办法。我到关押李庭才的地方，给了他一根烟，让他抽，他默默无言。我看着李庭才被拉走枪毙，心里很不是滋味。

曹养观当时正患伤寒，也被抓了起来，后来我听说他也被枪毙。

六

到了一九四三年，日本人的老兵都调到太平洋去参加太平洋战争了，剩下的新兵年纪较轻，相对好对付。麦收季节，日本人发动了一次较有规模的扫荡。我们把剧团分散开搞群众运动。当时我们的枪经几次扫荡都搞丢了。有几颗手榴弹和几支短筒的能打一发子弹的自造枪。我有两颗手榴弹，到了辽县，碰上敌人，躲在沟里面的一个村子，本想两颗手榴弹可派上用场，但敌人没有进沟来。

有一个惊险的镜头：远远看见沟口进来一个人，我们不知道这是个什么人，因为日本人就在沟口，大家都很紧张，我便向那个人走去。走近一看，原来是邻村的一个农民。大家见我迎着那个人走上去，都为我担心，但见没有危险，都说我的胆子大。"胆子大"意味着勇敢，我听见别人这样说我，心里是很高兴的。

一九四二年，发生了王实味事件。据说，一个青年军人推开王实味的门，抓住王实味，手起刀落，王实味便身首异处。在此前，张如心曾在《解放日报》一九四二年六月十七日发表《彻底粉碎王实味的托派理论及其反党活动》的文章，对王实味进行批判。王实味的问题到一九四三年才传达到根据地。王实味的罪名是提倡"人性论"，他在《硬骨头与软骨病》一文中，提出对"大人物"要有话敢说，要求干部受人民群众和党组织两方面的监督。他在《政治家·艺术家》一文中，分析了政治家与艺术家的不同，提出批评革命队伍内部的黑暗面。在《野百合花》一文中，批评延安一些领导看京剧和举办舞会，批评某些人忘记了已牺牲的战士和正在牺牲的战士，追求享乐，自私自利。应该说，王实味提示了被大家忽视的一个重要问题，如果我们的领导能早一些容忍批评，绝不至于在以后犯那么多几乎是无法弥补的错误。

也就在这时候，一九四二年举行的延安文艺座谈会上毛泽东的讲话传到了根据地[①]，要求作家下基层体验生活。

为了解决按规定必须自筹的三个月军粮，太行山剧团也搞了大生产和开荒地活动。一九四三年刚收过秋粮，漳河一带便发了洪水。这时，漳河对面的二十七军被日本人打败，投降了日本人。修武、陵川也受到了日本人的威胁，几乎成了无人区。也就在这个时候，太行山剧团奉命重新归八路军总部领导。

七

在一九四三年，我创作了歌剧《比赛》和话剧《糠菜夫妻》两个剧本。后来这两个剧本由太行区文联出面联系，《比赛》由韬奋书店出版，《糠菜夫妻》由新华书店出版。记得韬奋书店在山西涉县。《糠菜夫妻》竟然印了两千册。

《比赛》是根据地的第一个歌剧，由周沛然作曲。这个剧是为了鼓励大生产而写的。懒汉大东子好吃懒做，不愿意参加大生产运动，常和老婆吵架。有一天他大白天睡觉，妇救会长来质问他为什么白天睡觉，他嫌别人

① 《徐懋庸回忆录》（人民文学出版社，1982年版，第115页）说是1943年五六月间，《讲话》刊登在《新华日报华北版》。

批评他，和老婆大吵一架，跑上街去。村里的人都生产去了，没有人跟他闲聊，碰上农会主席，又被批评了一顿。他扫兴地回家，但老婆把饭拿到地里去了，他空着肚子在家睡觉，开始思考为什么大家都说他懒，甚至连自己的孩子也嘲笑他。后来他觉悟了，明白边区政府实行新法令，减租减息，又退了地，借了钱给老百姓，目的是让老百姓好好生产，自己不好好种地对不起政府，便下决心要改掉坏毛病，和他老婆孩子比赛，要做个劳动英雄，好好地上地干活。

《比赛》用歌剧的形式，适合中国老百姓听惯了旧歌剧的欣赏习惯，容易吸引听众。这个剧本上演后，影响不小。歌剧完成于一九四三年四月。在此剧之前，我作了长诗《柳叶儿青青》，时间是同年三月份，当时我住在下温村。在歌剧中，少了长诗中的“合唱队”的唱词部分，另外，语言上也加入了更利于演唱的通俗的成分，但风格是基本一致的。在诗和剧中，我用了很多俗语，如《比赛》开始便是大东子的婆娘唱道：

白天不是睡觉，
就是聊天，晒太阳。
晚上不是赌钱，
就是串门，论长短。
叫他不要去看戏，
他不肯听天天去。
阿毛头，阿毛头，

太阳上来一竿子高，

把懒鬼的被子。

掀了下来，扯了去。

“阿毛头”是大东子的孩子。大东子的婆娘在剧中称“东子家”。《柳叶儿青青》前有十七行合唱，而后便是妻子的唱词：

白天不是睡觉，

就是聊天晒太阳；

晚上不是赌钱，

就是串门说是非。

叫他不要去看戏，

死不听，天天去。

太阳出来一竿子高，

还在做梦胡言语。

阿毛头，阿毛头，

去把懒鬼的被子，

扯下来掀下来。

可以看出，长诗《柳叶儿青青》和歌剧《比赛》基本上是相同的。《糠菜夫妻》作于一九四三年九月初，当时住在清漳河畔。《糠菜夫妻》是个短剧，不分幕。剧中人物有民兵科子、妻子金梅，以及女特务和农会主席。剧前有首催眠曲，由董世民[①]谱曲。金梅抱着孩子哼唱的这首催眠曲是纯粹民谣风格的。

《糠菜夫妻》的情节是：科子和金梅是一对自由恋爱的新婚夫妇，金梅二十刚过，便有了孩子，正值困难时期，吃糠咽菜，女特务仙花乘机煽动。科子不愿干活，金梅则忍受不了饥饿，对丈夫不满。科子偷走了金梅的裤子，金梅出不了门。仙花假装关心，给金梅吃的，又要借裤子给金梅。科子回来后，醉醺醺的，与妻子发生争吵，还要枪毙金梅，两人遂去找农会主席要离婚。正在农会主席做工作的时候，仙花往水井下毒药被当场抓获，原来仙花是国民党特务。被仙花愚弄的夫妇俩大梦初醒，和好如初了。

从戏剧性来说，《糠菜夫妻》的巧合是多了些，在今天看来，显然把本来复杂的矛盾简单化地处理了。但在当时是符合宣传的需要的。因此每演出一次，照例轰动一次，不知拯救了多少趋于崩溃的青年夫妻。

一九六三年，我重访太行山，在夜晚闲谈时提到了在一九四二年日寇大扫荡的时候，被日本人饿死的武乡县胡蛮岭的姜四娘。这位七十多岁的老人在扫荡中被敌人抓住，她坚贞不屈，饿死在山上。我在听说她的事迹后，曾写过一首短歌，但在转战中遗失。但重访太行山，与亲朋故旧闲叙，他们还记得其中的几句：

---

① 董世民，离休前任成都警备区政委。

胡蛮岭，

姜四娘，

挺立高岩腰不弯。

我对姜四娘一向心有敬仰，见人们还记得其中的句子，便努力回想原诗，补写成十章四十一行的一首诗，除第十章是五行外，余皆以四行成章。这首诗收入一九八五年人民文学出版社出版的《阮章竞诗选》的“故道拾零”部分。当然，已与原诗《姜四娘》有一定差距了。

第二章　“脱裤子”整党整风

一

太行山剧团重归八路军总部领导，但太行区党委让我留下。我觉得待在文联很不错，可以搞点创作，就离开了剧团。

离开剧团后，学习了毛泽东《在延安文艺座谈会上的讲话》一文全稿，便要求去体验生活。我曾记得有个劳动模范叫甄荣典，在一个军工厂造迫击炮，生产快、质量好。我便要求到军工厂去体验生活。我也是工人出身，我想写根据地工人的生活。

一九四三年八月，我到八路军总司令部找到参谋长滕代远[①]，说了我的

① 滕代远（1904—1974），湖南麻阳人，1924 年入党。1937 年任中央军委参谋长。1942 年任八路军参谋长并参与北方局工作。解放战争时期，历任晋冀鲁豫军区副司令、中共晋冀鲁豫中央局常委。1948 年任华北军区副司令，并随刘邓大军挺进大别山。中华人民共和国成立后任铁道部部长。

想法。滕代远是留苏学生，对我很热情，听完我的讲述，很支持我的行动，写了封信让我去找军工部部长杨立三[①]。杨立三是位平易的老头，我去的时候，他躺在躺椅上，正患病。我把滕代远的信交给他后，他也很支持我的行动，在躺椅上给我写了封介绍信，我便去兵工厂了。

当时的兵工厂虽称工厂，却更像手工作坊。在一个村子里搞几个锻点，用大锤锻炼钢铁。能生产一些常规武器，如朱德式步枪。百团大战又搞了一部分机床，用人力搬到深山中，太行山多的是煤，漳河水可以发电，能源不用发愁，就是原材料少了点，用破坏铁路搞到的钢轨锻成短粗的梯状段块，造六零小炮。这比过去夺枪要方便得多了。

去兵工厂的时候，我自己背着行李，徒步走。在半路上碰见已当了专员的杜润生，说起行止来，他们都说我有勇气。的确，当时深入工厂体验生活的作家是不太多的。

到了兵工厂，工人很欢迎我。我们相处得很融洽，同吃同住，帮他们学点文化，有时也跟他们一起抡大锤。我了解了一下工人们的身世，他们和战士一样，多是贫雇农的子弟，有一些则是煤矿和铁路工人的后代，文化程度不高。他们什么都跟我说，如家庭情况、婚姻不幸等。他们还跟我谈起那次

---

① 杨立三（1900—1954），湖南长沙人，1927 年入党。参加湖南农民运动和秋收起义。长征到达陕北后，历任军需保管处处长、红军总医院院长、兵站部部长兼政委。抗战期间，历任军委总后勤部部长兼政委，八路军前方总指挥部副参谋长、后勤部部长兼政委，边区政府财委主任、冀南银行董事长等职。新中国成立后，历任总后勤部部长、食品工业部部长等职，他是军队后勤工作的创始人和卓越领导人之一，被公认为军事财务专家。

黄崖洞战斗，在敌人来了之后他们马上埋装备，也亲眼见守卫兵工厂的战士与敌人肉搏的壮烈场面。而这些我当时在桃花寨是没法看到的[①]。

在兵工厂，我大约住了五个月。我还向工人们介绍了国内国际形势，讲了十月革命。

二

快到春节了，我离开兵工厂，去武乡找我妻子，想和妻子、儿子一同过一个年，因为我们一家三口还从没有在一起过个年。同时，也想乘这个机会，把几个月的兵工厂生活回顾一下，写个反映军工生活的文艺作品，以不虚此行。

我见到妻子的第三天下午，在洪水小镇散步，顺便浏览这个根据地的经济中心的百货市场。正在左顾右盼的时候，碰见了急急忙忙赶来的彭涛。

"我正要找你呢！"

"什么事啊？"

彭涛见面劈头就说。我看他急急忙忙的样子，不知道有什么急事。

"刚收到急电，让你立即回去参加整风，务必于除夕前到党校报到。"

我已经知道一九四二年延安进行的整风运动，太行山地区也举行过几

① 作者在兵工厂期间写了通讯《在工厂里》，发表在《华北文化》1944年1月1日《革新》3卷1、2期合刊（国家图书馆古籍善本部藏）。

期。在我下基层时，太行区文联也在整，当时的口号是“脱裤子”，即彻底干净地把自己赤裸的面貌暴露在党面前，目的是教育干部，纯洁组织。

我听了彭涛的话后，便匆匆赶回去向妻子道歉，连夜出发。我记得那年我已二十九岁。

我翻了一座大山，整整走了一夜又一个白天，黄昏时赶到党校驻地。正是除夕，没有休息，便奔报名点。这样匆忙的事情在过去是很少碰见的，所以给我留下了深刻印象。

三

到党校后，参加整风的人还没有编好队，等编好队后，已到晚上。我们被编为大、中、小三层次的队。

晚上点名时，天很黑，看不见人，还有不小的风在吹。当时担任党校校长的是冷楚。这个人和我比较熟，还曾求我给他画过像。他也能哼几句京剧，和我来往不少。今天一出场，便见他一副肃杀之相。

我有三个名字，本名阮章竞。后来在上海取了两个笔名，一个叫“洪荒”，一个叫“啸秋”，到根据地后，人们都称我洪荒、洪先生或老洪，“啸秋”一名主要是绘画时用，用得不多。但到太行山区后，在填的各种表格中，我都写得清清楚楚。冷楚在晚点名时，忽然冷丁尖叫了一声：

“啸秋！”

人群没有回声。

“啸秋！”

声音更加尖厉，把我吓了一跳，我才意识到这个名字与我有关，便立即出列。不想碰到旁边的一堵墙上，把鼻梁碰断了，血流不止。我意识到这次整风可能非同小可。单从冷楚这种“党官”的阴晴圆缺就已知道要过这一关是极不容易的。

四

我参加的这一期整风是团县级干部的整风班，主要是县委书记、县长、团长、政委、参谋长；有极少专员和军分区司令。我和另外几个从事文艺工作的人被安排在不同的小组里，每个小组成员对我来说都是很陌生的。我们住在山上的小庙里，不准外出。每组十几个人，互相监督。每一个小组设组长一名，辅导员一名。组长由县委书记或军队干部、保卫干部、公安局长担任，县长是不能当组长的。辅导员是上面派下来的，是参加前几届整风的边区党委的工作人员，他们一般是在前面的整风中选拔出来的比较过“硬”的干部。[①]

我们学习的文件是毛泽东的《反对党八股》、《整顿党的作风》、《改造我们的学习》以及《在延安文艺座谈会上的讲话》，另外还包括刘少奇的

① 宋玉玺是当时阮章竞所在小组的辅导员。河北临城县人，20 世纪 80 年代曾任河南省省委常委、宣传部部长。

《怎样做一个共产党员》等文章。当时说的是反对主观主义以整顿学风，反对宗派主义以整顿党风，反对党八股以整顿文风；以反对主观主义为中心内容；其目的是彻底清洗党内王明一派的人物，因为王明在党内影响很大。对于我们这些下级干部来说，主要是交代自己的问题，把过去的一切行动和思想都讲出来。

我们一边学习文件，一边对照自己，联系自己的情况。地方干部文化程度不高，都是农民出身，工作中存在的问题很多。我们边学习，边谈观点，当然这里所谓“观点”主要是政治观点。许多地方干部的观点在知识分子看来，极其滑稽。不过，我所在小组的组长是位农村小识字阶层出身的县委书记，似乎还能说几句话。

整风表现了对干部们的不信任，要求大家追根究底，把自己的经历和盘端出。工农干部经历简单，用不了几页纸就可以交代清楚了。但知识分子就不容易，越是学历高，受的折磨越大。一些在大城市上过学的，包括我这样在大上海当过工人的，日子很不好过。要查你的经历，要你不断地深挖，如主观主义、个人英雄主义、享乐主义、个人主义等，有很多词后都加缀了“主义”这个时髦的词。

当时要求工人阶级的“阶级自觉”，即你必须认识到你参加革命是受压迫、受剥削被逼迫的，资本家和地主是寄生虫。你曾经受雇佣的资本家和地主若是苛毒的，自然没有问题，若曾经给过你一点好处，那是拉拢，是酝酿着更大的阴谋。

对于知识分子来说，倒不是“阶级自觉”的事情，而是“历史自觉”，即你都干过些什么事情，与国民党有无牵连，你的思想认识是怎样变化的，等等。

我既是个知识分子，又是工人出身，自然便肩负着“阶级自觉”与“历史自觉”的双重任务。“阶级自觉”对我来说不成问题，因为我早已认识到了资本家和地主的剥削实质。“历史自觉”对我来说也不很难。我一直是个小人物，自然没有人打我的主意，和国民党几乎没有什么需要说清楚的往来。但是，没有料到，我同样是难以闯过这次整风大关的。

五

这次整风，收获比较大的是了解了党内的路线斗争问题，陈独秀、李立三、罗章龙、瞿秋白、王明等人的路线问题。有的称为左，有的称为右。了解了长征这部英雄史诗原来是被迫进行的，也了解了中央曾经对毛泽东不信任，遵义会议后，毛泽东才成为军委负责人。还公布了关于张国焘的问题。一些军队的当事人谈当时的情况，很有感性认识。卢仁灿是陈锡联旅的政治部主任，在北方局党校曾与我同学，这次又在一起学习，他谈及当年长征的情况，我们都很受教育。

阎锡山是山西的土皇帝，国民党的上将。我们都不大了解阎锡山其人其事。在整风中，戎子和曾专门和我们详细地谈了阎锡山的情况。阎锡山本是穷人出身，先当钱庄伙计，后来到国外留学，回国后，成为一方军阀。在阎冯桂蒋的多次混战后，独霸山西。戎子和还介绍了阎锡山和五妹子[①]的关系。阎锡山的愚昧、落后、封建的东西让人笑掉大牙。但他却成了一方督军，只有在当时中国这样一个社会里才会出现这种令人难以置信的事情。

一般说，文化人对暴政、对封建主义是坚决反对的。农民出身的干部虽在理论上没有什么明确深刻的认识，但从他们的切身利益出发，革命也是很坚决的。我亲眼见许多工农干部声泪俱下地谈阶级自觉问题，很感动人。

工农干部目光短浅，常贪图个人享乐。我一向对贪图享乐是反感的，但实在没有什么可谈的，我便也谈了享乐主义问题。我谈的是我的婚姻问题。我原来在上海有女朋友，两人关系很好，到根据地后，我一直忘不了她。但随着抗战的延长，我忍受不了抗战的艰苦，便也贪图起小家庭的温暖。我的妻子对我照顾很多，我很感激，便结婚了。有了孩子，又常生病，贪图安逸，便忘了过去的女朋友，反映了我的个人享乐主义。

我谈完了，主持人认为我的问题不是享乐的问题，而是政治观点的问题。于是，规定我不许单独行动。

一直到了五六月份，我还穿着棉衣。有一天碰见了区党委宣传部部长张磐石[②]同志。我们一向较熟悉，他见我以后，便问我：

“到现在怎么还穿着棉衣呀？”

---

① 五妹子，阎慧卿（1910—1949），系阎锡山的堂妹，为阎锡山叔父阎书典第三个妻子曲氏所生，在阎书典五个女儿中排行第五。人称“五妹子”或“五姑娘”。

② 张磐石（1905—2000），山西寿阳人。1932 年入党，晋冀鲁豫中央局机关报《人民日报》创始人，曾任华北局宣传部部长、中宣部副部长、林业部副部长。

“没有人给我换呀！”

张磐石给我换了一身单衣，我才从棉衣中解放出来。

六

主持人让我交代政治关系。我想了半天，没有什么好交代的。

在整风运动中，知识分子是最悲惨的了。为交代政治关系，知识分子们哭哭啼啼，过不了关，逼供信手段令人发指。我们过去也用这种方法对付过别人，没有想到现在也受人逼供信，才发现这种方法的可恶。我经过整风后，对逼供之风深深厌恶，可是有些人却从整风中学得了手段，总结经验，发展了更完善的逼供信手段，是极可悲的。

整风后，我常想，知识分子在经受了很多迫害以后，还能革命，真是不易。

我那个小组有个独立团的团长，能唱点昆曲，和我很不错。他与我邻床而眠，常聊些戏剧问题，两人谈了不少话。但有一天在小组会上，他突然哭哭啼啼说他曾喜欢过谁谁。当时的政策是只要坦白，概不追究。我从没有听说过他说的这件事，又见他哭哭啼啼，觉得有些奇怪，便劝他：

“既然你已向党坦白了，就是好同志，不用内疚了。”

不想我一劝他，他更呜咽不止。后来他又跑到厕所去哭。事后我问究竟，他说他是编的，顶不住了，想早过关，便往自己身上泼脏水。他还交代军统、中统的人如何找他，也都是假的。所以一听我劝他，便更觉冤枉。当时我的心情是极悲哀的。

我倒不用说假话，我先在广州当工人，对广州工人运动是拥护的。到上海复杂了一点，但仍是工人，没有很多问题。

有一天我记起了一件可能与军统有关的事情：我的一个朋友的堂哥是个失业的知识分子，这个朋友介绍我认识了他堂哥。他堂哥对我极热情，借了些书给我看。如好多册陈独秀的《新青年》，他让我抱回去看。后来，他到南京一个叫作《大道日报》的报社工作，据说是汪精卫办的报纸。他写信给我，让我去，说每月可挣十几块大洋。我当时对国民党不存好感，拒绝了。后来，他帮我发表了我的第一篇文章，这个文章写的是反帝反封建反军阀的故事，以我的父亲为背景[①]。不久，他要去香港，路过上海的时候看望过我，约我一块儿出去散步，在散步中他说：

“军统、中统有钱。”

我不知道他说这话是什么意思，没有接茬儿，他便没有再往下说，以后我和他也就断了联系。

我是被逼无奈，想找出一点人家感兴趣的东西来，不想说了这件事后，却被无休止地纠缠住了。很长时间以后，有人告诉我在整党后，我的档案中增加了一句话：

“该人可能受过军统、中统的拉拢，暂存疑。”

在整风过程中，渐渐进入了男女关系问题了。

---

① 这篇文章题目是《割稻的故事》，刊登在《大道日报》。

首先是工农干部痛哭流涕地诉说他们的经历。这时，工作过失、思想转化、党内斗争、阶级自觉、历史自觉等整风内容都转入了对自己隐私的揭露。

许多本地领导干部说出的问题让我目瞪口呆。一些地方，军队干部出身贫苦，娶不上老婆，曾宿娼、乱伦等，还犹可理解。但他们堕落到搞同性鸡奸，甚至与牲畜发生性行为，实在骇人听闻。而这些人提起来，津津乐道，一边哭哭啼啼，却听不出他们有多少难为情。旁听的人还不停地追问每一个细节，让一些知识分子无地自容。

我们的那位县委书记组长，原是小学教师。我感觉他就像污垢一样到了革命队伍之中，并当上了领导干部。当了领导干部后，他的丑恶行径仍令人难堪。他交代说，他每到一村，必然要搞女人。太行山区的老百姓家，婚姻不自主，比较愚昧，不懂什么爱情，极易得手。这位县委书记搞女人的办法很有意思。他行走的时候，拿一根棍子，见了少妇或少女，偷偷地跑到她们的背后敲一下子。少妇或少女见他是县委书记，一般不发怒，他便进一步调戏，直至得手。有时候，他用另外一种方法，让女同志给他缝衣服，他到晚上去拿，要求与女同志发生性关系。他交代得津津有味，交代完了便成了积极分子，积极地整别人，从别人的私生活中追索细节。

当时有个奇怪的现象，就是把因为两情相悦而发生的恋爱与像这位组长纯粹低级趣味的性交混为一谈，甚而认为恋爱是资产阶级的东西，像县委书记这样的做法是生活小节。在整风中，本地工农出身的干部多，投身抗日从全国各地来的知识分子少，所以挨整的大部分是外来的知识分子。实际是以新的宗派主义整风，与主观愿望大相径庭。

城市来的知识分子，有家庭问题，个人问题，与女朋友恋爱的儿女情长，都很难交代清楚。我自己是很不愿把个人的私生活拿到桌面上来的。我知道有一些领导同志的私生活也极肮脏，不知道他们是怎么交代的。

记得有些同志在城市的时候，曾经恋爱过，也同居过。有的人到根据地后，有过通奸行为。有些人夫妻分居两地，感情淡薄，另有所爱。一些女同志被迫详细地交代何时何地与何人如何做过爱，有些知识分子也被卷了进去。女同志们谈当时的择偶标准："泽东才、王明貌、伯承谋"，还谈了些本来不该谈的问题。主持人认为只有这样，才算没有保留地交代了问题，才算不欺骗党组织。

在一次会议上，主持人要求给组长提意见。在整个整风过程中，我对这位县委书记厌恶到了极点。我认为他太下流、卑鄙，是个投机分子。我特别不满意他对和他同一县的县长的迫害。这位县长是山东人，大学生，和这位县委书记一块共事，家里较有钱。我对县委书记的这种做法忍无可忍，便说："你和县长是一起工作的，应该了解他，为什么要这样和他过不去呢！"

我一言既出，受到四面围攻。起初我以为中了圈套，过后一看，大家只不过是谩骂我而已，并没有什么诬陷我的东西，我便安心了。最多不过是扣我一顶"反对整风"的帽子而已，像他们这样整风，那是要坚决反对的。

我们这位组长后来曾在国务院工作。

有一天，有位组员说他想交代问题。只听他说：

“我一直想坦白交代一个问题，但有只手拉着我，我不敢交代。这只手便是私。”

他说到这里，痛哭流涕，他说他受过军统的拉拢。但他讲不出什么具体的内容了，显然是凭空捏造的。

在他痛哭的时候，在场的三四百人都痛哭失声。我怎么也哭不起来，又怕说我没有政治感情。我吸取了给组长提意见的教训，也低头坐在马扎上，装出哭的样子。

在当时，如果交代得不能让其他人满意，是过不了关的。主持人恨不得所有的人都有特务之嫌，或者像他们一样有过变态性关系的经历。知识分子一向是受改造的对象，要向工农学习，在他们看来，更是问题成堆，不可轻易放过。

七

到了一九四四年秋天，整风稍微缓和了一些，据说是中央对这种令人恶心的整人方法有所觉察，认为与初衷背离，便改变了一下态度。我当时也可以出外散散步。这种情况一直持续到一九四五年春天。到了一九四四年的冬天，我又面临着没有冬衣的困境。我写信给妻子，我妻子给我寄来了一条棉裤和一件土织毛线衣。我想到还能有人关心我，心中便有一股暖流流过，在整风的日子里也轻松了一些。

我妻子这时是武乡县县委书记，武乡县是模范县，县委负责人常被调到艰苦的县去。有一个阶段，我妻子被下令调到冀鲁豫一带，但后因怀孕，又兼整风中发现的一些作风问题与夫妻长期分居有关，干部调动政策有了一些调整，我妻子被留到太行区一带，在八分区所属晋城县任县委书记。

一九四五年四月初，整风结束。大家都表示服从分配。我因为是童工出身，想到因为搞文化工作受的打击，便再也不想在文化部门工作了，我要求重新分配。

负责分配工作的是组织科科长刘建勋[①]，后来曾当过河南省省委书记。大家排成队，由刘建勋一个一个派遣。轮到我，刘建勋让我回八路军总部，继续到太行山剧团工作，我不同意，和刘建勋吵了起来：

“我不再当文化人了。我是工人出身，不是知识分子。”

我不理睬后面排队等待的人，坚持己见。刘建勋没有办法，便让我先去我妻子所在的第八分区[②]，在太南专区分配工作。

---

① 刘建勋（1913—1983），河北沧县人，1931 年入党。曾任榆社、武乡、和顺县委书记，太行区地委副书记等职。中华人民共和国成立后曾任湖北、广西、河南省委书记。

② 太行八分区曾在陵川夺火、焦作小底、陵川庙洼、凤凰、马圪垱等地驻扎。

第三章　新的环境和任务

一

应该说，整风运动使我了解许多地方干部的背景，对他们的弱点有了更深的认识，明白了中国革命的艰巨性。对于许多大字不识的基层干部，由他们领导一个地方的人民，是可悲的，他们的缺点几乎是致命的，可以说“无可救药”。

刘建勋让我到八分区，看能干什么就干什么。我到了地委，见到了地委的负责人，谈了我的来意，他们说：

“你搞文化工作还是有成绩的，你最好还是回剧团去。”

他们劝我，我坚决不听。他们说这里没有适合我干的工作，问我想干点什么事情，自己挑选。

“我想搞点调查研究的工作。”

当时“调查研究”还是个新词语，鼓励调查研究，我可以乘机深入生活，了解农村的状况，为创作积累材料——说心里话，我对艺术还是一往情深的。

“我们这里没有调查研究这个机构啊？你说怎么办？”

地委领导不同意。

“现在不是正在搞土改嘛，我可以去调查减租减息问题。”

二

经地委同意，我到了赤叶河地区。赤叶河是位于太行山深处的几乎与外界隔绝的小村子。

到了这个贫穷的村子，我对华北地区老百姓的贫困生活有了长足的认识。在过去，我虽然也常到农村去，机关也基本在农村，但部队的生活显然比农民的日子好过得多。这次下来，单身一人，直接在老百姓家里吃饭，没有面，只有谷糠、玉米面。有时吃了饭，大便不畅，是很痛苦的事情。

农民比较容易接近，不像一些工农干部，当了领导后，便失却了纯朴的本色。我在赤叶河待了三个多月，和群众可以说是“打成了一片”。我的群众工作做得不错，特别是有一次征兵，我发动的一些积极分子几乎都报名参了军。有些人在抗日战争和解放战争中牺牲了；有些人入了党，当了干部。

记得有一天，我去找一个农民，他妻子听到我叫，走了出来，说她丈夫在睡觉。我让她把她丈夫叫起来，她只是笑。我不知道她笑什么，有点莫名其妙。农会主席把我拉到一边，在我耳边小声说：

“他只有一条裤子，昨天被雨淋湿了，今天没有裤子穿，起不了床。”

过去只是听说有些妇女夏天到地里劳动，躲在比较高的粮食地里不敢露面，因为没有穿裤子。有些人家夫妻共有一条裤子。但从没有亲眼见到这种情况。这次碰上，也是惊讶了一阵，后来，这样的事情碰见了很多。太行山区土地贫瘠，一些人比较懒，再加上地主的剥削，真是可怜得很。

在赤叶河，我还接触到了一个严重的问题，就是大量的青年人不幸的婚姻。一方面是贫穷愚昧；一方面又没有婚姻自由，许多农民饱受了婚姻的折磨。本来已穷得一塌糊涂，结果夫妻又不能团结，三天吵架，两天打架，打得很凶。我看见这种现象，心里十分难过。在后来，我曾在作品中多次把婚姻自由作为重要的主题，便与我对太行山地区青年男女婚姻生活存在的严重问题有密切的关系。

三

一九四五年五月八日，德国投降。七月二十六日，美英中发表了《波茨坦公告》，促令日本无条件投降。八月八日，苏联对日宣战，九日，百万苏联红军进入中国东北，在长达四千余公里的战线上给日本关东军以致命打击。同时，美军于八月六日和九日分别向广岛、长崎投下两颗具有无上威力的原子弹，日本的崩溃便成了定局。八月十四日，日本政府照会美英苏中四国政府，宣告接受《波茨坦公告》。八月十五日，日本天皇发布停战诏书。

九月二日，日本天皇和政府代表，以及日本大本营代表在投降书上签字，正式向盟国投降。盟国军队进驻日本，并开始审判战犯。中国也曾准备派驻日占领军，不幸内战再起，遂告流产。

我是在赤叶河农村，由当地的县委领导告知日本投降的消息的。

听到日本投降的消息，我十分兴奋。“五月大扫荡”后，彭涛曾让我去延安，我没有去，便是为了等待反攻的一天。我得到消息后，立即赶往地委。在八分区司令部门外，警卫员不让我进去，我很气愤，后来给地委书记写了一封信。他也是八分区政委，他叫我进去，态度很好。说起警卫员不让我进司令部的事，他不相信，问警卫员：

“不可能吧？”

我指着警卫员说：

“一点不错，就是他不让我进。”

说完，我们相顾大笑。

“我要到前线去！”

汇报完工作，我便坚决地向地委书记要求参加反攻战斗。这时地委武委会主任要带陵川、高平等县的民兵组成一个大队，去收拾残存的伪军，任务是不让伪军逃跑，等大部队的到来。

分区的青年听说我要上前线去，杀了一只日本洋狗，煮熟以后，为我壮行。我当时很激动，参加抗日近十年，盼的就是这一天的到来。

四

日本人虽然投降了，但仍然很厉害。记得在打清化的时候，八路军包围了一部日军。他们不投降，打得很顽强。我们伤亡也很大。最后，我们把日本人逐渐压缩到一个碉堡里，这些日本兵全部战死，这种场面在反攻中出现了不少。

围了清化后，邻县清阳的日本人突围，他们不走清化城外大道，却专门跑到清化县城，冲破我们的防线，攻进了清化县城，把碉堡里的日本兵埋了，才离开清化。我们攻进城后，发现日本士兵的坟上还有刚刚成熟的青玉米，是日本人作为供品摆到上面的。

我们民兵大队开到焦作附近，围困叫作东大井和西大井的煤矿。这个矿里有协约军的护矿队和一些伪军。日本人撤走了，他们还要顽抗到底。因为蒋介石说协约军是“地下军”，执行“曲线救国”的任务。蒋介石要日本人和协约部队在日本人投降以后，维持好地方的秩序，以便国民政府军的收编。我们要粉碎蒋介石的阴谋，坚决把日本人和汉奸、伪军消灭干净。民兵大队包围了东西大井地区，阻断敌人的军需供应，若有伪军出来，就坚决消灭，若他们固守，便不予理睬。我们的任务完成得很出色。

不久，正规军的一个相当于旅的部队到了东西大井地区，并完成了包围。

“你们休息一下，做点后勤工作，由我们来收拾这些汉奸。”

部队的指挥员一副很轻松的样子，果然，发起进攻后，不到一个钟头便攻了进去。我跟着第一批冲进去的连队到了里面，伪军们几乎没有抵抗便举手投降了，我们部队没有什么伤亡。

在东西大井矿区，有共产党的地下组织。战斗一结束，地下党便恢复了发电，并保护好了矿井。八路军纪律很好，没有发生违反纪律的事情。但民兵多是农民，发生些个别情况。有两个民兵洗了衣服晾在电线上，自己被电死。我们才意识到民兵们并不知道人类文明所创造的电是个什么东西，便给民兵们交代了一些电的知识和其他一些应该注意的问题。

五

攻下东西大井以后，八路军又派出两个军分区的兵力攻打焦作。焦作是日本人的一个大据点，日本人撤走以后，东亚训抚军的旅长李仙洲[①]的部队仍占据着这个城市。接到攻打焦作的命令后，交给我们这个民兵大队的任务是包围两个碉堡。民兵是老百姓，要尽量减少伤亡，因此不参加攻坚战。

焦作附近修有很坚固的工事，李仙洲也戒备得很严密。攻打焦作是一场硬仗。

武委会主任姓耿，懂军事。晚上我和他去侦察地形，我们站在一个高地上，距敌人的碉堡只有五十米的样子，高地是梯田。我们听见焦作守城的士

---

① 此李仙洲为投靠日军的伪军头领，不是莱芜战役中被华东野战军俘虏的国民党中将李仙洲。

兵和巡哨的士兵的说话声：

“今夜共匪要攻城，大家要提高警惕，不要睡觉。”

看来，敌人已觉察我们要进攻焦作城的计划了。敌人过一会儿便要咋呼几句，打几排冷枪。

四点钟攻击，民兵大队凌晨两点钟进入阵地。东边是七军分区的军队，西面是参加过解放东西大井战斗的八军分区的军队。我们的攻坚设备不行，搭桥过护城河，用云梯登城，用炸药包炸城墙。

战斗开始后，打得很艰难，部队的伤亡很大。但渐渐地敌人挺不住了，右翼被突破。在一片喊杀声中，八路军登上了城墙，攻进了焦作城。部队有工人带路，对路就很熟悉了。

民兵大队的战士们很兴奋，见部队已攻进城去，便冲向两个碉堡。敌人从碉堡上往下扔枪，民兵便跑到前面去拾枪。我一看这种情况，便大喊：

“回来，快回来。”

我担心敌人从碉堡往下扔手榴弹，假如那样的话，捡枪的民兵是没有地方躲的。我吓出一身冷汗，却有惊无险，敌人并没有扔手榴弹，而是举手投降了。

我当天戴了一顶草帽，武委会主任给了我一把驳壳枪，有六七颗子弹，我一直带着。夜里攻击的时候，有一颗子弹把我的帽子打穿了，但没有受伤。

我们包围的两个碉堡后来用来掩埋在这里牺牲的战士。仗打完后，我把枪交了，离开了民兵大队。

六

攻下焦作后，李仙洲的腿被打断，因而被俘，公审后枪毙。

我被留在焦作做工会工作。我原本就是工人，所以没意见。我妻子这时也调到焦作了，在焦作地委工作。

这段时间，东西大井的敌人黑枪打得很厉害，一些干部被枪杀，地委让我去开展工作。我带了位叫关平的小青年一同去。

临走的时候，我说：

“我毕竟不能靠两个手榴弹去开展工作，给我弄支枪吧。”

地委没有好枪，只给我找了一把驳壳枪。这把枪的保险坏了，一上子弹便滑机走火，所以给我配的五六发子弹得另外放着。

我和关平没有直接进东西大井，而是在外围做些调查工作。群众见了我们很害怕，不敢接近。我们一般晚上到群众家里去，白天群众要干活。老百姓不敢留我们吃饭，我们只好回当地的区公所吃饭。夜里，老百姓给我们安排没有人住的房子过夜。因为我们如果在谁家留宿，会给房主带来灾祸。

我和关平经常发现敌人留的字条，上面赫然写着：

“洪荒共匪，快点滚蛋，如果不滚，小心冷枪。”

有几次夜里，我们还和敌人交过锋。我们每天枕枪待旦。有时候，一夜会打几次枪。

有一天，我们了解到一个情况：一个国民党的特派员找过他当工人的姑姑。我们便去找这位妇女，给她做工作。她不听劝说，我们便带走了她的小儿子。这个小男孩年龄不大，我们给他做了一天的工作后，他终于说了这位特派员的活动：

“他把枪放在他姐姐家了。”

根据这个线索，我们找到了邻村一位工人的家里。我们劝说这位妇女，说明利害，不外威胁利诱相结合。后来，见没有效果，便决定搜。

没有想到我们很容易便从烧炕炉子中的灰堆里摸出了两把手枪，一把十响，一把二十响，在当时是很先进的驳壳手枪了。我们还搜出了一些子弹。这个胜利，使我和关平的武器，大为改观。

这一下，国民党特派员的姐姐害怕了，带我们到不远的一处田里去，从那里挖出了满满一棺材的崭新的枪支弹药。原来是焦作被攻克之前，敌人就做了准备，把这些武器埋藏起来，供“反共”之用。

人们看见我的崭新武器，都很羡慕，见了我，纷纷让我拿给他们看一看。因为我不了解当地老百姓的情况，从不答应把枪拿给他们看。因为过去有人把枪拿给老百姓看，结果对方忽然用枪指着他，甚至有时直接开枪打死了我们的干部。我是十分小心的。

在东西大井和焦作地区牺牲了不少人，一九四六年春天以后，日本人所扶持的伪军的枪械才收缴完毕。我去一个由日军墓地改成的烈士墓地凭吊，发现有许多我熟悉的人的名字。有几个同我一起参加整风的同学都埋在这里，如红军出身的团长李东文，就是在这次攻克焦作的战斗中牺牲了。我有幸活了下来，要时刻牢记，烈士们鲜血换来的胜利是为了全心全意地为人民谋幸福，而不是相反，更不是给人民制造不幸和痛苦。

在东西大井做群众工作的时候，因为天天去区公所吃饭，常碰见这个区的区委书记。这位区委书记是农民出身，受当时风气的影响，很不以知识分子为然。在他心中，传统的敬畏知识分子和时髦的知识分子接受改造的思想混杂在一起，对知识分子又嫉妒又鄙视，鄙视之中，暗含着嫉妒和自己没有文化产生的自卑感。他见了我，几乎每次都要说几句：

“你们知识分子有什么了不起？”

“你们知识分子有什么能耐？”

“没有我们贫下中农和工人阶级，你们知识分子能活吗？”

“你们知识分子小资产阶级思想严重，怕吃苦，爱出风头，干不好工作。”

…………

如此喋喋不休，令我大为光火。有一天吃饭，他旧话重提，我大声把他斥责了一番，我指出共产党的创始人是知识分子，马克思、恩格斯、列宁是知识分子。从国统区奔到根据地抗日的是知识分子。可以说，没有知识分子就没有马列主义，没有中国共产党。

“你这种轻视知识分子的看法，是极其错误的。你必须认真检查这种思想。再抱这种思想不放，是很危险的。”

我严正地警告他。

他一看我发火了，一下子像泄了气的皮球：“老洪，你看你看，我是闹着玩的，你怎么当真的。”

“闹着玩？闹着玩有这样一而再，再而三的事情吗？你为什么不说其他话，却天天说知识分子如何如何？这只能说明是你骨子里对知识分子有偏见。”

我既然已经发了火，就要让他知道厉害，让他知道拿知识分子开玩笑，是一种极其愚蠢的做法。这件事，使我产生了极其严重的使命感，使我觉得纠正工农阶级对知识分子产生的偏见是很迫切的事情。我一方面投入工农群众中去，使老百姓增加对知识分子的感性认识；一方面必须提高老百姓的文化程度。在一个绝大部分人是文盲或半文盲的社会，鄙视知识，鄙视知识分子的想法很容易得势。特别是在个人崇拜下的权威人士的推动之下，更是如此。知识是人类智慧的结晶，知识分子是掌握知识的人，理应受到普遍尊重。这在世界各国，特别是文明和发达的国家，都不曾有过例外。而中国却出现了反常现象，对于我们这样一个人均收入被远远抛在后列的落后国家，就更是一个致命的悲剧。

第四章　抗战胜利之后

一

抗战胜利后，彭涛任陈锡联旅的政委。有一天，部队到了第八分区，我妻子见到了彭涛。彭涛问起我的情况，我妻子说我自整风以来，情绪很大，牢骚很多。

“整风看来解决不了他的思想问题，我不知道该怎么办？”

我妻子对彭涛说。

“这样吧，我找老洪谈谈。”

彭涛听了我的情况，表示要亲自出马解决问题。我妻子很高兴，说：

“这样最好不过了。老洪信任你，大概只有你才能解决他的思想问题。”

彭涛找见我，谈了几个小时，我叙述了整风情况，说：

“这样的整风，我实在不能忍受。”

彭涛听我这样说，他很惊讶：

“这是毛主席要搞的。”

“谁搞的也不行。我参加革命，是为了反抗压迫，而不是为了受压迫。”

“这是为了审干和纯洁队伍。”

“但也不能这样搞呀。”我和彭涛两个谈不到一块去，彭涛便改变了话题：

“整风总有些收获吧！”

我看看彭涛，见他并没有一定要把自己的意见强加于我的意思，我很感激：

“当然，收获也有不少，例如阶级自觉、党内的路线斗争等，我过去都不大清楚。另外，通过整风，我也了解了一些基层干部的情况，对我的工作还是有利的。”

后来，我们又谈到逼供信问题，彭涛说：

“你这一届算是比较好的，前几届还有人挨打呢！”

我一听，很生气地回答:

“这我都受不了，如果有人敢打我，我非和他同归于尽不可！”

后来，彭涛见我妻子，谈了与我谈话的情况，对我妻子说：

“老洪的抵触情绪还很大，我还要找他再谈谈。如果不行，我带他跟我一起走。”

自然，彭涛解决不了我的思想问题，他便让我跟他走，他说：

“根据形势，和平的可能性还是存在的。如果和平了，军队国家化，我们都要脱下军装，到地方去工作。我想让你办一个艺术学校，培养根据地的艺术骨干。”

我听了彭涛的话，很有点动心。原是先锋剧团演员的胡奇[①]曾主演过我写的剧本，他极力鼓动我去，并说要帮助我。

我不干文艺是赌气，现在自然想重操旧业，正在这时候，彭涛不见了。原来部队开赴前线了，第三次国内大战开始了。

二

抗战胜利后，在后方，一派和平景象，到处莺歌燕舞，请客吃饭。由马歇尔为首的三人停战小组在后方活动频繁，我也曾参与其中的一些活动。我当时主要是协助由太行军区司令员调任军调处的秦基伟工作。

而战斗在前线的将士，正在积极准备打仗，形势比较紧急，因此，从前方来到后方的人都对后方的麻痹表示不满。

彭涛走后，我仍回文联，任太行区委文委委员。太行山文联的张磐石同志对我很关心，我们是老朋友了。我在抗战中得以保存下来的作品都是文联帮我联系出版的。那个时候，我在整风。记得当时得到七块钱的稿费，我和朱穆之、张磐石等人吃了个干干净净。

① 胡奇，回族，江苏南京人。1939年参加抗日军队，历任先锋剧团团员、晋冀鲁豫野战军第三纵队随军记者、第二野战军三兵团文工团团长、《解放军文艺》社总编辑、四川省军区后勤部副政委、解放军文艺出版社社长、中国作协儿童文学委员会委员。

在文联，我画了一些宣传画，曾有两幅画叫《蒋军必败，我军必胜》[1]，是两幅大型油画，听说被军事博物馆收藏，但我未曾见到过，没有陈列。

当时，我在长治还建了一个凯旋门，又把长治的一条街命名为英雄街。当然，这些都是经过上级领导批准的。现在，凯旋门已被拆毁，英雄街还在。

我们在焦作开辟了一块地建了个纪念碑，我设计成斜角五角星的塔，用洋灰砖砌成。当时想找人题字，刘伯承、邓小平不在后方，我便找到刘伯承的笔迹，没有的字便照猫画虎，模仿而成。我们同时给边区政府打电报，让领导写题词寄来。他们回电说请人代写几个字就行了。我便变换字体，为杨秀峰、李雪峰各杜撰了题字。

这个纪念碑在国民党占领焦作后没有毁掉。一九六五年我去焦作，还见到这个石碑[2]。

一九四六年十月，国民党进攻焦作，我妻子带我们的第三个孩子撤出了

---

① 袁靳 1983 年 5 月 8 日信："关于 1946 年 12 月区党委和行署在长治召开的太行区第二次群英大会，时事馆门口的两幅大油画，题为：'蒋军必败，我军必胜'……赵树理同志好像经常到你的画室来玩，他当时是在宣传组，还是在记者组也记不清了。我只记得他写过一篇孟祥英与郭凡子的报道。"

② 此碑 1945 年 11 月 15 日奠基，1946 年 1 月 20 日落成。根据刘观臣（焦作市地方志编委）1986 年 11 月 3 日来信，烈士纪念塔碑文如下：
四分区抗日烈士纪念碑——晋冀鲁豫军区司令员刘伯承题
四专区人民复活纪念碑——晋冀鲁豫边区政府主席杨秀峰题
冲破天险绝处逢生——晋冀鲁豫军区政治委员邓小平题
英雄事业群众作风——太行军区政治委员李雪峰题
烈士英名万古流芳——太行军区司令员秦基伟题

焦作[1]。

在解放焦作后，武陟一位老乡去看我。我第二天要走，他给我买了两只烧鸡，聊了很长时间。因为我太困，便睡觉了，枪挂在蚊帐上，桌子上还放了些子弹。半夜他走了，第二天我发现子弹丢了，后来军分区派人去查，他不承认，便就此罢休了。

三

没有跟彭涛走，我是很遗憾，因为我失去了进军国统区的机会。在后方，我的工作是很平静的。

一九四七年年初，我写了首诗叫《圈套》，副题是“俚歌故事”，共分十章，是首长诗。一九四九年新华书店出版了这首诗。

诗中人物较多，如槐树台村的财主“阎王”杨道怀、杨道怀的狗腿子“催命小鬼”王玉枝、“马面判官”杨金带，这几个人原是无恶不作。一九四五年八路军来了以后，他们便“学精乖”，退了地，清了债。到了除夕，杨道怀给农会主席李万开送白面，被万开拒绝。杨金带钻万开母亲爱贪便宜的空子，鼓动阔绰户送礼。杨金带给李万开出主意，要办正月十五元宵灯会，再假传万开的意见，要村里闺女媳妇去跳秧歌，挑拨得保守的村民对农会有了看法。王玉枝又派老婆去把李万开和寡妇金女往一块儿撮合，设下

① 赵迪之当时担任太行四分区政策研究室主任。

圈套前去捉奸。最后，人们终于识破了杨道怀设的圈套。这首诗的主旨是揭露地主阶级的阴谋，同时宣传男女婚姻自主的道理。

这首诗的特点是有一种民歌民谣的特色：

槐树槐，黄河边上槐树台。
村子不满百来户，
东关住的净老财。
阔绰好户四五家，
头户“阎王”杨道怀。
滩头好地净他占，
城里经营大买卖；
门楼挂着金字匾，
进城出村用轿抬；
队长、营长、联保长，
称兄道弟团团拜。

诗的音韵比较和谐，可以用来歌唱。另外，它基本上是叙事诗，讲究情节和戏剧冲突，完全可以作为歌剧来看待。后来，这个剧本被张万一同志改编为秧歌剧。

一九四七年三月，我写了首诗，取名叫《盼喜报》，副题是“一个士兵妻子给丈夫的信”。

孩子他爹 ××同志：

门前柳树绿了梢，

冬尽暖来春天到，

祝你在前方身体好。

这首诗写的是妻子第一人称的心理活动，通过对丈夫的思念，以及妻子因看见邻居黄海立功送喜报的光荣场面，而希望丈夫也能立功，自己光彩，同时也为解放立一份功。这首诗主要为了激励士兵的荣誉感，宣传意义较强。

这一阶段，我的诗都不大注意修词炼句，语言很通俗、平易、流畅。作于一九四七年二月七日夜的《送别》一诗也有这个特色。《送别》的副标题是“记豫北某村参军小景”，表现“漫山遍野来送出征人”的根据地人民对共产党和毛主席的拥护之情和对国民党反动派的憎恶痛恨。

四

有位搞音乐的海啸[①]同志，他于一九三八年到过太行山，后又到延安，一九四七年再度到华北地区。我向他谈及曾想写一个歌剧，表现赤叶河地区

① 海啸（1916—2001），浙江萧山人。1938年到延安鲁艺音乐系学习。“文化大革命”后任中央歌剧院党委书记。

人民的生活，并把故事告诉他，希望他能编个歌剧。他说故事虽好，但他没有生活体验，不能胜任。我便自己动手写歌剧《赤叶河》①。

一九四七年八月，中央在武安县冶陶开了个土地会议，会议由中央政治局委员、书记处书记刘少奇主持。这次会议指出，一部分知识分子当了领导干部，知识分子一般都是富裕人家，在土地改革中有包庇的可能性。另外，一部分贫下中农村干部成了新贵，土地革命不彻底，因此，对这些人要进行清理。我妻子所在的地方便整得很厉害。

这次整顿，主要是整顿本地干部，因为他们是本地人，与当地的豪绅地主有千丝万缕的联系，容易被拉下水。

我的《赤叶河》就写于此时。故事开始于三十年代初的太行山区，王禾子和燕燕成亲后，日子过得很艰难，但仍心存希望。地主巧立名目，任意剥削，他们家便越来越破落。地主又一再调戏燕燕，正好被禾子看见，禾子出走，燕燕投河自杀。十多年后，该地解放，禾子回来清算了这笔血债。

故事从三十年代一直写到一九四四年，达十数年之久，时间跨度大。全剧共分四幕，每一幕又分数场。场面是比较宏大的。每一场为一个时间，故事也很紧凑。这个剧既反映了地主的反动，又表现了太行山农民受封建思想的束缚。王禾子对燕燕的猜疑，事实上加速了燕燕的死，他做了杀死年仅十九岁妻子的帮凶。该剧在第三部和第四部之间，还加了一个独立的“闲话”部分，让几个人登场，起到了交代因果，推动剧情的作用，可谓独到的

---

①　《赤叶河》初稿完成于1947年9月。

一笔。

这个剧本的语言是很有特色的：

步儿娇，鞋儿花，
腰儿小得一把抓，
身裁长，头发黑，
脸蛋儿像朵海棠花。

像这样的唱词，极有民族特点，幽默、传神，符合人物性格特征。

《赤叶河》说明农民才是土地的主人，并且配合土改的需要，充满了呼唤农民起来控诉、复仇的激情，很能打动人心。这个剧适合了土改的需要，得到许多领导同志的赞许。正因此，有许多人提出了修改意见，如薄一波同志让我对结尾多加修改。陈毅同志较宽容，没有让我多改动。这样一来，越改越复杂。后来到了北京，人民剧院上演，又让我改，改了一半，便又作罢了。

《赤叶河》在武安冶陶土地会议上演出，没有作曲。我便用地方小调填词，无主旋律。钟惦棐说起这个剧，直摇头：

“太可惜，音乐不好，浪费了这么好的一个剧本。”

五

有一个阶段，华北兴起了查干部三代之风，有些人出身富贵，倒了霉。我是穷出身，无代可查，便过关了。

土地改革，我也参加了。我和几个同志组成一个土改工作团，我们到了黄河北岸国民党的大据点安阳西边的东积善和西积善，这两个村子距敌人只有十五里地。在这里开展土地改革运动，可以调动群众积极性，对围困安阳很重要。

工作团的团长是边区党委书记陶鲁笳，但他从未参加过工作团的工作。工作团由我和张维汉①以及其他一些人组成。张维汉原是八分区地委书记，因为有右倾倾向而受了处分。我们的主要任务是检查当地的土改情况。我当时对土地会议"左"的路线是相信的。

我们到了村了，发现村长、书记、农会、武委会负责人在当地工作很辛苦，要派民兵监视敌人，还要支援前线，负担很重。这个村了的干部基本上是雇工、煤矿工人、农民，都是文盲和半文盲，工作作风错误很多，打人骂人，多吃多占，但不是拦路的"红石头"。我与张维汉主管大村西积善，我们两人意见一致，但负责小村东积善的杨待哺却有不同意见。我们商量的结

---

① 张维汉（1905—1990），山西原平人。1932 年入党。抗战期间曾任陵川、黎城县委书记，第五专区专员，第八地委书记。中华人民共和国成立后在劳动部、石油部、近代史所、鞍钢等处任职。"文化大革命"后任天津人大常委会财经委主任。

果，一边调查，一边写报告请示。

我的房东是个矿工，我和他一边干农活，一边闲聊，通过聊天了解到这里的许多事情，感觉到农民们和村干部都不容易。这个工作大约从一九四八年三月份一直进行到五月底。我们边调查，边做思想工作，提高干部的觉悟。虽然觉得没有大事，却不敢撤走。

陶鲁笳对我们写的几个报告都未予答复，我们很失望。

正在五月份，毛泽东路过晋西北，发现了前方土地改革委员会的土地政策有问题，很不高兴。听说在有一天吃饭时，谈及刘亚雄[①]的父亲刘少白[②]这样的开明绅士受到伤害，打击了他们的积极性。刘亚雄是个著名的女革命，刘少白对抗战和解放战争有功。

毛主席说："你刘少奇不保这些人，我保。"

据当时在场的人的说法，毛主席很生气。这样一来，我们按兵不动，没有使很多人受委屈，算是做对了。

冷楚在武乡搞土地工作，搞得很"左"，情况很差。

---

① 刘亚雄（1901—1988），山西兴县人，1926 年入党。曾在莫斯科中山大学学习。1931 年任天津市委秘书长时被捕，受到严刑拷打，坚持斗争。抗战前期在太行山工作。1942 年到延安。中华人民共和国成立后曾任劳动部副部长。

② 刘少白（1883—1968），清末贡生。后在山西大学堂学习法律。在天津任商检局局长期间，掩护很多共产党员脱险。抗战时期兴办银行，对巩固晋西北抗日根据地发挥了重要作用。刘少白和同乡好友牛友兰曾率晋西北士绅参观团赴延安访问，受到毛泽东、朱德等人的亲切接见。参观回来后，刘少白被选为晋绥边区临时参议会副议长。而牛友兰在 1947 年 9 月土改中被游街，不堪受辱绝食而死。

中国是个农民国家，革命的主力军只能是农民，而农民又基本上是文盲或半文盲，农民的报复心重，修养又很差，斗争地主富农，手段残忍，这样做是不好的。但他们的水平只能造就他们这样的行为。

六

土地改革工作团结束后，我妻子调任邢台市委宣传部部长。石家庄已解放，毛泽东也到了西柏坡。这时候，我几次到邢台和石家庄，见到了光未然（即张光年）、艾青、周扬等人，在一起开会的时候，多蒙谬奖，受鼓励不少。同时也向他们请教了一些问题。

一九四九年三月，我开始写《漳河水》，前后共写了一个多月，修改了一年多。

《漳河水》是采用民歌形式写的一首叙事长诗，是妇女解放的颂歌，反映了太行山区妇女所忍受的封建陋习压迫的苦难，歌颂了在新形势下她们追求幸福生活的勇气。作品刻画了三个妇女形象：荷荷、苓苓、紫金英。荷荷勇敢、苓苓机智、寡妇紫金英则较懦弱。她们性格不同，但最终殊途同归，都走上了争取幸福的道路。

《漳河水》用了许多民间小曲，如《开花》《四大恨》《割青菜》《漳河小曲》《牧羊小曲》，经加工改造，有了文人诗的特点。作品注意情与景的结合，注意基调晦明变化，使之符合情节发展的需要。在一九四九年除夕到北京后写的“小序”里，我详细地对这首诗和民歌的渊源进行了叙述，这首诗的曲子是个大杂烩，像曹氏父子作乐府民歌，依曲填词，而又略作加工修改，为我所用。

漳河水，九十九道湾，

层层树，重重山，

层层绿树重重雾，

重重高山云断路。

清晨天，云霞红红艳，

艳艳红天掉在河里面，漳水染成桃花片，

唱一道小曲过漳河沿。

这首《漳河小曲》所呈现给读者的是一个完整的写景场面，克服了我的叙事诗缺乏景物描写的缺点。

这首诗影响较大，被看作是延安文艺座谈会上毛泽东讲话精神的产物，也成了我的代表作品。

《漳河水》刚写好，就在《太行文艺》第一期上发表。第一个发表稿我从未见过。现在见的版本是一九五〇年发表的。茅盾曾指出：

“《漳河水》有曲牌，能唱。”

这个说法是从第一个版本得出的。再版的时候，我已对《漳河水》做了修改。当时人们普遍主张先发表，再修改，可以广泛征求意见。但这在某些时候，是很不好的，因为第一次见到的印象是抹不掉的，以后的修改便有了造作的嫌疑。另外，广泛征求意见实际近集体创作，是违背艺术规律的。

七

一九四九年，李伯钊在人民剧院演《赤叶河》，当时“青代会”即中华全国第一次青年代表大会正在召开，《赤叶河》便是为这次会议演的。我曾修改了剧本，但因李伯钊排演她的剧本而作罢。[①]在这时候，我见到了中国现代剧的创始人欧阳予倩、洪琛。特别是欧阳予倩，给我留下了深刻的印象，我十分尊重他们。

一九四九年八月份，我参加了第一届文代会，见到郭沫若、茅盾等名流。这次会议我中途退出，随中国青年代表团参加世界青年联欢节。后来回国后，文联找我要小传，原来我被选为候补理事。在以后历届文代会，我都担任理事。

一九四九年八月左右，中国青年代表团出访东欧，经苏联、乌克兰，到

① 于是之：“第一次文代会召开前，各文工团都要出节目，参加演出。华北人民文工团演什么呢？我喜欢这个团演出的《赤叶河》，我永远记得这个戏演出时的热烈的情景：看完戏的新区的观众们，都情不自禁地唱起歌来，互不相识的人群，只要有人起个头，大家就一齐唱，随唱随走出剧场，走向他们回家的路。因此，我认为应当到文代会去演它，但团里一定要演李伯钊同志的新作《硫黄厂》。我不同意，于是就写了一张三指宽的纸条，表明我的意见，转送给了李伯钊同志。”（《于是之人生漫笔 ·解放》，同心出版社 2002 年 3 月版，第 34 页）

匈牙利。郭兰英本来是去唱歌的，但她只能唱山西梆子，我临时给她写了首山西民歌，名叫《妇女自由歌》。当时我正坐在去西伯利亚的火车上，没有想到她获了二等奖。回国后，郭兰英成了风云人物，红极一时。①

《妇女自由歌》纯粹是民歌调的歌曲，第一段是这样写的：

旧社会，好比是：
黑格洞洞的古井万丈深。
井底下，
压着咱们老百姓，
妇女在最底层。

从诗歌艺术上谈，这首诗没有多少可取之处。

我在国外待了三个月左右，中华人民共和国宣布成立的消息我是从匈牙利电台听到的。激动自然是难免的。

八

中华人民共和国成立后，我回到了祖国。带着兄弟国家人民的友谊，用

① 1985 年 4 月阮章竟曾给《演唱艺术家郭兰英》的作者刘大海回信，对他询问《妇女自由歌》创作情况做了回答。这本书 1986 年 10 月由文联出版公司出版。

更大热情投入了社会主义建设。

周扬原让我去《人民日报》主持文艺版，但因组织关系在华北局，便应张磐石邀请，出任华北局文艺处处长。当时我已三十五岁。

1989年7月

附录一

我不能忘记的阮章竞——《大上海》整理者后记

贾柯夫

我与阮章竞的女儿阮援朝是同学，时值一九八六年初夏，我正准备从团中央调入中国社科院政治学所之际，阮援朝找我，希望我能帮助阮老记录整理他的回忆录和一些文字。于是我认识了阮老。

记得那是一个阳光和煦的上午，阮援朝带我来到北京崇文门东大街20号楼701室阮老的住处。阮援朝还是她的风格，把我简单介绍给阮老后就走了——她总有她的公干，剩下了我和我面前的老人。

这是我第一次见阮老，一头白发，满面春风，和气可亲。阮老先把要我做的助手工作向我做了交代，又带我到他的画室、书房及简单的卧室转了转。虽是简单的小房间却都布置得文雅大方。墙上几幅阮老自己画的油棒画，用太行山的风光为房间增添了不小的气势。

和阮老的工作主要就是每周一到两次听他口述他的过去，一般是在上午进行，每次两三个小时。我记录下来，再回家整理，然后把整理好的文字交给他。当时我怕遗漏就每次带一盘录音带，在记录的同时，用阮老的录音机作录音，辅助我对文字的整理。我当时比较注意保存这些资料，主要怕在事后还有整理工作，因此每次去他家都会带上新的录音带，因为当时录音带也还比较贵，所以我一般是买六十分钟或九十分钟的带子。有时在手头拮据时就把自己原来录制的钢琴曲带子抹掉，作为阮老的录音使用。这些带子应该有十五六盘。后来阮援朝知道有这录音带的存在，问我要。我费了不少劲儿，从地下室的旧书杂物堆中翻了出来，好像还不全。结果听阮援朝讲，录音带因时间太长都废了。这应该是现代保存工具的悲哀。

除此之外，我还帮助他整理、编辑、校对一些文字书稿和帮他到北京作协取送些信件，并以助手的身份拿着作协的介绍信到图书馆借阅内部书籍。时间长了也替他去看望过他的老友张磐石、赵子岳等老人，意欲抓紧时间搞些太行山题材的事情。

最近我从阮援朝手里看到了当年我整理的《大上海》手稿，看到阮老在我歪斜的字迹间对错字的圈改，心中不免热热的。这是我给他整理的誊写稿中的一部分。我也正是在阮老回忆时的悲喜感叹、回首眷恋的讲述中看到了阮老的路、看到了他的心。他那略带广东味儿的普通话向我铺开了那个时代的真实。

我在完成了他走在太行山艰险山路的初期的回忆记录时，就停下了帮助他回忆的工作。其间我帮他记录并整理了他对自己人生前半部的回忆。即从他的童年、学徒生涯，他走出了家乡，在大上海的经历，投笔从戎前期，参加了革命，走在了太行山的路上，开始了剧团工作。至此我的工作告了一个段落。

阮老是个多才多艺的人。从他的诗歌到他的油棒画，从他的剧本到他的小说，无处不展示着他的才情。其实，他的伟大并不只是他的睿智和勤奋，那是他所处的时代使然，那是他的求索之路使然。

阮老的回忆，让人真实地看到了那个时代的真实中国；从他的眼中折射出那时中国各个层面的真实。社会的发展就是在这真实的互动中发展的。

如今自己已是耳顺之年的准老人了，常常会想起阮老的音容笑貌，想起他在讲述他的路时在我这个年轻人心中激起的涟漪。他是我敬重的老人，我不能忘记。

让我借《凭栏人》词牌记下“忆阮老”的心情吧。

曾伴阮老忆春秋，
岁月风云映小楼。
楼中当年事，
悠悠在心头。

2013年7月14日

附录二

《太行山》整理者后记

方 铭

二〇一二年冬天，阮章竞先生的女公子阮援朝先生辗转找到我，告知我她在阮章竞先生的遗稿中找到一部手稿，书名《太行山》，是阮章竞先生回忆录的第三部。扉页上有“阮章竞口述，方铭执笔”字样，时间是一九八九年七月九日。因为稿纸用的是中国政法大学20×20=400的大八开稿纸，所以，她在网上搜索，估计执笔者就是我。我要感谢阮援朝先生，如果没有她的认真和执着，我可能就再也没有机会看到我所记录的《太行山》这部书稿的手写稿了。阮援朝先生把《太行山》手稿的复印件交一份给我，我看到二十多年前的笔迹，仿佛又坐在了阮章竞先生书房的沙发上，面对着阮先生慈祥而平静的笑容，听他娓娓叙述他的过往。近日，阮援朝先生计划把阮章竞先生这部回忆录付梓，嘱我对撰写整理阮章竞先生回忆录的过程做些说明，幸何如之。

一九八七年秋天，我从武汉大学研究生毕业，分配到中国政法大学中文教研室任教。一九八八年三四月份，因为我曾参与有北京市文联、北京市社科院同志参加的一套评介现代文学和外国文学的丛书的编写工作，中国政法大学的一位老师告诉我，说北京市文联的一位同志找我，希望我能承担阮章竞先生回忆录的撰写整理工作。阮章竞先生是二十世纪著名诗人、剧作家，也是我非常敬仰的前辈，因此，我欣然接受了这项光荣的任务。

在正式开始阮章竞先生回忆录撰写之前，我曾应约去位于长安街上的北京市文联，有一位同志接待了我。该同志首先感谢我同意承担阮章竞先生回忆录的记录整理工作，并说明阮章竞先生因为工作忙，身体也不太好，不能亲自撰写回忆录，所以，希望文联找一位年轻同志帮助撰写整理回忆录，有同志推荐了我。文联的负责同志希望我忠实历史，对于阮先生谈到的一些历史人物和历史事实，不要有顾忌，稿件完成后，文联会按照普通稿酬标准支付报酬云云。可惜的是，因为时间过去得太久，我已经不记得当年与我联系的北京市文联同志的名字了。

大概是从一九八八年五月，到一九八九年三月前后，我每周抽出半天时间，从朝阳区团结湖骑自行车到位于崇文门附近的阮章竞先生府邸，聆听阮章竞先生的口述。回家后我会把阮先生的口述资料整理成书稿，第二次见阮先生的时候，带上第一次的书稿，先请阮先生审核，然后，再开始新的口述及记录工作。这样的口述、记录工作大概有三四十次之多。一九八九年七月中旬，我将经过阮章竞先生修改过的稿子誊抄后，送给阮章竞先生过目。过了几天，阮先生给我打电话，让我把稿件送到北京市文联，交给文联办公室的同志。不久，北京市文联支付我稿酬人民币两千八百元左右，并说阮先生对我的记录很满意。

我研究生毕业后，每月的工资是八十七元人民币，再加上司法部每月发放的十五元奖金，以及七元五角的副食补助，五角的交通补助，每月工资一百元多一点。当时刚发行了一百元人民币的新货币，每月的工资袋里，除了装上一张一百元的新钞以外，就是几枚元、角、分的钢镚，遇到摊派国库券的月份，就只有几枚钢镚了。这笔稿酬相当于我两年多的工资。恰好这个时候有亲戚从国外回来，赠送我一个彩色电视机的免税指标，我用这笔稿费在黑市兑换了将近四百美元的外汇，买了当时最先进的日本松下二十一寸直角平面带遥控器的电视机。这台电视机当时在北京的售价大约在四千六百元人民币左右，需要一个大学讲师四年多的工资。又用剩余的六百元人民币购买了一部国产的“燕舞”牌双卡收录机，进入了可以用录音机学习外语和听音乐的“电子”时代。感谢阮章竞先生和北京市文联的同志，因为他们给我提供了这个机会，让我有机会聆听阮章竞先生的教诲，并因此过上了有电视、有录音机的“有声有色”的生活。

在我帮助阮先生撰写整理回忆录之前，阮先生已经完成了回忆录的前两部。阮先生给我口述的是他回忆录的第三部《太行山》。该部回忆录主要记载自一九三七年年底阮章竞先生由同乡冼星海推荐，随桂涛声投奔抗日前线开始，至一九四五年日本投降这一阶段在太行山担任八路军总部太行山剧团团长期间的经历及创作活动。其中第八卷第四章介绍抗日战争胜利以后至一九四九年之间阮章竞先生的经历及创作情况。

由于当时没有录音设备，所以，在聆听阮先生的口述的同时，我需要边听边记录，所以，阮先生的口述也就会配合着我的记录速度。在遇到陌生的人或者地名的时候，我还会打断阮先生的口述，向他请教相关人名、地名的写法。

阮先生的讲述极有条理。在每次口述前，阮先生都会拿出几页纸，上面写着这次口述的主要人物、事件、地名等相关信息，并且可以看出其中有反复修改的痕迹。阮先生每一次口述的内容，基本就构成回忆录的一章，每二到四章构成一卷。《太行山》，全书共分八卷，二十六章，约十四万字。我的记录与整理，基本是根据阮章竞先生的口述实录，没有因为追求文风生动的需要进行的演绎和虚构。

阮章竞先生是广东省中山县人，早年出身贫苦，二十多岁参加抗日救国活动，并开始了诗歌创作活动。阮章竞先生一生经历丰富，与许多文化名人及中国共产党的很多重要人物都有交集。我虽然没有亲历过他的过往，但是，在他的口述中，他不虚美、不隐恶，对许多权贵的人品行为都有臧否，对很多历史事件也有深刻反省，体现出了一个正直的知识分子的优秀品质。

阮章竞先生去世已经十余年了，以上记述，既是对记录整理《太行山》一书过程的追述，也寄托了我对阮章竞先生的深切怀念。

2013年7月14日于北京

附录三

《异乡岁月》编书后记

阮援朝

一九七六年“文化大革命”结束，我的父亲阮章竞先生已经六十二岁了。他痛惜时光虚掷，壮志未酬。他不想仅仅总结过去，而是要创作新的作品。在新时期庞大的写作计划中，有从抗日战争胜利就产生创作冲动，并已经写出了初稿的长篇小说《群山》（后更名为《山魂》），痛定思痛后创作新的诗歌散文，还有重要的一部分就是回忆录。

在父亲的遗稿中，有一页纸简要地记下了关于撰写回忆录的计划：

第一部：童年—学徒—太古号

第二部：大上海—抗日救亡—战争（上太行）

第三部：太行山上—余烬在天边冒烟

第四部：解放战争

第五部：另外一种相逢

我推测这个写作计划当是制订于一九八〇年年初。

最早关于回忆录的文稿是父亲一九八〇年三月给尹世霖先生讲述《故乡岁月》的三十六页毛边纸手稿；其后是一九八三年写下的十七页手稿，其中有两页是关于上海时期的，其余都是在他青少年时期的二十世纪二三十年代中国历史背景材料所作摘录的笔记。

五部回忆录中的《故乡岁月》构思于一九七〇年冬天，当时中国正处于十年动乱，父亲也流落到石家庄，在政治运动中颠沛挣扎。他写道："长夜难眠，做什么呢？回顾半个世纪，人民虽有壮丽的斗争日月，但都不敢写了。于是想起童年，百感交集。人民总是要前进的，但后代对旧中国是不了解的。于是想把儿时所遇记录下来，故分了若干小题，以便写下去。"这部回忆录一九七九年冬由出版社约稿而开始写作，后该社改变计划，未能在一九八五年完稿时出版。二〇一二年在家乡中山市的帮助下，才由人民文学出版社出版，这部延宕二十七年的作品终于得以与读者见面。

第二部回忆录《大上海》，父亲原计划是要写三章：大上海、抗日救亡、战争。遗稿中只有父亲亲笔书写的二十一页第一章提要手稿，以及由我在人民大学的同学贾柯夫于一九八六年春夏间记录整理留下的一份一万多字的记录稿。而一九三六年至一九三七年父亲在上海参加抗日救亡歌咏运动和淞沪战争爆发后的情况，都没有来得及开始动笔。

在一九八〇年的回忆录计划当中，原来准备写成太行山，解放战争第

三、四两部的计划，因为时间和精力的原因合并成了现在看到的一部——《太行山》。这部长达十四万字的口述历史，是由北京语言大学方铭教授，用了一年多的时间，在一九八八年至一九八九年记录整理而成的。这是父亲对自己投身中国共产党领导的两次革命战争的完整回忆，内容翔实深切。父亲在口述期间，写了五十七页、一万七千多字的谈话提纲。文中提到的历史背景，都是经过查阅当时所能获得的权威资料而来的。这些历史资料在父亲创作长篇小说《山魂》三部曲：《霜天》《晴岚》《青春祭》中也同样作为人物活动的背景而不可或缺。

《大上海》和《太行山》是记录稿，父亲都没有来得及审阅修改。记录中的错漏也很难完全核对纠正了。

在遗稿中，见到父亲在上海时期的提要手稿上写了《异乡岁月》的标题，我就揣摩他老人家的意愿，将这两部回忆录的内容置于这个标题之下，也算作是对回忆录《故乡岁月》的呼应。

按照时间顺序排列的五部回忆录，只有《另外一种相逢》没有在遗稿中发现文本。是时间不够支配，还是新中国成立后的风云诡谲令父亲踌躇驻笔，就无从得知了。就在父亲二〇〇〇年二月辞世前的四个月，也就是一九九九年十月间，他曾提出要向我口述二十世纪五十年代在中国作家协会的工作经历，只讲了一次，谈到反胡风期间田间跳海和稍后康濯揭发信两个事件。我当时没有做记录，以后也没有机会再继续讲下去，成为我时时自责的终生遗憾。

在《异乡岁月》的行文中提到了许多历史事件、人物和阮老的太行山战友，有一些是在民族解放战争中献身的英烈。为了读者阅读的方便，更为了表达对先辈的敬意，我勉力做了尽可能的注释。但由于才疏学浅，还是有相当的一部分材料未能查到，终是缺憾。

2013年11月27日于北京

阮章竞著作出版年表

建国前

《转变》（话剧）1941 太行韬奋书店

《未熟的庄稼》（话剧）1943 太行新华书店

《比赛》（歌剧）1943 太行新华书店

《糠菜夫妻》（短剧）1943 太行新华书店

《圈套》（叙事诗）1947 太行新华书店

《赤叶河》（歌剧）1948年2月 太行群众书店

《赤叶河（修订版）》（歌剧）1949年5月 新华书店

十七年

《赤叶河（修订三版）》（歌剧）1950年9月 新华书店

《漳河水》（叙事诗）1950 新华书店

《漳河水》（叙事诗）1954 大众美术社

《漳河水》（叙事诗）1953 1958 1965 人民文学出版社

《在时代的列车上》（话剧）1955 作家出版社

《金色的海螺》（童话诗）1956 少年儿童出版社

《漳河水》　（吴静波绘本）　1957　人民美术出版社

《牛仔王》　（童话诗）　1958　少年儿童出版社

《虹霓集》　（诗集）　1958　作家出版社

《漳河水》　（绘画注音本）　1958　文字改革出版社

《漳河水》　（叙事诗）　1958　通俗文艺出版社

《漳河水》　（英译绘本）　1958　中国建设杂志社

《迎春桔颂》　（诗集）　1959　人民文学出版社

《草原钢城》　（纪录片）　1959　中央新闻纪录电影制片厂

《赤叶河》　（歌剧）　1959年11月　1960年2月　人民文学出版社

《马猴祖先的故事》　（童话诗绘本）　1962　少年儿童出版社

《金色的海螺》　（改编剪纸片）　1963　美术电影制片厂

《勘探者之歌》　（诗集）　1963　作家出版社

《四月的哈瓦那》　（诗集）　1964　作家出版社

《白云鄂博交响诗》　（叙事诗）　1964　作家出版社

新时期

《漳河水》　（叙事诗）　1977　人民文学出版社

《阮章竞诗选》　（诗集）　1982　人民文学出版社

《金色的海螺》　（英法德俄西葡阿等语译绘本）　1986　外文出版社（侵权出版）

《密令截击》　（改编电影故事片）　1986　长春电影制片厂

《漫漫幽林路》 （叙事诗） 1991 花城出版社

《夏雨秋风录》 （诗集） 1993 重庆出版社

《新疆忆旅》 （散文集） 1993 北京环境科学出版社

《白丹红》 （中篇小说） 1997 北京出版社

《山魂·霜天》 （长篇小说） 1997 大众文艺出版社

《金色的海螺》（童话诗集） 1998 花山文艺出版社

身后

《晚号集》 （诗集） 2001 人民文学出版社

《王贵与李香香 漳河水》 （新文学碑林本）2001 人民文学出版社

《漳河水》 （吴静波绘本） 2004、2011、2012 人民美术出版社

《阮章竞绘画篆刻选》 2009 人民美术出版社

《金色的海螺 （中国儿童文学经典100部）》 （童话诗集） 2010 湖北教育出版社

《故乡岁月》 （回忆录） 2012 人民文学出版社

《异乡岁月》 （回忆录） 2013 文化艺术出版社

《四月的哈瓦那》 （中西文对照本） 2015 五洲传播出版社

《熊熊炉火照天赤》 （包钢作品集） 2017年 人民文学出版社

《阮章竞太行山笔记手稿四种（影印本）》2017年 中华书局

《漳河水（红色红典初版本影印文库）》2021年 作家出版社

《阮章竞文存》编后记

整理父亲阮章竞先生的遗稿，本是我力所不能及的事情。因为在此之前，除了父亲的童话诗，我几乎没有通读过父亲的其他作品，更不知道他的画箧、画筒、画夹里藏着那么多精彩的国画、油画棒画和硬笔写生。父亲生前，我从来没有深入过他的精神世界，在我的心里，他只是个偏爱独生女儿的慈爱爸爸。

但在2000年2月父亲远行的那一天，当我从病房里收拾起那只人造革小皮箱时，我感到自己只能迎难而上了：那只皮箱里装的是父亲最后20年的诗作结集——《晚号集》，有亲笔手稿，有订正了的剪报粘贴稿、抄稿，也有字体不一、显然不是出自同一台电脑的打印稿。父亲最后的坚持就表现在这一包诗稿上，如影随形，不离不弃，就像他1993年在陕南勉县孔明墓前写下的诗句："生时未及中原地，死骨坚守定军山。"

在整理出版《晚号集》时，从手稿堆里，我又发现了父亲逝世50天前发表的最后一首诗："我终于来得及坐在轮椅上，/用我底气未尽衰竭的喉咙，/为你歌唱——澳门，/扑向母亲怀抱的澳门……" 我内疚、自责，我太不了解父亲了。他一生为人民歌唱，哪怕已经衰坐在轮椅上。那么推轮椅的人，不正该是我吗？整理出版他的全部著作，将是我此生必达之目的，我才刚刚50岁，一切都来得及。

我先生丁丙辰和我从父亲留下的资料归档整理开始跋涉，哪怕只是有父亲手迹的半张残缺纸片，都以"敬惜字纸"的态度，放入档案夹中，登记摘要，等待找到它在拼图恰当位置那一刻的到来。近四千个档案夹，以及分别以时间、体裁、专题来录入、制作和检索的电子表格，都在枯燥单调中慢慢完成了。就像玩扑克牌那样，这四千个卷宗本身和里面的文本，被多次重新排列，以期达到更为合乎逻辑的组合。若在时间轴线上发现了空白之处，也要采访相关前辈，寻找草蛇灰线，查阅资料档案，尽力予以补充。就连父亲在重要书籍刊物中的随笔批注，也会发现一处，记录一处，不肯放过。多年的坚持，父亲的人生和创作轨迹在我的头脑中慢慢清晰起来，自认有了编辑《阮章竞文存》的基础条件。

父亲的文学创作是从戏剧开始的。仔细研读便会发现，他的戏剧作品都带着鲜明的"群众工作"色彩，可以视为他的职务创作。有太行山剧团团长的、太行区党委文委委员的、包钢宣传部长的、也有中共中央华北局宣传部文艺处长和副秘书长的职务创作。作品的时间跨度从1938—1965年，而抗日战争时期的戏剧作品数量最丰，却多在残酷的战争中湮灭，只收得3部，其余仅留存目。因此，戏剧卷理所当然的列在了第一卷的位置上。

父亲与生俱来的对绘画和艺术的强烈爱好，使他在战争硝烟慢慢消散的时候，把精力逐步转向了更能抒发个体情感的诗歌，努力进行中国风格、中国气派的新诗探索。除了他在自传中提到的诗歌处女作《故乡》（1935年）没能找到之外，搜集到的诗歌共有535首（1938—1999年），贯穿作者的整个创作生涯，大多收入诗歌卷上下集。其中有叙事体长诗7首（后期2首），童话诗4首（后期1首）。以1966—1976年的沉默期为界，作者前期诗歌有197首。沉默过后的恢复期有十来首诗，读者可以明显感到作者在十年拳离手，曲离口，思想遭禁锢之后的笔涩声喑。正是线条、构图、色彩那些无声的绘画表达，使作者从极度的创作焦虑中得以康复，并开始了他的创作第二春。

作者同题诗画的创作，发轫于1961年3月对古巴的访问，一首《自由古巴诞生地》配着一幅水墨中国画《卡斯特罗等82人登陆处》出现在诗集《四月的哈瓦那》（1964年作家出版社）中。而在诗集《勘探者之歌》（1963年作家出版社）中收入组诗“沿着历史的长河行”的13首诗中的10首，都有同题绘画，但只有《金星槲树》这一标题下的一诗一画收入了诗集中。在作者全部8组[①]同题诗画中，有6组创作于后期，无论质量数量都大大超过前期的2组。从疗伤治愈到酣畅表达，“诗画共生”所承载的灵性才情，使他后期的诗歌创作绽放出了别样的光彩。

---

① 这8组诗画是：四月的哈瓦那（1961年4月—5月）、沿着历史的长河行（1962年1月—2月）、溯河千里行（1979年9月—10月）、夏日山村（1980年8月—10月）、大军之路（1981—1982年）、天山昆仑行（1983年9月—10月）、故乡行（1985年5月）、汉中行（1993年10月）。见《阮章竞绘画篆刻选》人民美术出版社2009年版。

作者后期的诗歌中，有一组专为长篇小说《山魂》三部曲写的旧体诗词，计45首，使用的诗词曲牌有37种之多。除了长篇弃用的3首收入了诗歌卷，其余均用于小说的章前词和内文之中。作者从民歌和古典两个方向汲取营养，在新诗创作中的探索，或许就蕴含在其中。

散文卷上下两集的收录原则曾让编者颇费了一番心思。因为纳入这一卷的，有相当一部分不属于文学意义上的散文。除了通讯、报告文学、游记、杂文随笔、序跋、创作谈、文评时评之外，我们还将作者在各种场合发表的讲话、题词、履历自传，统统收在此卷之中。未能收入的几篇，感兴趣的读者还是可以在当年报刊上查到。因为全书的编辑体例是以时间先后为主轴的，编者特为此卷做了一个分类检索的补充目录，以期能给读者提供一个更为方便快捷的查询工具。

小说这种文学体裁，在作者的创作中有着特殊的内容指向，那就是专为描写他和战友、乡亲们所经历的抗日战争而用。小说卷上下两集收有短篇小说4篇，中篇小说1部，长篇小说2部，无一例外都是献给逢七逢五的抗战纪念日的。

这一份小说祭礼，是在1945年对日大反攻进入焦作后，作者在众多战友面前许下的宏愿。之后55年的风雨坎坷，其志不堕弥坚。从1947年3月—7月的初稿，到1954年11月—1955年4月的第二稿，这部小说题为《太行山不会倒》。1964年改名为《烽火太行山》，到1966年初完成了57万字。抽出一些素材加以整理作为抗战周年小祭的仪程，就开始于此时。从抗战胜利20周年的1965年，发表《清晨的凯歌》开始，跨过无言的七十年代，1985年7月写

《民兵王小旦》，接着发表了《侦察英雄赵亨德》（1987年）和《五阴山虎郝福堂》（1995年）。中篇小说《白丹红》和长篇小说《山魂第一部 霜天》都在“七七事变”六十周年的1997年出版。这是作者生命中充满仪式感的献祭。

在作者的十年沉默期中，悄悄书写的，还是这部再次更名为《群山》的小说。从朱颜青鬓写到白发苍苍，辛苦煎熬，焦灼无眠，只为当初的千金一诺，只为埋骨太行的青葱战友和淳朴山民。为此，编者将遭遇退稿的《民兵王小旦》和尚未定稿的《山魂·晴岚》、《尾声 青春祭》收进小说卷中，以圆作者大愿。

两部回忆录的单行本，都是在作者身后出版的。其中《异乡岁月》是整部文存中仅有的口述记录文本。在编辑过程中，发现有多份相关的作者手稿可以给口述内容以印证，都选入了札记卷的回忆录组中。有感于文中与作者有过生命交集的众多战友已被淡忘，编者尽力为他们做了简要的注释，虽然挂一漏万，但编者谨借此来表达后辈的怀念与敬仰之情。

书信是本书最难征集的文本，以作者的老朋友和他们的后代陆续惠赠的为主。另外编者从他本人保存的信件草稿中得到了一些，还有些是从书刊中收集到的。作者保留了从1978年以来的各方来信千余封，从这些来信中发现了一些线索，对编辑本卷亦有所帮助。该卷共收书信187通。

札记卷收录的是作者未成手稿、手稿上的随手批注，还有创作计划等等难以归类，且未曾发表或不为发表而写的文字。虽然不能归类于某种文学体裁，但对于了解作者的思想和创作状态有一定的意义。编者试着将这部分文稿归纳成创作与诗草、回忆录、群山手记、日记随想、文艺批评等5组，希望能为研读者提供一些便利。

作者留有从1941—1998年记录的89种笔记计92册，家属已于2013年捐赠给国家图书馆善本部收藏。在作者家乡广东省中山市、国图善本部和华东师范大学历史系的共同努力下，这些笔记得以全部录成了电子文本，约270万字。本书编者在勉力承担了最终的校对工作后，从中选出了50万字，按照时间先后顺序编成了本书的笔记卷。编者把材料与文化工作的关联度，作为选取的原则，而将作者参加各种实际工作和会议的原始记录舍弃了。当然，这些实际工作和会议记录保留着最真实的现场感，具有较高的史料价值，但本书毕竟是一位文学家的著作结集，不得不作此等选择。编者还就个人梳理体会作者思想脉络的心得，把内容最丰富的四十年代笔记分成了三段，即：参加整风（1943年1月）前、不做文化工作（1945年5月—1946年12月）和民歌体创作期，以此就教于各位研究者。对于未能选入本卷的笔记，编者都做了摘要，存目备查。

笔记卷所用编号，均为国图扫描件的编号。由于当时对内容尚未及详读，在顺序上有所失误。此卷的编排严格以时间为序，故数字上的倒置，均由此产生，特此说明。

在整理编辑遗稿的21年时间里，我与父亲在他的文字中进行着持续的精神对话，感到与他更亲近了。编辑这部书对我来说是一次充满了生命细节和情感体验的探究历程，虽然辛苦却乐趣无穷。这部书的完成，使父亲的生命价值更加完整，也使我们兄弟姐妹对自己生命来源和性格特点多了一分带有哲学意味的了解，因为父亲是我们人生的镜子。

在这21年中，除了文字整理，帮助我加深理解和增强信心的，还有关于父亲的各种活动的举办，如诗集、画册的首发式，父亲百年诞辰的座谈研讨，“阮章竞诗歌奖”的设立颁奖，以及回忆录、评传、纪念文集、年谱、研究资料的出版等等。这些活动分别得到了父亲生前相关工作单位、机构和家乡父老的大力支持，谨向中国作家协会、北京作家协会、中山市委市政府市政协、沙溪镇党委、中国现代文学馆、包头钢铁公司、欧美同学会拉美分会致谢。还要特别感谢北京市委宣传部给予本书的资助。

华东师范大学韩钢教授，国家图书馆张志清副馆长，陈红彦主任，孙俊、程天舒两位女士，在整理作者笔记的工作中所做的努力，对完成本书的编辑至关重要，在此表达由衷谢忱。

感谢北京十月文艺出版社章德宁女士及各位责编为本书的编辑出版所做的艰苦细致工作。

我的爱人丁丙辰对我无条件的支持和各种扶助，兄长幼弟给予我的鼓励，是我完成这部书的基础保障。亲情与爱的力量，常在常新。

阮援朝

2021年8月于昌平望都寓所

图书在版编目 (CIP) 数据

阮章竞文存 . 回忆录卷 / 阮章竞著 . -- 北京 :
北京十月文艺出版社，2022.1
ISBN 978-7-5302-2212-6

Ⅰ . ①阮… Ⅱ . ①阮… Ⅲ . ①阮章竞（1914–2000）—回忆录
Ⅳ . ① I217.2

中国版本图书馆 CIP 数据核字 (2021) 第 246970 号

阮章竞文存　回忆录卷
RUANZHANGJING WENCUN　HUIYILU JUAN
阮章竞　著

出　版　北 京 出 版 集 团
　　　　北京十月文艺出版社
地　址　北京北三环中路 6 号
邮　编　100120
网　址　www.bph.com.cn
发　行　新经典发行有限公司
　　　　电话（010）68423599
经　销　新华书店
印　刷　北京盛通印刷股份有限公司
版　次　2022 年 1 月第 1 版
　　　　2022 年 1 月第 1 次印刷
开　本　880 毫米 ×1230 毫米　1/32
印　张　21
字　数　350 千字
书　号　ISBN 978-7-5302-2212-6
定　价　85.00 元
质量监督电话　010-58572393
如有印装质量问题，由本社负责调换。

版权所有，未经书面许可，不得转载、复制、翻印，违者必究。